La ladrona de huesos

Crimen y Misterio

La ladrona de huesos

Manel Loureiro

© Virtual Publishers, 2022
© Editorial Planeta, S. A., 2022
  Avda. Diagonal, 662-664, 08034 Barcelona (España)
  www.planetadelibros.com

Adaptación de la cubierta: Booket / Área Editorial Grupo Planeta a partir
  de la idea original de © Pino Sartorio
Fotografías de la cubierta: © MikeVromsky / Istockphoto / Getty Images, © Christina
  Avgerinou y © Lukas Rychvalsky / Pexels y © Paul Quayle / Alamy / ACI
Primera edición en Colección Booket: mayo de 2023

Depósito legal: B. 7.302-2023
ISBN: 978-84-08-27215-1
Impresión y encuadernación: Liberdúplex, S. L.
Printed in Spain - Impreso en España

Biografía

Manel Loureiro (Pontevedra, 1975) es escritor, abogado y presentador de televisión, y además ha trabajado como guionista en numerosos proyectos. En la actualidad colabora como articulista en diversos medios de prensa escrita de ámbito nacional y como comentarista en Radio Nacional de España. Su primera novela, *Apocalipsis Z. El principio del fin*, comenzó como un blog en Internet que escribía en sus ratos libres. El blog se transformó en un fenómeno viral con más de un millón y medio de lectores online y la novela fue publicada en 2007, convirtiéndose en un *best seller*. Sus siguientes obras, *Los días oscuros*, *La ira de los justos*, *El último pasajero*, *Fulgor* y *Veinte*, han sido un éxito de ventas tanto en España como en otros muchos países del mundo. Manel Loureiro es uno de los pocos autores españoles contemporáneos que ha conseguido situar sus libros en la lista de los más vendidos de Estados Unidos. Su última novela, *La Puerta*, con más de 100.000 lectores, le ha consolidado como un autor de referencia en el panorama literario español e internacional. Manel sigue viviendo en Galicia, preparando nuevas historias.

@manel_loureiro

@Manel_Loureiro

En memoria de mi querido amigo Raúl Canay, que se fue demasiado pronto. Este es para Cristina, Pablo y Andrés, porque sigue vivo en vuestros corazones.

1

Pedrafita do Cebreiro (Lugo)
Entrada a Galicia del Camino Francés
En la actualidad

Ya era bien entrado mayo, pero hacía un frío helador en la al-dea de lo alto de la montaña. Era ese tipo de frío que al notar la inminente irrupción del verano se esconde en los rincones sombríos y húmedos y solo sale a última hora, cuando los pa-seantes en manga corta se han confiado. Un frío seco, afilado, rabioso porque sabe que su tiempo se acaba hasta el siguiente invierno. Por eso, pese a la fecha, en Pedrafita do Cebreiro el invierno parecía aún cómodamente instalado y no tenía pinta de querer irse a ninguna parte.

Laura sintió una ráfaga de viento cortante y se subió el cue-llo de su abrigo con un estremecimiento. Hacía solo dos horas que ella y Carlos habían llegado hasta allí y ya les había dado tiempo de sobra de recorrer toda la pequeña población. Las antiguas pallozas con su techo de paja apretada y aspecto de haber salido del medievo le habían arrancado una exclama-ción de asombro. Aquel poblado en la cima de las montañas marcaba la entrada del Camino de Santiago en Galicia, y en las miradas y los comentarios del puñado de peregrinos ateridos que se apelotonaban en la puerta del albergue se notaba la satisfacción de saber que estaban a apenas ocho etapas de su destino final.

Desde lo alto del pueblo, Laura y Carlos tenían una vista directa sobre las casas apiñadas unos metros más abajo. No podía haber más contraste entre ellos dos y los viajeros cansados, ajenos a sus ocasionales vistazos. Frente a las mochilas, la gastada ropa de viaje, las mallas térmicas y las botas llenas de barro, el traje de sastre y los elegantes zapatos italianos de Carlos parecían completamente fuera de lugar sobre las piedras de Pedrafita. Laura levantó un poco más las solapas de su abrigo y se rodeó con los brazos.

—¿Qué? —preguntó al ver que él la miraba de reojo.

—Nada.

Algo en la media sonrisa con que lo había dicho le hizo dudarlo.

—¿Qué pasa? Venga, suéltalo —insistió.

—Estaba pensando en cómo voy a convencerte para que me dejes quitarte la ropa más tarde si en el hotel tienes tanto frío como aquí fuera.

Laura le devolvió la sonrisa traviesa y él arqueó una ceja en un gesto que siempre le funcionaba con ella.

—Te aviso... —Carlos señaló con la barbilla a un peregrino quemado por el sol que se quitaba los calcetines justo en ese instante—. Desde luego me resultas mucho más atractiva que ese individuo de pies sucios, aunque si lo prefieres, puedo invitarle a cenar a él. No es mi tipo, pero seguro que...

Laura le dio un golpe en el hombro y trató de no reírse.

Eso era algo que Carlos hacía muy bien, sin duda. Siempre lograba que su faceta canalla, de jugador, no chocara con su lado cariñoso. Vio cómo él la miraba divertido, e interiormente se sintió complacida. En ese punto de su vida, necesitaba momentos como aquel, recordatorios constantes de que estaba viva y que cada segundo, cada inspiración, cada parpadeo, era un pequeño milagro.

Porque Laura debería llevar un año muerta.

Y sin embargo, allí estaba, de pie sobre los adoquines helados de Pedrafita do Cebreiro, a más de ocho mil kilómetros de su último hogar, con un hombre increíble a su lado y sintiéndose feliz por primera vez en mucho tiempo. No era para menos.

—Te propongo una cosa —dijo Carlos, como si se le acabase de ocurrir—. Cenemos aquí, en lo alto. Ahora.

—¿Aquí? —Ella miró a su alrededor confundida—. Pero si aquí no hay nada.

—Está esa hospedería. —Hizo un gesto hacia el edificio de mampostería con ventanas estrechas frente al que descansaba el grupo de peregrinos—. Resulta que tiene un pequeño comedor privado, con acceso independiente por la parte trasera, y lo he reservado para dentro de un rato. No es muy lujoso, pero tiene su encanto.

—¿Reservado? Pero si acabamos de llegar y no has tenido tiempo de... —De repente abrió los ojos al comprender—. ¡Lo tenías todo planeado!

Carlos rio. Era una risa franca, fresca, golosa.

—La ocasión lo merece. —La envolvió en un abrazo—. Es el principio del resto de tu vida.

—El resto de mi vida —murmuró Laura respirando en su cuello mientras sentía el calor de su abrazo. Sonaba casi demasiado bien como para ser verdad.

Unos minutos después estaban en el interior de la hospedería. El contraste con el exterior no podía ser más acusado. Fuera, la noche iba cayendo sobre Pedrafita, mientras que una fina llovizna helada se había mezclado con el viento y había ahuyentado a todo el mundo. Los peregrinos se habían refugiado del mal tiempo y desde el comedor se oían sus voces apagadas en la sala común que compartían en la planta baja. Un fuego cálido rugía en una chimenea junto a la ventana y las paredes forradas de madera se solapaban con el calor que salía de ella.

—¿Qué te parece?

—Es estupendo. —Laura sonrió satisfecha mientras dejaba que su mirada vagase a través de la ventana.

Fuera, las sombras oscuras de las pallozas se iban convirtiendo en formas difusas, y las gotas de lluvia resbalaban por los cristales. Su mirada se enfocó por un momento en el reflejo que le devolvía la ventana, el de una mujer joven y de rostro anguloso, de poco más de cuarenta años y con una espesa cabellera de pelo negro envolviendo su rostro. Los pómulos altos, labios gruesos y ojos de un azul casi glacial que parecían perforar a su interlocutor. Una suave cicatriz recorría su mejilla derecha y se deslizaba por el cuello, perdiéndose bajo la ropa hasta alcanzar el nacimiento de su clavícula, allí donde una pieza de metal retorcido se había clavado un año atrás, casi seccionándole la carótida.

Curiosamente, aquella marca realzaba su belleza exótica en vez de deformarla, igual que el punto de fuga de un lienzo realza cada una de las pinceladas.

Laura metió la mano en uno de los bolsillos de su abrigo y sacó un trozo de papel gastado y con los bordes romos y manoseados. Había hecho aquel gesto más de dos docenas de veces a lo largo del día, sin pararse a pensarlo, buscando algo que ni siquiera sabía definir.

Apoyó el papel sobre su plato. Era una vieja foto amarillenta de un grupo de casas desperdigadas en el fondo de un valle. La vegetación que las rodeaba era verde y densa y los tejados rojos salpicaban el paisaje, coronando viejos muros de piedra. Al fondo, descollando sobre las demás, una edificación algo más grande y oscura dominaba el lugar. La imagen se interrumpía en la esquina inferior derecha, que parecía haber sido invadida por la noche, hasta que uno se fijaba con atención y descubría que aquel retazo del papel estaba ennegrecido, como si hubiese estado expuesto a un calor muy intenso.

Laura le dio la vuelta, como había hecho infinidad de veces, sabiendo lo que iba a encontrar en el reverso de la fotografía. Una letra picuda y llena de energía, en tinta azul. Un texto corto, mutilado:

stro lugar secreto

ra — Galicia)

Pasó la yema de los dedos por la parte necrosada de la foto, deseando poder descubrir las letras que faltaban, como si aquel gesto le permitiese adivinar la historia que se ocultaba detrás del mensaje que un desconocido le mandaba desde otra vida.

Porque aquella foto era todo lo que la conectaba con su vida anterior. Y no tenía ni la menor idea de qué se trataba, ni de dónde era aquella imagen. La respuesta, si existía, estuvo un día anotada al dorso y el fuego se había encargado de borrar el nombre, dejando solo una breve pista: «nuestro lugar secreto», en algún punto de Galicia.

—¿Te ha venido algo a la cabeza? —La voz de Carlos la sobresaltó.

Su pareja la miraba desde el otro lado de la mesa, tratando de aparentar indiferencia, aunque Laura era capaz de percibir su expectación, su tensión, en multitud de pequeños gestos y tics.

Respiró hondo y meditó un momento antes de responder.

—No —dijo—. Sigue sin haber... nada.

Pudo adivinar un destello de decepción en el fondo de las pupilas de Carlos durante una fracción de segundo, tan fugaz que pasó casi inadvertida. En vez de eso, él estiró las manos sobre la mesa para coger las suyas.

—No pasa nada. —Se encogió de hombros—. Quizá mañana, o dentro de unos días. ¿Quién sabe?

Ella dejó escapar un gemido de angustia.

—¿Y si no lo recuerdo nunca? —Señaló la foto con la barbilla—. ¿Y si jamás soy capaz de llenar los huecos que faltan?

—Bueno, en ese caso, tendremos que construir historias nuevas. —Y esta vez su sonrisa fue más amplia que las anteriores—. Juntos.

—Juntos. —Laura sonrió, aunque algo seguía rondándola, un bicho inquieto relacionado con aquel agujero en su memoria, que le impedía disfrutar en plenitud. Y eso la ponía aún más nerviosa.

Carlos se inclinó hacia ella de improviso y la besó en los labios. Un beso firme y cálido que bastó para que todos los fantasmas que pululaban por la cabeza de Laura se replegasen hasta una esquina, espantados por la ola de calor y cariño que le anegó el pecho. Él le dedicó otra sonrisa y, de golpe, todo estuvo en su sitio de nuevo.

—¿Sabes que me haces muy feliz? —musitó ella en un arrullo.

—Eso intento. —La sonrisa se ensanchó un poco más.

—¿No te da miedo apostar por alguien como yo? —Laura apretó los puños sobre el mantel—. Ya sabes lo que quiero decir.

—Arriesgaré siempre por lo que huela a felicidad —le respondió él muy serio—. Por ti.

Justo entonces el camarero se acercó arrastrando los pies, con una botella de vino en la mano. Era un chico joven, de no más de veinte años, con el pelo alborotado recogido en una coleta y una gastada camiseta de Iron Maiden, al que se le veía más acostumbrado a tratar con peregrinos cansados que a servir en mesas de mantel de lino. Al llenar las copas derramó un par de gotas sobre el mantel, aunque no pareció advertirlo.

—Por nosotros. —Carlos levantó la suya—. Por ti. Por tu nueva vida.

—Por nosotros.

En el mismo instante en que las copas se entrechocaban,

un zumbido rompió la magia del momento. Laura tardó un segundo en darse cuenta de que aquel sonido provenía de su bolso, colgado en el respaldo de la silla.

—¿Es tu teléfono?

—Eso parece —balbuceó ella—. Pero no entiendo...

—¿... cómo es posible? —terminó él la frase—. Yo tampoco.

La sorpresa de Carlos parecía genuina y no era para menos. Solo había una persona en el mundo que supiese aquel número de teléfono, y era él.

—¿Estás llamándome tú?

—Está claro que no. —Sentado enfrente de Laura, era evidente que no estaba haciendo ninguna llamada.

Laura revolvió en el bolso hasta que sus dedos se cerraron en torno al aparato. Se lo había regalado Carlos un par de meses antes, cuando ella había comenzado a hacer vida independiente de nuevo.

El terminal seguía vibrando en su mano mientras en la pantalla las palabras «Número oculto» se burlaban de su desconcierto. De repente, el zumbido cesó y el aparato se sumió en el silencio.

—¿Qué ha sido eso?

—No tengo ni idea. —Laura negó con la cabeza—. No sé cómo...

El terminal revivió con un zumbido. Otra vez un brillante «Número oculto» resplandecía en la pantalla. Laura dejó caer el teléfono sobre la mesa como si quemara.

—¿No lo vas a coger?

—Pero ¿quién puede ser?

—Solo hay una manera de saberlo, ¿no?

Laura vaciló durante un segundo, con la sensación hormigueante en el estómago del saltador subido en el trampolín más alto. Deslizó el dedo por la pantalla y se acercó el terminal al oído.

Más tarde se preguntaría qué habría pasado si no hubiese

hecho eso, si se hubiese limitado a dejar que aquel trasto sonase hasta agotar la batería. O si lo hubiese apagado. Qué habría sido distinto, qué habría cambiado. Quizá todo. Quizá nada.

Pero no lo hizo.

Y ahí empezó todo.

—¿Diga? —Un crujido metálico y una serie de chasquidos sonaron al otro lado de la línea—. ¿Oiga? ¿Quién es?

Silencio y más crujidos. Y, de pronto, la línea se quedó muda.

—¿Y bien? —preguntó Carlos.

Ella meneó la cabeza, confusa.

—Se ha vuelto a cortar.

—Quizá no haya buena cobertura aquí dentro. —Carlos señaló las gruesas paredes de piedra que los rodeaban—. Este sitio es como una fortaleza.

Laura contempló la pantalla. En la esquina superior, una minúscula y triste barra de cobertura parpadeaba como una vela a punto de apagarse.

—Voy a salir —dijo llena de determinación.

Como suele suceder con la mayoría de los pequeños desafíos diarios, descubrir quién se ocultaba tras aquella llamada misteriosa se había convertido de repente en una espina clavada, un picor absurdo que necesitaba aliviar.

—Seguro que fuera no habrá problemas de cobertura.

Carlos miró dubitativo a través de la ventana. La lluvia caía con más fuerza e, impulsada por el viento, dibujaba remolinos perezosos que rebotaban en el suelo de piedra.

—Te vas a calar.

—Será solo un minuto —dijo ella resuelta mientras se levantaba de la mesa.

—¿Quieres que...?

—No, no, no vengas. Me puedo encargar de esto sola. —Ya habían hablado de que necesitaba aumentar su grado de autonomía—. Pero ni se te ocurra empezar a cenar sin mí.

—Descuida. —Sonrió, estirándose en su silla como un gato,

mientras Laura se alejaba—. Aunque no prometo nada sobre el vino.

—No creo que te atrevas —replicó ella, y le lanzó un beso antes de salir del reservado.

Más tarde le daría muchas vueltas a esa conversación, a todas y cada una de esas palabras. A lo que podría haber dicho, en vez de esa frase entre retadora y juguetona. Pero aún no lo sabía.

Cuando salió al exterior, una oleada de viento gélido cargado de humedad la envolvió de inmediato. Miró a su alrededor, pero el pueblo parecía desierto bajo la tormenta, al menos hasta donde alcanzaba el radio de luz del farol situado sobre el dintel.

No había nadie más bajo el diminuto alero que cubría apenas un metro de ancho alrededor de la puerta. La entrada al albergue de peregrinos quedaba por el otro lado del edificio y, a aquella hora, casi todas las luces de la planta baja estaban apagadas y los huéspedes durmiendo, a la espera de una jornada agotadora al día siguiente. Por lo demás, daba la sensación de que no había un alma en Pedrafita. Como si fuese un pueblo fantasma aguardando expectante, en medio de la noche, a que sucediese algo.

Laura se abrazó, notando cómo se le ponía la piel de gallina bajo la fina blusa. Se dio cuenta entonces de que se había dejado el abrigo dentro. Pensó en entrar a por él, pero quizá entonces se volviese a cortar la llamada, así que esperó un poco más. Solo un poco más.

Pasaron dos largos minutos. El viento zumbaba en los canalones del edificio y, en una esquina, una pequeña cascada borboteaba tratando de aliviar el agua que se acumulaba en el tejado, lanzando una lluvia de gotas en todas direcciones cuando chocaba contra el suelo. Laura temblaba de frío, empezaba a irritarse con el misterioso autor de la llamada y las ráfagas de viento le estaban empapando las piernas. Ya estaba a punto de renunciar y volver a entrar al calor confortable del salón cuando el teléfono vibró de nuevo.

Dejó que sonase dos veces antes de descolgar, con los dedos ateridos.

—¿Sí? ¿Quién es?

Durante un interminable momento, no pudo escuchar nada al otro lado, excepto el zumbido casi inapreciable de la línea. Entonces, alguien habló:

—Hola, Laura. Ha pasado mucho tiempo.

Laura notó que se le erizaban los pelos de la nuca. Su cuerpo se estremeció con violencia, pero no a causa del frío y de la lluvia, sino por otro motivo, algo mucho más profundo y oscuro que estaba enterrado dentro de ella.

Conocía esa voz. Estaba segura.

Quiso hablar, pero no fue capaz de articular sonido. Su garganta estaba bloqueada, se le había disparado el pulso. Se apoyó contra la pared para no derrumbarse.

—Se ha confundido de número. —Su voz le sonó chillona incluso a ella, teñida de un pánico absurdo y de origen desconocido—. N-no le conozco.

—Vamos, vamos —susurró el hombre. Laura casi pudo adivinar la sonrisa condescendiente al otro lado del teléfono—. ¿Realmente crees que eso es importante ahora mismo? Lo que necesito es que prestes mucha atención a lo que voy a decirte.

—No sé quién es usted —susurró, sin poder dejar de temblar—. No sé qué quiere, pero si esto es una broma, no tiene gracia.

—Suponía que dirías algo así —suspiró.

—Voy a colgar.

—No cuelgues. Tienes que escucharme.

—No tengo que hacer nada —insistió ella más segura—. Voy a colgar.

El hombre del otro lado de la línea guardó silencio, solo unos instantes.

—Haz lo que quieras, pronto cambiarás de opinión —zanjó él ominoso—. Volveremos a hablar en muy poco tiempo. Hasta dentro de un rato, querida.

Laura finalizó la llamada. Por un segundo se quedó inmóvil, jadeando, mirando el terminal como si temiese que la voz del hombre pudiese seguir saliendo de aquel aparato pese a que ella había cortado la comunicación.

Se pasó una mano temblorosa por el cabello, desconcertada ante la reacción de su propio organismo: su cuerpo respondía como si hubiese visto un nido de serpientes reptando hacia ella. Cerró los ojos e intentó controlar el ritmo de su respiración. Poco a poco su pulso fue recuperando la normalidad, mientras las gotas de lluvia la salpicaban arrastradas por las rachas de viento.

No podía ser solo por la extraña conversación que acababa de tener. Había algo más, una reacción visceral que la voz de su misterioso interlocutor acababa de disparar.

Algo en su interior le decía que no era la primera vez que hablaba con aquella persona, pero no podía identificar nada concreto, más allá de la desagradable sensación de que le resultaba familiar. Su mente trabajaba a toda velocidad, repasando cada frase, tratando de recuperar cualquier esquirla de información que arrojase algo de luz. La voz del hombre era profunda, un tanto ronca, como la de alguien que ha fumado durante muchos años. De mediana edad, pero con un acento totalmente indefinible. Hablaba castellano con soltura, aunque ciertos matices en la pronunciación le hacían pensar que no era su lengua materna; aun así, no eran tan marcados como para permitir darle una nacionalidad concreta.

Sin embargo, lo que más le preocupaba era la sensación de certeza que transmitía aquella voz. De inevitabilidad. Como si supiese algo que ella desconocía y que debería ser evidente.

Tengo que contárselo a Carlos, se dijo mientras sentía la urgencia anidada en su vientre. Él sabría qué hacer. No solo era su pareja, también había sido su médico. Sin duda la ayudaría a encontrar respuestas. O, al menos, a domar la ahogante sensación de ansiedad que le apretaba el pecho.

Volvió a entrar en el albergue, con el teléfono todavía aferrado en la mano. El contraste de temperatura con el exterior nada más llegar al vestíbulo fue reconfortante. Alguien había apagado las luces del techo y tan solo una lámpara colocada sobre una mesa esparcía un charco de luz en medio de las penumbras. Desde el arranque de las escaleras, podía ver el brillo de la habitación superior, donde se hallaba el reservado. Subió las escaleras a paso rápido, casi saltándose los últimos peldaños.

—Carlos, no te vas a creer lo que ha... —La frase murió en sus labios nada más cruzar la puerta.

Carlos no se encontraba allí. La habitación estaba desierta.

Por un momento, el pánico se apoderó de ella, hasta que una idea explotó en su mente, cegadora. *Está en el baño, idiota. Eso es.* La sensación de alivio fue tan abrumadora que se sintió renacer. La puerta del baño estaba al fondo de la sala y se dirigió hacia allí a paso rápido. Golpeó con los nudillos sobre la placa donde ponía CABALLEROS antes de perder la paciencia y abrir la puerta.

El aseo estaba vacío y a oscuras. Laura entró para asegurarse, pese a que no había un solo rincón en aquel diminuto cubículo que no quedase a la vista. Cuando revisó el baño de mujeres, que estaba al lado, el resultado fue el mismo. No había nadie allí. Estaba sola en aquella planta.

Quizá mientras ella estaba fuera esperando la llamada, Carlos se había impacientado y había salido también en su búsqueda. Quizá mientras ella estaba allí, de pie, como un pasmarote, su chico estaba dando vueltas bajo la lluvia, buscándola, preocupado.

Pero de esta sala solo se puede salir por esas escaleras que acabas de subir, gruñó la parte más analítica de su cerebro. *Y tendría que haber salido por la puerta principal, de la que no te has alejado ni un metro. Ambos tendríais que estar ciegos para no veros.*

Aun así, bajó de nuevo las escaleras y se asomó al exterior. Fuera, la lluvia arreciaba. Un relámpago destelló de repente, bañando todo con una fantasmal pátina azulada. Un par de segundos más tarde, un trueno ronco y profundo reverberó en sus huesos.

De golpe se dio cuenta de que aún tenía el teléfono en la mano. Desbloqueó el terminal y abrió la agenda, en la que había un único y solitario contacto: Carlos. Pulsó sobre el nombre y se acercó el aparato al oído, sin ser consciente de que había salido del resguardo del alero y de que se estaba empapando.

El teléfono emitió un par de crujidos hasta que se oyó una cantarina voz de mujer: «El número que ha marcado no se corresponde con ningún cliente. El número que ha marcado no se corresponde con...».

Y eso era todo. Laura volvió a marcar tres o cuatro veces, siempre con el mismo resultado. Intentó marcarlo cifra a cifra, en vez de usar la agenda, pero nada cambió. La enervante voz pregrabada le repetía que aquel número no existía. No había nadie al otro lado.

Estaba sola.

—¡Carlos! —gritó en la noche—. ¡CARLOS!

Solo el aullido de un par de perros le respondió. El rumor del agua cayendo apagaba todos los sonidos y resultaba desorientador para ella. Caminó bajo la lluvia, sin advertir que estaba calada hasta los huesos. Recorrió a toda prisa las pocas calles de Pedrafita —si es que se le podían llamar calles—, pero no vio un alma. De vez en cuando un trueno retumbaba sobre ella con estrépito, como un eco de su miedo.

De pronto se encontró ante el coche de alquiler que los había llevado hasta allí desde Madrid. Estaba aparcado en el mismo lugar donde lo habían dejado a primera hora de aquella tarde y nada hacía pensar que alguien se hubiese acercado a él en todo ese tiempo. Probó la cerradura, hasta que recordó que las llaves estaban en el bolsillo de la chaqueta de Carlos.

Volvió sobre sus pasos hasta el albergue, en un estado de total confusión. No podía entender cómo una velada maravillosa se había transformado tan rápido en algo sacado de una de esas pesadillas en las que te despiertas empapada en sudor.

Se preguntó si no sería eso, si no estaría soñando. Pero si era un sueño, era una experiencia espantosamente real. Y en ningún sueño el agua se te cuela dentro de los zapatos, ni te cala de arriba abajo, como le estaba pasando a ella.

Una vez más, subió las escaleras. Dejando un rastro de agua, caminó hasta la mesa y se dejó caer a plomo en su silla. Decir que estaba confusa, desorientada y asustada era quedarse muy corto.

—¡Ah! ¡Menos mal! —dijo una voz a su espalda—. Pensaba que se había ido. Un rato más y la carne se habría pasado por completo. Sí que le ha llevado tiempo esa llamada, señora.

Laura se giró y vio a un hombre bien entrado en la sesentena, grueso y con su escaso cabello encanecido peinado de una forma ridícula, tratando de ocultar una calvicie más que evidente. Vestía unos pantalones negros y una camisa blanca y en la mano sostenía una bandeja metálica en la que reposaban unas chuletas de cordero con una guarnición de pimientos asados que desprendían un aroma delicioso.

Apoyó la bandeja sobre la mesa y se quedó mirando sorprendido a Laura.

—¡Pero si está usted empapada! ¿Quiere que le traiga una toalla?

Ella negó con la cabeza, abrumada.

—¿Sabe dónde se ha metido el hombre que estaba cenando conmigo? ¿Le dijo a usted adónde se iba?

La cara del camarero se transformó en una mueca de perplejidad. Y su respuesta fue como un puñetazo en el hígado.

—¿El hombre? No entiendo qué quiere...

—Mi pareja, el hombre que estaba sentado justo en esa silla. —Señaló con exasperación al otro lado de la mesa—. Alto, de cuarenta y cuatro años, moreno, con barba de tres días, ojos oscuros, delgado. ¿Sabe adónde ha ido?

El camarero se humedeció los labios con la lengua. Parecía genuinamente desconcertado.

—Señora... —vaciló—. No sé de qué me habla.

—¿Qué quiere decir?

El hombre parpadeó varias veces antes de contestar.

—No hay ningún hombre. Llegó aquí usted sin nadie más. Vino usted a cenar sola.

—¿Sola? Pero ¿qué dice?

—Señora. —El camarero se secó las manos con el trapo que llevaba colgado de la cintura—. Lo que le quiero decir es que no hay nadie más. Nunca lo ha habido. Ha estado a solas todo el rato.

2

Laura abrió la boca y la cerró atónita. Cruzó la mirada con el camarero, incapaz de entender lo que le estaba diciendo.

—Eso es una gilipollez —murmuró, cuando una idea la asaltó de repente—: ¿Dónde está el chico que nos estaba atendiendo? El joven, con la camiseta de un grupo heavy.

—¿Heavy? —Él la miraba con expresión bovina.

—Sí, esa con un esqueleto o algo así. —La impaciencia borboteaba dentro de ella como el agua en una tetera—. El chaval. ¿Dónde está?

—No sé de qué me habla. —El hombre frunció el ceño—. Aquí solo trabajamos la cocinera y yo. No hay ningún chaval. ¿Está usted bien, señora?

Laura negó con la cabeza, más para ella misma que en respuesta. No podía ser. Aquello no podía estar pasando de verdad.

—No sé qué clase de juego es este, pero no tiene ni puta gracia. —Su voz sonaba peligrosamente cercana a la histeria—. Vino su compañero, ese chico, hace un momento y nos sirvió el vino en las copas y...

Su mirada se detuvo en el otro lado de la mesa y por primera vez fue consciente de que el cubierto de Carlos había desaparecido. Sobre la mesa tan solo estaba su propia copa y su plato, y en la silla opuesta no colgaba ninguna chaqueta.

Una bola helada se asentó en su estómago.

—No... pero...

Entonces se levantó y echó a correr hacia la puerta de la cocina, sin hacer caso a los gritos del camarero a su espalda.

—¿Adónde va? ¡No puede entrar ahí!

Laura empujó las puertas batientes y entró en tromba en la pequeña cocina. Sobre uno de los fogones borboteaba una tartera que rezumaba vapor. Al otro lado, una mujer de unos cincuenta años con un mandil y una redecilla en la cabeza lanzó un grito de sorpresa al verla.

—¡Ya le he dicho que aquí no hay nadie más! —protestó el camarero—. ¡Por favor, tranquilícese!

Pero Laura no le prestó atención y señaló hacia unas escaleras que bajaban a la planta inferior.

—¿Adónde llevan?

—Al albergue de peregrinos, en la planta baja —respondió él—. Pero ahí solo están los huéspedes, se lo prometo.

—Eso ya lo veremos —masculló ella mientras bajaba las escaleras a toda prisa.

Los escalones desembocaban en una amplia sala comunal en la que había un par de mesas alargadas con bancos a uno y otro lado. Sobre la mesa ya estaban distribuidas las tazas y los cubiertos para el desayuno del día siguiente, pero allí no había nadie.

Abrió la puerta del fondo y un penetrante olor a sudor y a pies le inundó las fosas nasales. Un coro de ronquidos punteaba las literas que se alineaban junto a las paredes. Tanteó con la mano hasta encontrar el interruptor y encendió la luz. De inmediato un par de gemidos irritados salieron de alguno de los bultos cubiertos con mantas.

—*Cosa fai? Spegni la luce!* —gruñó alguien.

Laura lo ignoró y levantó las mantas que cubrían a los huéspedes entre gritos de indignación y protesta. Eran cinco hombres, incluido el pies sucios sobre el que habían bromeado antes de ir a cenar, pero ninguno de ellos era Carlos.

Alguien se acercó por detrás y la sujetó con fuerza.

Fue todo muy rápido. Demasiado. De manera inconsciente se giró y retorció con un gesto fluido la muñeca que la aferraba, y alguien cayó de rodillas con un gañido de dolor.

—¡Aaah! ¡Me la ha dislocado, joder!

Con el rabillo del ojo, Laura se dio cuenta de que era el camarero, que la había seguido hasta allí. Le soltó la mano horrorizada. No tenía la menor intención de hacer aquello. Había sido un accidente.

—Lo siento —balbuceó mientras las lágrimas se agolpaban en sus ojos—. Ha sido sin querer... Yo solo... yo solo quería... Carlos...

—¡Llama a la Guardia Civil! —gruñó el camarero aún de rodillas.

La cocinera los miraba paralizada, pero al oír aquello salió corriendo hacia las escaleras como si la persiguiese el demonio. Laura no tenía la menor duda de que antes de llegar al piso de arriba ya estaría llamando al cuartelillo. El resto de los huéspedes, mientras tanto, totalmente despiertos, se apelotonaban al otro extremo de la habitación, con un repertorio de muecas que iban del estupor al miedo.

—Por favor, señora. —El hombre grueso levantó las manos con gesto conciliador—. No nos haga daño. Solo somos peregrinos. No tenemos nada.

Un regusto ácido a bilis le trepó por la garganta. El aire enrarecido de aquella habitación apenas le llegaba a los pulmones y la cabeza le daba vueltas. Sentía que estaba a punto de desmayarse.

—Lo siento... —repitió—. Yo...

Entonces todo estalló en un fogonazo de luces brillantes y ya no pudo decir más.

Veinte minutos más tarde, Laura abrió los ojos y lo primero que vio fue una telaraña que colgaba de la lámpara del techo. Durante un reconfortante segundo no recordó dónde estaba, hasta que giró la cabeza, descubrió que la habían tumbado en uno de los sofás de la sala común del albergue y todo regresó de golpe. Al otro lado, sentados en una de las mesas, los peregrinos conversaban en voz baja, a la vez que le dedicaban miradas cautas.

Un dolor de cabeza infernal le latía en las sienes. Se incorporó con un gemido, justo en el momento en el que por la puerta entraba una pareja de agentes de la Guardia Civil acompañando al camarero. El hombre tenía la muñeca envuelta en un trapo con hielo y parecía muy enfadado.

—¡Esa es! —señaló hacia ella—. ¡Está loca! ¡Casi me parte el brazo! ¡Tenéis que detenerla!

—Bueno, bueno. Que todo el mundo conserve la calma. Primero vamos a averiguar qué ha pasado aquí —templó los ánimos el más mayor de los dos agentes mientras señalaba al grupo de peregrinos—. Durán, tú habla con ellos y con este señor, mientras yo interrogo a la mujer.

Entonces se volvió hacia Laura.

—Señora, ¿puede levantarse? ¿Está lo bastante bien como para hablar conmigo?

Ella asintió con la cabeza. Aunque sabía que se había metido en un lío, la presencia de los agentes le resultaba reconfortante. Si Carlos había desaparecido, ellos la ayudarían a dar con él.

Siguió al agente hasta el comedor donde, un millón de años antes, se había sentado con su pareja para disfrutar de la cena. Abajo, la voz airada del camarero se mezclaba con el tono tranquilizador del otro guardia civil.

—Soy el sargento Vilar —se presentó él mientras tomaba asiento en la mesa y le señalaba la otra silla—. ¿Cómo se llama usted?

—Me llamo Laura Plaza —murmuró ella, consciente de que debía de tener un aspecto espantoso, pálida, ojerosa, con el pelo empapado pegado a la cabeza y la ropa hecha un trapo.

—Muy bien, Laura. Antes de empezar, déjeme preguntarle algo. ¿Está drogada? ¿Ha tomado algo? Necesito que me diga la verdad, porque lo sabré enseguida.

Ella negó con la cabeza.

—Estoy bien. —Señaló con un gesto la copa sobre la mesa—. Solo he tomado un sorbo de vino. La botella aún está entera.

—Vale, me alegra saber que no está drogada ni borracha. —El sargento se pasó la mano por el pelo cortado a cepillo—. ¿Y ahora me puede explicar qué ha pasado ahí abajo, por favor?

Laura asintió. Después del desvanecimiento que había tenido un rato antes, se sentía insólitamente serena, como si la presión se hubiese volatilizado. Ni siquiera notaba la angustia que antes le atenazaba el pecho. Se dio cuenta de todo eso en una fracción de segundo, mientras miraba de hito en hito al agente.

—¿Por dónde quiere que empiece?

—Por el principio, si no le importa.

Comenzó a hablar. Le contó al agente todo lo que había sucedido desde que habían llegado a Pedrafita, unas horas antes, hasta aquel mismo instante. Lo único que omitió fue el contenido de la extraña llamada de teléfono. Por una parte ni siquiera estaba segura de que hubiese ocurrido de verdad. Quizá había sido todo una alucinación. Y por otra, algo le decía que, en caso de ser auténtica, era algo en lo que aquel agente no podría ayudarla.

—Entonces, a ver si lo entiendo —dijo el sargento mientras repasaba sus notas—. Su pareja había desaparecido cuando usted volvió de atender una llamada perdida, ¿no es así?

—Eso es.

—Sin embargo, no hay nadie en todo este albergue que lo haya visto. ¿Cómo me explica eso?

—No lo sé.

—Es raro. —La taladraba con la mirada—. Raro de narices, ¿verdad?

—No estoy loca, si es lo que piensa.

—No lo sé, señora, no soy médico. —Señaló su bolso con el dedo—: ¿Me deja verlo?

—¿Por qué?

—Quiero ver si lo que hay dentro coincide con lo que me está diciendo o no, eso es todo. No está obligada, pero hará las cosas más fáciles que si la detengo y la registro en el cuartelillo.

Ella asintió y le pasó su bolso. El sargento le dio la vuelta y sin ninguna ceremonia lo vació sobre la mesa. Allí estaba su pasaporte, con la tapa trasera ligeramente desgarrada, un neceser, una barra de labios, un paquete de pañuelos y, para sorpresa de Laura, las llaves del coche de alquiler. No recordaba haberlas metido allí. Tenía la certeza de que no habían salido del bolsillo de Carlos en ningún momento. Estuvo a punto de decirlo, pero antes de abrir la boca se dio cuenta de que sonaría como una trastornada, así que apretó los labios y se limitó a observar cómo el sargento Vilar revolvía entre sus cosas.

—Este pasaporte está algo deteriorado —dijo el hombre mientras pasaba las páginas—. Veo que ha estado usted en México.

—Allí fue donde se desgarró la tapa trasera. En Guadalupe, hace un año.

—¿En Guadalupe? —Arqueó la ceja extrañado, y de repente una mirada de asombro sustituyó su expresión—. No querrá decir que... ¿Estaba en *ese* Guadalupe el día del atentado?

—Allí mismo.

—Pero eso, ¡joder! —El agente parecía turbado—. Perdón. Quería decir, ¿cómo fue?

—Tan terrible como se vio en televisión. —Se encogió de hombros—. Más, probablemente. Pero no puedo decirle más, por mucho que insista.

—¿No puede o no quiere?

—No puedo.

—¿Por qué?

Laura cerró los ojos y se recostó contra el respaldo de la silla. Se sentía cansada más allá de lo normal, y el dolor de cabeza la estaba torturando. Tener que volver a contar todo aquello no ayudaba en absoluto.

—Ciento treinta y cuatro muertos, seiscientos cincuenta heridos —recitó de memoria antes de abrir los ojos—. Yo fui una de las heridas.

—¿Es allí donde se hizo eso? —El sargento señaló la cicatriz que le bajaba por el cuello.

—Eso... y esto otro. —Laura apartó un mechón de su cabello y le mostró al agente la fea marca en zigzag que se perdía bajo su pelo apelmazado por la lluvia.

—Coño —silbó entre dientes—. ¿Cómo se lo hizo?

Aquel día había sufrido un traumatismo craneoencefálico cuando un trozo de hormigón de medio kilo le golpeó la cabeza. La encontraron inconsciente en el suelo y no despertó hasta seis semanas después. Estuvo en coma y a un paso de la muerte, pero, de alguna manera, se las había apañado para agarrarse a la vida. Los médicos decían que era un milagro que pudiese hablar y comer por sí misma. Debería ser un vegetal, en el mejor de los casos..., pero ahí estaba, valorando qué decir, qué callar, haciendo cálculos sin saber por qué los hacía.

—Un mal golpe —se limitó a responder con una sonrisa amarga.

—Ya veo —musitó pensativo el sargento—. ¿Y ya está recuperada?

—No del todo —suspiró ella, sabiendo que iba a llegar a una parte de la conversación poco agradable—. Sufro de amnesia retrógrada desde el día del atentado.

—¿Amnesia retrógrada?

—La memoria y los recuerdos se almacenan de forma algo difusa en el lóbulo prefrontal. —Se pasó la mano sobre la cicatriz de la cabeza, distraída—. Sufrí un hematoma subdural en esa zona.

—¿Y no recuerda nada?

—Nada que sucediese antes de despertarme en el hospital. Los médicos dicen que quizá algún día lo recupere todo o quizá solo una parte. También cabe la posibilidad de que jamás recuerde nada. ¿Qué le parece?

—Terrible —la interrumpió él—. Entonces... ¿No sabe nada de su vida?

Laura apoyó los codos sobre la mesa y se inclinó hacia él tratando de encontrar las palabras, mientras los pensamientos se le apelotonaban en la boca. No, no sabía nada. O casi nada. No sabía quién era, ni dónde había nacido o vivido toda la vida. No sabía quiénes eran sus padres o sus amigos, cómo se ganaba la vida, de quién se había enamorado, cuáles eran sus sueños o sus rutinas. Ni cuentas bancarias, ni redes sociales, nadie que preguntase por ella, ningún hilo del que tirar. No sabía ninguna de todas esas cosas que todo el mundo daba por sentadas. Lo único que sabía era que se llamaba Laura Plaza, que al parecer nació en Madrid hace cuarenta y un años y que había entrado en México cuatro días antes del atentado de la basílica de Nuestra Señora de Guadalupe en un vuelo de Iberia..., y todo eso lo sabía porque lo ponía en su pasaporte.

Miró al policía a los ojos, seria, tratando de encarrilar aquello.

—Lo que sé es que vine aquí con Carlos, y que preferiría estar fuera buscándole que aquí dentro hablando de aquel día.

—Carlos Posadas. —Vilar se dio por aludido y volvió los ojos a su libreta—. Su marido.

—Mi novio —corrigió ella.

—¿Han venido a Galicia por turismo?

—Estamos haciendo el Camino de Santiago. Más o menos.

—¿En coche?

—Ya le he dicho que más o menos.

—Sigo sin entenderlo.

—A veces los afectados por amnesia retrógrada recuperan

sus recuerdos si se ven rodeados de un entorno que resulte familiar —explicó ella mientras sacaba la vieja fotografía de bordes gastados de su bolsillo—. Carlos pensaba que, si yo estaba en el santuario de Guadalupe el día del atentado yihadista, tenía que ver con mi fe.

—¿Es usted creyente?

—No lo sé. —Laura se encogió de hombros—. Carlos cree que sí, que eso explica que estuviese allí. Además, tenía esta foto en un bolsillo.

Le tendió la foto al sargento, que la examinó con atención durante un largo rato.

—La verdad es que podría ser cualquiera de las aldeas de por aquí —aceptó al tiempo que le daba la vuelta y leía el mensaje amputado del reverso—. Sí que parece Galicia —añadió mientras se la devolvía—, aunque hay un montón de nombres de sitios por la zona que terminan con esas dos letras. A saber.

—Carlos y yo pensamos que podíamos intentarlo. Hacer la parte gallega del Camino de Santiago, aunar fe y paisaje. Quizá así saltase algún resorte en mi cabeza. Descubrir mi pasado. —Se frotó los ojos cansada—. Y si no funcionaba, al menos podría marcar un antes y un después. El punto de partida para empezar de nuevo mi vida.

—Ya veo —dijo él—, parece un plan razonable. ¿Tiene alguna foto de Carlos?

Laura sintió que sus esperanzas renacían. Aquel hombre la creía. Por fin.

—Sí, en mi móvil. —Ella señaló su terminal, que estaba encima de la mesa—. Puedo enseñárselo, si me deja. ¿Me ayudarán a encontrarle?

—Necesito una descripción, por lo menos.

Le tendió el móvil y ella lo desbloqueó. Con rapidez buscó en la carpeta de fotos. Desde que habían llegado a España no había dejado de tomar instantáneas de todo lo que le había llamado la atención. Habían pasado quince maravillosos días en Madrid, recorriendo museos y las calles de la zona de los Austrias, como una pareja de adolescentes que descubren el mundo juntos. En la Cava Baja se había hartado de tomar fotos de ellos dos.

Pero a medida que iba pasando las fotos, la sensación heladora se volvió a apoderar de ella. Porque por más que buscaba, entre todas las instantáneas del carrete, no había ni una sola en la que apareciese Carlos.

Como si jamás hubiese existido.

Como si no fuese real.

Un gemido animal trató de abrirse camino por su garganta. Aquello no le podía estar pasando. Le había contado todo lo que sabía de su vida a aquel hombre, que estaba dispuesto a ayudarla. Que la creía. Y de repente, todo se deshacía entre sus dedos como el castillo de arena de un niño. Incluida su propia cordura.

—¿Y bien?

—No sé... No puedo... No encuentro... No...

El sargento Vilar le arrancó con suavidad el móvil de sus manos inertes. Pasó las fotos con atención, pero la expresión de sus ojos había cambiado por completo cuando apoyó el terminal y la miró de nuevo.

—Señorita Plaza, escúcheme con atención —le dijo con un tono suave que a Laura le puso los pelos de punta. El tono que se utilizaba para hablar con los locos, con los trastornados, cuando quieres evitar que se alteren. Que rompan cosas. Que le hagan daño a un camarero inocente, por ejemplo—. No me cabe duda de que ha pasado usted por una situación muy complicada, mucho más de lo que la mayoría de la gente podría soportar. Quiero que sepa que la creo, pero...

—¿Sí? —consiguió articular con un hilo de voz.

—Mire, no soy médico, pero nada de lo que veo me hace pensar que la historia que usted me cuenta sea real. Aquí nadie ha visto a ese hombre, nadie lo conoce, no tiene fotos de él, no hay nadie que corrobore su versión. Si usted quiere, puede presentar una denuncia de desaparición en el cuartelillo, por supuesto. —El mensaje subliminal decía «y la archivaremos antes de que salgas por la puerta»—. Con respecto al hombre de abajo, al que le torció la muñeca... Bueno, en atención a sus circunstancias, voy a hablar con él para que no presente una denuncia. Pero eso es todo lo que puedo hacer ahora mismo por usted. ¿Me entiende? Necesito que me diga que me entiende, por favor.

Laura asintió. Una lágrima solitaria había empezado a deslizarse por una de sus mejillas, anticipando la tormenta que ya rugía en su interior. Sabía que cuando comenzase a llorar, no sería capaz de parar. Que las cuerdas que la mantenían atada a su precaria realidad se estaban deshaciendo.

La presencia de Carlos durante los largos meses de su recuperación había sido uno de los motivos que la obligaban a seguir adelante, a buscar el sol cada mañana. Y, de repente, descubría que no era real. Que a buen seguro las secuelas de sus heridas eran mucho más graves de lo que podía recordar. Quizá alguien se lo había dicho ya, quizá no. Podría ser que, simplemente, no lo recordase. Por lo que ella sabía, quizá se había fugado de un psiquiátrico aquella misma tarde. El pavor que sentía ante el abismo que se abría bajo sus pies era aterrador.

Entonces, justo un momento antes de derrumbarse, la vio. Sobre el mantel granate pasaba casi desapercibida, pero su mirada, que se había detenido en ella por casualidad, la identificó de inmediato. Era un punto diminuto al otro lado de la mesa, casi bajo los brazos del sargento Vilar, una mancha casi inapreciable.

Aun así, ella sabía quién, cuándo y cómo había dejado caer aquella gota. Recordaba perfectamente a aquel camarero joven, con su camiseta de Iron Maiden, sirviendo el vino de forma torpe y derramando una gota justo cuando sirvió la copa del otro lado de la mesa.

La copa de Carlos. No la suya, que aún seguía sobre la mesa, lejos de aquella mancha. Quien fuera que había retirado el rastro de Carlos de la mesa había pasado por alto aquel detalle insignificante, pero que lo cambiaba todo.

Porque aquella simple gota de vino significaba que Carlos era real. Que estaba vivo.

Y que ella no estaba loca.

Y por supuesto, también implicaba más. Mucho más.

Pero eso tendría que afrontarlo después.

—Le agradezco su ayuda, sargento. —Le dedicó una sonrisa trémula, que trataba de parecer contrita y apenada al mismo tiempo, pese a que el corazón le latía con fuerza—. Las cosas no han sido fáciles para mí últimamente y, bueno... Iré a pedirle disculpas a ese hombre. No era mi intención hacerle daño.

—No se preocupe. —Vilar cerró su libreta de un golpe—. Ya me encargo yo. Mejor que no se cruce con usted, no vaya a ser que se encabrone más.

—Gracias.

—¿Estará bien? —parecía dubitativo—. Quiero decir... ¿Tiene adonde ir? Aquí no debería quedarse.

—Oh, desde luego. —Ella hizo un gesto con la mano—. Buscaré un hotel por aquí cerca. Tan solo necesito dormir un poco. Mañana estaré mejor, se lo prometo.

—Vale. Mire —le tendió una tarjeta—, llámenos a este número si lo necesita. Si yo fuese usted, mañana me pasaría por un centro de salud o un hospital, para que le echasen un ojo. No está de más ser precavidos, ¿verdad?

—Claro que no. —Le dedicó otra sonrisa, antes de mentirle con aplomo—: Le prometo que lo haré.

—Bien. —Vilar dio una palmada satisfecha sobre la mesa—. Pues eso es todo. Cuídese, Laura.

Al cabo de diez minutos, el coche patrulla se alejaba por la carretera dibujando arabescos con sus luces entre las rachas de lluvia. Ella se quedó mirando hasta que desapareció por completo detrás de una curva. Solo entonces soltó todo el aire que retenía en los pulmones.

Le dio la espalda al albergue y echó a andar hacia el coche de alquiler. No le hacía falta abrir el maletero para saber que allí, en el mejor de los casos, solo encontraría una maleta, la suya, y que no habría ni el menor rastro de Carlos. Y que los papeles del alquiler estarían a su nombre.

No sabía quién estaba detrás de todo aquello, pero era meticuloso. Y listo, muy listo.

Se sentó en el asiento del conductor y se quitó la blusa mojada por encima de la cabeza. Rebuscó a tientas en la parte de atrás y cogió una sudadera, cálida y confortable, que por suerte seguía allí tirada. A continuación, se reclinó en el asiento y cerró los ojos.

Y esperó.

No tuvo que aguardar demasiado. Al cabo de un par de minutos, el teléfono móvil lanzó un suave zumbido, mientras en la pantalla volvía a brillar «Número oculto». Atendió la llamada con un nudo en la boca del estómago, sabiendo quién contestaría al otro lado.

—Hola —dijo.

—Hola, Laura —respondió la suave voz sin acento del hombre misterioso—. ¿Crees que podemos hablar ahora?

3

En un primer momento, Laura pensó que el frío pegajoso que notaba lo causaba el hilillo de agua que se escurría cuello abajo, desde su pelo mojado, pero no tardó en darse cuenta de su error. Era la voz de aquel hombre, que, en algún lugar muy profundo dentro de ella, tiraba de unos cordones invisibles que le ponían la piel de gallina.

—Y bien... ¿Qué me dices? ¿Te has quedado muda, querida?

—No soy tu querida —consiguió articular—. Y al menos deberías decirme quién eres. —Su voz sonaba débil, pero logró que no le temblasen las palabras a medida que salían de su boca.

—Está bien, eso es lo de menos —dijo, y ella casi pudo imaginarse el gesto displicente de su interlocutor al otro lado de la línea—. Lo que me importa, lo que quiero saber de verdad...

—¿Sí?

—... es si estás dispuesta a escuchar, sin interrumpirme. ¿Está claro?

—Como el agua.

—Eso está mejor —alabó él con evidente satisfacción. Con el mismo tono, pensó Laura, que se emplea con un perro que sabe dar la pata.

—¿Dónde está Carlos?

El hombre se rio suavemente.

—¿Qué te hace pensar que yo lo sé?

Laura cerró los ojos y respiró hondo. Una, dos, tres veces. Mucho mejor.

—Para empezar, que no me has respondido «¿Quién es Carlos?» ni nada por el estilo, por lo que demuestras que conoces su existencia. —A su pesar, notaba cómo el enfado crecía mientras hablaba, al mismo ritmo que su dolor de cabeza—. Y tampoco hay que ser demasiado lista para darse cuenta de que tu llamada de pervertido y su desaparición tienen que ir de la mano.

—Bueno, veo que el golpe en la cabeza no te ha restado agilidad mental —murmuró él—. Pero no te conviene insultarme si no quieres que haya consecuencias.

—¿Qué consecuencias?

—Pervertido... —reflexionó él en voz alta, sin hacer caso a su pregunta—. No te pega nada. No, con todo lo que tú eres.

—¿Dónde está Carlos? —Laura apretó el teléfono con tanta fuerza que los nudillos se le pusieron blancos—. Quiero hablar con él ahora mismo.

Su interlocutor guardó silencio durante un rato tan largo que Laura pensó que se había cortado la comunicación.

—Carlos está bien —contestó por fin—. Pero ahora no puede ponerse. No creo que esté en condiciones hasta dentro de un buen rato. Quizá unos días.

—¿Qué le habéis hecho? —La angustia se filtraba en cada sílaba.

—Nada irreversible, descuida. —El desconocido cambió súbitamente a un tono de voz mas apremiante—: Pero ya basta de hablar de Carlos. Hablemos de negocios.

—¿Negocios? No entiendo...

—Necesito que hagas algo por mí. Algo que solo tú puedas hacer. Tienes que darme una cosa.

Laura tragó saliva, nerviosa. ¿Qué podía tener ella que

nadie quisiera? De repente, estaba convencida de que aquel hombre iba a pedirle algún tipo de favor sexual a cambio de la libertad de Carlos. En un carrusel de horrores, por su mente pasaron docenas de posibilidades, a cuál más desagradable, sucia y aterradora.

—Haré lo que me pidas —se oyó decir entre sorprendida y asustada.

—Hay algo que quiero, pero que ahora mismo no puedo alcanzar. —Sus palabras se habían transformado en un ronroneo ansioso—. Sin embargo, estoy convencido de que tú no tendrás ningún problema en conseguirlo para mí.

—¿Qué quieres que hagamos?

—Hagamos, no. Que *tú* hagas. Tú sola.

La cabeza de Laura era un ciclón sin control. Supo en aquel instante que lo que le iba a pedir el hombre no tenía nada que ver con su cuerpo y, de una manera desagradable, intuyó que habría sido mejor alternativa si solo le hubiese pedido que se acostase con él o que le mandase unas fotos subidas de tono.

—Tú me dirás. —Nada más decir esas palabras supo que acababa de abrir una puerta a algo angustioso y oscuro. Por eso su sorpresa fue mayúscula cuando el hombre habló de forma escueta.

—Huesos.

—¿Cómo dices? —Quizá no había oído bien.

—Huesos —repitió el hombre—. Pero no unos huesos cualesquiera, por supuesto. Unos muy especiales, muy viejos.

¿Huesos? ¿De qué iba todo aquello?

—Espera, espera... ¿Quieres que robe una tumba o algo así? —El asombro dotó de un timbre agudo a su voz.

—No exactamente —rio él—, aunque te has quedado muy cerca.

—Tendrás que ser más claro.

—La Laura de hace un tiempo lo habría entendido a la primera —suspiró—. Quiero los huesos del apóstol Santiago.

Por un instante, fue incapaz de reaccionar. Casi podía oír los engranajes de su cerebro tratando en vano de darles sentido a las palabras. Laura alzó la cabeza y paseó la mirada por los alrededores, pero solo había tinieblas, lluvia y las siluetas oscuras de las pallozas fundidas con el fondo de la noche.

—Que quieres... *¿qué?*

—Los huesos del apóstol Santiago. Están en una urna, en la cripta de la catedral de Santiago de Compostela. Quiero que entres, los cojas, salgas con ellos de la catedral y me los des.

Un silencio pesado, roto solo por el ruido de las gotas que bombardeaban el parabrisas, se extendió como una mancha de aceite. Y entonces Laura se echó a reír.

Era una risa histérica, que brotaba del fondo de su garganta. Trepaba, incontrolable, y estalló en su boca, en forma de hipidos incrédulos que se transformaron en jadeos ahogados al cabo de un rato, cuando se dio cuenta de que su misterioso interlocutor permanecía en silencio.

A la espera.

—No puedes estar hablando en serio —logró decir al cabo—. Es que..., vamos a ver, ¿cómo pretendes que consiga algo así?

—Si alguien puede hacerlo, esa eres tú. —Hablaba con la paciencia de quien le explica algo evidente a alguien de pocas luces—. Tienes la capacidad, la inventiva y, sobre todo, tienes el motivo. Dame los huesos y yo te devuelvo a Carlos. Es un trato sencillo.

—Estás loco —acertó a decir—. Eres un trastornado.

—No encontrarás a nadie más cuerdo que yo —replicó él con aplomo—. Te lo repito: consígueme los huesos del apóstol y te devuelvo a tu amigo sin un rasguño.

Laura meneó la cabeza. Aquella pesadilla cada vez era más angustiosa. Quizá había sufrido una recaída de su lesión cerebral y en aquel momento estaba tirada en el suelo del comedor del restaurante, en coma, mientras Carlos se desgañitaba pidiendo una ambulancia y ella tenía todos aquellos delirios. Quizá tan solo era un sueño especialmente desagradable. No podía ser real. Llevada por un impulso, se mordió con fuerza el dorso de la mano derecha. Clavó los dientes en la carne blanca hasta que notó el sabor salobre de la sangre corriendo en su boca y un dolor lacerante la sacudió como un latigazo.

No era un sueño. No era un delirio. Era real. Era horriblemente real. El perturbado del otro lado de la línea había secuestrado a su novio y pedía como rescate nada menos que una de las reliquias más sagradas del mundo.

Y se lo pedía a ella.

Era tan absurdo que las lágrimas se le agolparon de nuevo en los ojos.

—No puedo hacerlo —gimió—. Quieres algo imposible, por favor. Pídeme otra cosa. Cualquier otra cosa.

—Claro que puedes, ya te lo he dicho —resopló él impaciente—. Y no me gusta repetir las cosas, así que te aconsejo que superes esta parte de la conversación de una vez.

—Voy a colgar —dijo de repente—. Voy a colgar y llamaré a la policía.

El hombre se rio despectivo.

—¿Y qué les vas a contar? ¿Que tu pareja, a quien nadie ha visto allí contigo, ha desaparecido, y que alguien te ha ordenado que robes los huesos del apóstol para que vuelva? ¿De verdad? ¿Ese es tu plan? Me decepcionas...

Laura se mordió el labio, cargada de frustración, mientras las lágrimas se deslizaban por sus mejillas. Sabía que lo que decía aquel hombre era cierto. Si no había conseguido que la Guardia Civil la creyese antes, aún menos se creerían una historia tan disparatada como aquella. Estaba atrapada en sus manos.

Rápidamente revisó sus opciones y una por una las fue descartando. En honor a la verdad, tampoco es que fuese una lista demasiado larga. Fuera quien fuese aquel hombre, había planeado todo de tal manera que no le quedaba más remedio que aceptar aquel trueque descabellado, aunque ella no tuviese ni la más remota idea de cómo iba a cumplir su parte del trato.

—Supongo que ya te has dado cuenta de que ceder a mi petición es la única salida razonable —dijo él, como si le hubiese leído el pensamiento—. Ahora, deja de darle vueltas y abre la guantera del coche, por favor.

Laura estiró la mano hacia el cierre de la guantera a una velocidad que le hacía sentir que estaba sumergida en un bote de melaza. Sus dedos se cerraron en el tirador y abrieron el cajón con un suave clic. La luz interior alumbró un cargador de móvil y un sobre amarillento de papel manila algo abultado en el centro.

—Hay algunas reglas —siguió él—. En primer lugar, ten encendido el móvil en todo momento. Y quiero decir *siempre*. Si lo apagas, si se queda sin batería o si tienes la mala idea de ponerlo en modo avión o alguna tontería semejante, Carlos muere. ¿Queda claro?

Laura asintió mientras lloraba en silencio. El hombre debió de tomarlo como un sí, porque siguió hablando:

—Ahora abre el sobre.

Ella desanudó el hilo que se enrollaba en el gancho de plástico del sobre y vació el contenido sobre su regazo, con un gesto de asombro.

Había unos mil euros en billetes pequeños y cuatro pasaportes ligeramente gastados, como si sus propietarios les hubiesen dado bastante uso. Su sorpresa se transformó en estupefacción al abrir el primero de ellos. La foto que la miraba desde la primera hoja era la suya. El pasaporte, mexicano, estaba a nombre de otra mujer, pero la de la foto era ella. Los otros tres pasaportes —alemán, español y estadounidense— eran idénticos, a nombre de mujeres desconocidas, con su foto sonriendo en la página principal y unos cuantos sellos de aduanas en las siguientes.

—Podría darte mucho más dinero, pero creo que es mejor que te las arregles tú sola —le explicó la voz del otro lado de la línea—. Los pasaportes son una ayuda, pero a partir de aquí será mejor que te apañes por tu cuenta.

—No sé qué esperas que haga con esto —se quejó amarga—. No tengo ni la más remota idea de por dónde empezar.

—Pues empieza por descansar esta noche. Te aguarda una tarea compleja, así que te recomiendo que estés fresca. Y por cierto...

—¿Qué?

—No hace falta que te diga que te estaremos vigilando todo el rato. Cada paso que des, cada conversación que mantengas, cada vez que vayas al baño, cada trago de agua que bebas, lo sabré. No hagas tonterías y nadie saldrá malparado.

Laura separó el iPhone de su oreja y lo miró con una mezcla de asco y terror. Si ese hombre había sido capaz de borrar todas las fotos de su teléfono y hacer desaparecer el rastro de todas las personas que habían visto a Carlos, vigilarla sería un juego de niños para él. Aquel trasto tenía micrófonos, cámaras y geolocalización, como cualquier terminal inteligente. Era como llevar un espía en el bolsillo, un chivato incansable que podía dar cuenta de todo cuanto hacía y decía.

—¿Ha quedado claro todo?

—¿Quién eres? —se atrevió a preguntar por segunda vez.

—¿Yo? —La voz del hombre sonaba divertida—. No sabes lo extraña que es esa pregunta.

—Dime tu nombre. —Y a continuación añadió con un hilo de voz—: Por favor.

Un largo silencio, de varios segundos, interminable.

—Puedes llamarme Arcángel, ya que seré omnipresente para ti —dijo al cabo con un tono que Laura fue incapaz de identificar—. Eso bastará.

—Quiero hablar con Carlos —dijo ella—. Necesito oír su voz, saber que está bien. Por favor, te lo ruego.

—A su debido tiempo —replicó cortante—. A medida que vea que vas dando los pasos adecuados.

¿Los pasos adecuados? ¿De qué estaba hablando?

—Ah, una última cosa —añadió Arcángel de repente, como si fuese una ocurrencia tardía—. Tienes siete días para entregarme los huesos, a partir de mañana. Te recomiendo que no pierdas el tiempo.

—¿Siete días? —Laura sintió un reflujo ácido—. ¿Cómo que siete días? ¡Pero si no sé ni por dónde empezar!

—Hasta pronto, Laura. Ya hablaremos.

Y la comunicación se cortó.

Laura miró incrédula la pantalla azulada del terminal. La sensación de ahogo había regresado y le apretaba el pecho con fuerza, las manos le temblaban, las lágrimas apenas le dejaban ver la imagen vacía que le devolvía el móvil, mientras notaba la avalancha irrefrenable de llanto y angustia que se precipitaba sobre ella, como un alud en plena montaña.

Era imposible.

Y sin embargo, era real.

Tenía siete días para robar las reliquias del apóstol Santiago.

4

Madrid, barrio de Carabanchel
Octubre de 1983

Llevaba casi tres horas sentado en el coche y Mijaíl Tarasov empezaba a notar los músculos agarrotados. Había aparcado el Talbot Horizon lleno de golpes en una de las vías laterales que daban a la calle General Ricardos, en un callejón estrecho con las aceras salpicadas de agujeros y baldosas sueltas. Carabanchel comenzaba a desperezarse a aquella hora de la mañana, aunque desde que las primeras luces del día habían empezado a clarear se veía un trajín constante de gente con cara de sueño rumbo a sus quehaceres diarios. Por suerte para ellos, nadie reparaba en los dos ocupantes de aquel coche bien estacionado, quizá porque en un barrio obrero como aquel una estampa similar no resultaba extraña. Pasaban perfectamente por una pareja que iba a recoger a alguien camino del trabajo. Y eso era más o menos lo que hacían, se dijo a sí mismo.

—¿Crees que le falta mucho? —Ivana se removió en el asiento del copiloto, peleándose con su abrigo. Eran las primeras palabras que pronunciaba desde que habían llegado allí.

Hacía bastante frío, incluso para el otoño madrileño, y los dos iban bien abrigados en el interior del vehículo. Mijaíl tenía su ventanilla ligeramente bajada, para que el vaho de sus alientos no empañase el parabrisas. Necesitaba toda la visibilidad posible sobre el portal que estaba a apenas cien metros.

—Tienen que estar a punto de salir —musitó él tratando de aparentar más seguridad de la que tenía.

Sintió un pinchazo en la vejiga y, por un momento, se le pasó por la cabeza la posibilidad de aliviarse en una de las botellas vacías de agua que rodaban por el suelo del asiento trasero, pero lo desechó al instante. Lo último que necesitaba era que el objetivo saliese por la puerta justo cuando él estuviese metido en faena. Cambió de postura, en un vano intento por reducir la tensión. Siempre le pasaba lo mismo antes de un operativo. Los nervios le daban ganas de mear, aunque por lo demás se mantenía tan frío y calmado como si estuviese a punto de abrir la nevera de su casa. Estaba bien entrenado.

Ambos lo estaban.

—Vale, ahí sale el hombre. —Ivana se incorporó un poco.

Era rubia y, al igual que él, tenía unos ojos de un tono tan pálido que siempre llamaban la atención. Baja y fibrosa, cerca de los treinta, no era especialmente guapa, pero tampoco fea, aunque Mijaíl jamás lo había tenido en cuenta. Lo que le importaba de ella es que era eficiente y letal. Y en su trabajo, eso era un plus.

Miró en la dirección que le indicaba. Por el portal había asomado un hombre joven, con un frondoso bigote y aspecto somnoliento. Vestía un traje barato y llevaba un maletín de piel de imitación en la mano derecha. Se alejó andando por la acera, en dirección a la parada de autobús que quedaba unos doscientos metros más abajo, mientras consultaba su reloj. Por el fondo de la calle asomaba ya el 34 y el hombre del maletín echó a trotar al verlo.

Mijaíl sabía cómo se llamaba aquel hombre. También sabía que trabajaba en una compañía de seguros, que siempre salía de casa diez minutos antes de que lo hiciese su mujer con su hija pequeña y que antes de entrar en la oficina desayunaba en el bar de enfrente mientras leía un diario deportivo.

Además, sabía que había tenido una aventura con una compañera de trabajo (en una carpeta tenía unas cuantas fotos jugosas sacadas con teleobjetivo) y que, de vez en cuando, le gustaba jugar más de lo recomendable a las tragaperras, pero nada de eso se le pasaba por la cabeza en aquel momento.

Porque aunque todos esos datos estaban en el expediente que había revisado docenas de veces antes de aquel día, él no le interesaba en absoluto.

—Diez minutos. ¿Estás lista?

Por toda respuesta, ella asintió con un gesto seco. Le hubiese sorprendido cualquier otra cosa. Cada uno tenía su forma de concentrarse.

Al cabo de poco más de ocho minutos el portal se abrió de nuevo, esta vez para dar paso a una mujer de unos veintitantos, delgada y de pelo rizado, que llevaba de la mano a una niña de unos tres años. La niña era menuda, tenía un pelo negro como la noche y la piel muy blanca. Llevaba puesto un mandilón de colores chillones y abrazaba con fuerza un oso de peluche de un marrón apagado, con la intensidad que solo una cría de tres años puede tener. Ambas se encaminaron hasta un Ford Fiesta plateado que estaba aparcado en batería a pocos metros del portal.

Que estuviese allí no era casualidad. La noche anterior, Mijaíl había ocupado aquel sitio durante horas, esperando con paciencia, hasta que el Ford Fiesta había aparecido por la bocacalle. La mujer había celebrado, sin duda, el maravilloso golpe de suerte de poder estacionar tan cerca de la puerta de su casa. Lo cierto es que Mijaíl jamás dejaba un cabo suelto.

Vieron cómo metía a la niña en el asiento trasero y al cabo de unos segundos ponía el intermitente y se incorporaba en el caótico tráfico de Madrid. Mijaíl suspiró.

Los dados se habían echado a rodar.

—Vamos allá.

Siguieron al Ford Fiesta entre el tráfico, cada vez más denso, a medida que se acercaban al otro lado del Manzanares. Si nada se apartaba de lo previsto, tendría que ser un trayecto corto, de no más de quince minutos.

Sabían adónde iba.

La ficha de la mujer era igual de grande que la de su marido, aunque sin detalles sórdidos en su caso. La suya era una vida rutinaria y siempre repetía aquel patrón, como hace casi todo el mundo de manera inconsciente.

Aunque Mijaíl iba dejando una distancia prudencial y tres o cuatro coches entre su objetivo y ellos, no la perdió de vista en ningún instante. Finalmente, el Ford Fiesta paró en doble fila en una calle arbolada, frente a un edificio de color arena bastante anodino con una placa en la puerta. Vieron cómo la mujer se bajaba del coche y llevaba a la niña al interior. Cinco minutos más tarde salía, ya sola, y arrancaba el motor.

Esperaron otros cinco minutos, hasta que estuvieron seguros de que el Ford Fiesta se había perdido entre la marabunta del tráfico. Mientras aguardaban, aparcados en la acera contraria, a unos cien metros, se fueron preparando. Ivana sacó de un estuche un par de lentillas de contacto y se las puso con gesto diestro; después cogió una peluca negra de una bolsa y unas gafas de pasta de carey que le achicaban el rostro.

Se miró en el espejo del coche para comprobar el resultado y Mijaíl no pudo menos que asombrarse ante el cambio prodigioso de su copiloto. Era un disfraz sencillo, pero efectivo: una mujer morena de ojos marrones y aspecto gris ocupaba el lugar en el que un momento antes estaba su compañera.

—¿Qué tal?

—Perfecta, ¿y yo?

Ella le escrutó con atención. Su disfraz era algo más elaborado, porque Mijaíl se iba a exponer bastante más en el operativo. Llevaba lentes de contacto oscuras y cubría su cabello castaño cortado a cepillo con una prótesis de alginato que simulaba una calvicie ya marcada con pelo ralo y profundas entradas. Un bigote postizo y unas almohadillas protésicas en los carrillos, colocadas de tal forma que le permitían hablar con comodidad, deformaban sus facciones por completo. Ni su madre habría sido capaz de reconocerle en ese instante.

—Estás listo —afirmó ella.

—Pues vamos allá.

Mijaíl se quitó el abrigo y se bajó del coche. Llevaba puesto un mono de trabajo gris con el logo de Hidroeléctrica Española en la espalda y, colgada de su hombro, una bandolera de trabajo llena de herramientas. Con el aspecto de un operario que cumple su rutina laboral, bajó caminando hasta una caja de registro situada en la esquina de la calle. Tres días antes, en plena madrugada, había forzado la cerradura de aquel arcón metálico y hecho una copia de la llave que lo abría. No le había supuesto el menor esfuerzo.

Mientras silbaba una tonadilla, abrió la portezuela y contempló los cuadros eléctricos que zumbaban cargados de tensión. Echó un discreto vistazo a los lados para cerciorarse de que nadie le estaba observando y entonces tiró de uno de los cables hasta desconectarlo.

Era un paso crucial. Estaba casi seguro de que aquel era el conector correcto, pero no las tenía todas consigo. Lo último que necesitaba era dejar sin luz a toda la manzana. Se dio la vuelta mientras estiraba los brazos sobre la cabeza y comprobó que la cafetería del otro lado de la calle seguía trabajando con total normalidad. Todo iba bien.

Miró su reloj. Calculaba que debía esperar unos quince minutos antes de hacer su siguiente movimiento y, a partir de ahí, tendría muy poco tiempo. Conectó el cable suelto a una cajita de plástico negra con un temporizador y esta, a su vez, a la toma general. Durante un rato simuló estar haciendo alguna clase de trabajo en aquel cuadro de conexión, sacando herramientas sin dejar de silbar, pero en su cabeza llevaba una cuenta exacta del tiempo que transcurría. Había empezado a sudar, pese al frío, y le picaba el cuero cabelludo, pero no podía rascarse. Apretó los dientes y continuó la pantomima. En el último instante, con un gesto rápido, sacó un paquetito blanquecino y lo depositó con suavidad en el interior del armario antes de cerrarlo de nuevo.

Volvió a mirar su reloj. Ya casi había pasado un cuarto de hora. Tiempo de hacer el siguiente movimiento.

Nadie le prestaba atención. Tan solo era un técnico de mediana edad, normal y corriente, que caminaba por las calles de Madrid rumbo a sabe Dios qué. Sus pasos le llevaron hasta el edificio de color arena donde un rato antes la mujer había dejado a la pequeña. Mijaíl entró con andar resuelto en el zaguán, fingiendo que comprobaba la dirección. Miró la placa de la puerta. Era un cartel en el que un payaso con un abigarrado hatillo de globos de colores en la mano saludaba con una enorme sonrisa. Justo debajo, en letras mayúsculas, campeaba el poco original nombre de GUARDERÍA LOS GLOBOS.

Subió las escaleras. El interior estaba en penumbra y todas las luces permanecían apagadas, como no podía ser de otra manera, ya que quince minutos antes él mismo había soltado el cable de suministro que daba corriente eléctrica a aquel edificio. Una mujer joven, de pelo cardado y voluminosas hombreras a la moda, se le acercó como un rayo nada más verle.

—¡Menos mal que ya ha llegado! ¡Hemos llamado a la compañía eléctrica al menos media docena de veces! ¿Por qué ha tardado tanto?

Mijaíl se encogió de hombros, como diciendo «Y a mí qué me cuenta». Sabía que el auténtico técnico aún estaría de camino y no llegaría hasta por lo menos media hora después, pero contaba con aquella reacción. Cuando la gente está nerviosa, tiende a perder la paciencia muy rápido y no mide el paso del tiempo de la misma forma que haría en una situación normal. Aquellos quince minutos sin luz en una guardería atestada de niños, en la mañana gris de octubre, habría hecho perder los estribos al más pintado.

—He venido en cuanto me han dado el aviso —dijo por toda explicación. Cuanto menos hablase, mejor—. ¿Dónde está el cuadro eléctrico?

—Está por aquí —bufó ella—. Venga conmigo.

La mujer (Mijaíl sabía que era la directora) se giró tan rápido que sus largos pendientes tintinearon. Mientras la seguía por el pasillo, podía oír la barahúnda que salía de detrás de las puertas, voces infantiles agudas que gritaban, reían y jugaban. A través de una ventana pudo ver el patio exterior, donde unos columpios mojados por el rocío matutino aún esperaban, inmóviles.

—Aquí es. —La directora abrió la puerta de un cuartucho pequeño al fondo del corredor, y en un gesto reflejo apretó el pulsador de la luz antes de darse cuenta de lo absurdo de su gesto.

Él la apartó con suavidad, al tiempo que le mostraba una linterna con una sonrisa socarrona. La mujer balbuceó una excusa y entonces alguien la llamó desde una de las aulas. Tras musitar un «dese prisa, por favor», se alejó presurosa y le dejó a solas.

Mijaíl se aseguró de que nadie le observaba y cerró la puerta. A la luz de la linterna, comprobó su reloj. Si todo iba bien, aún tenía cuatro minutos, tiempo más que suficiente para hacer lo que tenía planeado.

Abrió la mochila y sacó una bolsa de plástico. Se puso unos guantes antes de manipular su contenido. A simple vista, aquel paquete del tamaño de una tostadora que sacó de la bolsa era solo un bulto de plástico, pero en su interior había una mezcla de termita, polvo de aluminio y un par de aditivos químicos marca de la casa.

En una esquina había un montón de cajas de cartón llenas de libretas y material escolar polvoriento. Mijaíl se subió sobre ellas y apartó uno de los plafones del falso techo hasta dejar a la vista el hueco que quedaba sobre él. Metió dentro el paquete, no sin antes adosarle un temporizador parecido al que había utilizado un rato antes. Al acabar, volvió a colocar el plafón en su sitio y se bajó de las cajas, asegurándose de que no había dejado huellas. Echó un último vistazo y luego, sencillamente, esperó.

A unos cientos de metros, en la caja de registro que había manipulado al final de la calle, la cajita negra que había adosado al cable general emitió un suave pitido y pasó de la posición «cerrado» a «abierto». En ese mismo momento, la corriente eléctrica se restableció y las luces se encendieron con un parpadeo de los fluorescentes.

Mijaíl comprobó que todo estaba en orden, salió del cuarto de contadores y cerró la puerta con suavidad a su espalda. Por el pasillo ya se acercaba la directora con una expresión de alivio en el rostro.

—¡Muchísimas gracias! —exclamó entre un nuevo remolino tintineante de sus pendientes—. La calefacción es eléctrica y tenemos a más de cien niños pequeños en el centro. Si no llega a ser por usted, no sé qué habríamos hecho.

—Es mi trabajo, no se preocupe —sonrió Mijaíl—. Tan solo era un fusible quemado, no ha sido complicado.

—Si me acompaña a la oficina, le pagaré el servicio —señaló hacia algún lugar por encima del hombro.

—No será necesario, señora —replicó Mijaíl mientras se encaminaba hacia la salida arrastrando los pies—. La compañía ya le pasará la factura. Que tenga un buen día.

Deseaba salir corriendo de allí, pero mientras bajaba las escaleras de la entrada se obligó a mantener el paso cansino de un trabajador aburrido atrapado en un empleo rutinario. Al salir al exterior comprobó su reloj. Tan solo le quedaban dos minutos.

En la otra acera, Ivana fumaba un cigarrillo sentada en la

marquesina de una parada de autobús. Había estado allí esperando sin perder de vista la puerta. Si por casualidad el auténtico técnico de electricidad hubiese aparecido, ella se tendría que haber encargado de distraerlo, pero por suerte el tráfico jugaba a su favor. En cuanto vio salir a Mijaíl rumbo al coche aparcado un poco más arriba, apagó el cigarrillo y pisó la colilla. Era su turno.

En la oscuridad del cuarto de contadores de la guardería, el paquete oculto en el falso techo destelló durante una milésima de segundo. En un parpadeo, el bulto de termita se transformó en una bola incandescente de varios cientos de grados de temperatura, que creció desde el tamaño de un puño hasta una bola pavorosa. Se expandía a una velocidad increíble. La termita y el polvo de aluminio provocaron una reacción explosiva de potencia devastadora.

Desde la otra acera, Ivana sintió la onda expansiva al mismo tiempo que un estruendo aterrador sacudió la calle. Las ventanas del edificio volaron en cientos de fragmentos y una lluvia de cristales salió disparada en forma de afiladas esquirlas en todas direcciones.

El tiempo pareció detenerse por un instante, justo antes de que empezasen los gritos. Entonces se quitó el abrigo y echó a correr hacia la puerta de la guardería. Llevaba puesto un uniforme idéntico al de las profesoras que trabajaban en el centro, pero nadie le prestó atención. Toda la calle se había quedado paralizada mirando con asombro hacia las ventanas reventadas del edificio y la espesa columna de humo blanco que salía a través de los huecos de la explosión.

Subió los escalones de un par de saltos y entró en el pasillo que había cruzado Mijaíl poco antes. Los chillidos de pánico de las cuidadoras se mezclaban con los lloros asustados de docenas de niños. El humo que salía del cuarto de contadores, espeso y maloliente, inundaba en oleadas el edificio. Ivana sabía que aquel humo era totalmente inofensivo, producto de la reacción de los químicos añadidos a la bomba, pero aun así contuvo el aliento antes de sumergirse en la densa y oscura niebla creada por la explosión.

Se cruzó con una mujer con el rostro salpicado de cortes y mirada aterrada, pero estaba en estado de *shock* y ni siquiera reparó en ella. Ivana continuó andando, casi a ciegas, mientras contaba las puertas a tientas con la mano izquierda. Una, dos, tres, cuatro. Esa era.

Abrió la puerta y se encontró el caos. La mayoría de los niños estaban apelotonados al fondo de la habitación, en distintos grados de estupor. Algunos, los más pequeños, lloraban desconsolados. La profesora, una chica joven de pelo corto y entrada en carnes, sostenía en sus brazos a un niño que, rojo por el esfuerzo, no paraba de berrear.

—¿Qué está pasando? ¿Qué ha sido esa explosión? —La mujer se atropellaba al hablar—. ¿Ha sido una bomba de ETA?

—No lo sé. —Ivana paseaba la mirada por la sala buscando una cara en concreto. La de una niña de tres años, con un oso de peluche.

Allí estaba.

—Creo que hay un incendio. Tenemos que sacar a todos los niños de inmediato.

—¿Incendio? Pero... ¿cómo?

—¡FUEGO! —Ivana gritó con el rostro casi pegado al de la mujer.

Aquella era la palabra mágica en esas situaciones. Como esperaba, la profesora despertó de su estupor y se giró hacia sus pupilos para organizar la salida del aula. Ivana aprovechó ese momento para mezclarse entre los niños y empezar a dirigirlos hacia la puerta, ayudando en la evacuación.

La niña de pelo negro seguía abrazada a su peluche, con cara de perplejidad, pero parecía más asombrada que asustada por la situación. Ivana se acercó a ella y le tendió la mano.

—Vamos, cariño —le dijo con una sonrisa—. Tenemos que salir de la guarde. Cógete a mí.

Se abrieron paso hasta el pasillo. El humo era cada vez más espeso y el corredor se había transformado en un lugar caótico que parecía sacado del infierno. Las sombras de docenas de niños asustados, que tropezaban entre ellos y corrían hacia la puerta, era el escenario perfecto para sus planes.

Ivana sabía que las llamas se habían extinguido casi al momento gracias al retardante que llevaba la mezcla explosiva, pero aún seguiría saliendo humo durante unos cuantos minutos. El cuarto de contadores quedaría destrozado después de aquello, pero no había el menor riesgo de que el fuego se extendiese hacia el resto del edificio. No tenían intención de provocar una matanza.

O al menos, esa era la teoría. Con los explosivos incendiarios uno nunca podía confiarse, así que apuró el paso, por si las moscas.

—Te voy a llevar en brazos, ¿vale, tesoro? —le susurró a la niña mientras la aupaba—. Agárrate fuerte a mi cuello.

La acera era un hervidero de gente. Las profesoras luchaban por mantener a los críos agrupados, mientras los curiosos se acercaban y algunos valientes llenos de humanidad entraban en el edificio para intentar echar una mano. Con la pequeña en brazos, Ivana se situó al borde la acera, con la mirada puesta en el fondo de la calle.

En ese preciso instante, el otro artefacto que Mijaíl había dejado en el cuadro eléctrico general que daba servicio a toda la manzana hizo explosión, con un ruido ensordecedor. La tapa de plástico salió disparada hasta golpear la luna de la cafetería del otro lado de la calle. Una lluvia de chispas y humo apareció al mismo tiempo que las luces de una manzana completa se apagaban de golpe.

En un gesto reflejo, toda la gente de la calle giró la cabeza en dirección al nuevo desastre, y justo entonces el Talbot Horizon se detuvo al lado de ellas. En apenas dos segundos, Ivana entró en el coche con la niña. Antes de que tuviese tiempo de cerrar la puerta por completo, el vehículo ya estaba otra vez en marcha.

Así de rápido.

Así de sencillo.

Nadie se había dado cuenta de lo sucedido, en medio del caos. El Talbot aceleró, alejándose de las nubes de humo que envolvían la calle. A lo lejos, se empezaban a oír las primeras sirenas de los bomberos.

—¿Todo bien? —preguntó Mijaíl al volante, sin apartar la mirada de la carretera. Conducía rápido, pero sin aspavientos ni acelerones. No quería llamar la atención.

—Todo bien —confirmó ella—. Tenemos el paquete.

Mijaíl gruñó satisfecho. Solo entonces Ivana se permitió exhalar un prolongado suspiro de alivio. Lo habían logrado.

Giró la cabeza hacia la personita que estaba sentada a su lado, que la miraba con unos enormes ojos azules muy abiertos. Un leve temblor en su labio inferior anunciaba que estaba a punto de echarse a llorar, asustada. Su mente infantil aún no había logrado procesar lo ocurrido.

—No te preocupes, niña. —Ivana le acarició el rostro—. No pasa nada. Todo está bien.

—Quiero ir con mi mamá —dijo la niña con una aguda voz infantil, que temblaba—. ¡Quiero a mi mamá!

—No grites, bonita. Todo acabará pronto.

—¡Quiero ir con mi mamá! —berreó la niña entre sollozos.

—¡Te he dicho que te tranquilices, joder! —le gritó la mujer nerviosa, lanzando una ojeada por la ventanilla. La niña no dejaba de revolverse y si alguien miraba en su dirección podría darse cuenta de que en aquel viejo Talbot estaba pasando algo raro.

—No le grites —musitó Mijaíl desde el asiento del conductor, con la mirada en el retrovisor—. Está asustada. Solo es una niña.

—Eso es fácil de decir —replicó la mujer entre dientes mientras forcejeaba con la niña—. La muy puñetera no se está quieta. Estamos llamando demasiado la atención.

El Talbot se detuvo en medio de una hilera de coches que esperaba a que un semáforo cambiase de color. Mijaíl aprovechó ese breve momento para soltarse el cinturón de seguridad y darse la vuelta. Extendió los brazos y cogió las manos de la niña entre las suyas con firmeza y calidez.

—Oye, ¿te gustaría ver un truco de magia realmente bueno? —Le guiñó un ojo—. ¿Alguna vez has visto una moneda bailando?

La niña hipó tres o cuatro veces, sin dejar de llorar. Seguía asustada, pero en sus ojos se veía un destello de interés. Finalmente asintió con la cabeza, dudosa, todavía aferrada a su oso de peluche.

Mijaíl extendió el puño derecho y de repente, salida de ninguna parte, una reluciente moneda de cincuenta pesetas apareció entre sus nudillos. Con un gesto hábil, hizo rodar la moneda en un sentido y en otro sobre sus dedos a base de leves empujones que parecían mágicos. La pequeña estaba tan fascinada con aquel espectáculo que, sin darse cuenta, había dejado de sollozar.

Él le dedicó una sonrisa tranquilizadora y le revolvió el cabello.

—Me llamo Mijaíl, pero mis amigos me llaman Misha —le dijo con suavidad—. Algunos dicen que es un nombre perfecto para un oso, pero yo no soy ningún oso, ¿verdad?

La pequeña le contempló muy seria, escondida detrás de su peluche. De repente, un leve atisbo de sonrisa le asomó por la comisura de los labios.

—Un poco, *zi* —contestó mientras apretaba con más fuerza a su muñeco—. Como *Ozo*.

Mijaíl se la quedó mirando sorprendido. Fue su turno para que una sonrisa inundase su cara.

—Escúchame, ahora necesito que descanses un poco, ¿vale? —Miró de reojo al semáforo, que se acababa de poner en verde—. Te prometo que esto acabará muy pronto.

—No tengo *zueño* —replicó la niña—. No quiero...

—Chist, tranquila. —En ese instante, Ivana la envolvió desde atrás con un cálido abrazo. Con la mano derecha destapó la aguja hipodérmica que había aprovechado para sacar de su bolsillo y la clavó en el cuello de la pequeña—. Todo va a ir bien, bonita. Todo va a ir bien.

La niña emitió un grito quedo y se revolvió entre los brazos de la mujer, pero Ivana la tenía bien sujeta. El forcejeo fue remitiendo poco a poco, hasta que cesó.

—¡¿Qué narices te pasa?! ¿Por qué has hecho eso? —protestó Mijaíl visiblemente enfadado—. No era necesario, ya lo tenía todo bajo control. Solo necesitaba un poco de cariño.

—Es el protocolo —le replicó la mujer con un tono cortante que no admitía más discusión—. El semáforo ya está abierto. Conduce, Misha.

Mijaíl apretó los labios con una mirada de disgusto, pero no dijo nada. En vez de eso, metió la marcha y se reincorporó al tráfico madrileño.

Ivana tendió el cuerpecito de la niña sobre el asiento. Sus ojos azules estaban abiertos, pero sin enfocar a ninguna parte, y todo él se había quedado laxo. El oso de peluche había rodado hasta el suelo del Talbot, lejos de las manos flácidas de su dueña.

Tan solo el leve movimiento de su pecho, que subía y bajaba como el de un jilguero, probaba que aún seguía con vida.

De momento.

5

Peredélkino, cerca de Moscú
Noviembre de 1983

La nieve crujía suavemente bajo las ruedas del vehículo negro que cruzaba la entrada. Tras sus cristales tintados, en el asiento trasero, el más mayor de los pasajeros observó cómo los guardias de la puerta, envueltos en abrigos de invierno, levantaban la barrera para darles paso y se cuadraban, aun sin saber quién iba dentro.

Lo hacían siempre, por costumbre. Y, también como siempre, una vez que el coche los rebasó, se dieron la vuelta para observar de nuevo el exterior y no les dedicaron ni una mirada más. Su trabajo consistía en vigilar la desolada estepa nevada e impedir que nadie se acercase a la valla oxidada que rodeaba el recinto.

Nada de lo que sucedía en el interior del Nido era de su incumbencia. Eso era cosa de otros.

El vehículo, una limusina ZIL de aspecto anticuado, continuó por la carretera cuarteada hasta llegar a un amplio patio de tierra compactada con parches de nieve sucia salpicados en las esquinas y se detuvo frente a uno de los barracones que lo rodeaban.

Mijaíl Tarasov no esperó a que el conductor le abriese la puerta y se apeó del vehículo. Una bofetada de aire helado le

59

provocó un escalofrío y se subió las solapas de su abrigo. Nadie habría reconocido en aquel pulcro oficial soviético al hombre que había provocado un apagón en Madrid apenas un mes antes. Se dio la vuelta y tendió la mano hacia el interior de la limusina para ayudar a apearse a la otra única pasajera.

La niña de tres años bizqueó un par de veces cuando la claridad de la mañana le bañó el rostro. Seguía tan pálida como siempre, y llevaba el cabello negro recogido bajo un gorro de piel que le quedaba grande y del que se descolgaba un mechón travieso. Una de sus manos estaba dentro de la zarpa de oso de Mijaíl, mientras que con la otra se aferraba a su oso de peluche con la determinación del náufrago que sujeta el último salvavidas libre.

Unas profundas ojeras subrayaban sus enormes ojos, todavía algo enrojecidos, pero al menos ya no lloraba a todas horas. Las lágrimas se le habían acabado quince días atrás, cuando por fin había comprendido, con esa manera instintiva que tienen los pequeños, que sollozando no iba a conseguir ver de nuevo a su madre.

Había pasado las semanas previas saltando de casa en casa, siempre al caer la noche, durmiendo en cuartos asépticos y espartanos y rodeada de personas mayores que hablaban entre ellos en un idioma que no comprendía.

Ya había dejado de sentir miedo o, mejor dicho, el terror se había convertido en una sensación tan omnipresente que había dejado de percibirla. Estaba sola, desorientada y perdida más allá de lo que nadie se podía imaginar.

El único consuelo que tenía era su oso de peluche, del que no se separaba en ningún momento. Cada vez que la angustia la anegaba, enterraba su pequeña naricita en la cabeza del muñeco y aspiraba con fuerza su aroma familiar, aún levemente impregnado de la colonia de mamá. Si cerraba los ojos, podía imaginarse que todavía estaba en su cama y que de un momento a otro papá encendería la luz para despertarla con un beso en el hueco del cuello, como siempre hacía, y sentiría el familiar picor de su barba.

Pero a medida que pasaban los días, incluso aquel sutil aroma se iba volviendo más tenue y desvaído y la añoranza y el miedo la desbordaban.

También estaba Mijaíl, claro. Al principio aquel hombre grande y corpulento le había dado miedo, pero poco a poco se había ido ganando su confianza, sobre todo porque era el único que parecía capaz de hablar con ella en su idioma. Cuando se dirigía a las otras personas usaba aquella lengua extraña de sonidos sinuosos, pero cada vez que hablaba con ella cambiaba a un español limpio y claro.

El resto la trataban como si fuese un paquete de cristal frágil, con delicadeza pero con indiferencia, aunque alguno de ellos la miraba con una sombra de culpabilidad en los ojos. Solo Mijaíl era cálido y siempre le sonreía. Los primeros días, cuando se había negado a comer, había sido él quien, a base de paciencia y pequeñas bromas, había conseguido doblegar su apatía. Era Mijaíl quien se preocupaba de arroparla por las noches, de ayudarla a vestirse y quien se había encargado de hacer desaparecer las sábanas mojadas sin el menor reproche las contadas veces que ella se había hecho pis en la cama.

Pero aun así, Mijaíl le seguía dando algo de miedo, porque no era su papá. Y cada vez que le preguntaba cuándo iba a volver a su casa, el hombre le regalaba una sonrisa cargada de tristeza y se limitaba a acariciarle el pelo.

Una mujer alta y delgada se acercaba a ellos en ese instante cruzando el patio. Era más mayor que su madre y de inmediato la niña sintió una sensación de aversión hacia ella. Sus ojos eran como dos trozos de carbón y tenía unos labios tan finos y apretados que daba la sensación de que alguien había dado un tajo en su rostro. De su cintura colgaba un manojo de llaves que tintineaba a cada paso.

—Camarada Tarasov, me alegra verle de vuelta —dijo la mujer haciendo un gesto con la cabeza.

—Camarada Ulianova. —Tarasov le devolvió el gesto; no hizo ademán de tenderle la mano—. ¿Cómo han ido las cosas por aquí durante mi ausencia?

—Oh, más o menos como siempre. —Se encogió de hombros—. Algunos chicos avanzan, otros van más despacio, pero nos ceñimos al programa con toda pulcritud.

—No me cabe la menor duda —masculló Mijaíl apretando la mandíbula.

—¿Esta es la nueva? —Ulianova dedicó una mirada a la pequeña, que había estado atendiendo a aquel intercambio de palabras incomprensible para ella con su mano aún aferrada a la de Mijaíl.

—Sí, esta es. —Mijaíl le tendió una carpeta roja a la mujer—. Ahí tiene toda la información.

—Me la llevaré para procesarla. —La mujer agarró de forma brusca a la niña por la muñeca y tiró de ella—. El camarada coronel Volkov le espera en la comandancia.

Mijaíl soltó a la pequeña con renuencia, antes de asentir.

—Ahora voy. —Entonces se agachó y se dirigió en castellano a la niña—: Preciosa, tienes que ir con esta mujer. Solo te van a hacer un reconocimiento médico. ¿Sabes lo que es eso?

La niña negó con la cabeza y se parapetó detrás de su peluche.

—Un médico va a comprobar que estés sana. —Mijaíl le sonrió—. Nada más.

—¿Y tú no vienes?

—Tengo que hacer una cosa antes —Tarasov le acarició el pelo—, pero te veré en un rato.

—No quiero ir.

—Pues tienes que hacerlo. —El hombre se incorporó dando por terminada la conversación—. Haz lo que te diga la camarada Ulianova, anda.

La mujer se llevó a la niña a rastras. Mientras se alejaban hacia uno de los barracones, Mijaíl podía oír los gimoteos asustados de la pequeña, pero se obligó a no volverse hacia ella. En vez de eso, encaminó sus pasos hacia una dacha alta y de ventanas oscuras que se alzaba un poco más lejos.

En uno de los despachos de la planta baja le aguardaba Guennadi Volkov, el responsable máximo del Nido, jefe inmediato de Mijaíl y la persona a la que tenía que rendir cuentas. Por eso se sorprendió enormemente cuando su secretario, un chupatintas estirado del que ni siquiera recordaba el nombre, le abordó en la antesala.

—Camarada Tarasov, no le esperábamos hasta pasado mañana.

—El vuelo salió antes de lo programado. —Mijaíl se encogió de hombros—. Es lo que tienen los viajes clandestinos, los horarios cambian de improviso.

—¿Ha traído el paquete?

—¿Se refiere a la niña? Sí, ya está con Ulianova.

—Es la cría española, ¿verdad? A ver, déjeme ver... Vaya, este es un activo realmente bueno. —El secretario silbó por lo bajo mientras consultaba algo en una carpeta roja idéntica a la que Mijaíl le había dado un rato antes a la mujer—. Coeficiente intelectual disparado, una coordinación psicomotriz por encima de la media para una cría de su edad... La verdad, no puedo entender cómo en Occidente no son más cuidadosos en la protección de estos datos médicos. Conseguirlos es un juego de niños para nuestros operativos.

—Tengo que ver al camarada Volkov —le interrumpió Mijaíl—. Si no le importa...

—¿El camarada coronel? —El secretario le miró extrañado—. No va a ser posible.

—¿Por qué?

—Está en Moscú, en una reunión en Lubianka. —El hombrecillo estiró la nariz por encima de la carpeta, dándose aires—. No volverá hasta esta noche o mañana.

—No entiendo. —Mijaíl le miró extrañado—. La camarada Ulianova me ha dicho que estaría aquí, que quería verme.

—Bien, pues la camarada se equivoca —zanjó el secretario.

Una idea inquietante empezó a germinar en la cabeza de Mijaíl Tarasov. Había escuchado rumores acerca de Ulianova, pero jamás les había dado crédito. Pero si fuesen ciertos...

—Ah, otra cosa, camarada Tarasov. —El secretario se giró hacia él cuando estaba a punto de irse—. Lamento informarle de que la muchacha que trajo el mes pasado ha fallecido.

—¿Que ha muerto? —Mijaíl se quedó petrificado—. Pero ¿cómo es posible?

—Unos lo logran y otros no. El Nido es duro. —Se encogió de hombros, como si solo fuese un resultado matemático—. Pensé que debía saberlo, eso es todo.

El sentimiento de culpa, la vergüenza y algo más que no podía identificar embargaron a Tarasov. De golpe, la necesidad de comprobar qué estaba sucediendo con la cría que acababa de entregar resultaba imperiosa. Sin despedirse del secretario, salió a la carrera de la dacha y cruzó el patio rumbo a los barracones.

Escuchó los gritos desesperados de la niña antes de llegar a la puerta. Eran aullidos de miedo mezclados con dolor. Mijaíl irrumpió en el barracón y un par de niños asustados, de no más de diez años, se apartaron de su camino. Siguió los gritos hasta llegar a la zona de las duchas, al otro extremo del barracón.

Cuando abrió la puerta, no podía dar crédito a sus ojos. La pequeña estaba al fondo de un cuarto alicatado de azulejos blancos, desnuda por completo y acurrucada contra una pared. Desde el otro lado de la sala, Ulianova, con una manguera, lanzaba chorros de agua helada a presión sobre el cuerpo de la cría, que se encogía en posición fetal. La mujer tenía la punta de la lengua asomando por la comisura de la boca y una mirada ansiosa en sus ojos. Febril. Sádica.

Un velo rojo cubrió la visión de Mijaíl. La mujer estaba tan concentrada en su tarea que no vio cómo el hombre se abalanzaba sobre ella y le propinaba un empujón brutal que la derribó de bruces. Ulianova se revolvió con un puño levantado, colérica, pero cuando vio la mirada de Mijaíl se detuvo con un gesto de temor.

—¿Qué demonios está pasando aquí? —bramó él—. ¿Qué coño está haciendo?

—¡Es el protocolo! —protestó ella desde el suelo. La manguera seguía lanzando un chorro de agua helada que saltaba en todas direcciones salpicándolos—. Hay que limpiarlos y desinfectarlos antes de ponerles las vacunas. ¡Solo cumplo las órdenes!

—En ninguna parte de esas órdenes dice que haya que ducharlos a manguerazos en noviembre. —La voz de Mijaíl se había transformado en un rugido profundo—. ¡Y menos si es una niña de tres años!

—¡Hay que endurecerlos! —replicó la mujer mientras se ponía en pie—. Esto no es un campamento de verano. Sabe muy bien qué es lo que hacemos aquí, camarada Tarasov. Usted es tan parte de esto como yo.

Mijaíl apretó la mandíbula.

—Yo los traigo aquí. Se supone que usted es una de las personas que debe cuidar de ellos.

—Y eso hago.

—No es lo que yo he oído. —Al instante lamentó haber dicho aquello. Lo último que necesitaba era crearse enemigos allí dentro.

—No sé qué le habrán dicho, pero es mentira. —Si las miradas matasen, Mijaíl habría caído fulminado en aquel preciso instante—. Solo sigo órdenes.

—¿Y la niña que traje el mes pasado? La que murió —escupió él—. ¿También «seguía las órdenes» con ella?

Un leve atisbo de duda bailó en la mirada de la mujer, que se limitó a cruzarse de brazos.

—Si quiere presentar una queja, ya sabe con quién debe hablar.

—Y sería inútil, los dos lo sabemos —replicó Mijaíl amargamente—. No se vuelva a acercar a esta niña. Jamás. Asígnela al grupo de Kirilenko. Si me entero de que se vuelve a acercar a ella, camarada Ulianova, yo... —No terminó la frase, pero no era necesario; la amenaza, implícita, quedó flotando en el aire.

—Me da igual. —La mujer se encogió de hombros despectiva—. Ya tengo suficientes a mi cargo. Además, no creo que esa mocosa aguante ni tres semanas. Es demasiado pequeña y frágil. Morirá.

—Esta vez no —murmuró Tarasov para sí mientras se daba la vuelta—. Esta vez no.

Se inclinó sobre la niña, que, hecha un ovillo, tiritaba de forma tan violenta que los dientes le castañeteaban; tenía el pelo pegado a la cabeza y los ojos cerrados. Fue entonces cuando Tarasov descubrió al peluche en una esquina de la sala. Alguien lo había rasgado por la mitad y todo el relleno estaba esparcido por el suelo como copos de nieve.

El hombre suspiró y se quitó su guerrera para envolver a la niña con ella. La levantó en brazos y una vez más se sorprendió de lo poco que pesaba. Ulianova tenía razón en una cosa. Si nadie la ayudaba, moriría en pocas semanas. El Nido era un lugar demasiado duro para ella.

La decisión tomó forma en su cabeza antes de que se diese cuenta. Aquella niña viviría, a toda costa. No podía permitir otro infante muerto en su conciencia.

—T-t-tengo f-f-frío... —Las palabras salían entrecortadas de entre los labios azulados de la pequeña.

—*Ne perezhivay, ptichka. Ia pozabochus o tebe* —le susurró el

66

hombre mientras salían de aquel cuarto helado. La pequeña se arrulló contra su pecho y soltó un suave suspiro de alivio. Mijaíl estaba allí.

«No te preocupes, pajarito. Yo cuidaré de ti».

Aquellas fueron las primeras palabras en ruso que aprendería Laura.

Pronto vendrían muchas más.

6

Triacastela (Lugo)
En la actualidad. Día 1 de Camino

El zumbido cantarín de la alarma del teléfono sacó a Laura del sopor en el que estaba sumida. A tientas, en la penumbra de la habitación, estiró la mano hasta dar con el terminal y apretó la pantalla para enmudecer al aparato. De manera inconsciente, palpó el otro lado de la cama buscando el cuerpo cálido de Carlos, pero solo encontró un hueco vacío, y entonces, la realidad la envolvió de golpe, hasta casi ahogarla.

Se levantó de un salto y subió la persiana de la habitación, con un sabor amargo en la boca. La noche anterior, una vez que había acabado la conversación con aquel hombre del teléfono, había conducido durante un rato, casi en estado catatónico, incapaz de pensar con claridad. La carretera la había llevado hasta el coqueto pueblo de Triacastela, enclavado en un valle entre las montañas. Pese a lo tardío de la hora, había conseguido una habitación en aquel pequeño hotel, una casa pintada de amarillo apagado con una galería de madera blanca que daba hacia las montañas de los Ancares.

Lo había escogido sin ningún motivo en concreto. Solo más tarde, mientras se estaba registrando, había caído en la cuenta de que había buscado hotel desde el móvil y, probablemente, aquella búsqueda en el aparato hackeado le había dado a aquel hombre, a Arcángel, todos los datos de dónde estaba y qué estaba haciendo.

La tentación de arrojar el terminal por la ventanilla había sido enorme, pero se contuvo. Arcángel había sido muy claro al respecto: si el terminal se apagaba o se separaba de él, Carlos moriría. Así que, con un gesto de resignación, se lo había guardado de nuevo en el bolsillo.

Mientras contemplaba el móvil apoyado en la mesilla, se dijo que tal vez en aquel momento su némesis ya sabía que se acababa de despertar, tan certero como si le hubiese mandado un mensaje para decírselo en persona.

—Tengo que hacer algo con esto —masculló para sí frustrada.

Pero no se le ocurría nada.

Se dio una ducha para apartar las últimas telarañas de sueño y mientras se secaba echó un vistazo a su ropa con un suspiro. Solo tenía las prendas que había llevado el día anterior, ya que su maleta había desaparecido del maletero del coche, junto con la de Carlos. Otro problema añadido que debía solucionar aquel mismo día.

Bajó a la planta principal del hotel. Quizá aquello era un nombre demasiado pomposo para la salita donde servían los desayunos. Laura se sirvió una taza de café y unas tostadas y mientras daba cuenta de ellas en una mesa situada al lado de una ventana dejó que su mente comenzase a funcionar de forma mecánica.

El objetivo que le había planteado Arcángel era un absoluto disparate, sin duda, pero por algún motivo que a ella todavía se le escapaba el hombre parecía completamente seguro de que no tendría el menor problema para llevarlo a cabo. Distraída, echó la mano a la taza de café. Como era habitual por la zona, se lo habían servido a una temperatura capaz de fundir una barra de acero y, al tocar la porcelana, se quemó la palma y las yemas de los dedos.

—¡Aaah, joder! —se le escapó.

Dolorida, apoyó la taza con demasiada fuerza y se ganó una mirada indignada de la encargada del servicio, pero la ignoró, abstraída en sus pensamientos. En vez de eso, sacó un bolígrafo de su bolsillo y empezó a garabatear notas en el mantel de papel que cubría la mesa. Ya estaba bien de comportarse como un conejo asustado en medio de una carretera, paralizada por la luz de los focos de un coche. Tenía que actuar. Y para eso era imprescindible que comenzase a comprender lo que sucedía a su alrededor.

Punto primero: quienquiera que hubiese organizado todo aquello los conocía a ambos, tanto a Carlos como a ella. No podía evitar el inquietante pensamiento de que Arcángel sabía más de Laura Plaza que ella misma. Eso abría un montón de posibilidades que iban de lo irresistible a lo aterrador, pero sobre todo había un detalle desasosegante que la llevaba de cabeza al siguiente peldaño.

Punto segundo: aquella gente, pues eran más de uno (Laura recordó que a Arcángel se le había escapado un plural al hablar con ella la noche anterior), no solo los conocía, sino que además habían estado espiándolos desde hacía por lo menos unas semanas, quizá desde que habían llegado a España. Sabían qué coche tenían, dónde iban a cenar, cuál era su ruta. Quedaba descartado que Carlos y ella fuesen las víctimas accidentales de un grupo de asaltantes del Camino, al estilo de los antiguos bandoleros. Asqueada, detuvo la mirada en el iPhone, que reposaba en silencio sobre la mesa. A saber cuánto tiempo llevaba con aquel espía en su bolsillo. O cuántos micros ocultos podría encontrar en la casa de Carlos, allá en México D. F., si los buscase.

Resopló y se concentró de nuevo en su lista. Pensar era lo único que le permitía mantenerse cuerda.

Punto tercero: los extorsionadores —porque no tenían otro nombre— eran gente con recursos y muy meticulosos en sus acciones. No era solo por el fajo de pasaportes primorosamente falsificados que le habían dejado en el coche, algo que no estaba al alcance de una banda vulgar de cacos, sino que además la desaparición de Carlos la noche anterior había sido una operación planificada al milímetro. Habían colado un falso camarero en el restaurante sin que nadie lo advirtiese y, además, se las habían apañado para sacar a Carlos de allí sin que hubiese testigos. Todas y cada una de las posibilidades de aquella noche se habían planeado de antemano con precisión militar. Laura intuía que, aunque ella hubiese actuado de cualquier otra manera en Pedrafita do Cebreiro, el resultado habría sido el mismo. Era abrumador.

Pero aun así no son infalibles, se dijo. La gota en el mantel se les había pasado por alto. No eran dioses omnipotentes. Sin duda jugaban con una inmensa ventaja sobre ella, pero no podían controlar todo por completo. Había grietas en su plan. Los imponderables eran demasiados, incluso para ellos.

Tan solo tenía que encontrar esas grietas, para librarse de su presa y, con suerte, conseguir alguna carta ganadora que le permitiese hacer saltar por los aires su disparatado plan y recuperar a su pareja.

Se había pasado la mitad de la noche despertándose bañada en sudores fríos. Las pesadillas en las que Carlos estaba metido en un zulo pequeño y oscuro, aterrorizado y sin entender nada o, peor aún, siendo torturado sin piedad eran tan nítidas y reales que le provocaban mareos. Era consciente de que todas aquellas ideas retorcidas no eran más que las proyecciones angustiadas de su mente ansiosa, pero saberlo no le servía de ningún consuelo. El hombre del teléfono le había prometido que Carlos estaría bien, claro, pero tan solo tenía su palabra, que no suponía demasiado.

Solo una persona enamorada sabe de verdad lo que es el dolor ajeno cuando cree que el objeto de su amor está sufriendo. Solo cuando estás unido a alguien de una forma tan profunda entiendes que su pena se hace tuya también. Aquel dolor imaginario volvía hacia ella multiplicado por mil y le provocaba una parálisis atenazante de la que le costaba librarse.

Tenía que hacer algo, lo que fuera.

Por ella. Por él.

El problema era que, por delante, tan solo tenía una enorme hoja en blanco.

Suspiró frustrada, y volvió a coger la taza de café, esta vez con más cuidado.

Y entonces se quedó paralizada, estupefacta.

Un rato antes, cuando se había quemado los dedos de la derecha, había cambiado el bolígrafo de mano, de forma inconsciente. Laura estaba segura de que era diestra. Es ese tipo de cosas que uno sabe de sí mismo con total certeza.

Y sin embargo, todas las notas garrapateadas en el mantel las había hecho con la izquierda, con una letra perfectamente clara y legible. Su propia letra.

Devolvió la taza a su platillo y se echó hacia atrás demudada, incapaz de encontrar una explicación lógica a algo tan absurdo. Probó a escribir con la mano derecha y después se pasó el bolígrafo de nuevo a la izquierda. Comparó la letra. Eran indistinguibles la una de la otra.

Sintió que se mareaba. ¿Cómo era posible?

Por supuesto, sabía que existían personas ambidextras, pero, en el caso de que ella lo fuese, lo sabría, ¿no es cierto? De repente, aquel café era demasiado amargo.

Decidió aparcar aquel misterio en la carpeta mental de «Cosas que no tienen sentido», un fichero que no había dejado de crecer a una velocidad aterradora. Ya volvería sobre aquello más tarde. Tenía cosas más importantes que hacer. Entre otras, ganar tiempo.

Arcángel había dicho que tenía siete días. Si se quedaba sentada lamentándose, el tiempo pasaría en un parpadeo y no conseguiría nada. O, peor aún, el hombre podría concluir que no era lo suficientemente proactiva para cumplir su cometido y tomar represalias. Y, visto lo visto, prefería no imaginarse cómo podrían ser.

Necesitaba aire fresco. Fue hasta la recepción y con el dinero que le habían dado la noche anterior pagó el alojamiento. Dudaba que volviese a pisar aquel lugar.

Fuera hacía frío, pero el día prometía volverse más cálido a medida que pasasen las horas. El cielo estaba de un límpido color azul pálido, sin una sola nube en el horizonte y con la promesa de una maravillosa jornada primaveral. Laura caminó sin rumbo por las calles de Triacastela durante un rato, cruzándose con sus vecinos y con los peregrinos que se disponían a emprender una nueva jornada del Camino.

Se detuvo de golpe, al ver un grupo de viajeros que salía de un edificio bajo y con pinta de haber sido renovado poco tiempo atrás. Charlaban entre ellos y se fijó en que unos cuantos tenían en sus manos un documento de papel que observaban con regocijo. Intrigada, fue hacia ellos y entró en el zaguán; un cartel de madera sobre la puerta rezaba ALBERGUE DE PEREGRINOS.

Al otro lado del mostrador, un hombre calvo y algo pasado de peso se peleaba con unos libros intentando colocarlos en una estantería. Pese a todos sus esfuerzos, no había forma de que no se desparramasen sobre la balda, para su desconsuelo. A Laura le cayó bien de inmediato, sin ningún motivo.

—Hola, ¿tiene un minuto?

Al decir esto el hombre se giró y le dedicó una sonrisa de dientes desparejos que aun así resultaba encantadora.

—Buenos días, ¿qué tal está? —dijo con voz nasal—. Bienvenida al Albergue de Peregrinos Miranda. Soy Miranda, propietario, encargado y librero frustrado.

Al decir esto último señaló hacia la estantería, donde el último de los libros que se mantenía en pie se desmoronaba. Laura sonrió. Aquel hombre era realmente simpático.

—Supongo que no viene a que le selle la credencial, ¿verdad? —Le echó una mirada escéptica a su atuendo—. No parece una peregrina, o por lo menos, así vestida no tiene pinta de ponerse a caminar.

—¿Cómo dice?

—La credencial para obtener la Compostela. —El hombre levantó un sello de caucho y lo estampó con un golpe seco sobre un periódico que tenía encima del mostrador—. El sello que certifica que cualquier peregrino a Santiago de Compostela ha pasado por aquí y ha hecho esta etapa del Camino.

Así que era eso lo que observaban las personas que habían salido.

—No, me temo que no —contestó ella con una sonrisa—. Aunque lo cierto es que tenía pensado ir hasta la catedral. Estoy deseando entrar en ella.

—Pues si no es peregrina, se tendrá que contentar con verla desde fuera —contestó categórico.

A Laura se le hizo un nudo en el estómago.

—¿Cómo dice? —consiguió articular.

—Desde lo del atentado yihadista en el santuario de Guadalupe el año pasado, las cosas se han puesto un poco... tensas, ya sabe —replicó Miranda—. No es solo en Santiago de Compostela. También pasa en Lourdes, en Jerusalén, en... Vamos, en cualquier ciudad que atraiga peregrinos. Las autoridades no se fían. Nadie quiere repetir lo de México. No es bueno para los fieles... ni para el turismo.

—Ya veo... ¿Y cómo se puede entrar en el templo, entonces?

—Bueno, por lo que he leído, solo tienen acceso al interior los peregrinos que tengan una Compostela sellada al completo y los vecinos de Santiago que pidan un permiso especial al arzobispado para poder asistir a las misas. —Se encogió de hombros—. Es un sistema con un montón de agujeros, pero al menos reduce mucho el flujo de gente al interior del templo y permite que la seguridad pueda filtrar a los visitantes con ciertas garantías.

—¿La seguridad?

—Pero vamos a ver. —Miranda se inclinó sobre el mostrador—. Pero ¿de dónde ha salido usted? ¿No lee los periódicos?

—No soy de aquí —musitó ella con voz débil. Aquello iba de mal en peor.

—Hay varios arcos de seguridad alrededor de la catedral, entre Policía, Guardia Civil y la seguridad privada que ha contratado el arzobispado. —Se rascó la nariz con aire distraído—. Al principio hubo un montón de protestas. ¡Ya se puede imaginar! Pero ahora parece que las cosas están algo más calmadas. El sistema funciona, desde luego, y todo el mundo se siente más seguro, así que no está tan mal, después de todo.

—Claro, claro. —Laura se pellizcó el labio inferior pensativa—. ¿Y cómo puedo conseguir una de esas... Compostelas?

—Pues solo hay una manera, que yo sepa. Necesita una de estas. —Miranda sacó una libreta de cartulina de debajo del mostrador—. A lo largo del Camino hay un montón de lugares como este albergue, donde le pondrán un sello para certificar que ha estado allí en una etapa del Camino. Tiene que sellar la credencial al menos dos veces al día en los últimos cien kilómetros. Si llega a Santiago con suficientes sellos en su credencial, que atestigüen que ha hecho más de cien kilómetros a pie o más de doscientos en bicicleta, el arzobispado le dará una Compostela, el documento final que la acredita como peregrina a Santiago. Y con una de esas, le dejarán entrar en el templo sin problemas.

—¿Cien kilómetros? ¿En cuánto tiempo?

—Eso depende de cada uno. —Miranda se encogió de hombros—. Desde aquí hay siete etapas hasta Santiago, unos 135 kilómetros, en función de si va por San Xil o por Samos. En una semana la mayoría de los peregrinos lo hacen sin ningún problema y con eso cubre de sobra el mínimo. Piense que hay gente que viene andando desde Francia o Alemania... o incluso más lejos.

Siete etapas. De repente a Laura le vino a la cabeza el plazo de siete días que Arcángel le había impuesto para conseguir lo imposible. ¿Tendría algo que ver? No parecía posible, pero dudaba que aquel plazo fuese aleatorio.

—Tenga. —Miranda le tendió la libreta, vacía de sellos, con un guiño—. Como recuerdo o por si piensa hacer el Camino, aunque creo que necesitará otro tipo de ropa.

Ella la cogió y se despidió del hombre. Mientras salía del establecimiento, el germen de una idea empezaba a tomar forma en su cabeza. No era un plan, en absoluto, pero al menos era el principio de algo que le permitía salir del estado de parálisis en el que llevaba sumida desde que Carlos se evaporó en el aire.

Un vecino mayor caminaba por la acera, con una barra de pan debajo del brazo y el andar pausado de quien tiene muchas horas del día por delante. Laura se acercó a él con una sonrisa amistosa en el rostro.

—Perdone —le dijo mientras señalaba a un grupo de peregrinos a punto de empezar su etapa diaria—. ¿Sabe dónde puedo comprar ropa como esa?

El hombre la miró confundido.

—¿Como cuál?

—Como la de esos peregrinos —le explicó Laura con paciencia—. Ya sabe, botas, mochila, ropa técnica, un bastón... Todas esas cosas. ¿Hay alguna tienda por aquí donde pueda comprar?

El anciano rio quedamente.

—Ay, *neniña* —le dijo—. Esto es Triacastela. Apenas somos seiscientos habitantes. No hay nada de eso aquí. Supongo que si vas a Santiago o a Lugo no tendrás problema.

Laura maldijo por lo bajo. Por supuesto, tenía la posibilidad de subirse a su coche y recorrer el camino hasta cualquier ciudad para hacer sus compras, pero eso le haría perder al menos medio día, y no le sobraba el tiempo. Al contrario, la sensación angustiosa de que las horas se le escurrían entre los dedos era cada vez más apremiante.

Justo en ese instante, vio cómo Miranda, en la acera opuesta, salía a fumar un cigarrillo. Al dar la primera calada, el hombre se percató de que en uno de los bancos adosados a la fachada alguien se había olvidado una sudadera de color rosa chillón. El alberguista la cogió y miró hacia los lados, intentando descubrir a su propietario, pero el grupo de peregrinos ya hacía rato que se había alejado de allí. Con un encogimiento de hombros, Miranda se terminó el cigarrillo con parsimonia y pisoteó la colilla en la acera. Luego, con la sudadera en la mano, volvió a entrar en el local.

Llevada por un impulso incontrolable, Laura cruzó la calle. Esperó unos segundos en la puerta del albergue y entró tratando de no hacer ruido. Por suerte para ella, la puerta estaba bien engrasada y giró sobre sus goznes sin emitir ni un chillido.

Dentro no había nadie a la vista. A lo lejos, en la planta superior, se oía el zumbido de una aspiradora. Seguramente Miranda estaba arreglando las habitaciones del albergue, ya vacío, para prepararlo ante la llegada del siguiente grupo de peregrinos esa misma tarde. Era una ocasión demasiado buena como para desperdiciarla.

Rodeó el mostrador, lanzando miradas nerviosas hacia la escalera que subía a la planta superior. Al otro lado había dos puertas cerradas. Probó con la primera y descubrió una pequeña oficina, con un ordenador portátil sobre una mesa y papeles esparcidos en desorden. No era lo que buscaba.

Probó la segunda, con una oración musitada para sí misma. Al abrir la puerta, se encontró un cuarto de tamaño mediano, que más bien parecía un trastero. Allí había de todo, desde colchones viejos hasta sillas desvencijadas, pero lo que le interesaba a ella estaba en una esquina. Había supuesto que en un lugar como aquel tendría que ser muy común que los huéspedes se dejasen cosas olvidadas. No era probable, se dijo, que un peregrino desanduviese kilómetros para recuperar una prenda de ropa, así que a lo largo de los años se había ido acumulando en aquel almacén una enorme y dispar colección de objetos.

Laura cerró la puerta tras de sí, sintiendo cómo el corazón se le desbocaba. No se podía creer lo que estaba haciendo. Estaba a punto de *robar*. Si se lo hubiesen dicho la semana anterior, se habría reído a carcajadas, pero allí estaba, en cuclillas en un cuartucho polvoriento y en penumbra, seleccionando a toda prisa un nuevo fondo de armario a la medida de las circunstancias.

El olor de algunas prendas era nauseabundo, así que las descartó de un plumazo. Sin embargo, en pocos minutos tenía un puñado respetable de ropa de peregrino en su poder e incluso una vieja mochila Jack Wolfskin que parecía haber visto mucho mundo antes de acabar allí.

Con la adrenalina bombeando por su organismo, acabó de vestirse. Se había puesto unas mallas azules, una camiseta técnica y una sudadera en la que ponía UNIVERSITÀ DI BOLOGNA en el pecho, con quemaduras sospechosas en el regazo. Encontró un par de botas de su talla y que no olían especialmente mal. Eran de un verde eléctrico espantoso, de ese tono que no existe en la naturaleza, feas con avaricia y que se tenían que ver desde el espacio. Sospechó que las habían abandonado allí aposta, cuando su anterior propietaria se aburrió de llamar la atención por el Camino, pero no tenía mejor alternativa. Se ató los cordones con celeridad, metió su vestido y sus tacones en el fondo de la mochila junto con un puñado de mudas escogidas al tuntún y salió de nuevo por la puerta.

El zumbido de la aspiradora seguía sonando en la planta de arriba, salpicado por los berridos de Miranda, que en aquel instante destrozaba una canción de Joaquín Sabina con muy poca vergüenza. Laura estaba a punto de salir cuando de repente se detuvo y volvió sobre sus pasos. Pasó la mano sobre el mostrador y cogió el sello que el amable hostelero le había mostrado un rato antes. Con un gesto seco, lo estampó en su carnet. Satisfecha, comprobó el resultado. Ya tenía el primer sello.

Su vía de acceso al interior de la catedral de Santiago comenzaba a tomar forma.

No sabía qué haría una vez que llegase allí, ni qué se encontraría por el Camino, pero por primera vez desde que toda aquella pesadilla había comenzado, sentía que estaba haciendo algo que estaba bajo su control, algo que ella podía dirigir.

Si aquel tal Arcángel quería que robase los huesos del apóstol para rescatar a Carlos, estaba perdida. Eso no era posible, de ninguna manera. Pero lo que sí podía hacer era dar la sensación de que al menos lo estaba intentando.

Así ganaría tiempo y, de paso, aguardaría a que cometiesen otro error.

Y entonces, se dijo a sí misma, *veremos quién es más listo.*

7

Peredélkino, cerca de Moscú (URSS)
Enero de 1988

Como cualquier niña de siete años, Laura odiaba tener que levantarse por las mañanas, sobre todo en días de invierno como aquel.

La enorme estufa de carbón que se dejaba encendida al principio de la noche en el dormitorio, tan caliente que adquiría un intenso color rojo cereza en su parte superior, tan solo mantenía el aire ligeramente tibio cuando las primeras luces del sol despuntaban tras la línea de abetos que rodeaba la casa.

En una ocasión, alguien había pedido más carbón para mantenerla prendida, pero la respuesta no había sido la esperada. De hecho, se habían pasado dos largas semanas con la estufa apagada, hasta que todos habían entendido el mensaje. A los encargados del Nido no les gustaba que nadie les dijese cómo hacer las cosas. Ella sospechaba que buscaban a propósito aquel frío entumecedor por las mañanas, una más de las mil diabólicas formas de tortura a las que se tenían que enfrentar a diario.

Se dio la vuelta en su jergón mientras escuchaba los ronquidos de Irina en la litera superior. Estaba segura de que en un rato la fornida muchacha se despertaría gruñendo y deseando descargar su mal humor contra quienquiera que se cruzase en su camino trompicado hacia el lavabo. El aliento se condensaba ante sus ojos y su mirada se detuvo en el reloj colgado sobre la puerta. Solo le quedaban tres minutos antes de empezar la jornada.

Hacía semanas que tenía frío, no importaba lo que hiciese o dónde se metiese. Era el quinto invierno que pasaba en aquel lugar, una larga sucesión de días desde que la habían raptado en Madrid para llevarla hasta el Nido, en una mezcla de terror, excitación salvaje y asombro. Días infinitos, intensos y agotadores, tanto que habían llegado a ser indiferenciables unos de otros y se habían convertido en una larga rutina infinita, sin principio ni final.

Sin embargo, algo estaba cambiando. Podía notarlo en el ambiente, una tensión que se iba acumulando como la electricidad estática que se apodera de la atmósfera antes de una tormenta, cuando el olor del ozono impregna el aire y los lobos aúllan al cielo, inquietos ante lo que se avecina. Aun así, los lobos tenían ventaja: ellos intuían lo que iba a pasar, mientras que ella no sabía por dónde iba a llegar el golpe.

El minutero dio un salto con un suave clac metálico, casi inaudible, aunque ella pudo adivinarlo. Un segundo después, de los altavoces de color gris colgados en las esquinas de la habitación salió la familiar fanfarria de trompetas que servía de despertador. Entre crujidos metálicos, las trompetas enseguida se mezclaron con un coro de animosas voces infantiles, que cantaban llenas de energía el Himno de la Organización de Pioneros Vladimir Lenin:

Noches azules, elevadas por las hogueras.
Somos los pioneros, hijos de los obreros.
El tiempo a años luz se acerca, el grito
pionero «siempre preparados».

Odiaba aquella canción con toda y cada una de las fibras de su ser. Como un perro de Pavlov, aquellas notas le cargaban el cuerpo de tensión y sentía que sus músculos se tensaban de manera involuntaria. Y eso que ellos ni siquiera pertenecían a los pioneros, aunque era su himno el que los despertaba a diario.

Saltó de la cama y notó el suelo helado bajo sus pies descalzos, pero hizo caso omiso. En la litera de arriba, Irina había empezado su habitual retahíla de quejas antipioneras y palabras malsonantes. Si se daba prisa, llegaría la primera a la ducha y podría aprovechar el agua caliente. Llegar de los últimos implicaba ducharse con agua helada y, con una temperatura exterior de veinte grados bajo cero, dejar algo así en manos del azar o la pereza podía suponer la muerte. Además, las duchas frías solo le traían malos recuerdos.

—*Goryachaya voda segodnaya moya ochered* —gruñó Irina, desde la litera superior, en un ruso mal hablado—. Agua caliente es mi turno hoy.

Había llegado dos años después que ella y todavía no dominaba las sutilezas del idioma ruso. Ni de los otros, para ser exactos. Laura creía que Irina podía ser húngara o rumana, por su aspecto y acento. También había quien afirmaba que era de una aldea del noroeste de Bulgaria, pero en realidad tampoco podía estar segura de que aquel rumor fuese cierto. No hablaban abiertamente de aquello, ni de otras muchas cosas, por supuesto.

No, si no querías arriesgarte a que te pillasen y pasar algunas noches en las celdas de castigo.

De lo que sí podía estar segura era de que la muchacha, que le sacaba cuatro años, más de una cabeza y que tenía la complexión de un chico, le pegaría bien fuerte si la pillaba. Le encantaba hacerlo, si tenía que ser sincera.

Pero no la iba a atrapar. Al principio sí lo hacía, durante los primeros meses, cuando ninguno de los adultos estaba cerca y la arrinconaba en una esquina de la habitación. Entonces le tiraba del pelo y la molía a puñetazos hasta que a ella se le acababan las ganas de llorar por los golpes.

Pero ahora no, salvo que la pillase desprevenida.

Porque Laura era rápida. Y lista.

Le hizo un gesto burlón a Irina y corrió pasillo abajo tiritando de frío hasta llegar a los baños. En la puerta estaba la camarada Olga Kirilenko, como todas las mañanas, con su inmenso corpachón amenazando con hacer estallar las costuras de su uniforme verde terroso y con el moño más apretado que se pudiera imaginar coronando su cabeza. Con su cara de perro de presa, Kirilenko tenía un par de penetrantes ojos que no dejaban escapar ni la más mínima infracción.

—Buenos días, Laura —le dijo mientras le tendía una toalla—. Hoy te has dado prisa, ¿verdad?

Vaciló un segundo antes de responder. En el Nido nunca se podía saber cuándo una pregunta escondía una trampa agazapada entre las palabras, pero no contestar o tardar demasiado en hacerlo era mucho peor que dar una respuesta errónea.

Decidió arriesgarse.

—Me he despertado hace un rato, *tovarisch*. —Señaló hacia las duchas—. Y me apetece tener agua caliente.

Olga Kirilenko asintió con un leve gesto de cabeza y se giró hacia la otra esquina del pasillo, por donde venía Irina trotando de forma pesada y lanzando reniegos. Laura suspiró aliviada, y cerró la puerta de la ducha a su espalda. Solo había una cabina de baño y el resto de las chicas de aquella parte de la casa tendrían que esperar en el pasillo hasta que ella agotase sus cinco minutos bajo el escrutinio de la gobernanta. Y a saber lo que les podía pasar.

Kirilenko no era de las peores, por supuesto. Nada que ver con el doctor Pugachev o con la camarada Ulianova. Laura se estremeció al recordar a esta última, aquella mujer alta con labios finos como una cuchillada y cuerpo fibroso y marcado. Ulianova tenía un gusto especial por la crueldad física. A veces la niña oía susurrar a las chicas mayores sobre ella y las cosas que las obligaba a hacer cuando nadie estaba cerca. Laura se alegraba de ser de las pequeñas y tener solo siete años. Lo único que podía temer de la camarada Ulianova era que le propinase uno de aquellos violentos pellizcos que dejaban verdugones morados en la piel. Siempre le brillaban los ojos cuando lo hacía, como si en alguna parte de su cerebro se celebrase una fiesta especial y malsana.

El agua estaba tibia, pero la ayudó a entrar en calor. Se secó rápidamente y se recogió el pelo húmedo en una coleta. A continuación, dejó la ducha libre y pasó al vestuario, donde se puso la ropa que había colocado correctamente doblada la noche anterior. Un uniforme gris, compuesto por una chaqueta que le quedaba un poco grande, unos pantalones a juego y unas botas militares de media caña. Al acabar, mientras oía resoplar en el agua tibia de la ducha a la siguiente muchacha —«Ojala Irina aún tenga que esperar un rato, y le toque meterse bajo un chorro de agua helada», deseó entre dientes—, se puso el pesado abrigo acolchado y por último se caló la *ushanka*, el gorro de piel con orejeras que usaban en invierno.

Había un espejo cubierto de manchas leprosas en una esquina del vestuario y se contempló durante un segundo. Una niña menuda, de inmensos ojos azules rodeados de ojeras a la que se le escapaba un mechón de pelo negro como el ala de un cuervo por debajo del gorro. Una niña en alerta constante y exhausta, pero dotada de una voluntad de hierro para sobrevivir.

No podía ser de otra manera en el Nido.

Salió al exterior y el frío helador de la mañana le mordió las mejillas. El sol aún no había salido —en la zona donde estaba, a aquellas alturas del año, solo lo haría a partir de las nueve—, pero los enormes focos de sodio que alumbraban el complejo lo bañaban todo con una intensa luz amarillenta.

Sabía que había una gran ciudad llamada Moscú a pocos kilómetros de distancia, porque se lo habían dicho, pero no había salido ni una sola vez del Nido desde que había llegado allí, más de cuatro años antes. Aquel era su hogar y todo el mundo que conocía.

Los recuerdos de su vida anterior en Madrid eran cada vez más difusos. Aunque intentaba conjurar el rostro de su madre todas las noches, le resultaba más y más difícil conforme pasaban los meses. Tenía fragmentos en su memoria que atesoraba con la tenacidad de un avaro: el olor de su padre, el dibujo de la alfombra del salón, la melodía de *Barrio Sésamo*, con aquel erizo rosa gigante que siempre se metía en problemas, el sabor de unas croquetas que le encantaban... De todo ello, los fragmentos cada vez más desvaídos de mamá era lo que más la atormentaba.

Sentía que cada vez que uno de aquellos recuerdos se iba disolviendo en su memoria infantil, algo de su auténtica esencia se escapaba para siempre. Cada mañana que pasaba allí quedaba un poco menos de la niña que había salido de una guardería en llamas en Madrid, en otra vida. Cada noche, cuando se acostaba, la nueva realidad ganaba espacio y se enseñoreaba de su historia.

Era demasiado pequeña para comprender que los recuerdos infantiles anteriores a los cinco años se suelen perder a medida que se va creciendo, en un proceso natural, y que la mayoría de los adultos tan solo se quedan con unos trozos fragmentarios de esa etapa, reforzados por el recuerdo constante de su entorno familiar.

Pero ella no tenía nada de eso. Estaba sola en el Nido. Una niña de siete años que se aferraba a los restos de un naufragio y que hacía tiempo había comprendido que llorar era un lujo que no podía permitirse. Y que, de manera instintiva, había llegado a entender que aferrarse a su vida anterior tan solo la hacía más vulnerable, más expuesta. Frágil. Por eso solo se permitía acariciar el calor de aquella hoguera interior cuando todo se volvía muy complicado y no podía más.

Caminó por el patio cubierto de nieve. Había nevado la noche anterior, el frío de la madrugada había tendido una fina capa de hielo sobre la nieve blanda y cada paso que daba venía acompañado de un satisfactorio crujido.

Laura no era consciente de que, justo en aquel instante, un hombre la estaba contemplando desde una de las ventanas del edificio que daba a la plaza con gesto pensativo y las manos cruzadas tras la espalda.

—Esto no está bien —murmuró el hombre.

—¿Qué dices, Misha? —preguntó otro detrás de él.

—Que esto no está bien —repitió mientras se daba la vuelta—. Ser tan duros con ellos, quiero decir. Son demasiado pequeños para tratarlos así, Guennadi.

—Tonterías —replicó el otro resoplando.

Mijaíl Tarasov escrutó a su interlocutor. Guennadi Volkov estaba sentado en su escritorio, con una montaña de papeles delante de él y una taza de té humeante a su lado. Vestía uniforme de coronel del ejército ruso, aunque en realidad era un operativo de alto rango del KGB, como él mismo.

Volkov, de unos cuarenta años, llevaba el pelo cortado a cepillo y tenía ojos pequeños y demasiado juntos, sobre una boca de labios gruesos y carnosos que siempre daban la sensación incongruente de estar a punto de lanzar un beso, aunque esa era la única concesión a la amabilidad que se le veía. Tanto su mirada como sus movimientos eran secos y duros como las rocas del Cáucaso.

—¿No te gusta cómo hacemos las cosas en el Nido, camarada? —le dedicó una sonrisa, que en su cara parecía una herida abierta—. Siempre puedes quejarte a Moscú, ya lo sabes.

Mijaíl meneó la cabeza. Volkov era su inmediato superior y el máximo responsable de Sueño Oscuro, la operación ultrasecreta que había llevado a todos aquellos críos a un rincón perdido de los bosques soviéticos. Sabía que aquella invitación a quejarse no era más que un ejercicio retórico por su parte. Decidió probar otra estrategia.

—¿No crees que obtendríamos mejores resultados si mejoramos su calidad de vida? Esto es una escuela, no un gulag. Si los críos son felices, sin duda avanzarán más rápido en el programa.

Volkov cruzó los dedos delante de su cara, con los codos apoyados en la mesa, mientras meditaba. Finalmente se puso en pie y se acercó despacio hasta Mijaíl. Era más bajo que él, pero algo en su postura emanaba siempre una sutil amenaza, como un tigre agazapado dispuesto a saltar.

—No me gusta que pongas en tela de juicio ni mis métodos ni mi criterio —dijo con lentitud—. Yo dirijo esta operación y yo tomo las decisiones. Aunque te recuerdo que tú también eres parte de esto.

Mijaíl Tarasov se mordió la lengua ante aquel argumento irrefutable, con cierto poso de vergüenza. Él en persona se había encargado de secuestrar («extraer», en el argot del KGB) a muchos de los niños que estaban en el Nido, entre ellos la chiquilla de ojos azules que cruzaba el patio justo en ese instante. Había recorrido una docena de países y se los había llevado, como una especie de Hombre del Saco, sin el menor remordimiento al principio, porque estaba convencido de que sus órdenes eran las correctas y que lo que hacía era necesario para la defensa de la Unión Soviética frente a las amenazas occidentales.

Pero eso había sido antes. Ahora ya no estaba tan seguro.

—Volkov, no discuto la cadena de mando —trató de apaciguar los ánimos—. Pero es que estos niños...

—¡Ese es tu problema! —restalló con un ladrido—. ¡Te empeñas en verlos como niños, pero son piezas, elementos en una partida que es mucho más grande que tú y que yo! Todos ellos, del primero al último, son prescindibles si no alcanzan los más altos estándares de excelencia. No nos podemos permitir un fallo. ¡Por eso tenemos que endurecerlos, separar a los supervivientes de los blandos!

—Matarlos de frío y obligarlos a pelear entre ellos no me parece la mejor manera.

—Bien, esa es una decisión que por suerte no te corresponde —replicó Volkov con frialdad antes de adoptar un tono conciliador—: Sé que estás sometido a mucha presión, Misha, pero tienes que entender qué nos estamos jugando. Sueño Oscuro es algo que conocen apenas tres personas del Sóviet Supremo, es una operación tan clandestina que ni siquiera el secretario general ha oído hablar de ella.

—¿Y eso lo justifica todo?

—No, pero sirve para que te hagas una idea de lo que arriesgamos. —Y la dureza de Volkov mostró un atisbo de duda. De miedo, incluso—. Si esto sale mal, si algo sale a la luz en algún momento..., no habrá nada ni nadie que nos pueda salvar. Todo el mundo por encima de nosotros dos mirará hacia otro lado y negará saber nada. La montaña de mierda que nos caerá encima nos sepultará para siempre, y no hablo de acabar destinados en un puesto fronterizo de Mongolia para contar ovejas. Podríamos morir. Tú, yo, todos los que estamos en el Nido. Todos nosotros. Éxito o muerte.

Mijaíl apretó los labios. Su superior estaba en lo cierto y saberse atrapado en aquella tela de araña no hacía las cosas más fáciles. Como poco, aumentaba sus remordimientos, por ser responsable de aquella monstruosidad. Pero ya era demasiado tarde para arrepentirse.

—Tienes que dejar a un lado todos esos sentimientos, Misha. —Volkov le apoyó una mano en el antebrazo—. Entender que todo esto lo hacemos por la patria. Si quieres un buen consejo: ni las torres ni los alfiles se permiten encariñarse con los peones sobre el tablero. Son objetos. Armas. Nada más.

El teléfono sobre la mesa de Volkov empezó a sonar y el coronel del KGB se fue a atenderlo, dejando a solas a Mijaíl con su conciencia. Este miró de nuevo por la ventana, a tiempo de ver cómo la pequeña Laura, aquella niñita que había raptado en Madrid, subía corriendo las escaleras para entrar en el edificio principal del Nido.

8

La pequeña se apresuró hacia el complejo principal, una dacha de madera verde de tres plantas que se levantaba a unos
metros del edificio donde dormían las chicas. Al otro lado del
patio había una estructura similar, donde dormían los alumnos varones. Salpicados aquí y allá, entre los densos bosques
dc abctos, sabía que había otros muchos edificios con finalida-
des variopintas y que, algo más lejos, caminando entre la espesura, podría llegar a la valla que rodeaba el complejo y que
patrullaban parejas de guardias armados, que siempre llevaban con ellos unos perros de aspecto fiero.

En la puerta esperaba el camarada Borodin, con aspecto
de tener ganas de entrar a la calidez del interior cuanto antes.
A su lado ya pasaban un par de los chicos mayores, con las mejillas coloradas por el frío. Normalmente siempre eran los mayores los primeros en llegar. Nadie ayudaba a los pequeños, ni
siquiera en las tareas más simples. Uno de los principios fun-
damentales del Nido es que no había que esperar ni ayuda ni
compasión de terceros. Cada uno era responsable de su supervivencia, por sus propios medios. Aunque eso significase que
una niña como ella tuviese que buscarse la vida por su cuenta.
No todos lo lograban, por supuesto. En los cuatro años que
llevaba allí había visto cómo muchas de las literas y los pupitres
cambiaban de dueño. Apenas quedaban la mitad de los que

estaban cuando ella pisó por primera vez la nieve de Peredélkino. Muchos, simplemente, desaparecían.

Trepó los escalones jadeando.

—Apura, Laura —rezongó Borodin—. Tenéis diez minutos para desayunar.

—Sí, camarada profesor. —Laura agachó la cabeza al pasar
por su lado, intentando parecer más pequeña de lo que era.

Regla número uno: procura llamar la atención lo menos
posible.

Casi siempre funcionaba.

Eran treinta niños en total y siete profesores. Ninguno de
los niños tenía apellido. Si alguno de los mayores recordaba la
identidad que tenía antes de llegar allí, los habían convencido
desde el principio de que era mejor renunciar a ella. Solo en
una ocasión Laura había presenciado cómo un muchacho de
unos doce años, de piel color ébano, pelo rizado denso y largas piernas, se había negado a cumplir aquella norma y había
plantado cara a los profesores. Le habían dado una paliza que
había dejado manchas de sangre rojas y brillantes en el suelo
del comedor. Luego se lo habían llevado y no lo habían vuelto
a ver y su puesto lo había ocupado otro muchacho. Todos habían tomado nota de aquella lección y desde entonces nadie
había osado desafiar de nuevo la autoridad de los profesores.

El desayuno fue rápido y nutritivo, pero escaso. No iban a
morir de hambre, pero desde luego nadie podía pensar en
engordar en el Nido.

La primera clase era de idiomas y tocaba alemán. Un hombre mayor, con barriga prominente y gafas de culo de botella
estaba aquel día al frente del estudio. Aparte de los siete profesores de materias especiales, por el Nido iban y venían un
montón de educadores, expertos en alguna materia. Aquellos
hombres y mujeres les enseñaban las disciplinas básicas: idiomas, geografía, matemáticas..., y cuando estaban listos, se iban
sin hacer preguntas.

Los profesores solo estaban allí para mantener el control del Nido. Y para impartir las otras asignaturas, claro. Aquellas que jamás formarían parte del currículo en un colegio normal. Aquellas que hacían tan diferente a aquel lugar.

Mientras el hombre con acento de Alemania del Este escribía en el encerado, Laura se giró hacia su compañero de pupitre. Era un niño de piel aceitunada y tan solo un año mayor que ella. Delgado y de extremidades desgarbadas, sus ojos oscuros como un pozo de brea parpadearon somnolientos al reconocerla.

—Hola, Laura —susurró.

—Hola, Omar —correspondió ella con una sonrisa.

Le gustaba aquel chico y era lo más parecido a un amigo que había hecho en aquel lugar. Ambos eran dos de los alumnos más pequeños. Tan solo Julia, una pelirroja con la tez pecosa, de cinco años, era más pequeña que ellos dos, aunque Laura creía que no iba a durar mucho. La niña siempre tenía la cara llena de mocos, los ojos enrojecidos de tanto llorar y era incapaz de mantener el ritmo del grupo. Apenas hablaba ruso, lo que le hacía presa fácil de los castigos y penalizaciones. Aunque Laura se esforzaba por echarle una mano, no resultaba fácil con los ojos vigilantes que los rodeaban, dispuestos a delatar cualquier infracción. Tendría que apañárselas por su cuenta.

Omar, sin embargo, era un chico despierto y amable. A veces le contaba a Laura las cosas que recordaba de su lugar de origen, un lugar cálido y desértico llamado Siria. Ella pensaba que muchas de aquellas historias eran simples invenciones, pero le hacían reír y le permitían evadirse por unos instantes del ambiente acechante de la escuela. Además, cuidaban el uno del otro, empujados por el instinto y la similitud de edad.

—Bueno, dime. —Omar lanzó una mirada temerosa hacia el alemán alto que se esforzaba en aquel momento en explicar las diferencias entre el dativo y el acusativo antes de volverse de nuevo hacia ella—. ¿Lo tienes?

Laura asintió con una sonrisa traviesa y abrió el bolsillo de su chaqueta. Metió la mano, sacó un bulto envuelto en una servilleta y se lo pasó a su amigo por debajo del pupitre.

Omar la abrió con cuidado y sus ojos oscuros se iluminaron. Era una rebanada de pan negro, gruesa como un dedo y de aspecto apetitoso. Se giró hacia su amiga con una expresión de asombro en la cara.

—¡No puede ser! ¿De dónde lo has sacado?

—Es un secreto. —Laura se encogió de hombros.

—¿Y tú? —Omar parpadeó un par de veces abanicando con sus largas pestañas negras el aire frío del aula—. Tú también tienes para ti, ¿verdad?

—Claro que sí —mintió ella—. No te preocupes. Come.

Laura había descubierto que una de las ventajas de ser tan pequeña era que la mayoría de la gente tendía a ignorarla por completo si no llamaba la atención. Los adultos hablaban alto, se movían rápido y siempre parecían preocupados por otras cosas. Si se quedaba quieta en un rincón, al cabo de un rato tendían a ignorarla, como si fuese un mueble más de la sala.

En el comedor principal, los platos sucios de la comida, dolorosamente vacíos, se dejaban en un carro de ruedas chirriantes que después una de las gobernantas trasladaba a la cocina, tras una puerta de roble macizo que se cerraba con llave. Pero no todo el mundo terminaba de comer al mismo tiempo. Unas semanas atrás, Laura había observado que la gobernanta, que llevaba el fajo de llaves colgado de su cintura, había adoptado la costumbre de dejar el carro atrancado junto a la puerta para esperar a que el último comensal se hubiese marchado, en vez de recoger justo al terminar.

Y ella era una niña lista, observadora y muy despierta. La gente es perezosa, había descubierto. Por eso siempre se sentaba en el banco más cercano a la puerta de la cocina.

Vigilando.

Esperando.

Y por fin, tres días antes, se había atrevido. Cada vez que se producía el cambio de turno, un grupo de los soldados que vigilaban el perímetro acudían a la cantina para pedirles a las cocineras una jarra de café caliente. Aunque en teoría no podían entrar en aquel comedor, reservado a los alumnos, lo cierto es que les quedaba más cerca que su propia cantina, situada en otro edificio entre los abetos, a bastante distancia a través de la nieve. Así que paraban siempre allí.

La gente, definitivamente, es perezosa.

Siempre era la misma rutina. Uno de los guardias golpeaba en la ventana de la parte trasera y la gobernanta del comedor entraba en la cocina y salía al poco rato con una jarra metálica muy caliente llena de café. Laura había observado que la mujer procuraba arreglarse el pelo antes de que llegasen y que, de cuando en cuando, miraba el reloj ansiosa. Cada vez que llegaban los soldados se entretenía un rato con ellos charlando. Siempre que hablaba con uno de ellos, un chico alto y con las orejas de soplillo, reía en voz muy alta y le tocaba sin parar, de una manera rara. Los mayores eran muy extraños, se dijo.

Aquella distracción le daba apenas dos minutos para colarse junto al carrito de los platos sucios y entrar en la cocina. Era un espacio grande, lleno de vapor, impregnado de un penetrante olor a verduras cocidas, con hornillos industriales y enormes cacerolas borboteantes sobre el fuego. Laura pasaba junto a las alacenas, cerradas con llave, y se dirigía a la mesa donde se cortaban las barras de pan negro. Siempre había unas cuantas rebanadas sueltas y la primera vez tan solo se atrevió a coger una, temerosa de que alguien se diese cuenta.

Pero nada pasó, en ninguna de las ocasiones. Salió de la cocina tan sigilosamente como había entrado, un pequeño ratón de ojos azules, que devoraba con fruición aquel trozo de pan en el hueco de debajo de las escaleras.

Animada por su éxito, había repetido la estrategia a menudo, solo que en esta ocasión había decidido compartir su botín con Omar. Claro que al ver la expresión entre famélica y feliz del muchacho, decidió darle todo el magro botín. Ya volvería al día siguiente a por más.

Las clases se sucedieron a lo largo de la mañana a un ritmo cansino. Matemáticas, física, algo llamado «formación ideológica» con el profesor Pugachev y, a última hora, idiomas de nuevo. Aquel día tocaba ruso, asignatura de la que Laura estaba exenta. A su llegada al Nido no entendía ni una palabra de aquel idioma, como la mayoría de los alumnos, pero había sido capaz de hablarlo con soltura en apenas ocho meses. Incluso sus maestros estaban asombrados de la facilidad pasmosa que tenía para absorber los matices de aquella lengua. De aquella y de casi cualquiera, comentaban admirados. Lo cierto es que Laura aventajaba al resto y disponía de aquella hora para su propio disfrute, un lujo extraordinario que no estaba al alcance de todos los alumnos.

Salió al patio y se quedó sentada en las escaleras disfrutando del tibio sol de invierno que le calentaba la cara. Aquel día el cielo estaba limpio y brillante y prometía una rara jornada de calma. Aquella escalera le recordaba a otra, muy lejana, por la que había bajado envuelta en humo varios años atrás. Siete escalones, como en la que estaba sentada, con barandillas de madera a los lados.

No sabía por qué guardaba en la memoria aquel detalle. Era capaz de recordar cosas que la gente tendía a olvidar. Decían que su cabeza era distinta, que funcionaba de otra forma. No sabía bien qué significaba aquello.

Oyó pasos apresurados a su espalda. La clase había terminado y Omar apareció a su lado con una sonrisa llena de deslumbrantes dientes blancos que destacaban con fuerza en su cara morena. El chico parecía emocionado.

—¡Estás aquí! —gritó mientras su mano daba golpecitos sobre el bolsillo abultado—. Vamos al lago. Allí podremos comernos esta rebanada de...

No pudo terminar la frase, porque una sombra oscura se proyectó sobre ellos.

—Eh, vosotros dos —dijo una voz—. Tenemos que hablar.

Laura giró la cabeza y se obligó con todas sus fuerzas a no salir corriendo. Eran Nazario y Bruno, dos de los chicos más mayores. Ambos tenían más o menos la misma edad, en torno a los diecisiete años, y ambos parecían sacados del mismo molde de fábrica: grandes, fuertes, con un cuello grueso que se hundía bajo la mandíbula, ojos como tizones ardientes y el mismo corte de pelo al estilo militar.

Los dos muchachos tenían un aspecto tosco, pero quien los hubiese subestimado pensando que eran un par de brutos habría cometido un grave error. Nazario, con su marcado acento brasileño, era un genio de las matemáticas, y Bruno parecía tener una capacidad sobrenatural para entender los artefactos mecánicos.

Eran chicos brillantes, como todos los alumnos del Nido.

Pero también eran un par de cabrones sin escrúpulos. Y eso era algo que Laura sabía demasiado bien.

—¿Qué tenéis ahí, corderitos? —dijo el brasileño.

—Nada —contestó Omar, rápidamente, con un parpadeo asustado.

Demasiado rápido, quizá.

—Pues entonces no te importará que mire en tu bolsillo, ¿verdad? —dijo Nazario mientras lanzaba su manaza hacia el cuello del muchacho.

El pequeño se escabulló con rapidez, pero el otro ya se echaba sobre él, a una velocidad asombrosa para alguien de su tamaño.

—¡Corre, Laura! —acertó a gritar el sirio antes de salir disparado, y ella echó a correr detrás de su amigo, intuyendo que quedarse allí no le traería sino problemas.

Ambos críos se abrieron paso por el camino que llevaba al lago. Al llegar a un alto, Omar salió del camino y se internó en la espesura, con la intención, probablemente, de despistar a sus perseguidores. Enseguida quedó claro que aquello había sido un error. La nieve continuaba virgen en aquella zona y los dos niños se hundieron hasta media pantorrilla. Cada paso era un suplicio y al cabo de un momento Laura jadeaba y sentía una columna de fuego ardiendo en sus pulmones.

Echó un vistazo sobre su hombro y al instante descubrió la magnitud de su equivocación. Sus dos cazadores, mucho mayores que ellos, avanzaban a grandes zancadas por la nieve blanda y simplemente se limitaban a mantener la distancia. Podrían haberlos atrapado mucho antes, de haber querido. Con un escalofrío, comprendió que simplemente estaban dejando que se alejasen del edificio principal y de la posible mirada de alguno de los adultos. En cuanto estuviesen en una zona apartada quedarían a su merced.

—¡Omar, no! —jadeó, pero su amigo no la oyó.

Tan solo corría asustado.

Cuando llegaron a la orilla del lago helado, los tenían casi encima. Laura sintió el impacto de un puño en la espalda, que le vació del golpe el poco aire que le restaba en los pulmones. Salió impulsada hacia delante y cayó en la nieve, dolorida y desorientada.

Al levantar la mirada vio que uno de los matones ya sujetaba a Omar por el cuello de su abrigo. La *ushanka* del sirio estaba tirada en el suelo y el niño forcejeaba tratando de soltarse, pero la presa de su captor era firme.

—Tú estate quieta —gruñó Bruno, al tiempo que le daba una patada en las costillas.

Laura sintió una oleada de dolor que se esparcía en ondas por todo su cuerpo y la dejaba sin oxígeno.

—Vamos a ver qué tienes aquí. —Nazario hundió la mano en el bolsillo del chico. Sacó el paquete y sus ojos brillaron al ver la rebanada de pan de centeno que escondía la servilleta—. Vaya, vaya. Mira lo que escondían estos mierdecillas. —Partió la rebanada y le arrojó la mitad a su compañero—. Al final ha merecido la pena.

—Está buena —dijo Bruno tras darle un mordisco ansioso—. Muy buena.

—Dime, mierdecilla. —Sacudió a Omar como si fuese un cachorrito desobediente—. ¿De dónde has sacado esto?

—Que... te... den —jadeó el niño con una expresión feroz en el rostro, reemplazado el miedo por el orgullo.

El muchacho que le sujetaba sonrió con una expresión torva que no anticipaba nada bueno, disfrutando del momento.

—Uy, qué manera más fea de hablar —le propinó un puñetazo en el estómago a Omar que dejó al pequeño boqueando—. Te lo voy a preguntar otra vez, de manera educada. ¿De dónde has sacado ese trozo de pan?

Omar luchaba por respirar y emitió un gorgoteo estrangulado.

—No te entiendo. —Le dio otro puñetazo salvaje que dobló al chico por la mitad como si fuese un muñeco de trapo—. Repite, por favor.

A Omar se le escapó un hilillo de saliva. Tenía la cabeza caída hacia delante, los ojos abiertos de par en par, la mirada desenfocada, y solo se sostenía en pie gracias a que su captor le sujetaba con fuerza. Alzó el puño, dispuesto a darle otro golpe.

—¡Para! —gritó Laura desde el suelo—. ¡Déjalo en paz!

Nazario levantó la mirada, con el gesto airado de un director de orquesta al que un móvil interrumpe en pleno concierto.

—¿Tú también quieres? Dentro de un segundo te tocará a ti, no te preocupes.

Descargó un nuevo puñetazo, esta vez en el plexo solar del sirio. Omar emitió un gañido y con una arcada vomitó sobre la nieve el desayuno de la mañana. Laura contempló, entre fascinada y horrorizada, la mancha oscura que se extendía por la entrepierna del muchacho, que se había meado de puro terror.

—¡Déjalo, por favor! —gimió—. ¡No le pegues más!

—En cuanto me diga lo que quiero saber, le soltaré.

—He sido yo. —Laura se limpió las lágrimas que rodaban por su cara. No sabía cuándo había empezado a llorar—. Se lo di yo. Yo conseguí la rebanada de pan.

—¿Tú? —Nazario la miró con incredulidad—. ¿Y de dónde la has sacado?

—De la cocina. Sé cómo entrar.

—Vaya, vaya. —El chico soltó a Omar, que se desplomó sobre la nieve como un peso muerto, y se giró hacia su compinche—. Así que el ratoncito ha encontrado un agujero en el muro, ¿qué te parece?

—Formidable —gruñó Bruno con una sonrisa torva.

—Sin duda, es estupendo. —Nazario sonrió mientras se acuclillaba al lado de Laura. Era una sonrisa cálida y amistosa, pero que quedaba desmentida por la dureza implacable que brillaba en sus ojillos calculadores—. ¿No crees, ratoncito?

Laura asintió sollozando. Solo quería que aquello acabase de una vez.

—Te diré lo que vamos a hacer. —Le pasó la mano por el cabello, como quien amansa a un caballo—. Mi amigo y yo somos más grandes y tenemos más hambre que vosotros. Necesitamos más comida. Me entiendes, ¿verdad?

Laura tembló bajo el contacto de la mano, pero no dijo nada.

—A partir de mañana nos vas a traer una barra entera a mi amigo y a mí —dijo con suavidad—. Todos los días, a esta hora, en este lugar.

Laura le miró horrorizada. Una cosa era sisar una rebanada y otra muy distinta robar un pan entero. Se darían cuenta. Y eso sin contar que lo quería todos los días. Era imposible. Trató de vocalizar su protesta, pero se había quedado muda.

—Si lo haces, seremos amigos. —Se giró hacia el pequeño Omar, que se retorcía a apenas un metro de ellos—. Y si no..., bueno. Volveré a golpear a tu amigo. Y te golpearé a ti. Cada vez más fuerte. Todos los días. Hasta que comprendas lo que es bueno para todos. ¿Me has entendido?

Laura asintió arrasada por las lágrimas. El chico le dio un par de palmaditas en la cabeza y se alejó con su amigo. Cuando ya estaban a unos metros, oyó que le comentaba algo al otro y que ambos se reían, como si fuese muy divertido.

Ella y Omar se quedaron tendidos sobre la nieve, magullados y doloridos. Pero eso no era lo peor.

Le habían pedido que robase algo que era imposible.

No le quedaba otra alternativa.

Y no tenía la menor idea de cómo iba a hacerlo.

9

Triacastela (Lugo)
En la actualidad. Día 1 de Camino

Laura estaba sentada en el borde de un murete de piedra mientras intentaba decidir qué hacer a continuación. Al salir del albergue, equipada como una peregrina más, con todo el material que se había agenciado en aquel trastero, el subidón de adrenalina la había hecho sentir llena de moral, pero su confianza se había ido agrietando con el paso de los minutos y su estado de ánimo volvía a ser sombrío.

—Un sello —murmuró mientras le daba vueltas a la libreta de cartón entre sus manos—. Uno, nada más.

Bien, sin duda podía ir caminando hasta Santiago de Compostela para reunir todos aquellos malditos sellos y así conseguir el acceso a la catedral, pero, una vez allí... ¿Qué diantres iba a hacer?

Si el nivel de seguridad era tan alto como le había contado Miranda, las escasas posibilidades que podía haber tenido en el mejor de los escenarios se habían reducido a una fracción minúscula. No tenía ni idea de dónde podían estar aquellos condenados huesos, pero de lo que estaba segura era de que sacarlos de la catedral no sería algo tan fácil como reventar un cepillo de limosnas cuando no mirase nadie. Y menos aún si había docenas de guardias pululando por doquier.

Sumida en tan desconsolados pensamientos, la sensación de soledad y miedo volvió a invadirla. Echaba tanto de menos a Carlos en aquel momento que se había transformado en una necesidad casi física. Añoraba el tacto de su pelo, el tono de su voz, su risa ronca y suave cuando ella decía algo gracioso..., pero sobre todo era la sensación desconcertante de que le habían arrancado una parte de sí misma.

Se había pasado los últimos seis meses compartiendo con él todos y cada uno de los días, prácticamente a cualquier hora. Su relación se basaba en la complicidad, en entenderse con una simple mirada, en ser capaces de completar la frase del otro justo antes de que pudiese hacerlo uno mismo. Recordaba la primera vez que se habían acostado juntos, cuatro meses atrás, y cómo había llorado al terminar, pero no por dolor o angustia, sino por la arrolladora sensación de alivio que la había asaltado mientras le abrazaba.

En un mundo caótico y sin referencias para ella, Carlos era su isla, su ancla. Su bote salvavidas.

Y ahora alguien la amenazaba con quitárselo de golpe, para siempre, dejándola a merced de unas mareas que no comprendía.

Una vez más, se preguntó cómo estaría él en ese instante. Si estaría pensando en ella, preocupado y angustiado. En su mente, en ocasiones, Carlos intentaba escapar de sus captores para reunirse con ella, conseguía esquivarlos y llegar a su lado, pero la realidad era tozuda.

Estaba sola.

Se enjugó una lágrima solitaria y suspiró. Tenía que reaccionar. Y fue justo entonces cuando oyó aquel barullo.

Era un grupo amplio de peregrinos que ya había visto nada más salir de su hotel, cuando bajaba caminando por la calle, pero al que no le había dado mayor importancia hasta ahora. Eran cerca de una docena de personas y tenía toda la pinta de ser un grupo organizado que realizaba el Camino en compañía. Pero, por las voces y los gestos, estaba claro que algo les pasaba. A aquella hora avanzada de la mañana, ya deberían estar en marcha y sin embargo seguían allí, a la puerta de un pequeño albergue situado casi al final de la calle principal de Triacastela, con caras circunspectas. Llevada por un impulso, se acercó hacia ellos. Un hombre y una mujer discutían con vehemencia en un extremo del grupo cuando Laura llegó a su altura.

—... en estas condiciones no puede caminar —estaba diciendo la mujer, una cuarentona rubia y bajita, de grandes ojos marrones y aspecto resuelto, con un levísimo acento que le resultaba familiar—. Es absolutamente imposible.

—¡Pero no nos podemos ir sin ella! ¡Será un caos! ¿Cómo haremos con el señor Schmidt? —preguntaba el hombre, un tipo alto, de unos cincuenta y largos, delgado como un palo, con una nariz de proporciones homéricas y con profundas entradas. Parecía genuinamente preocupado—. ¡Es imprescindible que se recupere!

—Eso no está en mi mano, Vargas —replicó ella educada pero tajante—. Lo único que Beatrice necesita ahora es mucho descanso, hidratación, una dieta suave y, si sigue así, incluso puede que una hospitalización.

—¡Esto es un desastre! —el tal Vargas gimió—. ¿Cómo se lo digo yo ahora al señor Ferreiro?

Ella se encogió de hombros.

—Con claridad. Tiene que entender que no es posible y que... —La mujer se interrumpió y sus ojos se abrieron como platos—. ¡Beatrice! ¿Qué haces aquí? ¡Deberías estar en cama!

La chica, una joven corpulenta, de unos treinta años y pelo rubio muy rizado, dio un par de pasos vacilantes hacia el exterior. Laura observó que tenía la piel muy pálida y la frente perlada de sudor, con profundas ojeras oscuras dibujadas bajo sus globos oculares. La muchacha giró la cabeza desorientada y dio otro par de pasos. De repente, se detuvo en seco y se dobló sobre sí misma con las manos sobre el vientre y un gesto de dolor. Con una ruidosa arcada, vomitó un hilillo de bilis y sus rodillas flaquearon.

Laura se movió por puro instinto y en tres zancadas llegó a su altura, mientras el resto de los peregrinos se quedaba paralizado por la estupefacción. Sujetó a la tal Beatrice por debajo de los hombros y dejó que siguiese vaciando su estómago sobre la acera, con paciencia.

—No puedo... —musitó la muchacha—. Tengo que... Ay, me duele muchísimo el estómago. Ayuda, por favor.

Laura sintió que la piel de la joven ardía, pese a la capa de sudor frío que le perlaba todo el cuerpo.

—¿Qué te pasa? —le preguntó preocupada—. ¿Te encuentras bien? ¿Necesitas una ambulancia? Creo que tienes fiebre.

—Es el estómago. —La chica se dobló de dolor—. No entiendo qué pasa. Ayer por la noche estaba bien y ahora...

—Quizá sea una intoxicación alimentaria —aventuró Laura—. Necesitas que te vea un médico. Puedo llamar...

—No hace falta. —Beatrice señaló hacia la mujer rubia y bajita que había estado hablando con el tal Vargas—. Ella es la doctora. Ya me ha dicho que... Oh, Dios.

—Déjeme a mí, por favor. —La doctora apartó con suavidad a Laura y ayudó a Beatrice a incorporarse—. Tienes que volver a la cama de inmediato. Tienes una gastroenteritis de caballo, Beatrice. ¿Sabes qué es eso?

La muchacha asintió, todavía más pálida que un momento antes, si eso fuese posible. Jadeando, se dejó conducir de nuevo al interior del albergue por la doctora. Laura vio cómo se alejaban. Entonces oyó que alguien emitía un ruido ahogado a su espalda.

Se giró y vio que el hombre alto y de nariz prominente, Vargas, la miraba con los ojos desorbitados, como si de repente tuviese ante sí al mismísimo apóstol Santiago en vez de a una mujer menuda calzada con unas botas horrorosas.

—Perdone —dijo él despacio y vocalizando mucho—. ¿Habla... usted... mi... idioma? ¿Habla... español?

Fue el turno de Laura de observarle perpleja. No tenía ni idea de a qué se refería.

—Sí, claro —dijo cautelosa, haciendo un gesto con las manos—. ¿Por qué no iba a hacerlo?

—¡Vaya por Dios, esto es un milagro! —Se sacudió como si le hubiesen dado una descarga eléctrica—. ¡Qué afortunada coincidencia!

—No entiendo... —Por un instante, la sensación de irrealidad que la rodeaba desde la noche del restaurante volvió a asaltarla con fuerza—. ¿Qué quiere decir?

—Alguien bilingüe como usted justo cuando más falta nos hacía. No me diga que no es una afortunada coincidencia. —Sonrió e hizo un gesto aturullado antes de tenderle la mano—. Perdone, no me he presentado. Me llamo Alfredo Vargas. Soy el secretario del señor Ferreiro.

—Soy Laura. —Aceptó la mano que él le tendía y la estrechó con gesto mecánico—. ¿Por qué dice que soy bilingüe?

El hombre rio. Parecía realmente aliviado.

—Vamos, vamos, no sea modesta. —Señaló con un gesto hacia la puerta del albergue—. Le acabo de oír hablar con Beatrice. Yo no hablo alemán, pero sé distinguir cuando alguien domina un idioma. Y usted lo hace, vaya si lo hace.

—¿Alemán? —Laura estaba confundida—. No entiendo qué...

Y de pronto, la revelación la golpeó con la fuerza de un mazo, de una manera tan fulminante que se tambaleó por un segundo.

Beatrice, la chica que había salido casi arrastrándose del albergue, presa de la fiebre, había hablado en alemán. Todo el rato. Y ella no solo la había entendido a la perfección, sino que le había contestado en el mismo idioma sin darse cuenta. Pero eso era imposible. Ella no hablaba alemán, estaba segura. ¿O sí? Escarbó en sus recuerdos intentando discernir si en algún momento había aprendido aquel idioma, pero el muro oscuro de su memoria fragmentada no le permitía vislumbrar nada más allá.

Inspiró con fuerza. Había hablado en alemán, era un hecho. Era real. Estaba tan segura de eso como de que estaba allí de pie, con una sonrisa vidriosa en la boca, frente a aquel hombre.

De algún modo, en algún punto de su vida, había adquirido la base de aquel idioma, que al parecer manejaba con soltura.

El remolino de emociones que se desató en su interior la dejó demudada. Era la primera vez, desde que había recuperado la consciencia, que un eco palpable de su pasado volvía a ella. *La segunda*, se corrigió de inmediato al recordar la extraña habilidad que tenía para escribir a la perfección con las dos manos.

—Sí, hablo alemán —dijo resuelta. No sabía qué la había llevado a decir aquello, pero algo le hacía creer que era lo correcto—. ¿Por qué lo pregunta?

—Bueno, ya ha visto a Beatrice —suspiró Vargas. Con su aire desconsolado, parecía un espantapájaros narigudo—. Es... o *era* nuestra traductora, creo.

—¿Traductora?

—Para el señor Schmidt —replicó él, como si no hiciese falta mayor explicación—. El socio del señor Ferreiro.

—Lo siento, pero no le entiendo.

—Normal, normal —farfulló Vargas mientras se ponía colorado—. Creo que tenemos para un rato aquí. Si me deja explicarme...

—Por favor —concedió ella. Le caía bien aquel hombre, aunque no tenía la menor idea de lo que le estaba hablando.

—Trabajo —se corrigió, y señaló al grupo—, todos trabajamos para el señor Segismundo Ferreiro. ¿Le conoce?

—No sé quién es, lo siento.

—¿El Grupo Gavilán? ¿Los hoteles Record? —probó él—. ¿La cerveza Corona?

—Lo siento, yo...

—El señor Ferreiro es un importante empresario mexicano —le explicó él mientras se inclinaba hacia ella de forma confidencial—. Es uno de los hombres más ricos de América y está entre las cien mayores fortunas del mundo. ¿De verdad que nunca ha oído hablar de él?

Laura sonrió mientras pensaba a toda velocidad. Tal y como lo contaba aquel hombre, sin duda debería saber de quién se trataba, pero el agujero negro de su pasado se había tragado aquel dato, junto con millones de cosas más. Cosas importantes, como que hablaba alemán, por ejemplo.

No le apetecía contarle a Vargas que era una amnésica abandonada en medio de las montañas de Galicia y que un desconocido la amenazaba con matar a su novio secuestrado; no era el tipo de tarjeta de presentación que la gente suele entender sin dar un cauteloso paso atrás, así que optó por un enfoque algo diferente:

—Oh, claro —dijo mientras ponía los ojos en blanco—. Perdone, es que estaba un poco despistada con todo lo de Beatrice y...

—Claro, claro. —Vargas se quitó las gafas, las frotó furiosamente con el faldón de su camiseta y se las volvió a poner en un gesto mecánico—. Lo entiendo. Bueno, el hecho es que entonces sabrá que el señor Ferreiro realmente nació en una aldea gallega hace setenta años, que emigró a México siendo tan solo un niño y que allí amasó toda su fortuna.

—Sí, por supuesto —mintió ella. Había decidido dejarse llevar, para ver dónde acababa aquella conversación.

—El señor Ferreiro viene todos los años a Galicia para pasar unos días en Avión, su pueblecito natal, pero este año es un poco diferente.

—¿Por qué?

—Su nieta pequeña, Daniela, ha estado enferma del corazón. Muy enferma. —Vargas vio la cara de alarma de Laura y rápidamente añadió—: Pero ya está bien, por suerte. Así que este año, el señor Ferreiro ha decidido aprovechar sus vacaciones en Galicia para hacer el Camino de Santiago. Hizo una promesa, ¿sabe?

—Ya veo...

—Por favor, le pido discreción con este tema. No queremos que la prensa se entere. —Vargas miró a los lados precavido, como si temiese que un regimiento de paparazis apareciese de súbito salido de detrás de un contenedor de basura.

—Así que en agradecimiento a Dios por la curación de su nieta, el señor Ferreiro está peregrinando a Santiago —recapituló Laura—. Y usted lo acompaña.

—Todos nosotros lo acompañamos. —Vargas hizo un gesto amplio hacia el grupo que esperaba ocioso en la puerta del albergue.

—¿Toda esta gente? —Laura arqueó las cejas asombrada—. Pero ¿cuántos son?

—Dieciséis, entre sus escoltas, la doctora Marta Grammola, a quien ya conoce, su fisioterapeuta personal, el escolta del señor Schmidt, sus asistentes y yo, por supuesto... Bueno, y Beatrice.

—Pero ¿quién es el señor Schmidt? Perdone, pero me estoy perdiendo un poco con tanto nombre.

—El señor Schmidt es un buen amigo del señor Ferreiro —explicó Vargas con paciencia—. Tiene una fábrica de cerveza en Baviera y es uno de los socios de referencia del Grupo Gavilán en Europa. También es un católico devoto. Por eso está aquí con él.

—Para peregrinar a Santiago.

—Exacto —asintió Vargas satisfecho al ver que lo entendía.

—Pero hay algo que no comprendo —contestó Laura mientras apuntaba con el mentón hacia la puerta del albergue—.

¿Qué hacen dos hombres tan ricos alojándose en un lugar como... este?

—Eso me pregunto yo también —suspiró Vargas con aspecto abatido—, pero el señor Ferreiro y el señor Schmidt creen que una peregrinación sin sacrificio y esfuerzo no vale de nada. Y, claro, eso nos incluye a todos nosotros.

—Me da la sensación de que a usted no le gusta.

—Digamos que no estoy acostumbrado a este tipo de... privaciones. —Chasqueó la lengua—. El señor Ferreiro acostumbra a viajar de otra manera.

—¿Y qué pinta Beatrice en todo esto?

—Es la traductora del señor Schmidt —aclaró él con gesto de fastidio—. Él tan solo habla alemán y, sin ella, el resto del Camino se puede volver aún más estresante. Así que me preguntaba...

—¿Sí?

—Bueno —vaciló Vargas apuntando hacia la mochila de Laura—. Es evidente que está usted haciendo el Camino, así que supongo que todos vamos en la misma dirección. ¿Va con alguien?

—No, viajo sola. —Laura sintió un atisbo de esperanza, al entrever una posibilidad.

—Pues me preguntaba si no le importaría incorporarse a nuestra alegre partida en calidad de traductora para el señor Schmidt. Le pagaríamos generosamente cada día de viaje hasta llegar a Santiago, por supuesto. Y además, hay un bonus especial al llegar a la ciudad.

—¿Y cuál es?

—El señor Ferreiro tiene contactos en el arzobispado. —Vargas sonrió, con la expresión de quien guarda un as en la manga—. Cuando lleguemos a Santiago, todo el grupo se alojará en el palacio arzobispal, que está situado dentro del complejo de la catedral. Y además, tendremos una visita privada al templo. Podría unirse a nosotros. ¿Qué le parece?

Laura tragó saliva, incapaz de creer aquel golpe de buena suerte. En el vuelo hacia la península había leído que la catedral de Santiago no solo consistía en el templo, sino que además tenía adosado el palacio arzobispal. Entre ambos ocupaban una superficie enorme, toda una gigantesca manzana en la zona vieja de Santiago. Y aquel hombre le estaba ofreciendo pasar una noche en el interior. Aquella podía ser la oportunidad que estaba esperando.

—Bueno... —Trató de esconder la emoción que le embargaba—. Supongo que no me importaría hacer el resto del viaje acompañada. Sí, de acuerdo, ¿por qué no?

—¡Estupendo! —palmoteó encantado—. Ahora solo quedan un par de detalles sin importancia.

—¿Qué detalles? —Laura le miró inquieta.

—Nada complicado. —Vargas aleteó con las manos, como quien aparta una mosca—. Tiene que firmar un acuerdo de confidencialidad, por supuesto. Es un documento estándar, nada de que preocuparse. Y luego tiene que hablar con Zepeda, el jefe de seguridad del señor Ferreiro, para que compruebe sus credenciales. Es el procedimiento habitual.

—¿Mis... credenciales? —Laura tragó saliva.

—Sí, necesita ver su pasaporte y... ¡Ah! Ahí viene.

Laura se giró para observar al recién llegado. Era alto, por encima del uno noventa, y su camiseta ceñía un torso que parecía trabajado a base de cincel. Debía de tener alrededor de cuarenta años, porque algunas canas asomaban en sus sienes cortadas al cepillo, pero nadie le echaría esa edad viendo cómo se desplazaba, con una suave economía de movimientos, casi como si se deslizase. Sus manos eran grandes, con dedos largos y nudosos, y tenía una mandíbula recta y un par de ojos oscuros como un pozo de brea que parecían radiografiar a su interlocutor. Su rostro era cuadrado y con ese ligero tono de piel cobrizo que indicaba que había unas cuantas gotas de sangre indígena entre sus antepasados.

—Fernando, esta es Laura —los presentó Vargas—. Ha accedido a acompañarnos hasta Santiago y va a sustituir a Beatrice como traductora del señor Schmidt. Le estaba contando el procedimiento estándar de seguridad.

—Encantado —dijo él con voz ronca y un leve acento mexicano—. Necesito ver su pasaporte, por favor.

A Laura casi se le para el corazón. No podía darle su auténtico documento. Si realmente conseguía robar aquellos condenados huesos en un despiste, lo último que necesitaba era dejar un reguero de miguitas de pan en forma de pasaporte. Sería el equivalente a decir «He sido yo» y dejar su nombre pintarrajeado en la pared del templo. Así que en una fracción de segundo tomó una decisión.

—Aquí tiene —sacó uno de los pasaportes de su bolsillo, sin mirar, y se lo tendió. De reojo, comprobó que era el pasaporte español y se sintió aliviada. Al menos no tendría que explicar su acento.

—Laura Portela —el hombre leyó aquel nombre falso con suavidad—. Deme un minuto para hacer unas comprobaciones, si no le importa.

—Claro —replicó ella, sintiendo cómo una gota de sudor le resbalaba por la espalda—. Cómo no.

Zepeda se alejó con su documento falso hacia una mesa situada al lado de la puerta, donde otro hombre con la complexión de un buey y el mismo corte de pelo al uno parecía estar dormitando al sol. Vio cómo le tendía el pasaporte al gigantón con un nudo en la garganta. El hombre lo abrió, sacó un portátil de una mochila y tecleó algo. Durante un rato se quedó mirando la pantalla, esperando con expresión hermética.

Laura asistía a la escena con los puños crispados. Si el pasaporte que le había facilitado Arcángel no era lo bastante bueno, no le cabía la menor duda de que aquella gente lo descubriría de inmediato. Algo le decía que tenían medios suficientes para averiguar mucho más que el común de los mortales.

El hombre arrastró el ratón un par de veces y frunció el ceño. Entonces cogió su móvil y marcó un número. Al cabo de un momento, comenzó a hablar quedamente con alguien mientras sostenía el pasaporte en la mano. De vez en cuando alzaba la mirada y la observaba, sin ninguna emoción en el rostro.

Por un instante, a ella le asaltaron unas ganas irrefrenables de salir corriendo, pero se obligó a permanecer allí relajada, mientras se preguntaba qué iba a hacer si de repente aquel sujeto se levantaba furioso y la acusaba de darle documentación falsa.

El interlocutor del otro lado del teléfono dijo algo y el hombre asintió dos veces antes de cortar la llamada y darse la vuelta hacia Zepeda para decirle algo a media voz. El jefe de seguridad le dio las gracias y caminó hacia ella con la misma expresión insondable en el rostro del principio. Solo cuando llegó a su altura se permitió una breve sonrisa antes de devolverle el pasaporte.

—Está todo en orden —dijo—. Gracias por su comprensión. Bienvenida a bordo del equipo, Laura. Espero que nos llevemos bien.

—Y yo también —replicó ella con el alivio de quien ve un destello de luz donde solo había tinieblas—. Y yo también.

—Ya hablaremos —añadió Zepeda—. Ahora, si me disculpa...

El hombre se alejó y Laura exhaló el aire que había estado reteniendo mientras la embargaba una sensación alocada de euforia. Había sido una casualidad fabulosa y había sabido aprovecharla a la perfección. Un sentimiento de orgullo la invadió, para su sorpresa.

Pero entonces una vocecita desde el fondo de su cerebro emitió un grito de protesta.

Ha sido muy fácil. Demasiado fácil, Laura. Piensa.

Se obligó a meditar sobre el asunto y se dio cuenta, con

amargura, de que algo no acababa de encajar. *Casualmente* la búsqueda de un hotel en su móvil, la noche anterior, la había llevado hasta aquel pueblo en el que *casualmente* había tropezado con aquel grupo de peregrinos, y *casualmente* una de sus integrantes, la traductora de alemán, se había puesto enferma, y *casualmente* ella había descubierto que hablaba alemán, lo que le permitía sustituirla. Un grupo que *casualmente* iba a tener acceso al círculo interior de la catedral gracias a un pase VIP.

Eran demasiados «casualmente», muchos para ser fruto tan solo del azar.

Como si una mano oscura estuviese detrás de aquello.

Para acabar de alimentar sus miedos, sintió una vibración en el bolsillo. Cogió el móvil temerosa. En medio de la pantalla brillaba un único mensaje.

Bien hecho, Laura. Veo que avanzas.

Nada más. Solo aquellas seis palabras.

Una sensación amarga de impotencia le inundó el alma. Era una marioneta en manos de aquel hombre. Cuando pensaba que iba un paso por delante, descubría que él ya lo tenía todo planeado. Que ella, como un obediente ratón de laboratorio, seguía recorriendo paso a paso el laberinto que habían diseñado a su medida. Si habían hecho desaparecer a Carlos, no les habría costado nada envenenar a aquella pobre chica, justo para dejar un puesto libre para ella.

La impotencia dio paso a la furia, una ira seca y crepitante que amenazaba con devorarla.

—No puedes ser tan listo, cabrón —murmuró—. En algún momento te equivocarás, estoy segura. Y cuando te equivoques...

Entonces el móvil volvió a vibrar, una vez más.

Por cierto, bonitas botas. Siete días a partir de hoy, recuerda.

Laura levantó la cabeza y barrió con la mirada la calle desierta.

No veía a nadie, aparte de los que estaban allí con ella.

Pero alguien la estaba vigilando. Al menos un par de ojos la observaba en aquel preciso instante.

Quizá, le susurró la vocecita de su cabeza, *alguien de ese mismo grupo al que tan alegremente has aceptado unirte.*

Y no tenía manera de saber de quién se trataba.

10

Peredélkino, cerca de Moscú (URSS)
Enero de 1988

La pequeña Laura estaba metida en un buen lío.

No había podido pegar ojo en toda la noche devanándose los sesos en busca de un modo de cumplir el acuerdo diabólico que le habían impuesto los dos chicos mayores. Su amigo Omar tenía un aspecto aún peor que ella y lanzaba gemidos de dolor cada vez que daba un paso. Sus costillas eran una colección de verdugones de distinto color, que iban del amarillo al negro más oscuro. Si alguno de los profesores se había dado cuenta del estado del chico, habían decidido ignorarlo. El darwinismo salvaje del Nido funcionaba a plena potencia, obedeciendo a unos designios que a la niña se le escapaban por completo.

Era injusto. Todo en el Nido le resultaba duro e incomprensible, pero la vida era un desafío constante. Eso, desde luego, le había quedado claro.

Estaba sentada en la esquina del comedor, cerca del carro de los platos sucios y de la puerta de la cocina. Había madrugado más de lo normal y hacía un buen rato que había terminado de desayunar, pero había dejado un poco de la masa de verdura hervida en el plato y jugueteaba con ella.

Esperando.

Su mirada saltaba cada poco hacia el reloj de la sala. Los soldados se retrasaban. Si aquel día, por algún motivo, llegaban más tarde de lo habitual, tendría que irse de vacío antes de que alguien la echase en falta en la primera clase. Y solo de pensar en las consecuencias que supondría eso para ella y para Omar, se retorcía de angustia.

El tiempo pasaba veloz y la patrulla seguía sin llegar. Tan solo le quedaban diez minutos antes de que no tuviese más remedio que abandonar. Ya estaba dándole vueltas a qué tipo de excusa utilizaría con sus extorsionadores cuando de repente vio cómo, al otro lado de la ventana, una mano enguantada daba una serie rítmica de golpecitos en el cristal.

La mirada de la gobernanta lanzó chispas de alegría y, tras atusarse el cabello, entró en la cocina, para salir al cabo de unos segundos con una jarra de café de aspecto pesado y un puñado de tazas de metal. Enseguida había abierto la ventana y estaba charlando con un tono de voz agudo con los hombres de fuera. Desde donde estaba, Laura podía oír las risas del grupo. Aquel era el momento que había estado aguardando.

Sigilosa como una sombra, se levantó y se aproximó hasta el carro de la loza sucia con el plato en las manos. Tratando de aparentar serenidad, apoyó el plato sobre los restantes mientras de reojo observaba al grupo del otro lado de la sala. En aquel instante, en el comedor solo quedaban cuatro alumnos, que parecían enfrascados en su desayuno. Laura agradeció que, por una vez, las rígidas normas del Nido evitasen que la gente remoloncease en el comedor.

Con un último vistazo, se deslizó dentro de la cocina.

El cuarto estaba lleno del vapor pringoso del desayuno y sobre los fogones ya hervían algunas tarteras que preparaban la comida de aquel día. *Borsch*, dedujo, al olisquear el aroma a remolacha que desprendían las cacerolas.

Con sigilo se acercó a la mesa en la que estaba el pan. Solo había media barra sobre la tabla de madera, así que Laura, tras asegurarse de que nadie la veía, cogió uno de los cuchillos y con él en la mano cortó un par de gruesas rebanadas.

No se atrevía a robar más. Temía que, si desaparecía un pedazo demasiado grande, la cocinera se daría cuenta de la sisa y entonces pondría más empeño en vigilar la cocina. Y si eso pasaba, volver a entrar allí sería imposible.

Mientras se metía las rebanadas en los bolsillos, pensó en que tendría que negociar con los dos mayores para explicarles el motivo del cambio de planes. Entonces, cuando estaba a punto de salir, oyó unas voces que se acercaban.

Un terror puro y primigenio la invadió. Si la pillaban allí dentro, acabaría en los cuartos de castigo, o algo peor incluso. Desesperada, barrió con la mirada toda la cocina, buscando dónde esconderse, pero todos los armarios estaban cerrados con llave.

Estaba atrapada.

Justo cuando los pasos resonaban tras la puerta de la cocina, se fijó en que debajo del fregadero había una portezuela. Era un espacio minúsculo, poco más que una portilla, pero ella también era muy menuda. Rápidamente la abrió y vio que había un hueco desalentadoramente pequeño, pero no tenía tiempo ni alternativas para más.

Arqueándose como una contorsionista, se coló en aquel espacio tratando de encajarse entre el sifón del desagüe y las botellas de productos de limpieza. Tuvo que colocarse un par de garrafas sobre el regazo y casi no le quedaba hueco para cerrar la puerta. Estiró el brazo, pero estaba colocada de tal manera que la puerta abierta quedaba a su espalda. Si no la cerraba, la verían nada más entrar.

Retorció el hombro y estiró el brazo en una postura antinatural. Sintió una llamarada de dolor en la articulación, pero sus dedos solo rozaron el borde de la puerta. Ya podía distinguir la voz de la cocinera y la de un hombre que la acompañaba. Haciendo un esfuerzo que le arrancó lágrimas, estiró el brazo de nuevo y esta vez pudo asir el borde de la puerta con las yemas de los dedos. Con sus últimas fuerzas, tiró de ella hasta cerrarla con un clic suave justo cuando ellos entraron en la cocina.

Sumida en la penumbra maloliente del armario, Laura identificó de inmediato las voces. Una era la cocinera, que cloqueaba como una gallina, y la otra voz era la del soldado al que siempre le dedicaba aquellas sonrisas idiotas, como adivinó enseguida.

Un rayo de luz se filtraba a través de la rendija. No se atrevía a moverse, aunque ardía en deseos de pegar un ojo para descubrir qué estaba sucediendo al otro lado de la puerta. La cocinera emitió un maullido sofocado cuando el soldado la empujó contra una mesa y la vajilla que estaba apoyada encima tintineó.

La cocina era uno de los pocos lugares donde siempre hacía un calor sofocante y Laura sintió enseguida una gota de sudor traviesa que le resbalaba por las sienes. Le picaba la espalda y se moría de ganas de rascarse, pero, aterrorizada, no podía mover ni un músculo. Inmóvil, casi sin respirar, aguardó.

El soldado le dijo algo a la cocinera, que se rio encantada. Ambos susurraban con tono presuroso. Entonces ella se separó de la mesa y caminó hasta uno de los armarios de la cocina. Laura oyó cómo abría la puerta con una de las llaves que tenía en el fajo y el tintineo de unos vasos de cristal. Al cabo, entre risitas nerviosas de la cocinera y susurros, oyó un portazo.

Un rato después, el silencio.

Contó hasta diez antes de atreverse a pegar un ojo a la rendija. Aparentemente, la cocina estaba vacía, al menos por lo poco que podía ver. Decidió que tenía que salir de su escondrijo, fuera como fuese, antes de que alguien volviese. Si aún seguían allí, pero fuera de su estrecho campo de visión, sin duda se quedarían muy sorprendidos al verla salir a gatas desde debajo del fregadero, pero no podía retrasarlo ni un minuto más. Respiró hondo y empujó la puerta.

Más que salir, cayó rodando sobre el gastado suelo de linóleo amarillo de la cocina. Con un gemido de dolor, se puso de rodillas, mientras todos sus músculos se quejaban asaetados por miles de alfilerazos. Giró la cabeza y exhaló todo el aire de sus pulmones. Había tenido suerte. La habitación estaba vacía.

No exactamente, se corrigió de inmediato. Del otro lado de las puertas del pequeño cuarto de servicio que estaba al lado de la despensa salían unos sonidos rítmicos y sofocados. Los gemidos de la cocinera eran más agudos y el hombre que estaba con ella resoplaba con brío. Laura intuyó lo que estaban haciendo allí dentro, pero no se demoró en aquellos pensamientos.

La cocinera había dejado abiertas las puertas de la despensa. Sobre la mesa había un par de vasos mediados y una botella de vodka Stolichnaya —de ahí el tintineo de cristales que había escuchado antes—, pero no había cerrado el armario donde se guardaba el licor, que tenía doble cerradura. Sobre una de las baldas se apilaban una docena de botellas como la de la mesa.

Entonces «aquello» le sucedió. Más tarde, cuando recordase aquel momento, intentaría desmenuzar la sensación, cada décima de segundo de aquel breve pero abrupto fogonazo que destelló en su cabeza. Durante dos latidos tuvo la impresión de que sería capaz de resolver cualquier enigma, por complicado y difícil que fuese, que no importaba el desafío que le planteasen, ella podría superarlo. No sabía de dónde salía aquella certeza, pero resultaba embriagadora.

En lo que dura un parpadeo, entendió todo lo que tenía que hacer. La solución a su problema brillaba con letras de neón ante sus ojos. Era tan evidente que se preguntó cómo no se le había ocurrido antes.

Se deslizó dentro de la despensa y se estiró para coger una

de las botellas. La balda quedaba demasiado alta, así que se tuvo que poner de puntillas. Rozó el cristal con la yema de los dedos, pero apenas pudo deslizarla un par de centímetros. Resoplando, lo intentó de nuevo con un saltito. Su mano se cerró sobre la botella y Laura sonrió satisfecha.

Su gesto de triunfo se transformó de inmediato en otro de terror. Al saltar, había golpeado la botella de al lado, que se balanceaba como un péndulo al borde de la balda.

—No, no, por favor... —gimió aterrorizada.

Con un último tumbo, la botella se inclinó y empezó a desplomarse hacia el suelo. Laura intentó detenerla con la mano que le quedaba libre, pero no llegó a tiempo. La botella de Stolichnaya se estrelló contra el suelo y explotó con estrépito en un rosario de cristales rotos y salpicaduras de vodka.

Por un segundo la atenazó el pánico. Cerró los ojos, anticipándose al momento en que la mano del soldado la agarraría del cuello y la llevaría hasta el despacho del director. Y Laura sabía muy bien qué le pasaba a cualquiera que entrase allí. O, mejor dicho, a la mayoría. Algunos, los que tenían suerte, acababan en los cuartos de castigo. Los que no tenían tanta desaparecían para siempre.

El tiempo se había transformado en algo tan denso como el hierro fundido. Todos sus sentidos estaban hiperexcitados y habría jurado que hasta la piel le vibraba con la tensión.

Sin embargo, no sucedió nada. Nadie entró enfurecido en el pequeño almacén. Al otro lado de la puerta cerrada del cuarto de servicio, los gemidos ahogados de la cocinera habían aumentado su tono una octava y se oía un golpeteo rítmico, como si empujasen un mueble contra la pared.

Si algo había aprendido Laura desde su llegada al Nido es que cuando la suerte te sonríe no conviene desafiarla. Con sigilo, se deslizó de nuevo fuera de la despensa, sintiendo que le temblaban tanto las piernas que creyó que se iba a caer.

Su mirada se detuvo entonces sobre una de las sillas de la

cocina. En su respaldo estaba colgada la casaca del soldado, con sus brillantes galones dorados resplandeciendo en las hombreras. Encima de la silla, apoyados con descuido, estaban los correajes del uniforme del hombre, incluida la funda de su pistola.

Con la sensación ominosa de quien baila sobre un lago helado lleno de grietas que crujen en todas direcciones, Laura miró hacia la puerta de salida y otra vez hacia la silla.

—Solo un poco más —musitó para sí y para su ángel de la suerte—. Solo un poco más, por favor...

Mientras los gimoteos del otro lado alcanzaban un ritmo frenético, Laura estiró la mano hacia la cartuchera y la abrió. Dentro había una pistola negra y brillante, de aspecto pavoroso, que desprendía un suave aroma a aceite mineral. Con cuidado, la extrajo de la funda, sorprendida por el peso del arma. La contempló casi hipnotizada, por un lado y por el otro, sin atreverse a empuñarla.

Era perfecta. Justo lo que necesitaba.

El ruido del cuarto había cesado, por fin, y solo se oían murmullos apagados. Con agilidad, se embutió la pistola bajo su chaqueta y la botella de vodka en la cinturilla de su pantalón. Estaba tan delgada que no le costó nada ocultar su botín bajo las gruesas ropas de invierno, de tal forma que nadie podría advertirlo. Era hora de salir de allí.

Cuando por fin cruzó la puerta principal y pisó la nieve, se echó a temblar, no solo por el contraste de temperatura, sino por toda la tensión que sacudía su cuerpo en oleadas. Tenía ganas de esconderse en un rincón hasta que aquellas sacudidas la abandonasen, pero aún no podía hacerlo. Todavía le quedaba una tarea pendiente, porque cuando aquellos dos saliesen del cuartucho sin duda se darían cuenta de que alguien había estado allí, con el desastre que había dejado en forma de botellas rotas.

Y entonces empezarían a ocurrir cosas.

A paso rápido echó a andar hacia el edificio de los chicos. Estaban a punto de empezar las clases, así que confiaba en no encontrarse con nadie en su camino.

La suerte le seguía sonriendo, porque cuando llegó al edificio de madera y hormigón descubrió que estaba vacío. El personal de limpieza no llegaría hasta un rato después y tenía el tiempo justo para llevar a cabo su plan.

Cada una de las camas tenía adosado a sus pies un cartelito de metal esmaltado como en el dormitorio femenino, con el nombre de su ocupante en letras cirílicas. Laura avanzó por el pasillo contando silenciosamente hasta que llegó al catre de Bruno. Con cuidado, sacó la botella de vodka de su pantalón y la escondió bajo la almohada. Acto seguido continuó por el corredor hasta llegar a la cama de Nazario.

Una oleada de náusea la invadió al recordar la expresión de placer de aquel matón cuando le pegaba la paliza al pequeño Omar. Casi podía sentir su olor en aquellas sábanas arrugadas. Esta vez sacó la pistola y la contempló durante un instante.

La tentación de quedársela era casi demasiado grande. Con ella se sentía... diferente. Pero, en vez de eso, levantó el colchón del brasileño y la deslizó con suavidad sobre el somier. Dio un paso atrás, para estudiar cómo había quedado todo, y salió a la carrera del barracón masculino.

Cuando llegó a su clase jadeando, agradeció una vez más su buena fortuna. A esa hora tenía matemáticas con el viejo Sokolov, que era un hombre ya mayor y estaba duro de oído. Enfrascado en unos cálculos en el encerado, ni siquiera advirtió cómo la niña entraba en clase y ocupaba su pupitre al lado de Omar.

—¿Dónde estabas? —susurró el sirio—. La clase empezó hace tres minutos.

—Estaba arreglando algo —sonrió ella misteriosa—. Lo de nuestro problema.

—¡Pensaba que te habían cogido esos dos animales! —Omar se estremeció.

—No nos volverán a molestar, ya lo verás —replicó ella con media sonrisa. La adrenalina bombeaba por todo su cuerpo y se sentía poderosa—. Me he encargado.

Omar la miró incrédulo como si le hubiese dicho que la nieve de fuera se había derretido de golpe.

—¿Qué has hecho, Laura?

Ella se lo explicó entre susurros. A medida que iba hablando, los ojos del muchacho se abrían más y más, primero con asombro y temor y luego con regocijo.

—¿Y ahora qué vamos a hacer?

—Esperar —contestó—. No creo que tarde demasiado.

Tenía razón. Apenas habían pasado otros diez minutos cuando las sirenas del complejo empezaron a ulular. El sonido chirriante, que subía y bajaba, arrancó un coro de ladridos histéricos de los perros de guardia, que se solapaban con las voces apresuradas de los soldados.

El profesor Sokolov arrugó el ceño confundido. Justo entonces se abrió la puerta y apareció el camarada Borodin agitado, asustado incluso.

—¡Todo el mundo a sus barracones! —rugió—. ¡Ahora!

—¿Qué sucede, camarada? —preguntó Sokolov—. ¿A qué viene esto?

—Es una alarma de seguridad —siseó Borodin con furia—. Pero pronto lo vamos a arreglar, se lo juro.

Los muchachos salieron en tropel del aula y se encaminaron por separado a sus respectivos barracones. Omar y Laura se despidieron con una mirada muda.

Parecía que alguien hubiese lanzado un avispero sobre el Nido. Los guardias corrían en todas direcciones y desde la cocina llegaba el eco lejano de vajilla rota.

—¿Qué estará pasando? —murmuró Claudia, una de las muchachas mayores.

Era una colombiana de aspecto espigado y piel oscura de la que se rumoreaba que había nacido en la selva, en un remoto campamento de las FARC, donde sus padres la habían entregado voluntariamente a Mijaíl, convencidos de que tendría mejores posibilidades con él. Otros susurraban, sin embargo, que el ruso la había encontrado abandonada en un campamento arrasado y lleno de cadáveres, medio muerta de hambre y sed, y se había apiadado de ella. Fuera como fuese, tenía una capacidad innata para enterarse de lo que sucedía en las instalaciones antes que cualquier otra persona, pero incluso ella parecía desconcertada en aquel instante.

—A lo mejor están atacando el Nido —dijo una de las chicas—. Los americanos, tal vez.

—¿Cómo iban a hacer eso, *hueona*? —bufó despectiva—. Estamos al lado de Moscú. No, tiene que ser otra cosa.

Laura se mordió la lengua, consciente de que solo ella tenía la respuesta.

Una vez en su cuarto, todas se tumbaron en los catres. Estaban demasiado nerviosas para guardar silencio, incluso con la presencia malhumorada de la camarada Kirilenko en la sala, y todo era un coro de susurros a media voz. Desde su cama, a través del cristal sucio, Laura podía ver el barracón de los muchachos. Las ventanas estaban abiertas de par en par y, de vez en cuando, veía cómo algo salía arrojado por ellas: sábanas, almohadas, colchones... Fuera lo que fuese lo que sucedía allí dentro, tenía considerables dosis de violencia. Al cabo de un rato, contempló cómo un grupo de soldados sacaban a rastras a Bruno y a Nazario. Ambos iban cubiertos de sangre, con la ropa desgarrada, y uno de ellos tenía la nariz torcida en un ángulo antinatural.

Laura sintió una oleada de satisfacción. Una temporada en los cuartos de castigo les vendría muy bien a aquellos dos y, con suerte, les bajaría los humos. Confiaba en que con eso bastase para que los dejasen en paz.

Después de aquello, las horas transcurrieron con lentitud. La mañana dio paso al mediodía y llegó la hora de comer, pero nadie dio la orden de salir del barracón. Las conversaciones de las chicas fueron apagándose hasta que un silencio tenso y pesado, que se podía cortar con un cuchillo, se hizo en el interior.

—¿Qué está pasando? —gruñó Irina desde la litera de arriba—. No veo nada.

—Están saliendo los chicos, uno a uno —contestó Laura con voz queda—. Supongo que nosotras no tardaremos.

Justo entonces, la puerta de su barracón se abrió y un par de guardias de aspecto nervioso ladraron dos nombres. Las aludidas, obedientes, salieron con ellos por la puerta, camino del edificio central, mientras el resto se miraban entre sí nerviosas.

La tarde se fue escurriendo y las primeras sombras de la noche envolvieron los edificios del Nido. Todas estaban hambrientas, inquietas y malhumoradas, y un espíritu hosco se había instalado entre ellas. Laura se mordía los labios impaciente. Si ya se habían llevado a sus dos enemigos..., ¿a qué venía aquel retraso?

La habitación se fue vaciando paulatinamente, hasta que por fin, a eso de medianoche, tan solo quedaron ella y la camarada Kirilenko, que dormitaba en una esquina. Todas las demás muchachas ya habían ido saliendo, una detrás de otra, a medida que las habían llamado. Ninguna de ellas había vuelto.

La puerta se abrió de nuevo y Olga Kirilenko se incorporó en la silla con un respingo. Los dos guardias que esperaban en el umbral tenían el mismo aspecto adusto y hosco que las veces anteriores. En esta ocasión no era necesario que dijesen ningún nombre, ya solo quedaba ella.

—Tú —dijo uno de ellos, ceñudo, señalándola con el mentón—. Vamos.

Laura se bajó de la cama obediente, y siguió a los hombres al exterior. El frío de la noche mordía con fuerza y empezó a tiritar de inmediato, pero no solo de frío. A todos los demás los habían conducido al edificio principal, donde estaban el comedor y las aulas, sin embargo su escolta la estaba llevando por un sendero distinto, que se internaba entre los árboles.

—¿Adónde vamos? —se atrevió a preguntar con los labios azulados a causa del frío.

No obtuvo respuesta. Se limitaron a seguir caminando, llevándola entre ellos, un extraño grupo de dos hombres adultos y fornidos que escoltaba a una pequeña de siete años, que apenas les llegaba por encima de la cintura.

Al final del sendero se levantaba otra dacha, de madera de olmo pintada de negro y con tejas rojas. Unas molduras de madera de aspecto grácil adornaban los marcos de las ventanas, que derramaban luz en medio de la noche rusa. Sería una estampa encantadora si no fuese por los soldados armados que montaban guardia en la puerta. Pasaron junto a ellos sin cruzar palabra. Al otro lado los esperaba el camarada Borodin, con el aspecto de alguien a quien le han dado una noticia terrible.

—Ya estás aquí —dijo por todo saludo—. Acompáñame.

Con la mano de Borodin en el hombro, Laura subió renuente las escaleras, más nerviosa de lo que recordaba haberse sentido nunca. Caminaron por un pasillo tapizado con una alfombra gruesa y apliques de latón en las paredes hasta llegar a una puerta doble de madera de nogal. El profesor dio dos golpes en una de las hojas y un quedo «adelante» se escuchó al otro lado.

—Ahora depende de ti —murmuró entre dientes el hombre mientras la empujaba al interior—. Y que los astros te ayuden si tienes algo que ver en todo este desastre.

La puerta se cerró a la espalda de Laura, que en aquel momento sintió que todas las fuerzas la abandonaban.

Porque al otro lado de una enorme mesa de madera cubierta de papeles la aguardaba la última persona que querría ver.

El director Volkov.

La máxima autoridad del Nido.

A su lado, de pie, la miraba otro hombre, alto y de espaldas anchas, con la nariz ligeramente torcida y una mirada preocupada en su rostro. Laura dio un respingo al verle, porque no se lo esperaba. Sabía muy bien quién era aquella segunda persona.

Mijaíl Tarasov. El hombre que la había raptado en Madrid años atrás.

—Hola, Laura —murmuró Volkov con su voz profunda mientras señalaba una silla situada enfrente de la mesa—. Por favor, siéntate.

—¿Qué hago aquí? —consiguió decir con un hilo de voz que parecía provenir de algún sitio muy lejano.

—¿De verdad no lo sabes?

Laura negó con la cabeza, intentando ganar tiempo.

Volkov jugueteó con una pluma estilográfica, pensativo, antes de contestar.

—Muy sencillo —dijo al fin pronunciando las sílabas con calma—. Verás, hoy han muerto dos personas por tu culpa. Y va a morir todavía alguna más antes de que amanezca. Así que necesito que me des una razón para que no te sumes a esa lista y puedas salir con vida de esta sala. Y, además, ha de ser una razón muy buena.

11

Laura tragó saliva conmocionada. Su mente trabajaba a toda velocidad, haciendo docenas de cálculos, conexiones, reconexiones y recorridos por un laberinto mental que siempre la conducía a un callejón sin salida. Ojala tuviese aquella claridad mental, aquella epifanía de consciencia que había vivido horas atrás en la cocina mientras pergeñaba un plan que parecía brillante. Pero aquel fuego parecía estar adormecido en aquel instante.

—¿Qué pasa? —Volkov se inclinó hacia delante, con los codos apoyados en la mesa—. ¿Te has quedado muda? ¿No sabes qué decir?

—No sé de qué está hablando —consiguió farfullar.

—Camarada Volkov. —Tarasov interrumpió la conversación y el coronel del KGB, molesto, le perforó con la mirada—. ¿Puedo añadir algo?

—¿Qué sucede, Mijaíl?

—Verá, creo que soy una de las personas que mejor conocen a esta niña —sonrió brevemente a Laura, intentando disipar un poco el terror que la paralizaba—. Me refiero a que, antes de extraerla de Madrid, estudié a fondo el dosier que sobre ella nos pasó la *rezidentura* de la embajada local y he seguido su evolución a lo largo de los años. Me atrevo a decir que sé mejor que nadie cómo piensa.

—¿Y eso en qué nos ayuda?

—Creo que puedo obtener más respuestas si me permite hablar con ella que con un... interrogatorio convencional.

Algo en la forma en que pronunció «interrogatorio convencional» hizo que los pelos de Laura se encrespasen. Sonaba a violencia y brutalidad. A salvajismo. La imagen ensangrentada de Bruno y Nazario irrumpió como un oso salvaje en su mente.

Volkov miró primero a Laura y luego a Mijaíl durante unos segundos. Por fin se encogió de hombros y echó la silla hacia atrás para ponerse en pie.

—Como quieras —dijo con una mueca—. Pero más vale que obtengas respuestas de esta cría. Yo voy a ver si puedo arreglar el desastre en que se ha convertido el Nido.

Al pasar al lado de Laura le dedicó una mirada inexpresiva que le provocó un escalofrío. Cuando la puerta del despacho se cerró a su espalda, advirtió que Mijaíl, que había estado conteniendo la respiración, exhalaba un suspiro de alivio.

El hombre rodeó la mesa y arrastró una silla para sentarse a su lado. Se tomó un momento para encender un cigarrillo y entonces, para sorpresa de Laura, le regaló una cálida sonrisa.

—Mi querida Laura —sonrió—. Mi pequeño y brillante pajarito. Eres realmente única, pero todavía no sabes calcular las dimensiones ni los efectos de tus... talentos. El problema de ser tan joven y estar dotada de una capacidad como la tuya es que no hay control sobre ese genio, ni eres capaz de entender las repercusiones de lo que haces. De esa manera te pones en peligro a ti misma... y a los demás.

—Yo no he hecho nada.

—Oh, venga, Laura, por favor. —Mijaíl se echó hacia atrás y la silla crujió bajo su peso—. ¿De verdad crees que es necesario esto? ¿Piensas que no sabemos que tú eres la responsable de todo este alboroto?

La niña se sumió en un silencio hosco, mitad terror y mitad desafío. Curiosamente, saber que estaba bien fastidiada había logrado serenarla.

—Supongo que ardes en deseos de descubrir cómo lo hemos averiguado, ¿verdad?

Laura asintió de mala gana.

—Te lo diré, pero antes quiero que me cuentes todo lo que hiciste y cómo lo hiciste, de un tirón, sin tener que dar marcha atrás ni saltarte ninguna parte. —Mijaíl sonaba mucho más serio que antes y no quedaba ni rastro de su sonrisa—. Y si intentas esconder algo que yo crea que debo saber, no me quedará otra opción que pensar que me estás mintiendo y que, por lo tanto, he de avisar a Borodin, ahí fuera, para que te suba en un camión, te lleve al otro lado de la alambrada y te pegue un tiro en la nuca, porque el director Volkov no aceptará otra cosa. ¿Ha quedado claro?

—Muy claro —replicó Laura con un hilo de voz.

Empezó a contarle todos los acontecimientos, desde la mañana en que robó la primera rebanada de pan hasta esa otra en que los mayores los habían perseguido y amenazado a Omar y a ella, la paliza que había sufrido el chico y cómo había robado el vodka y la pistola en la cocina del Nido. Lo contó todo, sin omitir nada, porque tenía la sensación de que él ya sabía cada uno de los detalles que estaba desgranando y que tan solo trataba de averiguar hasta qué punto podía hablar en serio con ella.

—Bien —dijo Mijaíl con un extraño brillo de satisfacción en los ojos—. ¿Y qué pensabas que sucedería, exactamente?

—Creí que cuando descubriesen la botella rota se darían cuenta de que también faltaba una. Y la pistola, claro. —Laura se encogió de hombros—. Me imaginé que registrarían todo el Nido y que cuando encontrasen esas cosas escondidas en la cama de Bruno y Nazario, los castigarían.

—¿Cómo, exactamente? —insistió.

—No lo sé, ¿una semana en las celdas de castigo?, o dejarlos sin cenar una temporada, u obligarlos a correr desnudos por la pista de entrenamiento, con el frío... —No sería la primera vez que castigaban a alguien de ese modo. Laura hizo un puchero—. Solo quería que nos dejasen en paz.

—Ajá, ya veo. Bueno, pues debes saber que esos dos chicos ya no te van a molestar más. —Hizo una pausa de un par de segundos—. Porque están muertos.

Se hizo un silencio pesado, roto al fin por el balbuceo de Laura.

—Yo no quería... Yo no pensaba... —La voz se le quebró. Muertos. No podía ser.

—Cierto, no querías que las cosas fueran tan lejos —asintió el hombre—. Pero cuando echas un guijarro a rodar por una pendiente inclinada, no tienes manera de saber si vas a provocar una avalancha, ¿verdad?

La niña se retorció las manos conmocionada.

—Tu primer error —Mijaíl levantó un dedo— fue involucrar a los dos muchachos. Al fin y al cabo, Bruno no hizo nada, más allá de agarrarte, mientras Nazario le pegaba una paliza a tu amigo. Pero al incriminar a ambos hiciste que lo que podía haber sido una trastada improvisada se convirtiese en un plan, en una conspiración de más de una persona. Algo inadmisible. Oh, y por cierto, Volkov ya había visto esa paliza: hay cámaras de seguridad repartidas por todo el recinto, incluyendo algunos de los árboles que dan al lago.

—¿Y por qué no hicieron nada para evitarlo? —protestó ella tragándose un sollozo, y con una nota de odio en la voz—. ¡Solo somos niños!

—Querían saber si erais capaces de resolver ese trance. Descubrir cómo gestionabais una situación de estrés tan potente. —Le mostró las palmas de las manos—. No es cosa mía, Laura, te lo juro. No enfoques tu ira en mí.

—Trabajas para el Nido —dijo ella acusadora, aunque el tono apesadumbrado del hombre dejaba entrever que estaba tan en desacuerdo con aquel método brutal como ella.

—Cierto —respondió él—. Pero tengo jefes, personas que

están por encima de mí. Gente que tiene una idea muy clara de cómo llevar esta operación, aunque yo no esté de acuerdo.

—No quería que muriesen —sollozó ella limpiándose la nariz con una manga.

—Ah, la culpa. —Algo en cómo lo dijo le hizo pensar que no se refería solo a ella—. Es una sensación espantosa, ¿verdad? El caso es que tus problemas no acabaron ahí. Robar la pistola fue tu segundo error.

—¿Por qué?

—Piénsalo un poco. —La sonrisa de Mijaíl se tornó siniestra—. Una cosa son un par de rebanadas de pan o una botella de licor. Eso son pecados veniales, una muestra de ingenio, incluso, si me lo permites. Pero una pistola, sin embargo, es muy distinto. ¿Sabes por qué?

—Porque es peligrosa —respondió ella tratando de contener el llanto—. Mata gente.

—Eso es —asintió él—. Mata gente. Verás, no sé si te has dado cuenta, pero en el Nido hay una mentalidad algo paranoica con respecto a la seguridad. Nadie sabe que este sitio existe, nadie sabe que estáis aquí, ni para qué os preparamos. Por eso, cuando descubrieron que uno de los alumnos tenía un arma en su poder, entraron en pánico. ¿Adivinas qué pensaron?

Laura no tuvo que darle muchas vueltas.

—Que pretendían usarla. —Tragó saliva—. Contra los profesores.

—Eso es —repitió—. En su modo de entender las cosas, solo hay un motivo para que un alumno que está aquí «invitado» se hiciese con un arma. Es una línea que no se pueden permitir que nadie cruce. ¿Entiendes ahora cuál fue tu error?

—La pistola era algo demasiado importante —dijo—. Algo que no se puede pasar por alto.

—¡Oh, la comprensión! —Mijaíl alzó las manos hacia el techo—. Cuando llega es como una coz de caballo en la cabeza, ¿a que sí? Era *demasiado* importante. Si hubieses escogido otra cosa, *cualquier otra cosa* para esconder bajo ese colchón, nada de esto habría sucedido. Pero no mediste las consecuencias de tus actos. Y eso me lleva a tu tercer error.

—¿Cuál fue?

—Pugachev, Borodin, Kirilenko... —Hizo un gesto despectivo—. Todos esos profesores de conocimientos... singulares son además los responsables de lo que sucede en este centro. Y todos y cada uno de ellos responde ante Volkov. Yo solo soy una pieza del engranaje, el conseguidor que os ha traído hasta aquí a muchos de vosotros. El día a día depende de Volkov, no de mí. Así que te hago otra pregunta: ¿qué crees que pensó cuando se descubrió que uno de los alumnos estaba armado?

Laura se recostó en su silla. Tenía frío y estaba exhausta.

—Que podría haber otros —aventuró—. Que quizá habría más.

—¡Eso es! —aplaudió él con una sonrisa amarga—. De golpe, en su cabeza surgió la preocupante idea de una docena o más de alumnos confabulados en un plan para salir de aquí por la fuerza. Eso no solo habría sido un desastre total, sino que le habría dejado quedar como un verdadero idiota delante de los auténticos jefes. La clase de idiota que puede acabar deportado a Siberia o muerto. Así que hizo lo único que se podía hacer: empezar a apretar las tuercas a todos y cada uno de ellos.

—Por eso los estaban interrogando uno a uno.

—Cierto. —Esta vez se acercó tanto a ella que le habló en un susurro—: Y aquí llega tu último error. ¿Sabes cuál es?

Ella negó con la cabeza.

—¿No lo sabes o no quieres decírmelo porque te duele?

—No había pensado en ello.

—Le contaste a tu amigo Omar todo lo que habías hecho. Le hiciste partícipe de tu aventura.

—¡Él odiaba a esos dos tanto como yo!

—Sin duda, pero le revelaste un secreto que te implicaba a ti. ¿Y qué hiciste para asegurarte de que ese secreto no se escapaba?

Ella abrió los ojos como platos.

—Omar no... Él nunca... —tartamudeó—, él no...

—Oh, claro que sí —ronroneó Mijaíl—. Claro que sí. Tan solo tuvieron que apretar un poco para que empezase a cantar. Omar era tu cabo suelto desde el principio y no lo viste en ningún momento... porque no te paraste a pensar en el alcance de tus actos.

Laura sintió un pinchazo amargo en el pecho. Aunque debería sentirse traicionada, imaginaba que Omar no había tenido otra opción, y todo por su culpa. Ella le había colocado en una posición imposible sin darse cuenta.

—¿Qué le va a pasar?

—Nada bueno, me temo —contestó Mijaíl mientras hacía un gesto vago hacia la puerta del despacho—. Omar es un testigo incómodo de todo este desastre y la gente de ahí fuera no puede permitir desafíos a su autoridad. Todo el funcionamiento del Nido se basa en la obediencia total de los alumnos. ¿Qué crees que sucedería si de repente se extiende el rumor de lo que has hecho? ¿Cuántos alumnos no se sentirían tentados a repetir tu pequeña hazaña u otra parecida?

—Pero solo lo sabemos Omar y yo —protestó ella.

—Eso da igual.

—No lo entiendo.

Mijaíl suspiró con aire cansado.

—Es una cuestión de autoridad, de hacer ver que no se ha perdido el control. Bruno y Nazario han muerto, pero no es únicamente por tu culpa. Cuando Omar confesó la verdad, ya era demasiado tarde, la decisión ya estaba tomada. Además, alguien tenía que hacer de chivo expiatorio en este asunto tan feo. Pagar los platos rotos.

—Pero eran inocentes...

—Verás, resulta mucho más sencillo culpar a dos adolescentes, por mucho que hayan negado tener nada que ver con el asunto, que reconocer que una niña de siete años nos la ha jugado en nuestras propias narices. —Su voz era cortante—. Pero Omar sigue siendo un cabo suelto. Y tú también, por supuesto. Y por eso me han pedido que los dos seáis eliminados esta misma noche.

Así que allí se acababa todo. Laura tan solo era una niña y por eso no tenía claro el concepto de la muerte, pero por su experiencia en el Nido sí sabía que era algo definitivo. Sin poder evitarlo, se echó a temblar.

—Pero... —añadió Mijaíl con aire dubitativo.

—Pero ¿qué? —jadeó ella. La esperanza, esa hebra fina que jamás dejamos de aferrar con fuerza.

El hombre la contempló durante un largo rato, aparentemente pensativo. Entonces se levantó de la silla y se acuclilló al lado de Laura, de forma que sus ojos quedaron a la misma altura.

—Pero podemos hacer algo, aunque eso exigirá mucho de ti. —Le acarició una mejilla—. ¿Tú sabes qué hacemos aquí?

—Maltratarnos —susurró ella.

—No. Lo que hacemos es llevaros al límite, buscar vuestra auténtica fibra ante las adversidades. Todos los que habéis acabado en el Nido tenéis algo especial. Sois diferentes. Eres muy pequeña para entenderlo, pero vuestras capacidades están muy por encima de la media, muy por encima de esos idiotas pomposos que os enseñan. Muy por encima de mí. —El hombre meneó la cabeza visiblemente emocionado—. Vuestros coeficientes intelectuales, vuestra resiliencia, vuestra inteligencia emocional, vuestras aptitudes... Oh, no te puedes ni imaginar lo que nos costó encontraros. El trabajo de toda una vida para crear un sistema que os detectase, en todo el mundo. Para juntar a los mejores de entre los mejores.

Laura asintió, aunque nada de lo que decía Mijaíl tenía sentido para ella.

—Por eso me secuestraste en Madrid. —Se asombró al oírse decir eso, al acusarle con tanto descaro, pero ya le daba igual—. Por eso me separaste de mis padres.

—A ti y a todos los chicos que están ahí fuera, incluyendo a esos dos que te torturaban. —Suspiró—. Ser especial no te convierte automáticamente en una buena persona, lo siento. Además, no es eso lo que buscamos...

—¿Y qué buscáis?

—Templaros, como una buena hoja forjada en una fragua. Preparar al mejor equipo que se haya visto nunca de...

El hombre se interrumpió y le dedicó una sonrisa.

—¿De qué?

—Ya lo sabrás a su debido tiempo. —Le cogió una mano entre las suyas. Las tenía calientes, suaves y secas—. Pero lo que ha sucedido hoy marca un punto y aparte. Me has demostrado que estás preparada para iniciar la siguiente parte de tu camino. Que eres demasiado especial como para malgastar tu talento por el temor de un burócrata a quedar en evidencia. Eso sí, para que puedas vislumbrar tu futuro y de paso salves la vida de tu amigo sirio, para que lleguemos a ese punto, necesito que confíes en todas y cada una de las cosas que te digo. Que, a partir de ahora, me dejes ayudarte a desarrollar ese talento en bruto que tienes.

Laura se sorbió los mocos. Estaba cansada, aterida, hambrienta y tan agotada emocionalmente como solo una niña pequeña puede estar después de un día tan intenso.

—Yo te cuidaré, Laura. Lo he estado haciendo en la sombra todo este tiempo, pero ha llegado el momento de dar un paso más. —El hombre titubeó. Las palabras se atascaban en su garganta como si no estuviese demasiado acostumbrado a expresar sus sentimientos—. A partir de ahora me preocuparé de ti, de que nada te falte. Te enseñaré todo lo que sé y descubrirás que puedes hacer cosas increíbles. Estaré a tu lado. Cualquier cosa que necesites, *cualquier cosa*, la tendrás si me eres totalmente fiel y sincera.

—¿Me cuidarás? —Su voz sonaba quebrada. Incrédula.

—Con mi propia vida si es necesario —asintió él muy serio—. Solo necesito que confíes en mí. ¿Qué me dices?

Mijaíl se echó hacia atrás y la miró con un brillo expectante en los ojos, mientras abría los brazos, acogedor, invitándola a un cálido abrazo.

Laura no supo muy bien qué la llevó a lanzarse a su cobijo, pero cuando la envolvió contra su pecho, su corazón, hambriento de cariño, casi explota de alegría. Era el primer abrazo que le daba alguien en más de cuatro años y ella, como cualquier niño, necesitaba eso.

Mientras Mijaíl le acariciaba el cabello, Laura por fin dio rienda suelta al nudo de emociones que tenía apretado en el pecho desde hacía meses. Empezó a sollozar, con unos gemidos infantiles que le partirían el alma al más despiadado, pero su llanto no era de pena, sino de alivio.

Por fin había encontrado a alguien que haría que todo fuese bien. Alguien que la cuidaría, que la protegería. La sombra de la figura de su padre, de abrazos parecidos y besos tiernos de amor paternal, pasó momentáneamente por su cabeza, como un borrón, pero tan solo era un recuerdo desvaído de años atrás.

Mijaíl estaba allí, era real, no era un recuerdo que se diluía con el tiempo. Y podía recordar además, de forma borrosa, cómo aquel hombre la había envuelto en un abrazo parecido a aquel el mismo día que había llegado allí. Era el único que se había preocupado por ella todo el tiempo.

El único que jamás le había fallado.

—Lo haré, camarada —dijo con la cara enterrada en su pecho—. Te lo prometo.

—No me llames así. Me llamo Mijaíl —le susurró él mientras la reconfortaba—. Y tú eres Laura, mi pequeño pajarito. Y yo seré tu padre.

Ella guardó silencio durante un instante, incapaz de creer lo que estaba oyendo.

—Mi padre —lo pronunció con delectación, paladeando cada sílaba. Sonaba real si se decía en voz alta.

—Eso es. Ya ha habido más que suficiente sufrimiento —le advirtió Mijaíl muy serio—. A partir de ahora somos un equipo, Laura. Yo voy a cuidar de ti, siempre.

Y cuando oyó eso, ella se apretó aún más contra el pecho de Mijaíl, sintiendo el sabor salobre de sus lágrimas mezclado con el aroma del perfume masculino, absurdamente feliz, como el náufrago que, después de llevar semanas a la deriva, por fin ve tierra.

12

En algún lugar entre Triacastela y Sarria (Lugo)
En la actualidad. Día 1 de Camino

El bosque que los rodeaba era denso, verde y rezumaba humedad. De los troncos cubiertos de musgo se desprendían suaves pelusas que flotaban en el aire a medida que el grupo de peregrinos avanzaba por el sendero de tierra que se abría paso entre la espesura. De cuando en cuando, una flecha amarilla pintada en una piedra les aseguraba a los caminantes que no se habían perdido y que seguían el sendero correcto.

Laura caminaba en medio del grupo, cerca del señor Schmidt. Era un alemán cincuentón con un color de piel sonrosado a causa del sol y un ligero sobrepeso, que resoplaba como un búfalo cada vez que tenían que subir un repecho. Sin embargo, aunque era evidente que no estaba acostumbrado a una caminata como aquella, el hombre no perdía su buen humor y se pasaba gran parte del camino señalando con uno de sus dedos gordezuelos todo lo que le llamaba la atención.

Había aceptado la presencia de Laura con evidente alivio y parloteaba sin descanso, obligando a la joven a traducir sin cesar su conversación. Era un empresario rico pero que, por lo que había podido entresacar, había empezado desde abajo, como simple operario en una fábrica de cervezas. Le acompañaba tan solo una persona, un miembro de su seguridad llamado Leo Stroll, un alemán del norte, grande como un toro cuyo cuello era tan grueso que resultaba difícil adivinar dónde terminaba.

El señor Schmidt había alabado «el fino acento de Dresde» que tenía Laura, lo que a ella le arrancó una sonrisa incómoda. Lo cierto era que cuanto más hablaba con aquel hombre, más natural y sencillo le resultaba usar el idioma, como alguien que se pone un par de zapatos viejos que le resultan confortables al instante.

No se podía decir lo mismo de su propio par de zapatillas, sin embargo. Aquellas horribles botas chillonas le habían empezado a hacer rozaduras a los pocos kilómetros de haber salido de Triacastela y Laura estaba segura de que esa noche, cuando se descalzase, se encontraría un par de bonitas ampollas en los talones. Aun así aguantaba la caminata, un poco sorprendida de que no le costase nada mantener el ritmo del grupo. De hecho, le daba la sensación de que podría ir mucho más rápido sin mayor problema. La memoria muscular de sus piernas parecía ir un punto más allá de lo normal. Teniendo en cuenta que había vivido parte del último año tumbada en una cama de hospital en México, no dejaba de ser un misterio más que sumar a todo lo que rodeaba su pasado.

—Lo cierto es que llevaba años deseando hacer el Camino —parloteaba alegremente Schmidt en aquel instante—, pero nunca había tenido la ocasión de disfrutar de la experiencia. ¿Sabías que el Camino significa algo distinto para cada persona que lo hace?

Laura hizo un gesto ambiguo, sin saber muy bien qué contestar.

—Por ejemplo, para mi socio Ferreiro —señaló hacia el empresario mexicano que caminaba un par de metros delante de ellos, con la sombra omnipresente de Zepeda, su guardaespaldas, a su lado— es algo con un fuerte componente religioso. Es un católico ferviente y cree con rotundidad que este es un trayecto de expiación y agradecimiento a Dios.

—¿Y usted?

—Bueno. —Schmidt esbozó una sonrisa—. Me he pasado años escuchando cosas sobre el Camino, ¿sabes? Sobre la experiencia transformadora que supone para todos los que lo hacen, aunque ni siquiera sean creyentes, que quienes se embarcan en esta aventura, de alguna manera, se sienten distintos cuando llegan a Santiago, al final del trayecto. Que te permite conocerte mejor, que relativizas muchas cosas de tu vida. Quién sabe, quería comprobarlo de primera mano. ¿Qué te ha traído a ti hasta aquí?

La pregunta directa pilló desprevenida a Laura, que se tomó un momento antes de responder.

—Lo hago por alguien —dijo al cabo de un rato—. Y para conocerme mejor, supongo.

—¡Ja! —El hombre le dio una palmada amistosa en la espalda, tan fuerte que casi la hizo tropezar—. ¡Lo que yo decía! ¡Una experiencia transformadora!

—No te imaginas cuánto —murmuró Laura para sí.

—Pero para él —señaló a su musculoso guardaespaldas— seguro que es algo distinto. ¿A que sí, Leo?

El alemán gruñó e hizo un gesto que podría significar cualquier cosa. Laura hubiese jurado que jamás había visto a nadie tan grande, por lo menos desde que tenía memoria. Allí donde Zepeda, el guardia de corps de Ferreiro, era puro nervio contenido, Stroll tenía montañas de músculos apilados uno sobre otro.

—Es un camino —dijo encogiéndose de hombros— que lleva a una iglesia. No necesito saber más.

—Oh, venga —protestó Schmidt girando la cabeza—. Es mucho más que eso. Ya que te he arrastrado hasta aquí, no podemos permitir que no comprendas en qué te has metido.

¿Dónde está Vargas? ¡Eh, Vargas! ¡Venga aquí un momento! ¡Traduce, Laura! ¡Dile que venga aquí!

El larguirucho secretario de Ferreiro, que caminaba unos metros por delante, trotó hacia ellos con el andar desmañado de un espantapájaros sacudido por un vendaval. A cada paso que daba parecía que el peso de su nariz haría naufragar su cabeza hacia delante, enterrándola en el sendero como un espolón.

—¿Qué se le ofrece, señor Schmidt? —jadeó con su cantarín acento mexicano.

—Necesito que le explique a mi buen Leo en qué consiste el Camino de Santiago. —Schmidt se atropellaba al hablar y Laura traducía sobre sus palabras—. De dónde sale esta tradición, qué significa... Vamos, un poco de todo. Venga, hombre, estoy seguro de que usted lo tiene todo en esa cabezota privilegiada.

Vargas sonrió inseguro ante aquel extraño halago, pero accedió igualmente.

—Es una historia fascinante —comenzó a explicar— que arranca en el siglo IX. Según la tradición cristiana, Santiago el Mayor fue uno de los principales apóstoles de Cristo y el primero en morir martirizado, en Judea, allá por el año 40 de nuestra era. El caso es que a lo largo de varios años, después de la muerte y resurrección de Jesucristo, Santiago estuvo por España predicando y convirtiendo a nuevos creyentes a la fe y, por eso, cuando murió decapitado, sus discípulos, los Siete Varones, lo trasladaron hasta Galicia para enterrar sus restos.

—Es un viaje muy largo. —Stroll no sonaba muy convencido—. ¿Cómo lo trajeron?

—Según la tradición, en barco —contestó Vargas—. Y ese barco acabó encallado en la orilla y convertido en piedra, en un lugar llamado Muxía, no muy lejos de aquí.

—En piedra, claro —masculló Leo Stroll con media sonrisa burlona.

—Yo solo cuento lo que dice la historia. —Vargas se encogió de hombros—. El caso es que durante muchos siglos, la ubicación de la tumba del apóstol Santiago el Mayor fue un absoluto misterio, algo devorado por la oscuridad de los siglos inmediatamente posteriores a las invasiones bárbaras de los pueblos alemanes... Sin querer ofender, por supuesto.

Laura tuvo que contener la risa al traducir la última frase y ver la cara avinagrada de Stroll.

—Pero en torno al año 820 sucedió algo increíble —continuó el mexicano como si tal cosa—. Un tal Paio, un ermitaño de Solovio que vivía en un bosque solitario por donde hoy están las calles de Santiago de Compostela, afirmó que había visto unas extrañas luces flotando sobre unas ruinas que se alzaban en un montículo abandonado. Cuando excavaron en aquel lugar, encontraron una vieja tumba, en la que estaba el esqueleto de un hombre decapitado.

—¿Y llegaron a la conclusión de que esos restos eran los del apóstol Santiago? —Stroll le miró como si no estuviese seguro de si se estaba burlando de él.

—Al parecer, todo concordaba. —Vargas dio un traspié al tropezar con una raíz oculta bajo las hojas del sendero y por un instante se interrumpió—. La fecha de la tumba, ciertos indicios que había en ella y en otras dos próximas, de sus discípulos Teodoro y Atanasio... Fuera como fuese, decidieron construir una iglesia sobre el lugar.

—Pero eso no explica lo de la peregrinación..., lo del Camino —protestó Stroll, que sin embargo ya parecía genuinamente interesado en la historia.

—Surgió de forma espontánea a inicios del año 900. Al principio tan solo se trataba de peregrinos de las zonas cercanas, pero pronto su fama se fue extendiendo por toda Europa. Para el siglo XII, cuando la pequeña iglesia primitiva ya estaba siendo sustituida por una enorme catedral medieval, el Camino de Santiago era una de las tres peregrinaciones que todo cristiano podía hacer para conseguir el perdón de todos sus pecados.

—Ya veo —murmuró el guardaespaldas—. ¿Cuáles eran las otras?

—Una a Roma y la otra a Jerusalén. —Vargas sonrió socarrón—. Para la mentalidad de la época, Roma era demasiado lujosa y no casaba con la concepción de pobreza de entonces, y Jerusalén era un viaje demasiado largo y arriesgado, así que Santiago parecía una alternativa más que interesante. Además, era un pueblecito perdido en lo que entonces se consideraba el fin del mundo, así que no molestaba especialmente a nadie. Con el paso de los años, la importancia del Camino de Santiago se fue extendiendo por toda Europa.

—Supongo que viajar en esa época no era lo mismo que ahora. —Stroll echó una mirada cautelosa al bosque que los rodeaba, como si temiese que en cualquier momento apareciese una banda de salteadores de caminos armados con espadas y garrotes.

—Seguro que no —rio Vargas—, por eso se organizó un sistema de posadas, el primer libro de viajes de la historia, el Códice Calixtino, e incluso algunas órdenes de caballería tenían la misión de proteger a los viajeros.

—¿Y de dónde eran esos viajeros?

—¡De todas partes! —Emocionado, Vargas abrió los brazos de forma teatral y Laura esquivó una de sus manos por un pelo—. De Alemania, de Suecia, Francia, Italia, Inglaterra... ¡De todo el mundo conocido por entonces! Traten de imaginarlo por un segundo, cientos de peregrinos, en plena Edad Media, emprendiendo un peligroso viaje de miles de kilómetros hasta una catedral perdida en el confín de Europa, ¿no es fascinante?

—Cierto. —Stroll, que parecía estar barruntando algo, se rascó la cabeza—. No me acabo de creer lo de las luces, la barca de piedra y todo eso, pero... está claro que toda esa gente sí que lo creía fervientemente.

—Es la magia de Galicia —intervino Ferreiro, que se había acercado a ellos al oír la conversación y parecía alborozado—. Mis raíces están aquí, crecí escuchando de boca de mi abuelo todas las leyendas de esta tierra. Si en algún lugar puede pasar algo tan especial como que aparezcan unas luces sobre un enterramiento para marcar el lugar, es Galicia, sin duda.

Lo cierto era, pensaba Laura, que lo que decía Ferreiro tenía todo el sentido mientras estaban allí, en un camino que cruzaba un bosque de robles centenarios. La luz que se filtraba tamizada a través de las copas de los árboles bañaba a todos en un claroscuro de sombras que invitaba a imaginarse cosas. En cualquier instante podía aparecer de entre la maleza cualquiera de esas figuras que solo estaban en los libros de cuentos infantiles, pero que en Galicia parecían reales.

—¿Y qué pasó con las peregrinaciones, con el Camino?

—Bueno, tuvieron una serie de altibajos a lo largo de la historia, como es natural, pero nunca dejaron de llegar visitantes que se animaban a embarcarse en esta aventura. —Levantó un dedo, en una imagen que a Laura le trajo el borroso recuerdo de un profesor—. El año pasado llegaron a Santiago cientos de miles de peregrinos de todo el mundo. ¡Cerca de un millón, probablemente! ¿Se dan cuenta de lo que significa?

—Desde luego, es mucha gente —concedió Stroll dubitativo.

—No todos hacen el mismo Camino —añadió Vargas—. Algunos vienen andando desde lugares tan alejados de aquí como Alemania, a pie, en bicicleta o a caballo, otros solo hacen la parte española del Camino, desde los Pirineos, y unos cuantos, como nosotros, solo las etapas finales que cruzan Galicia. Y además hay otros Caminos, incluso uno naval que viene desde Inglaterra. ¿Se lo pueden imaginar?

Ferreiro, el poderoso empresario mexicano, parecía compartir el mismo entusiasmo que su secretario, porque cloqueó de satisfacción. Laura tuvo que admitir que, tal y como lo contaban, el Camino resultaba una aventura muy tentadora. Empezaba a entender por qué motivo tanta gente se animaba a emprender una ruta como aquella, pese a todas las dificultades.

—Pero hay algo que no entiendo. —Stroll no iba a dar su brazo a torcer con facilidad—. Acepto que el Camino se haya convertido en una tradición que arrastra a millones de personas de todo el mundo, pero lo de los restos del apóstol no me lo acabo de creer. ¿Qué pruebas sólidas hay, aparte de las leyendas, que aseguren que esos restos son auténticos?

Laura tradujo sus palabras procurando que no se notase su ansiedad. Aquel era un tema que le interesaba sobremanera. Todo lo relacionado con los huesos era algo que necesitaba saber desesperadamente si quería tener alguna oportunidad.

—Esa es una muy buena pregunta. —Vargas se pasó la mano por su pelo ralo intentando colocar los escaso mechones en su sitio—. Lo cierto es que hay toda una historia alrededor de los huesos. Todo empezó cuando...

—¡Eh, venid a ver esto! —El grito alborozado de uno de los miembros del grupo interrumpió el relato del secretario y todos miraron hacia las voces, para desconsuelo de Laura.

El bosque se había abierto de golpe para dar paso a una estampa maravillosa. Entre prados de un verde más intenso de lo que se podría uno imaginar, y altos castaños desprovistos de hojas, el río Sarria serpenteaba por la parte baja de un valle. Frente a ellos, la estructura de un viejo puente medieval de piedra cruzaba las aguas, sobre cinco arcos que debían de tener muchos siglos de antigüedad, más de los que Laura podía calcular.

Ferreiro y Schmidt aprovecharon para posar en mitad del puente ante la cámara que Vargas había sacado de su mochila. Mientras tanto, el resto del grupo vagaba por los alrededores disfrutando de aquel paisaje tan bucólico al que solo le faltaba una banda sonora para ser el escenario perfecto de una película.

Laura se sentó en el pretil del puente y dio un descanso a sus pies doloridos. Cuando se descalzó la bota derecha, contuvo un reniego. La rozadura del talón ya tenía un aspecto feo y amenazaba con convertirse en una bocha a los pocos kilómetros. Aquellas condenadas botas, además de feas, eran demasiado duras y con el talón muy alto, totalmente inadecuadas para una ruta como aquella. Acababa de comprender el motivo que había llevado a su dueña original a abandonarlas en aquel albergue, pero no podía hacer nada al respecto.

Una sombra se proyectó sobre ella y cuando levantó la cabeza vio la mirada penetrante de Fernando Zepeda, el jefe de seguridad de Ferreiro, clavada en ella.

—Eso tiene muy mala pinta —musitó él mientras se arrodillaba a su lado—. ¿Me permite?

Laura asintió, sin saber muy bien por qué. Zepeda le examinó el pie con aire experto.

—Por ahora solo tiene una rozadura, pero en pocos kilómetros aparecerá una ampolla así de grande. —Separó los dedos un par de centímetros—. Y con el paso de los días, la ampolla se transformará en una llaga. La llaga le dolerá como el infierno y no podrá caminar.

—Ya lo sospechaba —asintió Laura desalentada—. Quizá si me pongo un par de calcetines extra...

—Eso solo retrasará las cosas, pero no lo evitará. —Zepeda negó con la cabeza y abrió su mochila para rebuscar algo en su interior hasta sacar un botiquín—. Será mejor que lo tratemos ahora que aún estamos a tiempo.

Con mano hábil, le bañó la rozadura con un espray helado que le hizo dar un respingo.

—Esto debería bastar —dijo mientras le masajeaba el pie para que la piel lo absorbiera—. De todos modos, si nota que le vuelve a molestar, avise a la doctora Grammola para que no vaya a mayores.

Laura carraspeó y retiró el pie de entre las manos del hombre, murmuró un agradecimiento apresurado y se volvió a colocar la bota, deseando no llevar unos calcetines gruesos y sudados. Aquel momento inesperado de intimidad había traído a Carlos a su mente con tanta fuerza que se sintió anegada por la urgencia una vez más. Lo echaba desesperadamente de menos y hubiese cambiado cualquier cosa, incluso la posibilidad de no recordar jamás su pasado, a cambio de que él estuviese allí, en aquel momento, masajeando sus pies en vez de aquel mexicano.

—Hay algo que no ha dejado de darme vueltas en la cabeza a lo largo de todos estos kilómetros —murmuró él, casi como si hablase para sí—. Está claro que tiene una excelente forma física y que está acostumbrada a caminatas como esta. Se nota en su manera de andar y cargar la mochila. Tiene toda la pinta de una veterana que ha hecho más de una vez una ruta de este estilo, pero...

—Pero ¿qué?

—Que sin embargo parece que su equipo lo ha escogido un ciego entre los descartes de un basurero —añadió clavando de nuevo su mirada profunda en ella—. No hay nada que encaje: las botas le quedan pequeñas, lleva un bastón que es perfecto para alguien veinte centímetros más alto que usted, la camiseta térmica es de hombre y esa mochila sigue de una pieza de milagro, entre otras cosas... ¿Me lo puede explicar?

Laura contuvo la respiración luchando por mantener una expresión pétrea.

—Mi hermana —dijo con una sonrisa, casi sin pensar.

—¿Su hermana?

—Empezó el Camino hace un par de años, pero no pudo terminarlo por una torcedura de tobillo —mintió con aplomo—. Le pedí que me dejase el material que guardaba en su trastero, antes de salir. Tenemos una relación muy estrecha y creímos que era la manera perfecta para que ella, de alguna forma, terminase el Camino que no pudo concluir en su día.

Fernando Zepeda la observó durante unos segundos interminables. Laura tuvo la sensación de estar bajo un escáner que atravesaba hasta la última célula de su cuerpo. Finalmente, él hizo una mueca mientras asentía con la cabeza.

—Debería haber comprado cosas que se ajustasen a su talla —replicó al fin—. Es una caminata muy larga.

—Tiene toda la razón —rio ella con ligereza, intentando que el tono fuese aliviado, pero no mucho—. Debería haberlo pensado antes. ¡Qué tonta he sido!

Fue el turno de Zepeda de reír por lo bajo.

—Me parece que es usted muchas cosas, Laura Portela. Pero «tonta» no es la palabra que me viene a la mente.

Laura estaba a punto de preguntarle a qué se refería, pero justo en aquel instante, desde la cabeza del grupo alguien dio la orden de marchar. Al levantar la mirada, vio que Schmidt le hacía gestos para que se acercase a él.

—Creo que la necesitan —señaló Zepeda—. Ya hablaremos luego.

Por toda respuesta, ella asintió y se alejó al trote para reunirse con Schmidt, con la inquietante sensación de que el mexicano sospechaba algo.

El resto de la jornada avanzó a muy buen ritmo, entre paisajes de un verdor asombroso, aldeas que parecían ancladas en otro siglo y los ocasionales rebaños de vacas que los miraban con expresión vacía desde los prados, como si se preguntasen qué demonios hacía aquel grupo de humanos atravesando su valle.

La emoción que habían vivido en el puente quedó en nada cuando, al culminar una colina, descubrieron la enorme mole pétrea de un viejo monasterio medieval en el fondo de una vaguada. Laura no pudo contener un suspiro de emoción al verlo. Si no se equivocaba, aquel tenía que ser el monasterio de Samos, un complejo benedictino que llevaba allí casi quince siglos viendo pasar a los visitantes.

Las pequeñas ventanas verdes que salpicaban su fachada barroca de piedra gris se reflejaban en las aguas del riachuelo bordeado de árboles que cruzaba justo frente a la puerta. El techo, de pesadas lajas de pizarra negra, dotaba al conjunto de un aspecto sobrio y contenido, transmitiendo una sensación de paz y de que aquel era un lugar donde los hombres y Dios podían hablar con tranquilidad.

El grupo cruzó el puentecito que atravesaba el río y se internó en el corazón del monasterio sin que nadie se lo impidiese. Laura se dio cuenta de que viajar con Ferreiro y su tropa era toda una garantía de que siempre encontrarían las puertas abiertas. Sin duda Vargas se había ocupado meses atrás de planificar la visita hasta el último detalle.

—¿Vamos a quedarnos a dormir aquí? —preguntó señalando la elegante hospedería que se abría en uno de los laterales del complejo.

Vargas negó con la cabeza.

—Ya me gustaría —suspiró—. Este es uno de los alojamientos más decentes que nos encontraremos por el camino, pero el señor Ferreiro cree que es *demasiado* lujoso y que no encaja con el espíritu de su viaje. ¡Demasiado lujoso! ¿Te lo puedes creer? Él, que siempre se aloja en los mejores hoteles del mundo. No, dormiremos en Sarria esta noche, en algún alojamiento para peregrinos normal y corriente.

—Tampoco será para tanto, Vargas. —Laura le dedicó una sonrisa amistosa—. Solo necesitamos una cama limpia, una ducha decente y una buena cena.

Vargas refunfuñó no muy convencido, pero su enfado se disipó por completo al entrar en el enorme claustro del monasterio.

Un coro de asombro contenido recorrió el grupo. Las arcadas de medio punto se entrecruzaban en el techo dibujando elegantes líneas pétreas y el sol se colaba por los vanos hasta delinear caprichosos charcos de luz en el suelo de losas de granito. Pero lo mejor era el jardín que se abría en el interior, un damero de verdes retazos de césped salpicados por árboles aquí y allá. Justo en medio, una gran estatua de piedra de un anciano con hábitos de monje miraba con gravedad hacia los árboles que se adivinaban sobre los techos de piedra, solo perturbado por las cagadas de pájaro que festoneaban su cabeza tonsurada, lo que le daba un aspecto ligeramente desdichado.

Al fondo del jardín del claustro alguien había dispuesto un conjunto de mesas cubiertas por manteles de lino blanco que casi se vencían bajo el peso de fuentes de comida, botellas, un par de jamones, vasos y enormes hogazas de pan gallego. Detrás de ella, un puñado de camareros con uniforme impoluto esperaban al grupo, listos para atenderlos.

—Vargas —murmuró Ferreiro, que sonaba enfadado—. Cuando planificamos el viaje, te pedí que encargases algo de comer a mitad de esta etapa, pero no recuerdo haberte dicho nada de un *catering*. ¡No es un cóctel de sociedad, somos peregrinos!

—Sí, señor Ferreiro. —El mexicano asintió con tanta fuerza que Laura temió seriamente que la cabeza saliese despedida del cuello—. Por supuesto, señor. Mis más sinceras disculpas, señor Ferreiro. Sin duda ha habido alguna confusión y es tan solo por mi culpa..., pero ya que toda esa comida está aquí, sería una pena que no lo aprovechásemos, ¿verdad? Todos están cansados y hambrientos y aún nos queda una buena parte de camino hasta Sarria.

—Una confusión, claro. —Ferreiro fulminó a Vargas con la mirada, pero al final se le escapó una risita—. Me imagino que nos encontraremos alguna que otra confusión en lo que queda de Camino, ¿verdad, viejo amigo?

Por toda respuesta, Vargas se encogió ligeramente de hombros y, cuando Ferreiro no les prestaba atención, le dedicó un guiño travieso a Laura. Ella rio divertida. Estaba claro que Vargas llevaba tanto tiempo al servicio de Ferreiro que se permitía tomarse ciertas libertades, anticipándose a las necesidades del grupo. Aun con su aspecto estrafalario, estaba claro que el hombre era un organizador de primera.

La empanada de maíz rellena de zamburiñas y la *carne ó caldeiro* eran solo algunas de las delicias que les sirvieron. Laura se descubrió devorando a dos carrillos en una esquina de la mesa, siempre cerca del señor Schmidt, al que le brillaban los ojos de gozo con cada nueva vianda. Sorprendida, cayó en la cuenta de que era la primera comida en condiciones que tomaba desde la aciaga noche en la que Carlos había desaparecido y había comenzado su particular pesadilla.

Cuando estuvo ahíta se apoyó en las barras de un andamio que se levantaba a unos metros de las mesas. Estaban llevando a cabo algún tipo de trabajo de mantenimiento en las arcadas superiores del claustro y bajo uno de los arcos próximos se acumulaban sacos de material, herramientas y plásticos. Contempló a su peculiar grupo mientras terminaban la comida. Era una tropa heterogénea y singular, pero se había sentido acogida desde el primer momento, con una gama de matices humanos que le procuraban un profundo bienestar.

No sentía una paz así desde... Frunció el ceño. No podía recordarlo. Por su cabeza cruzó la molesta idea de que, durante toda su recuperación, Carlos había sido su único asidero emocional, la única persona que le hacía compañía de verdad. Por supuesto, habían estado las enfermeras del hospital y otros médicos, pero eran tan solo caras intercambiables que habían pasado con una sonrisa, nada más.

Sorprendida, se preguntó por qué no se había relacionado con más gente en el último medio año.

La enorme laguna de su memoria había abierto un agujero tan gigantesco en su seguridad y autoestima que se había aferrado a Carlos sin mirar hacia los lados. Se había transformado en el centro de su vida de una manera obsesiva, envuelta en su cariño, sin pensar que había más colores fuera de su zona de confort.

¿Y en su vida anterior?, se preguntó. Antes del atentado en México, ¿había tenido amigos? ¿Era una persona sociable o una solitaria? ¿Le gustaba viajar, salir de fiesta, volver a casa con los zapatos en la mano después de una noche de baile o, por lo contrario, era un ratón de biblioteca que disfrutaba del silencio y un buen libro por toda compañía? No saber algo tan esencial la colmaba de frustración.

Sacudió la cabeza confusa. Eran demasiadas preguntas que responder y tenía un arsenal de respuestas muy parco.

En la otra esquina de la mesa, el señor Ferreiro charlaba amigablemente con el abad de Samos, un hombre mayor y chupado, con gafas de pasta que le comían el rostro y aspecto apacible. Por lo que había podido escuchar, Ferreiro y él se habían pasado un buen rato charlando sobre el monasterio y sus «necesidades» más urgentes. Por la cara de satisfacción del abad, Laura sospechó que Ferreiro le había prometido una generosa donación. Sin duda, en pocos meses habría más andamios como aquel salpicando el milenario convento.

—¡Laura! —gritó Schmidt, en aquel instante, mientras agitaba la mano en el aire—. Ven aquí, por favor.

Laura caminó hasta el alemán, que tenía las mejillas ligeramente coloradas por el untuoso vino albariño que había regado la comida. Era un buen tipo, sin duda, pero absorbente en grado extremo. Como sería ella, se corrigió, si solo pudiese usar a un intérprete para hablar con el resto.

—¿Qué sucede, señor Schmidt?

—Quiero darte las gracias por el trabajo tan excelente que haces. Sé que, en ocasiones, puedo ser muy intenso. —Una sonrisa pícara bailó en sus labios. Parecía que le había leído la mente, pensó Laura—. Pero intentaré dejarte el espacio que también necesitas. Al fin y al cabo, el Camino es un viaje de autoconocimiento, ¿no es cierto?

—Es genial viajar con usted —replicó ella—. Y me gusta darle conversación.

—¡Ah, los jóvenes! —Su risa sonó redonda y grave—. ¡Adoro esa actitud tan positiva! Ojalá todos fuesen como tú, Laura.

Ella sonrió complacida por el cumplido.

—Celebremos la buena marcha de nuestra compañía —dijo Schmidt—. Pero brindemos con algo más fuerte que este vino blanco que nos han regalado nuestros anfitriones. Stroll, ¿dónde he dejado mi mochila?

El guardia de corps de Schmidt levantó la enorme mochila con un brazo, como si no pesase más que una toalla mojada. Schmidt abrió uno de los bolsillos laterales y rebuscó dentro hasta sacar una botella.

—Crecí en la antigua Alemania del Este, ¿sabes? —dijo mientras sujetaba la botella—. Había una base del Ejército Rojo a pocos kilómetros de mi casa. Cuando cayó el Muro de Berlín y volvieron a su casa, dejaron atrás bastante alivio, unos cuantos corazones rotos, mucha chatarra inservible y un gusto local por el vodka. Por eso me he traído una botella en mi... ¿Estás bien, Laura? ¿Qué te pasa?

Estaba mortalmente pálida, con la mirada fija en la botella de Stolichnaya que Schmidt sostenía en la mano, y durante un segundo casi pudo sentir el estallido cegador que se produjo en su cabeza. Una serie de imágenes, parecidas a fogonazos brillantes, bailaron delante de sus ojos, como en un caleidoscopio enloquecido.

Un patio cubierto de nieve. Una cocina. El olor a *borscht* burbujeando en las cazuelas. El ruido de una botella igual que esa al partirse en mil pedazos a sus pies, dentro de una despensa. Una pistola...

Laura boqueó y se dobló por la mitad. Por más que lo intentaba, el aire no llegaba a sus pulmones y sentía que se ahogaba. Todo el claustro empezó a dar vueltas a su alrededor y motitas brillantes ardieron en sus pupilas como pavesas.

Retrocedió un par de pasos, de manera involuntaria. Necesitaba sentarse. Necesitaba...

—¡Cuidado!

El aviso, en forma de rugido, llegó a sus oídos embotados casi al mismo tiempo que percibía un sonido rasposo y chirriante, a varios metros de altura sobre ella. Laura se irguió desorientada, y en ese momento Zepeda la embistió con la fuerza de un tren de mercancías. Ambos salieron volando por el aire un segundo antes de que una cascada de losas de pizarra se estrellase contra el suelo, justo en el lugar en el que ella había estado.

El ruido fue atronador, semejante al de un camión de grava al descargar su carga. Una nube de polvo los aisló de inmediato y por un instante Laura se quedó ciega en medio del caos. Lo único que podía percibir eran los gritos de pánico del resto del grupo y el olor masculino y ligeramente picante de Zepeda, que la mantenía envuelta en un abrazo osuno.

Poco a poco, el silencio se adueñó de nuevo del claustro, mientras la nube de polvo se iba aposentando. Cuando Laura consiguió incorporarse, todavía mareada, no pudo dar crédito a lo que veía. Una sección entera del tejado, la que estaba justo al lado del andamio, se había desplomado sobre el patio del claustro. La techumbre mostraba un desgarrón de varios metros que dejaba a la vista unas vigas de roble de color tabaco y cubiertas de telarañas.

En el patio, el caos era total. Una parte de las lajas de pizarra había caído sobre el extremo de una mesa, de tal forma que la había convertido en una catapulta imprevista que había lanzado platos, vasos y restos de comida a varios metros de distancia. Por fortuna, nadie parecía herido de consideración, aparte de un camarero al que una esquirla de pizarra afilada como una navaja le había cortado la frente. Un compañero le sostenía un paño que se teñía de rojo sobre la herida mientras murmuraba «tranquilo, Luis, tranquilo». El abad estaba demudado y se santiguaba, y Ferreiro, que en un primer momento se había quedado en *shock* como todos los demás, parecía encenderse como una fragua por la furia.

—¿Qué pinche mierda ha pasado? —Las venas de su cuello se hinchaban mientras ladraba órdenes con el tono de quien está acostumbrado a que le obedezcan—. ¡Aléjense de ese tejado! ¡Todos al centro del patio! ¡Zepeda! ¡Zepeda!

—¡Aquí, señor Ferreiro! —gritó él todavía sentado junto a Laura. Luego se giró hacia ella con expresión preocupada—. ¿Estás bien? —la tuteó por primera vez.

Laura asintió impactada.

—Quédate aquí y no te acerques al borde del claustro. —Zepeda se puso en pie y se sacudió el polvillo de los pantalones—. Podría haber más lajas sueltas ahí arriba.

—Gracias —musitó Laura, que de repente abrió mucho los ojos—. Me has salvado la vida.

—Es para lo que me pagan, para cuidar del grupo —replicó sin la menor nota de humor en la voz.

—Aun así, gracias.

—Sí, bueno. —Pareció vacilar un segundo y la miró de nuevo con aquellos ojos como pozos de brea—. Ya hablaremos.

Zepeda se alejó corriendo hacia su jefe, mientras Laura permanecía sentada sobre uno de los parterres de hierba, todavía temblando de la impresión.

Un grupo de obreros y un hombre con casco y camisa con cercos de sudor que debía de ser el jefe de la obra de mantenimiento habían aparecido a la carrera y discutían a gritos junto al andamio. Él los acusaba de ser una pandilla de inútiles integrales y de cargarse el tejado, y los operarios se defendían diciendo que ni siquiera habían llegado a tocar aquella zona. La discusión subió de tono cuando Ferreiro, que parecía a punto de sufrir un infarto, irrumpió en el grupo como un rinoceronte y los amenazó con una lluvia de demandas.

Laura dejó de prestar atención al parloteo cuando su mirada se detuvo sobre el montón de lajas destrozadas del patio. Había algo brillante entre ellas, una pieza de metal salpicada de motas marrones. Se acercó hasta los cascotes y sacó aquel objeto.

Era una clavija de sujeción, de las que se usan para afianzar las enormes losas de pizarra entre sí y que no se muevan con los temporales de invierno. Aquella clavija medio oxidada tenía pinta de tener muchos años, quizá décadas, pero lo más llamativo no era eso. La clavija no estaba retorcida, ni deformada por la caída. En vez de eso, presentaba un corte liso y limpio, que la había seccionado por la mitad.

Apartó a patadas algunos trozos de teja hasta que encontró otra en el mismo estado. Con una pieza en cada mano, se detuvo estupefacta, incapaz de creer lo que le mostraban sus ojos.

Alguien había serrado aquellas sujeciones para hacer caer la sección del tejado sobre ellos.

Sobre ella.

Quienquiera que hubiese hecho aquello no se había limitado a destrozar los pernos, sino que había tenido que darle un empujón para que se desplomasen. No habrían caído de otra forma, no en un día primaveral y sin viento como aquel.

Al instante alzó la mirada hacia el tejado mientras un escalofrío le recorría la espalda.

Aquello no era bueno.

Oh, no, no era bueno en absoluto.

Porque aquel incidente solo podía significar una cosa: que Arcángel, el misterioso hombre del otro lado del teléfono, ya no la necesitaba para su disparatado plan y había decidido acabar con ella (y con Carlos, con toda seguridad).

Laura dejó escapar un gemido. Cuando pensaba que las cosas no se podían complicar más, descubría que el destino aún le guardaba una nueva sorpresa.

Una de las complicadas.

Una que podía ser mortal.

13

Peredélkino, cerca de Moscú (URSS)
Agosto de 1991

Le sudaban las palmas de las manos. Laura maldijo por lo bajo mientras se las secaba frotándolas furiosamente en las perneras de los pantalones. No debería estar nerviosa, pero no podía evitarlo. Aquella condenada caja iba a suponer todo un desafío.

Las cosas habían cambiado mucho en el Nido desde aquella aciaga noche, tres años y medio atrás. Las alambradas y las patrullas de guardia con perros seguían allí, por supuesto, pero eran más para impedir que visitantes extraños entrasen en el Nido que para evitar que nadie se fuese del recinto.

Lo cierto es que ninguno de los quince residentes que aún quedaban allí habría abandonado aquel sitio por nada del mundo. No solo era su hogar. Era el lugar donde estaban descubriendo cosas maravillosas.

Aunque algunas duelen de narices, refunfuñó para sí recordando el día anterior. El señor Suk, el norcoreano bajito y de tez cetrina que les enseñaba artes marciales, la había hecho volar por encima de su cabeza con una facilidad pasmosa, pese a que Laura estaba convencida de que a aquellas alturas podría con él sin sudar. Había caído sobre el costado derecho con un golpe seco que le había vaciado los pulmones y durante un minuto se había quedado tendida en el suelo boqueando como un salmón fuera del agua. El señor Suk se había limitado a quedarse de pie, a la espera, y solo había pronunciado las palabras «otra vez, tú aún no bien» en su ruso entrecortado.

Por supuesto, Laura no había esperado otra cosa, y si el norcoreano se hubiese acercado a ayudarla, ella le habría apartado la mano con un gesto de irritación.

No, tenía que superarse a sí misma. Si alguien le hubiese explicado que no era normal que le enseñasen a una niña de diez años cómo partir la tráquea de un hombre con un golpe seco del canto de su mano, le habría mirado con extrañeza. Porque aquello solo era una de las facetas del Nido.

Además de las clases de geografía, matemáticas, lengua y literatura y demás asignaturas «normales», la formación de Laura y de los otros catorce chicos supervivientes incluía materias menos convencionales. Sabía cómo montar y desmontar un AK-47 con los ojos vendados en menos de dos minutos, cómo insertar un detonador en un explosivo, hacer un puente en un coche, pinchar una línea telefónica o falsificar una firma con casi total fidelidad sin importar en qué papel o con qué tinta estuviese escrita. De momento estaba exenta de participar en las marchas de supervivencia en el bosque con el grupo de *Spetsnaz* de aspecto curtido que se dejaban caer por allí una vez al mes, pero ardía en deseos de que la dejasen ir con ellos.

Había pegado un estirón, pero seguía siendo una niña menuda para su edad. También había ganado unos cuantos kilos, porque la alimentación ahora era completa y abundante, a cualquier hora del día, y ya no se permitían los abusos ni la competencia darwiniana. Todo eso había quedado atrás. Al parecer, Mijaíl había conseguido convencer a Volkov de alguna manera. O quizá este había llegado a la conclusión de que la forja de caracteres ya era suficiente.

Solo habían sobrevivido los más aptos, los más completos, los más duros.

O, visto de otra forma, los que más ganas de vivir tenían.

Todos ellos eran felices y, con la facilidad de los niños para olvidar las experiencias traumáticas, habían dejado atrás aquella etapa oscura tal como una serpiente muda de piel. Incluso su pasado cada vez más borroso en Madrid era apenas un recuerdo desvaído que la asaltaba en ocasiones y que ella se esforzaba en ahuyentar de su mente, como un fantasma molesto que perturba la paz.

Y, por supuesto, daría la vida por Mijaíl si fuese necesario. A Laura se le calentaba el pecho al pensar en la presencia del hombre, con su pelo pajizo, su tez pálida, su nariz algo torcida y aquellos glaciales ojos azules que tanto se parecían a los suyos. Mijaíl no solo era la figura omnipresente que la sobrevolaba de forma continua, pendiente de sus logros, sus éxitos y sus fracasos. Mijaíl era mucho más. Era la figura protectora, la sombra que vigilaba que nada se descarrilase, la voz que consolaba y abrazaba en los momentos difíciles.

En un rincón secreto de su corazón, Laura imaginaba que Mijaíl era su auténtico padre. A veces fantaseaba con la idea de ellos dos viviendo en algún lugar fuera del Nido, como imaginaba que viviría una familia normal. Él iría a trabajar por la mañana y ella acudiría a un colegio corriente, al que la iría a buscar en coche todas las tardes. Ella saldría corriendo hacia él, con las coletas al viento, la cartera colgando y una sonrisa en la cara, para que la levantase en volandas y la estrujase en un abrazo lleno de amor, antes de irse a casa para cenar y ver una película.

Pero no se atrevía a decirlo en voz alta, por supuesto, porque sabía que aquel sueño nunca se haría realidad. Estaba llamada a convertirse en otra cosa, en una de las «aves de presa» del Nido, como siempre se encargaba de recordarles el camarada Volkov. Unas aves que el día de mañana, cuando estuviesen listos, tendrían que hacer cosas, cosas increíbles para defender al Estado de sus enemigos exteriores, incluso entregando su vida si fuese necesario.

Porque eso era el Nido: la escuela definitiva de células durmientes que preparaba la Unión Soviética. Chicos y chicas de distintas partes del mundo, diferente origen étnico y lengua, que solo tenían en común dos cosas: una capacidad intelectual extraordinaria y los mejores atributos genéticos posibles, escogidos cuidadosamente a través de los informes de las diversas *rezidenturas* de las embajadas soviéticas de todo el mundo, por un complicado sistema de espionaje e información privilegiada que nadie se había molestado en explicarles, pero ni falta que hacía. Sabían que allí solo quedaban los mejores y se esforzaban día a día en demostrar que eran dignos de la confianza depositada en ellos.

Tal vez si alguien le hubiese explicado a Laura que su manera de pensar se asemejaba demasiado a la de una secta y que aquella gente había manipulado sin piedad la mente de una preadolescente para transformarla en una autómata lista para convertirse en una herramienta, se habría quedado sorprendida o indignada. Más tarde, con casi total seguridad, habría golpeado en la zona de la arteria subclavia del incauto con aquel toque seco que el señor Suk le había mostrado unas semanas atrás y el bocazas se habría derrumbado en el suelo rabiando de dolor.

Porque todo era genial, no dejaba de repetirse. Aquel era su sitio en el mundo y aquella gente era su familia. Laura no tenía manera de saber que la ansiedad que a veces no la dejaba dormir bien por las noches era fruto del trauma sufrido y de los peligrosos desequilibrios que la dependencia emocional de Mijaíl le provocaba. Y que las pesadillas que la asaltaban salían de las zonas en sombra de su mente. Y que las pastillas que el doctor le daba una vez por semana harían que a un médico occidental se le pusieran los pelos de punta.

Pero todo eso daba igual en aquel instante. Lo único que le preocupaba, allí y entonces, era el desafío que suponía aquella maldita caja. Y no sabía si iba a poder resolverlo.

Como con la mayoría de las «materias» del Nido, aquella había empezado casi dos años atrás con cosas muy simples. Su profesor, el anciano señor Nagy, era un húngaro de aspecto triste y algo desaliñado, de unos ochenta años y una permanente barba a medio crecer. Solo podía dar clase por las mañanas, porque al caer la noche las manos del señor Nagy temblaban de tal manera que únicamente podía controlar los espasmos bebiendo cantidades asombrosas de vodka. Pese a eso, cuando el hombre estaba sobrio, era capaz de acariciar la cerradura más compleja con la suavidad de un amante y conseguir que le revelase sus secretos en apenas unos minutos. Aquel hombre tenía un don sobrenatural.

El primer reto de Laura había sido abrir un sencillo candado de bicicleta de tres discos, un chisme barato que casi se desmontaba al mirarlo. Había batallado con él durante media hora mientras Nagy la observaba en silencio, con las manos embutidas en los bolsillos de su chaqueta. Cuando por fin acabó entendiendo cómo funcionaba el cierre, Laura jugueteó con el mecanismo hasta alinear dos de los discos, y el tercero, simplemente, lo hizo saltar por los aires de un tirón.

Cuando le tendió el candado abierto al húngaro, con una expresión de triunfo pintada en el rostro, lo único que obtuvo a cambio fue una mueca de desagrado. Porque el señor Nagy pensaba que su trabajo era un arte y que un artista nunca, jamás, bajo ningún concepto debe recurrir a la fuerza bruta para obtener resultados.

Con el transcurso de los meses, de los pequeños candados había pasado a las cerraduras simples de émbolo. En muy poco tiempo había aprendido a deslizar una fina hoja de acero en el interior y con un alambre torcido ir moviendo los pistones hasta que el mecanismo se abría. El señor Nagy la llevaba de la mano a través de aquel extraordinario viaje explicándole las diferencias entre un émbolo fijo, un cabezal suelto y las cerraduras tubulares, cilíndricas y multipunto, un lenguaje arcano que poco a poco se iba abriendo también ante Laura.

Como un hechicero que se deleita al practicar su magia, el húngaro se transformaba al hablar de los matices de los distintos tipos de cerraduras. Su expresión apenada se iluminaba igual que un árbol de Navidad y por unos instantes Laura podía adivinar a un hombre más joven, cosmopolita y atractivo de unas décadas antes, un hombre que había hecho de abrir cualquier cosa el eje motor de su vida. El que le enseñaba a ella aún conservaba sus largos dedos, su tacto suave y el encanto animal, pero algo estaba roto en el anciano. Ella se moría por saber su historia, que debía ser apasionante, pero el húngaro mantenía un hermético silencio sobre su pasado, como casi todos. Y para esa cerradura aún no había encontrado la llave.

Y después de dos años, allí estaba ella ante su examen final: una caja de negro acero pavonado, unos dos metros de altura y plantada como un monolito en medio de la habitación iluminada, que parecía desafiar a Laura a que desvelase sus misterios.

—Hay varias maneras de abrir una caja fuerte —le había explicado muchos meses atrás el señor Nagy con su suave voz de barítono—. ¿Sabes cuál es la más fácil?

—¿Conocer la combinación? —había respondido ella con una sonrisa traviesa tras meditar un par de segundos.

—Efectivamente. El problema es que la combinación suele estar guardada en un sitio al que no es sencillo acceder. —Se dio unos toquecitos en la sien—. La clave que abre una cerradura está a buen recaudo en la cabeza de su dueño. Por supuesto, a veces la sabe alguien más: su pareja, su amante, un socio de confianza, un amigo..., pero el desafío en ese caso es el mismo. Está en un lugar fuera de tu alcance. ¿Qué puedes hacer entonces?

—¿Averiguarla?

—Quizá. —El húngaro meneó la cabeza con gesto de disgusto—. Siempre puedes secuestrar al dueño de la caja y llevarlo a una nave desierta, en algún lugar apartado.

—¿Y entonces?

—Entonces, lo atas a una silla y le perforas la rodilla con un taladro, o le aplastas los dedos de las manos hasta que el dolor sea superior a su voluntad de mantener su combinación a salvo. Pero este es un método grosero, propio de salvajes y que además tiene un problema añadido: por lo general necesitas a más gente, complicas la operación y siempre dejas un rastro, salvo que decidas eliminar a tu víctima. Y nosotros no somos salvajes, ¿no es cierto, querida?

Laura negó con la cabeza muy seria. La mera idea de torturar a alguien, con diez años, debía de resultar ridícula, pero ambos hablaban de ello con total naturalidad, como una alternativa más.

—Otra opción es la fuerza bruta, pero no te la recomiendo salvo necesidad extrema. —Nagy se pasó la lengua por los labios, como si recordase una mala experiencia de otra época—. Puedes usar un soplete de acetileno, ácido, taladros de cabeza de tungsteno o, en el peor de los casos, explosivos. Pero todos estos métodos son ruidosos, complicados y pueden atraer una atención indeseada sobre ti. A la larga te conducirán al desastre. Entonces..., ¿qué nos queda?

Laura sonrió. Sabía cuál era la respuesta a esa pregunta.

—El Arte de los Genios —había susurrado excitada, y por fin había ganado una sonrisa aprobatoria del anciano.

—El Arte de los Genios —había repetido él casi con veneración—. Que yo te voy a enseñar.

Y allí estaba, frente a la caja. Ya había abierto cajas similares con anterioridad, se repetía a sí misma para tranquilizarse. Pero había algo en aquella que le inspiraba temor. Por primera vez se enfrentaba a una caja de triple mecanismo.

Era una Fichet de última generación, una caja que, en teoría, debería ser imposible de abrir sin saber la clave. Pero la teoría era solo eso, una teoría.

Incluso en las mejores cajas, las más caras, hay unos límites de tolerancia en la construcción de sus elementos. Es del todo imposible que la rueda de un mecanismo sea perfectamente redonda y ya no digamos que dos ruedas de la misma caja salgan idénticas del molde industrial en las que se fabrican. Y a la hora de limar los dientes de las ruedas, la marca de apertura tiene una diferencia de tan solo unos milímetros, una diferencia que ni siquiera la mejor maquinaria industrial puede evitar. Además, conforme una caja va cumpliendo años, los dientes de la posición de apertura se desgastan, de forma que el cambio es aún más acusado, porque la gente no suele cambiar la combinación. Es demasiado trabajoso recordar una nueva contraseña cada pocos meses. Y eso es un error.

Laura sabía que a medida que pasas por las distintas posiciones puedes notar una irregularidad, un contacto que es ligeramente distinto, de un modo tan sutil que pasa desapercibido a la mayoría. Pero no a aquellos que conocen el Arte.

Antes de empezar, giró la palanca y tiró de la puerta para asegurarse de que estaba realmente cerrada. Sería algo muy típico de su profesor plantarla delante de una caja abierta, para que se volviese loca intentando averiguar la respuesta a un enigma que no existía, pero no era el caso. La puerta estaba cerrada a cal y canto.

Inspiró hondo varias veces para reducir sus pulsaciones al mínimo, y a continuación se puso un estetoscopio con la cabeza magnética. Adhirió el extremo a la puerta de la caja y comenzó a girar el dial con suavidad, buscando el contacto. En las cajas baratas, esa irregularidad suena como el chasquido de una rama al partirse bajo el peso del hielo, pero en las cajas caras, como aquella Fichet, es un crujido casi inapreciable, tan solo ligeramente distinto al de las otras posiciones.

Con los ojos cerrados, fue girando el dial. El suave clic-clic llegaba a sus oídos con la nitidez de una sinfonía, tal y como le había enseñado Nagy. Al cabo de un momento oyó un clic dispar. Era una diferencia imposible de explicar, pero lo sabía. Ya tenía la primera posición de la combinación. Se apresuró a girar el dial y empezó de nuevo hasta que, al cabo de unos minutos, tenía los otros dos números.

17-31-42. Allí arrancaba la parte fácil. A partir de ese momento tan solo tenía que hacer permutaciones de tres números que no se repetían hasta encontrar el orden correcto. En definitiva, seis posibilidades.

La caja se abrió a la cuarta combinación con un chasquido seco. Laura se secó el sudor de la frente y dio un paso atrás, agotada pero feliz. Miró su reloj. En total había tardado poco más de media hora. Oyó un suave aplauso a su espalda y se giró.

Mijaíl había llegado y estaba al lado del señor Nagy, que la miraba con el mismo orgullo que un padre a su primogénito recién nacido. Misha se había dejado crecer la barba, que empezaba a tener algunas hebras grises, pero su rostro se mantenía sin una arruga. Sus ojos chispeaban de contento. Laura se lanzó a sus brazos, sin importarle la presencia del anciano húngaro.

—¡Mijaíl! —gritó mientras se estrechaba contra su pecho—. ¡Lo he hecho! ¡La he abierto!

—Ya lo he visto, pajarito. —El hombre la alzó en vuelo y ella se sintió estúpidamente feliz—. Sabía que no me decepcionarías.

—Ya no le puedo enseñar mucho más —murmuró Nagy mientras se pasaba la lengua por los labios resecos. Anochecía, y a aquella hora los temblores de sus manos eran perceptibles aún con ellas decorosamente ocultas en los bolsillos—. La niña domina el Arte de los Genios con mayor precisión que muchos adultos. Ha aprendido en dos años lo que mucha gente no llega a aprender en toda una vida. Mi enhorabuena.

—Esta niña es especial, Nagy. —Mijaíl le revolvió el pelo a Laura, que resplandecía de pura felicidad—. Siempre lo supe, desde el primer día.

—¿Y ahora qué? —preguntó ella ansiosa—. ¿Cuál es el siguiente desafío?

Mijaíl rio, con aquella risa ronca y redonda que tanto le gustaba a Laura.

—Por ahora, el resto del día libre y una buena cena. —Señaló con la cabeza hacia la puerta—. Mañana ya veremos.

Laura le dio un abrazo y, sin previo aviso, plantó un sonoro beso en la mejilla del húngaro, que bizqueó sorprendido. Después salió al exterior brincando como un corderito.

Era una tarde noche de agosto particularmente cálida y las estrellas madrugadoras ya empezaban a despuntar en el cielo. Laura cruzó el patio a la carrera hasta llegar a la cantina. En su mesa de siempre, Omar la miraba expectante.

—¿Y bien? —preguntó.

—Y bien, ¿qué? —replicó ella haciéndose la interesante.

—¡Que si has abierto la caja, pedazo de idiota! —Le lanzó un pedazo de pan a la cabeza, que ella esquivó con agilidad.

—¿Tú qué crees? —rio—. En treinta y cuatro minutos.

—¿En treinta y...? —Abrió la boca asombrado—. ¡Yo no podría ni en tres días!

Omar había pegado un estirón a lo largo de los años y se había convertido en un chico larguirucho y moreno con orejas de soplillo. Todo el rencor que Laura le hubiese podido guardar por la delación de aquella noche, años atrás, había quedado sepultado por la alegría de que el joven hubiese conservado la vida. Al fin y al cabo, era su mejor amigo. Y el cargo de conciencia que hubiesen podido tener por la muerte de Bruno y Nazario se había desvanecido tiempo atrás. Era, simplemente, algo que pasaba en el Nido.

Era verdad que Omar no conseguiría dominar el Arte de los Genios en toda su vida, pues carecía de la sensibilidad que tenía ella, pero a cambio se había revelado como un auténtico as de la informática. Era capaz de reventar el sistema digital de seguridad más enrevesado y en los últimos meses no se cansaba de hablarle de algo llamado «internet» que, según él, se iba a convertir en un universo fabuloso en muy pocos años.

—¿Sabemos algo nuevo de afuera? —dijo ella con la boca llena mientras atacaba un guiso de carne.

—Aún nada, pero la cosa parece fea —contestó él meneando la cabeza.

«Afuera» era la forma común que tenían de referirse al mundo exterior, fuera de los límites del Nido. Aunque estaban apartados, las noticias llegaban hasta allí casi sin filtros, por los periódicos, la radio y la televisión estatal. A lo largo de los dos últimos años habían contemplado la caída del Muro de Berlín y la rápida descomposición del Bloque del Este. Los antiguos aliados se iban liberando de las ataduras y el mundo cambiaba a una velocidad aterradora, aunque el ritmo diario en el Nido apenas se había visto alterado.

Sabían de las estrecheces económicas que sacudían a la Unión Soviética y que los aires de libertad ya soplaban en el país, pero todo eso les sonaba lejano y ajeno a ellos. Sin embargo, a lo largo de los últimos días habían llegado rumores de que algo más peligroso estaba sucediendo en Moscú, lo bastante excitante como para despertar su curiosidad juvenil.

—Supongo que mañana nos enteraremos. —Laura se encogió de hombros—. Mijaíl se encargará de todo, como siempre.

—Sí, por supuesto —asintió él, con la cabeza ya en otra cosa.

Esa noche, agotada y feliz, Laura se durmió nada más apoyar la cabeza en la almohada.

14

Unas cuantas horas más tarde, Mijaíl Tarasov se despertó de golpe con el timbre del teléfono de su mesilla de noche y sacó la mano a tientas de debajo de las sábanas hasta alcanzar el auricular.

—¿Sí? —pronunció con voz pastosa mientras miraba la hora en el despertador.

—Misha. —Volkov sonaba tenso al otro lado de la línea—. Ven a mi despacho ahora mismo. Es urgente.

—De inmediato, camarada coronel. ¿De qué se trata? —Se enderezó en la cama, repentinamente despierto, pero su interlocutor ya había colgado el teléfono.

Mijaíl se vistió a toda prisa y recorrió la escasa distancia que separaba la zona de dormitorios de los responsables del Nido del complejo de oficinas. Al llegar allí vio una actividad inusual para aquella hora de la madrugada. Un grupo de soldados estaba entrando en la armería y todas las luces estaban encendidas.

Entró en el despacho de Volkov sin llamar. El coronel del KGB estaba colgando el teléfono en ese preciso instante y le hizo un gesto mudo para que se acercase.

—¿Qué sucede? ¿A qué viene todo esto? —preguntó casi sin aliento.

—La segunda división de infantería motorizada y la cuarta división de tanques se están desplegando en Moscú. Gorbachov ha sido detenido y han cortado la emisión de todas las radios y televisiones.

Mijaíl le contempló estupefacto, ligeramente consciente de que Volkov se había referido al líder del Partido Comunista y presidente de la Unión Soviética por su apellido, sin usar el título correcto de «camarada secretario general».

—Se rumorea que han fusilado a Yeltsin hace unas horas —añadió Volkov en tono preocupado.

—¿De qué estás hablando?

Volkov soltó un bufido cargado de tensión.

—De que hay un golpe de Estado en marcha, Misha.

—¿Un golpe? ¿En Moscú? Pero ¿cómo? ¿Quién?

—Léelo tú mismo. —Volkov le tendió un teletipo y Mijaíl recorrió a toda prisa las frases escritas en el papel.

A medida que avanzaba en el texto, iba haciéndose consciente del horror.

—¡Esto es una locura! —Dejó caer el folio sobre la mesa—. ¡Somos la Unión Soviética! ¡Nosotros no hacemos cosas así!

—Ahora sí, por lo que se ve —gruñó Volkov—. Era de esperar. Perestroika, Glásnost, todos esos despropósitos al final han logrado que alguien se enfade. Han empezado una avalancha que nadie sabe cómo puede acabar.

—No podrán ganar. —Mijaíl negó con la cabeza—. Las cosas no se hacen así. Nadie lo aceptará.

—Lo sé —Volkov se encogió de hombros—, pero eso díselo a ellos. El problema es que es imposible saber cómo evolucionará la situación en las próximas horas o semanas. Estamos ante una catástrofe potencial, Mijaíl. Nadie sabe quién está al mando ni qué pretende hacer. Me han ordenado que iniciemos un plan de contención de daños.

Mijaíl parpadeó lentamente, sin creerse lo que acababa de oír.

—No puedes estar hablando en serio.

—Hay gente muy asustada y las cosas que hemos hecho

aquí, en el Nido... Bueno, pueden ser explosivas si caen en malas manos. Arruinar la carrera de muchas personas. Gente muy por encima de nosotros.

A Mijaíl se le hizo un nudo en la garganta. Aquello no podía estar pasando.

—Dime que no lo vas a hacer.

—Ya está hecho —replicó Volkov apretando los labios—. He ordenado que empiece el Cierre hace dos minutos. Todo este lugar tiene que desaparecer de inmediato, como si nunca hubiese existido. Archivos, edificios... Todo.

Mijaíl le clavó la mirada.

—¿Y los críos?

Volkov se limitó a mirarle fijamente y en aquel silencio Mijaíl tuvo la respuesta que buscaba. Sintió que le entraban ganas de vomitar sobre la impoluta alfombra del despacho del coronel.

—No —se oyó a sí mismo, como si sonase desde muy lejos—. Ni hablar.

—Son órdenes. Vamos a hacerlo.

—No pienso colaborar en esto —pronunció muy despacio.

—¡Harás lo que se te ordene o atente a las consecuencias! —Volkov descargó un puñetazo en la mesa—. ¡No te conviertas en parte del problema o entonces...! ¡Eh! ¿Adónde vas?

Mijaíl ya no le escuchaba. Se había girado sobre sus talones y salía a toda prisa del despacho, con una sensación espantosa anclada en el corazón y con la mente zumbando a toda potencia.

En el pasillo casi arrojó al suelo a Borodin, que llegaba con expresión confundida.

—¡Camarada! —dijo Borodin—. ¿Sabes qué está pasando? Se escuchan rumores de que...

—Borodin, necesito un coche en la puerta, con el depósito lleno y todos los salvoconductos precisos —colmó de autoridad sus palabras para amedrentar al hombre—. ¡Ahora!

—Pero... ¿por qué? No entiendo... —Borodin se arrugó al ver la mirada que le lanzaba Mijaíl y tragó saliva—. A tus órdenes, camarada. Un coche, en la puerta. Ahora.

Mijaíl le dejó atrás y se lanzó a la carrera a través del patio, hacia el dormitorio de las chicas. La angustia lo devoraba. Si al menos tuviese algo más de tiempo...

Laura dormía profundamente. Ya no estaban en cuartos comunes, sino que cada uno tenía su propia habitación. Por eso, cuando oyó cómo alguien golpeaba la puerta con urgencia se despertó desorientada y confusa.

Al abrir se encontró a Mijaíl. Le sorprendió verle. En todos aquellos años jamás había visto que nada afectase la flema de su protector, pero en aquel instante Laura observó su expresión tensa, los círculos oscuros bajo sus ojos y su mandíbula apretada.

—¿Qué pasa, Misha? —utilizó el diminutivo que solo empleaba con él cuando estaban a solas.

—Vístete rápido —dijo él mientras miraba nerviosamente a los lados—. Nos vamos.

—¿Nos vamos? —bostezó ella adormilada, sin entender nada—. ¿Adónde? ¿Qué está pasando?

—Por favor, pajarito, hazme caso. —Mijaíl le apoyó las manos en los hombros con suavidad pero con firmeza—. Tienes cinco minutos. No lleves nada, tenemos que ir ligeros de equipaje.

Fue entonces cuando Laura comprendió que algo iba mal. Muy mal.

Porque Mijaíl, por primera vez desde que le conocía, estaba asustado.

Y además, llevaba un arma colgada de la cintura.

Se vistió a toda velocidad y salió de nuevo al pasillo, apenas cinco minutos después. Mijaíl había despertado ya a las otras dos chicas con las que compartía aquella dacha: Claudia, la colombiana de las FARC, e Irina, la búlgara de quince años que había perseguido a Laura con saña hacía mucho, cuando compartían litera, pero que con el paso del tiempo había llegado a una especie de buena relación con ella.

—¿Y las demás? —preguntó Laura—. ¿No vienen con nosotros?

Mijaíl negó con la cabeza apesadumbrado.

—No lo sé —contestó con la voz quebrada—. Tenemos que darnos prisa.

Justo en ese instante la puerta principal de la dacha se abrió con un crujido y Mijaíl se giró a la velocidad de un rayo, con la pistola en la mano. La cara asustada de Borodin apareció en el umbral.

—¡Baja eso, por lo que más quieras! —gimió asustado.

—Oleg, hay que salir de aquí cuanto antes —le urgió Mijaíl, al tiempo que bajaba el arma—. ¿Dónde está el coche?

—Junto al almacén principal, con el depósito lleno, camarada.

—¿Y la documentación?

—En la guantera, tal y como acordamos —se impacientó—. Y ahora... ¿Me puedes explicar a qué viene esto? ¿Qué narices pasa?

Mijaíl suspiró exhausto, como un hombre que suelta una pesada carga de piedra.

—Todo ha saltado por los aires. —Se pasó una mano por la frente fatigado—. Yanayev ha declarado el estado de emergencia y han creado un Comité Estatal en Moscú, con Pávlov, Kriuchkov, Blakánov y toda la vieja guardia del KGB y el PCUS. Nadie sabe dónde está Gorbachov. Hay quien dice que está detenido en Crimea, pero también hay rumores de que lo han ejecutado. La cuarta división de tanques se ha desplegado en Moscú y el general Kalinin ha decretado el toque de queda.

—¿Cómo? —balbuceó Borodin—. Pero no entiendo...

—¡Es un golpe de Estado! —contestó Mijaíl irritado—. Por lo visto, Yeltsin está muerto, y si no, organizando algún tipo de resistencia civil, o algo por el estilo, pero lo cierto es que nadie sabe una mierda ni, por supuesto, quién está al mando. Y hace quince minutos ha llegado un cable cifrado que ordena que iniciemos el Cierre. Y el muy idiota de Volkov piensa hacerlo sin rechistar.

—¿El Cierre? —Borodin pareció envejecer diez años de golpe—. ¡Eso es imposible! ¿Quién lo ha ordenado, los golpistas o el Gobierno?

—Lo ignoro. —Mijaíl negó con la cabeza—. A saber qué está pasando en la sede central del KGB. Seguro que hay un montón de gente corriendo como pollos sin cabeza. Sea como sea, alguien se ha asustado y ha decidido apretar el botón. Y ten por seguro que aquí hay gente de sobra dispuesta a cumplir esa orden.

Hablaba tranquilo, pero Laura advirtió que empuñaba la pistola con fuerza. Le apretó el brazo preocupada.

—¿Qué es el Cierre, Mijaíl? ¿Qué significa?

Él la miró durante un largo rato dudando antes de contestar, hasta que pareció decidir que no tenía sentido ocultarlo.

—El «Cierre» es la palabra clave para eliminar el Nido. Borrar todo rastro de la existencia de esta operación.

—¡Eliminar? —Laura parpadeó confundida—. ¿Quieres decir, hacer desaparecer las casas, la escuela..., todo? ¿Y qué pasa con los profesores? ¿Y con nosotros?

Por toda respuesta, él le dedicó una mirada grave y la horrible verdad se filtró en la mente de la niña como agua ponzoñosa, aterrándola más allá de lo que creía posible. Estaba a punto de decir algo cuando se oyó una larga ráfaga de disparos y a continuación una explosión rasgó la noche con estruendo, haciendo temblar los cristales.

—Ya ha empezado. —Mijaíl amartilló la pistola—. Y bien... ¿Qué vas a hacer, Oleg? No queda tiempo para averiguar quién gana en Moscú. Nos tenemos que ir *ya*.

Laura se fijó en que, aunque no le estaba encañonando

con el arma, la tenía sujeta de tal manera que podía apuntar a la cabeza del profesor en una décima de segundo. Borodin tragó saliva y vaciló apenas un momento.

—Me voy con vosotros. —Y añadió en un susurro—: No soy un asesino de niños.

Mijaíl suspiró aliviado. Cogió a Laura de la mano y seguida de las otras dos muchachas salieron al exterior.

La noche seguía siendo cálida, pero Laura no podía parar de temblar. Un edificio ardía a lo lejos, en medio de enormes llamaradas, y por la zona del lago se oía el traqueteo sincopado de un fusil de asalto escupiendo balas. Cerca del depósito de vehículos, dos patrullas se habían enzarzado en un furioso tiroteo y las balas trazadoras cruzaban el aire como luciérnagas letales. Quizá pertenecían a bandos distintos, quizá no tenían ni la menor idea de contra quién estaban peleando. Eso era lo de menos. Todo se desmoronaba y lo único importante era salir de allí.

—¿Adónde vamos? —preguntó Claudia, la chica colombiana.

—A alguno de los otros dormitorios —replicó Mijaíl—. Y luego, fuera de este infierno. Tengo que sacar de aquí a todos los que pueda. Agachad la cabeza y no os separéis de mí.

Cuando estaban a veinte metros del barracón masculino más cercano, Laura vio el primer cadáver de su vida. Era un soldado joven, de poco más de veinte años, con el pelo rubio muy corto y el rostro cubierto de pecas. Tenía un agujero en el pecho y estaba tumbado boca arriba sobre un charco de sangre, con una expresión de perplejidad en la cara, incapaz de comprender lo que le había sucedido. Laura sintió una arcada ácida trepando por su garganta.

—No lo mires. —Mijaíl la apretó contra él—. No mires hacia ahí. Venga, camina.

Ella se apretó contra su pecho, con la cabeza zumbando. Cuando subían los escalones de entrada al barracón de los chicos, oyeron un par de detonaciones secas en el interior. Mijaíl lanzó una maldición y abrió la puerta de una patada.

El interior parecía un matadero, con las paredes salpicadas de sangre. En medio del pasillo, Ulianova, con los labios más apretados que nunca, sostenía una pistola con gesto firme, acompañada de dos soldados de aspecto apocado que, sin duda, habían visto morir a su compañero del exterior. Las puertas de las habitaciones estaban abiertas de par en par y los cuerpos de dos de los muchachos yacían hechos un ovillo en el suelo, inertes. Ulianova giró la cabeza al oírlos entrar, observó a las chicas apretujadas detrás del hombre y cruzó una mirada de apenas un segundo con Mijaíl. Fue suficiente para que se lo dijesen todo.

La mujer alzó la pistola y apretó el gatillo en su dirección. Laura sintió cómo un avispón caliente pasaba junto a su oreja y se enterraba en la pared de madera entre una lluvia de astillas. No le dio tiempo a más. Mijaíl abrió fuego dos veces, en rápida sucesión, y la mujer cayó al suelo hecha un guiñapo.

El estruendo de los disparos en el espacio estrecho del pasillo había sido ensordecedor. Laura solo podía oír un pitido penetrante y sentía que los tímpanos latían de dolor. Mijaíl les gritó algo a los dos soldados que, tras un momento de duda, apoyaron las armas en el suelo y salieron corriendo con expresión aterrorizada.

Estaban solos en el dormitorio masculino, que apestaba a sangre y pólvora. Mijaíl caminó hasta el fondo del pasillo, pasó por encima del cuerpo de Ulianova sin prestarle atención y abrió las puertas restantes. Al cabo de un minuto volvía con tres chicos a remolque. Laura casi explotó de alivio al ver que uno de ellos era Omar.

—¿Son todos? —balbuceó Borodin—. ¿El resto está...?

Mijaíl se limitó a arrastrarlos de nuevo al exterior. Otra explosión iluminó la noche y una bofetada de aire caliente los sacudió como si fueran hojas. Laura miró a Omar, pero ambos estaban demasiado asustados como para hablar.

—¡Tenemos que cruzar el patio! —gritó Mijaíl para hacerse oír—. Hasta llegar al depósito principal.

—¡No cabemos todos en un coche! —protestó Borodin asustado.

—¡Pues nos apretamos! —rugió Mijaíl enfadado—. ¿Estáis todos listos? Uno, dos, tres... ¡AHORA!

Echaron a correr a través del patio a toda la velocidad que podían. A Laura le resultaba surrealista atravesar aquel lugar tan conocido para ella y donde había pasado tantas horas sabiendo que la dama de la guadaña les pisaba los talones.

Alguien los vio desde una torre y un foco de luz se clavó en ellos como un dedo acusador. En cuestión de segundos, un puñado de pequeños surtidores de arena y tierra se levantaban a su alrededor, allí donde las balas se estampaban contra el suelo.

No vas a morir, no vas a morir, no vas a morir, no vas a... La cantinela se repetía en su cabeza como un hechizo. Entonces vio cómo Borodin levantaba los brazos, hacía un extraño y torpe paso de baile y se derrumbaba en el suelo, todo en apenas un parpadeo. El muchacho que corría a su lado lanzó un gañido de dolor y cayó de bruces, apretándose una pierna. Omar, que iba a su lado, se detuvo titubeante e hizo amago de ayudarlo a seguir.

—¡Déjalo! —le gritó Mijaíl—. ¡No tenemos tiempo! ¡Corred, corred!

Se alejaron del muchacho, con el corazón bombeando y las oleadas de ácido láctico atravesando todos sus músculos. De repente, la sombra del depósito principal se proyectó sobre ellos. Estaban a salvo. Había un pesado coche oficial de color negro aparcado junto a uno de los grandes contrafuertes de hormigón. Mijaíl tiró de la manilla de la puerta del conductor y suspiró aliviado cuando se abrió sin un chirrido. Y entonces todo se estropeó.

—¡Todos quietos! —gritó una voz desde las sombras—. ¡Las manos donde pueda verlas!

Volkov estaba de pie al lado del depósito con gesto torvo. Cerca de él, un oficial con los galones de sargento empuñaba un AK-47. Tenía la chaquetilla del uniforme abierta y una de sus mangas estaba manchada de algo oscuro; su mirada era homicida.

—Esto no tiene por qué acabar así —murmuró Mijaíl vocalizando con cuidado y con las manos lejos de la pistola—. Deja que nos vayamos, Guennadi. Por favor.

—No puedo permitirlo, Misha. —Volkov negó con la cabeza mientras un rictus de furia le deformaba la boca—. ¡Hay órdenes! ¡Tenemos que cumplirlas! ¡Eres un traidor!

—No somos asesinos de niños.

—No quiero acabar colgado de una horca —replicó Volkov. A su lado, el sargento se había alejado unos metros para tener una línea de tiro más clara sobre el pequeño grupo—. Lo siento mucho. Deja que se los lleve.

El sargento se acercó a ellos con una mirada dura como el pedernal y dejó caer su manaza sobre el hombro de Omar. En ese momento, el pie de Laura tropezó con algo duro. Era una estaca de madera afilada, de las que utilizaban para marcar el terreno de ejercicio, que había acabado allí abandonada. Algo dentro de ella tomó el control. En un gesto rápido agarró la estaca, dio dos pasos y clavó la punta afilada en la vena femoral del sargento, con el movimiento seco que había entrenado docenas de veces con el señor Suk.

La punta de madera se hundió en la carne del hombre con un sonido acuoso. La niña vio la sorpresa dibujada en su rostro, seguida de una mueca de incredulidad y dolor. El fusil cayó de sus manos y se volvió, tambaleante. Antes de que pudiese impedirlo, se había derrumbado sobre ella, arrastrándola al suelo.

Laura sentía el peso muerto del hombre sobre su pecho, con su cuerpo aún estremeciéndose en los estertores de su agonía. Por más que intentaba respirar, no llegaba ni una bocanada de oxígeno a sus pulmones. La invadió una sensación de pánico atroz, pero justo en ese instante alguien apartó al soldado de un puntapié y la levantó en volandas. Sintió que el abrazo de alivio que le daba su padre adoptivo le estrujaba las costillas.

—¿Estás bien, Laura? —Le pasó las manos por el cuerpo angustiado—. Dime que estás bien.

—Sí —musitó ella incapaz de hablar—. Estoy bien.

—No deberías haber hecho esa locura —le dedicó una mirada extraña—. Venga, tenemos que irnos.

—Tarasov, no lo hagas. —Volkov no se había movido ni un centímetro, consciente de que Mijaíl estaba armado y él no—. Si sales por esa puerta, te arrepentirás.

—Si me quedo aquí, me arrepentiré más, Guennadi —replicó Mijaíl—. Adiós, viejo amigo. Que el destino te perdone por lo que estás haciendo.

Volkov plegó sus gruesos labios para componer una sonrisa infernal.

—Te encontraré, Mijaíl Tarasov —y su voz sonó como una maldición—. A ti a esos chicos. Y os mataré a todos.

Se apelotonaron en el interior del coche. Eran seis: Mijaíl, Laura, Claudia e Irina, además de Omar y el otro muchacho superviviente, Paolo, un guapo italiano de dieciséis años y sonrisa deslumbrante con el que Laura, por timidez, jamás había cruzado más de media docena de palabras.

El motor arrancó con un hipido tortuoso, los faros rasgaron la noche y Mijaíl engranó la primera marcha. Con una sacudida, se adentró en la pista que llevaba a la puerta principal del Nido, que ya ardía con furia a su espalda. Cruzaron al lado del puesto de control, que estaba desierto, y con un rugido se adentraron en la noche.

Laura se miró las manos manchadas de sangre y se echó a temblar. Era la primera vez que abandonaba la seguridad de aquel hogar desde su llegada a Rusia. Se internaban hacia lo desconocido y ni siquiera Misha sabía qué iba a pasar de allí en adelante.

Frotó las manos con histeria contra la tapicería del vehículo intentando eliminar la sangre del sargento muerto que teñía sus palmas.

Acababa de matar a un hombre. La idea se colaba insidiosa en su mente, atenazándola con su enormidad. Deseó llorar, pero no lo haría. No iba a hacerlo. Apretó las mandíbulas y miró hacia atrás por el espejo.

A su espalda, el Nido se hundía en un mar de llamas borrando toda prueba de su existencia.

15

Sarria (Lugo)
En la actualidad. Día 1 de Camino

Laura aún estaba furiosa y asustada cuando llegaron a Sarria al caer la noche. Tenían reservadas unas plazas para dormir en el monasterio de la Magdalena, un edificio antiguo y coqueto, no tan impresionante como el de Samos, pero aun así cargado de historia y de una belleza que cortaba el aliento.

El ánimo en el último tramo de aquel día había sido sombrío después del «accidente» que habían sufrido durante la comida. Ferreiro había tardado un buen rato en calmarse y solo las disculpas del abad y del jefe de obra, al que no le llegaba la camisa al cuello imaginándose al ejército de abogados del empresario mexicano descargando una andanada de querellas, habían conseguido aplacar su furia. Para cuando llegaron a Sarria, las estrellas ya brillaban en el cielo y todos estaban agotados por las experiencias del día.

El dormitorio de peregrinos era una enorme nave con más de cien literas, pero solo estaban ocupadas en torno a la mitad de ellas. El grupo de Ferreiro tuvo el privilegio de disfrutar de la zona más alejada de la puerta y, después de una ducha reparadora, la mayoría se fue a dormir. Laura salió sola al jardín del claustro, rodeado de arcos góticos y largas sombras que se fundían con la piedra. Sentada a los pies de un árbol raquítico, junto a un pozo con la tapa cubierta de macetas, libre de las necesidades de Schmidt y de las miradas del resto, por fin tuvo un rato para pensar.

Su cabeza bullía como una tartera a presión, cargada de ideas inconexas que zumbaban en destellos fugaces. Una parte de su pasado había retornado de golpe en el instante en el que Schmidt había sacado aquella botella de vodka de su mochila. Las compuertas del dique habían cedido un poco y, aunque solo había recuperado una fracción de su pasado, ya tenía más piezas de su vida que en ningún otro momento a lo largo del último año.

Y no se podía decir que fuese un puzle fácil de montar. Los recuerdos de aquel lugar, el Nido, habían encajado de golpe en su memoria, pero en vez de aportarle respuestas habían conseguido justo lo contrario: llenarla todavía de más incertidumbre y docenas de preguntas.

¿Quién o qué era ella, en realidad? ¿Dónde estaban Mijaíl y los críos que se habían fugado con ella del Nido? ¿Era Volkov el hombre que estaba al otro lado del teléfono o no había ninguna relación? ¿O se trataba de alguna otra persona de su pasado de la que aún no había recuperado su recuerdo? ¿Cómo sabía tanto de ella? Fuera quien fuese..., ¿a qué venía todo aquello? ¿Por qué no se limitaba a hablar con ella directamente? ¿Había algún motivo que explicase su presencia en el santuario de Guadalupe el día del mayor atentado yihadista desde las Torres Gemelas, o solo había sido una casualidad? Y sobre todo, ¿qué había sucedido después de abandonar el Nido aquella lejana noche? La parte que había recuperado se terminaba con el vehículo alejándose de la figura solitaria de Volkov. A partir de ahí, el resto de la historia aún seguía escondida en algún lugar recóndito de su cerebro, esperando a que pasase algo que descorchase el tapón de los recuerdos.

De lo único de lo que estaba segura era de la disonancia que había entre los recuerdos recién adquiridos y sus sentimientos hacia Mijaíl. *Sabía* que había querido con todas sus fuerzas a aquel hombre, que había ocupado la figura de un padre para ella, pero por más que rebuscaba en su corazón, lo único que hallaba era una sensación de pérdida y dolor. ¿Quizá Mijaíl había muerto? ¿Qué demonios había ocurrido? ¿Cuándo? ¿Cómo? ¿Y por qué?

Solo había un modo de encontrar respuestas a aquellas preguntas y estaba apoyada en su regazo. Llevaba todo el día esperando alguna llamada de móvil, pero el aparato se obstinaba en guardar silencio.

—Sé que me puedes oír —musitó en voz baja—. Tienes el micro de este condenado trasto activado. Necesito una explicación sobre lo que ha sucedido esta tarde. Casi me muero, por el amor de Dios. ¡Dime algo!

Pero el móvil se mantenía ajeno a sus ruegos. Cuando estaba valorando seriamente la posibilidad de arrojarlo a lo más profundo del pozo del claustro, oyó unos pasos que se acercaban. Se apresuró a guardar el móvil en uno de sus bolsillos antes de que la figura de Zepeda se despegase de las sombras.

Ni siquiera se había dado cuenta de que estaba allí y de inmediato se alegró de que fuera quien fuese el que estaba al otro lado de la línea no le hubiera llamado. Zepeda habría podido oír una conversación que no habría sabido explicar.

—¿Te importa si me siento contigo?

Laura hizo un gesto de invitación. La noche era cálida, las estrellas brillaban en el cielo y se oía el canto de las chicharras más madrugadoras del año. Era un momento de paz absoluta. Y además, le apetecía la compañía de otro ser humano, de cualquier persona que la alejase del remolino de emociones de su mente por un instante, como descubrió con un punto de asombro. ¿Qué decía eso de ella? ¿Tenía derecho a sentir algo que no fuese miedo, angustia por Carlos? Se sacudió de encima ese pensamiento mientras él se acomodaba a su lado.

—Me preguntaba cómo estabas —dijo él—. Hoy ha sido un día difícil.

—Pensé que estaría más hecha polvo —contestó Laura—. O que me dolerían más los pies.

—No me refiero a eso. —Zepeda sacó un paquete de tabaco del bolsillo frontal de su chaqueta y encendió un cigarrillo con un encendedor metálico. Laura se fijó en que llevaba un sello con piedras engastadas en el meñique de la mano derecha—. Hoy casi mueres.

—No me canso de darte las gracias —dijo con un leve estremecimiento—. Me salvaste la vida.

Zepeda se encogió de hombros, como si aquello fuese lo más normal del mundo.

—Te dije que era mi trabajo.

—Pensaba que tu trabajo era cuidar del señor Ferreiro. Es tu jefe.

—Daría mi vida por el señor Ferreiro, le debo mucho —replicó él de forma misteriosa—. Pero mi cometido no se acaba en él, sino en todos los que lo acompañan. Y eso te incluye a ti, por supuesto. —Exhaló una nube de humo, y el olor del tabaco y el perfume de Zepeda inundaron las fosas nasales de Laura en una vaharada.

—Aun así, gracias. —Se giró hacia él, una sombra recortada en la noche en la que solo destacaba la brasa del cigarrillo—. Estoy en deuda contigo. A nadie le gusta morir de forma absurda en un accidente.

Él dio otra calada a su cigarrillo. La brasa refulgió brillante.

—Un accidente, claro —murmuró casi para sí mismo—. El único problema es que sabes de sobra que no ha sido un accidente. Vi cómo revisabas los restos.

Fue el turno de Laura de guardar silencio mientras pensaba qué responder. Al final se dio cuenta de que no tenía ningún sentido negarlo.

—No, no ha sido un accidente.

—Alguien soltó los pernos de sujeción de ese tejado.

—Sí, lo sé.

—Y esa persona, sea quien sea, tenía que estar en el tejado esperando la ocasión de empujar quinientos kilos de pizarra hacia el patio.

—¿Tiene enemigos el señor Ferreiro? —preguntó ella tratando de darle un tono de voz inocente a sus palabras.

—Rivales, muchos —dijo él—. Uno no llega adonde está él sin dejar unos cuantos cadáveres por el camino. Enemigos menos, pero unos cuantos. Que se atrevan a atentar contra su vida en Europa y tengan medios para ello, muchos menos aún.

—¿A qué te refieres?

—Que el señor Ferreiro muerto no vale nada. Si estuviésemos en casa, en México, podría pensar que alguien había pagado a un grupo de pendejos para que le diesen un susto, pero aquí, en Galicia, a miles de kilómetros... No tiene sentido. No aquí. No ahora. Por eso me hago preguntas.

—¿Qué clase de preguntas? —dijo con un hilo de voz.

—Al principio imaginé que alguien trataba de mandar un mensaje —pensó él en voz alta ignorando su pregunta—. Cuando el tejado cayó sobre el patio, el señor Ferreiro estaba a varios metros de distancia, casi en la otra punta del claustro. Era evidente que no habían intentado matarle a él, ni hacerle el menor daño. Pero algo no encajaba.

—¿De qué se trata?

—De haber sido un aviso, alguien habría llamado. Una nota, un mensaje, algo. No tiene sentido desplazar un sicario a Europa para que haga algo así sin explicar quién y por qué. —Zepeda se giró y, pese a estar en penumbra, Laura pudo sentir sus oscuros ojos clavados en ella—. Así que lo siguiente que pensé fue que el objetivo no era el señor Ferreiro. Que el atentado iba dirigido contra otra persona. Contra alguien que estaba cerca del lugar donde cayeron las tejas.

—¿Ah, sí? —Laura sintió cómo su corazón bombeaba a toda velocidad.

Lo sabe, sabe que iban a por mí.

—Necesito que seas totalmente sincera conmigo, Laura.

Notó la boca seca. Estaba acorralada.

—Yo... —empezó a balbucear.

—Necesito tu ayuda —continuó él ajeno a sus pensamientos—. Verás, creo que alguien puede estar detrás del señor Schmidt.

—¿El... señor Schmidt? —El alivio que sintió Laura fue tan enorme que casi podía palparlo. Mentalmente, agradeció que la oscuridad ocultase su reacción.

—Sí. —Tiró la colilla a un charco y el cigarrillo se apagó con un siseo—. Era el blanco más razonable, estaba casi al lado del lugar del ataque y tiene tantos rivales como el señor Ferreiro, pero en Europa. Sin embargo, no puedo preguntarle directamente sin ofenderle, así que necesito de tu colaboración.

—¿Cómo?

—Estás con él todo el día, traduces todo lo que le dicen, casi eres su sombra, junto con Stroll. —Le clavó aquella mirada oscura e inquisitiva—. Si te enterases de algo extraño, de algo que pudiera poner en riesgo la seguridad del grupo..., ¿me lo dirías?

—Claro que sí —mintió ella, y se sintió mal en el acto.

Fernando Zepeda era un buen tipo. Omnipresente, siempre parecía estar dispuesto a ayudar, le había salvado la vida aquella misma tarde y desprendía una sensación de seguridad que la serenaba. No se merecía que le ocultase todo lo que estaba sucediendo, pero no le quedaba otra opción.

—Laura... Sabes que puedes confiar en mí, ¿verdad?

—Por supuesto —replicó ella sintiéndose enferma.

—Gracias por ayudarme. —Le apretó la mano de forma afectuosa—. En fin, te dejo descansar. Mañana tenemos veintidós kilómetros hasta Portomarín. Va a ser una jornada complicada.

Él se levantó y se alejó caminando sobre la grava del claustro. Laura suspiró entre aliviada y maltrecha.

Las piernas se le habían quedado adormecidas tras tanto rato sentada, así que decidió dar un paseo antes de volver al dormitorio para recuperar la circulación. Seguía apretando el móvil en la mano, implorando que sonase de una vez. De esa llamada dependía saber cómo estaba Carlos, y si la hipótesis de Zepeda tenía algún fundamento o si todo lo que había pasado en Samos tenía algo que ver con su rescate. *Necesitaba* que ese móvil sonara. Resultaba chocante el contraste entre la locuacidad de Arcángel durante todo el trayecto, mientras no había habido ningún tipo de problema y todo transcurría según sus designios, y el repentino silencio con el que ahora la obsequiaba.

Quizá había hecho algo mal. Cabía la posibilidad de que, en algún momento, a lo largo del camino, el terminal hubiese quedado sin cobertura y el hombre hubiese pensado que lo había apagado, desobedeciendo sus órdenes. Eso era malo. Muy malo. No se atrevía a pensar en las consecuencias.

Como si alguien adivinase sus pensamientos, justo en ese instante notó un zumbido quedo. El móvil vibraba y en la pantalla aparecía de nuevo el ominoso «Número oculto».

Por fin.

—Hola, Laura. —La voz del hombre no sonaba como siempre. Parecía tenso. Irritado, quizá.

—¿Por qué has intentado matarme? —susurró ella mientras giraba la cabeza, escrutando hasta la última esquina a oscuras del claustro—. ¡He hecho todo lo que me has pedido! Por favor, tienes que creerme. Si el móvil se ha quedado sin cobertura no es culpa mía... Te lo suplico, no le hagas nada a Carlos. No he faltado a mi compromiso ni una sola vez. Estoy siguiendo tu plan paso por paso. Yo...

—Laura, ya es suficiente —interrumpió Arcángel con tono autoritario—. No es necesario que te disculpes. Lo de hoy no ha sido cosa nuestra.

—¿Qué?

—Ya me has oído. No tenemos nada que ver con el incidente de esta mañana.

Laura inspiró profundamente un par de veces, anegada por el alivio.

—Así que ¿no iban a por mí?

—Me temo que sí.

—¿Quién ha sido, entonces?

—No es algo de lo que debas preocuparte. Está controlado. Solo quiero que sepas que no tengo nada que ver y que no se va a repetir.

—Me tranquiliza saber que no pretendes acabar conmigo —consiguió articular ella—. ¿Te das cuenta de que he podido morir?

—Lo sé.

—¿Que lo sabes? *¿Que lo sabes?* —La furia repentina que destilaba le sorprendió incluso a ella misma—. ¿Y qué se supone que debo hacer? ¿Felicitarte por tu perspicacia?

—Por favor, controla tu tono de voz —dijo él—. No queremos que despiertes a todo el monasterio.

—Me importa un pimiento —gruñó ella—. Cuando empezamos con esta locura no me dijiste que alguien intentaría matarme.

—No sabía que esto iba a pasar. —Guardó silencio durante un largo rato, como si le costase continuar—. Lo siento. De verdad.

—No me llega con un simple «lo siento». Necesito algo más.

—No estás en posición de negociar.

—No opino lo mismo. Aún no sé por qué, pero me necesitas. Te conviene que me concentre y no me lo estás poniendo nada fácil.

Se hizo un nuevo silencio estruendoso e interminable. Los latidos del corazón de Laura retumbaban con fuerza en sus oídos mientras sujetaba el terminal con una mano sudorosa. Había lanzado su apuesta para ver qué pasaba y hasta qué punto aquel hombre aceptaría un desafío abierto.

—Está bien —dijo él, como si aquello no tuviese la mayor importancia—. ¿Qué quieres, exactamente?

—Para empezar, que me trates con más respeto, por favor —continuó ella—. Que no me tengas a ciegas ni me trates como si fuese idiota. No puedo hacer lo que me pides si me ocultas información.

—Vale —transigió él de forma sorprendentemente fácil—, ¿qué más?

—Quiero hablar con Carlos. Necesito saber que está bien.

Una nueva pausa, de varios segundos. Por un instante, llegó a pensar que se había cortado la comunicación, pero de repente la voz retumbó en el celular.

—De acuerdo, tienes diez segundos. Y estaré escuchando. Nada de tonterías.

Se oyó un crujido al otro lado de la línea, como si alguien apoyase el terminal contra el pecho y un sonido amortiguado de voces. De repente la línea chasqueó de nuevo.

—¿Hola? ¿Laura? —La voz de Carlos sonaba ansiosa y un tanto confundida—. ¿Eres tú?

—¡Carlos! ¡Carlos! ¿Estás bien, mi amor?

—Sí, estoy bien. —Su voz aún sonaba vacilante—. ¿Y tú, cómo estás?

—Estoy bien. —Laura apretó el móvil con fuerza, cerró los ojos y se apoyó en uno de los pilares de piedra del patio, mareada por la emoción—. Solo necesitaba hablar contigo, saber que estabas bien. Esto es una pesadilla, no entiendo nada... Escucha, Carlos, quiero que aguantes, ¿vale? Intentaré que esto acabe lo antes posible, te lo prometo.

—Sí, por favor, hazlo cuanto antes. —Había un punto de

angustia estrangulada en aquellas palabras—. Esta gente da un miedo de cojones..., y van en serio.

Antes de que a Laura le diese tiempo a responder, se oyó un sonido apagado y la voz de Arcángel volvió a ocupar la línea.

—Bien, ya has hablado con él y has visto que aún está vivo, pero más vale que sigas su consejo y hagas lo que te he pedido cuanto antes. El tiempo corre, y no veo ningún avance.

—Sigues con esa idea de lunático, convencido de que puedo robar las reliquias del apóstol. Sabes que es imposible.

—No, no es imposible —la atajó—. No para ti. Sé que en el fondo sabes quién eres y de lo que eres capaz. No te habría puesto en esta situación si no estuviese seguro de todas tus capacidades.

—¡Pues dime quién soy! —aulló ella al teléfono—. ¡Cuéntamelo todo, joder!

—¡Esto no funciona así! —Por primera vez, el hombre gritó, con los nervios a flor de piel. Recuperó el control casi al instante—. Esta es la manera correcta, tienes que creerme.

—¿Y ya está? —musitó ella incrédula—. ¿«Tienes que creerme»? ¿Crees que eso es suficiente?

—Tendrá que serlo por ahora, por lo menos en este tema.

Laura se frotó los ojos frustrada. Estaba claro que Arcángel o como demonios se llamase realmente sabía muchas más cosas de las que estaba contando, pero no se las iba a sacar en aquel momento. Quizá más adelante. Tenía que probar otro enfoque.

—Está bien, dejemos este tema por ahora. En cinco o seis días, como mucho, estaré en Santiago. Tengo acceso al interior de la catedral, o eso creo, pero no tengo ni idea de lo que me voy a encontrar cuando esté en el objetivo: medidas de seguridad, personal, accesos... Nada.

Tan pronto como lo dijo se quedó pensativa. Había utilizado la palabra «objetivo» con total naturalidad y no tenía la menor idea de dónde había salido aquello. De algún modo, sentía que era el término correcto para referirse a lo que pensaba hacer.

Porque, de repente, de una forma que le sonaba irracional, robar las reliquias del apóstol Santiago del interior de una catedral fuertemente vigilada ya no le parecía tan descabellado. Sabía que podía hacerse. *Sabía*, de alguna manera, que *ella* podía hacerlo.

—Está bien —dijo la voz al otro lado de la línea—. No necesito que te preocupes de eso ahora mismo. Tendrás toda esa información cuando sea oportuno. Corre de mi cuenta.

—¿Y cuándo pensabas decirme todo esto? —le espetó ella—. ¿A qué esperabas para decirme que me ibas a echar una mano?

Casi pudo adivinar la sonrisa lobuna del hombre, dondequiera que estuviese.

—Estaba esperando precisamente a este momento. A que la antigua Laura empezase a asomar de nuevo.

—No me gusta cómo suena eso de la «antigua» Laura. Me gusta mucho la Laura de ahora.

—Oh, te encantará conocerte, ya lo verás. —El hombre se interrumpió a causa de un acceso de tos—. Pero tenemos un problema más urgente que resolver antes.

—Lo del ataque de hoy —adivinó ella—. ¿Quién ha sido?

—Eso no es algo que debas saber, repito —zanjó él—. Pero te prometo que no volverá a pasar. Voy a tomar las medidas necesarias para garantizar tu seguridad.

—¿Y qué vas a hacer? —La voz de Laura estaba cargada de amargura—. ¿Le vas a poner una vela a un santo? ¿Acaso pretendes venir en persona a protegerme?

—No, no será eso. —No le dio más explicaciones—. Lo estás haciendo bien. Continúa así y todo terminará en muy pocos días. Seguiremos en contacto.

La comunicación se cortó y Laura se quedó mirando el teléfono móvil como si fuese un artefacto de una civilización extraterrestre que acabase de aterrizar en su mano. Aún no se podía creer aquella conversación. El móvil resucitó de golpe con una breve vibración y casi lo dejó caer al suelo. Por un instante, pensó que el hombre misterioso quería seguir hablando con ella, pero tan solo era el aviso de la llegada de un correo electrónico con el encabezado «Esto es solo una muestra» y un archivo adjunto.

Lo abrió y empezó a pasar páginas rápidamente, a medida que su asombro se disparaba. Allí había de todo: planos de la catedral, horarios de patrullas, informes de vigilancia... Cantidades ingentes de información que sin duda había costado una fortuna obtener. Se pasó más de media hora revisando apresuradamente toda aquella documentación, sorprendida de las rápidas conexiones que se iban formando en su cabeza. Ante cada dato, un abanico de posibilidades explotaba en su mente. La cantidad de «y si» que se apelotonaban en su cabeza era embriagadora y le asustaba un poco, porque no sabía de dónde salía aquella capacidad de planificación. Por fin, apagó el terminal y se prometió que lo leería todo más tarde, con calma. En aquel momento tenía demasiadas cosas en las que pensar.

En primer lugar, el equilibrio de poderes se había alterado de forma sutil pero inequívoca. El día anterior se había limitado a actuar como una marioneta en manos de su adversario desconocido, siempre un paso por detrás de sus designios, pero el ataque lo había cambiado todo. Hoy él había tenido que actuar a la defensiva, en reacción a acontecimientos imprevistos, y eso le había dado a ella la oportunidad de marcar algunas reglas de juego; mínimas, desde luego, pero era un comienzo.

Además, ya no era la misma mujer apocada y timorata que había iniciado aquel camino dos días atrás en lo alto de O Cebreiro llena de dudas y aterrorizada. Seguía teniendo montañas de preguntas, y su número no paraba de crecer de forma desalentadora. Daba la impresión de que cada vez que abría una puerta y resolvía alguno de los misterios que rodeaban su vida, un par de nuevos enigmas aparecían para ocupar su lugar.

Pero las respuestas que había obtenido hasta entonces le habían permitido empezar a entender qué era lo que estaba ocurriendo. Había descubierto que durante su infancia y adolescencia había recibido una formación muy específica, una serie de conocimientos y aptitudes que, sin duda, hacían que robar algo como los huesos del apóstol no fuese una fantasía calenturienta. Claro que el inmenso hueco de tres décadas que aún se abría entre la joven Laura preadolescente y la mujer de cuarenta y un años que paseaba pensativa por el claustro gótico del monasterio era un océano lleno de incógnitas sin respuesta..., por ahora.

Algo se había movido dentro de ella y los recuerdos habían comenzado a fluir, primero con cuentagotas y más tarde en cascada. No sabía cuál había sido el desencadenante —quizá la angustia del secuestro de Carlos, quizá la sensación de sentirse sola y abandonada en un entorno hostil—, pero sabía que era un camino sin vuelta atrás.

Y a medida que fuese recuperando más piezas de la «antigua Laura», como le había llamado el hombre, más fácil sería llevar a cabo el robo. Pero aún tenía que darle forma al plan y buscar aliados. Si de algo estaba segura era de que no podría llevarlo a cabo sola.

—Ahora solo me falta saber cómo lo voy a hacer —murmuró para sí—. Pero sé que puede hacerse.

Tenía un inicio de plan formándose en el fondo de su cabeza gracias a toda la documentación que acababa de recibir. Aún no era ni el esbozo de una idea, y tendría que armarlo antes de llegar a Santiago de Compostela. Aunque el hombre del teléfono no había dicho nada, la amenaza implícita de aquel calendario apretado seguía pendiente sobre ella. Y cada vez restaban menos días.

Metió la mano en su bolsillo para sacar la vieja foto quemada y contemplarla una vez más. Aquel grupo de casas, aquel «nuestro lugar secreto» de Galicia la tentaba como un vaso de agua en el desierto.

De repente escuchó unos pasos sobre la grava. Guardó la foto a toda prisa y se giró para ver quién se acercaba. Era la pequeña doctora del grupo, con la que había hablado esa mañana frente a la hospedería de Triacastela cuando había sustituido de forma «tan oportuna» a la traductora del señor Schmidt. Laura escarbó en su memoria para recordar el nombre: Grammola, doctora Marta Grammola, eso era.

—Buenas noches, Laura.

—Buenas noches, doctora. ¿Tú tampoco puedes dormir?

—La verdad es que nunca duermo demasiado. —Tenía un leve acento italiano, muy sutil, pero estaba allí, de fondo—. Pensé en salir a tomar un poco el aire. No quería molestarte.

—No, por favor. No es ninguna molestia.

Ambas callaron durante un rato, con ese tipo de silencio incómodo que se da a veces entre dos personas que no se conocen apenas, pero que sienten la obligación de entablar una conversación.

—¿Cómo van esos pies? —rompió por fin el silencio Grammola mientras señalaba al par de cómodas sandalias que se había puesto Laura nada más llegar al monasterio, con enorme alivio—. ¿Tienes rozaduras? ¿Ampollas?

—No, están bastante bien —contestó con una sonrisa—. Zepeda les echó un vistazo y no sé muy bien qué es lo que hizo, pero en vez de ser un desastre, ahora tienen pinta de poder aguantar bien el resto del Camino.

—Deberías deshacerte de tus botas. Parecen bastante incómodas.

Laura se rio. Sus botas eran un espanto, eso era cierto, pero había empezado a cogerles cariño.

—Supongo que sí —se encogió de hombros—, aunque tampoco queda tanto Camino.

—No —lo dijo con cierta tristeza—. En seis días estaremos por fin en Santiago y esta experiencia se habrá acabado.

Laura la miró durante un momento, pensativa.

—No parece que tengas muchas ganas de que eso ocurra.

La mujer miró hacia el suelo sumida en sus pensamientos, y dibujó unos arabescos en la grava con la punta de sus zapatillas.

—No lo sé, la verdad —dijo al cabo—. A ver, no me entiendas mal. Tratar las contracturas, torceduras y ampollas de este grupo no es mi idea del paraíso profesional, no sé si me explico, pero...

—Pero ¿qué?

—No sé muy bien qué es lo que voy a hacer una vez que el Camino termine, eso es todo.

—Pensaba que estabas en la plantilla del señor Ferreiro —se sorprendió Laura.

—¿Yo? No, qué va. —Fue el turno de la mujer para soltar una carcajada—. Tan solo Vargas, Zepeda y los otros dos guardaespaldas son parte de su equipo habitual. El resto somos contratados para este viaje, como tú. Supongo que caminar varios cientos de kilómetros cuando estás a un océano de distancia de casa no es un plan demasiado apetecible y buscaron profesionales que estuviesen dispuestos a participar en la aventura.

—¿Y te apuntaste por la paga?

La mujer calló durante un rato tan largo que Laura pensó que no iba a añadir nada más. Finalmente sacó una foto de su bolsillo.

—Este es Iván, mi hermano —dijo Marta Grammola mientras le enseñaba la instantánea de un joven delgado y vestido de militar, de piel cetrina y con la nariz bulbosa, que miraba desde la foto con una expresión resuelta—. Le destinaron en Afganistán hace un par de años. Nunca volvió.

—¿Murió allí?

—No lo sabemos. —La voz de Marta estaba teñida de tristeza—. Según nos dijeron, un día salió caminando del campamento, después de una discusión, y no lo volvieron a ver. Figura como desaparecido en combate, pero nadie sabe realmente qué le ha pasado. Puede que esté muerto, como nos aseguran, pero quizá esté vivo en algún lugar. No perdemos la esperanza.

—Por eso estás haciendo el Camino.

Grammola se encogió de hombros.

—Supongo que no puede hacer ningún mal —musitó—. Nunca he sido una creyente fervorosa, pero cuando se te acaban las alternativas...

—Comprendo.

—Además, estar aquí me ayuda a no tener que pensar demasiado. A no tener que recordar. Por eso me asusta ver el final tan cerca. —Se volvió hacia ella—. Y a ti ¿qué te ha traído hasta aquí?

Laura recordó la historia que le había contado a Zepeda sobre su inexistente hermana y se la repitió a la doctora.

—Me parece un gesto muy bonito —asintió cuando Laura completó su relato—. Dice mucho de ti.

De inmediato Laura se sintió embargada por una sensación desagradable. No le gustaba tener que mentir de forma sistemática a una gente tan amable y que se había volcado con ella desde el primer momento con un alud de simpatía.

Necesitas aliados, susurró una voz en su cabeza. *No puedes hacerlo sola.*

—¿Te puedo preguntar una cosa? —dijo llevada por un impulso—. Quiero decir... ¿Puedo contar con la confidencialidad médico-paciente, o como se llame eso que hacéis los médicos?

Grammola la observó perpleja, pero no dudó en responder:

—Hice el juramento hipocrático. Si es por un asunto de salud, soy una tumba.

Laura se bajó el suéter y dejó a la vista la cicatriz que le recorría la clavícula, el recuerdo marcado a fuego del atentado de un año atrás.

—¿Cómo te hiciste eso?

Y ella empezó a hablar. Le contó todo lo que recordaba desde el día que un grupo de bomberos la habían sacado a rastras y malherida de entre las ruinas humeantes del santuario de Guadalupe, en México, hasta su llegada a España veinte días atrás. De cómo su memoria era un agujero negro sin fondo hasta el momento de la explosión, que recordaba como un destello blanco y cegador. A medida que iba hablando se sentía mejor. No se había dado cuenta de lo mucho que necesitaba descargar su conciencia hasta que las palabras, incontenibles, habían comenzado a derramarse desde su boca.

Por supuesto no le contó nada de Carlos, de su desaparición ni del extraño acuerdo con el hombre del teléfono para robar las reliquias del apóstol. No podía saber hasta qué punto la confianza que depositaba en aquella mujer era merecida, pero el mero hecho de poder explicar lo que le pasaba ya le hacía sentirse mejor.

—Una historia asombrosa. —Grammola la observaba impresionada—. Es un milagro que salieses con vida de aquel matadero, si quieres mi opinión. Recuerdo haber visto la noticia en la televisión. Los cuerpos destrozados, el fuego, las ambulancias. El vídeo de aquellos terroristas árabes reivindicando el atentado me hizo sentir fatal. Trajo demasiados recuerdos de mi hermano. Tuviste suerte de salir ilesa.

—Ilesa, no —replicó Laura con amargura mientras se frotaba la cicatriz oculta bajo su cabello—. Mis recuerdos se quedaron enterrados bajo los cascotes.

—No soy una especialista en el tema —contestó la doctora, cauta—, pero, por lo que cuentas, parece que sufres de una amnesia retrógrada aguda causada por el golpe de tu cabeza y por algún tipo de estrés postraumático. Es sorprendente que casi un año después aún no hayas recordado nada.

Laura se mordió los labios. No se había atrevido a contarle que los primeros retazos de su pasado habían comenzado a aflorar a lo largo de aquel interminable día. Aún tenía que lidiar con aquello antes de compartirlo con nadie.

—No quiero ser portadora de malas noticias, pero, después de tanto tiempo, puede que jamás recuperes toda tu memoria —dijo Grammola—. La pérdida de recuerdos, en ocasiones, puede ser definitiva.

—¿Qué tendría que hacer para conseguir que volviesen?

—Como te he dicho, no soy una experta en el tema, pero... —Vaciló—. Recuerdo haber leído algún artículo médico sobre el asunto cuando estaba en el hospital de Bolonia. Si la memoria no me falla, decía que, a veces, provocar situaciones desencadenantes sirve para que los recuerdos vuelvan, como por ejemplo poner al sujeto en una situación límite relativa a su pasado o sumergirle en un entorno que le resulte reconocible. Hacer que haga cosas que le eran familiares antes del trauma.

Como por ejemplo, obligar a una ladrona a que robe de nuevo, pensó Laura con amargura.

—Muchas gracias, doctora. —Se obligó a sonreír—. Has sido de muchísima ayuda. Por favor, te ruego que no le cuentes nada de esto a nadie. Es demasiado personal.

—Descuida, nada saldrá de mi boca. —La mujer hizo el gesto de cerrar una cremallera sobre sus labios—. Gracias a ti por oír mi historia también. No todo el mundo sabe hacerlo y nos olvidamos de lo importante que es escuchar. —Se inclinó hacia ella y le dio un abrazo que la pilló por sorpresa—. En fin, me voy a dormir. —Bostezó—. Mañana será un día muy largo.

—Que descanses, Marta.

—Tú también. —Y entonces añadió—: Si recuerdas algo o tienes algún problema, por favor, dímelo. Soy una amiga, ¿de acuerdo?

Laura sonrió. Una amiga. Qué bien sonaba aquello.

—De acuerdo —dijo—. Buenas noches.

La doctora se alejó por el paseo de grava y, por segunda vez aquella noche, Laura se quedó a solas con sus pensamientos, mientras el cielo se perlaba de estrellas y los murciélagos trazaban complicadas filigranas en el aire cálido y pesado del claustro. Aun así, iba a necesitar días para asimilar todo lo que estaba ocurriendo, así que al final se dirigió ella también hacia el amplio dormitorio en penumbra y caminó hasta su camastro. Un concierto de ronquidos, borboteos y respiraciones de las personas sumidas en sueños, junto con el ocasional murmullo de alguna pesadilla, formaba una densa banda sonora que por poco la obliga a dar vuelta. Quizá dormir en el exterior, bajo las estrellas, no sería mala idea, se dijo. Pero cuando llegó al pie de su camastro se detuvo, congelada.

Alguien había estado hurgando en sus cosas. No tenía la menor duda. Estaba segura de que alguien había movido sus pertenencias. La mochila estaba en una posición ligeramente distinta a la que ella había dispuesto al salir fuera, y las cinchas de los bolsillos estaban abrochadas de una manera diferente. Ella las cerraba en el segundo ojal y alguna de las cintas estaba incluso desabrochada. Quienquiera que hubiese estado registrando su equipaje lo había hecho de forma torpe y desmañada, como si tuviese mucha prisa o no quisiera que le pillasen en plena inspección.

Inspiró hondo, tratando de controlar sus pulsaciones, mientras comprobaba que no le faltase nada. Por suerte, siempre llevaba encima el paquete con el dinero y los pasaportes falsos, así que quien hubiese hurgado en sus cosas tan solo había encontrado un montón de ropa vieja y machacada, además de un desconcertante par de zapatos de tacón y un vestido arrugado en el fondo de la mochila.

Se dejó caer en el camastro pensativa, y la conclusión a la que llegó no le gustó nada.

En aquel grupo había alguien más, alguien que no pertenecía a la gente de Arcángel.

Alguien que la vigilaba.

Y que, quizá, fuese la misma persona que había intentado matarla.

16

En algún lugar de la frontera austriaca
1991

El camino no había sido fácil, desde luego. Las semanas que siguieron a la fuga del Nido habían sido, con diferencia, las peores. Volkov y el KGB habían puesto precio a sus cabezas, como a cualquier otro que guardase la menor relación con el proyecto. Por suerte para ellos, el caos de las horas siguientes al golpe de Estado, que acabó aupando de rebote a Boris Yeltsin al poder, había sido lo bastante atroz como para permitirles borrar el rastro.

Y, como no se cansaba de repetirles Mijaíl, las primeras horas después de cada operación siempre eran cruciales. A partir de un cierto punto las pistas se enfrían, los rastros se confunden y la gente pierde la memoria y el interés. Y finalmente te evaporas, como un fantasma.

Pero una cosa era saberlo y otra muy distinta era la experiencia de ir saltando de piso franco en piso franco, siempre con un ojo abierto, con Mijaíl aguantando despierto a base de anfetaminas y con una mano siempre cerca de la pistola, vigilando la puerta. Temiendo que en cualquier instante su tapadera se fuese al infierno y les metiesen un tiro en la cabeza a todos ellos.

Habían tardado casi un mes en reunir el coraje, el dinero

y los contactos suficientes para sobornar a un coronel de la guardia de fronteras, que a cambio de casi todo lo que tenían de valor, que no era mucho, había mirado hacia otro lado cuando cruzaron la aduana polaca a bordo de un camión de transporte. Desde allí pasaron a Checoslovaquia gracias a la ayuda de un viejo contacto de Mijaíl, hasta alcanzar la frontera con Austria. Por último, una fría noche de octubre, sujetos a unos salvavidas que habían robado de una barcaza anclada en el puerto fluvial de un pueblo llamado Hódonin, pisaron territorio austriaco tras atravesar a nado el gélido río Morava en plena madrugada.

Habían llegado a Occidente. Allí, les aseguró Mijaíl, estarían a salvo.

Aunque mientras tiritaban como perros mojados en medio de la noche, muertos de hambre, sin saber adónde ir, sin documentación y sin una sola moneda en el bolsillo, aquello de «estar a salvo» no sonaba especialmente bien.

Fue aquella noche cuando se decidió el resto de su vida. Y la responsable, sin pretenderlo, fue Laura.

Estaba aterida y hambrienta después de una semana de comer las raciones cada vez más escasas del viaje. Había tropezado con la panadería de aquel pueblecito austriaco por casualidad, mientras el resto del grupo trataba de dormitar en un cobertizo de las afueras. El olor del pan recién hecho la había guiado hasta allí con la misma intensidad que un imán atrae las virutas de hierro. Había una furgoneta de reparto aparcada en el callejón trasero de la panadería y forzarla le había resultado insultantemente fácil. Con una horquilla y una navaja no le llevó más de veinte segundos tener el portón de carga abierto de par en par. Laura jamás había visto tal surtido de bollería en su vida y sus ojos se abrieron de asombro. Con rapidez, cogió todo lo que pudo meter en un saco de papel y tras cerrar con cuidado el portón volvió junto a su grupo en la orilla del río.

Al llegar a su lado la invadió la lástima. Componían una estampa penosa, apretados unos contra otros para conservar el calor, demasiado abatidos como para moverse. A un lado, Mijaíl roncaba suavemente. Tras haber pasado semanas de tensión sin pegar ojo, se había derrumbado al llegar a la orilla austriaca y cualquiera diría que estaba muerto, de no ser por el leve movimiento de su pecho.

—Traigo comida —se limitó a decir mientras apoyaba el saco en el suelo.

—¿De dónde has sacado eso? —preguntó Omar asombrado.

—Hay un pueblo, subiendo la colina —señaló sobre su hombro, pero los chicos ya se habían abalanzado sobre las provisiones hambrientos.

—¿No te han visto los guardias? —farfulló Paolo con la boca llena de hojaldre de cruasán—. ¿Te han seguido?

—No hay guardias, ni perros, ni alambradas. Ha sido muy fácil.

El italiano paró de masticar y se la quedó mirando fijamente.

—¿Dices que no hay guardias?

—Ni uno. —Laura se pasó una mano por el pelo húmedo—. Occidente es muy raro. Son muy confiados.

Un brillo singular se había apoderado de los ojos de Paolo, con el cruasán a medio camino de la boca. Algo bullía en su cabeza.

—Oye, Laura... ¿Hay más cosas en el pueblo? ¿Ropa, calzado, cosas así?

Ella se encogió de hombros.

—Supongo. No me ha dado tiempo a recorrerlo, pero parece bastante grande. ¿En qué estás pensando?

—¿A ti qué te parece?

Fue el turno de ella de mirarlo fijamente. Sabía a la perfección lo que le pasaba por la mente al italiano, no era tonta, pero tenía dudas.

—¿No deberíamos preguntárselo a Mijaíl antes de hacer nada? —hizo un gesto hacia el hombre sumido en un sueño profundo—. Pedirle permiso.

—Necesita descansar —replicó Paolo resuelto—. Además, nos hace falta de todo. Cada vez hace más frío y no estamos preparados. Mira cómo vamos vestidos. Irina ni siquiera tiene unos zapatos en condiciones.

Laura vaciló apenas una fracción de segundo. No era solo que Paolo fuese el más mayor y que tuviese razón. Es que le *apetecía* hacerlo. Al fin y al cabo, era lo que le habían enseñado durante todos aquellos años, ¿no?

—No sé yo...

—¡Venga, Laura! —Le dedicó una de aquellas raras y arrebatadoras sonrisas—. Será pan comido. Ya lo verás.

Laura miró a los otros muchachos, que habían asistido al intercambio de palabras en silencio. La expresión resuelta de su mirada (y el aspecto miserable que tenían) acabó de convencerla.

—De acuerdo —asintió—. ¿Quiénes iremos?

—Todos —contestó el italiano—. Menos Mijaíl, claro.

Se alejaron del cobertizo, dejando a Mijaíl dormido bajo una manta húmeda, y caminaron hacia el pueblo. Cuando llegaron a la calle principal, desierta a aquella hora de la noche, los muchachos se detuvieron estupefactos. Jamás habían visto tal cantidad de escaparates atiborrados de productos. De repente se sentían como Alí Babá a punto de entrar en la cueva de los cuarenta ladrones.

—Esto es... —musitó Claudia con una sonrisa lobuna— muy fácil.

—Vamos, entonces —murmuró Irina con media sonrisa.

Y se dirigieron al primer escaparate.

Los poco más de dos mil vecinos de Hohenau an der March —así se llamaba el pueblo— se preguntarían a partir de la mañana siguiente, y durante mucho tiempo, qué extraño fenómeno había ocurrido en su localidad durante aquella noche de otoño de 1991, cuando más de una docena de tiendas fueron robadas sin que nadie se enterase.

Abrir las cerraduras de los locales comerciales era un juego para Laura y, por su parte, Omar no tenía el menor problema en puentear las alarmas para evitar que sonasen. Como un huracán del delito, recorrieron entre risas contenidas la calle mayor saqueando una tienda tras otra, hasta que no pudieron llevar nada más encima.

Cuando Mijaíl despertó del sueño ya clareaba el alba en el horizonte y un penetrante aroma de café recién hecho asaltó sus fosas nasales. Al abrir los ojos, se encontró con un cuadro que no esperaba: los chicos, vestidos de pies a cabeza con ropa nueva y de excelente calidad —aunque en una combinación de colores y estilos cuestionable—, desayunaban en torno a un hornillo de campamento que aún tenía colgado el precio, sobre el que borboteaba el café. A un lado, había un montón de prendas variopintas con la etiqueta colgada, de la talla de Mijaíl. Apoyados sobre una piedra, un abultado fajo de chelines austriacos mezclados de cualquier manera. Los muchachos reían y todo el ambiente tenebroso del viaje parecía haberse esfumado con los primeros rayos de sol.

Los observó en silencio, pensativo, mientras se encendía un cigarrillo.

No podía decir que estuviese sorprendido, si tenía que ser sincero. Al fin y a la postre, habían adiestrado a aquellos chicos para que pudiesen hacer cosas como aquella, sin el menor reparo ni dificultad. Estaba convencido de que la policía austriaca se pasaría meses rascándose la cabeza, desconcertada ante aquel golpe improvisado.

El único problema era que la realidad los había sobrepasado. El país que había iniciado el programa del Nido estaba a punto de desaparecer y no quería saber nada de ellos, quizá avergonzado o temeroso de haber llevado a cabo tal monstruosidad. Volkov se lo había repetido una y otra vez. Si aquello salía a la luz, las consecuencias irían a parar directamente sobre sus cabezas. O al menos sobre la suya, porque no tenía la menor duda de que el coronel Guennadi Volkov se las apañaría para salir a flote y cargarle a él el muerto.

Aquellos chicos habían sido adiestrados para convertirse en las perfectas células durmientes de una sofisticada red de espionaje, capaces de infiltrarse en cualquier lugar para llevar a cabo los objetivos de la Unión Soviética de una manera tan inmoral e ilegal que nadie querría saber nada de ellos. Eran tóxicos en esa nueva realidad. Todos ellos.

Y eso le enfurecía casi tanto como no haber podido salvar a más muchachos.

El trabajo de toda una vida (*de toda mi vida*, se corrigió), arruinado y reducido a aquel pequeño grupo de chicos que reían inocentes, sin saber que su tiempo se había agotado antes siquiera de empezar a trabajar en aquello para lo que habían sido cuidadosamente diseñados. La herramienta mejor trabajada de la historia del espionaje estaba sentada a la orilla de un río austriaco, robando camisetas y zapatos, como una vulgar banda de rateros sobrecualificados.

Entonces lo vio con claridad, con una clarividencia tan lúcida que fue como si le arrojasen un cubo de agua fría a la cabeza.

Sus pupilos jamás serían espías para la Unión Soviética. Estaban apestados. Y bajo ningún concepto Mijaíl pondría semejante herramienta en manos de las decadentes potencias occidentales. Quizá su país estaba a punto de dejar de existir, pero sus enemigos no.

En esas circunstancias, lo que podía hacer era convertirlos en algo refinado. Un grupo virtuoso como jamás se había visto. No permitiría que se transformasen en una banda de rateros.

Ellos eran mucho mejores.

Eran los mejores.

Le enseñaría al mundo lo que su talento y sus muchachos podían hacer.

Haría de ellos los mejores ladrones que jamás se había visto. Silenciosos, eficaces, imparables. Golpearía a los decadentes capitalistas allí donde más les dolía: en su dinero.

Quizá, algún día, llegase la oportunidad de demostrar de forma abierta, ante todo el mundo, la magnificencia de su obra.

Y aquel había sido tan solo el primer paso.

17

Nueva York
10 de septiembre de 2001

Con un floreo elegante, Paolo apoyó las cartas sobre la mesa y les dedicó a todos los demás una deslumbrante sonrisa de dientes blancos hasta lo insoportable.

—Escalera. —Contuvo la risa a duras penas—. He vuelto a ganar.

Un coro de gemidos respondió a su gesto desafiante. Era la tercera vez consecutiva que les ganaba y ninguno había podido descubrir todavía cómo hacía trampas. Por supuesto, todos jugaban intentando colar el mayor número de ardides y fullerías posibles. De eso se trataba.

De eso y de descubrir las artimañas de los demás, claro está. Pero el italiano jugaba en otra liga.

Laura dejó caer los naipes sobre la mesa con desánimo y le dio un pequeño sorbo al vaso de té helado en el que naufragaban un par de hielos. Era una noche bastante calurosa y se sentía sofocada pese a que las ventanas del apartamento estaban abiertas.

Toda la banda estaba reunida alrededor de la mesa jugando al póquer. No tenían fichas ni jugaban por dinero. Eso era algo que solo harían en caso de extrema necesidad, una norma tácita que todos habían aceptado hacía años. Para ellos, los juegos de cartas no eran más que otra herramienta en el amplio arsenal que habían ido acumulando con los años. Contar naipes, colar ases, marcar barajas... era algo que todos podían hacer con absoluto desparpajo, en mayor o menor grado de maestría. Pero ninguno llegaba al nivel de Paolo, que en ocasiones parecía tener un mazo entero de naipes oculto en el dorso de las manos.

—¿Cómo lo has hecho? —preguntó Claudia poniendo morritos—. Dímelo, anda.

La colombiana había cambiado mucho desde aquella adolescente larguirucha que había salido huyendo del Nido diez años antes. Ahora era una mujer de veinticinco años en toda su esplendorosa belleza, con curvas rotundas en los lugares exactos y piel sedosa. Ella lo sabía y procuraba sacarle todo el partido posible a la lotería genética que le había tocado.

Laura también había cambiado, y pese a que era una mujer de casi veintiún años dotada de una belleza algo exótica, con aquellos ojos azules, la piel lechosa y el pelo oscuro como el ala de un cuervo, siempre se sentía como un patito feo al lado de la voluptuosidad desbordante de su amiga.

En esos momentos observaba a sus amigos con aire fatigado. Había llegado a la casa el día anterior, tras un vuelo transoceánico bastante agitado, y el *jet lag* aún no se había disipado del todo. Además, un cierto poso de amargura aún anidaba en su estómago porque las cosas en aquel viaje no habían salido como ella esperaba.

Había necesitado años para reunir el valor necesario, años para atreverse a abrir el sobre que Mijaíl le había dado, como al resto de los integrantes del grupo. Dentro de cada uno de aquellos sobres estaban los datos relativos a su antigua vida antes de que fuesen «reclutados» para el Nido. El ruso había sido claro y honesto con ellos: a diferencia del Nido, no quería que nadie formase parte de aquella vida si no estaba de acuerdo. No era obligatorio, había afirmado mirándolos a los ojos.

Eran libres de hacer lo que quisieran. Si alguien deseaba volver a su pasado, no habría reproches.

Nadie había abierto su sobre, que ella supiera. No hablaban de ello. Después de tantos años juntos, aquella parte de su pasado era la única esfera de intimidad que les quedaba a cada uno, algo que no se planteaban compartir.

Pero ella lo había abierto, unas semanas atrás, después de una tarde solitaria con una botella de vino y muchos pensamientos melancólicos volando en su cabeza. Dentro del envoltorio solo había una nota con dos nombres y una dirección de Madrid.

Sus padres biológicos. Su vida, la vida que habría llevado si la operación Sueño Oscuro no la hubiese arrancado de forma abrupta de ella.

No le había costado dar con ellos. Seguían viviendo en el mismo piso de Carabanchel, aunque los años no habían sido clementes con ninguno. Su padre biológico tenía profundas bolsas bajo los ojos y su madre había ganado bastante peso, pero la primera vez que los vio, de lejos, sintió que el mundo entero se detenía.

Durante toda una mañana los siguió a distancia, con un remolino de emociones atenazándole la garganta. Hubo un momento, en la Cuesta de Moyano, cuando se pararon a revolver entre los libros de un puesto callejero, que incluso se situó a su lado y fingió que rebuscaba algún título. Estuvo tan cerca que, si hubiese estirado la mano, podría haber tocado la de su madre.

No lo hizo. Todas las palabras se atascaron dentro de ella. La conversación que se había imaginado una y mil veces, el abrazo con lágrimas en los ojos con el que había fantaseado, murieron antes de hacerse realidad.

Porque Laura entendió, nada más verlos, que aquellas dos personas eran unas extrañas para ella. Su vida y la de ellos eran totalmente distintas.

Jamás podrían estar juntos. No se imaginaba renunciando a la compañía de Mijaíl y los suyos. No era capaz de ver cómo compatibilizar un pasado que ya no existía con un presente que, tenía que reconocerlo, la fascinaba.

Había cambiado demasiado.

De hecho, todos habían cambiado mucho a lo largo de aquella década.

Paolo se había transformado en el prototipo de *playboy* latino que aparecía en las series de televisión, con unos rizos rubios que se le descolgaban sobre un rostro cuadrado. De manos largas y delicadas, barajaba las cartas a una velocidad difícil de seguir con los ojos. Aquellas mismas manos hábiles eran las que usaba para falsificar documentos con una facilidad pasmosa.

Con el tiempo y los materiales correctos, Paolo podía hacer una réplica exacta de prácticamente cualquier cosa salida de una imprenta oficial. Durante una temporada se había dedicado a imprimir sus propios billetes de cien dólares, solo por diversión y para demostrar que podía hacerlo, hasta que Mijaíl se había enterado y le había llamado a capítulo. Tampoco es que aquella travesura importase demasiado. Laura estaba segura de que las empleadas de las tiendas se quedaban tan embobadas con la sonrisa perfecta del italiano que Paolo les podría haber pagado con cáscaras de plátano y ni se habrían enterado.

Omar, sin embargo, seguía siendo el tipo larguirucho y desmañado con orejas de soplillo, solo que ahora llevaba un fino bigotillo sobre el labio superior que le hacía parecer una versión hípster y occidental del hijo de algún dictador de Oriente Medio. Callado e introvertido como siempre, era como el negativo de Paolo. Allí donde el italiano se convertía en el centro de atención, él intentaba pasar desapercibido, más cómodo con su teclado y las pantallas que interactuando con la gente.

Por su parte, Irina, la combativa búlgara, que en aquel momento estaba de pie al lado del espejo retocando su maquillaje, también había ganado curvas, pero en lugares diferentes a los de la colombiana, lo que le daba un aspecto menos llamativo. Aquello no era una desventaja, dado el peculiar estilo de vida que llevaban, sino más bien todo lo contrario. Si se lo proponía, Irina podía ser una persona gris y perfectamente olvidable, el tipo de rostro del que no guardas el menor recuerdo un minuto después de haberte cruzado con ella. O, por el contrario, podía arreglarse de tal manera que fuese imposible hasta para un ciego no quedarse con ella. Era, con diferencia, la mejor transformista de aquella partida.

Cualquiera que hubiese entrado en el salón de aquel caro y coqueto apartamento situado en pleno Greenwich Village se habría sorprendido de saber que diez años antes ese grupo de veinteañeros apenas eran una pandilla de niños asustados, sin recursos, documentación o futuro, escapando de un país que había dejado de existir y que amenazaba con lanzarse a una guerra civil.

Y aun así, a lo largo de aquella década, mientras crecían hasta convertirse en adultos, no solo habían logrado sobrevivir, sino que habían prosperado, transformados en una extraña y disfuncional familia. Y todo gracias a un hombre, al que amaban y respetaban más que a nadie en el mundo.

Mijaíl, a la vez padre, maestro, mentor y cerebro de aquella banda.

Sí, aquella familia era a la vez una banda.

Una muy especial, que se ganaba la vida de una manera bastante peculiar, acorde con sus habilidades extraordinarias.

Los pupilos de Mijaíl eran la mejor banda de ladrones del mundo.

Y aquella velada lo iban a demostrar, una vez más.

18

Estaban vestidos como para ir a una fiesta, porque eso era justo lo que iban a hacer. Las lentejuelas y el lamé colorido de los trajes de las chicas contrastaba con el sobrio color negro de los esmóquines de ellos. Omar dejó caer que parecían los personajes de *Friends* preparados para ir a una celebración de Año Nuevo y aquello arrancó las carcajadas del grupo.

Les encantaba aquella serie y no podían evitar pensar en lo irónico que era que ellos mismos viviesen en dos apartamentos contiguos, justo en el barrio donde se suponía que tenía lugar la historia de la televisión. Si había alguien que llevase una vida parecida a la de los protagonistas de la sitcom eran ellos. Salvo que se dedicaban a robar, por supuesto.

El único que ya no convivía con el grupo era Mijaíl. El maestro aparecía todas las semanas para visitar a los chicos, pero nadie sabía exactamente dónde estaba su casa. Era algo que mantenía en el más profundo secreto. Laura y Omar habían tratado de seguirle unas cuantas veces, pero el viejo espía conocía todos los trucos de contrainteligencia y era demasiado bueno como para dejarse atrapar. Al cabo de un tiempo de jugar al gato y al ratón con ellos, habían abandonado el intento desalentados.

Aquella noche planeaban colarse en una fiesta organizada por Osman Abboud, un rico libanés que se dedicaba a la importación de obras de arte. Abboud también traficaba con armas, aunque eso era algo que la inmensa mayoría de los asistentes a la fiesta no sabía. Ellos sí, pero no les importaba.

Iban a por otra cosa, algo de mucho más valor.

—¿Estáis todos listos? —preguntó Paolo mientras se estiraba las solapas de la chaqueta—. Es casi la hora.

—El coche ya está abajo —dijo Omar desde la ventana—. Tenemos menos de media hora.

—Vamos más que sobrados —replicó el italiano antes de robarle un beso a Claudia, que hizo un mohín—. ¿Alguien necesita repasar algo por última vez antes de que salgamos?

Era una pregunta superflua. Todos sabían a la perfección qué debían hacer. Habían pasado las cinco últimas semanas preparando aquel operativo, repasando la información que habían comprado a precio de oro y puliendo hasta el último detalle. En diez años, nadie los había pillado jamás y aquella noche no tenía que ser distinta.

Eran más de las once cuando se subieron en la limusina negra que los aguardaba en la puerta. La habían alquilado con una de las tarjetas clonadas de Omar, cuyo rastro conducía a una casa de apuestas de New Haven. Los cinco se acomodaron en el interior y la limusina se adentró en el caótico tráfico de Nueva York.

Paolo sirvió una ronda de champán, que aceptaron todos menos Laura. Jamás bebía cuando tenía un objetivo por delante. Le restaba sensibilidad en los dedos. Irina subió la mampara que los separaba del conductor y quedaron aislados.

—Enciende el teléfono —pidió Laura—. Tenemos que llamar a Misha.

Claudia abrió su bolso y sacó un pesado terminal vía satélite. Omar se había asegurado de que la señal rebotase en una docena de antenas repetidoras y fuese imposible de rastrear. Si el sirio lo afirmaba, sin duda era cierto.

Marcaron el número que todos tenían memorizado y esperaron. Al tercer tono, la familiar voz profunda y algo rasposa de Mijaíl sonó en el altavoz.

—Hola, muchachos —dijo.

—Hola, Mijaíl —respondieron a coro.

Las risas se habían evaporado. Aquel era un ritual que se tomaban muy en serio.

—¿Estáis listos para esta noche?

—Ya sabes que sí —contestó Paolo. Él solía llevar la voz cantante y el resto aceptaban de forma tácita su liderazgo en el grupo—. Más que listos.

—No me cabe duda, pero, una vez más, repasemos los cuatro principios. ¿De acuerdo?

Hubo un cruce de miradas entre la pandilla. Siempre era lo mismo antes de cada golpe. Laura sospechaba que lo hacían en parte para relajarse y en parte como un rito de buena suerte.

—Muy bien, vamos allá. ¿Primera regla?

—¡Nada de violencia! —gritaron a una.

—Eso es. Nunca matamos ni herimos a nadie, ni siquiera en las circunstancias más extremas, salvo que no quede más remedio. No somos asesinos, somos profesionales. ¿Y la segunda?

—¡Nada de ruido! —volvieron a gritar.

—Muy bien. No hacemos ruido, no permitimos que nadie se dé cuenta de nuestra presencia, que nadie se entere de que estamos ahí. Somos sombras en la noche, fantasmas, una ráfaga de viento en medio de un bosque oscuro. ¿La tercera regla?

—¡No dejamos rastro!

—Así es. Nadie sabe que entramos, nadie sabe que salimos, nadie puede saber que estuvimos ahí, porque... ¿Cuál es el mejor golpe?

—¡El que nunca ha ocurrido!

—Cierto, mis muchachos. —Había satisfacción en la voz de Mijaíl, el orgullo contenido de un padre vanidoso—. ¿Y la última regla es...?

Esta vez la respuesta fue un aullido colectivo.

—¡Que les den por el culo!

Las carcajadas se convirtieron en gritos de aliento. Aquel añadido a las normas había sido cosa de los chicos mucho tiempo atrás, y Mijaíl lo había aceptado con tolerancia.

—Excelente, muchachos. —Esperó a que las voces amainasen antes de continuar—: Estaré esperándoos en la salida trasera a partir de las dos. Debería daros tiempo de sobra de entrar y salir. Buena suerte, amigos míos. Si las cosas se tuercen, el plan de contingencia es Brooklyn Dos.

Tenían varios planes alternativos en caso de que algo saliese mal y solo Mijaíl sabía cuál era el que iban a usar en cada ocasión, una capa más de seguridad sobre una planificación perfecta. Pero así era el ruso, meticuloso y prudente hasta el extremo. Y hasta la fecha, el tiempo le daba la razón.

—Ya casi hemos llegado. —Claudia miró por la ventanilla, más allá del cristal tintado—. Union Square está a menos de una manzana.

—Un último empujón —gruñó Paolo satisfecho, rellenando de nuevo su copa de champán.

Mientras se la bebía de un trago, Laura no pudo contener una mueca de preocupación. A todos les gustaba beber algo de vez en cuando, pero la copa ocasional se había convertido en algo mucho más común de un tiempo a aquella parte para Paolo. El recuerdo doloroso de las manos sin control del señor Nagy aún la asaltaba de vez en cuando y ella quería demasiado a su amigo italiano como para imaginárselo acabando así. Desconocía si Mijaíl ya sabía aquello, pero estaba segura de que cuando se enterase, que lo haría, no le iba a gustar nada. No era profesional.

—No hagas eso, anda.

—Oh, venga, no fastidies. —Paolo le guiñó un ojo y se inclinó sobre la mesa para servirse una última copa que dejó la botella casi vacía—. Es solo un empujoncito, nada más.

—Cualquier día ese «empujoncito» nos va a traer problemas —musitó Laura.

Paolo resopló displicente mientras apoyaba una mano en la pierna desnuda de Claudia. La colombiana echó la cabeza hacia atrás y la dejó caer de forma lánguida sobre el cuello del italiano.

Llevaban juntos varios años. Al principio habían mantenido su relación en secreto, pero algo así era imposible de ocultar en una familia tan pequeña como la suya. La colombiana tenía un carácter volcánico y pasional y las broncas de celos con Paolo se habían convertido en algo habitual y desesperante, pero el encanto natural del italiano siempre conseguía que se disipasen las nubes de borrasca. Era, con todos sus pequeños defectos, alguien al que era imposible no querer, y eso incluía a Laura.

Ella y Omar también habían tenido su historia, pero aquello no había funcionado. Sencillamente, se sentían demasiado cómodos siendo amigos como para que el siguiente nivel fuese un lugar habitable para ambos. Además, Laura sospechaba que Omar era gay, solo que aún no había reunido el valor para aceptarlo. Había demasiados demonios en la cabeza del sirio que no le permitían abrazar su auténtico yo.

Y la vida que llevaban no ayudaba, claro.

Irina era la única que mantenía relaciones esporádicas con gente ajena al grupo. La búlgara era muy discreta, jamás dejaba que las relaciones durasen demasiado tiempo ni les había presentado a ninguno de los hombres que habían pasado por su cama más que con un casual «hola y adiós», y nunca, bajo ningún concepto, los llevaba al piso de Greenwich Village. Ni tampoco lo había hecho cuando vivieron en Milán, ni en Berlín, ni en Londres.

Cierto, aquella familia había viajado mucho a lo largo de los años. Jamás pasaban más de dos en el mismo lugar. Otra de las precauciones de Mijaíl, por supuesto, pero esa era bastante llevadera.

—Aquí tenéis —Omar sacó de su bolsillo cinco pulseras de plástico mate con un bulto grueso en la parte superior y se las tendió a sus amigos—. El control de acceso en la puerta es con una máquina que lee los códigos de estas pulseras. Solo hay que pasarla por el lector y estaremos dentro.

—Son horrorosas —refunfuñó Claudia.

—Cierto, pero a Abboud le encantan los juguetes tecnológicos caros y le gusta todavía más alardear delante de sus invitados. Todos llevan una de estas.

La limusina se detuvo con suavidad delante del edificio La Felice, situado a apenas un par de calles de Union Square. Era un alto rascacielos lleno de condominios y apartamentos de lujo. El de Abboud estaba en el ático y era un espectacular tríplex de más de mil metros cuadrados con vistas sobre todo el bajo Manhattan. La discreción, sin duda, no era precisamente la marca de la casa del libanés.

Solo cuando se apearon de la limusina a unos metros de la puerta del edificio se dieron cuenta de que algo iba mal.

—Joder —musitó Omar lívido—. Estamos fastidiados.

—¿Qué pasa? —preguntó Laura mientras se sujetaba a su brazo.

—No están usando el lector de la puerta. —Hizo un gesto a la entrada del edificio—. Mira.

Laura observó en la dirección que le indicaba el sirio. Una funda cubría el lector electrónico, un monolito de acero y plástico de algo más de un metro, y en su lugar, dos fornidos tipos de seguridad vestidos con traje punteaban una lista a medida que llegaban los invitados.

—¿Qué ha pasado? —preguntó Paolo frotándose nerviosamente la nariz.

—Vete tú a saber —contestó Omar—. Se habrá estropeado, no sabrán hacerlo funcionar..., cualquier cosa. Pero estamos jodidos.

—¿Por qué? Vayamos allí, enseñemos nuestras pulseras y entremos.

—No lo entiendes. —Omar negó con la cabeza disgustado—. Para clonar nuestras pulseras usé un aparato igual que ese de ahí, pero a las pulseras les inserté el código de acceso de fábrica. Al pasarlas, se pondría en verde, aunque no estemos en la lista de invitados, pero ahora...

—No estamos en la lista —terminó Laura la frase con desaliento.

—Están comprobando nombre por nombre.

—Y los nuestros no están.

—¿Por qué no nos metiste en la lista? —se enfadó Paolo.

—¡Porque no podía hacerlo, pedazo de bobo! —siseó Omar—. Estaba en un cajón, no en la red. No puedo hacer magia.

—No discutáis —los reprendió Laura—. Vais a llamar la atención.

—Tenemos que abortar la misión —resopló Paolo—. Llama a Mijaíl. Dile que nos vamos a Brooklyn Dos.

—Espera un momento —le cortó Laura pensativa—. Aún podemos hacerlo. Dejadme pensar.

—¿No has oído que no podemos entrar en el edificio? ¡No estamos en la puta lista!

—No nos hace falta. —Miraba hacia el otro lado de la calle y de repente le brillaron los ojos—. Dadme dos minutos.

—¿Qué vas a hacer?

—Voy a probar una cosa —contestó ella antes de cruzar la calzada—. Si no funciona, llamamos a Misha.

La miraron extrañados, pero esperaron. Laura llegó a la otra acera, donde dos vagabundos dormitaban junto a un contenedor situado en la boca de un callejón. Tenían el aspecto demacrado y desaliñado de quien se ha adentrado en exceso en la senda del crack. Laura, con su brillante vestido verde de Chanel, se inclinó a su lado y les dijo algo. Ellos la escucharon y luego uno de ellos —un hombre de edad indefinida y sin dientes— asintió por ambos, rebuscó en un bolsillo y le tendió una bolsa de papel marrón.

—¿Qué traes ahí? —le preguntó Omar cuando volvió a su lado.

Laura abrió la bolsa para dejar a la vista una botella mediada de whisky barato, sobada y de aspecto poco apetecible.

—He tenido que darles cincuenta dólares, pero a falta de una licorería cerca es lo mejor que he podido conseguir.

—¿De qué va todo esto? —frunció el ceño Paolo—. ¿Vas a emborrachar a los porteros con ese matarratas? ¿O es para nosotros?

—Nada de eso. —Los ojos de Laura centellearon—. Vamos a hacer una jugada de ajedrez.

—Ahora sí que no entiendo nada, querida. —El italiano suspiró y se pasó la mano por el cabello—. Ajedrez y whisky barato. ¿Puedes dejar de hablar en clave, por favor?

—Estamos bloqueados aquí abajo, así que vamos a tener que sacrificar dos piezas del tablero para llegar hasta el rey. —Laura se giró y miró fijamente a Irina y Omar, con una sonrisa en la comisura de los labios—. Espero que no os importe, chicos.

Comenzó a explicarles lo que tenía en mente y la reacción que obtuvo de ellos no pudo ser más distinta. La búlgara sonrió feliz por el reto que le planteaba Laura, pero la cara de Omar era todo un poema.

—¡No puedes estar hablando en serio! —tartamudeó—. ¡No soy capaz hacer eso, no es lo mío!

—Recuerda lo que decía el profesor Komarov. —Irina le dio una cariñosa palmada en la espalda mientras recitaba una frase de las lecciones de técnicas de espionaje—: «Relaja el cuerpo y métete en el papel. No hay mentira...».

—«... si tu cuerpo no sabe que mientes» —completó el sirio aún poco convencido—. Lo sé, lo sé.

El arte de la infiltración formaba parte del currículo, la asignatura favorita de Irina en Peredélkino: el estudio de los microgestos y la comunicación no verbal era clave. «Llevamos un traidor pegado a la piel —les repetía Komarov, un antiguo agente infiltrado que se había pasado décadas viviendo bajo identidad falsa en los Estados Unidos hasta que su tapadera cayó y acabó recalando como maestro en el Nido—. Para sobrevivir, tenéis que dominarlo».

—No sé si voy a ser capaz —insistió Omar.

—Por supuesto que sí, bobo. —Laura le dio un pellizco amistoso en el brazo—. Es la única manera, salvo que alguno tenga una idea mejor, claro.

El sirio apretó los labios todavía muy pálido, pero se limitó a asentir.

—Venga, pues —los apuró Claudia—. Acabaremos llamando la atención aquí parados en la acera. Hagámoslo de una vez.

Se metieron en una bocacalle cercana, detrás de unos contenedores de basura. Mientras Irina se adentraba en el fondo del callejón, Laura vertió un chorro generoso del whisky sobre la pechera del esmoquin de Omar, dejando una mancha de olor intenso y aspecto poco agradable.

—Este traje vale dos mil dólares —se quejó el sirio—. Es un desperdicio.

—Está quedando estupendo, hombre. —Laura le desató la pajarita, la arrojó al contenedor y revolvió el pelo del muchacho hasta que se lo dejó como si hubiese pasado días sin mirarse al espejo. Dio un paso atrás para contemplar su trabajo con ojo clínico y se volvió hacia Claudia—. Le falta un toque. Tu carmín es más rojo que el mío. ¿Haces los honores?

—Será un placer —contestó la colombiana con una sonrisa traviesa antes de plantar un beso en el cuello impoluto de Omar. Al retirarse, la forma de sus labios despuntaba en la camisa del sirio, que en aquel momento parecía alguien salido de una larga noche de juerga.

—Ya estoy lista —afirmó Irina a su espalda.

Se dieron la vuelta y el asombro los dejó mudos. En apenas un par de minutos, la búlgara había cambiado su aspecto impecable de un momento antes por el de una versión parecida a la de Omar, pero, en cierta forma, muchísimo mejor. Llevaba el rímel corrido, como si hubiese estado llorando de forma desconsolada, y por algún medio que solo ella conocía se las había apañado para que sus ojos estuviesen hinchados y enrojecidos. Tenía el pelo alborotado, y uno de los tirantes de su vestido colgaba sobre su brazo. Era la viva imagen de una mujer dolorida y cansada que acaba de salir de una refriega. A su lado, la caracterización de Omar parecía algo sacado de una representación escolar.

—La madre que te... Quiero decir... —Paolo se frotó los ojos—. Por muchas veces que te vea hacerlo, jamás me acostumbraré. Es perfecto. Parece *real*.

—Es que es real si lo piensas bien. Vamos, Omar. —Irina cogió la botella de whisky y le pegó un largo trago con un gesto de asco—. Que empiece la función.

—Dame un segundo, por favor. —El sirio cerró los ojos.

En un gesto practicado muchas veces en el Nido, Omar presionó con el pulgar de la mano derecha la palma de la izquierda al tiempo que expulsaba con lentitud todo el aire de los pulmones. Un atajo de relajación, un viejo truco de la KGB que les había enseñado Komarov. El antiguo espía también decía que los nervios eran balizas de la mentira. Mejor apagarlas todas antes de lanzarse a la acción.

—Cuando quieras —dijo por fin.

Salieron de nuevo a la acera. Irina por delante, caminando deprisa y sin mirar atrás, y Omar a unos pasos, mendigando a voces que parara, que se diera la vuelta. La búlgara se detuvo al fin, pero solo cuando estuvo a un par de metros de la puerta del edificio de Abboud, dispuesta a empezar una discusión.

—¡Eres un desgraciado! —aulló Irina soltando un pestazo a alcohol que se podía oler a distancia—. ¡Un cerdo! ¿Cómo has podido hacerme esto? ¡Yo te quería!

—¡La culpa es tuya! —replicó el sirio ya metido en el papel—. Siempre me estás volviendo loco con tus celos enfermizos. ¿Qué pretendías que hiciera?

—¡Que no te acostases con mi prima, eso es lo menos que podías hacer, cabrón desconsiderado!

—¡Estás loca! ¡Déjame en paz!

—¿Loca? —Irina soltó una carcajada ronca que ponía los pelos de punta—. ¡Si sigues llevando encima la marca del pintalabios, malnacido!

Irina se abalanzó sobre Omar y descargó una lluvia de puñetazos furiosos sobre su pecho. El sirio, por su parte, le propinó un empellón y la arrojó al suelo. La búlgara se hizo un ovillo y empezó a gimotear y a pedir ayuda a voces.

En un segundo, el caos se desató en la acera. Los paseantes miraban la escena entre paralizados por la sorpresa e indignados, y algunas de las personas que estaban en la cola se apartaron como si tratasen de evitar que la discusión les arruinase la noche. Los gritos de Irina lograron que alguno de los mirones se acercase a plantarle cara a Omar, que soltó el puño sin mirar ni quién venía. Con el jaleo, los dos guardias de la puerta tuvieron que abandonar por fin su posición, dispuestos a zanjar aquella disputa que les había explotado justo en las narices.

—Ahora es nuestro momento —dijo Laura—. ¡Vamos!

No tuvo que repetirlo. Aprovechando el tumulto, cruzaron el control de acceso mientras todas las miradas estaban clavadas en la pareja, que no cesaba de lanzarse improperios, y en los porteros que trataban a duras penas de separarlos. Cuando entraron en el vestíbulo, la suave melodía del hilo musical sofocó el ruido de la calle.

Estaban dentro.

—Bueno, tengo que reconocer que eso ha sido un golpe de ingenio —murmuró Paolo mientras subía el ascensor—. Y Omar me ha dejado impresionado. De Irina me lo esperaba, porque es lo suyo, pero de él... No sabía que tenía semejantes dotes de actor. Qué bien lo disimula.

—No te confíes —replicó ella, aunque con media sonrisa—. Todavía pueden salir mal más cosas y ya hemos perdido dos unidades del equipo.

El elevador se abrió en el tríplex y salieron a un amplio vestíbulo lleno de invitados por el que circulaban camareros con las bandejas cargadas de copas. Cogieron una cada uno y se separaron sin decir nada. No querían que nadie los recordase juntos más tarde.

Al lado de un enorme ventanal que daba hacia un paisaje plagado de rascacielos, Abboud hablaba con varias personas. A su derecha estaba una espectacular mujer rubia de piernas interminables, ataviada con un minivestido que cubría solo las partes más elementales de su anatomía. De vez en cuando, el libanés le pasaba la mano por las nalgas sin ningún disimulo.

—Abboud está entretenido. —Las palabras de Claudia llegaron con nitidez al pinganillo que Laura llevaba en el oído tapado por el pelo—. Cuando queráis, empezamos.

Una norma que siempre cumplían y que muchos ladrones obviaban era que había que golpear cuanto más rápido, mejor. Cuanto más tiempo pasaran allí, más fácil sería que algo se torciese.

Claudia se acercó al guardia de seguridad que estaba al pie de las escaleras de acceso al piso superior y empezó a charlar con él. Laura sintió envidia de inmediato por la capacidad natural de su amiga para atraer la mirada de los hombres. No habían transcurrido ni dos minutos y el tipo estaba tonteando con ella con la expresión complacida de un adolescente, de espaldas a la escalera que se suponía que debía vigilar. Cuando Laura y Paolo se deslizaron por detrás de él, Claudia parecía enfrascada en mostrarle algo oculto en lo más profundo de su escote; el guardia se asomaba a aquel balcón atraído como una mosca por la miel.

Subieron a la planta superior y caminaron por un pasillo enmoquetado hasta llegar a una pesada puerta doble de madera de caoba, cerrada a conciencia. En vez de cerradura, tenía un lector electrónico de tarjetas, que parpadeaba en rojo.

—Veamos si la magia de Omar funciona —dijo Paolo, al tiempo que sacaba de su bolsillo un paquete de tabaco.

Con gesto hábil desgarró el cartón que lo envolvía hasta dejar a la vista una pequeña caja negra de plástico con dos cables asomando de su parte superior. Si alguien le hubiese registrado al entrar, jamás habría sospechado que llevaba aquel dispositivo consigo. Mientras Laura vigilaba el pasillo, Paolo conectó uno de los cables al lector de tarjetas y el otro a su teléfono móvil. Entonces marcó un número y se limitó a esperar.

En el sótano vacío de un edificio de oficinas de Queens, a varios kilómetros de allí, otro terminal conectado a un ordenador se encendió con un zumbido. En la pantalla de la computadora empezaron a desfilar docenas de números de doce dígitos a una velocidad imposible de seguir por el ojo humano. Poco a poco se fue formando una serie de números con el programa que Omar había dejado preparado de antemano, hasta que en menos de dos minutos la cascada de cifras se detuvo. Casi en el mismo instante, el indicador del lector de la puerta se puso en verde y la cerradura se abrió con un suave chasquido.

—Mira, al final Omar sí que sabe lo que hace. —Paolo guardó el aparato de nuevo en el bolsillo—. No está mal para ser un friki informático.

—No hables así de Omar —protestó Laura—. Y menos después de lo que Irina y él acaban de hacer por nosotros. Tendrán suerte si no acaban detenidos esta noche por escándalo público.

—Oye, ¿te puedo hacer una pregunta? —Paolo la miró de repente muy serio y con la mano apoyada en el pomo de la puerta—. Omar es gay, ¿a que sí? Venga, he apostado mil pavos con Claudia a que es de la otra acera. A ver, tú debes saberlo mejor que nadie... ¡Dímelo, por favor!

—Paolo, eres increíble. —Laura lo apartó a un lado, pero no pudo evitar que una sonrisa aflorase a sus labios—. Solo a ti se te ocurre preguntar algo así en medio de un operativo. Ahora no tenemos tiempo para tus tonterías. Vamos, anda.

El italiano tuvo el buen juicio de no responder y cruzó la puerta tras Laura. Al otro lado empezaba la parte más privada del domicilio de Abboud. Por todas partes la decoración decía a gritos «dinero, dinero». De las paredes colgaban cuadros caros y la alfombra que pisaban, mullida como el lomo de una oveja, debía de haber costado una fortuna y años de trabajo de manos expertas. Caminaron en silencio, cruzando habitaciones vacías y en penumbra, hasta que localizaron las escaleras que llevaban al piso superior, en el que estaba la suite principal.

Una cama monstruosa ocupaba el centro de la estancia y el enorme ventanal situado a sus pies se abría a una terraza desde la que se podía disfrutar de unas vistas asombrosas de todo el Downtown neoyorkino.

—¿Dónde estará la caja? —preguntó Laura desalentada.

Lo único que habían podido averiguar era que la tenía en el dormitorio. Lo que no podían imaginar era que ese cuarto iba a ser tan grande como un apartamento.

—Empecemos a buscar —gruñó el italiano—. No tenemos demasiado tiempo.

Mientras él descolgaba los cuadros en busca de una caja oculta, Laura se metió en el gigantesco vestidor y comenzó a apartar trajes y abrir cajones. Al cabo de dos minutos de trabajo silencioso, habían revisado todos los lugares habituales para instalar una caja fuerte, sin el menor resultado. A continuación, de forma metódica, presionaron y tiraron de todas las maneras posibles sobre los paneles de madera de teca que revestían las paredes, pero no había el menor indicio de una puerta escamoteada. Al final, se reunieron en medio de la habitación y se miraron con desaliento.

—¿Has encontrado algo?

—No. ¿Y tú?

—Ni una maldita pista —rezongó Paolo con frustración mientras se frotaba inquieto la nariz—. ¿Estás segura de que está aquí?

—Estoy segura. Esa es la información.

—Podría estar en cualquier otro sitio de esta casa. ¡Es inmensa!

—¡Te digo que sé que está aquí! —Laura se dejó caer sobre la cama pensativa.

—Pues ya me dirás dónde puñetas está —protestó enfurruñado—. Hemos revisado todo de arriba abajo y la caja no aparece.

Laura no le prestaba atención. Tenía la mirada fija en un punto indefinido mientras su cabeza pensaba a toda velocidad. De forma mecánica acariciaba la colcha de cachemir sobre la que estaba apoyada. De repente se detuvo y se quedó observando la cama en la que estaba sentada.

—Si tuvieses que guardar algo terriblemente valioso, que no quisieras perder de vista..., ¿dónde lo tendrías?

—Lo más cerca posible de mí —contestó Paolo.

—¿Como debajo de tu cama? De manera que...

—... por las noches durmiese encima, como el dragón del tesoro de los cuentos —terminó Paolo la frase.

Se miraron durante un parpadeo. Entre los dos empujaron el lecho, que tenía las patas forradas con fieltro y, pese a su tamaño, se deslizó con facilidad sobre el suelo encerado sin dejar ni una sola marca, tan solo con un leve sonido rasposo. Entonces quedó a la vista la puerta mate de acero de una caja de seguridad encastrada en el suelo de madera.

A Paolo se le escapó un silbido de admiración, a medias para el ingenio de la caja, y a medias para el de Laura.

—Ahí estabas... —susurró.

—Aún tengo que abrirla —replicó ella mientras se arremangaba su vestido hasta los muslos para arrodillarse al lado de la caja. Notó que Paolo se removía nervioso a sus espaldas, pero toda su atención estaba concentrada en la caja. Y no le gustaba lo que veía.

Era una Yale de acero blindado, con llave plana codificada y teclado digital para meter la combinación. Sabía que aquel modelo en concreto tenía un panel reforzado y un sistema de bloqueo en caso de que se introdujesen más de tres combinaciones incorrectas, de modo que la puerta quedaría inutilizada. Si cometía el más mínimo error, nadie, ni siquiera el propio Abboud, podría abrir aquella caja sin la ayuda de un soplete y un montón de sierras radiales. Y ella no tenía ni una cosa ni la otra.

Antes de hacer nada, se puso unos guantes de látex y probó si la caja estaba abierta. La cerradura no se movió. Con cualquier otra caja probaría las contraseñas por defecto de la marca y después las contraseñas más fáciles y comunes: 00000, 12345, 54321. La pereza de la gente es asombrosa y siempre jugaba a su favor. Pero con aquel modelo en concreto esa alternativa quedaba descartada. En vez de eso tendría que probar un enfoque diferente, del que no estaba segura al cien por cien.

Sacó de su bolso su estuche de maquillaje. Apretando una esquina, la tapa interior se levantó y dejó a la vista un juego de ganzúas, unos destornilladores especiales y otras cosas de aspecto arcano.

Con mucho tiento, insertó una punta plana de palanqueta en una esquina del teclado hasta despegar la cubierta de una pieza y dejar a la vista unos tornillos con cabeza de seguridad. Por suerte, Laura tenía los destornilladores apropiados para casi cualquier tipo de caja fabricada. Con rapidez escogió uno y desmontó el panel con sumo cuidado, atenta a que no hubiese debajo ningún cable trampa de bloqueo escondido.

A menudo se tenía la creencia errónea de que las cajas digitales eran más seguras que las viejas máquinas de combinación mecánica, sin caer en la cuenta de que tan solo un chip y una tarjeta de memoria se interponían entre el contenido del interior y un ladrón decidido. Con suficiente fuerza bruta informática, burlar su combinación era muy fácil si se sabía hacer bien. Con la caja plana de Omar, conectó los terminales a un par de puntos precisos del mecanismo y marcó otro número distinto en el móvil. En el sótano de Queens, un programa diferente empezó a funcionar en el ordenador, uno que ella misma se había encargado de desarrollar junto con su amigo sirio. En aquel caso en concreto, resultó absurdamente rápido. En apenas treinta segundos, el móvil emitió un pitido justo cuando en la pantalla apareció el número 15801. Laura metió en la cerradura una llave maestra de Yale, robada en una cerrajería muchos meses atrás, y giró la manilla. La puerta se abrió con un clac muy satisfactorio y ella se incorporó con un suspiro de alivio.

Cada vez que conseguía abrir una caja, una sensación embriagadora la embargaba. Era un chute de adrenalina, la satisfacción de un orgasmo y la euforia de ganar una competición reñida, todo a la vez. Era incluso mejor que el sexo.

—¿Está ahí?

—Déjame ver... Creo que sí. Debe de ser esto, o eso espero.

Laura sacó con cuidado un tubo de acero de en torno a un metro de largo, con una tapa de rosca. Con él en las manos, se acercó a la cama, quitó la tapa y vació su contenido sobre la colcha. Un lienzo amarillento, enrollado hacia fuera, reposaba sobre el colchón. Con un mimo exquisito lo fue desenrollando, centímetro a centímetro, como si se tratase de un explosivo. Se le escapó un jadeo de asombro.

Un hombre joven, con un tocado negro y una capa de armiño sobre una camisa blanca, la observaba con expresión serena desde el lienzo, quizá preguntándose quién era aquella joven de enormes ojos azules que le admiraba. Por lo que Laura sabía, la última vez que aquel cuadro pintado en el siglo XVI por Rafael había estado colgado en una pared para el disfrute del público había sido en 1939, en el Museo Czartoryski de Cracovia. Hans Frank, el gobernador general de la Polonia ocupada por los nazis, lo había confiscado para adornar su residencia y, para cuando la guerra acabó, el cuadro se había desvanecido.

Y allí estaba, frente a ella, después de solo Dios sabe cuántos avatares a lo largo de la historia, hasta haber acabado en las manos de Abboud, el traficante de armas. Acarició el margen con reverencia, subyugada por la limpia belleza de la pintura. Se sentía infinitamente pequeña al lado de aquella obra maestra.

Paolo sacó una diminuta lupa de aumento de un bolsillo oculto en los bajos de su pantalón, un frasco con productos químicos y unas tiras de reactivos. Laura le observó trabajar embelesada, mientras el italiano comprobaba el trazo de las pinceladas del cuadro con profunda concentración. Después, con muchísimo cuidado, raspó una fracción de la tela, en una de las esquinas, hasta desprender una esquirla diminuta de pintura, que introdujo en un tubo de cristal al que le añadió un par de químicos. Agitó el tubo y dejó caer unas gotas en la tira reactiva.

—El trazo y la composición de la pintura coinciden con lo esperado —dijo al fin con una sonrisa deslumbrante—. Es el auténtico.

—Nadie como un falsificador para descubrir algo así —le reconoció Laura exultante.

Paolo, con su actitud despreocupada y su comportamiento irreverente, podía ser enervante en ocasiones, pero sin duda era el mejor en lo suyo.

El italiano, entre tanto, se había quitado la chaqueta de su esmoquin y estaba tirando de un hilo suelto del forro hasta abrir una ranura larga. Metió los dedos en ella y extrajo con delicadeza un lienzo idéntico al Rafael que estaba sobre la cama. Habían encargado aquella copia a uno de los mejores falsificadores del mundo más de un año antes. El hombre, un japonés octogenario, había tenido que usar docenas de viejas fotografías para reproducir a la perfección aquella pintura perdida desde hacía seis décadas, y al ver una junto a la otra, Laura tuvo que reconocer que valía todo el dinero que le habían pagado. Eran como dos gotas de agua.

Mientras Paolo deslizaba la pintura original de Rafael bajo el forro de su chaqueta y volvía a unir la costura, Laura enrolló la falsificación y la metió en el tubo de acero. A continuación, con suavidad, colocó el tubo dentro de la caja y la cerró. Tras eso, apretó otra vez los tornillos y cubrió de nuevo la tapa. Se levantó y dio un paso atrás para contemplar su trabajo.

Sonrió satisfecha. Nadie podría adivinar que aquella caja fuerte había sido reventada con limpieza apenas cinco minutos antes.

Sin violencia, sin ruido, sin rastro. Así era como trabajaban. Abboud tardaría meses en darse cuenta de que el cuadro que atesoraba en su caja era una copia, si es que alguna vez llegaba a descubrirlo. Aquella obra expoliada por los nazis estaba fuera del mercado y resultaba muy improbable que pasase por las manos de algún experto para su autentificación, salvo que decidiese venderla. Para entonces, ellos ya estarían muy lejos y el libanés pensaría que le habían engañado cuando la compró.

Un golpe perfecto.

Cuando estaban colocando la cama, un chasquido los sobresaltó. En su oído, el pinganillo crepitó y pudo oír la voz cargada de urgencia de Claudia.

—¡Abboud está subiendo las escaleras con la rubia! —Su voz temblaba por los nervios—. ¡Abboud está subiendo! ¡Salid de ahí!

Laura y Paolo se miraron preocupados.

—No podemos salir de aquí sin cruzarnos con ellos —susurró Laura—. ¿Qué hacemos?

Paolo se pasó la lengua por los labios nervioso pero sin dejar de darles vueltas a sus próximos pasos. Ya se oía la voz de Abboud en las escaleras. La mujer le dijo algo en tono ronco y el hombre rio complacido.

—¡Debajo de la cama! —decidió el italiano—. ¡Rápido!

En un suspiro, se deslizaron debajo del lecho justo en el momento en el que se abría la puerta. A ras de suelo, Laura pudo ver los caros Manolo Blahnik que calzaba la mujer y los mocasines del libanés acercándose al lecho. Ella musitó algo y Abboud gruñó antes de dejarse caer sobre el colchón. De una patada, sus zapatos salieron volando mientras la mujer dejaba caer su vestido al suelo. Antes de que se subiese a la cama, unas bragas negras de encaje aterrizaron a apenas un palmo de la mano de Laura.

La cama empezó a vibrar de forma rítmica, acompañada de los gemidos agudos de la mujer y los bramidos rudos de Abboud. Laura cerró los ojos e intentó controlar su respiración, tal y como le había enseñado Mijaíl. «Un ladrón nervioso es un ladrón a punto de ser capturado», siempre les repetía. Y vaya si estaba nerviosa.

De pronto sintió que Paolo le tocaba el hombro. Se giró hacia él y vio cómo el italiano imitaba a la perfección y de forma muda los gruñidos de ciervo en celo de Abboud, poniendo los ojos en blanco.

Laura no se lo podía creer. Estaban atrapados justo debajo de su objetivo y a su amigo no se le ocurría otra cosa que ponerse a hacer el idiota. Era incorregible. Aunque reconocía que verle tan tranquilo y haciendo bromas ayudaba a calmar sus propios nervios. Le dio un palmetazo en una mano y se ganó un mohín desconsolado. El italiano se encogió de hombros, en un gesto claro de «tú te pierdes el espectáculo», y se tumbó boca arriba sonriente intentando atravesar el somier con la mirada.

Laura suspiró. No les quedaba otra que armarse de paciencia.

Por fortuna, Abboud fue lastimosamente rápido. Al cabo de unos minutos vieron cómo se levantaba y encendía la luz del baño. Se escuchó un chorro cantarín seguido del ruido de descarga de una cisterna mientras el humo del cigarrillo que se había encendido su compañera de cama llegaba a sus fosas nasales.

Tuvieron que esperar casi cuatro horas debajo del lecho hasta estar seguros de que la pareja estaba dormida. Los ronquidos del libanés no dejaban lugar a dudas, pero no tenían manera de saber si la mujer dormía, si tenía sueño ligero o si estaba desvelada. Lo último que necesitaban era que se pusiera a pegar gritos histéricos al ver surgir dos sombras de debajo de la cama.

Cuando los calambres empezaban a agarrotarle las piernas, Paolo le tocó ligeramente el hombro y los dos reptaron por el suelo de la habitación hasta llegar a la puerta. Con sumo cuidado, salieron al pasillo a oscuras. El ruido de la fiesta se había apagado un buen rato antes. Todos los invitados, Claudia incluida, habían abandonado el lugar hacía más de una hora.

Caminaron de puntillas hasta el ascensor rezando para no cruzarse con ningún camarero rezagado. Por suerte para ellos, parecían haber decidido que recogerían los restos de la fiesta al día siguiente y no se encontraron a nadie. Cuando llegaron al vestíbulo, una luz sucia se filtraba ya por el horizonte a medida que empezaba a amanecer. El guardia de la puerta les dedicó una mirada indiferente cuando pasaron a su lado, demasiado cansado como para preguntarse quiénes eran aquellos dos que salían del edificio, ni de qué piso podían venir.

El coche con el resto del equipo los esperaba en el callejón lateral del edificio, en forma de furgoneta de lavandería. Tras mirar a los lados, golpearon un costado con cuatro rápidos golpes y la puerta se deslizó. Desde dentro, Mijaíl los apremiaba con los ojos enrojecidos y el aspecto de haber envejecido diez años en las últimas horas. Detrás de él, ya vestidos con ropa de calle, los otros tres los miraban expectantes. Laura intuyó el inicio de un buen moratón en el pómulo del sirio, pero al menos se había librado de pasar la noche en el calabozo.

—Lo tenemos, Mijaíl, tenemos el... —susurró agotada, pero no le dio tiempo a acabar.

El hombre la envolvió en un abrazo de oso que le estrujó los huesos.

—Estaba preocupadísimo por vosotros. —La sujetó por los hombros y la escrutó con la mirada—. Habéis sido innecesariamente temerarios. ¡No es así como trabajamos! ¡Lo sabes!

—Las cosas salieron como salieron. —Laura se encogió de hombros—. Y tenemos el cuadro.

—Cambiaos de ropa. —Mijaíl señaló al interior de la furgoneta—. Vamos a tomar un buen desayuno y mientras tanto me vais a contar con detalle qué narices ha pasado ahí dentro.

Media hora más tarde estaban sentados en un café del bajo Manhattan dando buena cuenta de un suculento desayuno a base de café, zumo de naranja, huevos revueltos y salchichas con puré de patatas y mostaza, una auténtica bomba de colesterol que devoraron como lobos después de la experiencia pasada. Mientras comían, Mijaíl les hacía repetir, paso por paso, todos y cada uno de los movimientos que habían realizado, desmenuzándolos con la minuciosidad de un relojero. Al cabo de una hora, por fin estuvo satisfecho y dio una palmada sobre la mesa.

—Bien, ya es suficiente. —Se levantó de la mesa con un inocente tubo portaplanos debajo del brazo. Dentro estaba el Rafael perdido, de valor incalculable—. Ahora id a casa y dormid en condiciones. Más tarde hablaremos de nuestros siguientes pasos. De entrada, todos vais a hacer un viaje de unos días a destinos distintos. Ya os comentaré con detalle cuando estéis descansados.

Salieron al exterior del café. Nueva York ya rugía en plena actividad, la colmena más grande y mejor organizada de Occidente.

—Me muero de sueño —bostezó Laura—. ¿Qué hora es?

—Son las... —Irina miró su reloj—. Las nueve menos cuarto. ¡Qué barbaridad! No me imaginaba que fuese tan...

Un grito de Omar la interrumpió. Muchos gritos ahogados a la vez, mejor dicho.

—¿Qué coño es eso?

—¿Es un avión?

—¿No va demasiado bajo? Creo que va a...

Alzaron la mirada cuando el rugido de unos motores de reacción retumbó sobre su cabeza. En apenas un parpadeo, vieron cómo la silueta blanca de un reactor comercial los sobrevolaba y se enterraba contra la mole de uno de los edificios del World Trade Center para convertirse en segundos en una inmensa bola de fuego.

Mientras el rugido de la explosión los zarandeaba, Laura sintió que el corazón se le encogía y, por primera vez desde que era una niña, sintió miedo.

Aún no lo sabían, pero el mundo acababa de cambiar para siempre.

También para ellos.

19

*Bosque de Soutolongo, en algún lugar entre Palas de Rei y Melide
En la actualidad. Día 4 de Camino*

Laura caminaba pensativa mientras las gotas de lluvia caían como pesadas esferas de bronce fundido sobre las hojas. Aquella mañana, al salir de Palas de Rei, el cielo estaba preñado de negros nubarrones y un viento frío los hacía tiritar cada vez que los azotaba una ráfaga. Al cabo de una hora de marcha había comenzado a llover, primero como un suave chispeo y a medida que avanzaba el día se había convertido en una cortina densa de agua que los empapaba sin piedad.

Los peregrinos, envueltos en sus chubasqueros de plástico, eran figuras amorfas, como ancianos cargados con mochilas que chapoteaban de forma cansada en el barro del camino. Las conversaciones se habían reducido a lo mínimo, quizá por culpa del cansancio, quizá por el aspecto tenebroso del día, que no invitaba a la charla.

Aquel era su cuarto día de Camino. Habían transcurrido ya dos jornadas desde el «accidente» de Samos y en todo ese tiempo Laura no había bajado la guardia ni un solo momento y el estrés estaba empezando a pasarle factura. Cada vez que oía el crujido de una rama pisada por un compañero se sobresaltaba con un respingo y había acabado por trasladarle su nerviosismo a Stroll, el guardaespaldas del señor Schmidt, que ahora refunfuñaba sin cesar. Zepeda, por su parte, estaba más atento que nunca a cualquier cosa que se saliese de lo común y, de manera sutil pero constante, se ponía cerca de Ferreiro y el alemán cada vez que llegaban a un lugar habitado, en un disimulado gesto protector. De cuando en vez cruzaba una mirada con ella, ambos conscientes de lo delicado de la situación y de que no podían contárselo a nadie más si no querían provocar el pánico en el grupo.

A lo largo de los días anteriores habían cruzado lugares de belleza sobrecogedora, como Portomarín y su imposible puente afilado sobre la calzada que daba acceso a una solitaria torre, y decenas de pequeños escenarios repletos de magia rural. En un determinado momento, el señor Ferreiro se había empeñado en desviarse del camino para visitar las ruinas del emplazamiento celta de Castromaior. Allí, en lo alto de una colina azotada por el viento y rodeada de ruinas con miles de años de antigüedad, Laura se había sentido más expuesta que nunca. Su mente calenturienta se imaginaba que en cualquier instante la alcanzaría el disparo de un francotirador y se encogía de miedo.

Pese a la promesa de Arcángel de que no se volvería a repetir lo de Samos, un sexto sentido desconocido para ella hasta la fecha le impedía mantener la calma. Sin embargo, nada había sucedido. De alguna forma, Arcángel había sido capaz de eliminar la amenaza. Las preguntas borboteaban en su mente como una cacerola puesta al fuego, pero no había ninguna respuesta que no llevase a un callejón sin salida.

Cuatro días de Camino. Dos, desde Samos y el incidente. Y desde entonces la mano oscura que intentaba acabar con su vida no había vuelto a dar señales. Eso era una buena noticia, sin duda, pero una dura prueba para sus nervios, ya al límite.

Los prados verdes se alternaban con bosques densos e innumerables riachuelos de agua helada que borboteaba sin cesar. Durante aquellos dos días se habían cruzado con decenas de lugareños, ocupados en su vida diaria, y con un buen puñado de peregrinos, agotados pero satisfechos en su cansancio.

Laura iba sintiendo que cada vez que avanzaba un kilómetro, cada vez que un sello se estampaba sobre su libreta de credenciales, ella se iba haciendo un poco más fuerte. Con cada golpe seco de un tampón sobre su cartilla, un nudo se desataba en su interior.

Pero, aquel día, la incomodidad había sustituido a los nervios. Como había descubierto al poco rato de que empezase a llover, su chubasquero tenía una raja de unos diez centímetros a la altura de los omóplatos, por la que se colaba el agua fría de la lluvia. Aquel había sido, sin duda, el motivo por el que su anterior dueño lo había abandonado, pero no se había percatado de aquel fallo fatal hasta que ya era demasiado tarde. Había tratado de remediar el problema subiéndose la mochila sobre la espalda, pero lo único que conseguía era convertir el goteo constante en un chorro fino y desagradable que ya le estaba empapando la ropa interior.

—¡Qué denso es este bosque! —refunfuñó el señor Schmidt, que caminaba a su lado con la sutileza de un buey, levantando pellas de barro pegajoso a cada paso—. Me recuerda a la Selva Negra.

—¿De veras? —murmuró ella sin ganas de charla.

—Sí. —Schmidt lanzó un surtidor de barro y agua al pisar un charco y se estremeció—. Solo que mucho más húmedo... y más siniestro.

Laura respondió con un cabeceo. Estaba demasiado agotada como para iniciar una conversación. La ropa empapada y la mochila parecían pesar un quintal y cada paso era una tortura. Los calcetines mojados le estaban haciendo rozaduras y sospechaba que aquella noche, cuando se descalzase en el siguiente albergue, se encontraría un panorama desolador.

A eso de las seis de la tarde habían llegado a una bifurcación del Camino que ofrecía dos rutas paralelas, pero muy diferentes. Una vía, mucho más fácil, transcurría siguiendo el trazado de la carretera general que atravesaba la zona, y otra, más tortuosa y apartada, cruzaba aquel bosque dejado de la mano de Dios. Por supuesto, Ferreiro había escogido esta última, al considerarla «más auténtica». A medida que la luz se iba volviendo más tenue y la lluvia arreciaba, iba quedando claro que no había sido un acierto, pero nadie se atrevía a decirlo en voz alta.

En la lejanía retumbó el rugido grave de un trueno y las gotas de lluvia empezaron a caer con más fuerza. En menos de un minuto estaban envueltos en una densa cortina de agua que apenas dejaba divisar lo que sucedía unos metros por adelante.

Justo en ese momento, Laura escuchó un alarido entrecortado a su espalda que le hizo dar un respingo. Stroll, el escolta del señor Schmidt, estaba en el suelo rebozado de barro y con una expresión de dolor en el rostro. Se sujetaba el tobillo mientras lanzaba jadeos y maldecía en alemán. Laura se acercó a él con la doctora Grammola pegada a sus talones. La mujer se agachó al lado del germano y le sujetó el tobillo con gesto experto, lo que arrancó un resoplido de dolor por parte de Stroll.

—¿Qué pasa ahora? —Ferreiro, que caminaba a la cabeza del grupo, también se había aproximado exudando impaciencia por cada poro de su piel—. ¿Por qué nos hemos detenido?

—He tropezado con una maldita raíz —gruñó Stroll apretando los dientes—. No la vi hasta que se me enganchó el pie en ella y creo que... ¡Augh!

Grammola le había girado el tobillo y el alemán pegó un respingo.

—Parece una torcedura, nada más. —Palpó la articulación y la movió en varias direcciones—. No creo que haya nada roto, pero no puedo estar segura hasta que pasen unas horas, no sin ir a un hospital, por supuesto.

—¡El hospital más cercano debe de estar a más de una hora de camino! —protestó Ferreiro.

—Y seguramente tendríamos que desandar casi todo lo que hemos avanzado hoy —murmuró Vargas mientras se colocaba las gafas. La lluvia le había pegado el escaso pelo sobre la calva, dotándole de un aspecto entre cómico y miserable—. Perderemos todo un día de caminata.

Laura se apresuró a traducir las palabras al alemán, que continuaba tumbado en el barro del camino.

—No pasa nada, creo que puedo seguir. —Stroll intentó incorporarse, pero al apoyar el pie hizo una mueca de dolor—. Creo que...

—¿No puede hacer nada, doctora? —preguntó Ferreiro.

—Tenemos dos opciones. —Grammola se puso en pie mientras se limpiaba las manos en la pernera de sus pantalones—. Podemos cargar con Stroll hasta llegar a una carretera para que se suba a un taxi y llevarlo al hospital o...

—¿O qué?

La doctora pareció dudar por un segundo.

—O podemos parar ahora mismo y hacer noche aquí. —Señaló al extenso y cada vez más oscuro bosque que los rodeaba—. Sé que no es lo que quieren oír, pero no hay muchas más opciones. En su estado, no puede seguir caminando. Necesita descansar unas horas para averiguar si es una simple torcedura o algo peor. Todo lo que puedo hacer de momento es vendar ese tobillo, darle un par de antiinflamatorios y esperar.

Ferreiro resopló exasperado. Por si no fuese suficiente, justo en ese instante la lluvia arreció con un murmullo constante y pesado. Desde las ramas sobrecargadas de agua, caían de tanto en cuando chorretones helados sobre los desdichados peregrinos, que tiritaban cada vez que el viento sacudía las hojas.

—Podemos hacerlo, señor Ferreiro. —Vargas se secó una gota que pendía como una estalactita de su nariz—. Tenemos tiendas y material de acampada para circunstancias como esta.

—Perderemos casi medio día... —Ferreiro seguía vacilante, pero su enfado se había aplacado.

Si algo bueno tenía ese hombre, reconoció Laura mientras se dejaba caer sobre un tocón medio podrido, era que no permitía que las emociones le dominasen durante demasiado tiempo. Quizá esa fuese la clave de su éxito.

—Además, si me permite añadir algo, señor —continuó Vargas—, creo que incluir una noche de vivac en medio de un paisaje tan inspirador como este sería la guinda de nuestra aventura, ¿no le parece?

Ferreiro se rascó la barbilla, pero finalmente asintió con la cabeza.

—No tiene sentido seguir discutiendo. —Alzó la mirada hacia el cielo color antracita que se adivinaba entre las ramas—. Además, cada vez está más oscuro. Vargas, ocúpate de levantar el campamento.

Su mano derecha le miró mortalmente pálido, pero asintió, mientras Ferreiro se alejaba con uno de sus ayudantes para resguardarse debajo de un gran roble cubierto de musgo. El secretario se quedó en pie vacilante mirando a su alrededor con desesperación. El jefe de seguridad de Ferreiro se acercó hasta él chapoteando.

—No has montado una tienda de campaña en tu vida, ¿me equivoco? —Zepeda le apoyó una mano en el hombro sonriente.

—No sabría ni por dónde empezar —reconoció él tragando saliva.

—Ya me encargo yo —dijo Zepeda, y la mirada de alivio de Vargas fue tan cómica que a Laura se le escapó una risilla—. Ustedes tres, conmigo. Vamos a buscar un claro donde montar el campamento. Órale, muévanse.

Zepeda sabía lo que se traía entre manos. Al cabo de veinte minutos, él y tres de sus hombres habían despejado un terreno lo bastante grande como para plantar media docena de tiendas muy básicas, pero que les permitirían pasar la noche con relativa comodidad. Encender el fuego fue algo más complicado, porque toda la madera estaba empapada tras varias horas de lluvia constante sobre un terreno sombrío que ya estaba cubierto de musgo verde desde hacía años. Por fin, con la ayuda de unas pastillas de encendido y un trabajo ímprobo, consiguieron una débil fogata que arrojaba más humo que otra cosa, pero que al menos transmitía cierta sensación de calidez.

Justo cuando la noche cayó sobre ellos, el cielo les concedió una tregua y la lluvia cesó. Aún seguían deslizándose gotas traviesas desde las ramas empapadas, pero ya no era el diluvio de un rato antes. Quizá aquel no fuese el campamento más confortable del mundo, pero todos estaban tan cansados que lo agradecieron.

Tan pronto como Laura se arrastró al interior de la tienda que compartiría con la doctora Grammola y se pudo cambiar la ropa empapada por una muda seca, se sintió revivir, más aún cuando al salir uno de los mexicanos le tendió una taza de caldo recién hecho sobre un hornillo portátil de campaña procedente de Dios sabe dónde. Al darle el primer trago se notó feliz por primera vez en aquel día tan incómodo.

No tardaron en organizarse alrededor de la fogata. De una de las mochilas habían surgido unas cuantas raciones de emergencia que se calentaban mediante una reacción química del envase, al tirar de una anilla en su base. La de Laura era un guiso de sabor indescifrable, pero estaba tan hambrienta que se lo terminó en cuestión de minutos. La hoguera ya ardía con fuerza, con llamas danzarinas que lanzaban chispas diminutas cada vez que una rama restallaba al soltar la humedad contenida. De golpe, la idea de detenerse en medio de aquel bosque denso no parecía tan mala, al fin y al cabo.

—¿Puedo sentarme aquí? —preguntó alguien al lado de Laura. Ella levantó la vista y vio que Zepeda le sonreía con dos tazas humeantes en la mano—. No es el mejor café que habrás probado, pero, dadas las circunstancias, creo que está bastante bien.

Laura se movió para dejarle sitio. De algún modo, se las había apañado para asearse un poco después del trabajo con las tiendas y desprendía un aroma agradable.

—Se te da bien montar campamentos —dijo ella, con el calor perezoso de la fogata crepitando cerca.

—No es la primera vez que hago algo así. —Se encogió de hombros—. Durante una etapa de mi vida, fue algo habitual.

Ella le miró con media sonrisa.

—¿El misterioso Zepeda es un *boy scout* y me entero ahora? Vaya día lleno de sorpresas.

Él soltó una suave carcajada.

—Nada de eso —dijo después de soplar su café y darle un pequeño trago. Se subió la manga y le mostró un tatuaje de unas anclas cruzadas grabado en su antebrazo—. Infantería de Marina. Me pasé dos años arrastrando el trasero por medio México.

—¿Eres soldado?

—Lo fui, hace mucho tiempo. —Le dio otro sorbo a su café, chasqueó los labios y durante casi un minuto no añadió palabra, hasta preguntar al fin—: ¿Qué sabes de la guerra contra el narco?

—Más o menos lo que todo el mundo —contestó ella dubitativa—: Que México tiene un gran problema con los cárteles de la droga desde hace mucho tiempo.

—El problema no son solo los cárteles, es su dinero. —Hablaba con la mirada perdida en el fuego—. Su dinero lo impregna todo y llega a sitios inconcebibles: jueces, policía...

—¿Tuviste problemas con los narcos?

—Hace unos años, alguien decidió que había que ponerse serio de una vez con algunos cárteles. No podían fiarse de la policía ni del ejército, así que recurrieron a la Marina, la única rama donde el dinero del narcotráfico no había podido extender sus garras. De repente me vi cazando narcos por todo el país, en vez de estar en un barco, ¿qué te parece?

Laura le apoyó una mano en el antebrazo. Su piel estaba suave y sorprendentemente cálida.

—Hiciste lo que tenías que hacer.

Él le sonrió con sus profundos ojos negros chispeando de tristeza.

—Sí, pero el precio que pagué fue demasiado alto. En 2009 nos subieron a un helicóptero en Cuernavaca, armados hasta los dientes. Nosotros no lo sabíamos, pero íbamos a cazar a Marcos Arturo Beltrán Leyva, el jefe del cártel de los Leyva. Fue una carnicería. Leyva murió en la operación, su cártel quedó decapitado y durante unas semanas fuimos héroes. El problema llegó después.

—¿Qué pasó?

—Alguien desveló nuestras identidades —suspiró resignado—. Como te decía, el dinero del narco es muy poderoso. Una mañana, dos motoristas tirotearon mi camioneta en la puerta de casa y se dieron a la fuga. Mataron a mi mujer pensando que era yo quien manejaba el carro.

—¡Oh! —Laura se llevó las manos a la boca—. ¡Lo siento muchísimo, Zepeda!

Él se encogió de hombros, con un gesto que decía «eso no tiene arreglo».

—Fue hace mucho tiempo. —Se giró hacia ella—. Y llámame Fernando, por favor.

Una sensación agradable la invadió. De pronto fue consciente de que los dos estaban manteniendo una conversación íntima, al margen de la algarabía del resto del campamento, y que estaban muy a gusto, metidos en su propia burbuja de confidencias. Era genial descubrir que existía más mundo, uno en el que podía establecer relaciones de amistad y confianza con gente ajena a su drama personal, con personas amables y buenas que no vivían angustiadas con secuestros, robos imposibles y agujeros en la memoria.

—¿Y qué pasó después?

—Después pasó *él*. —Zepeda señaló al señor Ferreiro, que estaba al otro lado de la fogata—. Tengo un hijo de quince años que vive en Austin, estudia en un internado que es demasiado caro para mí. Ferreiro corre con todos los gastos. Me sacó de la Marina y me salvó la vida cuando estaba a punto de derrumbarme. Hace una década que cuido de él y de su familia. Daría la vida por ellos sin dudarlo un minuto. Esa es mi vida. Y tú... ¿Qué puedes decirme de ti?

—Bueno, sin duda no es tan emocionante. —Su mente trabajaba a toda velocidad pensando qué le había contado ya, para no caer en contradicciones—. Supongo que estoy en medio de una especie de crisis vital. Mi objetivo a corto plazo es llegar a Santiago de Compostela y acabar el Camino. Ver cómo me transforma, me imagino.

—¿Y luego? —preguntó él tras un momento.

—Y luego, ¿qué?

—¿Qué plan tienes una vez que termines el Camino?

Fue su turno para guardar silencio unos segundos.

—No lo sé, la verdad.

Zepeda calló, con la mirada clavada en el fuego, durante un buen rato. Cuando Laura ya pensaba que no iba a decir nada más, él habló de nuevo:

—Podrías venirte a México con nosotros —comentó el mexicano encogiéndose de hombros—. Seguro que al señor Ferreiro le encantaría la idea.

Laura miró hacia Zepeda, que la observaba sin parpadear. La expresión profunda de los ojos del mexicano era insondable, pero daba la sensación de estar hablando totalmente en serio.

—¿A México? —Tenía que reconocer que no se esperaba aquel giro en la conversación—. ¿Con vosotros?

—Sí, piénsalo bien. Con tu dominio de los idiomas... El Grupo Gavilán cada vez tiene más inversiones en Alemania y esa podría ser una gran oportunidad laboral. Trabajar con el señor Ferreiro es una garantía de un buen sueldo, trabajo interesante y siempre hay cosas nuevas y excitantes. —Abrió los brazos para abarcar el bosque que los rodeaba—. Solo tienes que ver dónde estamos ahora.

El tiempo parecía haberse detenido por completo y durante una fracción de segundo Laura se olvidó de Carlos, de Arcángel, de robos imposibles y de miedos avasalladores. Solo existía el allí y el ahora. La oferta de Zepeda resultaba tan refrescante y tentadora que el «sí, por supuesto, acepto» burbujeó incontrolable hacia sus labios. Dejar todo aquel infierno atrás. Empezar desde cero. Alguien dejó caer una jarra de latón con estruendo y, con un sobresalto, la burbuja se deshizo.

Apartó la mirada de Fernando Zepeda con un poso culpable y doloroso a la vez y volvió a concentrar su atención en el grupo.

—¿Alguien se sabe alguna historia de fogata? —preguntaba Ferreiro recostado sobre su mochila. El empresario tenía una taza en la mano con algo ambarino y cargado de alcohol en su interior que olía como combustible de avión, pero lo bebía como quien traga agua—. Algo que merezca la pena contar esta noche.

—Yo me sé unos cuantos chistes —farfulló Schmidt desde el otro lado del fuego—. Pero supongo que si los tiene que traducir Laura perderán algo de gracia.

—¿Chistes alemanes? —Ferreiro lanzó una carcajada tras escuchar la traducción de Laura—. No, gracias, Felix. Creo que es algo que no mejoraría ni en otro idioma.

Cuando Laura tradujo sus palabras, Felix Schmidt rio con más fuerza y su carcajada estentórea asustó a una lechuza que estaba oculta en la copa de un árbol.

—Yo les puedo contar algunas historias si me lo permiten

—dijo Vargas con timidez, con la misma vacilación que un niño en su primera obra de teatro escolar—. He leído muchas cosas sobre el Camino y los lugares que estamos recorriendo.

Un par de gruñidos de aprobación salieron del grupo y Ferreiro asintió levemente. Laura le lanzó una mirada de ánimo al delgado secretario, que se pasó la lengua por los labios antes de empezar a narrar.

—Verán, muy cerca de donde nos hallamos ahora, a poco más de cien kilómetros, se encuentra una montaña que era sagrada para los celtas que hace siglos habitaban esta tierra. —Vargas ahuecó la voz de manera inconsciente—. En su cima aún hoy se yergue una misteriosa puerta de piedras ciclópeas de más de veinticinco siglos de antigüedad, que se cree que comunica nuestra realidad con el mundo de los muertos. La llaman la Puerta del Más Allá y hace apenas un par de años una chica joven apareció asesinada de forma extraña a sus pies. Se cree que...

—¿La historia tiene algo que ver con el Camino? —le interrumpió Ferreiro con cierta acritud.

—¿Cómo dice? —bizqueó nervioso el secretario.

—Que si tiene que ver con el Camino —repitió el empresario con lentitud, como si estuviese hablando con alguien corto de entendederas—. Vamos, Vargas, responde.

—Bueno, no, pero... —Tragó saliva de forma ruidosa—. Es una historia que...

—No me interesan los asesinatos ni los asesinos. —Ferreiro hizo un gesto con la mano espantando un ejército de sicarios imaginarios—. Ya nos sobra de eso en México, por desgracia. Cuéntanos algo del Camino, Vargas. Seguro que te sabes alguna buena historia.

Si el hombre se sintió ofendido por la forma algo ruda que había tenido su jefe de interrumpirle, no dio muestras de ello. En vez de eso, se rascó la cabeza con una sonrisa en los labios.

—Puedo contarles la historia del Vákner, si les parece bien

—dijo—. Pero les aviso que quizá esta noche tengan pesadillas.

—No será para tanto —rio Zepeda.

—Depende —Vargas se encogió de hombros—, porque la historia que voy a contarles sucedió hace varios siglos en el lugar donde nos encontramos, quizá en este mismo bosque que nos rodea.

Aquello bastó para que todos se inclinasen un poco hacia delante con expectación.

—En 1489, el Camino de Santiago ya estaba en plena efervescencia y atraía a peregrinos de todo el mundo. —Vargas narraba con voz profunda y calmada, en un tono casi hipnótico—. Uno de ellos fue un obispo, un tal Martin de Ardzendjan, que venía desde Armenia, en un extenso viaje que le había llevado años. Martin había cruzado el norte de Italia y Francia antes de llegar a la península, e incluso había estado en Roma durante un tiempo. Gracias a que dejó un diario de sus pasos, podemos saber qué fue lo que le ocurrió a lo largo de su peregrinaje. Hizo muchas observaciones sobre las gentes y los lugares que atravesaba, pero lo más interesante fue lo que le sucedió en este punto del Camino...

—¿Y qué fue? —preguntó Laura sujetándose las rodillas con las manos como si fuese una niña pequeña. Había algo en la manera de hablar de Vargas que los tenía a todos subyugados.

—Cuando ya estaba casi a punto de llegar a Santiago, a un par de días de viaje, justo por esta zona se topó con un grupo de paisanos. Al parecer, se había desviado un poco de la ruta, ya que entonces no era habitual que el Camino discurriese tan al norte. Los lugareños se sintieron muy confundidos al verlo.

—¿Porque pensaban que se había perdido? —aventuró uno de los hombres de Zepeda.

Vargas negó con la cabeza.

—Porque no entendían cómo había llegado hasta aquí

con vida —dijo mientras sacaba una de sus libretas del bolsillo y pasaba páginas afanosamente—. Creo que lo tengo anotado por alguna parte... ¡Ah! ¡Aquí está! Estas son las palabras literales de su diario: «Padecí muchos trabajos y fatigas en este viaje, en el cual topé con gran cantidad de bestias salvajes muy peligrosas. Encontramos el Vákner, animal salvaje grande y muy dañino. ¿Cómo, me decían, habéis podido salvaros cuando compañías de veinte personas no pueden pasar?».

El silencio alrededor de la hoguera era absoluto. Solo se oía el chasquido de la leña al arder y el siseo del vapor al escapar de las ramas aún húmedas.

—¿Y bien? —preguntó Ferreiro intrigado—. ¿Cómo era ese Vákner?

—Eso es lo curioso del caso. —Vargas se rascó el cuello huesudo—. El obispo no vuelve a mencionar el Vákner en todo su diario de viaje. Las leyendas de la zona hablan de un animal parecido a un lobo gigantesco, lo que podría relacionarse con la figura del *lobishome*..., el hombre lobo. Hay docenas de relatos en el folclore gallego que hablan de él.

Zepeda rio de nuevo, solo que en esa ocasión su risa sonó algo forzada.

—¿Quieres decir que a Martin le atacó un hombre lobo? —dijo con incredulidad—. ¿En este bosque?

El secretario se encogió de hombros.

—Repito lo que dije antes: Martin no da más detalles. Quizá el Vákner fuese un animal salvaje, o un lobo rabioso, o una partida de malhechores disfrazados con pieles que asaltaban a los viajeros. Quizá no fuese nada de eso y se tratase de algo totalmente distinto, quién sabe. Por aquel entonces, el Camino era un lugar plagado de peligros. No todos los que iniciaban el peregrinaje llegaban a Santiago.

—¿Y crees que ese... Vákner aún sigue por aquí?

Fue el turno para que Vargas esbozase una sonrisa.

—Yo no creo nada —dijo—. Me han pedido que les cuente

una historia de fogata de campamento y eso es lo que he hecho. Pero sí que es cierto que a lo largo de los años este bosque siempre ha tenido un aura peligrosa. No hace demasiados años, a pocos kilómetros de aquí, un demente secuestró y asesinó a un par de peregrinas que viajaban en solitario por esta senda. Sin duda no era un hombre lobo, pero estarán conmigo en que no deja de ser una clase de monstruo... Solo que algo distinto.

Un leño estalló con un chasquido seco lanzando un surtidor de chispas que los sobresaltó. Fue entonces cuando Ferreiro comenzó a aplaudir lentamente.

—Buena historia, Vargas —dijo—. Nunca me decepcionas. Imagino que tendremos que estar en guardia esta noche, ¿verdad? —Lanzó una mirada cómplice a su alrededor—. Zepeda, espero que en esa mochila tuya hayas traído unas cuantas balas de plata, por si acaso. Supongo que nunca has cazado a un hombre lobo.

—Hombre lobo u hombre a secas, me da igual. —Zepeda se levantó la camiseta y dejó a la vista la empuñadura de una pistola negra embutida en la cintura de su pantalón—. Un par de besos de mi amiga frenan a cualquiera, no tengan duda.

Un coro de risas acogió sus palabras, aunque teñidas de una ligera nota de nerviosismo. La historia de Vargas, sumada a la oscuridad del bosque, había servido para que hasta el más valiente echase una mirada inquieta por encima del hombro intentando adivinar qué se ocultaba entre las sombras que se cernían sobre ellos.

—En fin. —Ferreiro bostezó ruidosamente y estiró los brazos sobre su cabeza—. Es tarde y mañana deberíamos partir al alba. Laura, pregúntele a Stroll si cree que mañana podrá caminar.

Laura se giró hacia el alemán y cruzó varias palabras con él en tono quedo.

—Dice que su tobillo ya está mucho mejor y que casi no le

duele. Cree que con una noche de descanso será más que suficiente.

—Estupendo —asintió el mexicano—. Si me disculpan, me voy a dormir. Les aconsejo que hagan lo mismo.

El líder de le expedición se retiró hasta su tienda y, como si fuese una señal convenida, el grupo empezó a dispersarse. Zepeda se levantó y dejó apoyada la mano en el hombro de Laura durante un segundo o dos más de los necesarios, pero nadie pareció advertirlo. Al cabo de un rato, ella estaba a solas frente al fuego intentando apartar de su cabeza la propuesta laboral que le había hecho el guardaespaldas, algo que le resultaba difícil. Se obligó a hacerlo, porque tenía asuntos más perentorios de los que ocuparse.

Terminó la taza de café pensativa, con la mirada perdida en las llamas y la mente muy lejos de allí. El dique que retenía su memoria cada vez tenía más grietas y, poco a poco, docenas de imágenes inconexas y recuerdos fragmentados habían ido aflorando. Fogonazos de un pasado que la llevaban a Nueva York, París y Milán. Retazos de conversaciones, de caras y de momentos.

Omar. Paolo. Irina. Claudia.

Mijaíl.

Una mezcla de pavor y asombro la asaltaba a cada instante. Sabía *quién* era. Recordaba *qué* era. De repente, todo tenía sentido. Pero le faltaban una infinidad de piezas todavía.

¿Por qué estaba allí sola en medio de un bosque perdido en el corazón de Galicia? ¿Dónde estaban sus compañeros de entonces? ¿Qué les había pasado? ¿De dónde era aquella fotografía chamuscada que sostenía entre las manos?

Demasiadas preguntas. Y respecto de su pasado, sobre todo había una que la atormentaba.

Mijaíl.

Era capaz de evocar con perfecta claridad el rostro de esos niños que se habían transformado en adultos a su lado, las personas que un día fueron lo más importante en su vida, pero curiosamente no sentía ninguna emoción hacia ellos. Era como si se tratase de extraños, de actores de una película en la que, por algún motivo, ella desempeñaba un papel protagonista. *Desapego emocional por estrés postraumático*, había leído en internet gracias a su móvil. Quizá aquellas emociones volviesen a ella, quizá no. Resultaba frustrante.

Pero Mijaíl era un caso diferente.

Mijaíl. La persona más importante, aquella que en su corazón, de manera irracional, sentía como su padre, se le resistía. Por más que pugnaba por invocar la imagen del ruso, tan solo obtenía sombras confusas, ocultas detrás de un velo que todavía era incapaz de desgarrar.

Y por si no fuese suficiente, había algo que no dejaba de rondarle la cabeza: ¿cómo encajaba Carlos en todo aquello?, ¿por qué los sentimientos que creía tener hacia él parecían tan distintos ahora que estaban lejos?

Durante aquellos largos y complicados días le había echado de menos..., pero no de la forma en que suponía que debería hacerlo, si era honesta consigo misma.

A lo largo del último año se había acostumbrado tanto a su presencia que había llegado a pensar que no podría vivir sin él y, sin embargo, allí estaba, avanzando kilómetro a kilómetro, dejándose absorber por un plan imposible y permitiendo que la esencia del Camino la envolviera y la guiara. De una forma retorcida, la abrupta ruptura de ese cordón umbilical le había hecho sentirse sola, aterrada..., pero también *viva*. Llevaba días preguntándose qué decía eso de sus sentimientos hacia su pareja.

Porque a medida que las piezas de su vida iban encajando de nuevo en el Tetris que eran sus recuerdos, a medida que iba trazando un plan cada vez más definido en su cabeza para robar esos huesos, tenía la sensación de que lo que hacía menos de una semana daba por seguro y certero se iba deshaciendo, de la misma forma que se deshilvana un sueño al abrir los ojos. Como si la luz del alba la forzara a cuestionarse incluso los cimientos de su amor por Carlos.

Al principio se había negado a creer que ni siquiera pudiese confiar en sus propios sentimientos. Se había esforzado por encontrar aquella fogata cálida de protección y confianza que él le había dado, pero ya no llegaba a ella.

Con un escalofrío, había terminado por preguntarse si no habría estado confundiendo sus sentimientos. Si la gratitud que sentía hacia él y la necesidad de un salvavidas emocional se habían disfrazado de amor.

Si, en el fondo, su relación con Carlos no sería tan solo una mentira que se había contado a sí misma.

De ser así, se abría un abismo tan profundo a sus pies que solo asomarse a él le daba vértigo. Sencillamente, había dos Lauras distintas que no casaban entre sí y la del último año estaba demasiado diluida. Pero la pregunta era ¿lo sabía Carlos también? ¿Había intentado recuperar a la mujer que era o se había limitado a construir una Laura diferente, un juguete dócil y enamoradizo que le siguiese a todas partes aprovechándose de los huecos de su mente?

Carlos. Su pareja. Su novio.

O lo que fuera.

Seguiría adelante con aquel absurdo plan, por supuesto. Por él.

Aún sentía un cariño sincero hacia Carlos y se lo debía, por todo lo que había hecho por ella. No iba a dejarle atrás. No pensaba rendirse.

Pero se acababa de dar cuenta, de esa forma repentina y dolorosa con la que llega el desamor, de que cuando todo aquello terminase también su historia de amor habría acabado.

20

Esa noche soñó que estaba de vuelta en el Nido, solo que ya no
era una niña, sino una adulta con una cicatriz en el cuello y
unas chillonas botas de *trekking* calzadas en los pies. Un hombre lobo de más de dos metros y con el cuerpo cubierto de
cortas cerdas de color negro la perseguía por el patio nevado
bramando y aullando a cada zancada que daba. Ella huía con
la sensación angustiosa de algunos sueños, en los que todos los
movimientos parecen atrapados en un desesperante charco de
melaza. Su perseguidor estaba cada vez más cerca y ya podía
oír sus jadeos ansiosos. De vez en cuando, Laura lanzaba una
mirada temerosa por encima del hombro. Los ojos malvados
del Vákner estaban clavados en su cuello y le *sonreía*, como
si compartiese un chiste muy bueno que solo conocían ellos.
Solo que Laura sabía que no era un chiste. Quería atraparla.
Quería hacerle daño. El Vákner sacó una lengua negra de aspecto viperino y se relamió el hocico en un gesto obsceno que le
puso los pelos de punta. Podía oler el aliento de aquel ser,
cargado de humedad, podredumbre y muerte.

Laura pataleó en sueños y un gemido ahogado se escapó
de su garganta. De un momento a otro sentiría las garras su-
cias del depredador clavadas en su espalda.

Los gritos de pánico resonaban en sus oídos.

Los gritos.

El aullido aterrorizado de Marta Grammola la arrancó del

sueño. Parpadeó un segundo confundida, mientras las últimas telarañas de su pesadilla se deshacían y trataba de entender lo que estaba sucediendo a su alrededor, y de repente deseó no haberse despertado.

Unas garras afiladas estaban desgarrando el costado de su tienda, con un sonido rasposo que parecía un gruñido. La tienda se sacudía como agitada por un gigante y eso había despertado a la doctora, que no cesaba de chillar con los ojos desorbitados, mientras la abertura se hacía cada vez más grande.

Laura se quedó paralizada por el terror, a la vez que la idea insidiosa de que su pesadilla había dado el salto a la realidad se filtraba lentamente en su mente abotargada. Todo pasaba muy rápido y no era capaz de entenderlo. Grammola lanzó un gañido aterrado mientras se arrastraba intentando alejarse de la sombra que desgarraba el costado de la tienda. Su cabeza chocó contra la cara de Laura y por un instante un dolor puro irradió de su nariz en todas direcciones.

Parpadeó para ahuyentar las lágrimas y el dolor arrastró consigo los últimos jirones del sueño. Aquello era real.

Justo entonces se fijó en que lo que había tomado por una garra era en realidad una hoja afilada de unos veinte centímetros y de aspecto mortífero. La persona que la sujetaba forcejeó con una costura de la tienda cuando el cuchillo se quedó enganchado en el hilo de alta resistencia y, una vez más, el cuerpo de Laura reaccionó antes que su mente. De manera instintiva, lanzó una patada hacia la figura que se adivinaba entre las sombras. Su pie se hundió en algo blando y se escuchó un gemido ahogado, seguido de una maldición. No tuvo tiempo de pararse a pensar, porque otra sombra armada con un puñal afilado estaba entrando por la puerta de la tienda en el mismo instante, flanqueándola en una pinza perfectamente planificada.

No dejes de moverte. El pensamiento destelló en su cabeza

con la fuerza de un letrero de neón. Algo le decía que, si se quedaba quieta, no tardaría en tener una de aquellas hojas clavada en las tripas, o algo peor. Se levantó como pudo, en medio de la penumbra, y tiró de una de las varillas de la tienda que se cruzaban sobre su cabeza. La tienda se desplomó como un globo aerostático que hubiese dejado de recibir aire caliente, y los dos atacantes, la doctora Grammola y ella misma acabaron enredados en una maraña de tela, vientos de sujeción y cuerpos retorcidos.

La respiración de Laura era cada vez más sofocada. La tela impermeable apenas dejaba aire suficiente para un par de inspiraciones y los gritos aterrados de la doctora Grammola le atronaban en los oídos. Algo le golpeó en una pierna y sintió un dolor agudo que explotaba en su muslo derecho. Intentó descargar un golpe mortífero del que estuviera orgulloso el viejo señor Suk, su profesor coreano del Nido, pero su brazo estaba demasiado enredado en los jirones destrozados de la tienda y solo consiguió propinar un puñetazo torpe. Por puro instinto se arrojó al suelo justo cuando algo pasó sobre su cabeza con un zumbido letal.

Notó una bocanada de aire fresco a su izquierda. Por azar tenía medio cuerpo fuera de la tienda, a través de una de las rajas que habían abierto sus atacantes. Rodó sobre sí misma por el suelo húmedo y solo entonces fue consciente de la devastación en la que estaba sumergido el campamento.

Un par de tiendas ardían entre altas llamas arrojando pavesas rojizas sobre sus cabezas. Los miembros del grupo corrían de un lado a otro intentando apagar el fuego, mientras Ferreiro se desgañitaba lanzando órdenes que nadie parecía estar escuchando. El aire estaba impregnado de un humo negro con olor a plástico quemado que irritaba la garganta.

No tuvo tiempo de contemplar el desastre, porque uno de los atacantes se había desembarazado por fin de los restos de su tienda. Era un hombre alto, musculoso, vestido con un pantalón táctico de color negro y que se cubría la cabeza con un pasamontañas que solo dejaba los ojos a la vista. Laura advirtió, de súbito, que su tienda era la más alejada de la hoguera, casi en el borde del bosque, y que nadie miraba en aquella dirección, afanados como estaban en apagar los incendios.

Una distracción perfecta, comprendió en el acto. No podía correr hacia el grupo, porque sus perseguidores estaban justo en su camino y nadie escucharía sus gritos en medio de aquel guirigay.

Tan solo le quedaba una opción, como dedujo con un frío desánimo que le inundó el alma.

Huir.

Giró sobre los talones y se internó entre la maleza tratando de poner la mayor distancia posible entre sus perseguidores —uno ya estaba de pie, el otro arrastrándose fuera de la tienda— y ella. Apenas tendría unos segundos de margen antes de que llegasen a su altura.

La adrenalina bombeaba a raudales por sus venas mientras se abría paso entre los helechos y las ramas bajas de los árboles. La luna se escondía detrás de un manto de nubes y en cuanto se alejó unos metros de las llamas del campamento, la oscuridad la engulló por completo.

Las ramas le azotaban el rostro y las agujas y las pequeñas piedras se clavaban en sus pies descalzos. Sintió que alguien la agarraba por el tobillo y, presa del pánico, lanzó una patada a ciegas que solo encontró aire. En un parpadeo entendió que se trataba de una raíz en la que se había enganchado, pero el ruido de los dos hombres abriéndose paso entre la vegetación sonaba cada vez más cerca.

Se dio cuenta de lo precario de su situación. La oscuridad que los envolvía era una ventaja para ella, porque no la podían ver, pero al mismo tiempo suponía un problema porque no tenía ni la menor idea de hacia dónde correr. Si intentaba trazar un círculo para volver junto a los demás, corría el riesgo de ir a caer directamente en brazos de aquellos dos desconocidos, así que solo le quedaba la opción de continuar su huida a ciegas en línea recta a través del bosque, con la esperanza de que perdiesen su rastro.

Sin embargo, sus perseguidores eran dos y ella estaba sola. Además, por si no fuese suficiente, estaba descalza, tan solo tenía una camiseta que apenas la protegía del frío helador de la noche y, para rematar la faena, tenía un corte largo aunque no muy profundo en su muslo derecho, que sangraba sin cesar.

No dejes de moverte. Aquel grito silencioso en su cabeza había tomado el control de sus actos y no veía el menor problema en dejar que sus instintos la ayudasen a mantenerse con vida un rato más.

Siguió poniendo un pie detrás de otro tan rápido como podía. No era una tarea fácil. Cada pocos pasos tropezaba con algún tocón o con las ramas entrelazadas de los árboles jóvenes que crecían en abrazos retorcidos bajo el dosel de hojas que le cubría la cabeza y que en aquel instante tan solo era una masa negra y amenazadora. El olor a vegetación putrefacta y humedad le inundaba los pulmones, pero Laura tenía toda su atención volcada en poner la mayor distancia posible entre ella y los dos hombres, que se habían separado unos metros y corrían en paralelo a su espalda.

Sabían lo que hacían, no tenía la menor duda. No gritaban ni gastaban más energía de la necesaria para mantener la distancia. Con un estallido de terror, Laura comprendió que simplemente se limitaban a alejarla del resto del grupo, como si fuese un antílope perdido de la manada y aguardaban a que se le agotasen las fuerzas. Le llegó un recuerdo muy similar de otra carrera parecida a aquella, de dos perseguidores jugando a la caza por la nieve, en el Nido. En aquella ocasión, todo acabó con dos muertes y se preguntó si le había llegado el turno a ella.

De súbito, el suelo blando bajo sus pies cedió y perdió el equilibrio. Laura braceó en la oscuridad, pero la gravedad tiró de ella y empezó a rodar pendiente abajo. Una piedra afilada se clavó entre sus omóplatos y le arrancó un aullido de dolor y algo golpeó contra la parte posterior de su cabeza, haciendo que una constelación de luces de colores bailasen ante sus ojos. El sabor salobre en su boca le indicaba que se había mordido la lengua y mil pequeños cortes y laceraciones mandaban gritos de protesta desde todo su cuerpo.

Finalmente, su caída se detuvo al chocar contra el tronco nudoso de un roble cubierto de musgo. El golpe le arrancó todo el aire de los pulmones, y si en ese momento alguno de sus cazadores hubiese llegado a su lado se la habría encontrado indefensa y a su merced.

A punto de vomitar, Laura se arrastró a duras penas hasta una oquedad que había al otro lado del roble y se desplomó jadeante durante unos preciosos segundos. Se dio cuenta de que el bosque se había sumido en un silencio sepulcral. Los animales nocturnos, asustados por el ruido de su carrera, callaban expectantes. Ella trató de controlar el ritmo de su respiración y prestó atención.

No se oía nada, aparte del ruido ocasional de una rama mecida por el viento. Por un instante, un hálito de esperanza prendió en su pecho. Quizá, al fin y al cabo, había conseguido despistar a aquellos dos misteriosos atacantes. Pero, justo entonces, el brillo cegador de un par de linternas rompió la oscuridad del bosque y ella sintió que sus esperanzas se derrumbaban.

Se habían alejado tanto del campamento que los dos hombres sentían la suficiente confianza como para encender unos focos, sabiendo que nadie los veía. Aquello empeoraba aún más las cosas. Durante la persecución, la oscuridad había igualado las tornas, pero a partir de ahora ellos podían ver y ella no.

Sus posibilidades de sobrevivir habían caído en picado.

La luz amarillenta de los focos se dispersaba en medio de la neblina húmeda que rondaba los árboles. Los dos haces de luz barrían de forma sistemática de un lado a otro mientras convergían con lentitud hacia su posición. Con una maldición, Laura comprendió que cualquier cazador inexperto podría ver el rastro de ramas rotas que había dejado a su paso.

De repente, en su cabeza resonó una frase con absoluta claridad: *Gana quien sabe cuándo luchar y cuándo huir. Busca la ventaja.* No sabía muy bien quién se la había dicho ni en qué momento, pero dado que la había recordado en ruso, podía imaginárselo.

Tenía que seguir moviéndose y encontrar su ventaja, si eso era posible. Ignorando los aullidos de dolor de su cuerpo, se incorporó apretando los dientes. El dolor del muslo era cada vez más intenso y sabía que, si no se detenía para cortar la hemorragia, pronto estaría demasiado débil por la pérdida de sangre, pero no se podía permitir esperar ni un momento más. Las luces ya estaban a menos de cien metros del pequeño refugio donde se había resguardado.

Una racha de viento abrió un hueco en el cielo durante apenas unos segundos y el débil brillo de la luna la bañó por completo haciendo que se sintiese expuesta e indefensa. Sin embargo, también le permitió apreciar que estaba en el borde del bosque y que a partir de aquel punto se abrían amplias zonas de pasto. No había escapatoria. En campo abierto no duraría ni un minuto y no podía volver a internarse en la maleza. Entonces, justo antes de que las nubes tapasen de nuevo la luz, divisó unas sombras oscuras a su izquierda y la pálida cicatriz de un camino que conducía hacia ellas.

Eran casas. Y donde había casas, tenía que haber gente y refugio. Apurando sus últimas fuerzas, se dejó caer por la ladera, resbalando sobre el trasero, hasta llegar al camino y allí emprendió un trote patético hasta el conjunto de viviendas.

Pero a medida que se acercaba, una enorme bola de hielo se iba formando en la boca de su estómago.

—No, no —gimió—. Oh, venga ya...

Las casas tan solo eran un montón de ruinas invadidas de maleza. Laura había dado con uno de los cientos de diminutos núcleos abandonados que salpicaban el rural gallego, sitios tan pequeños y aislados que apenas merecían el nombre de aldea. Ante ella se alzaban cuatro o cinco edificaciones de piedra vetustas, que carecían de tejado y cuyas ventanas vacías parecían las mellas de la dentadura de una calavera. El suelo estaba cubierto de restos de tejas y madera podrida y las zarzas salvajes ocupaban los huecos que en un pasado lejano habían sido los bajos de las viviendas.

Allí no había nadie, y las linternas bamboleantes se aproximaban inmisericordes por el camino, con calma. Sabían que la tenían atrapada allí.

Estaba perdida.

Miró sus manos vacías con impotencia, y una pegajosa sensación de irrealidad la invadió por completo. Unas horas antes estaba escuchando arrobada una historia de campamento con una taza de café entre las manos, y de repente se había transformado en la protagonista de una historia de terror. Una donde la chica corría sola por un bosque para acabar atrapada por el monstruo. Una que terminaba mal.

El aullido de un perro la sacó de sus pensamientos. Eran ladridos furiosos y sonaban a pocos pasos de distancia.

Un perro no puede vivir en un pueblo abandonado sin que alguien se haga cargo de él. Era una esperanza minúscula, casi ridícula, pero no tenía demasiadas opciones y el tiempo se acababa. Caminó siguiendo el sonido de los ladridos hasta tropezar con una cerca de piedra que le llegaba por la cintura.

En algún momento aquel había sido el patio delantero de una enorme casa solariega, pero ahora era una ruina con dos imponentes balcones en la fachada a punto de venirse abajo y un escudo señorial del tamaño de una mesa que apenas era visible, carcomido por el musgo y el tiempo.

Laura saltó el murete con dificultad. Estaba aterida y había empezado a tiritar sin control, por lo que cuando vio una sombra oscura que se acercaba sintió una oleada de terror. Recorrió el muro a ciegas con la mano derecha, deshaciendo terrones de musgo y vegetación podrida hasta cerrarse en torno a una piedra. Con ella en el puño se agachó, sintiendo cómo retumbaba la sangre en sus oídos.

Un hocico húmedo le tocó la mejilla seguido casi de inmediato por un lametazo pegajoso. A la débil luz de las pocas estrellas que filtraban las nubes, Laura descubrió a un perro lanudo de mirada amistosa que jadeaba expectante a su lado. El perrazo, que sin duda era el que había estado ladrando un segundo antes, sacudía débilmente la cola mientras la observaba con curiosidad, quizá preguntándose quién era aquella humana de aspecto agotado que acababa de meterse en su territorio.

Un penetrante olor a lana mojada y excrementos le permitió deducir que no muy lejos debía de haber unas cuantas ovejas. Algún vecino de la zona utilizaba aquel edificio arruinado como redil improvisado para que su rebaño pasase la noche y el mastín era su guardián frente a las alimañas nocturnas, aunque no parecía tener problemas con los humanos.

El perro levantó las orejas y husmeó en el aire, alarmado por algo que Laura no podía adivinar. Al instante, el haz de luz de las linternas barrió la fachada de la vieja mansión y alumbró de pasada a un puñado de ovejas que se apiñaban debajo de un cobertizo hecho con pedazos de uralita y plásticos. Laura gateó sobre el suelo cubierto de zarzas y excrementos, pinchándose las manos y las rodillas, hasta llegar al grupo de ovejas para ocultarse entre ellas. El olor a animal mojado inundó sus fosas nasales y el rebaño manifestó su inquietud por su presencia con un coro de balidos indignados, pero por suerte no se movieron, demasiado cómodas como para salir bajo la lluvia nocturna.

El perro comenzó a ladrar con renovados bríos cuando las luces llegaron al pequeño muro. Se oyó un forcejeo y, de repente, un gañido de dolor.

Después, de nuevo, un silencio preñado de malas intenciones.

Una de las linternas apuntó al suelo. Desde su refugio, Laura apretó los dientes. Bajo la luz, un débil reguero de gotas de sangre brillaba como diminutos rubíes apuntando hacia ella.

Respiró hondo. Había llegado el momento. El camino terminaba allí, de una forma u otra. Apretó la piedra en el puño hasta que sus nudillos se pusieron blancos por la tensión. Sus posibilidades eran agónicamente escasas, pero vendería cara su vida.

Uno de los hombres susurró algo que no pudo oír y las dos sombras se separaron para acercarse al rebaño por ambos costados al mismo tiempo. No tenía manera de hacer frente a un ataque coordinado y lo sabían.

Aun así, cuando uno de sus perseguidores comenzó a apartar a las ovejas a puntapiés, Laura se preparó, contó hasta tres y se incorporó de golpe con un grito. El hombre se detuvo sorprendido, y levantó el haz de luz para apuntar en su dirección justo cuando ella lanzaba la piedra con todas las fuerzas que le quedaban.

El pedrusco voló en línea recta y golpeó con un chasquido seco la frente del hombre, un gigantón de casi dos metros al que los músculos se marcaban con claridad debajo de un jersey ceñido hasta el cuello. La piedra le acertó entre los ojos y por un breve instante el hombre parpadeó confundido, como si no estuviese seguro de lo que acababa de pasar, justo un segundo antes de que le fallasen las piernas.

El hombre cayó de espaldas provocando una estampida de

ovejas asustadas por el movimiento y el olor de la sangre. El tropel de animales hizo perder el equilibrio al otro sicario, que ya estaba a un par de metros de Laura, pero que consiguió mantenerse en pie con un reniego.

Ella se agachó de nuevo y buscó afanosamente por el suelo, pero sus dedos solo encontraban cagarrutas de oveja y ramas. Casi pudo adivinar la sonrisa de satisfacción de su perseguidor bajo el pasamontañas. El hombre se cambió el cuchillo de mano. Era una hoja de color negro, con una pronunciada curva en su punta que le hacía parecer un diminuto machete. Él contemplaba a Laura con cautela, atento a cualquier movimiento extraño que pudiese hacer. Saltaba a la vista que era un profesional y no quería correr riesgos innecesarios, sobre todo después de ver lo que le había sucedido a su compañero.

Laura se puso en pie, mientras de algún rincón nebuloso de su mente acudían en tropel una docena de movimientos defensivos frente a un hombre armado. En su cabeza, las órdenes imaginarias del señor Suk se mezclaban con los balidos asustados de las ovejas. De manera instintiva adoptó una posición —sabía que tenía un nombre, pero no era capaz de recordar ese detalle—, aunque todo se fue al infierno en cuanto se apoyó en su pierna mala y, de repente, un fogonazo de dolor le hizo tambalearse y caer de espaldas.

Todo fue muy rápido. Al adivinar una oportunidad, el hombre giró el cuchillo en la mano a una velocidad de vértigo y se abalanzó sobre ella.

Laura rodó sobre sí misma sintiendo cómo la hoja se enterraba en el suelo cubierto de excrementos, a pocos centímetros de su cuello. Mientras el hombre forcejeaba para extraer el cuchillo, ella lanzó una patada a ciegas con la pierna sana. Su pie se clavó en las costillas del encapuchado, que exhaló un gemido de dolor cuando todo el aire se escapó de sus pulmones.

Aquel golpe habría bastado para tumbar a alguien normal,

pero su adversario parecía estar hecho de otra pasta. Lanzó un puñetazo con su brazo libre, mientras con la otra mano continuaba forcejando para liberar el cuchillo. Laura adivinó el movimiento y antes de que pudiese pensarlo, su cuerpo ya se había inclinado hacia atrás para evitar el golpe.

El tiempo se ralentizó sin motivo aparente. Era una sensación extraña, como montar en bicicleta después de mucho tiempo sin subirse en una. Todos sus músculos parecían tener claro lo que debían hacer antes de que ella lo pensase, y el equilibrio de su cuerpo había cambiado de una manera sutil. Se notaba más ligera, más rápida. Más *segura*. Y lo que era más importante, todo el miedo que sentía un rato antes se había volatilizado, sustituido por una fría euforia que le ponía los vellos de punta. El mundo se había desvanecido a su alrededor.

Ya no existía el bosque, ni el cobertizo en ruinas. Ya no sentía el dolor de su pierna herida ni de las plantas de los pies ensangrentadas.

Solo existían aquel hombre y ella.

Una sonrisa helada se dibujó en su cara y en la mirada del hombre adivinó un atisbo de duda. Aquello le hizo sentir bien.

Estaba... a gusto.

El encapuchado por fin soltó la hoja del suelo y trazó un amplio arco con ella. Laura se limitó a inclinarse hacia un lado, escuchando el zumbido letal del metal muy cerca de su oído. El hombre lanzó otra cuchillada y ella la volvió a esquivar con una facilidad insultante. Cuando el sicario se lanzó en un nuevo ataque, Laura giró sobre sí misma, como una bailarina, y aprovechó el impulso del enmascarado para agarrar una de sus piernas y hacer que el hombre tropezase.

Su rival cayó al suelo y antes de que tuviese tiempo a reaccionar, Laura se tiró sobre él, sin pensar, con el codo derecho por delante. Impactó justo en la nuez del hombre, que se rompió con un crujido seco. El encapuchado emitió un sonido ahogado y se llevó las manos al cuello, incapaz de respirar. Sus ojos se dilataron mientras las piernas interpretaban un baile macabro, hasta que se quedó inmóvil en el suelo. Todo había ocurrido en menos de un minuto.

Laura se levantó respirando profundamente, y se recogió un mechón detrás de una oreja. Una parte de su mente estaba esperando oír el gruñido de aprobación del señor Suk, pero el único ruido que la envolvía era el de las hojas de los árboles sacudidas por el viento.

Y unos pasos que se acercaban por su espalda.

El rugido de la adrenalina sonaba como una canción en sus oídos. Se giró con la velocidad de un rayo, dispuesta a enfrentarse al siguiente rival, y dio un paso adelante, en posición de ataque, lista para descargar el siguiente golpe.

—¡Eh, eh, tranquila! —gritó Zepeda alarmado con las manos en alto—. ¡Que soy yo!

Laura inspiró un par de veces, todavía tensa como la cuerda de un arco, hasta que la identidad del mexicano se filtró a su conciencia. Entonces exhaló un suspiro y se relajó. Apenas había sido un instante desde que había empezado todo, pero se sentía como si acabase de correr una maratón. Tenía la frente empapada en sudor, la pérdida de sangre le hacía zumbar la cabeza y no estaba muy segura de qué acababa de suceder.

Miró el cuerpo caído a sus pies y la fría indiferencia que sentía la asustó un poco. Era ella la que tendría que estar muerta en el suelo, no aquel individuo. Y sin embargo, seguía con vida.

Era algo más que «seguir con vida». Se sentía como si después de mucho tiempo encerrada en una celda le hubiesen permitido salir a correr, libre. Estaba excitada, alerta y más llena de energía de lo que se había notado en mucho mucho tiempo.

—¡Hay otro! —Se giró enfadada consigo misma por haberse distraído un par de segundos con Zepeda—. ¡Allí, bajo el cobertizo!

Él apuntó la linterna del muerto hacia el lugar que le indicaba Laura, pero solo alumbró un espacio pisoteado y lleno de desperdicios. No había el menor rastro del otro perseguidor, aparte de la piedra que le había lanzado Laura, con una diminuta mancha de sangre en una esquina.

—Creo que se ha ido —señaló a lo lejos. Al fondo del camino se veía el haz vacilante de la otra linterna, que se alejaba trazando eses.

Laura lo entendió al instante: el sicario estaba conmocionado por el golpe y, gracias a la llegada de Zepeda, superado en número. Aquel tipo había escogido la decisión más sensata, la misma que había tomado ella antes, aunque ahora los papeles habían cambiado.

La parte salvaje y combativa que se acababa de liberar deseaba salir tras él, para obtener respuestas. Pero también era consciente de que no podía correr con aquel corte en el muslo y que lanzarse a la caza de un profesional armado, en medio de la noche y en un lugar desconocido, podía acabar en una emboscada letal.

Soltó el aire muy despacio y trató de devolver a su esquina a la «antigua Laura». O quizá, en ese instante de cálculo, precisamente estaba recuperándola.

Y, por supuesto, estaba Zepeda. El mexicano la miraba con los ojos entornados y el aspecto cauto de un domador de circo que se acerca a un león desconocido, uno que acaba de devorar a alguien. A la expectativa.

Laura tragó saliva. A medida que la adrenalina se iba disipando, una sensación espantosa de vacío iba ocupando su lugar, teñida de pánico. Le iba a resultar muy difícil encontrar una explicación convincente para lo que acababa de pasar.

—Fernando, ante todo quiero que sepas que...

—¿Estás bien? —la interrumpió Zepeda con un tono de voz impropio de él—. Tienes un corte en el muslo.

—No es nada —murmuró, aunque la herida le escocía horrores—. Es superficial.

—No parece muy grave, pero tenemos que detener la hemorragia. —Sacó un pañuelo de su bolsillo y dio un paso dubitativo hacia ella—. ¿Puedo?

—Claro. —Laura tragó saliva y observó cómo el mexicano le vendaba la pierna con movimientos precisos.

Se fijó entonces en la hoja que el mexicano acababa de apoyar en el suelo, justo a su lado. Era el mismo cuchillo con el que había estado un rato antes tallando una figurita al lado de la hoguera. Sin duda, la había empuñado de camino, siguiendo a los dos hombres. O, se dijo con un regusto amargo en la boca, la había desenfundado para protegerse de ella. Por si acaso.

Zepeda le echó un último vistazo al vendaje y se sentó sobre una piedra, mirándola con aquellos dos ojos duros como el pedernal. No había el menor rastro de simpatía o comprensión en su mirada.

—Si me dejas explicarme...

—Déjate de historias —musitó él—. Me has mentido.

—¿Mentido? No, no es eso. —Su cabeza trabajaba a toda velocidad buscando una respuesta que no existía.

—El otro día, en el monasterio de Samos, no fue un accidente —se inclinó hacia ella—, fue un intento de asesinato. Pero no iban a por Schmidt como yo creía, ¿cierto? Querían matarte a ti.

—Yo no... —balbuceó.

—Te acabo de ver pelear con un *vato* que te sacaba cuarenta kilos y lo has despachado como si nada. —Señaló con la barbilla el cadáver del sicario—. Eso solo lo puede hacer alguien con un entrenamiento muy concreto. Y he tenido la sensación, viendo tu cara mientras lo rematabas, de que no es la primera vez que haces algo así.

Laura apretó los labios y sintió un escalofrío al recordar el crujido de la nuez de aquel hombre. Había empezado a temblar y todo el ardor asesino de un rato antes ya se había evaporado. Solo sentía frío, dolor y unas ganas desesperadas de cerrar los ojos y descansar.

—¿Quién eres, Laura? —Su voz se había reducido a un siseo—. ¿Quién eres *de verdad*?

Ella abrió la boca y volvió a cerrarla. Cuanto más se esforzaba en articular una respuesta sensata, más cuenta se daba de que su historia sonaría como una fantasía absurda y sin sentido.

—Cuando llegaste al grupo en Triacastela fue todo un alivio —continuó él monocorde—. Justo en el momento adecuado, en medio de una crisis, con nuestra traductora alemana fuera de combate y el señor Ferreiro preocupado, aparece una mujer preciosa, inteligente y que habla varios idiomas. Me dije «vaya suerte hemos tenido», pero ahora sospecho que no fue una casualidad, ¿me equivoco? Pero ¿por qué te uniste a nosotros, qué te mueve, quién eres? —insistió.

Laura calló abrumada.

—Me mentiste —repitió él con una nota de furia—. Y por culpa de tus mentiras han estado a punto de matar a un grupo de personas inocentes que están a mi cuidado. Por tu culpa casi he quedado como un incompetente. Y pensar que por un segundo llegué a... —El mexicano se detuvo turbado.

Laura estuvo tentada de acercarse a él, de probar a cogerle la mano, pero no lo hizo.

—No sé qué extraño juego te traes entre manos —retomó su discurso con voz estrangulada—. Lo único que sé a ciencia cierta es que eres peligrosa y que arrastras la muerte contigo.

—Fernando —intervino ella—. Escúchame, por favor, puedo...

Él levantó una mano con gesto brusco.

—No me llames Fernando —negó con la cabeza—. Ese nombre solo lo pueden usar las personas que tienen confianza conmigo y tú... tú no la tienes. Para ti soy Zepeda.

—Por favor, escúchame —repitió ella—. Yo no quería nada

de esto. No sé por qué ha pasado. No tengo ni idea de qué está sucediendo.

Él apretó la mandíbula hasta que se le marcaron todos los tendones del cuello.

—No puedes continuar con nosotros —dijo al fin—. Eres un peligro para el señor Ferreiro, para mí y para los demás. Debes irte.

—¡No! —Ella misma se sorprendió por la vehemencia con la que pronunció aquella palabra—. ¡Si me obligas a separarme del grupo, estoy muerta! Por favor...

Se hizo un silencio espeso durante un largo minuto. Laura contemplaba el rostro hermético del mexicano y adivinaba el conflicto que se sucedía debajo de aquella máscara imperturbable.

—Has matado a un hombre —comenzó él tras meditar un buen rato—. Has asesinado a un hombre en un país extranjero, en mitad de la noche. Cuando la policía se entere, el viaje del señor Ferreiro, la peregrinación con la que lleva tanto tiempo soñando, se habrá terminado. Tendremos que pasarnos días declarando en alguna comisaría y no podrá cumplir la promesa en agradecimiento por la curación de su nieta. Quizá vayas a la cárcel y yo contigo. Sea como sea, perderé mi empleo y, lo que es peor, la confianza de un hombre que es como un padre para mí. Y todo esto, ¿por qué? ¡Por una desconocida llena de secretos que ha estado jugando con nosotros desde el principio! ¡Que ha estado jugando *conmigo*!

Zepeda pronunció aquella última frase con un rugido y Laura se encogió.

—Nunca he querido engañarte —se oyó decir con voz débil—. Es solo que... es muy complicado. Pero puedo explicártelo si me dejas.

—¿Ah, sí? —Soltó una risa amarga—. ¿Y cómo sé que no será otra mentira?

—Porque no te he mentido. Me llamo Laura, tengo cuarenta y un años y quiero llegar a Santiago de Compostela. Estoy haciendo el Camino, como vosotros. En ningún momento, te lo juro, he querido ni intentado que el señor Ferreiro, el señor Schmidt ni nadie de su grupo sufriesen el menor daño. Me habéis acogido y arropado como a una más y por primera vez en mucho tiempo tengo una sensación de...

Estuvo a punto de decir «de familia», pero se detuvo a tiempo. Incluso a ella le sonaba demasiado extraño, aunque fuese cierto.

—Pero es verdad que no te lo he contado todo —continuó hablando—, que hay partes que no te he dicho, sobre todo porque las desconozco. Sé que suena a desvarío, pero no miento.

Él la miró fijamente, aunque no dijo nada. En vez de eso se levantó y se acercó al cuerpo caído del sicario y le dio la vuelta. Los ojos muertos contemplaron el cielo nublado, su garganta hundida en un cañón profundo y rojizo. Zepeda le quitó el pasamontañas y dejó a la vista su rostro. Parecía eslavo o del norte de Europa y rondaba los treinta. Llevaba el pelo cortado a cepillo y tenía la nariz torcida.

El mexicano le registró los bolsillos con gestos secos y precisos, pero no encontró nada, aparte de una pistola pequeña con el cañón corto que se metió en la parte posterior de su pantalón.

—Este cuate era un profesional —dijo mientras lo volteaba de nuevo—, exmilitar, probablemente. No es un güey con el cerebro lleno de mota. No sé quién te quiere muerta, Laura, pero tiene medios.

Ella notó la hostilidad con la que había pronunciado su nombre y sintió un pinchazo en el corazón.

—Ese cuchillo —Zepeda señaló la hoja negra y curvada que yacía en el suelo— es un Kapap, un diseño israelí. Solo lo he visto un par de veces en mi vida y siempre en manos de gente con la que no es conveniente pasar demasiado tiempo.

Laura sintió que aquello la abrumaba.

—Necesito ayuda... Por favor.

Zepeda negó con la cabeza.

—Es un riesgo demasiado alto.

Ella le miró a los ojos. Por un segundo sintió un chispazo de conexión, un hálito breve que se desvaneció en un parpadeo.

—Te diré qué vamos a hacer —dijo él tras meditar un buen rato—. Aunque no me gusta nada, creo que no tengo otra opción. Quedan tres días para llegar a Santiago. Solo tres días y esto se habrá acabado para siempre. Me gustaría perderte de vista, pero si te abandonamos aquí, tendré que dar un montón de explicaciones al señor Ferreiro y eso no es lo peor.

Laura tragó saliva. El dolor que sentía en el pecho era insoportable.

—No puedo recurrir a la policía ni se lo puedo contar al señor Ferreiro —Zepeda negó con la cabeza, como un hombre frente a un problema irresoluble—. Y hacer que abandones el grupo no me asegura que no volvamos a tener problemas en el resto del viaje. Puede que la gente que te persigue solo te quiera a ti o puede que en algún momento también vengan a por nosotros, si consideran que somos un cabo suelto. Solo tengo tres hombres y estamos muy lejos de casa. Lo cierto es que prefiero tenerte cerca y controlada que en manos de tus perseguidores o siguiendo nuestro rastro como un perro apaleado.

—Gracias. —Laura sentía un nudo en la garganta—. Gracias.

—No me des las gracias, es pura supervivencia. Estamos todos en peligro y hay demasiadas cosas que desconozco, y cuando pasa eso me pongo de muy mal humor. —Se acercó a ella hasta que casi podían tocarse. Laura agradeció que la oscuridad de la noche no le permitiese ver la expresión implacable que sin duda tenía Zepeda—. Fingiremos que no ha pasado nada, será nuestro pequeño secreto. Me imagino que no te supondrá un problema gestionar uno más en tu mochila, ¿verdad?

Laura negó con la cabeza. Solo quería acurrucarse debajo de una manta y despertar de aquel mal sueño.

—A partir de ahora estaré vigilante y no te quitaré un ojo de encima —remachó él—. Pero cuando lleguemos a Santiago, en el mismo instante en que pongamos un pie en esa ciudad, te despedirás de nosotros y no nos volveremos a ver jamás. ¿Ha quedado claro?

Laura asintió incapaz de añadir nada, y Zepeda inspiró profundamente.

—Bien, pues si ha quedado claro, volvamos al campamento, o a lo que quede de él. Reza para que nadie haya salido malherido.

—Antes tenemos que hacer una cosa —dijo ella con un hilo de voz.

Zepeda la miró con un gesto de incomprensión, que poco a poco se fue transformando en otro de asombro mezclado con enfado.

—No puedes estar hablando en serio...

—Lo siento, pero no hay otra alternativa. Tenemos que esconder el cadáver. —Laura señaló hacia el edificio en ruinas—. Ahí dentro debe de haber algún lugar donde ocultarlo. Y también tenemos que ocuparnos del pobre perro, por cierto.

—¿Ocultarlo?

—No tenemos otra opción —replicó ella con cansancio en la voz mientras cogía el cuerpo del sicario por debajo de los brazos—. ¿O prefieres darle explicaciones a la policía? Cuando lo encuentren, que lo encontrarán, ya estaremos muy lejos y nada lo relacionará con nosotros.

—¿Y qué creerán que ha pasado?

—Ni idea, pero eso es lo de menos. —Laura se encogió de hombros evitando pensar en lo que estaban haciendo—. Supongo que será otra víctima del Vákner o algo así. Más leyendas para este tramo del Camino. Agárralo por las piernas, venga.

Arrastraron el cuerpo al interior del edificio y lo arrojaron en una profunda bodega medio sepultada por los escombros de la planta superior. El infeliz mastín le hizo compañía antes de que Zepeda empujase una viga semipodrida y parte del techo se derrumbase sobre la entrada de la bodega en una lluvia de madera putrefacta, escayola y ladrillos antiguos.

—Aquí ya hemos acabado —dijo tras comprobar que no quedaban rastros y limpiar las manchas de sangre del suelo—. Tienes razón, así es mucho mejor. Cuando llegue el pastor pensará que el perro se ha escapado. Volvamos con los demás y pensemos qué demonios les vamos a contar. Ah, y una cosa...

Laura le miró a los ojos en silencio, esperando sus palabras.

—Aunque te haya ayudado, eso no me convierte en tu amigo, ni en tu aliado, ni nada por el estilo. —La miró muy serio—. Tenemos intereses comunes hasta llegar a Santiago, eso es todo. No me fío de ti. No lo olvides.

Y mientras echaba a andar de nuevo hacia el campamento, arrastrando la pierna herida tras los pasos de Zepeda, Laura se sintió más sola, triste y asustada que en ningún otro momento desde que aquella pesadilla había empezado.

21

En algún punto camino de Arzúa (A Coruña)
En la actualidad. Día 5 de Camino

A la mañana siguiente, la estampa del pequeño campamento recordaba más a una zona de guerra que a la apacible acampada que se había instalado allí el día previo. El cielo seguía nublado, pero ya no llovía, aunque eso no le importaba a nadie. Tres de las tiendas de campaña, incluyendo la de Laura y la doctora Grammola, habían ardido. Tras examinar los restos con atención, Zepeda afirmó que sin duda el fuerte viento de la noche anterior había levantado unas cuantas pavesas de la hoguera y que estas habían prendido en las tiendas. Por fortuna, los equipajes, apilados en una tienda de servicio, se habían salvado.

—Hemos tenido suerte de no haber provocado un incendio forestal —dijo con firmeza—. Si el bosque no llega a estar tan mojado, a saber qué habría sucedido.

Ferreiro descargó un torrente de invectivas contra sus hombres acusándolos de negligencia y de haber puesto en peligro sus vidas. Solo cuando le repitieron una y otra vez que la hoguera había quedado bien apagada y que todo se debía a una desgraciada fatalidad imposible de prever pareció aplacarse un poco. Aun así se pasó el resto de la mañana refunfuñando y con cara avinagrada, mientras su equipo recogía todo y se preparaba para ponerse de nuevo en marcha.

Laura asistió a aquella escenificación de Zepeda en silencio. Él no había vuelto a dirigirle la palabra desde que habían regresado al campamento y la ignoraba de manera ostensible. En todo caso, sin duda ya había tenido algún tipo de conversación con sus tres ayudantes, porque advirtió en ellos un ligero pero evidente cambio de actitud. Donde antes había una pose relajada se percibía ahora una nueva tensión, y podía adivinar que todos ellos llevaban un bulto discreto en forma de funda sobaquera bajo la axila.

El tiempo los respetó durante toda la jornada de camino. La experiencia de la noche había dejado tras de sí un ambiente taciturno en la expedición. Ferreiro había decidido que ya habían vivido suficientes aventuras y que a partir de entonces se limitarían a seguir la vía más regular del Camino, aunque eso los llevase por zonas pegadas a la carretera y poco pintorescas.

Stroll se había recuperado lo suficiente como para mantener el ritmo del grupo y en cuanto a la propia Laura, una vez curado el corte de la pierna, apenas sentía más allá de una ligera molestia cuando tenían que subir un repecho. La doctora Grammola lo había vendado con delicadeza y había aceptado la explicación de que se había hecho aquel tajo con una de las varillas de la tienda cuando esta se había desplomado sobre ellas. En apariencia, también había aceptado la explicación de Zepeda, que le contó a todo el mundo que en medio del caos de la noche anterior habían tratado de sacarlas de la tienda en llamas abriendo una raja en un lateral. Laura se sintió algo incómoda cuando vio el alivio evidente de la doctora al escuchar aquella historia. Sin duda, resultaba mucho más fácil de aceptar que en la confusión de la noche habían intentado rescatarlas antes que cualquier otra siniestra posibilidad.

Ni siquiera la belleza del paisaje que estaban atravesando lograba que Laura se olvidase por un momento del desastre que la rodeaba. Poco después de dejar atrás Melide, llegaron a un riachuelo llamado Catasol, de una anchura de no más de cinco metros, que cruzaron por un paso de piedras clavadas en el cauce que parecía sacado del medievo. Al otro lado, un suave paisaje de campos segados y viejos hórreos de madera que parecían llevar milenios viendo pasar a los visitantes.

Zepeda abría la marcha y desde su posición en medio del grupo Laura solo podía adivinar la espalda musculosa del mexicano, que tenía toda su atención concentrada en las flechas amarillas que indicaban cuál era el camino correcto. Estaban en una zona bastante laberíntica, con docenas de senderos que se retorcían, cruzaban y bifurcaban, y habría sido muy sencillo perderse de no estar atentos. Ya fuese por eso, ya fuese porque seguía furioso con ella, no le dirigió la mirada ni una sola vez. Por si fuera poco, Stroll y el señor Schmidt estaban sumidos en una conversación entre susurros y al no precisar de sus servicios la mantenían al margen.

De vez en cuando alcanzaban a algún otro grupo de viajeros, o a peregrinos solitarios que eran fáciles de identificar porque, como ellos, llevaban una concha de vieira colgada de la mochila. Pero lo que los unía a todos de verdad era la expresión agotada por aquel duro tramo, lleno de subidas y bajadas. Durante el resto del camino, Laura se sintió sola e inundada de autocompasión. El dolor de los pies, llenos de abrasiones y arañazos de la noche previa, era solo otra cara de la penitencia. Como el día anterior no llegaron a Melide, precisamente hoy harían más kilómetros que nunca. Maldecía cada piedra, cada cuesta, cada charco del sendero como si alguien los hubiese colocado allí con el único objetivo de molestarla a ella.

A media mañana llegaron a Boente, un pequeño pueblo en la ruta que tenía una fuente al pie de la carretera con el pomposo nombre de Fonte da Saleta. A Laura no le pareció que tuviese nada de especial, pero debía reconocer que no estaba de humor para disfrutar del momento. Se acercó a Zepeda al verle llenando la cantimplora, con la intención de cruzar unas palabras con él, pero lo único que obtuvo fue un gruñido y una mirada gélida antes de que se alejase en dirección contraria.

En la sacristía de la pequeña iglesia parroquial, empapelada con estampas del apóstol Santiago y oraciones en distintos idiomas, tuvieron que hacer cola para obtener su credencial. Un parsimonioso sacerdote que parecía desconocer el significado de la palabra «prisa» estampaba el sello en los documentos de viaje mientras daba charla a los peregrinos. De pie en la fila, a Laura le entraban ganas de gritar, pero refrenó sus impulsos. El ataque de la noche previa era fuego bajo sus pies: no tenía un plan perfecto y se le agotaba el tiempo, pero la urgencia de su calendario y el torbellino de su corazón no tenían ningún sentido para la gente que estaba con ella en aquel pequeño rincón del Camino.

Era la hora de almorzar y tras obtener su acreditación los peregrinos se disgregaron en pequeños grupos, según sus afinidades. Habían vuelto a repartir las raciones de viaje del día anterior, pero Laura era incapaz de comer y además necesitaba estar sola. Su mano se iba de forma inconsciente al bolsillo, en busca de aquel móvil que todavía guardaba un obstinado silencio.

Arcángel le había fallado. El hombre había asegurado que incidentes como el de Samos no se volverían a repetir y, aun así, la noche anterior habían intentado matarla de nuevo. Eso solo podía significar dos cosas: o bien que el hombre mentía, por algún motivo..., o que la situación se le estaba yendo de las manos.

No podía saber cuál de las dos era peor.

En todo caso, de lo que estaba segura era de que su vida y la de Carlos corrían peligro.

Desalentada, se frotó los ojos en un gesto de frustración. Apartó el plato de comida a un lado y sacó el terminal móvil del bolsillo. Con un par de toques en la pantalla, abrió la carpeta en la que guardaba todos los planos y documentos que le había enviado aquel hombre y comenzó a repasarlos una vez más, con una sensación punzando detrás de los ojos. La solución para el golpe estaba ahí, solo tenía que encontrarla. Los últimos dos días había dedicado cada segundo que tenía libre a revisar la prolija documentación que Arcángel le había enviado. Allí había de todo: planos de la catedral, un detallado estadillo de la empresa de seguridad privada que custodiaba el templo, con nombres y apellidos de los empleados, e incluso una estimación del peso y tamaño de los huesos. Algunos de los planos contenían anotaciones al margen, escritos con letra picuda, números, medidas, ángulos de acceso...

Tenía que estar allí. Solo tenía que verlo.

Una vez más, se asombró al descubrir hasta qué punto esa tarea de planificación lograba absorberla. Cómo era capaz de ver los engranajes, las piezas desconectadas, el alzado de los planos elevándose ante sí, atrayéndola como un puzle mágico que solo espera la mirada capaz de romper el hechizo y ordenarlo.

Aún le parecía una misión imposible, pero, para su sorpresa, había descubierto que planificar el robo de los huesos era una válvula de escape que le permitía no pensar en los problemas más inmediatos y acuciantes. De hecho, le provocaba un sentimiento agradable. Como ponerse un par de viejas zapatillas usadas, deformadas por el uso, pero que son increíblemente cómodas.

Como encajar de nuevo en la vida a la que en verdad pertenecía, se dio cuenta.

Lo estaba pensando, con uno de los planos que mostraba la disposición de las puertas de la catedral abierto en la pantalla del móvil, cuando de repente se quedó paralizada. Pese al agradable sol del mediodía, un frío helador reptó por su columna. Soplaba una ligera brisa y a su espalda sonaban los trinos de los pájaros y las risas de los peregrinos, el vozarrón de Schmidt carcajeándose por algo. Pero Laura no podía oírlo.

No. No podía ser.

Se acercó el plano a los ojos y amplió la pantalla. La resolución no era perfecta y se pixelaba, pero aun así ahí estaba.

Con mano temblorosa, rebuscó en el bolsillo frontal de su chaqueta hasta extraer la vieja postal chamuscada de la que nunca se separaba. Sabiendo de antemano lo que iba a ver. Le dio la vuelta, hasta que el texto mutilado del reverso quedó ante sus ojos.

stro lugar secreto

ra — Galicia)

Leyó aquellas letras como si nunca las hubiese visto antes y de nuevo su mirada saltó a la pantalla del móvil. Y una vez más. Y otra.

No cabía la menor duda. Ahí estaban: las tes, la g inclinada, esa a con el reborde de tinta en el pico.

Era la misma letra. No había lugar a error.

La enormidad de la revelación la dejó petrificada. Aquella postal, aquel pequeño fragmento de su pasado al que se había aferrado con tanta fuerza en los meses de oscuridad, estaba ligada de forma inextricable a la mano que había dejado su sello en los márgenes del plano. Anotaciones a vuelapluma que delataban de manera acusadora a su autor. La importancia de los detalles, una vez más.

Esa postal podría ser auténtica..., pero Laura apostaría hasta la última moneda a que era otra mentira, una pieza más del puzle plantado por el propio Arcángel meses atrás.

Y aún más: conocía a la perfección al dueño de aquella letra. Le había visto usarla delante de ella en multitud de ocasiones.

Empezó a jadear, fuera de control, mientras el bonito prado cubierto de flores de detrás de la iglesia daba vueltas sin parar a su alrededor.

Cómo podía haber sido tan estúpida. Cómo había estado tan ciega.

Inspiró profundamente un par de veces para recuperar el dominio de sí misma. Si en algún momento de todo aquel viaje de pesadilla había necesitado tener la mente clara, era justo entonces. Porque sabía qué era lo que debía hacer a continuación. Tenía una baza que jugar y no la desaprovecharía.

Había llegado la hora de mostrar sus cartas.

Miró a su alrededor para cerciorarse de que no había nadie cerca, y solo entonces aproximó el terminal hasta su boca, casi tocando sus labios.

—Necesito hablar contigo —susurró—. Ahora. Me da igual lo que andes haciendo o dónde estés metido. Es urgente.

Durante un par de largos minutos no sucedió nada. Los gritos alborozados de unos niños que jugaban en unos columpios cercanos llegaban a sus oídos y el viento revolvía su cabello, pero el terminal permanecía ajeno a sus súplicas. El tiempo transcurría lento y perezoso sin que nada sucediese.

—Vamos, cabrón, responde de una vez —siseó entre dientes.

Justo en ese instante el móvil vibró en su mano, con un solo toque, acompañado del sonido de una campanita. Había llegado un mensaje.

Un incipiente dolor de cabeza comenzó a latir en sus sienes mientras con un movimiento torpe abría la aplicación de mensajería. Era un correo. En el asunto una sola palabra: «Carlos», y en el cuerpo del mensaje, un clip de vídeo adjunto.

Laura parpadeó desconcertada durante un segundo, hasta que de repente, con la misma sensación de clarividencia que la había asaltado cuando era una niña en la cocina del Nido, entendió lo que estaba sucediendo.

Él había malinterpretado su urgencia. Sin duda pensaba que su petición angustiada era a causa de su preocupación por Carlos y pretendía tranquilizarla, como acordaron en Sarria.

O, por el contrario, quizá estuviese a punto de ver cómo le volaban los sesos a un hombre inocente al que un día ella había amado.

Dudó por un segundo, con la yema del dedo flotando a apenas unos milímetros sobre el icono de la papelera. Podía borrarlo. Podía simular que jamás lo había recibido. Pero le dio al botón de reproducción.

La imagen de Carlos, sobre un fondo asépticamente blanco, comenzó a moverse en la pantalla. El doctor parecía cansado, con ojeras profundas bajo los ojos.

—Hola, tesoro —decía—. Me han pedido que te mande este vídeo para que tengas la certeza de que sigo con vida. Quieren que sepas que estoy bien, que me tratan con respeto y que nadie me ha hecho daño. —Se interrumpió para exhibir una sonrisa forzada—. La comida y el alojamiento son un asco, pero no te preocupes. Creo que podré soportarlo.

La fallida broma se quedó flotando en el aire, tan fuera de lugar como una blasfemia dentro de una iglesia. Laura apretó el terminal con más fuerza.

—También me piden que te recuerde que esto va en serio y que necesitan ver avances reales en tu plan. Solo te quedan dos días para cumplir con lo que sea que te han pedido y Arcángel quiere... —Se interrumpió y miró hacia un lugar que quedaba fuera del tiro de cámara, como si alguien en él le diese instrucciones—. Arcángel *necesita* ver avances reales. No está bromeando, mi amor. Si no sigues sus instrucciones... me matarán.

Laura tragó saliva, sin poder separar los ojos de la pantalla.

—Cariño, sé que tiene que ser difícil hacerlo sola en esta ocasión, pero también sé que tú puedes. —Carlos estiró la mano hacia la cámara de manera inconsciente, como si pretendiese acariciarle la mejilla a través de la pantalla—. Confío en ti. Te quiero. Haz lo que te piden, por favor. Sé que nos sacarás de esta.

El vídeo terminaba allí, con la imagen de Carlos congelada en una súplica muda. Pero Laura ya no podía verle, porque las lágrimas que manaban sin control de sus ojos se lo impedían. El corazón le dolía como si se lo hubiesen partido en dos.

Reprodujo el vídeo de nuevo, sin contemplarlo, con la mirada perdida en el horizonte, mientras escuchaba la familiar voz del hombre al que tanto había amado.

Sé que tiene que ser difícil hacerlo sola en esta ocasión, pero también sé que tú puedes.

Sé que tiene que ser difícil hacerlo sola en esta ocasión.

En esta ocasión.

Una simple e inocente frase, pero era suficiente.

El golpe que caía sobre ella y la mandaba a la lona.

Aquel era un nuevo desliz de Arcángel. Un error aparentemente menor, tan fino como el trazo de una sola letra. Comprensible, como lo de enviarle un vídeo pensando que eso era lo que necesitaba ver. Imperceptible, como la diminuta gota de vino derramada en el mantel la noche de la desaparición.

Pero esta vez las consecuencias eran totalmente distintas. Tan monstruosas que la revelación acerca de la identidad de Arcángel quedaba sepultada por esta nueva realidad.

Porque aquella frase suponía, sin ninguna duda, que Carlos sí era consciente de cuál era su misión. Y también de que había habido otras ocasiones antes, en otros lugares.

Que no era la primera vez que robaba algo. Que en su vida anterior al accidente siempre trabajaba en equipo, y que *en esta ocasión*, estaba sola.

Podría haber sido una casualidad, claro. Una simple y poco oportuna coincidencia. Pero sabía que no era así.

Porque, justo antes de decirlo, antes de tender la mano hacia ella, había visto cómo Carlos presionaba con el pulgar de la mano derecha la palma de la izquierda. Aquel viejo gesto psicológico de la KGB, que conocía tan bien, para ayudar a controlar los nervios en medio de una actuación. Algo que solo podía saber alguien que hubiese recibido un entrenamiento similar al suyo, quizá en algún lugar muy parecido.

«Llevamos un traidor pegado a la piel deseando delatarnos a la menor oportunidad», decía siempre el viejo Komarov. Qué razón tenía.

Con un dolor inmenso que le destrozaba el alma, más allá de lo que se podía explicar con palabras, Laura comprendió que Carlos sabía quién era ella realmente. Que siempre había sabido que era una ladrona de guante blanco.

Y eso solo podía significar una cosa.

Su antiguo novio le había mentido.

Con un pavor indescriptible, Laura comprendió que, desde el principio, Carlos había sido parte del engaño.

INTERLUDIO

Ibiza (España)
Agosto de 2018, cuatro años antes

Mientras caminaba hacia la puerta del hotel con los zapatos de tacón penduleando en la mano derecha, Irina Atanasova se sentía feliz. Quizá fuese por aquel momento lleno de silencio de la madrugada, quizá por el efecto de la pastilla de éxtasis que se había tomado en la última discoteca. Fuera como fuese, la claridad de la mañana que empezaba a adivinarse en el horizonte le parecía una de las estampas más esplendorosas que jamás había contemplado.

Cuando entró en el vestíbulo de hotel de cinco estrellas donde se alojaba, se vio reflejada por un instante en uno de los enormes espejos dorados que colgaban de las paredes. Jamás sería una de esas bellezas despampanantes como Claudia, que giraba las cabezas de todos los que se cruzaban con ella, por supuesto, ni tendría el frío atractivo sensual de la pequeña Laura, pero no se podía negar que la búlgara sabía sacarse partido.

La naturaleza la había dotado de un tórax amplio y unas piernas demasiado cortas, pero siempre había tenido un talento natural para explotar las mejores partes de su cuerpo y disimular aquellas otras que no le interesaba tanto que resaltasen. En el Nido se habían dado cuenta muy pronto de aquel curioso don y lo habían potenciado hasta límites extraordinarios. Con el arsenal de prótesis, vestidos y maquillaje profesional adecuados, en cuestión de horas, Irina podía convertirse en el foco de atención, una estampa imborrable en la memoria de los que se cruzasen con ella (cosa que a veces era necesaria en algún operativo) o bien se podía caracterizar de tal manera que nadie recordase su presencia, apenas algo más que un borrón olvidable en el fondo de la imagen.

Pero cuando no estaba trabajando, como en aquella semana tan divertida, aprovechaba esas habilidades para su propio disfrute. Y eso implicaba, entre otras cosas, llevarse a la cama a quien le apeteciese. Vaya si lo hacía.

Irina tenía muy claro que la vida debía disfrutarse hasta el límite, ya que en cualquier momento las cosas podían torcerse. Ya le había pasado siendo niña, cuando la habían raptado en su Bulgaria natal. Y más tarde, en el Nido, cada vez que había sentido que estaba al borde de la muerte. Y luego, cuando habían tenido que huir a la carrera con las balas silbando a su alrededor.

Y por supuesto, en cada día que pasaba con Mijaíl y su banda, una vida excitante y llena de lujos, pero siempre con la posibilidad de una catástrofe oculta y acechando.

Irina era callada y circunspecta, tímida, dirían muchos. Como la mayoría de las personas extremadamente inteligentes, prefería escuchar y observar. Eso estaba bien. Pero de vez en cuando necesitaba liberar toda la tensión acumulada, aunque al viejo Misha le llevasen los demonios.

Llevaba dieciséis horas consecutivas de fiesta en la isla. Había bebido, bailado, follado en un baño con dos desconocidos y de vuelta a la fiesta una vez más, en un círculo embriagador que había terminado apenas media hora antes, cuando conoció a un francés especialmente guapo. Había pensado en llevárselo a la habitación del hotel, pero en el barullo de la salida el chico se había esfumado y no tenía ganas de buscarlo entre la multitud. Demasiado cansada, había decidido dar por terminada aquella jornada de fiesta.

Apretó el botón del ascensor que la tenía que llevar a su suite de la décima planta y se recostó contra la pared de la cabina, con los latidos de la música todavía palpitando en los oídos. Estaba deseando llegar, quitarse aquel vestido y beberse dos litros de agua antes de dejarse caer en cama. Se sentía exhausta.

Quizá por eso no se fijó en el testigo que siempre dejaba en la puerta de su habitación, tal y como le habían enseñado en el Nido: el fino cabello que tendría que estar encajado en el marco de la puerta, para asegurarse de que nadie había entrado en su ausencia.

Tampoco tenía motivos para hacerlo. Al fin y al cabo, nadie sabía que estaba allí. Había sido meticulosa en el desplazamiento, se había registrado con uno de sus múltiples pasaportes falsos y, además, en el fondo, ya estaba un tanto cansada de la paranoia de Mijaíl.

Cerró la puerta a su espalda y, al meter la tarjeta en la ranura, una suave luz ambarina se encendió automáticamente. Irina dejó caer los zapatos sobre la moqueta y lanzó su bolso encima de una de las sillas de la entrada.

Pero al dar un par de pasos dentro de la habitación se detuvo, con una sensación heladora trepando por su columna.

No estaba sola allí dentro. Lo podía notar. Estaba segura.

La puerta corredera de la terraza estaba abierta y una de las cortinas aleteaba mecida por la brisa. Con todos los sentidos alerta, su cansancio se esfumó en un instante. Sin hacer ruido, caminó con suavidad hasta la puerta abierta y se asomó al exterior.

Allí no había nadie. Tan solo estaba el cenicero con la colilla arrugada que había dejado antes de salir y una botella mediada de cerveza.

Quizá se había engañado, al fin y al cabo. Exhaló un suspiro de alivio y se dio la vuelta.

Entonces le vio sentado en una de las butacas de la habitación. A *él*.

—¡Tú! —Sus ojos se abrieron mucho por la sorpresa—. ¿Qué haces aquí? ¿Cómo me has...?

No tuvo tiempo para decir ni una sola palabra más. Una figura alta y musculosa, oculta entre las sombras de la habitación, se abalanzó sobre ella y la sujetó por el cuello. Irina sintió una mano de hierro que se cerraba en torno a su garganta y de inmediato el aire empezó a faltarle. Pataleó desesperada y lanzó un par de zarpazos contra su captor, pero era como arañar una pared de granito.

Su atacante la arrastró hasta la terraza. En un breve segundo de lúcido terror, la mujer comprendió lo que estaba a punto de pasar.

—¡Noooo! —Irina consiguió emitir un gruñido de pánico justo antes de que el hombre la levantase sobre la barandilla, a más de cincuenta metros de altura.

La última imagen que se llevó en sus retinas fue la del otro hombre, el que estaba sentado en la butaca, que contemplaba la escena sin un parpadeo. Luego, su agresor le dio un empellón e Irina se precipitó al vacío con un alarido.

Unos segundos más tarde, su cuerpo chocó contra el suelo y todo se acabó.

23

Arzúa (A Coruña)
En la actualidad. Día 5 de Camino

Al caer la tarde, por fin llegaron a Arzúa, pasando al lado de un enorme silo pintado de verde que se levantaba a la entrada del pueblo. Su destino de esa noche era el albergue municipal, un edificio de dos plantas de piedra ennegrecida por la humedad y ventanas de color chillón.

Mientras Vargas hacía los trámites para pasar la noche, Laura se acercó al mostrador de la recepción para que le sellasen su credencial. El documento que le serviría para acceder a la catedral estaba cada vez más rebosante de marcas de tinta, pero en aquella ocasión el familiar ruido seco del sello contra el papel no le provocó ningún placer. Estaba demasiado conmocionada por los recientes acontecimientos y cansada, física y emocionalmente, más allá de lo que se podía imaginar.

Con el documento en el bolsillo, se dejó caer en un banco de la fachada y forcejeó con las trabillas de sus botas para sacárselas. Cuando tiraba de la bota izquierda oyó un rasgueo suave y, de repente, la suela se descolgó como una lengua burlona, dejando su calcetín al aire. Se quedó con ella en la mano incrédula, a la vez que un torrente de lágrimas afluía a sus ojos.

La ola de autocompasión que llevaba con ella todo el día la

anegó con una fuerza brutal y por un breve instante estuvo tentada de mandarlo todo al diablo. Dejar el Camino, largarse de allí, empezar de cero en otro lugar.

Que le diesen al dolor de pies, al robo, a todo su pasado, al terror constante de sentirse perseguida por fuerzas letales y desconocidas.

Fue justo entonces, bajo el manto de ansiedad, cuando algo comenzó a refulgir como un hierro calentado al rojo vivo. Una andanada de ira se abrió hueco en su pecho mientras la pena y la angustia retrocedían arrasadas por aquel incendio.

Estaba harta. Harta de mentiras. Harta de traiciones. Harta de tener miedo. Harta de bailar al son que le marcaban los demás. Harta de vivir con la zozobra de no saber quién era ni qué iba a pasar a continuación. Harta de tener que dar explicaciones, de pedir, de suplicar, de tejer una maldita red de mentiras que la estaba ahogando. Harta, harta, harta.

Fue como si en su cabeza se abriese de golpe una puerta y una bandada de murciélagos saliese espantada en forma de una corriente negra y oleaginosa. De pronto, tenía la cabeza limpia y despejada por primera vez desde que se había despertado en una cama de hospital en México meses antes. No era la lucidez que había sentido mientras peleaba con el sicario, sino algo mucho más profundo y menos mecánico. Algo real. De golpe tenía claro lo que quería hacer y cómo quería hacerlo.

Se había acabado ser una mujer quejumbrosa y asustada. Era Laura Plaza, o comoquiera que se llamase. Eso ya no importaba. Era la niña del Nido, la que logró sobrevivir al frío y al hambre, a la crueldad de los profesores, la que escapó del Cierre y se convirtió en un fantasma, como sus amigos. La que seguía viva cuando debería haber muerto una y otra vez desde que tenía uso de razón. Había cruzado mil circunstancias peores que aquella y había sobrevivido a todas y cada una de ellas.

De ahí en adelante, las decisiones las tomaría por sí misma.

Y eso implicaba comenzar por lo más urgente.

Se calzó otra vez y con la bota destrozada se acercó hasta Zepeda, que se masajeaba los hombros con aspecto cansado. Al llegar a su lado le dio una palmadita en la espalda. Él se giró y le dedicó de nuevo aquella expresión vacía de sentimientos.

—¿Qué quieres? —dijo—. No tengo tiempo para...

—Zepeda —le interrumpió ella—, tenemos que hablar. Ahora.

El mexicano la taladró con la mirada.

—Ya hemos dicho todo lo que...

Laura le agarró por el antebrazo con firmeza y tiró de él. Sorprendido, vaciló un instante. Algo en la actitud de ella había cambiado, igual que su mirada y su postura.

—No, no hemos dicho nada todavía. —Su voz estaba cargada de serenidad—. Y vamos a aclarar las cosas de una vez por todas. Tú y yo. No más tarde, no después, no al llegar a Santiago. Ahora.

Zepeda calló unos segundos que a ella se le hicieron interminables y, por un instante, el espectro de las dudas aleteó débilmente en su estómago. Por fin, el hombre asintió.

—De acuerdo. En la capilla junto a la que hemos pasado al venir hacia aquí dentro de diez minutos.

—Allí estaré —respondió ella—. Y otra cosa.

—¿Qué?

—No pienso llamarte Zepeda —negó con la cabeza—. Y espero que lo entiendas..., *Fernando*.

El mexicano la miró estupefacto, pero Laura giró sobre sus talones y se alejó antes de que pudiese contestar. Mientras caminaba por las coquetas calles de Arzúa hasta la capilla, a poco más de unos cientos de metros, sonrió satisfecha, con la sangre rugiendo en sus oídos. Había ganado la primera batalla, minúscula y sin importancia, pero era un comienzo.

El primer embate serio venía a continuación.

La pequeña iglesia tenía un cartel cerca de la fachada que

la identificaba como capilla de la Magdalena. Era un edificio de mampostería que tan solo tenía un estrecho ventanuco sobre la puerta principal, debajo de una espadaña achaparrada; una de esas obras medievales sólidas como una montaña que habían atravesado los siglos sin demasiados problemas. Laura empujó la puerta de madera y, para su sorpresa, giró sobre los goznes sin apenas ruido.

El interior estaba vacío y un puñado de velas cerca del altar bañaban el retablo con una luz dorada. Hacía frío en el interior, y los bancos de madera alineados a los lados parecían incómodos. Laura caminó hasta el escalón que estaba bajo el altar y se sentó en él dispuesta a esperar.

No tuvo que aguardar demasiado. Al cabo de unos minutos oyó pisadas que se acercaban sobre la gravilla del exterior. La puerta se abrió y Zepeda asomó la cabeza con cautela, como si temiese una encerrona. Barrió con los ojos el interior del templo antes de entrar y cerrar con suavidad tras de sí.

Estaban solos.

—¿Y bien? —dijo con sequedad, aunque se le notaba intrigado—, ¿qué hacemos aquí?

Laura jugueteó con una de las borlas de su chubasquero, pensativa, antes de responder.

—Hablar —respondió al fin—. Poner las cartas sobre la mesa.

—¿Y eso es...?

—Contarte la verdad. Toda la verdad. Pero te adelanto que es una historia complicada.

—Eso lo decidiré yo —replicó él mientras se dejaba caer en un banco enfrente de ella—. Cuéntame tu historia, pues.

Y Laura empezó a hablar. Al principio le resultó difícil ordenar las ideas, pero a medida que avanzaba la narración fue ganando velocidad. Le contó la historia de su infancia, de cómo había acabado en el Nido casi cuarenta años antes, de la extraña cadena de casualidades que la había llevado hasta allí, del agujero en su memoria que se comía piezas enteras del puzle... Le contó todo, hasta la mañana de cuatro días atrás, cuando se acercó al grupo de Ferreiro en Triacastela y se vieron por primera vez.

Se vació por completo. A medida que hablaba sentía cómo el enorme peso que le había estado oprimiendo el pecho hasta aquel mismo instante se disolvía en un burbujeo liberador. Por primera vez desde que todo aquello había empezado, no estaba sola. Por fin podía compartir aquella inmensa carga que la asfixiaba.

Cuando terminó de hablar, el silencio en el interior de la ermita fue ensordecedor. Laura tragó saliva al notarse de pronto frágil y expuesta. Toda la seguridad y certeza que la habían empujado hasta allí como lava hirviente se habían escondido en algún rincón de interior, totalmente fuera de su alcance.

—¿Y bien? —susurró con la mirada fija en las losas de piedra del suelo—. ¿No vas a decir nada?

Fernando Zepeda se presionó los senos nasales con el índice y el pulgar con gesto fatigado.

—¿Qué pretendes que diga, Laura? —Negó con la cabeza—. ¿Tú te has oído? ¿Te das cuenta de cómo suena esa historia?

—No estoy mintiendo. Es la verdad —le juró esforzándose por mantener la calma—. Tienes que creerme.

—¡Yo no tengo que hacer nada! —explotó él furioso—. ¡Mi única obligación es con el señor Ferreiro y eso no implica tener que tragarme la primera historia disparatada que alguien me cuente! ¿Secuestros infantiles, escuelas clandestinas en la URSS, *robar los pinches huesos del apóstol Santiago*? ¿Qué pretendes que haga con todo eso?

Zepeda se interrumpió avergonzado por aquel estallido de rabia.

—¿Qué quieres que haga, Laura? —repitió con voz suave—. Dímelo, por favor.

—Creerme —insistió ella mientras le miraba a los ojos, con el dolor brillando en sus pupilas—. Necesito que me creas, por favor. *Por favor.*

Él abrió la boca y la volvió a cerrar vacilante. Se frotó de nuevo los ojos, torturado por emociones encontradas.

—No puedo hacerlo. —Y cada una de aquellas tres palabras fue un clavo oxidado que se hundía en el pecho de Laura—. De verdad que quiero, pero... no puedo.

—Si no lo haces, estoy perdida. —Notaba la lengua como una piedra reseca—. Esa es la verdad.

Zepeda lanzó un gruñido de impotencia mientras se llevaba las manos a la cabeza.

—¿Tienes al menos alguna prueba de lo que dices? ¿Una carta, un mensaje que me puedas enseñar...? ¿Algo?

—Tengo esto. —Laura sacó de su bolsillo el fajo de pasaportes falsos y los desplegó sobre el suelo como un jugador de póquer que muestra una mala mano.

Él los examinó con detenimiento, y al terminar se los devolvió con cuidado.

—Son buenos, muy buenos —reconoció—. De los mejores que he visto en mi vida. Podrían pasar por auténticos, aunque tampoco soy un experto. Pero por sí solos no significan nada. Quizá los has encargado tú. Si eres capaz de matar a un hombre, encargar unos documentos falsos no supondría ningún problema para ti. Quizá formaban parte de tu plan desde el principio.

A Laura se le escapó un gemido de impotencia desde el fondo de la garganta. Aquello no estaba yendo como se había imaginado. Zepeda desconfiaba, no sin motivos, después de todo lo sucedido, pero se mantenía tozudo como una mula en su posición, sin ceder ni un milímetro.

Y justo entonces, su teléfono empezó a vibrar con un zumbido que rasgó la quietud de la capilla.

Los dedos de Laura se enredaron con la cremallera de su

bolsillo mientras luchaba para sacar el móvil. Por fin lo extrajo y le mostró el mensaje «Número oculto» destellando en la pantalla, con los ojos muy abiertos. Zepeda se llevó un dedo a los labios y después se apuntó a él mismo. Laura asintió, deslizó el índice por la pantalla para contestar la llamada y activó el manos libres.

—¿Dónde estás? —La voz ronca del hombre retumbó en el interior del templo—. Te dije que no apagases el terminal en ningún momento.

Laura se quedó en silencio, sin entender a qué se refería. De repente observó que apenas tenía una barra de cobertura y lo comprendió de inmediato: las gruesas paredes de piedra maciza de la ermita obstaculizaban la señal y quienquiera que estuviese al otro lado de la línea no podía hacer la localización GPS como de costumbre. Eso significaba que, por primera vez, tenía una pequeña ventaja. Además, no sabría que estaba con Zepeda. Con el terminal hundido en lo más profundo de su bolsillo, el hombre no había podido escuchar la conversación.

Estaba a ciegas.

Ahora o nunca, se dijo.

—No lo he apagado. —El corazón le martilleaba en el pecho—. Estoy dando un paseo por Arzúa, para ordenar las ideas. Hay poca cobertura en el pueblo, lo siento.

—Que no vuelva a suceder —gruñó su interlocutor, que se interrumpió por un ataque de tos—. Ya sabes lo que puede pasar si no sigues al pie de la letra mis instrucciones.

—Ya lo tengo claro —contestó—. ¿Qué quieres?

—Saber qué sucedió ayer por la noche en el bosque. —Había tensión en sus palabras—. ¿Por qué os detuvisteis allí? ¿Por qué no parasteis en Melide, como estaba previsto?

Laura y Zepeda intercambiaron una mirada de comprensión. El cambio de planes de la noche anterior había hecho que la vigilancia meticulosa a la que la sometían tropezara con un punto ciego inesperado.

—Fue una casualidad —respondió ella con aplomo—. Uno de los peregrinos se torció un tobillo y decidimos detenernos a descansar.

—Esta mañana había allí restos de un incendio. —Aún parecía receloso.

—Un accidente —replicó ella haciéndole un gesto mudo a Zepeda—. Una pavesa de la hoguera prendió en un par de tiendas. Nadie resultó herido.

—Confirmaré eso con mi infiltrado en el grupo en un rato. —La respuesta dejó a Laura paralizada—. ¿Qué te creías? ¿Que no iba a tener un par de ojos extra ocultos en tu alegre compañía?

Zepeda le hizo un gesto imperioso. *Haz que siga hablando*, vocalizó con los labios.

—Si tienes a alguien en el grupo, podrías decirme quién es —aventuró Laura—. No me vendría mal un par de manos extra.

—¿Y mostrarte mi carta? Vamos, Laura, sabes que esto no se juega así. Lo haré en el momento oportuno, cuando llegues a Santiago, ni un minuto antes.

Resopló frustrada. No le había sacado nada y no tenía sentido seguir presionando.

—Tengo una buena noticia que darte —continuó él, como si tal cosa—. Esta mañana hemos encontrado al hombre que atentó contra tu vida en Samos, el del tejado. Un tipo duro, un profesional, pero ya nos hemos encargado de él. Puedes dormir tranquila.

La imagen del sicario que había huido la noche anterior se le cruzó por la mente con total claridad. No había llegado demasiado lejos, al fin y al cabo. Lo realmente interesante era que, al parecer, su interlocutor no sabía que trabajaba en equipo con otro compañero, que en aquel instante se pudría bajo un montón de escombros en una aldea abandonada.

Están sucediendo demasiadas cosas a la vez y no puede controlarlo todo. El pensamiento retumbó en su cabeza como un trueno y de repente lo comprendió con absoluta claridad. El hombre estaba preocupado y la llamada solo tenía como objetivo sonsacarle información. Estaba improvisando.

Era hora de empezar a jugar a su juego, pero en sus propios términos. Desestabilizarlo un poco más.

—Omar. Paolo. Irina. Claudia —pronunció sus nombres haciendo una larga pausa entre ellos—. ¿Dónde están? ¿Por qué no está todo el equipo ayudándome?

Para su sorpresa, él soltó una carcajada melancólica que solo se interrumpió por un nuevo acceso de tos.

—Vaya, veo que sigues recuperando fragmentos —dijo al fin—. Parece que nuestro experimento está dando sus frutos, ¿no crees?

—Dime dónde están —se mantuvo firme.

—Has avanzado mucho, pero te siguen faltando piezas, Laura. Estás haciendo las preguntas equivocadas.

—¿Cuál es la pregunta correcta, entonces?

—Todo a su debido tiempo —replicó desdeñoso antes de cambiar de tema—: Hablemos de cosas serias. Estás a dos días del objetivo y no veo que tus preparativos hayan avanzado lo más mínimo.

Laura apretó los dientes y trató de serenarse para no caer en la provocación evidente que le estaban lanzando. Había avanzado mucho más de lo que él imaginaba, pero debía guardar esa mano en aquel momento de la partida.

—No lo he olvidado —replicó con voz sorprendentemente calmada—. Pero una cosa...

—Dime.

—Estoy harta de ti. —Una sonrisa torva se dibujó en su rostro al imaginarse la mirada de perplejidad al otro lado de la línea—. Y estoy harta de tus juegos. Se acabó. ¿Me he explicado bien..., *Mijaíl*?

El estupor vibraba a través de la línea como un grito silenciado y, aun así, lo bastante fuerte como para que Laura supiese que había dado en el clavo.

—Es... curioso que decidas usar ese nombre —dijo su interlocutor con un tono algo menos firme—. Está claro que ya has recuperado los recuerdos de quién eres realmente.

—Y ahora eres tú quien no recuerda. «Los detalles salvan o matan», eso nos repetías siempre. No deberías haber usado tu letra para escribir ese mensaje detrás de la postal —replicó ella cortante—. La usaste para traerme aquí, ¿verdad? Era solo eso, un cebo para justificar mi relación con Galicia. Una excusa para hacer el Camino Francés y no cualquier otra ruta. Reconectar con mis posibles raíces, ver si eso me ayudaba en la recuperación... Todo mentira.

—Era necesario. Lo lamento.

—Y haces bien en lamentarlo, Misha —contestó ella con la voz rebosante de rencor—. A lo mejor acabas lamentándolo más todavía.

—Ya está bien de amenazas, Laura —replicó él molesto—. Te recuerdo que Carlos sigue en mi poder y que, si no haces lo acordado, morirá. Sé inteligente y recuerda quién está aquí al mando, por tu propio bien.

Laura soltó una carcajada amarga que resonó en las arcadas del techo de la capilla.

—Misha, Misha —dijo con tono pausado—. Por mí puedes decirle a Carlos que se vaya al infierno. Seguro que no anda muy lejos, ¿verdad?

—¿Cómo? —La voz de Mijaíl sonó estrangulada.

—Sé que Carlos ha estado compinchado contigo todo este tiempo. —Aquel era el momento de mostrar todas las cartas—. Formaba parte de tu plan desde el primer minuto. No me quiero ni imaginar las risas que os habréis estado echando a mi costa desde hace, ¿cuánto?, ¿semanas?, ¿*meses*?

Esta vez el silencio duró tanto que Laura pensó, por un

instante, que Mijaíl, abrumado por aquella avalancha, había cortado la comunicación.

—Pero... ¿cómo has podido...? —A Laura le pareció intuir un atisbo de admiración mezclado con el desconcierto en la voz del ruso—. ¿Quién te lo ha dicho?

—Querías que la vieja Laura volviese, ¿no es cierto? —Había amargura en su voz—. Deberías haber pensado que esa versión de mí sería capaz de ver a través de tus artimañas. Me entrenasteis para cosas así, ¿recuerdas? Sé cosas —continuó ella—. Cosas que no sabía.

—No lo sabes todo —la interrumpió él con urgencia en la voz—. Presta mucha atención a lo que te voy a decir: si no haces esto, si no robas los huesos, tu vida siempre correrá peligro. Es una amenaza mucho mayor de la que piensas y ni siquiera yo podré protegerte.

—Estoy harta de tus mentiras —replicó ella con acidez—. Por eso, a partir de ahora, ya te llamaré yo si necesito algo, Misha.

—¿Qué estás diciendo? —En la voz del ruso se mezclaban la perplejidad y la furia—. ¡Ni se te ocurra hacer eso! ¡Como apagues el teléfono te juro que...!

Laura no le dejó acabar la frase y pulsó el botón para cortar la llamada. A continuación apretó el lateral, una pequeña rueda animada giró en la pantalla por unos segundos y el teléfono quedó muerto en sus manos.

Jadeó conmocionada. Lo había hecho. Se había atrevido.

Había descubierto quién estaba al otro lado de aquel terrible plan.

Y sobre todo, ahora ella llevaba el control.

Uno de los motivos que le impedían marcharse era que *ella quería* llevar a cabo el robo. Que *debía* hacerlo. Porque la misma sensación de urgencia que la acechaba desde que empezó a unir piezas de su pasado le susurraba que intentar aquel golpe, sacar a relucir sus talentos ocultos, era la única manera de descubrir de una vez por todas quién era ella en realidad. Si perdía aquella oportunidad de derribar el dique que retenía sus recuerdos, quizá no volviese a presentarse otra ocasión igual.

Y otro motivo, quizá más importante, era lo que había dicho Mijáil, algo que no dejaba de resonar en su cabeza: «Si no robas los huesos, tu vida siempre correrá peligro».

De una forma que era incapaz de explicar, intuía que en aquella ocasión el ruso le estaba diciendo la verdad y eso la obligaba a seguir hasta el final. Fuera como fuese, lo solucionaría. Estaba convencida.

Se sentía tan eufórica que le entraron ganas de ponerse a saltar por el pasillo de la iglesia, pero se contuvo al ver la mirada desconcertada de Zepeda.

Aún tenía que arreglar aquello.

—Esto ha sido... —El mexicano balbuceó confundido—. O sea...

—¿Me crees ya?

—Yo... no... O sea, sí, pero es que es algo que...

—Te he contado toda la verdad. —Ella le miró directamente a los ojos—. Así que ahora tienes tres opciones. Puedes aferrarte a tu testarudez e insistir en que nada de esto es real, pese a lo que has visto y oído. También puedes salir por esa puerta, buscar la comisaría de policía más cercana y denunciarme. O...

—¿O qué?

—O puedes decidir creer todo lo que dicho... —vaciló un segundo—, y ayudarme.

Él se la quedó mirando durante casi un minuto con la mandíbula encajada. Se puso de pie y paseó enfurecido por el pasillo de la nave mientras hacía crujir sus nudillos.

—Por supuesto que te creo —dijo al fin—. Por disparatado que suene, todo lo que me has contado es real. El único problema es...

—¿Cuál?

—¡Que no confío en ti, maldita sea!

Laura alzó los brazos y soltó un gemido de frustración. Era como razonar con una pared de granito.

—¿Por qué no puedes fiarte de mí? —Se levantó para ponerse delante de él—. ¡Te lo he contado todo! ¡He puesto mi vida en tus manos!

—¡Y yo me he convertido en cómplice de un asesinato, por si te has olvidado! ¡Pero me mentiste! ¡No confiaste en mí! ¡Podías haberme dicho todo esto desde el primer día! ¡Nos habríamos ahorrado muchísimos problemas!

—¿Estás de broma? —Ambos estaban gritando, casi pegados el uno al otro—. ¡No tenía manera de saber si eras de fiar! ¡Por lo que yo sabía, podrías ser un hombre de Mijaíl o de los lunáticos que intentan matarme!

—¡¿Pero cómo puedes decir eso?! ¡Desde el primer día que te vi me di cuenta de que eras especial! ¡He estado siempre a un par de pasos, atento a todo lo que hacías, a cómo te movías y hablabas! ¡No soy capaz de sacarte de mi...! —El mexicano se detuvo turbado.

Estaban muy cerca, tan cerca que sus alientos se entremezclaban.

—Eres lo único bueno que me ha pasado desde que empezó toda esta pesadilla —se oyó murmurar Laura—. La única persona con la que me apetecía estar y hablar. El único que...

Zepeda se inclinó hacia ella y la besó interrumpiendo sus palabras. Laura abrió mucho los ojos, pero de repente una avalancha de calor irradió desde su cabeza al resto de su cuerpo. Enlazó los brazos en torno al cuello de Fernando Zepeda y le devolvió el beso con ansia. Sus labios eran tersos y su lengua húmeda jugueteaba con la suya, en una complicada danza.

Fue un beso largo, intenso y memorable. Cuando se separaron, al fin, los dos jadeaban.

—Yo... lo siento —balbuceó él—. No sé qué se me ha pasado por la cabeza. Yo...

El segundo beso lo inició ella, mucho más profundo y calmado.

Y de repente, todo parecía estar bien, porque es así como deben ser las cosas. Sintió sus manos recorriendo ávidas su espalda y se dejó llevar, feliz.

Mientras se ponía la noche sobre Arzúa y las luces de la calle se iban encendiendo con lentitud, la ropa de ambos cayó sobre el suelo frío de la pequeña capilla.

Y durante un buen rato, no existió nada más.

Laura se arrebujó contra el pecho del mexicano. Se habían tapado con su chaqueta, pero las piernas de ambos sobresalían y el suelo duro se les clavaba en la espalda. Ella se apoyó sobre un codo y le miró.

—No imaginaba que esto iba a acabar así —confesó con una sonrisa.

—¿Te arrepientes? —Zepeda repasaba con un dedo la fina cicatriz que le recorría la clavícula.

Ella negó con la cabeza, absurdamente feliz.

—Para nada —suspiró con la mirada perdida—. Llevaba meses navegando a ciegas y por fin creo que he podido aferrar el timón. Tú haces que todo sea más... completo. ¿Tú te arrepientes?

—Ay, gachupina —dijo él con una media sonrisa—. Solo me habría arrepentido si esto no hubiese pasado.

—Quizá deberíamos vestirnos. —Laura rebuscó en el montón arrugado de tela, a la caza y captura de su ropa interior—. Puede llegar alguien en cualquier momento.

Durante unos segundos, ambos callaron.

—Fernando..., quiero decirte algo —rompió ella el silencio después de pasarse el jersey por la cabeza.

—¿Más confesiones? —Él la miró espantado—. ¡No, por favor!

—No es eso —susurró ella—. Esto que tenemos ahora, sea lo que sea..., no significa que estés obligado a ayudarme. O sea, me encantaría, pero no sientas que tienes que...

—Te ayudaré —dijo él con aplomo—. Pero no por lo que hay entre nosotros ahora.

—Entonces ¿por qué?

—Porque es lo más sensato —contestó Zepeda—. Piénsalo. Ahora mismo hay dos facciones distintas con la atención puesta en nuestro grupo, al que yo he prometido proteger. No podemos hacer frente a ambas amenazas a la vez, así que, por lo menos, hemos de mantener una de ellas bajo control. Si ese tal Mijaíl ve que haces progresos en tu descabellado plan, se quedará lo bastante tranquilo como para no tocarnos demasiado las narices. Mientras llevemos la iniciativa, será más complicado que nos tropecemos con sorpresas desagradables en los dos días que nos quedan hasta Santiago.

Algo en la manera en la que dijo «sorpresas desagradables» hizo que Laura tuviese un escalofrío.

—Mijaíl parece peligroso —continuó él—. Y estoy seguro de que aún tiene algunos trucos ocultos en su sombrero. Laura, creo que estás tirando del rabo a un tigre... y la única manera de que no te devore es agarrando la cola con más fuerza.

Ella se pegó más a él, abrazándolo.

—Gracias —musitó—. No tengo manera de decirte lo mucho que te lo agradezco.

—Pero necesito que una cosa quede clara. —Zepeda la miró repentinamente serio—. Sí, te ayudaré a que sigas desarrollando tu plan, pero no pienso ser cómplice de un robo. Eso está fuera de toda discusión y tiene que quedar claro. ¿De acuerdo?

Laura asintió sin pestañear.

—En cuanto lleguemos a Santiago, visitaremos la catedral

como un grupo de peregrinos cualquiera, nos haremos un montón de fotos y eso será todo. —Él le cogió las manos entre las suyas; tenía las palmas extraordinariamente suaves—. Nada de robos. Nada de planes imposibles. En cuatro días, estaremos subiendo al avión privado del señor Ferreiro y saldremos pitando hacia México. Allí no podrán hacerte nada y todo esto se acabará.

Laura le sonrió con una mezcla de decepción y ternura. Zepeda se estaba esforzando en darle aquello que él pensaba que era lo mejor desde su punto de vista. Aunque lo negase, se sentía en la necesidad de protegerla, pero llevar a cabo un robo sacrílego eran palabras mayores para él.

—De acuerdo. —Sabía que no debía seguir presionando. Ya era mucho lo que había logrado en las últimas horas—. Pero aún nos queda el otro grupo. El que nos ha atacado.

—¿Seguro que no sabes quiénes son?

—Solo tengo sospechas. —Se recogió el pelo en una coleta—. La primera vez que intentaron acabar conmigo, en Samos, Mijaíl parecía enfadado, pero no sorprendido. Casi como si fuese algo que se esperaba, de alguna manera.

—¿Adónde quieres ir a parar?

—Creo que realmente no me persiguen a mí. —Frunció el ceño—. O, al menos, no solo a mí. Estoy casi segura de que quien los manda es enemigo de Mijaíl, o de todo el equipo que formábamos sus niños perdidos..., o de ambos. Quizá en algún momento robamos a la persona equivocada. Un narco. Un señor de la guerra. Un dictador africano. Yo qué sé. No soy capaz de recordarlo.

Zepeda asintió crujiendo de nuevo sus nudillos.

—Sea quien sea, tenéis que haberle cabreado mucho —dijo al cabo—. Los mercenarios que manda no son baratos, ni fáciles de conseguir. No se anuncian en los periódicos. Hay que tener contactos para poder disponer de ellos.

—Y eso no es lo peor —continuó Laura—. Estoy segura de

que quienes nos han atacado también tienen a alguien infiltrado en nuestro grupo.

Esta vez, la expresión de alarma de Zepeda fue mucho más expresiva.

—*No mames* —gruñó—. Una cosa es que me cuelen a uno, pero dos... ya es demasiado. ¿Por qué crees eso?

—Lo del bosque fue una emboscada perfecta. Estábamos en medio de la nada, lejos de todo el mundo, virtualmente indefensos. Los dos sicarios estaban allí esperando por nosotros, en medio de la espesura. Sabían que nos íbamos a detener allí. ¿Cómo es posible sin ayuda dentro del grupo?

—¿Piensas en alguien? —La voz de Zepeda se había reducido a un gruñido ronco, como el de un perro de presa que desea desgarrar gargantas—. ¿Alguna persona en concreto?

—Bien, hay varios candidatos. —Laura levantó tres dedos y los fue bajando a medida que decía nombres—. En primer lugar, Vargas, el secretario del señor Ferreiro: fue él quien propuso acampar en ese punto, la idea de detenernos allí fue suya.

—Es imposible que haya sido Vargas. —Zepeda negó con la cabeza—. Le conozco desde hace años, lleva trabajando para los Ferreiro media vida. Jamás se mezclaría en algo así.

—También pudo ser Stroll —siguió ella—. Se torció el tobillo justo en el lugar apropiado, pero realmente nadie vio cómo sucedía, y a la mañana siguiente ya podía caminar de nuevo como si nada.

—Ha pasado todos los controles de seguridad —protestó él—. Hace años que es el guardaespaldas de Schmidt, el socio de Ferreiro.

—También yo pasé los controles de seguridad y mira dónde estamos —replicó con humor sombrío, y se ganó una mirada indignada de Zepeda. La ignoró y continuó con la lista—: Y por último, puede ser la doctora Grammola. —Bajó el tercer dedo—. Fue ella quien insistió en que la mejor alternativa era hacer noche allí y estaba conmigo en la tienda cuando empezó el ataque.

—Si no me equivoco, gritaba de pánico cuando sucedió todo —discrepó él.

—Quizá era una estrategia para cubrirse las espaldas cuando el caos terminase y yo apareciese con un cuchillo clavado en el corazón. —Se estremeció—. Sea como sea, alguno de ellos nos la está jugando.

—Tendremos que mantener un ojo abierto. —Zepeda se levantó y le tendió la mano para ayudarla a ponerse en pie—. Deberíamos volver, pero por separado. No es buena idea que alguien sepa que estamos juntos en esto.

—Tienes razón. —Laura se acercó a él y le dio un largo y cálido beso—. Pero no te vayas demasiado lejos, por favor.

—No se me ocurriría. —La estrechó en un abrazo protector—. No lo haré.

Laura se encaminó hacia la puerta y la abrió con cautela. Fuera, la noche empezaba a ser desapacible.

—Por cierto, Fernando...

—¿Sí?

—Creo que voy a necesitar otro par de botas. —Sonrió con picardía—. Quizá robe las tuyas esta noche. Al fin y al cabo, soy una ladrona.

Y salió de la iglesia con la imagen de su cara estupefacta en la mente y aguantándose las ganas de reír.

Mientras se acercaba al albergue, no dejaba de escrutar todas las esquinas y los rincones envueltos en sombras, a la caza de algún par de ojos vigilantes. Podía ser incluso que el propio Mijaíl estuviese allí, aunque lo veía poco probable. Aún había demasiados paseantes por las aceras.

Se cruzó con un sacerdote alto y de pelo cano que corría de forma apresurada hacia la iglesia. Sonriendo por dentro, confió en que Zepeda ya hubiese salido de allí y que no quedase el menor rastro de lo que habían estado haciendo al lado del confesionario o a aquel pobre hombre le daría un síncope.

Cuando llegó al albergue, una deliciosa cena humeaba sobre la mesa de la cocina: un potaje de judías, pedazos de chorizo y trozos de jamón brillantes de grasa con el punto exacto de especias y sal. Solo se dio cuenta de lo hambrienta que había estado cuando terminó de cenar y se encaminó hacia su litera. La mayoría de los miembros del grupo ya estaban dormidos, agotados por la caminata del día, excepto Vargas, que leía un libro a la luz de una linterna. El camastro de Fernando Zepeda ya estaba ocupado; seguramente había entrado mientras ella cenaba, y aunque no estaba segura, podría jurar que el mexicano la observaba desde allí.

Se cepilló los dientes y se metió en la litera. Antes de quedarse dormida, en medio del coro de ronquidos y resoplidos, pensó que al menos dos personas de las que estaban allí la vigilaban, cada una de ellas por motivos distintos.

Averiguar quiénes eran sería su siguiente tarea. Pero no aquella noche. Mientras se le cerraban los ojos, respiró el aroma de Zepeda impregnado en su ropa y el sueño la alcanzó con una sonrisa en los labios.

24

Arzúa (A Coruña)
En la actualidad. Día 6 de Camino

Se despertó cuando la luz del sol ya entraba por las ventanas bajas del edificio. Mientras se desperezaba, escuchó la barahúnda que había en el comedor, donde estaba desayunando la mayoría de su grupo con el resto de los peregrinos que habían pasado la noche en el albergue. Laura se recogió el pelo en una coleta y de repente, al volver de la ducha, se fijó que al pie de su camastro había un par de botas Salomon Adventure de aspecto flamante y con la etiqueta aún colgando de la lengüeta. Le entraron ganas de echarse a reír mientras se preguntaba intrigada de dónde diablos las habría sacado Zepeda.

En vez de calzárselas, rebuscó en el fondo de su mochila hasta encontrar los zapatos de tacón y el vestido que llevaba puesto la noche en la que Carlos había desaparecido en Pedrafita do Cebreiro. Estaba algo arrugado después de tantos días allí metido, pero tendría que valer.

Salió del albergue intentando pasar desapercibida, porque si se tropezaba con alguien, le resultaría muy difícil explicar adónde iba así vestida. Aquella mañana no tendría tiempo para desayunar, porque aún le quedaba algo que hacer antes de abandonar Arzúa: apenas disponía de media hora para sacar adelante una parte indispensable del plan que tenía en mente.

Había revisado en profundidad la información que le había mandado Mijaíl por correo y creía haber encontrado un punto débil en la seguridad del templo que le permitiría hacerse con los huesos del apóstol y salir indemne, sin que nadie se enterase. Tan solo tendría que colarse en el interior de la catedral antes del cierre y esconderse hasta que cayese la noche. No le sería difícil hacerlo, pues había montones de puertas que llevaban a sacristías, capillas menores o cuartos de almacenamiento. Abrir la cerradura sería un juego de niños para ella. Una vez dentro, ataviada con un uniforme de la empresa de seguridad que vigilaba el interior —uniforme que aún tenía que conseguir, pero eso no parecía suponer un gran reto—, procuraría crear confusión, quizá con un incendio en el cuadro eléctrico que, según los planos, estaba en la cabecera del templo. Aprovechando el tumulto, bajaría a la cripta, abriría la urna de plata y cogería los huesos. Después, saldría por la puerta principal, huyendo del humo, mientras entraban los bomberos.

Podía funcionar. *Tenía* que funcionar.

Pero todo su plan requería de una coordinación perfecta. Un error de unos segundos podría ser desastroso y para evitarlo necesitaba saber qué estaba pasando en el exterior en todo momento.

Por eso le hacía falta una cosa y la iba a conseguir aquella misma mañana.

Taconeando con sus *stilettos* se dirigió de forma resuelta a la comisaría de Policía Municipal. No le había sorprendido descubrir que en un pueblo tan pequeño las instalaciones de la policía local estaban en el mismo edificio del ayuntamiento e iba a aprovecharlo a su favor.

Al llegar junto al edificio encalado de tres plantas se detuvo por un segundo en la acera opuesta mientras lo contemplaba. Era temprano, pero ya había un trasiego abundante de funcionarios y vecinos que iban y venían pasando bajo las banderas que ondeaban en la puerta.

Era perfecto.

Laura sacó el teléfono del bolsillo y lo encendió. Sabía que en aquel mismo instante estaría revelando su posición a Mijaíl, pero le interesaba que se enterase de todo lo que iba a pasar a continuación, que entendiera aquel paso como una muestra de que, pese a todo, había prestado atención a su advertencia y finalmente el plan seguía en marcha. Con dedos ágiles marcó un número y esperó. Al segundo tono, la atendió un hombre:

—Policía local, Concello de Arzúa. ¿En qué puedo ayudarle?

—¡Tienen que venir! ¡Por favor, dense prisa! —Laura utilizó su tono de alarma más agudo, haciendo que le temblase la voz—. ¡Se van a matar!

—A ver, a ver, tranquilícese —trató de serenarla, de pronto, alarmado—. ¿Qué le pasa? ¿Dónde está?

—¡Hay una pelea! ¡Tienen cuchillos y hay un chico que está sangrando en el suelo! ¡Le están pegando una paliza a otro! ¡Por favor, necesitamos ayuda!

—Señora, necesito que se calme. Dígame dónde se encuentra, por favor.

—Estoy en un sitio que se llama... Fervenza das Hortas. —La interpretación de pánico de Laura fue magistral—. Es una cascada, en un parque. Estábamos de visita y..., ¡por favor, necesitamos ayuda! ¡Nos van a matar!

—Señora, dígame qué es lo que está... —le replicó el agente, pero Laura cortó la llamada con un gesto de satisfacción.

Ahora solo le quedaba esperar.

No tuvo que hacerlo durante demasiado tiempo. Apenas un minuto después vio cómo salían cuatro agentes uniformados por la puerta, con aspecto de ir apurados hacia los dos coches patrulla aparcados en un lateral. Con una sinfonía de portazos y acelerones, arrancaron a toda velocidad con las luces encendidas, atrayendo las miradas de los vecinos.

La cascada de la que les había hablado era un bonito paraje turístico que quedaba casi en el límite con otro ayuntamiento y que había visto en un folleto la noche anterior. Tardarían un buen rato en llegar allí, al menos lo suficiente para ella.

Entró en el edificio del ayuntamiento con paso firme. En la planta baja estaba el registro, en el que un par de funcionarios atendían a los vecinos. Laura cogió un impreso y fingió que lo leía detenidamente mientras prestaba atención a las conversaciones y observaba de forma discreta. En una esquina, un agente, demasiado viejo y gordo como para estar patrullando, dormitaba detrás de una mesa. Justo en el otro lado, un cartel ponía POLICÍA LOCAL, encima de una flecha.

Sin el menor titubeo, se internó por aquel pasillo hasta llegar a una zona apartada de la planta baja del edificio. Al fondo se abría una sala con mesas y ordenadores, un montón de archivadores y paredes cubiertas de carteles institucionales. En un lateral, enfrascado en algo que le tenía absorto, un agente de mediana edad con una cabeza demasiado grande aporreaba el teclado usando solo los índices.

Laura respiró hondo, cambió de expresión y su cara se descompuso en una mueca de lividez. Cualquiera habría pensado que había visto un fantasma y, por dentro, se sintió muy orgullosa. No ganaría un premio, desde luego, pero era una actriz pasable.

—Hay un problema arriba —le espetó a bocajarro al policía—. Tienes que subir, rápido.

El hombre apartó la mirada de la pantalla y la observó confundido.

—¿Cómo dices?

—Hay un problema arriba, en alcaldía. —El temblor de su voz parecía totalmente real—. Un tipo está hecho un energúmeno y creo que quiere pegarle al alcalde. No para de gritar y de golpear cosas. Me han dicho que te avise. ¡Tienes que darte prisa!

—¿Por qué no sube Logroño? —refunfuñó el agente—. Está en la entrada tocándose los huevos, como siempre.

—¿Tú crees que Logroño está en condiciones de hacer algo tal y como está?

—No, supongo que no —admitió todavía no muy convencido. De pronto, frunció el ceño—. Oye, ¿tú quién eres? No te conozco.

—Estoy sustituyendo a Silviña, de Intervención —dijo un nombre que había oído al azar un rato antes en el registro—. Mira, ¿vas a subir de una vez o prefieres que le peguen una paliza al alcalde? El marrón te lo vas a comer tú...

—¡Ya voy, ya voy! —El tipo se puso en pie malhumorado y se ajustó el cinturón, mientras una cháchara metálica de radio salía del cuarto situado al fondo de la sala—. Estoy solo, me cago en la leche. Han tenido que salir todos a un aviso de una pelea multitudinaria, o algo así.

—¡Me da igual, apura!

—¡Que sí, que sí! —gruñó él—. Ven conmigo, tengo que dejar esto cerrado si no se queda nadie.

Laura le siguió dócilmente hasta la puerta y esperó a que el hombre cerrase con llave. Después se fue a la carrera por el pasillo. Desde donde estaba, ella escuchó cómo mantenía un furioso intercambio de impresiones con el agente mayor de la puerta, un arrastrar de sillas, y cómo ambos subían atronando las escaleras.

Le quedaba como mucho un minuto, a lo sumo. Asegurándose de que nadie la observaba, sacó un alambre y una alargada lima de uñas de su bolsillo y traqueteó un rato con la cerradura. Era un cierre sencillo, de oficina, sin ninguna complicación para ella. En cinco segundos estaba de nuevo dentro de la oficina desierta.

Sin dudar, se encaminó al cuarto del fondo, desde donde había oído que salía el ruido de la emisora. Allí, sobre una mesa, un *walkie talkie* policial zumbaba con el rugido de las conversaciones confusas de los coches que iban hacia la falsa alarma de la cascada. Laura lo metió en su bolso tras ponerlo en modo silencioso y salió a toda prisa de la sala, dejando la puerta cerrada otra vez a su espalda. Cruzó el registro tratando de aparentar calma y salió a la calle antes de que a los dos agentes locales les diese tiempo a descubrir que les habían tomado el pelo y que no había ningún tipo de altercado en la planta superior.

Solo se permitió expulsar el aire de sus pulmones cuando estuvo a dos calles de distancia. Lo había logrado, pero aún tenía que volver al albergue sin que la viesen y cambiarse de ropa.

La fortuna le sonrió. Cuando estaba llegando al edificio de piedras oscuras observó que alguien había abierto las ventanas de la planta baja para ventilar el aire enrarecido del interior. Colarse por allí con aquel vestido le costó un poco más de lo que había imaginado y no fue una entrada demasiado decorosa, pero no hubo testigos. Todos estaban terminando el desayuno y en poco tiempo aquel lugar estaría repleto de gente recogiendo sus mochilas antes de reemprender el viaje.

Cuando los primeros miembros del grupo entraron en el dormitorio, Laura estaba sentada en su camastro, anudándose las botas nuevas, con aspecto cansado.

—Vaya, hoy se te han pegado las sábanas, ¿eh? —rio el señor Schmidt—. Nos vamos en quince minutos, que ya sabes cómo es Segismundo. ¡Siempre a la carrera! ¡Pero ya solo quedan dos etapas!

Media hora más tarde, el grupo salía de Arzúa bajo un precioso cielo azul y de un humor inmejorable. La temperatura cálida del día y la cercanía de la meta les había devuelto la energía y las penurias pasadas en las últimas etapas parecían un mal sueño.

Laura caminaba a buen paso, en el centro del grupo. Sintió la mirada inquisitiva de Zepeda clavada en ella, que decía «¿dónde te habías metido?», pero le hizo un gesto discreto. Luego. Ya te lo explicaré. Se sentía feliz. En un bolsillo lateral de su mochila dormía la emisora policial recién robada. Mijaíl se habría enterado de todo, tal y como ella pretendía, pero no tenía modo de saber qué estaba tramando. Ese día comenzaba la penúltima etapa del Camino, y su plan, por fin, empezaba a tomar forma.

25

Riad (Arabia Saudí)
Octubre de 2019, tres años antes

Cuando el avión se detuvo al final de la pista, Mijaíl exhaló un
suspiro de alivio. El vuelo desde Suiza había sido tranquilo y
sin incidentes. La tripulación del Gulfstream sin distintivos que
le había llevado hasta allí se había esforzado por todos los medios en que se sintiese cómodo y atendido, pero pasar del fres-
cor alpino del otoño suizo al calor abrasador de Oriente Medio era algo que no le convencía en absoluto.

El Gulfstream se detuvo lejos de la terminal principal del
aeropuerto, junto a un hangar militar situado en un extremo
de una de las pistas. Allí, al lado de las enormes puertas de
acero de varios pisos de altura, le esperaban tres vehículos negros con los cristales tintados.

Mijaíl suspiró otra vez y se desabrochó el cinturón. Aún no
había empezado y estaba deseando acabar con aquello cuanto
antes. Un sabor amargo y desagradable le inundaba la boca.
Cogió la copa con agua que aún tenía apoyada sobre la mesa y
le dio un trago, pero escupió casi la mitad cuando un violento
ataque de tos lo dobló por la mitad. Se quedó un rato inclinado, con un hilo de baba cayendo de la boca mientras intentaba
recuperar el resuello. La azafata alemana que le había atendido durante el vuelo, una rubia esbelta y delgada de piernas

interminables y con un moño que parecía trenzado con cables de acero, se acercó a él solícita.

—¿Se encuentra usted bien, señor?

Sí, estupendamente. ¿A ti qué te parece?, pensó con un ramalazo de furia. En vez de responder eso, le hizo un gesto con la mano para pedirle que le dejase en paz.

Le llevó un par de minutos estar presentable de nuevo. Los motores del avión ya se habían detenido y solo el siseo monocorde del aire acondicionado rompía el silencio.

—Está bien —dijo mientras se secaba la comisura de la boca con su pañuelo—. Vamos allá.

En cuanto se abrió la puerta del avión, se arrepintió de inmediato. Una bofetada de aire caliente y seco le golpeó inmisericorde amenazando con drenar todas sus fuerzas. Sintió la tentación absurda de correr de regreso al asiento y pedirle a la azafata de piernas largas que cerrase la maldita puerta y ordenarle al piloto que levantase el vuelo, pero en vez de eso se las arregló para componer una sonrisa y bajar la escalerilla.

Rompió a sudar en cuanto apoyó los pies en el cemento recalentado de la pista. Allí le esperaban un par de hombres vestidos con traje negro, de piel cetrina, altos, musculosos y con el pelo cortado a cepillo, que ocultaban su mirada detrás de unas gafas de sol oscuras. Contrastaban con la tercera persona que le aguardaba, ataviado con un *thawb*, la tradicional túnica blanca, que le llegaba hasta los tobillos y cubría su cabeza con una *ghutra*, el pañuelo rojo y blanco.

—Bienvenido al reino de Saud, señor Tarasov —dijo el hombre de la túnica en perfecto inglés mientras se acercaba a saludarle con dos besos en las mejillas—. Soy uno de los secretarios de su alteza el príncipe Alwaleed. En su nombre le transmito nuestra más profunda alegría por tenerle con nosotros. Su alteza está deseando reunirse con usted.

—Entonces será mejor que no le hagamos esperar, ¿verdad? —gruñó Mijaíl mientras sentía el sudor corriendo por su espalda—. Yo también estoy deseando que nos encontremos.

—Por supuesto, señor Tarasov. —Le señaló uno de los vehículos—. Si no le importa...

Mijaíl se subió en el todoterreno de lujo y nada más sentarse en el asiento de cuero posterior sintió una inmediata sensación de alivio al contacto del aire acondicionado. El secretario se subió a su izquierda, mientras los dos hombres de negro ocupaban los asientos delanteros.

El Mabaheth, adivinó Mijaíl de inmediato: la temida policía secreta de Arabia Saudí, de fama tenebrosa. Observó por la ventanilla el reluciente Gulfstream y volvió a asaltarle la necesidad imperiosa de estar otra vez a bordo, lejos de aquella gente. Sin embargo, el coche arrancó, con un vehículo de escolta delante y otro detrás.

Se lanzaron a toda velocidad por una de las autopistas que comunicaban el Aeropuerto Internacional Rey Khalid con la ciudad de Riad. El conductor del todoterreno delantero llevaba una luz destellando en el salpicadero y se abría paso entre el tráfico con total desprecio por el resto de los vehículos o las señales. Mijaíl observó que, al pasar junto a un coche patrulla parado en el arcén, los agentes que estaban a su lado miraron hacia otro lado con aire ausente, afligidos por alguna urgencia repentina.

Cuando el Mabaheth trabaja, es mejor no cruzarse con ellos. Sintió un regusto ácido en el esófago. Nunca le había gustado estar metido en una situación sobre la que no tuviese el control, o al menos un plan claro de salida de la misma, y estaba precisamente en una de ellas. Respiró hondo intentando calmarse. *Insha'Allah*, como decían los árabes. Mijaíl no creía en Dios, pero suponía que no tenía nada de malo encomendarse a Él, por si acaso.

Al cabo de media hora la caravana de los tres todoterrenos cruzaba un desolado suburbio exterior de Riad. La autopista se había convertido en una carretera estrecha, primero, y en un camino de asfalto cuarteado un poco después. Por la ventanilla solo veía una llanura agostada por el sol y bloques baratos de edificios en los que se apiñaban miles de trabajadores filipinos y pakistaníes que hacían todos los trabajos que los auténticos saudíes consideraban demasiado indignos.

Notó un nudo en el estómago. No sabía hacia dónde se dirigían, pero estaba razonablemente seguro de que un príncipe saudí no se iba a reunir con él en un atestado apartamento con olor a curry en las afueras de Riad. Su paranoia se desató de nuevo y metió de forma discreta la mano en el bolsillo de su chaqueta, hasta que sus dedos se cerraron en torno a la tranquilizadora forma de la cápsula que siempre llevaba consigo. Era una mezcla especial preparada por un químico brillante y que no hacía demasiadas preguntas si se le pagaba lo suficiente. En caso de necesidad, cinco segundos después de haber ingerido aquella pastilla estaría inconsciente; diez segundos más tarde estaría muerto, de una manera definitiva e indolora. No era un gran consuelo, pero al menos era algo.

—No estamos yendo al encuentro de su alteza, ¿me equivoco? —Mijaíl se giró hacia el hombre, que le devolvió una sonrisa obsequiosa.

—Es usted muy observador, señor Tarasov. Su alteza me ha pedido que antes de reunirnos con él le muestre una cosa.

—¿Una cosa?

—Sí, un regalo. Una muestra de buena voluntad, si lo prefiere.

Mijaíl no preguntó más, pero se relajó un poco, aunque no dejó de aferrar la pastilla entre los dedos durante el resto del camino.

Los vehículos se detuvieron al fin frente a una alambrada guardada por un grupo de hombres fuertemente armados. Tras enseñar una identificación, les abrieron paso hasta llegar a un edificio achaparrado de hormigón y acero y sin ventanas, azotado por el viento abrasador.

—Ya hemos llegado. —El secretario señaló por la ventanilla la puerta principal de aquel edificio. Parecía una boca negra y profunda abierta en la fachada—. Baje, por favor.

Mijaíl se mantuvo en silencio durante unos segundos.

—¿Y si no quiero?

El secretario se encogió de hombros.

—En ese caso, daremos la vuelta y nos marcharemos de aquí. No tiene que ir si no lo desea. —El saudí se colocó con parsimonia un extremo de la *ghutra* sobre el hombro—. Pero estaría ofendiendo a su alteza real y su generosidad. Ya sabe que, para nosotros, la hospitalidad lo es todo. Quizá insultar al príncipe no sea una buena idea.

Mijaíl volvió a mirar hacia la puerta y otra vez al saudí. Al cabo, suspiró y se bajó del coche. El calor en el exterior era infernal.

—¿Usted no viene? —se sorprendió al ver que el secretario no se movía de su sitio.

—Yo le espero aquí —contestó el hombre con una sonrisa—. El regalo es para usted, no para mí.

—Ya veo.

Con una sensación desasosegante en la nuca, Mijaíl echó a andar hacia la puerta, escoltado por los dos miembros de la policía secreta. Nada más cruzar el umbral del edificio se dio cuenta de varias cosas.

La primera fue que allí no había aire acondicionado. Si esperaba refrescarse un poco en el interior, podía quitarse esa idea de la cabeza.

La segunda fue el silencio sepulcral que había en el edificio. No se oía ni una sola voz, ni el más mínimo rumor. La idea absurda de que estaba entrando en su propia tumba enraizó con fuerza en una parte primitiva y chillona de su cerebro, que le pedía a gritos que saliese de allí.

La tercera y más importante fue el olor. Una mezcla de orina, sangre, excrementos y sudor teñida con algo más. Miedo. Sufrimiento. Dolor. Con un destello de comprensión, Mijaíl supo sin ninguna duda que se hallaba en uno de los centros de detención e interrogatorio del Mabaheth. Una boca al infierno que pocos abandonaban una vez que cruzaban sus puertas.

Con la píldora apretada dentro del puño, caminó por pasillos estrechos, bajó escaleras y cruzó corredores hasta que perdió el sentido de la orientación. De vez en cuando pasaban por delante de puertas de metal cerradas a cal y canto. Creyó oír gritos de dolor en más de una ocasión, pero no podía estar seguro de si eran reales o solo fruto de su imaginación. Finalmente se detuvieron ante una puerta no muy distinta del resto.

—Es aquí. —Uno de los hombres hizo girar la manilla—. Entre.

Mijaíl inspiró hondo y obedeció, sin saber si volvería a salir con vida, pero no tenía otra opción. Ya no.

Parpadeó un par de veces cuando la puerta se cerró con estrépito a su espalda. La habitación era pequeña, de no más de cinco metros cuadrados, pero estaba excesivamente iluminada. Un par de potentes focos halógenos encastrados en el techo bañaban la estancia con una luz cruel y blancuzca que no dejaba nada a escondidas. Si había pensado que antes tenía calor, de inmediato se dio cuenta de su error. Allí dentro debían de estar a más de cuarenta grados.

La habitación estaba pintada de blanco, pero en las paredes se adivinaban manchas herrumbrosas que se solapaban unas sobre otras, algunas con pinta de llevar mucho tiempo. El suelo de cemento pulido estaba ligeramente inclinado hacia el centro, donde se abría un desagüe sin rejilla. Y justo sobre el desagüe, había una silla de acero atornillada al suelo.

Mijaíl tuvo que hacer un esfuerzo ímprobo para contener una arcada. El olor dentro de aquel cuarto era indescriptible, pero eso no era lo peor. Sentado en la silla había un hombre desnudo, de unos treinta y tantos años. Decir que aquel tipo estaba destrozado era un eufemismo ligero que no le hacía justicia. Su pecho estaba cubierto de verdugones púrpuras y negros que se cruzaban dibujando extraños patrones regulares. No tenía una sola uña en los dedos de sus pies, que mostraban costras dolorosas. Los dedos de sus manos estaban torcidos en ángulos imposibles y recordaban a las garras de algún animal mitológico; uno que se hubiese caído desde un décimo piso, para ser exactos.

El hombre alzó la vista al sentir que entraba, pero Mijaíl no pudo estar seguro de si le podía ver, ya que sus ojos estaban hinchados como un par de globos rojizos. Un hilillo de baba y mocos le colgaba de la nariz hasta derramarse en su pecho.

—¿Es usted Tarasov? —preguntó alguien a su espalda.

Mijaíl se giró y contempló a un árabe menudo, de unos cincuenta años, de tez cetrina y con un fino bigotillo sobre su labio superior. Fumaba un cigarrillo sin filtro de aroma apestoso que le revolvió aún más el estómago y se estaba limpiando las manos con un trapo de color rojizo. El ruso observó con aprensión a aquel individuo que llevaba un delantal impermeable de carnicero sobre su ropa y botas altas de goma.

—Era un tipo duro —empezó a comentar el hombre, sin esperar su respuesta, como si hablase del tiempo—. Al principio, todos lo son. Algunos creen que pueden ser más duros que nadie y que no se romperán, pero al final todo el mundo se quiebra. Tarde o temprano, todos se quiebran.

Con la boca seca, Mijaíl desvió la mirada hacia el torturado, que parecía estar a un millón de kilómetros de allí.

—Mi trabajo es un arte, un arte delicado y que requiere de un cierto equilibrio, señor Tarasov —pronunció su apellido con un deje árabe que casi se comía la última sílaba—. Llega un momento en el que todos comienzan a hablar, pero casi siempre son mentiras. Simplemente hablan para que el dolor cese, para poder respirar y recuperar fuerzas. El auténtico artesano sabe que ese parloteo no tiene ningún valor y que debe seguir trabajando con su paciente el tiempo que sea necesario hasta que *la verdad* aflore. Y entonces, ¡ah, la satisfacción! Y la liberación del que, por fin, se ha desprendido de la pesada carga de sus secretos.

—¿Quién es este hombre? —La voz le salió en una especie de graznido—. ¿Y por qué estoy yo aquí?

—Eso mejor se lo puede explicar él.

El árabe se situó detrás del hombre de la silla y sin vacilar le apagó la colilla sobre uno de los párpados. Se oyó un chisporroteo mezclado con un repugnante olor a carne quemada. El torturado levantó la cabeza y soltó un aullido sordo.

—Ya está despierto —dijo arrojando la colilla al suelo—. Aquí está nuestro invitado, Dmitri. Sé amable y cuéntale todo lo que me has estado diciendo, por favor.

—M-me llamo Dmitri Kalinin —balbuceó. Mijaíl observó con espanto que le faltaban unas cuantas piezas dentales—. Soy agente del SVR.

Mijaíl palideció. El SVR. El servicio de inteligencia exterior ruso. El sucesor del KGB. Un temblor inapreciable sacudió sus piernas.

—¿Y qué estabas haciendo en el reino de Saud, Dmitri Kalinin? —El verdugo formulaba las preguntas como un maestro de escuela a un alumno torpe—. ¿A qué habías venido?

—A... a... a matar a Mijaíl Tarasov —gimió—. Mi misión era matar a Mijaíl Tarasov.

—¡Qué afortunada coincidencia! —sonrió el árabe—. Resulta que lo tienes justo delante. ¿Por qué no le explicas quién te encargó ese cometido?

—Fue... fue Guennadi Volkov, de la oficina KR. La oficina de contrainteligencia exterior.

—Nuestro amigo Dmitri entró en el país hace cuatro días de forma ilegal. —El árabe le acarició la cara con el dorso de la mano, en un gesto tierno, casi de amante—. Tenía un fusil de francotirador y un plan para apostarse en el aeropuerto. En cuanto hubiese dado tres pasos fuera del avión que le traía, le habría metido una bala en la cabeza. Es toda una suerte que el Mabaheth lo encontrase antes y le convenciese de que no era buena idea hacer eso, ¿verdad?

Mijaíl tragó saliva mientras en su cabeza todas las piezas encajaban con estruendo.

Volkov. Tenía que haberlo imaginado.

Aún seguía tras sus pasos treinta años más tarde. Su viejo colega del Nido, que había sido capaz de sobrevivir al terremoto de la caída de la URSS y no desistía en su empeño de acabar con cualquier cabo suelto de aquel proyecto secreto. De golpe, un montón de extrañas coincidencias fueron tomando sentido en su cabeza.

Volkov. Maldito cabrón.

—Dmitri nos ha asegurado que no hay más agentes con él en esta operación, y estoy bastante seguro de que dice la verdad. —El torturador se rascó una de las mejillas mal afeitadas—. También asegura que no sabe de dónde salió la información que le situaba a usted en Arabia Saudí precisamente hoy..., y es posible que no mienta. Quizá si sigo preguntándole un poco más...

—No será necesario —le interrumpió Mijaíl.

Sabía bien cómo trabajaba Volkov. No le habría explicado a un simple operador de dónde salía la información, pero una duda ondulante y oscura no dejaba de dar vueltas en su cabeza.

Volkov se había adelantado a sus movimientos. Aquel pobre diablo le estaba esperando allí porque sabía que su avión aterrizaría en el lugar y a la hora exacta en que lo había hecho. Aquello solo podía tener una explicación.

Había una filtración. Alguien se la había jugado.

Una sensación fría, mezcla de ira y ardientes deseos de venganza, le inundó como una ola imparable.

—¿Qué va a pasar con él? —lo señaló intentando que nada de lo que sentía se trasluciese en su voz.

—No se preocupe, eso corre de nuestra cuenta. ¿Ha quedado satisfecho?

Mijaíl contuvo una nueva arcada y se las compuso para esbozar una sonrisa trémula.

—Ha sido muy instructivo, señor...

El árabe hizo un gesto con la mano.

—Mi nombre no es importante —dijo, al tiempo que daba un par de golpes secos en la puerta para avisar a los agentes que esperaban fuera—. Tan solo hago mi trabajo. Bienvenido al reino de Saud, señor Tarasov. Confío en que disfrute de su estancia entre nosotros.

Salió de la celda, sin dedicar ni un solo pensamiento más al torturado. Todos los que estaban en aquel juego conocían los riesgos y las consecuencias si algo salía mal.

Acompañado de su escolta, Mijaíl recorrió en silencio los mismos pasillos hasta llegar a la puerta principal. Cuando estuvo por fin fuera del edificio, cerró los ojos aliviado al sentir la caricia del sol sobre su piel. Un rato antes aquel clima le había parecido abrasador, pero en aquel preciso instante no cambiaría aquel lugar por nada del mundo. Cuando la puerta del coche se cerró detrás de él, la suave brisa del aire acondicionado empezó a secar el sudor pegajoso que le cubría.

El secretario le tendió una botella de agua que Mijaíl bebió a grandes tragos.

—Como habrá podido comprobar, su alteza se toma muy en serio la seguridad de sus invitados. Ahora que ya ha visto lo que tenía preparado para usted, es hora de irnos —le dirigió un chorro de palabras en árabe al conductor antes de seguir—. Aún nos queda un buen trecho de camino y no es conveniente hacerlo esperar demasiado. El príncipe no es famoso por su paciencia y no le gusta que le hagan esperar.

El vehículo arrancó con una sacudida y un rato después estaban de nuevo en la carretera alejándose de aquel lugar. No volvieron a cruzar palabra durante el resto del camino. El pequeño convoy de tres vehículos se adentró por una carretera con buen firme que se internaba en el desierto. Al cabo de un rato, Mijaíl solo podía ver dunas y terreno yermo allá donde mirase.

Pero no estaba contemplando el paisaje. Su mente vibraba como si un panal de abejas furiosas se hubiese liberado en su interior pugnando por salir. Tenía demasiadas cosas en las que pensar.

Volkov estaba tras sus pasos, mucho más cerca de lo que se podía haber imaginado. Durante años se había engañado a sí mismo pensando que su viejo compañero del KGB se habría olvidado de él y de sus chicos, pero por fin tenía la prueba concreta y palpable de que no era así.

El SVR, el sucesor del KGB, estaba tras él. Aquel era un enemigo mucho más formidable que cualquier otra amenaza que se viese obligado a afrontar. Y eso explicaba muchas cosas.

Después del 11-S, todo se había complicado muchísimo. De repente, todas las agencias de seguridad del mundo habían redoblado su celo, y el control de aduanas se había tornado una pesadilla. A nadie le gustaba la idea de un grupo organizado dentro de sus fronteras, ya fuese una pandilla de pirados intentando volar algo o la mejor banda de ladrones que había visto el mundo hasta aquel momento.

Las consecuencias de aquel atentado les habían obligado a cambiar su *modus operandi* e incluso su forma de vida. Mijaíl se había dado cuenta enseguida de que tener a todos sus muchachos viviendo en comunidad bajo un mismo techo era un riesgo demasiado grande que no podía afrontar. Por eso, desde hacía más de quince años, cada uno de sus chicos vivía por su cuenta, en un país diferente, sin ningún contacto entre ellos, excepto cuando él ponía a la venta en eBay una vieja primera edición de *Guerra y paz* de Tolstói, a un precio prohibitivo que disuadía a cualquier comprador. Aquella era la señal prefijada para que todos ellos llamasen a un número de teléfono imposible de rastrear y les indicase un punto de encuentro.

El sistema había funcionado a la perfección durante mucho tiempo, aunque la paranoia de Mijaíl había reducido la actividad de su banda a un único gran golpe al año, dos en ocasiones contadas. Había perdido la cuenta de las obras de arte de valor incalculable que habían sustraído desde aquel Rafael en Manhattan. Y lo que era mejor, nadie había sido capaz de relacionar todos aquellos golpes maestros entre sí. Para la prensa y las autoridades de una docena de países, eran casos distintos, llevados a cabo por grupos diferentes, que solo tenían algo en común: eran golpes perfectos, sin violencia ni víctimas, ejecutados con una precisión casi irreal y que, sobre todo, permanecían sin resolver.

Pero estaba claro que Volkov era diferente. En algún momento habían cometido un error, algún pequeño detalle que se les había escapado. Quizá una grabación de una cámara de seguridad, quizá un testigo inadvertido, puede que algún soplo de la gente de los bajos fondos a los que inevitablemente tenían que recurrir de cuando en vez. Fuera lo que fuese, el antiguo responsable de la seguridad del Nido había sido capaz de encontrar el cabo del ovillo que conducía hacia ellos.

Y así, de alguna manera, se las había apañado para localizar una grieta en su hasta entonces impenetrable red de comunicación. O, peor todavía, la gente de Volkov le estaba siguiendo desde hacía tiempo y no se había dado cuenta, porque si lo pensaba con detenimiento, ni siquiera sus muchachos sabían de aquella reunión. Nunca había hablado de aquel encuentro con nadie, excepto con su interlocutor. Y eso era malo, muy malo.

Porque significaba que la edad estaba empezando a pasarle factura, o quizá el exceso de confianza.

Y ahora tenía a Volkov pisándole los talones.

No era solo orgullo, o mero cumplimiento del deber.

Era algo personal.

De repente, el incidente de Irina, un año antes, adquiría un matiz mucho más siniestro. La joven siempre había sido el espíritu menos disciplinado de toda la banda. Mijaíl había perdido la cuenta de la cantidad de amantes que habían pasado por la cama de la muchacha, y el estilo de vida alternativo y hedonista al que se había dado la búlgara siempre había sido un motivo de preocupación para él. Por supuesto, no pretendía que sus chicos llevasen una vida monacal, ni mucho menos. Al fin y al cabo, tenían a su disposición más dinero del que cualquier joven de su edad podría necesitar y un tren de vida acorde a ello. Pero sí que había intentado que ofreciesen un perfil lo más discreto posible..., y eso no iba con Irina.

En cuanto empezaron a proliferar las redes sociales, la búlgara se había convertido en una asidua usuaria de Instagram. Cada vez que subía una nueva foto de un viaje a un país exótico o de la enésima fiesta en Ibiza, a Mijaíl le hervía la sangre. Aun así no podía hacer nada por evitarlo, salvo encerrarla en una celda y esconder la llave como si fuese un ogro avaricioso. Y pasó lo que tenía que pasar.

El año anterior, Irina no respondió a la publicación del anuncio. Además, sus redes sociales guardaban un ominoso silencio que puso a Mijaíl en alerta. La respuesta llegó cuatro días más tarde en forma de noticia breve en el periódico. Una muchacha con uno de los nombres falsos que usaba Irina se había precipitado al vacío desde un balcón de un hotel de Ibiza.

Había muerto en el acto. No hubo investigación. Otro caso de *balconing* de una turista pasada de alcohol que sumaba la isla. Un número más en la estadística.

Solo que ahora Mijaíl sabía, con un escalofrío, que no había sido un accidente. Como tampoco lo fue seis meses atrás el de Paolo, cuando el ascensor del edificio de lujo en Londres donde residía se había desplomado desde una octava planta, matando en el acto a sus tres ocupantes. El italiano se había salvado porque en el último segundo, antes de entrar en la cabina, había vuelto a su casa a recoger algo que se había olvidado. Tras eso, asustado, se había mudado a un lugar que ni siquiera Mijaíl conocía.

Hasta aquel momento no había sido capaz de unir los puntos. Demasiado preocupado con sus problemas, se había olvidado de la más elemental prudencia y ahora estaban pagando el precio.

Los estaban cazando uno a uno. Y solo podía haber una explicación.

Volkov iba a por ellos.

Mejor dicho, ahora iba a por él. El premio gordo, el pez más grande del estanque.

Una sonrisa amarga se dibujó en su rostro mientras las dunas corrían veloces al otro lado de la ventanilla. Oh, la ironía.

Volkov se podía ahorrar el trabajo de intentar acabar con él, porque Mijaíl se estaba muriendo.

Todo había comenzado con una ligera molestia al respirar unos meses antes. Lo había achacado a un resfriado, pero la visita al médico se había convertido en una sucesión de pruebas clínicas cada vez más laboriosas, hasta que una mañana su doctor le había citado en el hospital para darle la noticia con rostro circunspecto y tono grave. La palabra maldita de seis letras. Cáncer. Tenía un tumor maligno en los pulmones que se estaba extendiendo por el resto de su cuerpo de forma lenta pero inexorable. El médico había evitado darle un pronóstico concreto del tiempo que le quedaba. Quizá meses, quizá años. Nadie podía asegurarlo. Pero los puntos suspensivos al final de la frase le hacían saber a Mijaíl que el final era inevitable.

Él era demasiado frío como para permitir que aquella noticia le afectase en exceso. Quizá otro en su lugar se habría derrumbado o habría empezado a maldecir al cielo, pero el ruso había decidido que no dejaría que interfiriese en su vida hasta que ya no pudiese hacer nada más. Entonces, y solo entonces, resolvería cómo y cuándo sería su final. De lo único de lo que estaba seguro era de que no se permitiría una agonía lenta y dolorosa cargada de indignidad. Antes se pegaría un tiro o se tragaría la cápsula que guardaba con celo en su bolsillo.

Pero primero había cosas que atender. Cosas importantes, como la cita con el príncipe Alwaleed. Raras veces contactaban con él directamente. Se contaban con los dedos de una mano las personas en el mundo que podían llegar hasta Mijaíl, todas ellas demasiado importantes como para que su número de teléfono apareciese en cualquier guía. Alwaleed, uno de los hombres más ricos del mundo, era una de ellas. Y era de ese tipo de personas que no aceptan un «no» por respuesta. Por eso aquella mañana se había subido al avión privado que le había recogido en Zúrich y por eso estaba allí, en medio de ninguna parte, rumbo a una reunión cuyo contenido desconocía.

Un bamboleo alarmante le sacó de sus pensamientos. El todoterreno había abandonado la carretera y se había internado en el desierto, surcando dunas cada vez más altas. El conductor manejaba el vehículo con destreza y no permitía que las ruedas se enterrasen mientras trepaban en diagonal por las montañas de arena, siguiendo una ruta que solo él podía ver.

Al cabo de un rato, una minúscula mancha oscura se empezó a dibujar en el horizonte que rielaba de calor. Por un instante pensó que se trataba de un espejismo, pero a medida que se acercaban, el punto se fue transformando en una enorme tienda en mitad de ese océano anaranjado, con varios vehículos como el suyo repartidos a su alrededor. Con un último acelerón, la comitiva trepó por una duna y en cuestión de un minuto se habían detenido al lado de la carpa. Un grupo de hombres armados patrullaba las inmediaciones con los fusiles a la vista y aspecto malencarado. Mijaíl tuvo que reconocer que el punto de encuentro era inmejorable. Nadie podría aproximarse a menos de dos kilómetros de aquel lugar sin que le viesen con mucha antelación.

La puerta del coche se abrió, en una invitación muda para que descendiese. El calor era tan abrasador que el sudor le pegó en el acto la camisa a la espalda. Los hombres del Mabaheth le señalaron la puerta de la tienda, que aleteaba bajo un viento invisible. Mijaíl hizo acopio de fuerzas y cruzó el umbral.

El interior estaba sorprendentemente fresco, aliviado por algún equipo de aire oculto de forma discreta. Sentado a una mesa, su alteza real el príncipe Dalad bin Alwaleed los esperaba.

Era un hombre de unos cincuenta años, grueso sin estar gordo y que vestía el traje típico de los potentados saudíes. De nariz aquilina y boca cruel, en su barbilla despuntaba una fina perilla de pelo negro surcado por las primeras canas. Pero lo más destacable de su rostro era su mirada, un par de profundos ojos negros que contemplaban sin pestañear a su interlocutor.

Alwaleed se levantó de la mesa y avanzó hacia Mijaíl con los brazos abiertos.

—Bienvenido a mi humilde campamento en el desierto, Tarasov. —Lo besó en ambas mejillas—. Tu presencia llena de luz esta morada. Que la bendición de Allah te colme de gracia.

—Muchas gracias, alteza. Es un placer para mí poder estar aquí.

Ambos se contemplaron durante un momento, evaluándose uno al otro. Mijaíl no se dejaba engañar por el aspecto hospitalario y la sonrisa de Alwaleed. Sabía perfectamente quién era su interlocutor. Dentro de la inmensa y enmarañada red que conformaba la familia real saudí, Alwaleed era el último vástago de una línea menor, muy apartada del trono y de los auténticos círculos de poder del reino saudí, pero eso no disminuía un ápice su riqueza.

La fortuna de los Alwaleed no provenía tan solo de su cuota del petróleo que inundaba el subsuelo bajo el desierto. El padre de Dalad bin Alwaleed había sido uno de los mayores traficantes de armas del mundo durante los ochenta y los noventa, y su hijo había continuado con el negocio familiar, pero reorientándolo hacia una clientela muy concreta. Su conexión con la mitad de los movimientos armados fundamentalistas que salpicaban el mundo islámico era bien conocida por la totalidad de los servicios de inteligencia occidentales y su nombre estaba en más de una lista negra. Por lo que Mijaíl sabía, el príncipe era un wahabita radical, seguidor de una corriente extrema y fundamentalista de esa rama ya de por sí conservadora del islam. Y si había que creer los rumores, el príncipe Dalad bin Alwaleed era también uno de los líderes de Tahir Alqalb, uno de los grupos más extremistas y radicales.

Tahir Alqalb. «Los inmaculados de corazón», o «Los de corazón puro». Algo así. Gente con la que no convenía mezclarse.

Mijaíl se estremeció. A él le perseguía Volkov con el SVR, pero al hombre que sostenía sus manos en aquel instante le deseaba ver muerto la mitad de Occidente. No pudo evitar lanzar una mirada aprensiva al techo de tela de la tienda. Quizá en aquel momento un dron cargado de misiles los sobrevolaba en círculos, dispuesto a lanzar una tormenta de fuego sobre sus cabezas y reducir aquel lugar a poco más que un cráter ennegrecido en medio del desierto.

No, allí no se atreverían, se corrigió. El príncipe podía ser un apestado para el resto de la familia real de Saud, pero no dejaba de ser uno de los suyos. Dentro de los límites de Arabia Saudí era intocable, y Alwaleed se aprovechaba de ello.

—Acompáñeme en mi comida, por favor. —El hombre le señaló la mesa dorada cargada de platos que se hallaba en el centro de la tienda—. Seguro que está hambriento después de su viaje.

Mijaíl cogió una copa que le tendió un criado y le dio un sorbo: era una bebida fresca, con un ligero toque amargo. Sabía bien que aquello formaba parte del ritual y no se negó. La comida era *halal* y no había ni una gota de alcohol a la vista, por supuesto. En eso Alwaleed era muy distinto de otros parientes suyos que se habían occidentalizado en sus gustos. Durante un rato comieron inmersos en una charla banal, que formaba parte de la manera árabe de hacer las cosas. Tratar el asunto que le había llevado allí de forma directa y sin preámbulos se hubiese considerado una descortesía.

—Bien —dijo Alwaleed cuando un criado silencioso retiró el último plato—. Mi secretario me ha dicho que ya ha visto usted el obsequio que le tenía reservado.

Aquello marcaba el principio de la conversación seria. Mijaíl se retrepó en la silla y bebió otro trago de agua.

—Sí, alteza. —Debía medir sus palabras con sumo cuidado—. Estoy tremendamente agradecido de que me haya ayudado a resolver mis... problemas.

—Los enemigos de mis amigos son mis enemigos. —Alwaleed cruzó las manos—. Pero no solo es una muestra de buena voluntad. También es un modo de asegurarnos de que nadie nos interrumpe mientras hablamos de lo que le ha traído hasta aquí. Hay bastante gente que le quiere ver muerto, querido Tarasov.

Casi tanta como a ti, pensó Mijaíl, pero no dejó que nada aflorase en su rostro. En vez de eso, forzó una sonrisa de circunstancias.

—No son tan numerosos, alteza —replicó—. Tengo una serie de diferencias con un antiguo compañero de trabajo, eso es todo. Creo que podré resolverlo.

Alwaleed rio quedamente.

—Me temo que son algunos más. —Una sonrisa de circunstancias se ensanchó en su boca hasta hacerle parecer un depredador—. Mi viejo amigo Osman Abboud le manda recuerdos. Me ha comentado algo acerca de un cuadro que desapareció misteriosamente de su ático de Nueva York hace unos cuantos años, durante una fiesta a la que se «invitaron» sus pupilos. También me ha pedido que le diga que estará encantado de hablar con usted a solas. Que lo está *deseando*, de hecho.

La sonrisa de Mijaíl tembló casi imperceptiblemente, pero por dentro sintió una garra helada. Por supuesto, Abboud y Alwaleed se conocían. ¿Cómo podía haber sido tan estúpido de no darse cuenta? Ambos se dedicaban a lo mismo, para el mismo tipo de clientes. Rivales, pero ¿quizá socios?

—No se preocupe, querido amigo. —Alwaleed barrió el aire con una mano, restándole importancia—. Los problemas que tenga con Abboud no son de mi incumbencia. Por lo que a mí respecta, jamás nos hemos visto.

Pero eso puede cambiar, ¿verdad? Y si él había podido localizarle, no le costaría nada informar a ese libanés de cómo hacer lo mismo. O a Volkov, ya que estaban. Una manera muy sutil de decirle que le tenía bien cogido.

—Alteza —carraspeó—, estoy muy agradecido de que me haya invitado a comer, pero estoy seguro de que no he hecho este largo viaje solo para compartir su mesa y charlar sobre mis... asuntos. ¿Qué quiere de mí?

—Salgamos fuera —Alwaleed señaló la puerta de la tienda—. Demos un paseo.

Mijaíl siguió al saudí hasta el exterior, donde un par de criados sujetaban unos halcones de aspecto fiero, con unas capuchas de cuero que solo dejaban a la vista sus picos curvos. Alguien le ayudó a ponerse un guante de cetrería y depositaron una de las aves en su muñeca. El halcón se sacudió inquieto al notar la presencia de un desconocido.

—Mi gente lleva generaciones cazando con estas aves —dijo Alwaleed, y Mijaíl no supo si ese «mi gente» se refería solo a su familia o a los saudíes en general—. Para nosotros es más que un deporte, es una tradición. Y las tradiciones importan, ¿no es así?

Mijaíl gruñó por toda respuesta. Empezaba a sudar de nuevo y la medicación que tomaba le despertaba náuseas. Le habría encantado tumbarse a la sombra para descansar un rato, pero en vez de eso tuvo que seguir a Alwaleed mientras hollaba el desierto. Ambos estaban solos, con el personal de seguridad caminando a una distancia desde la que no podían oír la conversación.

—Le he comentado lo de Abboud porque, si no me equivoco, el día que sus muchachos le robaron el cuadro, pasó algo más en Nueva York.

—No sé de qué me habla. Mis muchachos no...

Alwaleed le interrumpió con el ademán seco de quien está acostumbrado a hacerse obedecer.

—Por favor, Tarasov, no insulte mi inteligencia. Lo sé todo sobre usted y su gente. Por eso está aquí. Ahorrémonos estos juegos estúpidos. Dígame, estaba en Nueva York el día que cayeron las Torres Gemelas, ¿verdad?

Mijaíl asintió. Aún no sabía adónde llevaba aquella conversación, pero no tenía sentido seguir haciéndose el inocente.

—Ese día marcó el inicio de una guerra, un enfrentamiento entre dos formas de ver el mundo. —La voz de Alwaleed vibraba de pasión—. Desde entonces, la sangre de miles de mártires ha regado la tierra, en una lucha a muerte contra un enemigo infiel y sin escrúpulos. Una lucha que no ha acabado, ni acabará hasta la definitiva victoria del islam. Está escrito y así será. ¿Conoce la sura de la victoria?

Mijaíl negó con la cabeza incómodo. No le gustaba el rumbo que estaba tomando aquella conversación.

—«Cuando llegue la victoria de Allah y su conquista —recitó el hombre con voz cadenciosa— y veas a la gente agruparse para adorar a Allah, glorifica a tu Señor con Su alabanza y pídele perdón». El profeta, bendito sea su nombre, nos anuncia que la victoria es nuestra.

—No veo en qué puedo serle de ayuda, alteza —musitó Mijaíl—. Las sutilezas religiosas no son mi especialidad.

Alwaleed no le contestó. En vez de eso se detuvo para retirar la capucha de su halcón. El ave sacudió la cabeza y examinó lo que los rodeaba con ojos fieros. Acompañado de un chasquido de labios, el príncipe alzó el brazo y el halcón salió volando, trazando amplios círculos sobre ellos. Al cabo de un rato era una diminuta mota oscura contra el inmisericorde cielo azul.

—El día que vio caer las Torres Gemelas, fue testigo de una resonante victoria de nuestra causa. —Alwaleed hablaba con la mirada fija en el halcón—. Ese día el símbolo del poder económico de Occidente fue destruido de un solo golpe y décadas de humillación y sometimiento fueron resarcidas.

El halcón de Mijaíl se agitó nervioso. Sin saber muy bien qué hacer, el ruso le quitó la caperuza y el ave desplegó las alas. Sin esperar su orden, se lanzó al cielo con un aleteo furioso, en pos de su compañero.

—Pero la guerra ha tomado un curso difícil y cambiante desde entonces —continuó Alwaleed, ahora con la mirada clavada en él—. Los hermanos sirios, iraquíes y afganos, los verdaderos hermanos, no los *takfiris* que solo son musulmanes de nombre y no abrazan la causa, han pagado un alto precio y, en ocasiones, la fe de los hombres flaquea pese a que la victoria sea segura, porque necesitan hitos en el camino en los que afianzar su fe. Símbolos. Por eso está usted aquí.

—Alteza, me temo que hay un malentendido. Mis chicos no son terr... No hacen esa clase de trabajos —se corrigió sobre la marcha—. Somos ladrones de guante blanco. Conseguimos cosas para nuestros clientes, pero no derramamos sangre. Nunca. Jamás.

Pronunció las dos últimas palabras con más vehemencia de la que había pensado, pero Alwaleed resopló desdeñoso.

—No quiero encargarle nada de ese estilo —musitó—. Además, la lucha deben llevarla a cabo guerreros musulmanes, no infieles mercenarios. Sin embargo, cuando no hay más remedio, se ha de acudir a lo que hay, sobre todo si son los mejores. Los únicos que pueden hacerlo.

—¿Hacer el qué, alteza? —Mijaíl se impacientaba—. Dígame qué busca.

—Hace dieciocho años destruimos los símbolos económicos de Occidente. La caída de ese símbolo espoleó el espíritu de la yihad durante todo este tiempo, pero ha llegado la hora de darle un nuevo impulso. Un nuevo acicate. Llenar de fe y de estímulos el corazón de los auténticos creyentes.

—¿Y cómo va a hacer eso?

El árabe le dedicó una sonrisa siniestra.

—La Sábana Santa. El Ayate. Las reliquias de los Reyes Magos de Colonia. La sangre de san Genaro. Los huesos del apóstol Santiago. El cáliz de la Última Cena, todos ellos, auténticos o falsos —enumeró Alwaleed rápidamente—. Los quiero todos en mi poder.

—Pero... No entiendo...

—Una vez destruimos los cimientos del poder económico de Occidente. —Había una emoción incontrolable en la voz de Alwaleed—. Ahora vamos a destruir sus símbolos religiosos. Arderán todos juntos, en una colosal pira, aquí en el desierto, como prueba de que la victoria del islam es incontestable. Lo retransmitiremos en directo para todo el mundo. El corazón de los verdaderos creyentes se inflamará de nuevo al contemplarlo y el triunfo por fin llegará. Será un golpe definitivo al espíritu de Occidente.

Mijaíl tragó saliva anonadado. Lo que le proponía aquel hombre era una monstruosidad de una audacia formidable y una locura absoluta a la vez. Estaba seguro de que no solo los cristianos, sino la inmensa mayoría de los musulmanes de todo el mundo se espantarían al contemplar semejante profanación. Quería desencadenar una guerra mundial absoluta. Alwaleed no solo era un extremista, había perdido el juicio. Nadie le perdonaría algo así, ni siquiera los suyos.

—Eso... eso es... No puedo hacerlo.

—¿Por qué no? —Alwaleed le cogió por los hombros—. Piénsalo, Mijaíl —le tuteó de pronto—, ¿qué te ha dado Occidente? ¡Destruyó el país en el que creciste! ¡Todo por lo que luchabas, todo en lo que creías, lo arrollaron los mismos a los que ahora pretendemos castigar! ¿Qué lealtad les debes?

—Yo no...

—Has pasado los últimos años aferrado a los restos de un sueño, a unos muchachos que tendrían que luchar por una causa. *Tu* causa. Pero tu enemigo de entonces es más fuerte que nunca y se regodea en su victoria. Lo que te propongo es que les devuelvas el golpe. Que les hagas saber que aquellos a quienes Mijaíl Tarasov preparaba para luchar contra el capitalismo siguen siendo una espada afilada. Que tú sigues empuñando esa espada. Que no han podido contigo. *Que has ganado la batalla.*

Mijaíl vaciló. Aun siendo consciente de que lo que le proponía era una aberración, algo en las palabras de aquel hombre resonaba en su interior. Había algo de verdad en ellas, aunque le costase reconocerlo.

Se había pasado décadas sobreviviendo con sus chicos en medio de Occidente, despreciando todas y cada una de las debilidades de aquel sistema odioso y aprovechándose de ellas. Cada vez que robaban a un plutócrata sentía que ganaba una pequeña batalla, pero, en una guerra abismal como la que estaban librando, sus zarpazos apenas eran arañazos inadvertidos por el sistema.

Alwaleed tenía parte de razón. Tan solo le quedaban unos años de vida, en el mejor de los casos, pero, si quisiese, aún podría librar una última batalla. Hacer algo tan resonante que le diese inmortalidad a su nombre, algo que abriese en el orgulloso y arrogante mundo occidental una cicatriz que perduraría para siempre. Que les hiciese lamentar haber destruido su mundo. Que les hiciese arrepentirse de la vida de clandestinidad que se habían visto obligados a llevar.

Pero, aun así, no podía aceptar. Lo que le proponía el saudí era deleznable. No, de ninguna manera.

—¿Y si no quiero hacerlo? —preguntó con voz más calmada de lo que realmente se sentía.

Alwaleed se encogió de hombros. En ese preciso instante, uno de los halcones se desplomó hacia tierra en una zambullida mortal, con las alas plegadas a los lados, hacia algo que no podían ver. Se formó una nube de polvo y un chillido agudo llegó hasta sus oídos. Cuando se disipó la arena, vieron que el halcón tenía las garras clavadas en un pequeño roedor que se debatía en su agonía.

—Si no quiere hacerlo tiene dos opciones, señor Tarasov —dijo tranquilamente Alwaleed, regresando a la formalidad en el trato—. Puede subirse al avión que le trajo hasta aquí, pero Volkov, Abboud o quizá ambos le estarán esperando a su llegada. También puede volver a la prisión que visitó hace unas horas, para conocer de primera mano la profesionalidad de sus guardianes. Escoja lo que escoja, estará muerto antes de que se ponga el sol y sus chicos le seguirán más pronto que tarde. No tiene alternativa.

Aquello bastó para decidirle. En la distancia, el roedor emitió un gorgoteo de muerte cuando el halcón le clavó el pico en el cuello. El ave levantó la cabeza con el pico rojo de sangre y emitió un chillido de victoria.

—Lo haré —dijo Mijaíl con un leve temblor en la voz.

Más tarde se preguntaría si aquel tremor había sido por excitación o por miedo. Quizá nunca llegase a saberlo.

De lo que estaba totalmente seguro era de que había vendido su alma y la de sus muchachos al diablo.

26

Monte do Gozo (Santiago de Compostela)
En la actualidad. Día 7 de Camino

—¡Ultreia! ¡Ultreia!

El grito alborozado, saludo habitual entre los peregrinos del Camino de Santiago, llegó a los oídos de Laura amortiguado por la distancia. Se había quedado un tanto retrasada en el grupo, caminando en silencio al lado de Zepeda mientras el sol otoñal los acariciaba. Los dos estaban disfrutando de los kilómetros finales de la etapa, la última antes de llegar, por fin, a su meta. Pero el grito lleno de júbilo de Ferreiro indicaba que algo estaba sucediendo unos metros más adelante.

Se apresuraron para ponerse a su altura y, cuando llegaron, un suspiro de alivio brotó de sus labios. A lo lejos, en la distancia, se extendía el mar de casas que era Santiago de Compostela. En lontananza, recortándose orgullosa contra el cielo y las nubes, se erguía la inconfundible silueta de la catedral, con sus torres afiladas desafiando la gravedad y el tiempo.

Lo habían conseguido. Ya podían verlo. Casi habían llegado.

Por fin.

De repente, todo el cansancio, el agotamiento emocional, las dudas y las angustias que le habían atenazado a lo largo de los kilómetros se evaporaron. Los miembros del grupo se abrazaban entre sí sacudidos por la euforia. Había lágrimas en el rostro de Ferreiro y de Schmidt, y no eran los únicos. Laura se había hartado de oír durante días el mantra de «el poder del Camino» y solo en aquel instante descubrió de verdad lo que significaba.

Era cierto que el Camino transformaba a las personas, y más en su caso. Porque algo, en alguna fibra serena y profunda de su alma, resonaba de alegría.

—Ya casi estamos —le dijo Zepeda mientras la envolvía en un abrazo mucho más intenso que los demás—. Por fin.

—Sí, por fin —respondió ella, y de golpe una oleada de tristeza la anegó por completo.

Porque acabar el Camino significaba otras muchas cosas, cosas dolorosas y oscuras que aún tenía que afrontar. Entre ellas, el futuro incierto de aquella semilla, bonita y todavía frágil, que había empezado a germinar entre ella y Fernando Zepeda, y corría el riesgo de morir aplastada por los acontecimientos venideros.

El monte do Gozo hacía honor a su nombre, desde luego, y no eran los únicos en verse afectados por aquella atmósfera. Mirara donde mirase, Laura podía divisar grupos de peregrinos de aspecto cansado y con un brillo especial en los ojos. Estaban en un montículo de apenas unos cientos de metros, pero desde el que se tenía una visión perfecta del fin del viaje, a algo menos de cinco kilómetros de distancia colina abajo. Al borde de la loma, una enorme estatua metálica de un par de peregrinos alborozados ataviados a la antigua usanza saludaba en un gesto inmóvil hacia el horizonte.

El albergue de la última etapa del Camino era más bien una pequeña ciudad. Docenas de edificios de una planta se desparramaban por la ladera, en ordenadas calles rectangulares que se cruzaban, bordeados por la sombra de los árboles. En aquel lugar se concentraban los viajeros que habían ido arribando a Santiago a través de las distintas vías que confluían en la ciudad santa, en una babel de lenguas, razas y nacionalidades difícil de superar.

Laura siguió al grupo, que carreteaba detrás de un apurado Vargas, que a su vez sostenía entre las manos un fajo de papeles sin dejar de bizquear detrás de sus gafas mientras buscaba algo que solo él sabía.

Al cabo de un rato, estaban instalados en uno de los barracones, un lugar moderno, amplio y espacioso, con duchas de agua caliente y camastros bastante más cómodos que muchos de los que habían acogido su sueño durante las pasadas jornadas. Laura estaba sentada sobre su jergón sosteniendo entre las manos la libreta de papel cubierta de sellos que había ido aumentando durante el viaje. No podía dejar de mirar el penúltimo sello que le acababan de estampar. Quedaba hueco para uno, el final. Aquel documento no solo probaba que había cubierto bastantes más de los 100 kilómetros mínimos del Camino Francés que necesitaba para conseguir la Compostela. Era también su puerta de acceso al interior de la catedral.

Su camino hasta los huesos del apóstol Santiago.

Fernando Zepeda se acercó y se sentó a su lado.

—El señor Ferreiro me ha dicho que mañana bajaremos a la catedral por la tarde. —Parecía melancólico—. Asistiremos a la misa del peregrino y después nos obsequiarán con una cena de gala en el palacio arzobispal. Haremos noche allí y luego...

—¿Y luego?

—Hay un avión privado esperando por nosotros en el aeropuerto de Lavacolla. Volaremos de vuelta a México pasado mañana.

Laura estrujó la Compostela entre las manos. Entendía el subtexto de lo que Zepeda intentaba decirle, pero no sabía cómo responder a aquello.

—¿Vendrás con nosotros? —preguntó él sin más rodeos—. ¿Conmigo?

—Sabes que no hay nada que me apetezca más en el mundo —contestó ella con voz débil—. Pero primero debo dejar resueltos unos cuantos problemas.

Zepeda exhaló lentamente aire por la nariz y pareció desinflarse.

—«Problemas» no es la palabra que yo escogería —dijo—. «Locura» se acerca mucho más a la realidad. Es imposible que puedas robar los huesos del apóstol, Laura. Es una de las reliquias más vigiladas de todo el mundo, sobre todo después de lo que ha sucedido a lo largo de los últimos tiempos. No podrás acercarte a menos de un metro de ellos antes de que te detengan. Y yo no podré hacer nada para evitarlo.

Laura guardó silencio. Sabía que lo que decía Zepeda tenía todo el sentido, pero al mismo tiempo una parte de ella se rebelaba, incapaz de darse por vencida. No quería aquellos huesos viejos para nada, por supuesto. No tenía la menor intención de seguir siendo un peón de Mijaíl, pero aún necesitaba respuestas. Solo había una manera de obtenerlas y, según el trato, debería hacerlo esa misma noche, cuando se cumplía el plazo que le había dado Mijaíl la primera vez que hablaron. Esa cuenta atrás ya no tenía ningún peso para ella, una vez que había puesto sus cartas sobre la mesa, pero... ¿aún lo tenía para él?

—Hagamos una cosa. —El mexicano se puso en pie—. Vayamos a Santiago. Tú y yo. Ahora.

—¿Ahora? —Laura le miró confundida—. ¿Y el resto del grupo?

—Están todos descansando o demasiado ocupados sacándose fotos como para notar nuestra ausencia. Mis hombres pueden cuidar del señor Ferreiro mientras tanto. Esto es más importante.

—¿Por qué?

—Porque necesito que veas con tus propios ojos lo absurdo que es tu plan. Como jefe de seguridad de Ferreiro me pasaron un informe completo de los protocolos de vigilancia antes de salir de México, para evitar malentendidos entre las autoridades locales y mis chicos al llegar a la ciudad. Ahora necesito que tú también entiendas a lo que te enfrentas. —Le tendió la mano para ayudarla a levantarse—. Vamos.

Quince minutos más tarde, ella y Zepeda hacían los últimos kilómetros en dirección a Santiago de Compostela. El contraste entre los paisajes rurales y boscosos del Camino con el trasiego de la ciudad y el ruido de la autopista sobre la que tuvieron que cruzar por un puente elevado resultaba vertiginoso.

Atravesaron las afueras de Santiago de Compostela disfrutando del sol de primera hora de la tarde y de la compañía mutua. Al pasar junto el cartel que marcaba el límite de la ciudad, situado al pie de un grupo de altos edificios de color oscuro, Laura observó que la señal estaba cubierta de pegatinas dejadas allí por innumerables viajeros que habían pasado antes que ellos. Sortearon con cuidado el tráfico denso de las afueras de la urbe, a través de las circunvalaciones, hasta desembocar al cabo de un rato en una calle situada al lado de una verde y frondosa alameda. Justo enfrente se levantaban las primeras casas del casco viejo de Compostela.

El zumbido bullicioso de la ciudad la envolvió de inmediato. Tras tantos días rodeada tan solo de los miembros del grupo y los ocasionales peregrinos, aquello resultaba ensordecedor. En la alameda, un puñado de jardineros pasaban un cortacésped que atronaba en el aire, mientras otros tantos operarios esparcían abono tras ellos en unos parterres llenos de flores.

—Bien, vamos allá —dijo Zepeda poniéndose a su altura—. Y por favor, presta atención. Así entenderás la magnitud del disparate que pretendes llevar a cabo.

Ella le miró extrañada, pero no hizo ningún comentario. Al poco rato entendió a qué se refería el mexicano.

Tropezaron con el primer círculo de seguridad nada más entrar en el casco viejo, tras atravesar un amplio paso de cebra que marcaba el fin de la zona invadida por los vehículos. La policía local había instalado un primer control en la bocacalle que desembocaba junto a ellos. Era apenas una garita para protegerse del mal tiempo y los agentes parecían aburridos, pero Laura no se dejó engañar por las apariencias. Sobre la cabina, una torre de aspecto moderno sostenía un juego de cámaras de color oscuro que enfocaban a todos y cada uno de los transeúntes que pasaban a su lado.

—Vaya, pues sí que se lo toman en serio. —Zepeda se rascó la barbilla pensativo y a continuación señaló hacia un punto sobre un tejado cercano—. ¿Sabes qué es eso?

—Cámaras de reconocimiento facial —asintió Laura con la garganta repentinamente seca—. Había oído hablar de ellas, pero pensaba que solo se utilizaban en China.

—Deben de estar conectadas a un centro de control, en algún lado —le explicó él—. Identifica en el acto a cualquier persona que tenga antecedentes o figure en la base de datos. Si tienes un documento de identidad de este país, tu nombre quedará registrado.

—Por suerte para nosotros, no es el caso —replicó ella—. Tú eres extranjero y yo..., bueno, lo que sea.

—¿Y eso no te preocupa?

—No. Si estuviese en alguna lista de busca y captura internacional, me habrían detenido nada más aterrizar en Barajas.

—Eso es verdad —concedió él—, pero no hay manera de entrar en la zona vieja sin que nos saquen una foto. Hay dispositivos como este en todas las bocacalles. Sigamos adelante.

Pasaron junto al control sin que los agentes locales les dedicasen ni una mirada y poco después se adentraron por la calle del Franco, una de las arterias principales de la zona vieja. A ambos lados de la vía se abría una fila interminable de restaurantes y tiendas de artículos de recuerdo, con vendedores ansiosos en las puertas y camareros que sujetaban una copia del menú intentando atraerlos por todos los medios al interior de sus locales.

—¿Esto siempre ha sido así? —se preguntó Laura en voz alta mientras rechazaba el enésimo asalto de un empleado.

—Seguramente sí, pero de unos años a esta parte más aún —contestó Zepeda—. Las medidas de seguridad excepcionales han hecho descender muchísimo el turismo. Fíjate la cantidad de locales cerrados.

Ella tuvo que reconocer que estaba en lo cierto. El trasiego de gente estaba formado casi en exclusiva por vecinos de la localidad. El río de peregrinos y turistas que cabría esperar por aquella calle estrecha parecía haberse secado casi por completo.

—No lo entiendo —Laura frunció el ceño—. ¿Dónde está todo el mundo?

—Ahora lo comprenderás —contestó Zepeda paciente—. Un poco más adelante.

Unos metros antes de llegar a la catedral, junto a un precioso edificio universitario, se levantaba el segundo control. Y a Laura se le escapó un reniego a su pesar.

Este era mucho más serio que el anterior. En vez de agentes de la policía local estaba formado por unidades de la Guardia Civil, con equipo de asalto y fusiles cruzados sobre el pecho. Los que querían pasar hacia la plaza del Obradoiro tenían que detenerse en el control y mostrar su documentación. Laura y Zepeda se pusieron obedientemente en la cola y esperaron su turno.

—Buenos días. —El agente sentado en el puesto los saludó serio—. ¿Vecinos o visitantes?

—Visitantes. —Laura se adelantó y le dedicó una sonrisa tan deslumbrante como falsa—. Somos peregrinos y acabamos de llegar a la ciudad.

—Necesito sus pasaportes y el documento acreditativo de que son peregrinos, por favor —extendió la mano.

Le dieron las credenciales selladas y sus documentos de identidad. Mientras el policía consultaba algo en un ordenador, con los pasaportes en la mano, Laura volvió a sentir una leve sensación de incomodidad. No sabía hasta qué punto eran buenos los documentos falsos que le había entregado Mijaíl. Sin embargo, el agente se los devolvió sin hacer ningún comentario.

—Tienen que pasar el arco de seguridad —señaló hacia un detector de objetos metálicos aparcado bajo una carpa, que resultaba incongruente en medio de la calle medieval—. Vacíen los bolsillos, por favor.

Solo tras haber cruzado aquel último peaje les dejaron cubrir los últimos metros que los separaban de la plaza del Obradoiro. Y cuando llegaron a ella, a los dos se les escapó una exclamación de asombro.

El Obradoiro, la plaza que se abría a los pies de la fachada principal de la catedral, era un lugar sencillamente sobrecogedor. A cada uno de sus lados se levantaba un monumental edificio de piedra gris, de épocas distintas, pero ninguno de ellos con menos de tres siglos de antigüedad. El suelo de la plaza, cubierto de losas irregulares, se hundía apenas hacia el centro, pero Laura no le prestaba atención. Solo tenía ojos para la fachada del templo.

Era una auténtica sinfonía barroca, que se desparramaba en vertical en forma de volutas de piedra y gráciles curvas, trazando una ruta directa hasta el cielo. Las esculturas en sus peanas se entremezclaban con arcos, vidrieras y columnas, en una orgía de piedra y arte que dejó a Laura sin respiración.

—Es... hermosa —fue todo lo que pudo decir.

—Es uno de los templos más importantes de la cristiandad, solo detrás en importancia de San Pedro del Vaticano y Jerusalén. Seguramente haya catedrales más grandes, más antiguas o más bonitas, pero pocas tienen el significado de esta.

—No perdamos más tiempo. Entremos. —Laura casi podía

sentir cómo su ansiedad tiraba de ella, como una traílla de perros de caza. Quería ver el arca con los huesos del apóstol. Necesitaba verla cuanto antes.

—No podemos. —Zepeda señaló la puerta principal del templo—. Mira allí.

En lo alto de las escaleras que daban acceso a la catedral, un último control, esta vez de la Policía Nacional, rechazaba de forma educada pero firme a las escasas personas que se acercaban hasta ellos. Solo de vez en cuando permitían a alguien acceder al interior del templo.

—Los peregrinos como nosotros solo pueden entrar en grupos organizados a las horas pactadas —le explicó—. Ya te expliqué antes que, como jefe de seguridad de Ferreiro, me informaron de todo esto antes siquiera de comenzar el viaje. Los únicos que pueden entrar entre horas son los vecinos de la ciudad y que se hayan inscrito previamente en un registro. Y el personal religioso que atiende al templo, claro está. Siempre hay un control riguroso de la cantidad de gente que está dentro de la catedral, en todo momento. Y ningún visitante puede estar a solas, jamás, bajo ningún concepto. Necesitaba que lo vieses con tus propios ojos.

Laura sintió algo parecido a la presión de una losa enorme en el pecho mientras oteaba en todas direcciones. Allá donde mirase había agentes, bien en los controles de acceso o bien patrullando en parejas alrededor del templo.

—Esto es un fortín —musitó desalentada—. No hay manera de entrar.

—Y además de lo que puedes ver, en el interior de la catedral hay seguridad privada las veinticuatro horas, contratada por el arzobispado. —Le hizo un gesto con la barbilla hacia una esquina—. Y cámaras de control monitorizando los alrededores a cada segundo. Esto es lo que intentaba decirte, Laura. Es imposible entrar en ese templo sin que te vean y mucho menos salir de ahí con la reliquia más venerada de la ciudad. Es una locura.

Laura no supo qué decir. De repente, el plan que había ido trazando a medida que se acercaban a Santiago se diluía como un azucarillo en un vaso de agua. Había pensado que sería posible sacar adelante aquel golpe, pero acababa de comprender lo absurdo de su esfuerzo y lo ridículo que resultaba visto desde fuera.

La catedral estaba rodeada de un pequeño ejército, que lo custodiaba con celo. El propio edificio de piedra, enorme y avasallador, era algo parecido a una fortaleza bajo asedio. Y pensar que por un momento había creído que ella, con la única ayuda de un uniforme robado y un estúpido *walkie-talkie* de la policía, podría burlar aquel cepo férreo.

—Laura... —dijo Zepeda apoyándole una mano en el hombro.

—Déjame un minuto, por favor. —Ella apartó la mirada. No podía contemplar su rostro sin morirse de vergüenza.

Zepeda había sabido todo el tiempo de lo inútil de su esfuerzo, pero no había querido romper aquella pompa de jabón formada de ilusiones vacuas hasta llegar al fin del viaje.

Sin duda lo había hecho por consideración a ella y al entusiasmo de ir recuperando las piezas de su pasado, pero no podía evitar sentirse frustrada. Era injusta con él, pero no podía evitarlo.

—Sentémonos un rato. —Él la tomó por un codo y la condujo hacia la esquina de la catedral, y ella se dejó llevar, demasiado conmocionada como para protestar.

Subieron por el costado de la catedral, pasaron de largo el puesto de control de la Guardia Civil hasta llegar a otra bocacalle que desembocaba en una plaza igual de monumental que la del Obradoiro. Era la Quintana, uno de los lugares más emblemáticos y fotografiados de todo Santiago. En temporada alta la habría inundado una horda de turistas, pero después de dejar atrás una fuente barroca llena de caballos furiosos que galopaban sobre las aguas, y mientras subían las escaleras hasta la plaza, apenas se cruzaron con un puñado de personas.

Zepeda y ella se sentaron en uno de los peldaños de la imponente escalinata que dominaba la Quintana. Un viento frío sacudía los toldos de la terraza desangelada situada en la otra punta de la plaza.

—Realmente pensaba que podría hacerse —murmuró Laura, más para sí misma que para él—. Que sería capaz. ¡Me siento tan estúpida!

—No es culpa tuya. —Él apoyó una mano sobre las suyas—. Nadie podría hacerlo. Es totalmente imposible.

—Tú no lo entiendes —replicó ella cargada de una fría y gélida determinación mientras lo encaraba—. Yo sí que puedo. Ya lo he hecho antes.

—¿Antes? —contestó Zepeda confundido—. ¿A qué te refieres?

—Turín. Colonia. Nápoles —dijo ella con voz monocorde—. Todos los robos de reliquias de la cristiandad que han mantenido tan confundido a todo el mundo a lo largo de los últimos años. El motivo por el que este templo se parece más a una fortaleza que a una iglesia, la causa de toda esta vigilancia extrema. Sé que participé en todos y cada uno de esos golpes. Descolgué la Sábana Santa con mis propias manos. Guardé la ampolla con la sangre reseca de san Genaro en una bolsa de la basura y salí de la iglesia vestida de operaria de limpieza. Y más. Mucho más. Lo recuerdo todo.

27

—¿Que hiciste qué? —gritó Zepeda, hasta que se dio cuenta de dónde estaban y bajó la voz para hablar en un susurro—: ¿Robaste todo eso? ¿Tú? ¿Y cuándo pensabas contármelo?

—He ido recuperando los recuerdos a lo largo de los dos últimos días —contestó ella bajando la mirada—. Las piezas del rompecabezas han ido volviendo, cada vez más deprisa. Ya lo tengo casi todo, excepto el último año, justo antes del atentado de México, que sigue siendo un borrón difuso. No estaba segura de si era real o una fantasía, pero ahora, aquí, después de ver esto, estoy segura. Yo hice todo eso, Fernando. Todo. Soy mucho peor de lo que te imaginas.

Ambos guardaron silencio durante un largo rato. Tan solo se oía el zureo de las palomas que los observaban desde los tejados.

—No me lo puedo creer —dijo él tras unos minutos—. Quiero decir, no voy a negar que cuando me contaste quién eras y lo que hacías pensé que podrías tener algo que ver con alguno de esos robos. Al fin y al cabo, pretendes llevarte los huesos del apóstol, por el amor de Dios. Pero que estés relacionada con *todos* los robos... —Abrió los brazos para mostrar el tamaño de su incomprensión. Y no era para menos.

—La única diferencia entre esos golpes y... esto es que entonces sabía perfectamente quién era y por qué lo hacía. Ahora, ni eso.

—¿Y por qué lo hacías? —le urgió él—. ¿Para qué?

—Por él. Por Mijaíl. —Ella escupió las palabras—. Porque se lo debía, le debía todo, incluso mi vida. Y porque le quería como a un padre.

—¿Le querías... o le sigues queriendo? —preguntó Zepeda cauteloso.

—No lo sé. No tengo ni idea de lo que siento —gimió—. Es todo demasiado confuso. —Se inclinó hacia delante y se echó a llorar en silencio.

Zepeda dejó que se desahogase. Sin decir una palabra, le tendió un pañuelo para que se secase el rostro.

—Si Mijaíl y tú hicisteis juntos todo eso —comenzó al verla ya más serena—, ¿por qué no se une en esta ocasión? Es algo que no comprendo.

—No solo éramos Mijaíl y yo —replicó ella sonándose con fuerza, con un trompeteo poco elegante—. Era el equipo completo: Omar, Paolo, Irina, Claudia. Todos ellos. Lo más parecido a una familia que he tenido jamás, pese a nuestras diferencias. Juntos éramos imparables, los mejores en lo nuestro. Pero tú mismo escuchaste cómo le pregunté por ellos a Mijaíl en Arzúa, y no me dio ninguna respuesta. Solo sé que ahora estoy sola, no sé qué hacer y veo que no tengo posibilidades.

—Mijaíl jamás debería haberte puesto en esta posición —dijo Zepeda tras reflexionar un momento—. Es injusto. Una tortura mental.

Ella se quedó callada durante un instante mientras reflexionaba. De repente levantó la mirada, con un brillo salvaje en sus ojos azules.

—¡Eso es! —El corazón le galopaba en el pecho—. ¡Eso es, Fernando!

—¿Qué? —Él la miró confundido—. ¿Qué he dicho?

—¡Ahora lo entiendo todo!

—Pues explícamelo, por favor, porque yo no comprendo nada.

—¡El objetivo de este viaje nunca fue que yo llevase a cabo el golpe a solas! ¿No lo entiendes? —Le agarró el brazo con fuerza mientras su mirada centelleaba—. La idea era otra, muy distinta.

—De verdad, no veo adónde quieres ir a parar.

—A algo de lo que tendría que haberme dado cuenta hace mucho tiempo: nunca, a lo largo de todos los años que he estado con Mijaíl, hemos dado un golpe que no estuviese escrupulosamente planificado desde el principio.

—¿Qué quieres decir?

Pero Laura ya no le escuchaba y rebuscaba de forma frenética en su bolsillo, hasta sacar el teléfono móvil que estaba apagado.

—Laura —insistió Zepeda—, ¿a qué te refieres? ¡No entiendo nada!

Ella le observó, con el móvil aferrado entre las manos.

—Mijaíl jamás pretendió que llevase a cabo el robo de los huesos yo sola. Su objetivo al lanzarme al Camino era conseguir que los recuerdos de la antigua Laura aflorasen. Obligarme a tener que usar mis habilidades de manera instintiva para rescatar del olvido la parte inconsciente de mi mente. Una terapia de choque brutal.

—Y arriesgada —replicó Zepeda—. No tenía ninguna garantía de que funcionase. Podrías haberte negado. O tener una crisis nerviosa. O vete a saber.

—Eso es cierto. —Ella se encogió de hombros—. Pero hacer desaparecer a mi pareja en un secuestro era de lo más oportuno para obligarme a arrancar. Demasiado oportuno, si lo piensas bien. Ay, Misha, qué listo eres. Pero el caso es que su plan funcionó.

—Entonces... ¿Hay un plan?

A Laura se le escapó una carcajada amarga.

—Estoy segura de que Mijaíl tiene un plan, perfectamente diseñado y calculado hasta el último detalle. Ese es uno de los motivos por los que jamás nos han atrapado. —Laura negó con la cabeza—. Es un perfeccionista obsesivo, un artista que se deleita en planificar durante meses hasta el último detalle de lo que va a suceder. Recuerda que cuando estábamos en Sarria me envió un correo con algunos detalles de la catedral, para darme una pista de lo que estaba haciendo. Pero entonces no supe verlo. Habrá planos, cronogramas y material tecnológico de sobra. Y...

—¿Y qué?

Ella se estremeció. De repente se había puesto muy pálida.

—Y un equipo. —Tragó saliva—. Todo el equipo. Mijaíl está aquí, Fernando. Muy cerca. Y Carlos no es el único que le acompaña.

Zepeda barrió con la mirada la plaza de la Quintana de forma instintiva, como si esperase que se materializase de súbito ante ellos.

—¿Aquí? ¿Dónde?

—Eso es lo que vamos a averiguar.

Laura apretó la tecla lateral del terminal y la pantalla cobró vida con un parpadeo. Al cabo de unos segundos, la barra de cobertura se cubrió por completo y el teléfono móvil quedó conectado a la red, transmitiendo de inmediato su posición. Entonces, con el aparato sujeto en una mano, pero sin hacer ningún tipo de llamada, comenzó a hablar.

—Mijaíl, sé que me estás escuchando. Tenemos que hablar. En persona. Ahora.

No pasó nada durante dos largos minutos. Cuando Laura ya empezaba a temer que el ruso no había recibido su mensaje, la pantalla vibró y un globo de texto apareció flotando en el cristal.

Cafetería Hostal de los Reyes Católicos, en 5 min. Ven sola.

Y eso era todo.

Laura respiró hondo y dejó escapar lentamente el aire de sus pulmones. El momento que tanto temía y deseaba había llegado.

Se puso en pie y el mexicano la miró estupefacto:

—Espera... No estarás pensando en ir, ¿verdad?

—Por supuesto que sí.

—¡Puede ser una trampa! —protestó—. ¡Ni siquiera sabes qué es lo que quieren!

—Quieren esos puñeteros huesos que están ahí dentro, a apenas cien metros de nosotros. —Laura señaló la mole pétrea de la catedral—. Y yo quiero respuestas. ¿Vienes conmigo?

—Te ha ordenado que vayas sola.

—Mijaíl no me ordena nada. Ya no. Me niego a seguir bailando al son de su música ni un minuto más. ¿Vienes o no?

—Por supuesto —rezongó Zepeda malhumorado extendiendo sus manos desnudas frente a él—. Pero me gustaría tener un hierro a mano. Un cuerno de chivo sería aún mejor. Si las cosas se ponen feas...

—No pasará nada. —Laura le tendió la mano—. Toda esta zona está llena de policía. Es el lugar más seguro de toda la ciudad.

—A estas alturas nada me parece seguro —gruñó Zepeda.

Pero mientras bajaban las escaleras que los conducían de nuevo a la plaza del Obradoiro, Laura no pudo evitar sentir un regusto amargo en la boca y una honda preocupación. Pese a su aparente seguridad, no las tenía todas consigo. Y, además, había algo que le inquietaba en especial.

Un rato antes, Fernando Zepeda había dicho algo perturbador sobre el plan de Mijaíl para hacerle recuperar la memoria: «No tenía ninguna garantía de que funcionase. Podrías haberte negado. O tener una crisis nerviosa». Y era cierto. Cien cosas podrían haber salido mal en aquella moneda lanzada al aire por el ruso. Y esa no era su forma habitual de trabajar. Hasta donde Laura recordaba, Mijaíl era escrupulosamente obsesivo en planificar hasta el más nimio detalle de sus golpes. Dejar algo tan importante como recuperar la memoria y las capacidades plenas de una de las piezas más importantes de su ajedrez particular al albur del destino..., en fin, no era su estilo.

Eso solo podía significar dos cosas. O bien el ruso estaba perdiendo facultades... O una urgencia terrible le estaba obligando a improvisar y correr riesgos inasumibles para su forma metódica de actuar. Quizá se trataba de ambas.

Fuera como fuese, estaba a punto de averiguarlo.

Llegaron a la puerta del Hostal de los Reyes Católicos, el enorme y monumental parador que cerraba uno de los lados de la plaza del Obradoiro. El antiguo hospital de peregrinos de la Edad Media se había transformado en un espectacular hotel de cinco estrellas y unos cuantos clientes transitaban por su cavernoso vestíbulo. Había un par de guardias de seguridad —algo impensable en otros tiempos—, pero no les prestaron la más mínima atención cuando pasaron por delante de ellos.

A mano izquierda se abría una larga sala llena de sofás, decorada con antiguas piezas de arte sacro en las paredes. El silencio dentro del edificio era casi sepulcral y solo se oía el suave murmullo de algunas conversaciones. Laura y Zepeda dejaron atrás varias puertas hasta llegar a una confortable cafetería con las paredes forradas de madera. El lugar estaba desierto, excepto por una mesa, en la que estaban sentadas dos personas.

Uno de ellos era un rostro conocido.

Carlos, su médico. Su pareja. Su supuesta pareja, se corrigió. El hombre que le había mentido a la cara durante meses y por el que había iniciado aquella locura.

Estaba recostado en un sofá y bebía una taza de café en una postura relajada, como si estuviese en una confortable reunión de negocios, mientras escuchaba lo que le decía su interlocutor. Y cuando la mirada de Laura se detuvo en él, una corriente helada la atravesó con la fuerza de una descarga eléctrica.

Frente a Carlos estaba un hombre de entre setenta y ochenta años, con la calva cubierta de manchas de vejez y que, encogido por la edad, parecía perdido en el traje oscuro que vestía. Sus manos temblaban de manera ostensible y parecía que tenía que hacer un esfuerzo en cada inspiración. Transmitía una sensación de fragilidad que su mirada desmentía de inmediato.

Una mirada dura. Implacable.

Decidida.

—Mijaíl. —El nombre brotó de sus labios casi sin que se diese cuenta, mientras un torrente de emociones le sacudía la mente en un rugido ensordecedor.

Las últimas piezas del puzle acababan de encajar con un chasquido.

El anciano levantó los ojos y, cuando sus miradas se cruzaron, Laura se volvió a sentir como la niña pequeña y desvalida del Nido, casi cuarenta años atrás. Toda su determinación y coraje se esfumaron arrastrados por un viento invisible. Mijaíl la observaba sin parpadear, con la atención de un encantador de serpientes, y no podía sacudirse de su hechizo por más que lo intentaba.

—Laura, mi dulce Laura. —Su voz sonó más cascada que por el teléfono, pero tenía el mismo tono inconfundible que ahora recordaba tan bien—. Por fin has vuelto a tu familia, mi pajarito.

Laura abrió la boca para responder, pero fue incapaz de articular un solo sonido. Su lengua parecía haberse fundido contra su paladar en un bloque denso. Por eso, cuando vio la tercera figura que se acercaba a la mesa en aquel instante, con una copa de vino en la mano, solo pudo emitir un gemido ahogado.

—Hola, Laura —la saludó Paolo, el eterno *playboy* italiano, otro de los niños perdidos del ruso, mientras le dedicaba una de sus encantadoras sonrisas—. De nuevo juntos.

28

Ciudad de México
Mayo de 2021. Un año antes

—De nuevo juntos. —Sonrió Paolo mientras le daba un abrazo a Laura, que acababa de bajar del avión—. El tiempo te trata bien, querida.

—No ha pasado tanto —replicó ella—. Lo de Turín fue hace solo tres meses.

—El tiempo sin ti parece transcurrir de una manera lánguida y perezosa —contestó de forma melodramática—. Quizá, si la próxima vez decidieses venir conmigo...

—Ni en tus mejores sueños —gruñó Laura mientras se quitaba las gafas de culo de botella que llevaba puestas—. ¿Dónde están los demás?

—A punto de llegar, supongo. —Le tendió una botella de vino recién descorchada—. ¿Quieres una copa?

Laura negó con la cabeza. Nunca bebía cuando había que hacer un trabajo, una norma que estaba claro que no compartía su compañero italiano. Ciertas cosas no habían cambiado.

Estaban en un enorme hangar algo apartado de la terminal comercial del Aeropuerto Internacional Benito Juárez de Ciudad de México. El avión privado que la había llevado hasta allí había cerrado sus puertas nada más descender ella y ya carreteaba por la pista alejándose hacia una zona apartada.

Durante el vuelo no había cruzado apenas palabra con la tripulación, acostumbrada a realizar transportes discretos de personas que no deseaban llamar la atención. Habían recogido a Laura en Schipol, en Holanda y, después de un vuelo transoceánico sin incidentes, su presencia allí ya no era necesaria.

Laura se quitó con un gesto de alivio la peluca rubia que cubría su cabeza desde hacía diez horas. Mijaíl era meticuloso en los detalles, como siempre. No era probable que nadie le preguntase jamás a la tripulación sobre su misteriosa pasajera, pero si alguna vez se daba esa circunstancia, solo recordarían a una mujer rubia algo pasada de peso y con gafas que había estado con la cabeza metida en un libro durante la mayor parte del vuelo.

—Tengo que quitarme todo esto —señaló la faja que abultaba su cintura para darle un contorno más grueso— y limpiarme el maquillaje. ¿Dónde hay un baño?

Por toda respuesta, Paolo apuntó con la botella hacia una zona de oficinas que se alzaba en la esquina más alejada del hangar. Laura se dirigió hacia allí y regresó diez minutos más tarde, con su silueta habitual, ropa cómoda y una expresión más relajada. Si la tripulación hubiese vuelto de repente por algún motivo, nunca habrían asociado a la menuda morena que caminaba por el hangar con la pasajera que se había bajado de su nave apenas unos minutos antes.

Paolo estaba sentado en una silla, al lado de una mesa de madera con manchas de grasa en una de sus esquinas. La botella ya estaba mediada, pero él no mostraba el menor síntoma de embriaguez. Si la experiencia previa servía de algo, Laura adivinaba que harían falta unas cuantas botellas más como esa para hacer mella en el italiano.

Le observó con atención durante un momento, pensativa. Su relación con Paolo había cambiado mucho con el paso de los años. Con casi todos ellos, si tenía que ser honesta. Aunque «cambiado» quizá no era la palabra correcta. Desde luego, ya no eran los niños hambrientos y mojados que habían saqueado las tiendas de un pueblecito austriaco casi treinta años atrás. Ni tampoco eran ya la pandilla de jóvenes hedonistas y algo alocados, ebrios de arrogancia y excitación, que habían vivido juntos hasta el 2001. El 11-S lo había cambiado todo.

La vida, en general, lo había cambiado todo.

Con el paso de los años, sus pequeñas diferencias se habían ido haciendo cada vez más grandes, abriendo brechas invisibles y cada vez más complicadas de salvar. Como un viejo matrimonio que sigue unido por la inercia, cuando todo lo que un día los mantuvo juntos había acabado disuelto y solo quedaban recuerdos mezclados, dulces, sí, pero también amargos.

La distancia también había terminado por hacer mella. Habían pasado de compartir el día a día a verse dos o tres veces al año y solo para llevar a cabo alguno de los trabajos de Mijaíl. Poco a poco se habían ido convirtiendo en desconocidos con un pasado común, personas de las que apenas sabía nada. Laura era dolorosamente consciente de que ni siquiera sabía dónde vivía cada uno de ellos, ni si tenían familia o en qué empleaban su enorme cantidad de tiempo libre. El dinero había dejado de ser un problema hacía décadas, eso estaba claro, pero todo lo demás era algo sobre lo que no se hablaba.

Al principio había sido así por decisión de Mijaíl, siempre preso de su paranoia de antiguo agente del KGB. Cuanto menos supiesen unos de otros, sostenía, más seguros estarían. Eso era cierto, pero el efecto secundario de esta estrategia había sido convertirlos en extraños. Al final, cuando incluso los temores de Misha habían ido cediendo, la distancia ya era insalvable. Seguían siendo los mejores en lo suyo, por supuesto, pero nada más.

Ya no eran una familia. Tan solo eran una banda. Asuntos de negocios. Eso era todo.

Paolo sintió su mirada, porque apartó la vista de la botella de vino y la clavó en ella, inquisitivo.

—¿Qué pasa?

—Nada.

—Pues no me mires así.

—Así, ¿cómo?

—Así, de esa manera que tienes de... —El italiano hizo un aspaviento—. Cuando pones esa cara de trance me provocas escalofríos. No hagas eso, por favor.

—Yo no estoy... —empezó a protestar Laura, pero el chirrido de unas ruedas sobre el cemento del hangar interrumpió su charla.

Una furgoneta blanca con el logo de una compañía telefónica local pintado en los laterales acababa de entrar en ese preciso instante. En cuanto el motor se detuvo, la puerta del conductor se abrió y Omar se apeó de un salto.

Sus rizos esponjosos estaban teñidos de canas y le había aparecido un delta de pequeñas arrugas alrededor de los ojos que formaban abanicos cuando sonreía, como en aquel instante. Por lo demás, se mantenía alto y delgado como siempre y tenía un aspecto excelente.

—¡Laura! —gritó alborozado al verla.

Antes de que pudiese darse cuenta, Laura estaba en los brazos del sirio, que le daba vueltas en el aire como si fuese una muñeca. Le plantó un par de sonoros besos en las mejillas antes de apoyarla de nuevo en el suelo jadeante.

—¿Cómo estás, Omar? Tienes muy buen aspecto. ¿Dónde te has metido?

—Ya sabes, un poco aquí y un poco allá. —Puso los ojos en blanco en un gesto teatral—. Mi vida es como un culebrón barato, siempre en busca del amor.

Laura rio complacida. De todos los antiguos miembros de la banda, Omar era el único con el que seguía manteniendo la conexión emocional intacta. Cada vez que se veían daba la sensación de que habían estado juntos apenas cinco minutos antes, sin necesidad de cruzar una palabra. Por supuesto, hablarían largo y tendido más tarde, pero la mera presencia del sirio hizo que se sintiese un poco mejor. Estar con él era como encontrar la última botella intacta en un bar abandonado tiempo atrás.

—Hola, Paolo. —Omar saludó con un gesto al italiano, que se servía otra copa de vino.

—Hola, friki —respondió Paolo sin dirigirle una mirada—. Ya se me hacía raro que aún no hubieses asomado por aquí. ¿Qué traes en esa furgoneta? ¿Tus trastos de bicho raro?

Laura dio un paso adelante y abrió la boca para contestar, pero sintió la mano de Omar apretando su brazo.

—Sí, algo así —replicó el sirio con una sonrisa en la boca—. Mis trastos de bicho raro que os mantienen con vida. Por cierto, espero que esta vez no tengamos que usar un arnés de escalada, como en Turín. No creo que tenga ninguno que pueda aguantar tu peso. Has engordado bastante, querido. ¿Demasiados *rigatonne*, quizá?

Paolo se puso pálido e hizo ademán de levantarse, pero se lo pensó mejor y le dedicó un gesto obsceno a Omar antes de volverse a su copa de vino. Si había algo que sacaba de sus casillas al italiano era que se metiesen con su físico.

—Cada año está más intratable —le murmuró Laura a Omar en cuanto se apartaron de la mesa—. Lo siento.

Omar suspiró.

—Mijaíl está a punto de llegar —dijo—. Lo último que necesitamos es que nos encuentre liados a puñetazos. Además, ya sabes cómo es Paolo. Muy bocazas, pero, en el fondo, un buenazo.

Al cabo de cinco minutos, Claudia hizo su entrada. Si los miembros de la banda fuesen bebidas, la colombiana sería sin duda un vino gran reserva de una añada excepcional. Los años la habían tratado bien (junto con un par de discretos retoques de buenos cirujanos) y lucía tan espectacular como de costumbre. Laura no pudo evitar sentir la vieja punzada de envidia al contemplar cómo se contoneaba y la elegancia con la que saludaba a cada uno de ellos. Al cabo de un rato reía, sentada a la mesa junto a su viejo amante, escuchando algo que este le contaba.

—Echo de menos a Irina —suspiró Laura.

—Todos la echamos de menos —contestó Omar—. No dejo de pensar en lo absurdo de su muerte. ¿Qué demonios le pasaría por la cabeza?

—Nunca lo sabremos.

Ya comenzaba a oscurecer cuando Mijaíl hizo por fin acto de presencia. Siempre era el último en llegar y Laura sospechaba que se habría pasado un buen rato observando el hangar desde la distancia hasta asegurarse de que su reunión no había atraído miradas indiscretas. Venía conduciendo un automóvil gris y anodino, con un rasponazo en el parachoques y la tapicería gastada, la clase de coche que nadie recuerda.

Cuando echó a andar hacia ellos, Laura contuvo una exclamación ahogada de asombro. Hacía apenas tres meses desde que se habían visto por última vez, pero por Mijaíl parecía haber pasado una década. El ruso había perdido mucho peso y la ropa le quedaba holgada. Su piel estaba apagada y sin brillo y se movía más despacio que de costumbre. Solo el brillo fiero y alerta de sus ojos recordaba que dentro de aquel cuerpo seguía habitando la misma mente aguda de siempre.

—Hola, queridos muchachos —saludó con voz cavernosa, interrumpida por un ataque de tos—. Gracias por haber acudido a mi llamada una vez más.

—¿De qué se trata esta vez, Misha? —preguntó Paolo sin levantarse de la silla.

—Ahora vamos con eso —contestó Mijaíl con una sonrisa—. Primero dadme tiempo para saludaros como es debido.

Uno a uno, Mijaíl se detuvo con ellos durante un rato. De alguna manera, cuando hablaban con él, volvían a ser los niños que había criado a lo largo de décadas de vida azarosa y por unos breves minutos todo fue como siempre. Hasta el orgulloso Paolo daba vueltas alrededor de Mijaíl como si fuese un cachorro que encuentra a su amo perdido. Solo le faltaba menear una cola imaginaria.

—¿Cómo estás, Laura? —le preguntó Mijaíl cuando la enterró en su familiar abrazo—. ¿Te trata bien la vida?

Ella inspiró el familiar aroma de su padre adoptivo con los ojos cerrados. La memoria olfativa era poderosa y una andanada de recuerdos la golpeó con fuerza, pero no pudo evitar sentir un ligero toque punzante a enfermedad oculto bajo el olor de siempre.

—Estoy bien —dijo con una sonrisa—. Pero estoy preocupada por ti. Tienes aspecto de necesitar un descanso.

—Bah, bah, tonterías. —Mijaíl hizo un gesto displicente con las manos—. Estoy como siempre, pequeña mía. ¿Estás preparada?

La sonrisa de Laura tembló por un instante. Había algo a lo que llevaba dando vueltas desde hacía tiempo y no sabía cómo abordarlo.

—Sí, claro —respondió vacilante—. Pero hay algo de lo que me gustaría hablar contigo.

—Después —Mijaíl la sujetó por los hombros—, cuando terminemos con esto. Ahora hay mucho que hacer. ¡Todos aquí, por favor!

Un coro de rechinar de sillas en el suelo siguió a sus palabras a medida que los miembros de la banda se sentaban alrededor de la mesa. Paolo hizo desaparecer la botella de vino y rápidamente fue sustituida por un montón de papeles que Mijaíl sacó de la cartera de cuero que llevaba consigo. A una orden suya, Omar colocó una pantalla sobre ruedas en un extremo y la conectó al portátil de Mijaíl.

—Nuestro objetivo de mañana está ubicado en el cerro de Tepeyac, al norte de Ciudad de México —empezó Mijaíl sin más preámbulos. Con ellos no era necesario—. Se trata de un objeto valioso que tiene más de cinco siglos de antigüedad y por el que nuestro cliente ha demostrado un interés especial. Le he garantizado que sus necesidades serán convenientemente satisfechas, como no puede ser de otra manera.

—Espera, espera... ¿Has dicho *mañana?* —se removieron inquietos en las sillas—. ¿Con tan poca antelación?

—Está todo preparado a conciencia, no os preocupéis. —Mijaíl calmó su evidente malestar—. Omar y yo hemos estado haciendo el trabajo previo desde hace unas semanas para que lo único que tengáis que hacer es ejecutar la parte final del golpe.

—Nunca trabajamos así —protestó Laura—. Es precipitado, Misha.

—No, no lo es —replicó el ruso de forma tajante—. Se ha abierto una ventana de oportunidad y tenemos que aprovecharla. Os garantizo que todo está previsto, hasta el último detalle. Además, sois los mejores. Podríais hacer esto con los ojos cerrados. Será fácil comparado con lo de Turín de hace unos meses.

—¿De qué se trata? —preguntó Claudia sin ocultar una pizca de curiosidad.

—De esto —dijo Mijaíl mientras pulsaba un botón del portátil.

En la pantalla apareció una imagen estampada sobre una tela ajada y castigada por la edad. Una Virgen de manto azul y tez oscurecida por el tiempo juntaba las manos con los ojos cerrados, envuelta en un nimbo de rayos que terminaban en una aureola roja. A sus pies, un pequeño ángel con alas de plumas multicolores sujetaba la imagen con la mirada perdida.

—Os presento el Ayate, la representación de la Virgen más venerada de todo el mundo. Está en el santuario de Nuestra Señora de Guadalupe, y todos los años millones de peregrinos acuden a venerarla. Es una pieza única e inconfundible..., y vamos a robarla.

—¿Ayate? —Omar parecía confundido—. ¿Qué es eso? ¿Un cuadro, o algo así?

—No exactamente —contestó Mijaíl—. Es una tela de fibra de palma o de maguey que utilizaban los indígenas mexicanos en los tiempos de la conquista. Según la tradición, en el siglo XVI un nativo llevó este saco de ayate lleno de flores ante el obispo de la época, y por algún milagro la estampa que estáis viendo quedó impresa en la tela.

Paolo refunfuñó algo que sonaba como «otro trapo viejo no, por favor», pero fue lo suficientemente prudente para que Mijaíl no le escuchase.

—Como siempre, lo que nos interesa a nosotros es el valor intrínseco que le da el cliente a la pieza. Sea milagrosa o no, nuestro cometido de mañana es hacernos con ella.

—¿Y dónde dices que está este Ayate, Misha? —preguntó Laura subyugada por la belleza de la pintura.

Mijaíl apretó un par de teclas y la imagen de la pantalla cambió para mostrar un enorme templo circular de aspecto imponente cubierto por una cúpula.

—Como os decía, está aquí, en el santuario de Nuestra Señora de Guadalupe.

Un murmullo grave recorrió la mesa, acompañado de un montón de caras preocupadas.

—Mijaíl —Paolo sonaba dubitativo—, el año pasado robamos en la catedral de Colonia y después en Nápoles. Hace tres meses nos llevamos el Santo Sudario de Turín...

—Todo eso ya lo sé. ¿Cuál es el problema?

El italiano se pasó la lengua por los labios inquieto.

—Estamos llamando demasiado la atención. Cuatro golpes consecutivos para robar reliquias de la cristiandad. Es que..., bueno, es demasiado, incluso para nosotros. ¿Has leído los periódicos?

—Vaya. —Mijaíl abrió mucho los ojos, con cara de sorpresa fingida—. ¿Qué dicen los periódicos exactamente, Paolo? Él miró hacia los lados buscando ayuda.

—Hemos desatado una especie de histeria colectiva —le ayudó Laura tomando la palabra—. Todos los grandes templos del mundo entero se han blindado a conciencia. Hasta se habla de suspender la peregrinación a La Meca de este año. En Japón no permiten que los extranjeros accedan a los templos. Guadalupe no va a ser una excepción, Misha. Estará protegido a conciencia.

Mijaíl asintió con la expresión de un profesor satisfecho ante unos alumnos aplicados.

—Lo sé perfectamente —dijo entre toses—. Pero eso no supondrá ningún problema para nosotros, creedme. Está todo planificado al detalle.

Los miembros de la banda guardaron silencio, aún escépticos, pero las costumbres antiguas siempre están profundamente arraigadas. Si Mijaíl decía que se podía hacer, es que era posible.

—Esta es una foto del interior del templo principal —dijo mientras pulsaba una tecla.

La foto cambió para mostrar una amplia estancia circular, con un techo que simulaba ser de tela. Al fondo, un monstruoso baldaquino dorado, colocado entre un órgano y unas voluminosas lámparas, brillaba con suavidad. En medio, sujeto por un soporte invisible, colgaba el Ayate, en un marco de plata y oro.

—El Ayate está colgado en esa pared, de forma que pueda verse perfectamente en todo momento desde cualquier punto de la sala. El flujo de visitantes es tan alto que la basílica está abierta las veinticuatro horas del día, por lo que podemos esperar que haya dentro, día y noche, al menos un par de cientos de personas.

Se oyó un suspiro ahogado, pero Mijaíl continuó como si nada.

—Por si eso no bastase, debido a nuestras últimas... actividades, en efecto la seguridad se ha reforzado. En todo el perímetro exterior hay policía armada y unidades del ejército y dentro del templo calculo que haya como mínimo entre treinta y cuarenta guardias armados, cinco de ellos siempre situados detrás del altar. En definitiva, siempre habrá alguien mirando el Ayate, *siempre* —recalcó—. Y muchos de esos ojos serán de hombres armados con orden de disparar ante cualquier movimiento sospechoso.

Esta vez el silencio fue mucho más largo. La banda no podía apartar los ojos de la pantalla mientras asimilaban lo que Mijaíl les contaba.

—No lo entiendo —Claudia rompió el silencio—. Quizá estoy un poco espesa, pero no veo cómo vamos a hacer para sacar esa tela de ahí dentro sin que nos vean.

—Oh, es muy sencillo —contestó Mijaíl ensanchando su sonrisa, como si hablasen de un problema menor—. No se puede. Es imposible.

Laura notó cómo se le aflojaba la mandíbula. Su confianza en Mijaíl era enorme, pero aquello sonaba descabellado.

—Pero entonces... ¿qué pretendes que hagamos? —Paolo dio voz a la pregunta que todos tenían en mente—. ¡Dices que es imposible!

—Es imposible robar este Ayate. —El tono de voz de Mijaíl sonaba como el de un mago a punto de hacer un truco—. Pero no es el que nos vamos a llevar.

—Ahora sí que no entiendo nada.

—La alarma que hemos desatado juega a nuestro favor —explicó, mientras en la pantalla aparecía una planta llena de puertas y corredores—. Hace tres meses, preocupados por la posibilidad de que alguien robase su preciada reliquia, decidieron sustituirla por una réplica exacta, que es la que está colgada en la basílica. La auténtica está guardada en una caja de seguridad, en el complejo subterráneo que hay debajo del templo. Esa es la que nos llevaremos. Que se queden con su copia barata.

Un jadeo de asombro recorrió el grupo.

—¿Estás seguro de eso?

—¿Cuándo ha sido mala mi información? —Mijaíl enarcó una ceja—. Todo lo que estáis viendo me lo ha facilitado una fuente a cambio de un buen precio. He tenido tiempo de planear este golpe hasta el último movimiento. No hay ninguna duda de que puede hacerse.

—Esa caja ¿de qué tipo es? —preguntó Laura sintiendo a su pesar una oleada de excitación ante el desafío que adivinaba en el horizonte.

—Compleja, con sistemas de alarma cruzados y sin cerradura —contestó Mijaíl, y Laura empezó a darle vueltas al momento—. Son dos puertas acorazadas de casi una tonelada de peso cada una, que cierran una habitación reforzada. Solo se pueden abrir con dos tarjetas codificadas insertadas al mismo tiempo en las ranuras de la sala de control.

—¿Usaremos lanzas de acetileno? —preguntó Omar visiblemente agobiado—. Son muy aparatosas y difíciles de ocultar.

—No valdría de nada —replicó el ruso—. Las puertas son demasiado gruesas y tardaríamos una eternidad en abrirnos paso. Tampoco podemos hacer un túnel para entrar en la estancia. Está rodeado de sensores de sismicidad.

—Dices que se abren con un par de tarjetas codificadas. ¿Y si hackeamos el mecanismo?

—Es un sistema cerrado, sin conexión a la red. —Mijaíl meneó la cabeza—. Y el servidor está dentro de la habitación. No podemos acceder a él.

—Entonces, ¿qué vamos a hacer?

—Muy fácil. —Mijaíl mostró su dentadura en una mueca feroz—. Vamos a robar ese puñetero Ayate y largarnos antes de que se den cuenta de que hemos estado allí.

Durante las dos horas siguientes fue desgranando su plan y el papel que cada uno de ellos jugaría en él. Laura se quedó maravillada, una vez más, de la brillantez y osadía del complicado ballet que la mente de Mijaíl había creado. Era temerario y difícil, por supuesto, pero genial en su concepción y sencillez.

—Bien —dijo al terminar—. ¿Alguien tiene alguna duda?

Formularon unas cuantas preguntas, únicamente para comprobar si habían comprendido hasta el último extremo de lo que se esperaba de ellos. Nadie hizo ninguna broma ni comentario fuera de lugar. Todos eran profesionales y sabían muy bien a qué se arriesgaban si algo salía mal.

Y eran los mejores. Nada podía salir mal.

—Estupendo. —Mijaíl chasqueó la lengua y miró su reloj—. En esa sala del fondo hay varias camas para que pasemos la noche. Saldremos mañana a las ocho en punto de la mañana. Si no hay ningún problema, deberíamos estar de vuelta aquí antes de que se ponga el sol. Tendremos aguardando por nosotros varios medios de transporte para separarnos en direcciones distintas. Cuando se den cuenta de lo que ha pasado, ya estaremos muy lejos, fuera del país. Ahora, todo el mundo a dormir. Nos aguarda una jornada muy dura.

Sin hacer comentarios, se levantaron de la mesa y se dirigieron a la sala que les había indicado Mijaíl. Sabían que allí tendrían algo para cenar, un par de duchas y espacio cómodo para dormir. Quizá no fuese un sueño tranquilo, pero ninguno se pasaría la noche en vela. Ya habían hecho cosas parecidas muchas veces con anterioridad.

—Misha —Laura llamó a Mijaíl, que se secaba la comisura de la boca con un pañuelo—. ¿Podemos hablar ahora?

—Claro que sí. —Señaló hacia la puerta del hangar—. Vayamos afuera.

La noche ya era cerrada y a lo lejos se oía el rugido apagado de los aviones comerciales que despegaban sin cesar del concurrido aeropuerto, pero no se adivinaba ni un solo movimiento en las inmediaciones de aquel hangar apartado.

—Bien, cuéntame qué te pasa. ¿Tienes alguna duda o reserva con respecto al plan de mañana?

Laura negó con la cabeza.

—No, no se trata de eso —tartamudeó—. Es otra cosa.

Mijaíl la miró con curiosidad.

—Pues dime. Sabes que puedes confiar en mí, mi pequeña.

Laura maldijo para su interior. Había preparado aquella conversación a conciencia, pero por algún motivo las palabras se negaban a acudir a su boca, así que decidió ser directa.

—Quiero dejarlo.

—¿Cómo?

—Quiero dejarlo, Misha. Estoy cansada, hastiada de todo esto. No quiero seguir haciendo esta clase de cosas. —Tragó saliva dubitativa—. Quiero dejarlo, de verdad.

Mijaíl no respondió. En vez de eso encendió un cigarrillo y le dio una larga calada y permitió que el humo se escapase por sus fosas nasales, enroscándose alrededor de su rostro, sin dejar de mirarla con sus ojos penetrantes.

—Ya veo —pronunció las palabras con lentitud—. Crees que ha llegado la hora de volar por tu cuenta.

—No se trata de eso —Laura negó con vehemencia—. Es solo que... ya no le veo sentido a nada de lo que hacemos. Hemos amasado más dinero del que podemos gastar en dos vidas y cada vez que nos embarcamos en un nuevo golpe nos arriesgamos a perderlo todo. ¡No necesitamos seguir!

—O sea, que no solo quieres dejarlo —dijo él expulsando una nueva nube de humo—. Pretendes que lo dejemos todos nosotros. Que abandonemos, porque te has hartado de esta vida. Suena un poco egoísta, ¿no crees?

Laura se retorció las manos. La conversación no estaba yendo como había planeado.

—No digo eso... O sea, sí, pero no es eso. —Le cogió una

mano—. Esta vida nos está destrozando a todos, Misha. Míralos a ellos. Mírate a ti. ¿Es que no te das cuenta?

—¿De qué tendría que darme cuenta? ¿De que te estás comportando como una niña malcriada? ¿Que pretendes dejar en la estacada a tu familia? ¿Que quieres abandonarme *a mí*, justo cuando más te necesito?

Pronunció esas últimas palabras casi en un grito, pero un ataque de tos le obligó a doblarse por la mitad. Durante un buen rato, solo se escucharon sus toses ahogadas. Cuando se incorporó, tenía una manchita de sangre en la comisura de los labios.

—¡Estás sangrando! ¡Necesitamos que te vea un médico!

Mijaíl negó con la cabeza a la vez que se limpiaba con el pañuelo.

—No hay ningún médico en la tierra que pueda hacer nada por mí —dijo quedamente—. Me estoy muriendo.

Laura sintió un dolor desgarrador en el pecho. No podía ser cierto. No, era imposible.

—No, no, eso no es verdad —gimió. Unas lágrimas traidoras acudieron a sus ojos.

—Sí lo es. —Mijaíl se encogió de hombros—. No hay nada que hacer.

—¿Cuánto tiempo? —La voz de Laura sonó como un gorgoteo estrangulado.

—No lo saben. Semanas. Meses. Años. Por eso es tan importante esto que hacemos.

—¿Por qué? —Laura se esforzó por contener el llanto, anudarlo en la garganta—. ¿Por qué es tan importante, maldita sea? ¿Es por algún tipo de orgullo? ¿Todo esto es por ego, por demostrarle al mundo que puedes hacerlo?

—Hace mucho tiempo que renuncié a eso. —Los ojos de Mijaíl brillaron apenados—. Ya no sueño con dejar un rastro en las páginas de la historia, no pretendo que la gente hable de mí con admiración en las décadas venideras, ni aspiro a dejar ninguna huella imborrable.

—Ya lo has hecho. Nos salvaste a todos nosotros. Te debemos la vida.

—Y hemos hecho cosas increíbles, sin duda, pero te estoy diciendo que no se trata de eso. Es al contrario: lo haría aunque acabase pasando a la historia como un villano. Tenemos que hacerlo porque no nos queda otra alternativa. —Su voz vibraba de angustia—. Esto que estamos haciendo ahora, lo de las reliquias, si no lo llevamos a cabo... las consecuencias serían terribles. No me pidas que te dé más detalles, por favor. Y para eso te necesito. A ti. A todos.

—Misha... —gimoteó a su pesar.

—Laura, mi pajarito. —Esta vez fue él quien le cogió las manos. Tenía las palmas febriles y secas—. Me lo debes. No puedes renunciar. Por favor.

Aquello fue, más que ninguna otra cosa, lo que más la asustó y lo que la ayudó a tomar la decisión. Mijaíl nunca había rogado. Jamás. Y de repente se dio cuenta de que el anciano que tenía delante estaba asustado como nunca y le estaba suplicando su ayuda.

—Está bien. —Se secó las lágrimas con el dorso de la mano—. Lo haremos. Pero me tienes que prometer que, una vez que esto acabe, vendrás conmigo. Buscaremos a los mejores médicos del mundo. Te curarás. No se te ocurra morirte, Misha. Ni de broma.

Mijaíl rio, como si le hubiesen contado un chiste especialmente gracioso, y la envolvió una vez más en su familiar abrazo. Laura se agarró a él como un náufrago al último salvavidas.

—Siempre has sido mi preferida —le susurró al oído—. Desde el primer día que te vi, supe que eras especial. Te quiero, Laura. Haré lo que haga falta para protegerte, siempre.

—Yo también te quiero, papá —dijo usando ese término que de niña solo usaba en su mente, y ya de adulta había dicho en voz alta apenas una decena de veces.

—Ahora, vete a dormir. —Le dio una palmada afectuosa en la mejilla—. Y límpiate un poco la cara. Que los otros no vean que has estado llorando. Y, Laura...

—¿Sí?

—Ni una palabra de esto a nadie, ¿vale?

Ella asintió y, antes de alejarse, le dio un beso furtivo en la mejilla. Luego se encaminó hacia las literas, mientras Mijaíl se quedaba de pie fumando su cigarrillo, con la mirada clavada en su espalda y sumido en sus pensamientos.

29

A la mañana siguiente, el desayuno fue silencioso. Se habían preparado a conciencia repasando mentalmente cada uno de los pasos. Justo antes de salir todos juntos —en esta ocasión Mijaíl se uniría a ellos para cubrir la ausencia de Irina—, se reunieron alrededor de la mesa. El ambiente era singularmente tenso, como casi siempre antes de un golpe.

—Bien, repasemos por última vez las cuatro reglas. ¿De acuerdo? ¿Cuál es la primera?

—¡Nada de violencia! —gritaron todos repitiendo por enésima vez el viejo ritual.

—Eso es. —Mijaíl recitaba las palabras como un sacerdote impartiendo su particular misa—. Nunca matamos ni herimos a nadie, ni siquiera en las circunstancias más extremas, salvo que no quede más remedio. No somos asesinos, somos profesionales. ¿Y la segunda?

—¡Nada de ruido!

—Muy bien. No hacemos ruido, no permitimos que nadie se dé cuenta de nuestra presencia, ni que nadie se entere de que estamos ahí. Somos sombras en la noche, fantasmas, una ráfaga de viento en medio de un bosque oscuro. ¿La tercera regla?

—¡No dejamos rastro!

—Así es. Nadie sabe que entramos, nadie sabe que salimos, nadie puede saber que estuvimos ahí, porque... ¿cuál es el mejor golpe?

—¡El que nunca ha ocurrido!

Mijaíl los miró irradiando satisfacción por todos los poros de su piel al contemplar su obra.

—Bien, en atención al carácter piadoso de nuestro objetivo de hoy, creo que nos podemos saltar el añadido de la cuarta regla, esa guarrería que os inventasteis de críos, cuando teníais a medio hacer el cerebro. ¿No os parece?

Esta vez sí, un coro de carcajadas fue la respuesta. Laura se maravilló ante la inteligencia de aquel hombre, capaz de hacer que se evaporase la tensión con un simple comentario.

—Bueno, pues esto ya está —concluyó—. Vamos allá. Tranquilidad y cabeza fría, muchachos. —Para él siempre serían «muchachos»—. En unas horas estaremos de vuelta.

Se dirigieron hacia los transportes que los deberían dejar en el santuario en poco más de un par de horas, siempre que el caótico tráfico de la capital mexicana no decidiese lo contrario, aunque eso era algo que ni siquiera el cuidadoso plan de Mijaíl podía controlar.

Laura, Omar y el propio Mijaíl se subieron en la furgoneta ataviados con unos monos de trabajo con el emblema de la compañía telefónica en su espalda. Mijaíl se había calado una visera que ocultaba su rostro casi por completo, y Laura se había recogido el pelo en una cómoda coleta. Omar, por su parte, llevaba un bigote de pega adosado en su labio superior que le hacía parecer mucho más mayor de lo que realmente era.

Por su parte, Paolo y Claudia tomaron rumbos diferentes. El italiano iba vestido con un hábito de sacerdote que, incluso Laura tenía que reconocerlo, estilizaba su figura. Con el alzacuellos debajo de su falsa papada, parecía un benévolo cura preparado para decir misa. Para completar su disfraz, llevaba con él una enorme cruz de madera con las palabras «Ofrenda parroquial» grabadas en la cara anterior.

La colombiana, por su parte, estaba totalmente irreconocible, porque a ella le tocaba una de las partes más complicadas del operativo. Nadie podría adivinar, bajo aquellas capas de prótesis y maquillaje, que la oronda matrona de pelo gris y aspecto severo, con pinta de haber rebasado los sesenta años, era en realidad una mujer voluptuosa de cuarenta y pico. Aquel tendría que haber sido un papel desempeñado por Irina, la transformista del grupo, pero, ante su ausencia, Claudia se haría cargo de aquella parte del plan.

Cada uno de ellos se subió en un coche distinto, igual de anónimos y avejentados que el que había conducido Mijaíl hasta el hangar la noche anterior. Con un intervalo de cinco minutos entre uno y otro, salieron del aeropuerto Juárez por una puerta de servicio abierta de par en par. En teoría allí debería haber un vigilante, pero Mijaíl se había encargado de que el hombre sufriese una repentina urgencia en otro lado. Seguramente estaría en alguna parte contando el fajo de billetes que le habían dado, suponiendo que se trataba de algún tipo de operación de contrabando.

No era importante. Ya estaban en marcha.

A aquella hora de la mañana, el tráfico todavía no se había convertido en la pesadilla que sería unas horas más tarde. La furgoneta zigzagueaba entre los demás coches, a una velocidad constante y siempre unos diez kilómetros por hora por debajo del límite establecido. Aunque los parase una patrulla de carretera, tenían todos los papeles falsos en regla y no debería haber problemas, pero la máxima de Mijaíl era no correr riesgos innecesarios.

—Ahí, en ese costado. —Le señaló a Omar un hueco en el arcén, entre dos tiendas de baratijas, a la sombra de un enorme sicomoro—. Es perfecto.

Omar se abrió paso entre un concierto de pitidos y cláxones furibundos para detenerse en el lugar que le indicaban. En cuanto apagó el motor, se deslizó a la parte de atrás de la furgoneta. La zona de carga estaba repleta de material telefónico y de reparación, pero oculto en un hueco entre el costado del vehículo y la chapa exterior había un pequeño escondrijo, lo bastante amplio para guardar el tipo de cosas que no querrían que nadie viese. El sirio abrió la puerta corredera apretando un resorte oculto y sacó un portátil conectado a una caja de aspecto extraño, llena de cables de colores.

—Te toca —dijo Mijaíl—. Tienes tres minutos.

Omar encendió el aparato y empezó a teclear a una velocidad pausada. A diferencia de las películas de acción, no se veía un torrente de números corriendo por la pantalla, sino que abría ventanas y subrutinas con meticulosidad, mientras un par de programas de dudosa legalidad hacían toda la magia negra por él. Al cabo de un rato emitió un suspiro de satisfacción.

—Estamos enganchados al relé de comunicación. Cuando me digas.

—Dale ya —murmuró Mijaíl.

Omar apretó una tecla y una serie de comandos salieron a través de la antena escamoteada en el techo de la furgoneta hacia el nodo de conexión más cercano. El sirio había tratado de explicarles algo sobre «ataque DoS» y cosas así, pero Laura no le había prestado demasiada atención. Aquella era la clase de vudú que solo su amigo sabía hacer y en la que se sentía como pez en el agua.

El sirio contempló la pantalla durante un rato interminable y por fin se giró.

—Ya está —dijo—. Se han quedado sin conexión a internet.

—¿Y la línea telefónica?

—Pinchada desde hace dos días —contestó Omar con una sonrisa—. Ya me encargué de eso.

—Pues ahora no creo que tardemos demasiado.

«Demasiado» fueron exactamente cuatro minutos. El teléfono adosado a la caja comenzó a sonar en el mismo instante en que alguien, dentro del templo, marcó el número de asistencia técnica de la compañía, solo que en vez de sonar en sus oficinas lo hacía en aquella furgoneta. Como decía Omar, era «un simple desvío de llamada». Un truco viejo y algo burdo, pero eficaz.

Mijaíl carraspeó y atendió la llamada con voz profesional, impostando un asombroso acento mexicano. Durante un rato aguantó un chorro de palabras enfadadas de su interlocutor, que parecía molesto.

—Buscaré el equipo técnico más cercano y se lo enviaremos de inmediato, señor —dijo en tono apaciguador—. No creo que tarde más de media hora. Sí, señor. No, señor. Ahorita mismito, señor. Gracias, señor. Disculpe las molestias.

—¿Ya? —preguntó Laura en cuanto colgó el teléfono.

—Ya —contestó Mijaíl—. No les hagamos esperar. Omar, pon este monstruo en marcha de nuevo.

Se incorporaron una vez más al tráfico. Según se aproximaban a la colina de Tepeyac, la circulación se fue haciendo cada vez más densa. Por la ventanilla, Laura podía ver la infinidad de puestecitos que florecían en los arcenes de la calzada en los que se ofrecía casi todo lo imaginable. Los puestos de comida se alternaban con otros en los que se vendían velas, rosarios o figuras de la Virgen, en una cascada interminable que se extendía casi hasta las inmediaciones del santuario.

Un crujido de estática en la radio le sobresaltó.

—Aquí Paolo. —La voz del italiano sonaba algo distorsionada en la radio, pero se le entendía a la perfección—. Ya estoy en la explanada esperando.

—Aquí Misha —contestó Mijaíl sujetando el micrófono—. Estamos llegando. Mantén la posición.

—Apurad, joder —gruñó Paolo—. Hace un calor de cojones.

A lo lejos ya podían adivinar el motivo de la retención. Un control de acceso en la calzada obligaba a la caravana de vehículos particulares y autobuses a ponerse en fila india. Un grupo de militares con uniforme y rifles terciados en la espalda pedía la documentación de manera aleatoria a algunos vehículos mientras la hilera avanzaba renqueante.

—Aquí Claudia. —La voz sonaba deformada por las almohadillas protésicas que llevaba en el interior de los carrillos para darle un aspecto inflado a su cara—. En posición.

—Nosotros tres casi en posición. Haced tiempo, pero no llaméis la atención. Dad un paseo y disfrutad de las vistas.

Uno de los dos (probablemente Paolo) respondió con un resoplido desdeñoso, pero Mijaíl lo ignoró. El control estaba a apenas unos cientos de metros.

—Laura, vete a la parte de atrás —murmuró Mijaíl entre dientes, a medida que el control se acercaba—. No es necesario que te vean.

Un soldado caminaba por el arcén directamente hacia ellos. La furgoneta del servicio técnico era el único vehículo que desentonaba en medio de la multitud de peregrinos y resultaba normal que los guardias se preguntasen quiénes eran y adónde iban a aquella hora en medio de una procesión abigarrada de fervorosos devotos. El soldado golpeó la ventanilla con sus nudillos. Omar la bajó con el aspecto fatigado de alguien que está aburrido de rutinas como esa, pero que sabe que no tiene más remedio que obedecer.

Durante un rato el guardia y él intercambiaron unas cuantas palabras. Omar le explicó que tenían que hacer una reparación, que estaba hasta las narices de sus jefes, que siempre pringaban los mismos, que a él no le tocaba trabajar hoy y que lo único que le apetecía era terminar cuanto antes para tomarse unas chelas fresquitas. El soldado le devolvió una sonrisa de comprensión y le indicó que se detuviese al lado del control de acceso. Entonces habló con su superior, que hizo una llamada de teléfono. Mijaíl podría haberla escuchado en su propio terminal de haber querido, pero no era necesario.

Al cabo de un momento, le hicieron una señal a Omar para que se incorporase de nuevo a la serpiente de acero que reptaba hacia la cima de la colina. Este se despidió con un saludo y una sonrisa y un rato después estaba cruzando una de las inmensas explanadas de aparcamiento que rodeaban el santuario, pero en vez de aparcar se dirigió en línea recta hacia un edificio achaparrado y con el aspecto de un bloque de oficinas que se levantaba casi en el extremo del complejo.

Un hombre menudo y de aspecto impaciente los aguardaba en la puerta y entraron en el complejo siguiendo sus pasos.

—¡Por fin han llegado! —rezongó—. ¡Hemos llamado hace más de una hora!

No era cierto, por supuesto. Apenas habían pasado cuarenta minutos desde la llamada, pero, como Mijaíl ya había comprobado muchas veces, el transcurso del tiempo parece ir mucho más lento cuando estás esperando algo con ganas. No era la primera vez que utilizaba aquel viejo truco, que siempre funcionaba, y pensaba aprovecharse de esa ansiedad.

—Hemos venido en cuanto nos han dado el aviso —contestó, mientras abrían la puerta trasera de la furgoneta y comenzaban a descargar cajas con material—. Tienen suerte de que estuviésemos relativamente cerca.

—Ya, ya, me vale madres. —El guardia de seguridad hizo un gesto despectivo con la mano—. Lo que sea, pero apuren. Menos platicar y más velocidad. Órale, güey.

Entraron en el complejo siguiendo los pasos nerviosos del hombrecillo. Cruzaron un par de controles de seguridad, en los que pasaron todo su material por unos escáneres, pero nada destacó en medio de la zarabanda de cables y herramientas de aspecto arcano que Omar había amontonado en las mochilas.

Tras bajar unas escaleras, llegaron a una puerta blindada que el vigilante abrió con una tarjeta magnética que llevaba colgada de la cintura, al lado de una pistolera de aspecto imponente. Al otro lado, un laberinto de pasillos que se entrecruzaban. Laura y los demás dejaron atrás varias oficinas administrativas que aún estaban vacías a aquella hora, siguiendo una de las líneas de colores que se dibujaban en el suelo como guía. Finalmente llegaron a una sala que tenía un cartel sobre la puerta que rezaba CENTRO DE CONTROL. Dentro, alrededor de una mesa con forma de herradura cubierta de controles, un rosario de monitores colgaban de las paredes alternando imágenes de los distintos puntos del recinto. En la parte central, justo frente a la mesa, una pantalla un poco más grande ofrecía una imagen estática del interior de la basílica, con el falso ayate de Nuestra Señora de Guadalupe en la mitad. Otros dos guardias ocupaban la sala, uno delante de los controles y otro sentado en una esquina con una revista deportiva entre las manos.

—Es ahí. —El hombrecillo señaló a un armario metálico a un lado—. Hagan sus cosas de una vez y recuperen la pinche conexión.

—Los Pumas juegan hoy a las cinco contra Cruz Azul. —El guardia que sostenía la revista los miró esperanzado por encima de las hojas—. Estará listo para esa hora, ¿verdad?

—No se preocupe, señor. —Mijaíl le dedicó la sonrisa más obsequiosa de su repertorio—. Le prometo que en un rato el corte de conexión será el menor de sus problemas.

Omar había abierto el armario de comunicaciones y estaba de espaldas a los guardias, con Laura a su lado. De forma discreta, ambos se colocaron sobre la cara una máscara de filtrado mientras Mijaíl rodeaba la mesa.

—Creo que no me encuentro muy bien —gimió el ruso con voz cavernosa, que se interrumpió por un ataque de tos—. Llevo unos días con algo apretándome en el pecho.

—Debería ir al médico —apuntó el guardia de la revista, pero justo en ese instante Mijaíl se dobló a la mitad por un nuevo ataque incontrolable.

El jefe de seguridad dio un paso instintivo hacia atrás.

—No será contagioso, ¿verdad?

Mijaíl jadeó buscando aire. Laura le observaba con el rabillo del ojo preocupada. Había algo más que interpretación en el drama que estaba montando el ruso para distraer la atención de los vigilantes. Parecía enfermo *de verdad*.

—No es nada. —Se limpió una gota de sangre de la comisura de la boca ante el espanto del jefe de seguridad—. Estaré bien en un momento.

—¿No es demasiado viejo para hacer este trabajo, amigo? —Enarcó las cejas receloso—. Tendría que estar en su casa regando plantas o cualquier otra pendejada así.

Mijaíl sacó una máscara idéntica a la de Laura y Omar y se la colocó sobre la nariz y boca.

—No se preocupe, patrón —replicó. Su voz sonaba apagada tras la máscara—. Me pondré esto por seguridad. ¿Le parece bien?

El hombrecillo vaciló. Sin duda, una alarma estaba timbrando en alguna parte de su cabeza, pero ya era demasiado tarde. Mientras toda la atención estaba puesta en el ruso, Omar había abierto la espita de una botella de aspecto inocente oculta entre el material. Un chorro de gas se expandió por el cuarto sin que nadie lo percibiese.

—Necesito que me enseñe su documentación. —El guardia extendió la mano con gesto perentorio, pero de repente la lengua se le volvió pastosa—. Neshecitoquemedehevershudocument...

Dio un par de pasos desmañados hacia Mijaíl con la mirada vidriosa. Sus pies se enredaron y tropezó con un gesto torpe antes de que sus rodillas se doblasen. Mijaíl lo recogió con cuidado entre sus brazos mientras susurraba algo que sonaba como «sshhh, ya está» y lo apoyó en el suelo.

Laura dirigió la mirada hacia los otros dos hombres. El guardia de la esquina había soltado la revista, que había caído al suelo, y permanecía en su silla con los párpados entrecerrados y la boca entreabierta. Por su parte, el de la mesa de control se había desplomado hacia delante y reposaba sobre los mandos, con los brazos laxos pendiendo a los lados.

—¿Estáis bien? —dijo Mijaíl mirando hacia ellos.

—¡Esa no es la pregunta! —protestó Laura—. ¡Casi te da un ataque auténtico!

—Ahora no vamos a discutir eso —Mijaíl negó con la cabeza—. A partir de ahora apenas tenemos una hora. Hay que darse prisa.

Con delicadeza, apartó el cuerpo del guardia que estaba en la mesa hasta dejarlo tumbado al lado de su jefe y acto seguido empezó a trastear con los mandos de las cámaras, saltando de unidad en unidad hasta que por fin encontró lo que buscaba con un gruñido de satisfacción.

—Paolo y Claudia localizados —musitó.

En una de las pantallas se veía a Paolo paseando por las inmediaciones de la basílica, cargado con su pesada cruz de madera de medio metro de largo. El italiano sudaba y Laura se habría apostado algo a que iba soltando maldiciones por lo bajo. Por su parte Claudia estaba sentada en una de las innumerables sillas plegables distribuidas en la explanada, con el rosario entre las manos y parecía estar rezando. Ninguno de los dos destacaba entre la multitud cada vez más numerosa que inundaba el complejo.

—Te toca, querida —Mijaíl se dirigió a Laura sin apartar la mirada de las pantallas, atento a cualquier movimiento sospechoso—. Tienes diez minutos.

Laura se levantó, salió del cuarto por la puerta del fondo y se quitó la máscara con un suspiro de alivio. El gas de la sala de control no era letal, pero dejaría fuera de combate a aquellos hombres durante más de una hora. Cuando se levantasen tendrían un dolor de cabeza parecido al de la peor resaca del mundo y una laguna de varias horas en la memoria. Desde luego, no tendrían ni la menor idea de lo que les había sucedido.

Al otro lado había un pequeño despacho de aspecto claustrofóbico, con un escritorio y un ordenador. Una foto del papa colgaba de una pared, al lado de una bandera mexicana. Pero lo que le interesaba estaba justo debajo: una caja fuerte Hartmann Tresore empotrada en el lienzo de hormigón armado.

Laura se arrodilló a su lado sintiendo cómo el alivio la embargaba. Aquel era el despacho del director de Seguridad de la basílica de Nuestra Señora de Guadalupe, la persona que tenía en sus manos una de las dos llaves magnéticas que abrían el depósito en el que se guardaba el Ayate. El informador de Mijaíl les había asegurado que el hombre estaría ausente aquel día, pues su mujer estaba ingresada en un hospital, a punto de dar a luz. Se alegró de no haberse topado de bruces con un sorprendido funcionario.

Pero cuando empezó a inspeccionar la caja, el alivio se transformó en pavor.

—Tenemos un problema —susurró por el sistema de comunicación—. Uno muy grande.

—¿Qué sucede?

—La caja —fue su escueta respuesta—. Necesito que vengas aquí.

Escuchó cómo Mijaíl y Omar cruzaban unas palabras entre ellos. Cuando el sirio ocupó su lugar ante las cámaras, el ruso entró en el despacho como un huracán.

—Cuéntame qué pasa.

—El cierre no es como nos habían contado —explicó Laura mientras señalaba la puerta de acero—. No puedo abrirla.

—No digas tonterías. —Mijaíl le apoyó una mano en el hombro—. Claro que puedes.

Laura negó con la cabeza.

—¿Ves este cierre? Es un codificador giratorio óptico de sesenta y cuatro cuadraturas por pasos, colocado en ángulo recto y conectado a un generador aleatorio.

Mijaíl se encogió de hombros.

—¿Y qué? Te he visto abrir cajas mucho más complicadas. Seguro que puedes con él.

—Podría, sin duda. —Laura se frotó los ojos frustrada—. Si tuviese al menos veinticuatro horas y un taladro de cabeza de diamante. Esta cabrona tiene miles de permutaciones electrónicas a las que no puedo acceder. Si perforase la cubierta, podría llegar al circuito principal y puentear la placa, pero...

—Pero ¿qué?

—Me juego lo que quieras a que además tiene sensores de vibración repartidos por el interior. Si empiezo a hacer un agujero, lo detectará y se disparará el sistema de bloqueo. —Hizo el amago de dar un puñetazo de rabia sobre la puerta acorazada, pero se detuvo a tiempo—. Si eso pasa, adiós. Solo se podrá abrir usando lanzas de acetileno y llevaría días.

Mijaíl la sujetó por los hombros y la obligó a darse la vuelta. Cuando estuvo frente a él, le habló con suavidad, acariciándola con las palabras.

—Laura... La bóveda blindada en la que está el Ayate solo se puede abrir con dos llaves magnéticas y una de ellas está dentro de esa caja. Tienes que abrirla.

—No puedo —negó con la cabeza—. Es imposible.

—Tienes. Que. Abrirla. —Mijaíl separó las palabras con firmeza—. Sé que tú puedes.

—¿Cómo pretendes que lo haga?

—Piensa. —Le acarició la mejilla—. Se te ocurrirá algo. Lo sé.

Laura le sostuvo la mirada durante un rato interminable. De alguna forma, el pánico iba dando paso a una determinación teñida de rabia. Podía abrir aquella hija de puta. Tenía que abrirla. No les podía fallar. Finalmente asintió y se volvió hacia la caja.

—Veamos —empezó a hablar en voz alta para sí misma—.

El cierre es mecánico y magnético, sin llave. Tiene un teclado de doce dígitos, con diez números y dos símbolos. La combinación de este modelo son ocho cifras de dígitos que...

Se detuvo de golpe mientras la información que iba escarbando de su mente tomaba forma. Y entonces sonrió muy despacio.

—El mecanismo más débil, claro. Eso es.

—¿Qué dices?

Laura se volvió hacia el ruso con un brillo salvaje en los ojos.

—Eso era algo que siempre repetía el señor Nagy, ¿te acuerdas? Decía que el mecanismo más débil de cualquier caja fuerte es siempre el ser humano que la maneja.

—No te sigo.

—Para dotarla de una capa adicional de seguridad, este modelo de caja genera una nueva combinación de forma aleatoria cada cuarenta y ocho horas que el usuario debe memorizar. —Se puso de pie, febril, mirando a su alrededor—. ¿No te das cuenta?

—¿Me quieres explicar de qué estás hablando? —Señaló el reloj—. El tiempo corre en nuestra contra.

—Una nueva combinación de ocho números de dos cifras cada uno, distinta cada cuarenta y ocho horas. ¿Cuántas veces puedes memorizar una serie de números así antes de acabar saturado?

—No entiendo qué..., oh, claro. —Mijaíl abrió mucho los ojos.

—Apuesto a que la tiene anotada en alguna parte. —Hizo un gesto a su alrededor—. Ayúdame a buscar.

Tardaron tres minutos en dar con ella. Era un trozo de papel pegado con esparadrapo en la parte inferior del teclado.

—¿Crees que será esta?

—Solo hay una manera de averiguarlo —contestó Laura mientras introducía los dígitos.

El mecanismo zumbó durante un aterrador segundo y de

súbito se detuvo silencioso. Laura agarró la manija y, elevando una súplica muda, la hizo girar.

La puerta se abrió sin un ruido y giró sobre un par de goznes bien engrasados. Dentro había un montón de carpetas con documentos, una pistola y, lo más importante, una caja de cartón duro con un número de serie estarcido en la tapa. Laura cogió la caja y la abrió. Dentro, sobre un colchón de gomaespuma, reposaba una tarjeta metálica con un solitario número 2 grabado al ácido en su superficie.

—¿Es esto lo que buscamos?

—Esto es. —Mijaíl resolló intentando controlar un acceso de tos—. Ya tenemos una.

—¿Y la otra?

—Eso es cosa de Paolo y Claudia. —Mijaíl cerró la caja con suavidad—. Veamos cómo les va.

Salieron del despacho dejando todo en un orden impecable. Más tarde devolverían la llave al interior de la caja, una vez que hubiesen abierto la bóveda blindada. Nadie tendría la menor pista de que habían estado allí.

—¿Cómo les va? —preguntó Laura al entrar en la sala de control.

Omar había puesto en marcha el aire acondicionado y ya no quedaba ni rastro del gas, así que podían estar sin máscara.

—La misa acaba de terminar, creo que están a punto de... ¡Ah! Ahí van.

En la pantalla podían ver cómo Claudia se adentraba en el interior de la basílica, con el rosario en la mano, ligeramente encorvada y anadeando al andar. Era maravillosa la capacidad camaleónica que tenía para mimetizarse con el personaje que interpretaba. Para todos los que la rodeaban tan solo era una mujer de mediana edad, con la salud maltrecha, que entraba a rezar en una iglesia.

En dirección contraria llegaba un grupo de prelados de la

curia, que acababan de celebrar la misa. En medio de ellos, rodeado de un discreto operativo de seguridad, destacaba el bonete rojo cardenalicio del arzobispo de México, protector del Ayate, que lanzaba bendiciones a los fieles que se arremolinaban a su alrededor.

Pero la colombiana no se dirigía hacia él, sino hacia un obispo que caminaba junto a otro sacerdote unos cuantos metros por detrás. Adalberto Mendoza, obispo católico de cincuenta y seis años, bajo y algo grueso, de aspecto bonachón y espesas cejas peludas cabalgando sobre un par de gafas de montura metálica. El obispo Mendoza, que era además el deán mayor del santuario de Nuestra Señora de Guadalupe.

El depositario de la segunda llave.

—Padre, deme su bendición —gimoteó Claudia al llegar a su altura, con el rosario retorcido entre los dedos—, porque he pecado.

Mendoza se detuvo y la contempló con aire benevolente.

—El Señor absuelve todos nuestros pecados, hermana —dijo con una voz sorprendentemente aflautada—. Nada queda fuera de su perdón si hay arrepentimiento y propósito de enmienda.

—Pero, padre, soy una pecadora. —Claudia dio otro paso hacia él, casi al alcance de su brazo—. ¡Una gran pecadora! ¡Necesito su perdón! ¡Por favor!

Una sombra de perplejidad cruzó el rostro del obispo, pero de inmediato ensanchó su sonrisa.

—Querida hermana, seguro que Nuestro Señor, en su infinita misericordia, entiende que...

Claudia no le dejó terminar. Aullando como una posesa, se abalanzó sobre el sorprendido obispo y lo envolvió en un abrazo.

El atónito prelado trató de zafarse del abrazo enloquecido de Claudia. En su mirada, la benevolencia había dado paso a la perplejidad y casi enseguida al pánico más absoluto. Un poco más adelante, el cardenal giró la cabeza sorprendido por el alboroto.

—¡Suélteme! ¡Le digo que me suelte! —gritaba Mendoza con la sotana retorcida y desabrochada en el pecho—. ¡Ayuda!

Salidos de la nada aparecieron un grupo de vigilantes de seguridad para sujetar a Claudia, que no dejaba de aullar y de patalear. Entre todos consiguieron separarla del aturdido obispo, que no entendía nada de lo que estaba sucediendo.

—¡Llévensela fuera! —A Mendoza le temblaba la voz de la impresión, pero su bondad natural se impuso al instante—. Pero no le hagan daño, por favor. Es una mujer que está sufriendo. Está fuera de sí, ¿no lo ven? Tranquilos, no ha pasado nada, nadie ha salido herido. De verdad, estoy bien.

Los policías arrastraron a Claudia fuera del edificio con firmeza pero con discreción. Cuando estaban en la explanada, un sacerdote alto y rubio se acercó hasta ellos.

—Permítanme tranquilizarla, por favor —dijo Paolo, dotando a su voz de una autoridad engolada—. Necesita consuelo espiritual, no violencia.

—¡Gracias, padre! —Claudia se lanzó en sus brazos y con un gesto casi imperceptible deslizó en el bolsillo del italiano la llave magnética que había escamoteado de la pechera abierta del obispo—. ¡Ya estoy mucho mejor! ¡Siento mucho lo que ha pasado! ¡El diablo, el diablo me ha obligado a...!

—Chssst, ya está. —Paolo trazó una cruz en la frente de Claudia con solemnidad. Viéndolo en las pantallas del centro de control, Laura habría jurado que el italiano tenía que hacer un esfuerzo para contener la risa—. Ve en paz. Querida hermana, ¿por qué no te acercas a la sombra de aquellos árboles y descansas un poco? Creo que te hace falta.

—Eso haré, padre. —Claudia se alejó gimoteando, con aspecto agotado—. Gracias, padre. Que el Señor le bendiga.

Laura sintió ganas de aplaudir. Por muchas veces que viese trabajar a su equipo, siempre le sorprendían.

—Muy bien, Claudia, ya has acabado tu parte —susurró Mijaíl por el sistema interno de comunicación—. Sal de escena. Paolo, necesitamos que traigas la llave hasta la sala de control. Tienes la documentación correcta para cruzar los controles. Vamos a...

—¿Qué es eso? —Omar señaló hacia una esquina de la pantalla—. Ese grupo, el de los dos hombres y dos mujeres. Los que caminan deprisa. Van hacia ella.

—¿Estás seguro?

—Míralo tú mismo. No hay duda.

Mijaíl se quedó observando la pantalla durante un instante eterno. Cuando volvió a coger el micrófono, su voz sonaba más preocupada, cargada de urgencia.

—Claudia, tienes que salir de ahí inmediatamente. —Las palabras se atropellaban en su boca—. Te han marcado. Tienes cuatro rémoras a tus siete, a unos cincuenta metros.

—No los veo. —La colombiana comenzó a caminar más rápido, abandonando el paso cadencioso que había simulado hasta entonces—. Dadme un vector de salida.

—¡Omar! —gritó Mijaíl—. Una salida, rápido.

—Un momento, ya casi lo tengo. —Omar pellizcaba la pantalla de su tableta recorriendo el mapa cargado de la explanada—. Puerta diecisiete, a su izquierda.

—Ya lo has oído —le urgió Mijaíl—. Corre, pero no llames la atención.

—Como si fuese tan fácil —protestó Claudia, que resollaba bajo el sol inclemente de la mañana—. Necesito solo dos minutos. Decidme dónde... ¡Oh!

Un par de metros antes de la puerta, otro grupo de tres hombres le bloqueó el paso. Iban vestidos como turistas, con pantalones sueltos, camisas floreadas y viseras que les cubrían parte del rostro, pero su aspecto atlético y sus movimientos engrasados no engañaban a un ojo entrenado. Eran profesionales.

—Hola, Claudia —murmuró uno de ellos en ruso, al tiempo que la sujetaba por un brazo—. Tenemos que hablar un segundo.

—No le entiendo, señor. —Claudia se metió de nuevo en su papel de matrona mexicana agotada—. Estoy muy cansada, se está equivocando. Yo no...

—No me estoy equivocando. —El hombre le dedicó una sonrisa mientras el resto del grupo y los otros perseguidores creaban una muralla humana alrededor de ellos, a resguardo de miradas ajenas—. Sabemos perfectamente quién eres.

La expresión confusa de Claudia se disolvió al instante y le dedicó al hombre una mirada dura.

—Escúchame, no sé quién coño eres, pero te estás metiendo con la gente equivocada. —Trató de zafarse, pero el hombre no soltó su presa—. Como no me dejes ir te vas a ver metido en un... ¡Auch!

Claudia bajó la mirada hasta su mano izquierda. Allí, sobre el dorso, brillaba una diminuta gota de sangre, justo en el punto en el que el individuo le había pinchado con una aguja hipodérmica que sostenía entre sus dedos.

—Tu amigo Omar te manda saludos y te desea un buen viaje al infierno —le susurró el hombre al oído mientras la enterraba en un abrazo fingido—. Y el señor Volkov, también.

El hombre la soltó tan rápido como la había sujetado y en un abrir y cerrar de ojos el grupo se dispersó en las cuatro direcciones, mezclándose con los peregrinos. Claudia se quedó sola, de pie y confusa, mirando cómo se alejaban.

—Mijaíl, no sé qué me han hecho. —El pánico se adueñaba de su voz por momentos—. Me han pinchado con algo. Necesito ayuda, por...

No pudo continuar hablando. A través de la imagen del monitor, Laura y sus compañeros contemplaron horrorizados cómo a la colombiana le fallaban las piernas y caía al suelo. Su cabeza chocó con un ruido seco contra el cemento, justo antes de que sus extremidades empezasen a sacudirse sin control. De su boca brotaron espumarajos amarillentos, a la vez que rechinaba los dientes y los ojos se le ponían en blanco. Con una última convulsión, se retorció en el suelo y de súbito se quedó inmóvil y flácida.

Durante un segundo o dos no pasó nada. Entonces, una mujer vio el cuerpo caído en el suelo y comenzó a chillar. De inmediato, un grupo de personas se arremolinó en torno a ella y alguien pidió a gritos un médico, pero ya era demasiado tarde.

Laura boqueó conmocionada, incapaz de procesar lo que acababa de ver, y a Omar se le escapó un gemido apagado. Los nudillos de Mijaíl se volvieron blancos mientras apretaba el respaldo de la silla. Entonces levantó la mirada hacia Omar con una expresión indescifrable en el rostro.

—Tú —dijo, a la vez que una máscara de dolor le deformaba la cara.

—¿Qué? ¿A qué te refieres? ¿Quién era esa gente? ¿Qué le han hecho a Claudia?

—Te he tratado como a un hijo. —La voz de Mijaíl era una mezcla de pena, rabia y decepción—. Te he cuidado, amado y educado.

—Mijaíl, no sé a qué te refieres. —Omar se humedeció los labios—. Tenemos que salir de aquí. El plan...

—El plan te ha salido a la perfección —le interrumpió el ruso gélido—. Casi a la perfección, mejor dicho.

Omar negó con la cabeza y cruzó una mirada con Laura. Parecía realmente confuso. Mijaíl señaló al pinganillo que había dejado caer sobre la mesa.

—Claudia mantuvo el canal abierto mientras hablaba con esa gente. Chica lista. He escuchado el recado que le dieron y que se suponía que solo tenía que oír ella. —Negó con la cabeza apesadumbrado—. Qué típico de Volkov.

Omar levantó las manos en gesto apaciguador.

—Mijaíl, no sé en qué estás pensando, pero yo no tengo nada que ver.

—«Tu amigo Omar te manda saludos». —La mandíbula de Mijaíl, cargada de tensión, parecía un peñasco—. Está bastante claro. ¿No crees?

—¿Qué? —El sirio abrió mucho los ojos—. ¿Yo? Pero ¿qué diablos estás diciendo, Misha? ¿Cómo puedes creer que sería capaz de algo así?

Omar dio un paso hacia el ruso, pero Mijaíl sacó una pequeña pistola del seis y medio con silenciador de su bolsillo trasero y le apuntó con ella.

—Ah, ah. —Meneó la cabeza—. Ni se te ocurra moverte.

—Mijaíl, te prometo que no es lo que tú piensas. —La voz le temblaba de nerviosismo—. Seguro que si lo hablamos te puedo explicar...

—Siempre has sido un actor extraordinario, Omar, pese a que nos dimos cuenta tarde de ese talento. —Una sonrisa amarga flotó en sus labios—. Aunque claro, te entrenaron bien para ello, ¿verdad? Por favor, ahórranos la escena.

Se hizo un momento de silencio interminable, con los dos hombres mirándose sin pestañear.

—Vale, Mijaíl, estás perdiendo los papeles. —Omar se presionó las sienes y adoptó un tono de voz más firme—. No estás pensando con claridad. Baja esa arma y vayámonos de aquí. El plan se ha venido abajo. Podemos hablar de todo lo sucedido después, cuando estemos a salvo.

—Irnos, claro. Por supuesto. Dime... ¿Quién está al otro lado de esa puerta? —Mijaíl señaló con la cabeza hacia el acceso por el que habían llegado hasta allí. En su cara había un rictus congelado—. ¿Otro escuadrón de la muerte esperando a que salgamos? ¿Piensas que soy tan idiota?

Fue todo muy rápido. En un par de zancadas Omar salvó el espacio que le separaba del ruso y le sujetó la muñeca para desarmarlo, en un gesto aprendido en las lecciones del señor Suk. Pero Mijaíl era un perro viejo y fue capaz de adivinar el movimiento una fracción de segundo antes. Levantó la pistola y la apartó de la mano de Omar, que casi lo levantó de un empujón. Ambos forcejearon, pegados el uno al otro, tan concentrados en no perder la ventaja que se limitaban a emitir gruñidos de esfuerzo. De repente, se escuchó una detonación apagada, poco más ruidosa que el estallido de un globo.

Omar y Mijaíl se separaron. En el pecho del sirio se había abierto un boquete redondo y oscuro por el que de inmediato comenzó a manar sangre. El sirio se tambaleó durante un instante, con la cara congelada para siempre en un rictus de sorpresa, un segundo antes de derrumbarse con estrépito en el suelo.

Laura permaneció inmóvil, incapaz de procesar lo que acababa de suceder. Su mente parecía haberse convertido en una jalea espesa, atrapada en una pesadilla de proporciones monstruosas. El olor de la pólvora le picaba en la nariz y sentía cómo sus manos se sacudían sin control. El aire no le llegaba a los pulmones y la sensación de ahogo hizo que toda la habitación comenzase a dar vueltas. Entonces Mijaíl la sujetó por los hombros con delicadeza y la obligó a sentarse en una silla.

—Quédate aquí —dijo—. Acabaremos muy pronto.

—Le has matado. —A los oídos de Laura llegó algo que sonaba «lhasmatato». No se podía creer que aquello fuese su voz.

—Era necesario. —Mijaíl se inclinó frente a ella—. Nos habría arrastrado a todos a la muerte. Era un traidor.

—No —negó con la cabeza y un par de mechones sueltos de su cabello se sacudieron con furia—. Omar no. Era uno de los nuestros. Era familia.

—No, no lo era. —Mijaíl se colocó de tal manera que se interpuso entre ella y el cuerpo aún caliente del sirio—. No lo entiendes, Laura. Hace un tiempo descubrí que Volkov y el SVR estaban tras nuestros pasos. No quise decirte nada para no preocuparte, porque hasta ahora pensaba que, de alguna manera, se las habían apañado para violar nuestro protocolo de seguridad y que yo podría solucionarlo. Qué idiota he sido.

—Omar no...

—Sí, Omar. —Mijaíl se dejó caer en una silla, fue consciente entonces de que aún tenía la pistola en la mano y la apoyó sobre la mesa asqueado—. La muerte de Irina no fue accidental. Fue Volkov, estoy seguro. Además, alguien intentó matar a Paolo en Londres y poco después vinieron a por mí en Arabia Saudí.

—¿Arabia Saudí? ¿Qué hacías allí?

—Eso no tiene importancia ahora mismo. —Mijaíl hizo un gesto vago con la mano—. Lo único que está claro es que Omar llevaba meses, años quizá, pasándole información al SVR sobre nuestros movimientos. Ha estado las dos últimas semanas en México conmigo preparando este operativo. Sabía que tenía la oportunidad de cazarnos a todos en un solo lugar... y es lo que ha intentado hacer. Pero aún no hemos jugado nuestra última carta. Saldremos con vida de aquí, te lo prometo.

—Pero eso no tiene sentido —protestó Laura—. Omar jamás haría eso. Lo conozco desde que era un niño.

—Y cuando era un niño te traicionó. ¿Lo recuerdas? —Mijaíl puso una mano sobre el hombro de Laura—. Omar era el eslabón más débil, quizá el más inestable de todos vosotros. Si lo hizo una vez, nada impedía que lo volviese a hacer. Tienes que creerme, pajarito.

—No me llames así.

—¿Cómo dices?

—¡Que no me llames así! —La intensidad de su grito le sorprendió incluso a ella—. Y no me toques. Eres un asesino.

—No estás actuando con racionalidad.

—¡No me hables de racionalidad! —aulló ella. Estaba llorando, pero no se había dado cuenta—. Para Omar eras como un padre. Un padre jamás le haría eso a su propio hijo. ¿Cómo has podido?

Mijaíl la miró confundido, pero su expresión dio paso rápidamente a un rictus de furia.

—No seas necia —gruñó—. Omar era un profesional. Todos los sois. Sabía perfectamente a lo que se exponía y los riesgos que conlleva este mundo.

Laura sintió un dolor en el pecho, en un sitio muy profundo, mientras algo se rompía dentro de ella.

—Nunca nos has querido —dijo en un tono helado—. Para ti solo hemos sido piezas en un tablero durante todo este tiempo. Lo único que te importa es ganarle la partida a Volkov y a toda la gente de tu pasado.

—No es así —Mijaíl resopló—, no estás siendo justa.

—¿No? —preguntó ella—. Entonces, explícame qué estamos haciendo aquí. Dime por qué nos estamos jugando la vida, una y otra vez, para robar algo que no se puede vender, en golpes cada vez más precipitados. Quién es ese misterioso cliente. Dime la verdad por una vez.

Una sombra de vacilación cruzó el rostro pétreo de Mijaíl durante una décima de segundo. Fue una respuesta más que suficiente para Laura.

—No quiero volver a verte jamás. —La voz ya no le temblaba, pese a que le parecía que las palabras las pronunciaba otra persona, desde muy lejos—. No vuelvas a llamarme nunca. Olvídate de que existo. Hemos terminado..., *papá.*

La última palabra la pronunció cargada con tal cantidad de odio que Mijaíl se echó hacia atrás, como si le hubiesen dado una bofetada. Abrió la boca para replicar algo, pero justo en ese momento se abrió la puerta y entró Paolo jadeante con la tarjeta de seguridad en la mano.

—Ya estoy aquí —dijo—. Tengo la... ¿Qué diablos ha pasado?

Su mirada saltó de Mijaíl y Laura al cuerpo sin vida de Omar, alrededor del cual se iba extendiendo un enorme charco de sangre oscura.

—Estaba en lo cierto —contestó Mijaíl, sin pestañear ni apartar la mirada de la cara de Laura—. Era el traidor.

—Te lo dije. —Paolo se dejó caer en una silla y se aflojó el alzacuellos, mientras miraba inquisitivo hacia Laura—. Sabía que ese friki tramaba algo. ¿Tenemos algún problema?

Lo dijo en un tono casual que significaba que no había ningún problema, pero que si había algún problema entonces se iba a transformar en un problemón de verdad. Laura sintió que se le erizaban todos los poros de la piel.

—No, ninguno en absoluto. —Mijaíl apartó por fin sus ojos de ella, se dio la vuelta con un suspiro y se dirigió a Paolo—. Volkov está aquí.

—Ya me he dado cuenta. Tenemos que irnos.

—Claudia ha muerto —le espetó Mijaíl—. La gente de Volkov la ha cazado.

El italiano reaccionó como si le hubiesen dado un puñetazo. Su rostro palideció y Laura vio cómo apretaba las mandíbulas. Aunque hacía años que Claudia y él no estaban juntos, sabía que, en el fondo, seguía enamorado de la colombiana.

—¿Cómo ha sido? —Su voz sonó estrangulada.

—Luego. Ahora no hay tiempo.

Paolo respiró profundamente mientras miraba a Mijaíl sin pestañear.

—Tenemos que irnos. Si han ido a por ella, nos estarán buscando.

—No sin antes llevarnos lo que hemos venido a buscar. Vamos a necesitar la maniobra de distracción. ¿Está preparada?

—Está preparada. —Paolo se frotó la cara, como para despejar la mente, se encogió de hombros y señaló a Laura con la cabeza—. ¿Y ella? ¿Qué le pasa?

—Ya arreglaremos eso más tarde. —Mijaíl cogió la llave—. Abramos esa bóveda y salgamos de aquí de una vez.

El italiano pasó al lado de Laura como si no existiera y acompañó a Mijaíl a la sala del fondo, en la que estaba la puerta acorazada. Se quedó sola en el cuarto de control, demasiado conmocionada como para reaccionar.

El rostro sin vida de Omar contemplaba el techo, aún con cara de sorpresa. Laura sentía que debía hacer algo, pero estaba tan atenazada por el dolor que no podía moverse de la silla. Todo su mundo acababa de explotar en pedazos en cuestión de minutos y no tenía ni la menor idea de qué hacer.

En una de las pantallas del centro de control vio cómo Mijaíl y Paolo entraban en la sala acorazada. Metieron las llaves magnéticas de forma simultánea en las ranuras y la pared del fondo comenzó a deslizarse suavemente, sin emitir el menor ruido. Al otro lado, una sencilla caja de acero reposaba sobre una estantería. Mijaíl abrió los cierres y contempló el interior con satisfacción. Entre él y Paolo la levantaron con cuidado para sacarla de allí. Un teléfono había empezado a zumbar en el centro de control, sin que nadie le prestase atención.

Había algo que daba vueltas en la cabeza de Laura, un detalle que se le escapaba y que era irritante, como una astilla clavada bajo una uña. Por más vueltas que le daba, su mente embotada no era capaz de identificar el motivo de su incomodidad.

Observó la pantalla central, en la que se veía la nave principal de la basílica. El orden había regresado después del pequeño incidente de Claudia con el obispo Mendoza, y los fieles comenzaban a ocupar de nuevo los bancos, preparados para la siguiente misa. Entonces su mirada se detuvo en el macizo de flores y ofrendas colocados justo debajo del altar y su corazón dejó de latir por un instante.

Allí, entre todos los ramos y exvotos de los peregrinos, reposaba una enorme cruz de madera con la inscripción OFRENDA PARROQUIAL grabada en su superficie. La cruz que había llevado Paolo.

La que ya no llevaba cuando abrazó a Claudia.

Una sensación heladora e irreal la envolvió de inmediato.

«Maniobra de distracción», había dicho Mijaíl.

Laura se dio cuenta de lo que iba a suceder. Y que era un error terrible.

Se puso en pie enfebrecida en el mismo instante en el que sus dos compañeros entraban en la sala resoplando con el peso de la caja metálica.

—Está bien, vámonos de... ¡Eh, Laura! ¿Adónde coño crees que vas?

Pero ya no les prestaba atención. Laura corría por el pasillo del subterráneo deshaciendo el camino que la había llevado hasta allí. Pasó al lado de los controles de seguridad ignorando los gritos sorprendidos de los guardias. Tenía que darse prisa.

Aún estaba a tiempo. Todavía había tiempo.

Al salir al exterior parpadeó bajo la intensa luz de la mañana mexicana. La puerta de la basílica estaba a unos cuantos cientos de metros, atestada de fieles que pugnaban por entrar en la catedral. Laura echó a correr hacia ellos, sin prestar atención a las miradas sorprendidas de quienes paseaban por la explanada.

Tenía tiempo. Sabía que tenía tiempo.

Cuando llegó a la puerta jadeaba a causa del esfuerzo, pero tuvo que ralentizar su paso ante el tapón de personas que se apelotonaban en la puerta. Se abrió camino entre ellos de malos modos, dando empujones sin miramientos. Un coro de voces ultrajadas la perseguía, pero no podía detenerse para pedir disculpas.

Se quedaba sin tiempo.

El contraste fresco del interior le sorprendió cuando superó la última pared de personas. A lo lejos ya veía el altar bajo el falso Ayate, rodeado de ofrendas, entre las cuales la cruz de madera destacaba como un tumor maligno.

Laura suspiró aliviada. Una sonrisa de triunfo afloró en su cara. Lo iba a conseguir.

Justo cuando dio el primer paso dentro de la basílica, el pequeño reloj digital oculto dentro de la cruz llegó a cero y lanzó una minúscula descarga eléctrica a la masa de explosivo plástico que llevaba adosada.

Entonces todo se transformó en una inmensa bola de luz, sintió un dolor intenso en la base de su cráneo y el mundo se apagó.

30

Hostal de los Reyes Católicos (Santiago de Compostela)
En la actualidad

Mijaíl apoyó con delicadeza su taza de café sobre la mesa.

—Me alegro de verte de nuevo, Laura. Ha pasado mucho tiempo. Demasiado.

Ella se sentó en el sofá de cuero que estaba en el lado opuesto de la mesa, con la mirada fija en el ruso. De cerca tenía un aspecto todavía más espantoso. Su piel había adquirido una palidez amarillenta y sin brillo, con la calva recubierta de manchas de vejez. De la garganta le colgaban pliegues arrugados, y aquellas manos que recordaba tan bien, fuertes y suaves, se habían convertido en unas garras de aspecto quebradizo. Pero la mirada de Mijaíl Tarasov, el rey de los ladrones, seguía teniendo el mismo brillo desafiante y cargado de inteligencia de siempre.

—No me has presentado a tu amigo. —Señaló con la cabeza hacia Zepeda, que sentado en el borde del sofá parecía a punto de saltar impulsado por un resorte en cualquier momento.

—Sabes perfectamente quién es y cómo se llama. Déjate de juegos.

Mijaíl meneó la cabeza con la expresión de disgusto de alguien que acaba de descubrir que ha echado sal al café.

—La educación y las formas son importantes, querida.

—Ya hemos dejado eso bastante atrás, sepultado bajo una tonelada de mentiras y chantaje emocional, ¿no crees?

Laura le aguantó estoicamente la mirada. No estaba dispuesta a entrar en los juegos psicológicos del ruso por nada en el mundo. Era un terreno en el cual él tenía todas las de ganar.

—Él no debería estar aquí —dijo al fin Tarasov, tras unos segundos de silencio retador insoportables—. Tenemos que hablar de asuntos sensibles.

—Por eso precisamente está sentado en esta mesa —respondió ella con sencillez—. Es la única persona de todos los presentes en la que puedo confiar.

El viejo parpadeó despacio, lo que le dio el aspecto de una tortuga anciana.

—¿Respondes por él?

—Por supuesto. Sabe de qué vamos a tratar, no te preocupes por eso.

—Sea —dijo conciliador con un gesto de aquiescencia—. Supongo que querrás hablar con Carlos.

Laura le dedicó por primera vez una mirada al hombre que permanecía sentado frente a Mijaíl. Fue una mirada larga, profunda, evaluativa. Y, para su enorme alivio, se dio cuenta de que no sentía absolutamente nada. Ni amor, ni cariño, por supuesto. Eso ya lo daba por descontado.

Lo importante era que no dolía. Le resultaba indiferente.

Durante todos los meses que Carlos y ella habían pasado juntos había confundido el apego y la necesidad de asirse emocionalmente a alguien en medio del remolino negro que era su vida sin recuerdos con el amor. No había sido solo culpa suya, por supuesto. La habían engañado a conciencia. Y aquello, paradójicamente, lo hacía todo más fácil.

Carlos se removió en el asiento inquieto.

—Hola, Laura —le dedicó una trémula sonrisa—. Espero que no haya mala sangre entre nosotros. Solo eran negocios.

Mijaíl me contrató para que me encargase de ti mientras te recuperabas. Ya sabes cómo va esto y...

—¿Te llamas realmente Carlos? —le preguntó casi con indiferencia.

—Sí, por supuesto —carraspeó—. Aunque no soy médico. Bueno, hice tres años de medicina, pero luego...

—¿Te ha pagado bien? —Señaló con la cabeza a Mijaíl, que contemplaba en silencio el intercambio de palabras—. Por follarme y por mentirme a la cara, quiero decir.

—Sí, quiero decir, no. —Se aturulló—. O sea, no quiero que pienses que...

—Escúchame bien, Carlos. —Se inclinó hacia delante y con un gesto cariñoso le apoyó una mano en la rodilla—. No te guardo ningún rencor. He pasado demasiado tiempo haciendo esto como para saber que, en ocasiones, tenemos que meternos en el papel que nos corresponde. Lo entiendo. Y debo reconocer que en todo momento fuiste gentil y considerado conmigo.

La sonrisa de Carlos se ensanchó, visiblemente aliviado.

—Me alegra que lo veas así —dijo—. Tengo que confesar que para mí también fue muy especial. He sentido auténtico afecto hacia ti todo este tiempo, de verdad. Creo que conectamos tú y yo, ¿sabes?

Laura se inclinó hacia él, hasta que su nariz casi rozó la oreja del hombre. Podía oler su perfume especiado, que le era tan familiar.

—Aunque no lo creas, me has ayudado mucho. Gracias a ti, entre otras cosas, he salido del agujero en el que estaba metida y siempre te estaré agradecida por ello, pero...

—Pero ¿qué? —Carlos le dedicó su encantadora sonrisa de seductor, con un chispeo alegre en los ojos.

—Pero a partir de hoy, como te vuelvas a cruzar en mi camino, te arrancaré los huevos. —La mano de Laura salió disparada hacia la entrepierna del hombre y retorció con saña el bulto que había en ella. Carlos lanzó un aullido ahogado de dolor—. Te seccionaré las pelotas rajando el escroto de arriba abajo, tal y como me enseñaron a hacer en el Nido, y luego meteré ese envoltorio de carne caliente en tu boca hasta que acabe atravesado en tu garganta y te mueras lentamente, asfixiado, mientras te contemplo. ¿Me has entendido?

Carlos solo pudo asentir con lágrimas en los ojos mientras Laura lo miraba de cerca.

—Jamás le contarás a nadie lo que ha sucedido —siguió ronroneando en su oído—. Nunca presumirás de esto delante de nadie, ni alardearás de haberte tirado a la pobre y estúpida Laura mientras no tenía la menor idea de quién era o lo que realmente podía hacer. Porque de lo contrario, te juro que te encontraré, no me importa el agujero en el que te escondas, y te joderé de por vida. ¿Entendido?

Laura soltó su presa y se recostó en su asiento, colocándose un mechón de cabello detrás de la oreja como si nada hubiese sucedido, mientras el hombre se echaba las manos a sus partes doloridas.

—Comprendido —graznó—. No habrá ningún problema, lo prometo.

Paolo soltó un silbido burlón e hizo el amago de aplaudir.

—¡La vieja Laura ha vuelto! —gruñó—. Yo que tú me andaría con cuidado, chico. Es perfectamente capaz de cumplir su amenaza.

—Bueno, ya está bien. —Mijaíl dio un par de palmadas para llamar la atención de los presentes—. Tenemos mucho trabajo por delante y muy poco tiempo.

—¿Este es todo el equipo con el que contamos? —Laura dedicó una mirada desdeñosa a quienes rodeaban la mesa—. ¿Un viejo moribundo, un yonqui bocazas y un mercenario de medio pelo?

—No te dejes engañar por las apariencias, querida —replicó Mijaíl con humor—. Tanto Carlos como Paolo van a aportar mucho en el plan. Jamás tuve en mente que lo llevases a cabo tú sola, como sin duda ya habrás deducido. Y además te tengo que presentar al último miembro de esta partida, ¡ah! ¡Aquí está!

Laura se giró para ver lo que Mijaíl estaba contemplando a su espalda. Y una espina de hielo se atravesó en su garganta.

Un hombre estaba de pie en el umbral. Una figura conocida que era además la última persona que Laura esperaría ver allí.

—Hola, señor Vargas. —Mijaíl señaló obsequioso el último hueco libre alrededor de la mesa—. Tome asiento, por favor.

—¡Tú! —Zepeda se levantó con una expresión homicida en el rostro—. ¡Pinche pendejo cabrón! ¿Cómo has podido?

El secretario del señor Ferreiro se detuvo con una expresión de pánico en el rostro, y por un instante dio la sensación de que iba a girar sobre sus talones y salir corriendo de la sala.

—Venga, señor Zepeda, no se sulfure. —El ruso levantó las palmas pacificador—. El señor Vargas tiene una buena explicación para estar aquí, ¿verdad?

—Llevas trabajando toda la vida para el señor Ferreiro. —Zepeda negaba con la cabeza, como si estuviese delante de un acertijo incomprensible—. Eres su hombre de confianza. Llevas su agenda, cuidas de su familia. Ha confiado en ti durante años, eres su mano derecha para casi todo. *Yo* he confiado en ti. ¿Por qué?

Aquel «por qué» incluía mucho más que una simple pregunta. Era un grito mudo de desconcierto y dolor.

—Fernando, verás, *carnal* —titubeó, sin saber muy bien cómo seguir—. Es complicado.

—No soy tu *carnal*, cabrón —siseó Zepeda—. No somos nada. Eres un traidor.

El amargo cruce de reproches se interrumpió cuando Mijaíl descargó un puñetazo sobre la mesa que hizo tintinear los pocillos de café.

—Hace algo más de un año, cuando empecé a planificar este trabajo que nos ocupa, me di cuenta de que necesitábamos a un grupo de viajeros que tuviese más posibilidades que los peregrinos comunes —comenzó a explicar—. Alguien que pudiese obtener privilegios especiales. Revisando una copia clonada de la agenda de la catedral, descubrí la visita programada de Ferreiro.

—Alguien con poder y conexiones. Un blanco perfecto —reconoció Laura, a su pesar.

—A partir de ahí, tirando de ese hilo conocí la existencia del señor Vargas y, además, un detalle muy interesante de él —siguió Mijaíl, sin dirigirse a nadie en concreto—. Resulta que a nuestro amigo Vargas le gusta mucho jugar a las cartas. Demasiado, me atrevería a decir. El tema es que una racha especialmente mala le ha obligado a tomar prestadas cantidades cada vez mayores del Grupo Ferreiro de forma discreta, haciendo eso..., ¿cómo se llama? ¡Ah, sí! «Contabilidad creativa». ¿No es cierto, señor Vargas?

Vargas se retorcía las manos, con la mirada clavada en la punta de sus zapatos.

—Por supuesto, me imaginé que al señor Ferreiro no le gustaría nada averiguar este episodio tan desagradable y así se lo hice entender a nuestro querido amigo en una larga e interesante conversación en México, mientras Laura se recuperaba —continuó Mijaíl—. De modo que llegamos a un acuerdo.

—¿Qué clase de acuerdo?

—Yo no le contaría nada de su problema a Ferreiro y además cubriría sus pérdidas. —Mijaíl removió con la cucharilla el café que aún le quedaba, y siguió hablando sin apartar la mirada de la taza—: Vargas le debe dinero a una gente realmente desagradable, tengo que decir. Es más, no solo taparía el agujero, sino que también le compensaría generosamente. Tan solo tenía que hacerme un pequeño favor a cambio.

—Organizar el viaje de Ferreiro a Santiago, incluyendo la

noche de pernoctación en el palacio arzobispal —adivinó Laura—. Y meterme a mí en el grupo.

—En efecto —asintió el ruso plácidamente—. Y un par de cositas más. Nada complicado. Lo importante era que Carlos te convenciese para hacer el Camino justo en las mismas fechas, para haceros coincidir. A partir de ahí, ya habrás deducido el resto.

—Aún no me puedo creer que estés aquí, Vargas. Eres un cabrón. —La voz de Zepeda que aún seguía teñida de ira le interrumpió.

—Bueno, bueno, señor Zepeda —intervino Mijaíl—. Usted también trabaja para el señor Ferreiro y no creo que él sepa que está aquí, en nuestra alegre compañía, en este preciso instante, ¿verdad? Creo que no es el más indicado para dar lecciones morales a nadie.

Zepeda se mordió el labio inferior confuso y algo avergonzado. Laura se asombró una vez más de la sibilina capacidad de Mijaíl para manipular sutilmente a la gente que le rodeaba. El maestro de ajedrez jugando con sus peones, una vez más. Se preguntó fugazmente qué clase de pieza era ella en aquella partida.

—En fin, ahora que hemos acabado las presentaciones, creo que es el momento de ponernos a trabajar, ¿les parece? —Mijaíl se puso en pie con esfuerzo—. Pero necesitamos un lugar más discreto. Tengo una suite en este mismo hotel.

Muy a su pesar, Laura obedeció, como los demás. No es que tuviese demasiadas alternativas. Cuando Mijaíl pasó por su lado, la sujetó por el brazo.

—Tú y yo tenemos una conversación pendiente —le dijo en voz baja—. Hay mucho de lo que hablar.

—No tengo nada de lo que hablar contigo. —Laura se zafó con un gesto brusco—. Te odio por lo que hiciste.

—Eso no es verdad —replicó él mientras clavaba sus oscuras pupilas en los ojos de Laura—. Y sé que en el fondo de tu corazón lo sabes.

Laura vaciló por un segundo, bajo el influjo poderoso, casi hipnótico del ruso. En su interior se libraba una batalla amarga y desesperada.

—No —negó con la cabeza—. Estás equivocado. Ya tengo todas las piezas. Todos mis recuerdos. Y sé bien lo que siento.

Le pareció ver en él una chispa de decepción y pena, pero este no añadió nada más. En vez de eso se alejó de ella arrastrando los pies, dejándola aún más confusa y dolorida que antes.

—Laura —Zepeda se había acercado a ella en silencio.

—¿Qué pasa, Fernando?

—Tenemos que irnos —susurró con urgencia—. Ahora mismo.

—No podemos hacer eso. No ahora, tan cerca del final. Necesito llegar al fondo de todo este asunto.

—¿Estás loca? —La sujetó por los hombros—. Todo esto es un disparate. ¿No te das cuenta? Para qué vas a hacerlo, ya no tienen nada con lo que chantajearte.

Ella le contempló con remordimiento. Sabía lo difícil que tenía que ser para él todo lo que estaba presenciando, la mezcla de dolor, traición y desconcierto que debía de estar experimentando. Si ya era arduo para ella, no se podía imaginar lo que podía estar pasando por la cabeza de Zepeda en aquel preciso instante.

—Es más complicado de lo que piensas —protestó—. Aún me faltan cosas por averiguar.

—¿Qué más respuestas quieres? —Zepeda alzó la voz sin querer, pero la bajó al ver que los demás observaban intrigados su conversación—. Ya sabes todo lo que necesitas: por fin tienes claro quién eres, qué te ha traído hasta aquí, has confirmado que tu relación con Carlos era una mentira... Ya lo sabes todo. Ya nada te une a esta locura.

—Aún falta algo —se le quebró la voz.

—¿Qué? ¿De qué se trata? —Zepeda se pasó la mano por el cabello—. ¿Qué más necesitas, Laura?

Laura le miró y deseó contestarle: «Saber quién está detrás de todo esto, quién es el misterioso cliente de Mijaíl. Descubrir cómo lo va a hacer. Pero, sobre todo, necesito hablar con Misha. Debo descubrir qué siento por él, porque ahora mismo tengo el corazón roto de dolor». Pero en vez de eso meneó la cabeza, incapaz de verbalizar el panal de abejas furiosas que se debatía en su mente.

—Tienes que confiar en mí —dijo al cabo—. Por favor. Solo un poco más.

Zepeda la miró con el dolor pintado en su cara.

—No —musitó, tras meditar un largo rato—. Lo siento. Esto ya ha ido demasiado lejos. No puedo seguir implicándome en algo tan sórdido, con gente que tiene las manos manchadas de sangre. Yo me bajo aquí. Y tú deberías hacer lo mismo.

Había algo en el tono de su voz que se le clavó a Laura como un hierro oxidado. Y dolía. Pero no iba a rogarle.

—Me estás pidiendo demasiado —añadió él antes de señalar hacia la salida de la cafetería—. Me voy a ir, ahora. Tienes dos opciones: venir conmigo y empezar una nueva vida a mi lado, o acompañar a Mijaíl y a sus criminales en su aventura hacia el desastre. Pero en el momento en el que cruce esa puerta, si no vienes conmigo, todo lo que hemos tenido, todo lo que podríamos llegar a ser, se habrá acabado para siempre. Tú escoges.

Laura contempló la mirada ansiosa del mexicano y a continuación giró el rostro hacia el grupo que la esperaba al otro lado. Sintió la grieta enorme que se abría entre ellos, como una falla monstruosa, y Zepeda también la debió de percibir en su mirada, porque sus hombros se encogieron un poco.

—Está bien, es tu decisión —dijo con voz queda—. Pero después no digas que no te lo advertí.

Giró sobre sus talones y se alejó con andar firme hacia la salida. Laura contuvo las ganas de salir corriendo tras él, mien-

tras cada paso que daba el mexicano resonaba como un alda-
bonazo en su pecho. Cuando le perdió de vista, la fría sensación de vacío resultó abrumadora.

—¿Tenemos algún problema? —preguntó Mijaíl con tono
inquisitivo.

Laura sabía de sobra a qué se refería.

—No, ninguno en absoluto —se apresuró a contestar mientras se acercaba a ellos.

Y mientras subían las escaleras, se preguntaba si no acababa de cometer un inmenso error.

El peor de todos.

31

La suite de Mijaíl era una habitación espaciosa, que comprendía un dormitorio y un par de salas adyacentes, decoradas con antiguos muebles de madera de estilo gótico que tenían aspecto de pesar una tonelada. En la sala principal, el ruso había desplegado un montón de material sobre la mesa y había un proyector en una esquina esperando por ellos.

Antes de entrar se había asegurado de retirar un diminuto testigo casi invisible, colocado entre el marco y la hoja. Si alguien hubiese abierto aquella puerta en su ausencia, se habría activado un disparador que mandaría un mensaje a su móvil, pero nadie se había acercado hasta allí.

—Paolo, enciende el grillo —ordenó Mijaíl con tono seco.

El italiano se acercó hasta una esquina, junto a una caja de plástico del tamaño de un maletín, y apretó un par de botones. El grillo era un aparato de interferencias electromagnéticas que creaba una burbuja en la que cualquier aparato de escucha quedaba automáticamente inutilizado. Por supuesto, los huéspedes de las habitaciones contiguas se llevarían un notable disgusto al descubrir que no tenían cobertura móvil ni internet, pero la reunión no duraría demasiado.

Sentados a la mesa, Laura observó con desánimo a los otros ocupantes. El grupo no era ni la sombra de lo que la banda de los muchachos del Nido había sido no hacía tanto tiempo. Las pupilas dilatadas y la sonrisa beatífica de Paolo le hacían sospechar que el italiano ya llevaba bastante alcohol a bordo, pese a la hora que era. Carlos era un extraño, un asociado de última hora en el que no podía confiar, y por su parte Vargas no era otra cosa que un civil, un mero aficionado atrapado por las circunstancias en aquel golpe.

Y lo peor de todo es que si ella se daba cuenta, Mijaíl también era consciente. El hombre que ella conocía, el aguzado genio que la había criado, jamás se habría aventurado a ejecutar un trabajo en condiciones tan precarias. Y sin embargo, allí estaba, sonriendo de pie al lado del proyector, como si su banda estuviese al completo y en plena forma. Laura deseó, de forma irracional, que Omar, Claudia e Irina estuviesen allí con ellos. Todo sería distinto.

Pero desear aquello era tan absurdo como anhelar que un río fluyese corriente arriba.

—Nuestro objetivo son los huesos del apóstol Santiago, que están guardados en esta arca de plata, situada justo bajo el altar mayor de la catedral. —Pasó una imagen en la que se veía un cofre de aspecto pesado, hecho de plata repujada—. Se puede acceder hasta el arca por un pasillo estrecho que desciende hasta la cripta.

La siguiente imagen era de una planta de la catedral, marcada con distintos colores. Laura apenas tardó un segundo en identificar el lugar en el que estaba ubicado el altar, cerca de la cabecera.

—La catedral tiene tres puertas principales, que dan a tres plazas: aquí, aquí y aquí. —Mijaíl iba señalando con un puntero—. La puerta del Obradoiro al oeste, la de Platerías al sur y la de la Azabachería al norte. Aparte de esas, está la Puerta Santa, al este, que está tapiada y solo se abre en año jacobeo, y una serie de puertas menores en algunos lugares concretos.

—Con tantas puertas se multiplican las posibles vías de ataque —observó Paolo—. Les resultará complicado controlar todas.

—Ese es el primero de los problemas —negó Mijaíl—. Durante el día, las puertas principales están fuertemente custodiadas. Hay arcos detectores de metales, perros adiestrados para detectar explosivos y una dotación de al menos media docena de guardias armados en cada una de ellas. Las puertas secundarias han sido temporalmente condenadas y, para más seguridad, hay un retén detrás de cada una de ellas. Aunque Laura las abriese, nos encontraríamos una pared de ladrillos al otro lado y un grupo de guardias cabreados justo detrás.

—Vale, las puertas son inexpugnables de día —musitó Carlos—. ¿Lo haremos de noche, entonces?

—De noche es todavía peor. —Mijaíl dio paso a otra imagen. Era una foto borrosa, ligeramente desencuadrada, sacada con un teléfono móvil a la altura de la cintura. Una esquina de la imagen estaba parcialmente tapada por un dedo—. ¿Reconoces eso, Laura?

Ella sintió cómo se le secaba la boca.

—Es una cerradura magnética con dos llaves de combinación aleatoria —murmuró—. Es del mismo tipo que la que abrimos en México.

—La diferencia estriba en que parecen haber aprendido la lección de Guadalupe —continuó Mijaíl—. Las puertas se cierran desde dentro y las tarjetas se quedan en el interior de la catedral... junto con el equipo de seguridad de quince personas que custodian el templo desde la puesta del sol hasta que amanece. Y por si no fuera suficiente, no tenemos la menor idea de quién custodia cada una de las tarjetas.

Se hizo un silencio pesado, solo perturbado por el zumbido quedo del proyector. Mientras todos asimilaban lo que acababan de escuchar.

—No podemos cruzar las puertas, ni de día ni de noche. —Laura rompió el silencio—. Así que quedan descartadas. ¿Por las vidrieras, entonces?

Un chasquido del proyector. Una nueva foto de un aparato electrónico pegado a un vidrio de colores.

—Tienen sensores de vibración conectados a la central de control —reveló Mijaíl—. Cualquier intento de cortar un cristal, incluso con una punta de diamante, haría saltar las alarmas. Las ventanas también quedan descartadas. Además, llamaría mucho la atención un puñado de figuras apelotonadas alrededor de una vidriera. Cualquiera que pasase andando podría vernos, y eso incluye a las patrullas de la Guardia Civil que recorren el perímetro.

—Nos queda el tejado. Es enorme.

—En la última reforma, de hace un par de años, colocaron cámaras de seguridad. —Mijaíl apretó los labios—. Aun en el caso de que pudiésemos hacer un boquete, debajo de las tejas nos encontraríamos la bóveda de piedra del templo. Son toneladas de granito. No hay manera de abrirse paso a través de algo así.

—Entonces, por debajo —masculló Laura—. Esta catedral debe de tener siglos de antigüedad. Seguro que el subsuelo está agujereado como un queso gruyere por un montón de viejos túneles.

—Ahí tienes razón. —Otra imagen, que parecía el dibujo enmarañado de un niño pequeño, con líneas de colores que se entrecruzaban de forma anárquica—. Pero también han pensado en ello. Como podéis ver, esos túneles son un laberinto. Es muy fácil perderse ahí abajo y, además, varios de ellos están cerrados con rejas. Por si no fuera suficiente, solo hay tres salidas de los túneles al interior de la catedral... y sobre cada uno de ellos hay instalado un puesto de guardia. Quizá haya sensores de movimientos o de infrarrojos en las catacumbas, por otra parte. No hay manera de saberlo, pero viendo el cuidado que han puesto en tapar todas las vías de entrada, no lo descartaría.

Un nuevo silencio, esta vez más profundo y apesadumbrado. Se veía la perplejidad en la cara de todos ellos, menos en la de Mijaíl, que seguía tan tranquilo.

—Entonces... —musitó Laura.

—Y por si no fuese suficiente —remachó Mijaíl ignorando la interrupción—, justo debajo de la urna de plata que contiene las reliquias hay instalados tres sensores de presión, extremadamente sensibles. El mínimo cambio de las lecturas, aunque tan solo sea un par de gramos, hará que salten todas las alarmas de inmediato y un ejército de policías acudirá hasta la cripta que, os recuerdo, solo tiene dos estrechas salidas. Es una ratonera.

Mijaíl dejó caer el puntero sobre la mesa con un sonoro clonc que los sobresaltó.

—A ver si lo he entendido bien —recapituló Laura—: Es imposible entrar por el perímetro, puertas o ventanas. Tampoco podemos entrar por el tejado ni por el subsuelo y, aunque de alguna manera consiguiésemos llegar al interior, no habría forma de abrir esa urna sin que se nos echasen encima. ¿Es eso?

—Exacto. —La voz de Mijaíl adoptó un tono solemne—. Han transformado la catedral de Santiago en una caja fuerte, la caja más grande del mundo, y una de las más inexpugnables.

—Entonces, dices que es imposible robar los huesos —concluyó Laura—. No hay modo de que un golpe salga bien con esas medidas.

—Así es —asintió Mijaíl, como si aquello fuese una buena noticia.

Laura respiró hondo y se recostó en la silla. Un gozo irrefrenable la embargaba, pero no permitió que se le notase.

El golpe era imposible. Las medidas de seguridad eran excesivas, incluso para el equipo de los mejores tiempos, y ya no digamos para aquella banda casual que Mijaíl había reunido.

Finalmente no iban a robar los huesos. No tendría que hacerlo.

Podría volver con Zepeda. Arreglar las cosas. Se sintió tan feliz que casi olvidó que Mijaíl jamás los habría convocado si algo así fuese cierto.

—Si es imposible dar un golpe —empezó a preguntar Paolo—, ¿qué coño hacemos aquí?

El viejo puso aquella sonrisa traviesa que Laura conocía tan bien y de repente su optimismo se deshinchó como un globo pinchado. El ruso tenía un as en la manga. Por supuesto que lo tenía.

—Tú lo has dicho. Es imposible dar un golpe. —Hizo una pausa dramática—. Pero nadie ha dicho que no sea posible dar *dos* golpes a la vez.

«Estupefacción» es una palabra que se queda corta para definir aquel momento. Todos miraban al ruso confundidos y sin entender nada.

—¿Dos? Pero ¿qué dices?

—Dos bandas. Dos golpes de manera simultánea. —La voz de Mijaíl resonaba triunfal—. Uno de distracción, para despejar el terreno, y otro, el de verdad, que se llevará esos huesos justo delante de sus narices mientras persiguen a fantasmas.

—Mijaíl —jadeó Laura—. Eso es...

—Sí. —Los ojos de Mijaíl chispeaban de euforia mientras se inclinaba sobre la mesa—. Eso es. Queridos amigos, mañana por la noche vamos a llevar a cabo el mejor y más magistral robo de toda la historia. Y seréis leyenda.

32

Mijaíl se pasó las dos horas siguientes explicando su osado plan con todo detalle y Laura se había quedado desarmada una vez más ante la brillantez criminal de su padre adoptivo. El plan era casi perfecto en su concepción, hasta en el punto más impensable. Y, lo más increíble de todo, resultaba factible en su complejidad.

Sin embargo, había un montón de «y si» salpicados por el camino que le preocupaban, de una manera profesional. Eran el tipo de detalles que el viejo Mijaíl jamás dejaría al azar, pero que en aquella ocasión obviaba con un gesto despectivo, como si fuesen simples menudencias que no merecían mayor atención. Laura había comprendido que el ruso estaba poseído por un frenesí arrollador y que solo tenía una cosa en mente: culminar su gran proyecto, fuera el que fuese. El tipo de actitud contra la que siempre le había prevenido. La forma de pensar que conducía al desastre noventa y nueve de cada cien veces.

Pero, de un modo que no era capaz de explicar, sabía que en esa ocasión sería distinto. Y eso le preocupaba, porque estaba envuelta en una madeja de la que no tenía ni la menor idea de cómo salir.

No quería robar los huesos. Y aun así iba a hacerlo.

Cuando finalizó su exposición, todos salieron de la suite

con la expresión entre deslumbrada y aturdida que Laura recordaba tan bien de otros tiempos. Tiempos mejores en los que estaría ardiendo en deseos de empezar cuanto antes.

No en aquella ocasión.

—Laura, no te vayas todavía —dijo Mijaíl de repente—. Solo será un momento. Te lo pido por favor.

Ella se detuvo a medio camino de la puerta, atrapada entre dos mareas de fuerza opuesta. Finalmente, la pelea entre su cabeza y su corazón se resolvió a favor de este último y regresó junto al ruso.

Mijaíl esperó a que el resto abandonase la sala y solo cuando la puerta se cerró se permitió soltar un suspiro de alivio. Con manos temblorosas, cogió una botella de agua e intentó servirse en un vaso, pero derramó parte.

—¿Puedes acercarme esa cartera? —dijo con voz cascada—. La que está al lado de la cama.

Laura se levantó y cruzó la estancia para coger lo que le había pedido. Cuando se la dio a Mijaíl, este la abrió y sacó un puñado de pastillas de colores y formas diversas, que fue engullendo de manera metódica.

—¿Para qué son? —preguntó, aunque sabía de sobra la respuesta.

Mijaíl le regaló una sonrisa cadavérica.

—Para ganar tiempo, querida niña. Pero me temo que no me queda demasiado.

—¿Intentas darme pena? No pensé que fueses a jugar la carta de la lástima.

El ruso resopló desdeñoso.

—No es mi estilo, ya lo sabes. Tú me has preguntado.

—Ya —replicó ella quedamente.

Durante unos minutos guardaron silencio, sentados el uno frente al otro, como dos viejos amigos que no tienen mucho que contarse, o que ya no necesitan hablar en voz alta para decírselo todo. Laura mantenía la boca cerrada, tenaz. Había sido él quien le había pedido que se quedase. No le daría el gusto de ser ella quien rompiese el silencio.

—Dime, Laura —al fin, Mijaíl se dio por vencido—. ¿Por qué crees que me odias?

—No lo creo. Lo sé.

—Bien, te lo preguntaré de otro modo. ¿De dónde crees que sale ese odio?

A Laura se le escapó una risa amarga.

—¿Por dónde empiezo? —comenzó a contar con los dedos—. Has convertido los últimos meses de mi vida en una mentira. Me has hecho creer que amaba a una persona, que alguien la había secuestrado, y me has lanzado a una aventura penosa sin tener en cuenta mis emociones o mis sentimientos.

—Pero ha servido para su fin —la interrumpió él—. Te ha traído de vuelta.

Ella ignoró el comentario y siguió desgranando sus emociones.

—Me has puesto en peligro, al no decirme que Volkov estaba tras mis pasos. Me has embarcado en una nueva operación, aunque te dije que no quería seguir haciendo esto. Pero sobre todo...

—¿Qué?

Ella le miró con infinita tristeza.

—No sé quién eres —dijo—. No reconozco a la persona en la que te has convertido. Ignoras todos tus principios, que también eran los míos, en pos de algo que no consigo entender.

Mijaíl frunció el ceño confundido.

—Sigo siendo el mismo de siempre, solo que más mayor y algo achacoso de salud.

—La primera regla. Nada de violencia. —Laura recitó de memoria—. «Nunca matamos ni herimos a nadie, ni siquiera en las circunstancias más extremas, salvo que no quede más remedio. No somos asesinos, somos profesionales». ¿Qué fue de eso, Mijaíl?

—Omar era un traidor —había frialdad en su voz—, nos habría llevado a todos a la tumba. Ya hemos hablado de eso. Y además, tal vez recuerdes cómo sucedió. Él se abalanzó sobre mí, yo no pretendía dispararle. Omar no debería...

—¡No hablo solo de Omar! —lo interrumpió ella iracunda—. ¡Me refiero a los ciento treinta y cuatro inocentes que murieron en México por tu culpa! ¡Por *nuestra* culpa! ¡Tenemos las manos manchadas de sangre y eso es algo que no te podré perdonar jamás!

—Y no he dejado de pensar en todos y cada uno de ellos desde aquel día. —Mijaíl bajó la cabeza—. Fue una desgracia que no tendría que haber ocurrido.

—¿Pretendes que me crea que no sabías lo que iba a suceder al depositar un montón de explosivo plástico en medio de un templo abarrotado? ¿Tan estúpida crees que soy?

—¡Fue un accidente! —El rugido de Mijaíl fue tan repentino que por un instante Laura pudo ver la sombra del coloso que había sido—. Un error estúpido por mi parte. La carga era diez veces mayor de lo que habíamos previsto. El imbécil que preparó el artefacto usó una goma mucho más potente de la que le había encargado y no dijo nada. ¡Tan solo tenía que haber hecho mucho ruido y romper unas cuantas vidrieras! ¡Se suponía que no tenía que acabar así!

Mijaíl se quedó jadeando, agotado por el estallido emocional.

Laura le miró conmocionada.

Decía la verdad. Le conocía demasiado bien como para saber si aquel hombre le mentía o no. Y con un destello de comprensión, entendió la pesada carga que había estado llevando sobre sus hombros todo aquel tiempo. Ella había tenido la bendición del olvido hasta aquel mismo día. Mijaíl, en cambio, se había visto forzado a convivir con la culpa y los remordimientos desde hacía más de un año.

—El hombre que yo conocí jamás habría cometido semejante error —dijo con frialdad—. Pero ese hombre ya no existe. Se fue hace ya mucho tiempo. Tan solo tengo delante a un viejo cabezota, reconcomido por la culpa y devorado por su ambición. Un viejo que pretende arrastrarme al abismo con él.

—No lo entiendes. —Mijaíl emitió un bufido ronco que recordaba a una risa—. Estamos en un grave aprieto. Volkov sigue tras nuestros pasos y no dejará de hacerlo nunca, salvo que terminemos con él antes.

—¿Y pretendes hacerlo robando reliquias polvorientas? Por favor, Mijaíl, basta ya de misterios. Dime de una vez por qué estamos haciendo esto. Por qué nos hemos pasado los últimos tres años convertidos en ladrones de huesos, cálices abollados y sudarios viejos.

—Es el pago de nuestros servicios —replicó Mijaíl tras un largo silencio—. Nuestro cliente nos ofrecía una cantidad obscena de dinero, pero la rechacé. Tan solo le pedí una cosa, una sencilla petición a cambio de robar estos objetos sagrados: que terminase con Volkov.

—¿Cómo dices?

—Tiene los medios para hacerlo, créeme. —Dio otro sorbo tembloroso al vaso de agua—. Matarán a Volkov una vez que consigamos los huesos, la última reliquia que nos falta. Se las daremos todas juntas para garantizar que no se le pasa por la cabeza olvidar nuestro acuerdo o resolverlo antes de tiempo. Ese es el trato. Si no hubiese aceptado, habría acabado con nosotros tarde o temprano. El precio de este trabajo era vuestra vida, la de toda la banda. Te estoy diciendo la verdad.

—No sé si te has dado cuenta, Mijaíl, pero si se trata de salvarnos no puede decirse que hayas tenido demasiado éxito. Ya solo quedamos Paolo y yo. La banda ya no existe.

—Por eso es importante que nuestro cliente acabe con Volkov.

—¿Quién es ese misterioso cliente? ¡Dímelo de una vez!

—Eso no importa —contestó él, y dio otro tembloroso sorbo al vaso de agua—. Cuanto menos sepas de ese asunto, más segura estarás. Deja que las consecuencias de lo que estamos haciendo caigan sobre mí.

Laura se quedó en silencio un buen rato, con la vista clavada en el ruso y los labios apretados hasta convertirlos en una delgada línea.

—¿Cómo lo haces?

—¿Cómo hago el qué?

—Darles la vuelta a las cosas de tal forma que siempre acabas teniendo un motivo —rezongó ella—. Buscar siempre un ángulo que justifique tus acciones, no importa lo perversas que sean.

—No son perversas —negó con la cabeza—. No tuve otro remedio. Por si no te has dado cuenta, estamos en guerra, Laura, no solo con el SVR de Volkov, sino con fuerzas mucho más poderosas que se mueven entre bastidores. Si queremos ganar, si queremos sobrevivir, tenemos que ser implacables.

—Aunque eso suponga tener que asesinar a sangre fría a uno de tus hijos —replicó ella—. Mataste a Omar. Mi hermano. Y me da igual lo que hubiese hecho. Había otras mil formas de resolver ese problema.

—Y sueño con eso todas las noches. —La voz de Mijaíl se quebró—. Pero era tu vida o la suya. Omar nos traicionó, asúmelo: si no le hubiese matado, quizá ahora estarías muerta. Y eso sí que no podría soportarlo.

Laura calló, sin saber qué decir.

—Siempre has sido mi favorita, pajarito. —La voz de Mijaíl se había reducido a un susurro—. Desde el día que te tuve por primera vez en mis brazos, en Madrid, hace ya tanto tiempo, me di cuenta de que algo de mí te pertenecía para siempre. Habría abandonado a todos los demás sin mirar atrás ni una sola vez si eso hubiese significado salvar tu vida. A ellos siempre los he apreciado, pero a ti... te amo como a una hija. Mi única hija de verdad.

Ella intentó hablar, pero se le había formado un nudo en la garganta. Todo aquello era más de lo que podía soportar. Se puso en pie.

—Haré lo que me pides, por última vez. —La voz le temblaba—. Para quitarnos a Volkov de los talones y por todo lo que has significado para mí a lo largo de los años. Pero después desapareceré y no me volverás a ver nunca jamás. No me llamarás. No me buscarás. Ni siquiera pensarás en mí. Y bajo ningún concepto se te ocurra volver a dirigirte a mí como «tu hija» en lo mucho o poco que te quede de tu miserable vida.

Se puso en pie y salió dando un portazo, sin mirar atrás. Y solo cuando estuvo en el pasillo se permitió echarse a llorar, con más dolor en el corazón del que había sentido en toda su vida.

Por fin se había reencontrado con su pasado, únicamente para hacerlo volar por los aires.

No le quedaba nada.

33

El resto de la tarde pasó como un borrón confuso para ella. Vagó sin rumbo por las calles de Santiago de Compostela viendo sin ver sus monumentales edificios pétreos y los coloridos escaparates. Se detuvo a comer en una coqueta plazuela, pero dejó a medias lo que le sirvieron. Solo cuando empezaba a caer la noche tomó un taxi de vuelta hacia el albergue de peregrinos en el monte do Gozo, con una piedra lastrando su alma.

El resto del grupo estaba reunido de un talante muy diferente en la puerta de la casa que les habían asignado. Laura no estaba de humor para compartir risas y chanzas y, además, no veía a Zepeda por ninguna parte. Necesitaba desesperadamente hablar con él, pero el mexicano parecía haberse esfumado.

Como todo lo bueno en mi vida, pensó amargamente. *Quizá me lo merezco.*

La última noche como peregrina fue larga, en forma de una inquieta duermevela. Al día siguiente cenarían en el palacio arzobispal y pasarían allí la noche, la última del grupo en conjunto.

Y esa misma noche, además, robaría los huesos.

No podía ser más infeliz.

El sueño la atrapó al fin cuando el sol asomaba sobre el horizonte de Santiago. Durmió profundamente toda la mañana, hasta que el hambre la despertó después del mediodía. Se levantó, comió algo y se dio una larga ducha caliente antes de lanzarse a buscar de nuevo a Fernando Zepeda, pero nadie parecía haberlo visto. Solo la doctora Grammola le dijo que pensaba que lo había visto salir hacia Santiago a primera hora de la mañana, pero que tendría que estar a punto de llegar.

—Buenas tardes, Laura. —Cuando oyó la voz de Vargas a sus espaldas, notó que se envaraba de forma instintiva.

Se giró hacia el hombrecillo, que sonreía como si nada hubiese sucedido la víspera. Se dio cuenta de que usaba la sonrisa como una armadura que jamás dejaba traslucir lo que sucedía debajo. Para aquel hombre, era una herramienta más de trabajo. Y lo hacía de una manera tan natural que ella no se había enterado hasta aquel preciso instante.

—El señor Ferreiro quiere verte. —Señaló hacia el interior del albergue—. Ahora, por favor.

Laura sintió una punzada de miedo. ¿Para qué quería verla el empresario? ¿Le habría contado Zepeda todo lo que había sucedido y pretendía abortar su plan? Quizá había evaluado mal la reacción del mexicano y su lealtad hacia su jefe era mucho más importante que lo que pudiese sentir por ella.

Pero si fuese así, Vargas no estaría tan tranquilo, ¿verdad? Claro que también podría ser que el secretario estuviese disfrazando sus temores bajo aquella careta sin grietas que llevaba.

Solo había un modo de descubrirlo. Y tampoco es que tuviese muchas más alternativas.

Entró en el albergue y con un profundo suspiro de alivio vio que no había una pareja de policías listos para llevársela detenida. Sentados a una mesa, tan solo estaban Ferreiro y Schmidt aguardando por ella.

—Laura, gracias por venir. —Ferreiro parecía cansado, pero satisfecho—. No había tenido la oportunidad hasta ahora de darte las gracias por todo lo que has hecho por nosotros.

—Solo he cumplido con mi obligación, señor Ferreiro —replicó ella con una sonrisa en la cara que incluso Vargas habría firmado sin dudar—. Era lo mínimo que podía hacer para agradecerle la oportunidad que me brinda.

—Tonterías, ha sido mucho más que eso. —Ferreiro hizo aletear sus manos—. Y llámame Segismundo, por favor. Creo que a estas alturas podemos tutearnos. Y con respecto a lo de esa oportunidad...

A Laura se le congeló la sonrisa en la cara. Por un instante temió que Ferreiro le dijese que la cena en el palacio arzobispal quedaba anulada, pero en vez de eso sacó un paquete envuelto en papel de regalo de debajo de la mesa y lo dejó frente a él.

—El Camino ha sido algo más complicado y exigente de lo que esperaba —dijo mientras empujaba el paquete hacia ella—. Y lleno de incidentes, con el tejado que se cayó en Samos y el incendio de las tiendas en el bosque. Otros se habrían negado a seguir o habrían protestado, pero jamás ha salido ninguna queja de tus labios. Y valoro mucho tu dedicación.

—¿Qué es esto? —preguntó Laura mientras apoyaba sus manos de forma tímida sobre el envoltorio.

—Un detalle, nada más. Ábrelo.

Laura rasgó el papel y una exclamación de asombro salió de sus labios. Un precioso vestido negro de aspecto caro, junto con un par de zapatos de tacón a juego quedó a la vista. Era de un gusto extraordinario y parecía de su talla, el tipo de ropa ideal para llevar puesta a un evento... o una cena. La etiqueta era de una *boutique* parisina, así que supuso que Ferreiro lo había encargado y había conseguido que llegase allí usando sus contactos. Tenía que haber costado una fortuna.

—Yo... no sé qué decir... Es demasiado, Segismundo. No sé si puedo aceptar algo así.

—Tonterías, es una bagatela. Esta noche es una ocasión especial y quiero que todos estemos radiantes. Además, no soy el único que tiene un detalle.

Schmidt sonrió con timidez y le alcanzó otro paquete, mucho más pequeño. Dentro había una caja de terciopelo rojo y, en su interior, un espectacular collar de azabache negro como la noche, delicadamente engastado en una bonita filigrana de plata. Era el complemento perfecto para el vestido.

—Yo lo compro donde plaza Azabachería, aquí a Santiago —dijo el alemán usando un español macarrónico—. Es mucho bonito. Mi regalo para tú, por ser *wunderbar*.

—¿Habla castellano? —A Laura casi se le salieron los ojos de las órbitas.

Ferreiro y Schmidt cruzaron una mirada cómplice y se echaron a reír, como dos colegiales pillados en una travesura.

—No mucho español. Solo uno poco. —El alemán parecía estar pasándoselo en grande.

—Felix y yo nos conocemos desde hace muchos años —explicó Ferreiro—. ¡De algún modo teníamos que entendernos después de tanto tiempo! Aun así, preferíamos que una traductora le acompañase en el Camino, para que su experiencia no fuese demasiado agotadora. Además, es una manera estupenda de escuchar lo que dicen los demás sin que se den cuenta. Espero que puedas guardar nuestro pequeño secreto.

—Mis labios están sellados —replicó Laura, esta vez con una sonrisa auténtica bailando en su boca—. Muchísimas gracias.

—No perdamos tiempo. —Ferreiro se levantó de la mesa—. Nos vendrán a buscar en un rato y todos tenemos que arreglarnos para la velada.

Una hora después, el grupo estaba reunido junto al microbús que los conduciría a la catedral. Nadie podría haber adivinado, viendo a aquella cuadrilla vestida con ropa elegante y zapatos caros, que eran el mismo grupo de peregrinos de aspecto cansado que había llegado al monte do Gozo el día anterior. Todo el agotamiento, las rozaduras en los pies y las ampollas eran parte del pasado. Segismundo Ferreiro había echado el resto para que la experiencia fuese memorable para todos y cada uno de ellos.

Un par de operarios, supervisados por Vargas, cargaban en el maletero del microbús las mochilas del Camino y un montón de paquetes envueltos en papel de regalo, los presentes que el empresario mexicano tenía previsto entregar al arzobispado aquella noche. El secretario le lanzó a Laura una breve mirada de inteligencia mientras posaba con suavidad la mano sobre uno de los bultos.

El plan estaba en marcha.

De repente, Zepeda salió del albergue y se dirigió hacia su jefe. A Laura casi se le para el corazón al verle. El mexicano estaba espectacular con un traje entallado de Hugo Boss que realzaba su silueta y marcaba el triángulo invertido de su espalda. Pero la sensación de arrobamiento se agrió cuando sus ojos se cruzaron y Zepeda tan solo le dirigió una mirada apenada y de reproche.

—Fernando —murmuró cuando llegó a su altura—. Quería decirte que...

—Ahora no es el momento, señorita Portela —musitó Zepeda con frialdad, y aquel «señorita Portela» fue más doloroso que una astilla de bambú clavada debajo de las uñas—. Tengo que coordinar el desplazamiento. Si me permite...

Subieron al autobús y Laura pronto se encontró sentada al lado de una parlanchina doctora Grammola, ataviada con un vestido de seda rojo que amenazaba con resbalar y provocar un desastre de relaciones públicas con su escote en cualquier instante. La mujer estaba exultante, como todos los miembros de la expedición, y Laura tuvo que hacer un esfuerzo ímprobo para ocultar su tensión.

Miró el reloj subrepticiamente. Tan solo faltaban cinco horas.

Tras cruzar el tráfico del ensanche santiagués, el autobús se internó por una amplia calle de piedra y antes de que se diesen cuenta se habían detenido en una esquina de la plaza del Obradoiro, a los pies de la catedral. Laura reprimió el impulso de levantar la mirada hacia la fachada del Hostal de los Reyes Católicos, donde, estaba segura, Mijaíl observaba el desarrollo de los acontecimientos desde una ventana.

Subieron las escaleras que conducían al Pórtico de la Gloria. El zumbido de las conversaciones se había reducido a un murmullo modesto, sobrecogidos por la majestuosidad que los rodeaba. En la puerta de la catedral los esperaba el deán, un hombre alto y espigado de aspecto amable y voz educada, que le dio la bienvenida al señor Ferreiro con un sobrio apretón de manos.

Mientras el deán les señalaba las principales figuras del espectacular pórtico, todos los cuellos se estiraban hacia arriba, ansiosos por captar hasta el último detalle de aquella obra maestra. Todos menos el de Laura.

Su atención estaba concentrada en los guardias que se apelotonaban a pocos pasos de ellos en el control de seguridad. Parecían competentes y profesionales, y no se advertía en ellos el más mínimo gesto de distracción. Ninguno estaba sentado mirando el móvil o con cara de estar deseando que llegase la hora del cambio de turno. En vez de eso, permanecían en sus puestos, con la atención compartida entre el grupo de visitantes y lo que ocurría en el interior del templo, donde ya se sentaban algunos fieles. Con un vistazo casual, entrenado por la práctica, Laura pudo distinguir al menos media docena de cámaras y otros tantos sensores de infrarrojos adosados a las ciclópeas columnas de piedra de la catedral. Y si podía ver eso, significaba que al menos había otros tantos que se escapaban de su vista. Y eso solo en los primeros metros del templo.

Como había dicho Mijaíl, aquel lugar no era solo una caja fuerte, era una fortaleza inexpugnable.

Cruzaron el control de seguridad y le impresionó la meticulosidad con la que registraron todas sus pertenencias. Por supuesto, no encontraron nada sospechoso. Lo único que llevaba Laura encima era su móvil, que se quedó guardado en una consigna en el acceso. Hasta ese punto llegaba el celo de los vigilantes.

Sentada en uno de los bancos, se permitió el único tramo de relax de todo el día. El murmullo de la misa del peregrino la envolvió arrullador mientras sobre su cabeza el enorme botafumeiro —un incensario de más de cincuenta kilos y metro y medio de alto— trazaba gigantescas parábolas por el aire, accionado por los *tiraboleiros*, ocho acólitos que tiraban de forma rítmica de una gruesa cuerda para impulsar aquel dispositivo sacado de otra época. El aire quedó de inmediato impregnado de la fragancia del incienso que salía en volutas de humo de su interior.

Aquel interludio fue breve, pero cambió las cosas por completo. La parte religiosa de la peregrinación, del Camino que habían emprendido tantos días atrás, por fin había concluido. A medida que salían de la catedral, con la retina y el corazón empapados de aquel momento místico, el deán en persona les iba entregando, uno a uno, la Compostela, en forma de un suave pergamino enrollado.

—Y ahora, si son tan amables de seguirme —dijo mientras les indicaba el brazo izquierdo del crucero de la catedral—. La cena con el arzobispo nos espera.

Salieron de nuevo a la calle por la puerta de la Azabachería, entre las capillas cerradas con rejas de San Antonio y de Nuestra Señora de Lourdes, encastradas dentro de los muros de la catedral. La plaza de la Inmaculada se abría ante ellos, con la ominosa mole del Seminario Mayor recortándose contra las sombras del fondo. Giraron a la izquierda, en dirección a un angosto túnel de piedra que desembocaba en el Obradoiro, pero antes de llegar a él se desviaron para cruzar el portalón del Palacio de Gelmírez, el antiguo palacio arzobispal donde los iban a agasajar con una cena y en el que pasarían su última noche como peregrinos de excepción.

La sala superior tenía una larga mesa dispuesta con sillas a los lados. A medida que se iban sentando, un cuerpo de camareros ataviados con chaquetillas blancas les iban sirviendo una copa de vino blanco muy frío y de suave sabor afrutado.

—¿Un poco más de vino, señora? —dijo el que se acercó a Laura sosteniendo una botella con elegancia.

—No, gracias —murmuró con las pulsaciones aceleradas—. Con una copa será suficiente.

Laura apretó los labios. Paolo llevaba el pelo rubio recogido en una coleta y la observaba con ojos chispeantes vestido de camarero. Se suponía que tenía que pasar desapercibido, pero el espíritu exhibicionista del italiano era superior a su autocontrol y se había acercado directamente a ella, pavoneándose. Insistió una vez más, pero Laura negó con la cabeza educadamente y apartó la mirada. Lo último que querían era que alguien se fijase en ellos dos hablando.

Debía de haber costado una fortuna y un montón de preparación previa colar a Paolo en el equipo del *catering* que estaba dando la cena y eso incluía la documentación falsa que sin duda había pasado una revisión exhaustiva. Quizá en alguna habitación de hotel cercana el auténtico camarero se debatía atado y amordazado, pero eso era algo que Laura tan solo podía suponer. Mijaíl le había prometido que Paolo estaría allí y, una vez más, había cumplido su palabra.

Cuando el arzobispo de Santiago entró en la sala se produjo un murmullo y un remolino a su alrededor. Se lo presentaron a los peregrinos y Laura besó su anillo de forma fugaz cuando le tocó el turno. Siguió un elaborado discurso por parte del señor Ferreiro y una no menos densa réplica por parte del prelado que arrancó algún bostezo disimulado. Laura aprovechó para consultar su reloj una vez más.

Tan solo quedaban tres horas.

La cena fue una delicia de productos locales. Casi todos comían con apetito, pero Laura observó que Vargas apenas probaba bocado. A medida que se acercaba la hora, el secretario estaba cada vez más nervioso. Sudaba profusamente y lanzaba tantas miradas en dirección a Paolo que Laura tuvo ganas de levantarse y clavarle el tenedor. Pero en vez de eso se limitó a seguir conversando con el señor Schmidt y traduciendo de cuando en cuando lo que el arzobispo decía al alemán, mientras por dentro hervía de furia.

Mijaíl tendría que haber sabido que algo así podría pasar. Vargas no era un profesional y podía echarlo todo a perder si no tenía cuidado. Estaba tan tenso como un zorro en una cacería, a punto de saltar ante el menor ruido. Por fortuna, la cena concluyó sin ningún incidente y sin que nadie advirtiese nada extraño en su comportamiento.

Cuando servían los postres, Paolo se adelantó a otro camarero para coger la botella de espumoso con la que brindarían. El gesto de prestidigitador con el que pasó la muñeca sobre el gollete fue tan sutil que, si Laura no hubiese sabido qué hacía exactamente, ni siquiera se habría imaginado que el italiano había vaciado un pequeño vial de líquido transparente en su interior.

Paolo fue sirviendo las copas, una tras otra, con cuidado de no derramar ni una sola gota. Cuando hasta la última estuvo llena, Ferreiro se puso en pie para pedir un brindis en honor de su anfitrión. Las copas se alzaron en el aire en respuesta y a continuación todos bebieron de ellas. Laura se la llevó a la boca imitando el gesto, pero con toda la precaución posible para evitar que el líquido llegase ni siquiera a tocar sus labios. Su mirada estaba fija en Vargas, confiando en que el secretario no estuviese tan nervioso que hubiese olvidado que no debía probar aquella bebida. No tardaría en averiguarlo, en todo caso.

Ya solo faltaban dos horas.

Llegó el momento de entregar los regalos, entre aplausos y cansadas muestras de asombro. Una sucesión de bandejas de plata, libros ilustrados, un sombrero charro finamente repujado con hilo de oro y, por último, el plato fuerte. Un par de operarios introdujeron en la sala una pesada estatua de la Virgen de Guadalupe de bronce, esculpida con detalle. Era tan grande que venía apoyada en un carro con ruedas que empujaban resoplando y empapados en sudor. Cuando la dejaron delante del arzobispo, Ferreiro se hinchó vanidoso al ver la expresión de asombro de este.

Le siguió otra larga serie de discursos, algo más embrollados ahora a causa del alcohol ingerido durante la cena. Laura se fijó en que varios de los comensales ya tenían los ojos vidriosos y un par de ellos empezaban a cabecear sin remedio. Incluso al arzobispo se le escapó un bostezo disimulado mientras escuchaba la verborrea inagotable de Ferreiro. Con alivio, comprobó que Vargas parecía tan alerta como de costumbre.

El reloj vibró en su muñeca. Acababan de entrar en la última hora del plan.

—Ilustrísima —dijo Ferreiro cuando por fin se le acabaron las ganas de seguir hablando—. Ha sido un placer compartir con usted un momento tan especial como este y disfrutar su hospitalidad, pero creo que todos estamos bastante cansados. Mañana nos espera un largo viaje de vuelta a casa y no quisiera robarle más tiempo del necesario.

El arzobispo, que ya estaba medio dormido, cabeceó y parpadeó un par de veces antes de asentir con evidente alivio. Cuando se puso en pie, todos los asistentes se levantaron al comprender que aquello marcaba el fin de la velada. Laura le dio un leve codazo a la doctora Grammola, que cabeceaba a su lado, para indicarle que terminaba la fiesta.

—Ahora los conducirán a sus habitaciones —dijo el deán con la voz empastada—. Espero que pasen una buena noche y gocen mañana de un feliz vuelo de regreso.

Caminaron hacia los cuartos asignados, y más de uno arrastraba los pies al andar. Las habitaciones eran celdas espartanas, casi sin decoración, pero los colchones parecían confortables.

Habría dado lo mismo si hubiesen sido camastros de paja o de piedra, porque en menos de veinte minutos todos ellos estarían sumidos en un sopor narcótico tan espeso que no se despertarían ni con una explosión de dinamita junto al oído durante las siguientes seis o siete horas.

Tiempo más que suficiente como para que todo hubiese terminado.

Laura se sentó en su cama y se quitó los zapatos de una patada. Después, simplemente se limitó a esperar mientras contemplaba la pared desnuda del otro lado de la habitación y repetía para sí todo lo que tendría que hacer a continuación.

Faltaba media hora.

Menos de diez minutos más tarde, alguien llamó a su puerta con dos toques casi imperceptibles. Laura se levantó y entornó la hoja. Al otro lado estaba Paolo, al que por una vez se le había borrado la sonrisita de suficiencia de la cara.

—Lamento haber tardado tanto —dijo con voz quejumbrosa—. El jefe del *catering* no me quitaba el ojo de encima, porque era el nuevo. He tenido que cargar una tonelada de platos sucios en cestas antes de poder escaquearme.

—¿No te echará de menos?

El italiano negó con la cabeza.

—Lo único que le importaba era tener todo recogido cuanto antes. Algunos de los camareros más veteranos ya se han marchado y el resto está abajo acabando de cargar los camiones.

—¿Y los guardias?

—Con tanto ajetreo subiendo y bajando escaleras no pueden llevar la cuenta de quién está y quién se ha ido —rio—. Además, todos vamos vestidos igual. De lo único que tienen que cerciorarse es de que no queda nadie dentro cuando cierren las puertas y hagan la primera ronda.

—Y eso será en... —Laura miró el reloj y soltó un juramento— once minutos, nada más. Vamos con retraso. ¿Dónde está Vargas?

—En el salón, aguardándonos.

—Pues démonos prisa.

Caminaron por el pasillo en penumbra pasando al lado de las puertas de las otras habitaciones. Drogar a los demás asistentes de la cena había sido cruel, pero necesario. No solo evitaban que algún insomne con ganas de vaciar la vejiga apareciese de improviso en medio de la operación, sino que era la manera más segura de dejar fuera de juego al agente oculto de Volkov que aún seguía en el grupo.

Laura había observado a Stroll, el guardaespaldas de Schmidt durante el brindis y se había cerciorado de que el alemán apuraba hasta la última gota. Se sentía mucho más tranquila sabiendo que en aquel instante roncaba a pierna suelta en su cuarto y que no irrumpiría de golpe a su espalda.

El salón de banquetes parecía enorme y cavernoso con las luces apagadas. Por las ventanas se filtraba una suave claridad que venía de la iluminación del Obradoiro y que le daba a la mesa y las sillas la forma de animales de fábula en medio de la penumbra. Pero lo que les interesaba estaba al fondo, donde descollaba la estatua de la Virgen de Guadalupe que le habían regalado al arzobispado.

Su particular caballo de Troya.

—*Timeo danaos et dona ferentes* —murmuró Paolo entre dientes, como si le hubiese leído el pensamiento.

—Sí, sí —le azuzó ella—. Las clases de latín para más tarde. Los guardias empezarán la ronda en cualquier momento.

Vargas estaba al lado de la estatua en cuclillas y de espaldas. Trasteaba con algo que Laura no podía ver. Los dedos del secretario estaban metidos en una rendija casi imperceptible que quedaba entre el pie de la imagen y la peana de bronce macizo que la sujetaba y la dotaba de estabilidad. Tenía los ojos cerrados y la punta de la lengua fuera, en un gesto de concentración casi infantil. De repente, las yemas de sus dedos tocaron algún tipo de resorte y la parte frontal de la base se movió un par de centímetros, dejando a la vista un hueco oculto.

Aquella había sido la principal contribución de Vargas al plan. Para el mexicano, que llevaba todas las gestiones de Ferreiro, había sido fácil ordenar una modificación de los planos de la estatua que este había encargado sin que nadie se enterase. Laura se sorprendió una vez más de la capacidad de previsión de Mijaíl, que tenía que haber visualizado aquel paso con meses de antelación para prepararlo de forma metódica.

Vargas tiró de la tapa y sacó del interior de la peana dos mochilas tácticas y se las arrojó a Laura y a Paolo. Sin ningún tipo de pudor, Laura se quitó de un tirón el vestido negro de noche y comenzó a vestirse con el mono gris que había dentro de su mochila junto a su equipo de herramientas, linternas y todo el material necesario, mientras Paolo hacía lo mismo. Notó las miradas de los dos hombres sobre ella durante un segundo, pero no tenía tiempo para buscar un vestuario. Una vez que estuvo lista, se echó la mochila a la espalda y miró de nuevo el reloj. Apenas quedaban tres minutos. En aquel preciso instante, los guardias debían estar cerrando el portón principal del palacio y se preparaban para hacer la primera ronda de la noche.

—¿Por dónde es? —preguntó Paolo.

Laura consultó la chuleta que llevaba en una muñequera parecida a la de un *quarterback* de fútbol americano.

—Por esa puerta y luego al fondo —dijo—. Hay unas escaleras que suben y dan a un pasillo corto. Luego otras escaleras que bajan y ya estaremos allí.

—Voy con ustedes —dijo Vargas de repente—. Ya que he llegado hasta aquí, quiero ver cómo termina todo esto.

Laura y Paolo intercambiaron una mirada dubitativa. Finalmente el italiano se encogió de hombros.

—Por mí no hay problema —dijo—. Cuando tengamos que abrir el arca nos vendrán bien un par de manos extra para evitar que salten los sensores.

—No es un profesional —objetó Laura aún no del todo convencida.

—Si la caga, será su problema. Lo dejaremos atrás. —Miró al mexicano, que tragó saliva ruidosamente—. ¿Queda claro?

Vargas asintió por toda respuesta, quizá arrepentido de su repentino ataque de audacia.

Caminando sin hacer el menor ruido se deslizaron como sombras furtivas por los corredores del palacio arzobispal. Laura iba en cabeza con los dos hombres pegados a su espalda. Al pasar al lado de una ventana echó un vistazo fugaz al exterior. La plaza del Obradoiro estaba desierta y había comenzado a caer una llovizna, que cubría las losas del empedrado con una fina capa de agua.

Aquello era perfecto. La lluvia espantaría los paseantes ocasionales y haría que los guardias de las rondas exteriores fueran más perezosos a la hora de salir a dar una vuelta.

El pasillo terminaba en una puerta cubierta con una gruesa chapa de acero verde y numeroso remaches. Una puerta que llevaba a una habitación cerrada y, supuestamente, sin salida. Cuando Mijaíl se lo había mostrado el día anterior en la presentación de su plan, pensaron que se había vuelto loco.

Hasta que comprendieron la genialidad de su descubrimiento. Aquel era el punto débil de la defensa de la catedral y el lugar por donde iban a entrar en el edificio.

Siglos atrás, los constructores del palacio habían diseñado un corredor discreto que conectase el palacio con el templo, para evitar que los prelados que habían residido en el complejo tuviesen que mojarse bajo la lluvia al ir o venir y que además, en ocasiones, les permitía llegar de uno a otro edificio de forma reservada, a salvo de miradas ajenas y sin tener que mezclarse con el populacho.

Aquel corredor primitivo había ido cayendo en desuso a lo largo de los siglos y había acabado convertido en un trastero polvoriento, olvidado por todos, pero seguía allí, en los planos primitivos de la catedral.

Y ellos lo habían encontrado. Mejor dicho, Mijaíl lo había encontrado después de pasar solo Dios sabía cuánto tiempo con las narices enterradas en viejos legajos. Como había adivinado el ruso, un edificio como la catedral de Santiago y el palacio adyacente, que ocupaban una superficie mayor que varias manzanas juntas, debía de tener puntos ciegos que se habrían pasado por alto. Construido a base de sucesivas ampliaciones a lo largo de los siglos, con modificaciones que se habían ido acumulando una sobre otra como los anillos de un árbol centenario, había partes enteras de las que ni siquiera sus actuales propietarios sabían muy bien todos los detalles.

Como aquel cuarto olvidado.

La puerta estaba cerrada con una cerradura sencilla que a Laura le costó desbloquear apenas unos segundos. Al otro lado, una habitación alargada y oscura, en la que había apilados un montón de enseres y trastos viejos. Se abrieron paso entre antiguos archivadores cubiertos de polvo, sillas de plástico, una montaña de revistas hinchadas por la humedad y que amenazaba con desmoronarse en cualquier momento hasta llegar a un armario ropero apoyado contra el fondo. El armario tenía un espejo de cuerpo entero, ondulado y carcomido por manchas oscuras, que les devolvió un reflejo distorsionado.

—Ayudadme a moverlo —dijo Paolo empujando por una esquina—. Esta mole tiene pinta de estar medio podrida y no quiero que me caiga encima a pedazos. Con cuidado. Uno, dos tres... ¡Vamos!

Con un crujido inquietante, consiguieron desplazar el armario, que lanzó una nube de polvo y telarañas sobre ellos, hasta dejar a la vista una pared sencilla, cubierta de yeso blanco.

—¿Y ahora? —preguntó Vargas confundido.

—Ahora toca esperar. —Laura echó un vistazo a su reloj. Paolo tenía entre sus manos una piqueta de acero de mango plegable y la observaba expectante—. En cinco, cuatro, tres...

Sobre sus cabezas, en las alturas, justo en el momento en el que dieron las doce de la noche, las campanas de varias toneladas de la catedral comenzaron a repicar con un *vibratto* grave y poderoso. El sonido del bronce al retumbar lanzaba una onda profunda que resonaba incluso en aquel cuarto cerrado. Coincidiendo con la primera campanada, Paolo descargó el pico contra la pared. Una nube de esquirlas de ladrillo y yeso salió despedida cuando un fragmento del muro se deshizo con facilidad. Camuflado al son de las doce campanadas, el italiano descargó una salva de golpes.

Cuando el rugido de la última campanada se fue apagando, Paolo se detuvo jadeante. Había abierto un boquete de unos veinte centímetros de ancho, suficiente como para poder asomar la vista al otro lado.

—Haz los honores. —Se apartó para dejar que Laura enfocase una linterna a través del espacio abierto.

Más allá podía ver una oficina de aspecto anodino, con un par de mesas y sendos ordenadores. En una estantería, un montón de libros con pinta de registros parroquiales, al lado de una fotocopiadora de aspecto futurista que dormitaba en una esquina, incongruente en aquel espacio tan reducido.

—Parece una de las oficinas administrativas de la catedral —susurró—. No veo ningún signo de alarma.

—Sigamos, entonces. —Paolo se colocó en su lugar y con la piqueta arrancó uno de los ladrillos de la pared con facilidad—. Voy a abrir hueco.

El mortero era muy viejo y estaba reseco, así que se desmenuzaba con facilidad. Aquel tabique debía de haberlo levantado algún albañil que, posiblemente, ya llevaba más de un siglo muerto. Paolo comenzó a desmontar el muro, hilada tras hilada, de forma metódica y silenciosa, empezando desde el punto que había abierto a la fuerza. Cada vez que desprendía un ladrillo de la pared haciendo palanca se alzaba una pequeña nube de polvo, de forma que al poco los tres estaban cubiertos de una capa blanquecina de yeso que los hacía estornudar.

Pronto había dejado un hueco de tamaño suficiente como para permitir el paso de un adulto.

—Todo tuyo, *pajarito* —dijo Paolo usando de forma burlona el apodo que siempre utilizaba Mijaíl. El yeso se había mezclado con el sudor de su cara y los ojos del italiano brillaban en medio de una careta demoníaca—. Misha ya debe de estar en marcha.

Laura se deslizó por el hueco procurando no hacer ruido. Algunos cascotes habían caído al otro lado y crujieron cuando apoyó los pies sobre ellos. Se detuvo por un instante con todos los sentidos alerta, pero no se oía nada. Aquella parte del edificio parecía estar desierta.

Mientras se arrodillaba al lado de la puerta de aquel cuarto —CANCILLERÍA ECLESIÁSTICA, informaba un cartel apoyado sobre una de las mesas—, oyó cómo Paolo se deslizaba tras ella y un poco después también cruzaba Vargas resoplando y haciendo más ruido que ellos dos juntos.

Entonces empezaron los problemas.

—¿Por qué no estás abriendo ya esa puñetera cerradura? —la interpeló Paolo—. ¿A qué esperas?

—No puedo abrir la cerradura... porque no hay tal cerradura —dijo ella con gesto de fastidio.

—¿Qué quieres decir?

—Que no hay cerradura, eso quiero decir —replicó Laura molesta por la interrupción. Su mente estaba ocupada tratando de resolver aquel desafío—. La puerta se cierra desde fuera, desde el pasillo que está al otro lado, no desde dentro. Aquí solo hay una manilla. Tiene toda la lógica.

—¿No puede abrirla? —preguntó Vargas tosiendo a causa del polvillo—. ¿Se acabó?

—La cerradura está al otro lado de la puerta —le explicó

Paolo—. Teníamos que haberlo pensado. Pero eso no supondrá ningún problema para ella, ¿verdad, Laura?

—Tendré que desmontar el pomo para llegar al mecanismo. —Laura abrió su mochila y escogió determinadas herramientas a toda velocidad—. No es muy difícil, pero me llevará algo más de tiempo. Necesito las dos manos, así que tendrás que alumbrarme con tu linterna.

—Sin ningún problema. —Paolo se dejó caer en una de las butacas del despacho con un suspiro de satisfacción mientras apuntaba la linterna hacia la zona en la que trabajaba Laura—. No me vendrá mal un descanso. Yo he hecho todo el trabajo pesado hasta ahora.

—¿Le apetece un trago? —Vargas se acercó a él con aspecto indeciso. Tenía una petaca brillante en la mano—. No sé si se puede beber en medio de una situación como esta, pero pensé que a mí me vendría bien y...

—¡Joder, claro que sí! —El italiano le arrebató la petaca, olisqueó el contenido y dio un trago cauteloso.

Sus ojos se abrieron mucho por la sorpresa y dio otro trago, este mucho más largo y goloso. Su nuez subió y bajó un par de veces y al terminar chasqueó la lengua satisfecho.

—¿Sabes? —preguntó sin dirigirse a nadie en concreto—. Este tipo me cae cada vez mejor. Al principio pensaba que sería un estorbo, pero tengo que reconocer que me está sorprendiendo para bien.

—Mmmm —replicó Laura, sin prestarle demasiada atención, concentrada en desmontar el picaporte. El pomo salió de su hueco con un chasquido seco y lo apoyó en el suelo, junto a sus herramientas.

—Por eso me da bastante pena que las cosas tengan que terminar de esta manera —continuó el italiano con voz neutra—. Y también para ti.

Las manos de Laura se detuvieron a medio camino, paralizadas. Muy despacio, se volvió para mirar al italiano.

Paolo sostenía la linterna en una mano, como un rato antes. La novedad era la pistola negra con silenciador que sujetaba en la otra y que apuntaba directamente a la cabeza de Laura.

—Sorpresa, perra —dijo con una sonrisa torva.

34

Cuando sonaron las doce campanadas, Mijaíl se fue a la mierda. Y no era una expresión figurada, sino que, literalmente, el ruso saltó a través de la boca de alcantarilla que habían abierto en un callejón, a poco más de quinientos metros de la catedral. Cayó en el fondo con un chapoteo y un río de heces malolientes se enroscó alrededor de sus pantorrillas. Poco después, Carlos bajó las escaleras, después de haber colocado de nuevo la tapa en su sitio con un leve sonido de metal raspando la piedra.

—¡Aquí apesta, joder! —Hizo el amago de echarse la mano a la cara, pero entonces se lo pensó dos veces y la frotó nervioso en el pantalón—. No me habías dicho que habría un canal lleno de aguas negras aquí debajo.

—Es una alcantarilla —rezongó Mijaíl apuntando con su linterna al fondo de la galería—. ¿Qué te esperabas?

El otro no contestó y se encerró en un silencio hosco, mientras ambos echaban a andar siguiendo las indicaciones de la brújula del ruso y un camino que solo él tenía en su cabeza. Sus pasos sonaban acuosos y el limo del fondo amenazaba con succionarles las botas cada vez que levantaban los pies. Avanzaron con esfuerzo, de vez en cuando tropezaban con algo que arrastraba la corriente y que era mejor no observar con mucho detenimiento, hasta que llegaron a una zona algo más elevada.

—A partir de aquí será mucho más fácil —dijo Mijaíl con alivio—. Ayúdame a subir, anda.

Carlos aupó al ruso hasta la parte superior de una estrecha pasarela de cemento que corría en paralelo al canal. Pegados a la pared, continuaron avanzando, ahora a mejor ritmo. Cada ciertos metros tomaban un desvío y Mijaíl murmuraba algo para sí. El hedor era más soportable en aquella zona, bien porque ya se habían acostumbrado o bien porque estaban recorriendo una parte del alcantarillado con menos uso. Por fin llegaron a una pared que tenía una rejilla de sólidos barrotes de acero a la altura de sus tobillos.

No era una boca demasiado ancha, poco más que el diámetro normal de una trampilla de servicio, pero la reja que la cerraba tenía un aspecto formidable. Cada uno de los barrotes era del grosor de un par de dedos y estaban profundamente encastrados en el suelo.

—Las lanzas térmicas —ordenó el ruso, que parecía más agotado que de costumbre—. Encárgate tú. Necesito un respiro.

Carlos asintió con la cabeza.

—Espera un momento. —Mijaíl puso una mano en el brazo del hombre para detenerlo—. Mira.

Carlos fijó su atención en el lugar que le indicaba. En torno a uno de los barrotes había algo que parecía una pegatina gris, de la que salía un fino cable que se perdía en la pared del otro lado.

—Un sensor de temperatura o de movimiento —susurró, pese a que no había nadie más allí aparte de ellos.

—Era de esperar —contestó Mijaíl mientras se arrodillaba con mucho esfuerzo—. Pásame la bolsa de material.

Carlos se la acercó. El ruso se peleó con el cierre y sus manos artríticas, hasta que consiguió extraer un par de pinzas que conectó en dos puntos distintos del cable que salía del sensor. A continuación acopló los otros extremos a una caja de plástico de aspecto inofensivo y conectó el mecanismo.

No ocurrió nada, o al menos nada que pudiesen observar. No saltó ninguna alarma ni se escuchó el menor ruido. Mijaíl seccionó el cable con una navaja, arrancó el sensor del barrote y lo arrojó al canal lleno de inmundicias.

—Ya está. Ahora puedes cortar.

Carlos cogió de la bolsa un aparato que parecía una pistola, solo que en el lugar donde debería estar el cañón tenía un tubo de hierro relleno por varillas férricas enriquecidas con magnesio. Acto seguido conectó la culata de la pistola a una botella de oxígeno y, con un pequeño soplete, calentó la punta de la lanza térmica hasta que se puso al rojo vivo. Entonces abrió un paso de rosca y una llamarada delgada y brillante como la superficie del sol salió de la boca, a casi 4.500 ºC.

Con las gafas de soldador ajustadas, Carlos aplicó la llamarada de la lanza térmica en uno de los barrotes y el metal comenzó a burbujear con un siseo acuoso. Menos de cinco minutos después, la barra se desprendió con un tintineo apagado y atacó la siguiente. Quince minutos más tarde, el paso estaba abierto.

—Los bordes siguen calientes. Ten cuidado de no tocarlos al pasar.

—Ya hacía esto cuando todavía te cagabas en los pañales —gruñó el ruso mientras se arrastraba con cuidado por el hueco que acababan de abrir—. No le expliques al papa cómo tiene que decir misa.

Cuando se pusieron de pie al otro lado, vieron que estaban en una larga galería de aspecto mucho más antiguo. El techo estaba tan bajo que tenían que permanecer encorvados y apenas había espacio para que pudiesen pasar sin rozar las paredes, que en vez de ser de cemento como en la alcantarilla, estaban hechas de burdos bloques de piedra sin desbastar.

—Colocaremos aquí la primera carga. —Mijaíl señaló la pared y Carlos extrajo de la mochila un paquete que parecía plastilina. Lo adosó entre dos piedras y con mucho cuidado clavó en la masa blanda algo similar a un bastoncillo de plástico, de cuyo extremo asomaban unos cables conectados a un pequeño disco aplanado—. Muy bien. —Miró el reloj—. Si todo va según lo previsto, ya deben estar dentro de la catedral. Sigamos.

Uno de los problemas a los que tenían que enfrentarse en aquel trabajo en concreto era que los dos equipos tendrían que estar incomunicados. La profundidad de los túneles y las gruesas paredes de piedra de la catedral interferirían la señal de las radios portátiles y, además, estaban seguros de que los cuerpos de policía que rodeaban el histórico edificio disponían de algún tipo de dispositivo de barrido de frecuencias, escaneando las ondas sin cesar. Si por casualidad tropezaban con su transmisión, todo habría acabado antes de empezar. Nada de radios, pues. Todo dependía de la coordinación exacta de sus movimientos.

Siguieron adelante por el túnel, colocando una nueva carga cada pocos metros, en los lugares que indicaba Mijaíl. No eran demasiado potentes, pues no pretendían provocar una explosión descontrolada que derrumbase los pasadizos, sino que tenían la potencia suficiente para llenar aquellas secciones de humo y escombros y cubrir sus pasos en caso de necesidad.

De repente, al girar en una esquina, Carlos dio un respingo. A pocos metros de su cara, una calavera sonriente, envuelta en jirones de tela podrida, le observaba desde las cuencas vacías de sus ojos.

—Hemos llegado a las catacumbas —susurró.

—A partir de ahora, mucho cuidado. Puede haber más sensores ocultos.

El avance se hizo más lento, pues el ruso insistía en revisar cada recoveco antes de continuar. Carlos se desesperaba en aquel lugar claustrofóbico, pero pronto la cautela se vio justificada cuando tropezaron con nuevos dispositivos localizadores. Cada vez que daban con uno, tenían que detenerse y proceder a puentearlos de la misma manera que el de los barrotes que habían cortado. El aire olía a algo raro, una mezcla de humedad, polvo antiguo y tumba abandonada. En las paredes se abrían, de vez en cuando, nichos alargados en los que reposaban esqueletos descarnados de huesos amarillentos envueltos en sudarios.

Entonces llegaron a una sección que parecía más cuidada. Las paredes eran de piedra mejor labrada y en los nichos ya no había esqueletos roídos por las ratas, sino que estaban limpios y vacíos, salvo algunos ocupados por ataúdes de plomo sellado.

—Estamos debajo de la catedral. —Esta vez el que susurró fue Mijaíl, aunque la emoción en su voz era difícil de contener—. Ya casi estamos.

Avanzaron unos metros más hasta alcanzar el pie de unas escaleras de mármol pulido por el uso que ascendían hacia una pesada tapa de hierro. Mijaíl se llevó un dedo a los labios para indicarle a su acompañante que guardase silencio. Desde arriba, llegaban las voces apagadas de los vigilantes que estaban charlando en el puesto de guardia, justo sobre sus cabezas.

Por señas, le indicó a Carlos que debían avanzar un poco más. Continuaron por el corredor otros diez metros, hasta que Mijaíl se detuvo justo en un punto en el que el techo ya no era abovedado. En su lugar, una sólida laja de piedra lisa destacaba en el corredor. Sin hacer el menor ruido, el más joven adosó la última carga explosiva en aquel punto, pero en vez de insertarle un detonador a distancia, le acopló un cable que empezó a desenrollar con habilidad.

Mijaíl asintió satisfecho y comprobó una vez más la hora en su reloj antes de hacerle una seña a su compañero para que volviesen sobre sus pasos. Pasaron de nuevo al lado de las escaleras. Desde arriba llegaba el sonido de una conversación. Alguien debía de haber dicho algo divertido, porque se oyó un coro de carcajadas.

Estaban tranquilos, en una noche rutinaria más. Nadie sospechaba nada.

Bien, eso iba a cambiar en un momento.

35

Dentro de la catedral, los cinco vigilantes que estaban en el control de guardia más cercano al Pórtico de la Gloria pasaban una noche más. En el exterior había empezado a lloviznar y podían ver las gotas de lluvia dibujando arabescos sobre las vidrieras. El frío dentro del templo a aquella hora mordía con fuerza, así que estaban apretujados cerca de uno de los radiadores catalíticos que algún alma caritativa había decidido instalar en su puesto para que la guardia fuese algo más llevadera.

Entretenidos en su conversación, ninguno de ellos estaba mirando hacia la lápida gastada por las centurias y los pasos de incontables peregrinos que yacía a pocos metros, en un pasillo lateral de la nave principal. Tampoco tenían ningún motivo especial para hacerlo. El olvidado canónigo que reposaba en aquel sepulcro no se había movido en siglos y seguramente no tenía pensado hacerlo hasta el día del Juicio Final.

Por eso cuando el sepulcro explotó en medio de un destello cegador, lanzando una nube de polvo y huesos viejos mezclados con trozos destrozados de la lápida, boquearon conmocionados.

Y una vez que se recuperaron de la impresión, mientras sus oídos aún pitaban por el ruido ensordecedor de la explosión, miraron boquiabiertos el boquete que se acababa de abrir en el hasta entonces prístino suelo de la catedral.

El más rápido de todos ellos tardó menos de cinco segundos en reaccionar. Con un gesto seco se abalanzó sobre la mesa de control y apretó un botón de color rojo que destacaba en la consola de mandos. Un alarido de sirenas empezó a resonar en el templo, mientras alarmas similares se activaban en diversos puntos alrededor de la catedral.

En el fondo de la catacumba, Mijaíl y Carlos tosían, cegados por la nube de polvo arrolladora que los había envuelto al accionar el explosivo. Los oídos les pitaban a causa de la presión del aire de la deflagración en un lugar tan estrecho. Aun así, alcanzaban a oír las alarmas que ululaban de forma desaforada.

—¡Tenemos que irnos ya! —gritó Carlos con demasiada fuerza, incapaz de controlar el pánico en su voz.

—¡Aún no! —le retuvo Mijaíl—. Antes tienen que vernos. Tenemos que conseguir que nos persigan. ¡Los perderemos en las catacumbas!

Se oyó un sonido metálico cuando la pesada tapa de hierro del puesto de control se levantó y un cuadrado de luz se proyectó en el suelo de la galería. El foco titubeante de una linterna apuntó hacia el fondo, seguido de un par de piernas de uniforme y una mano que sostenía una pistola. El dueño de ambas cosas, un vigilante de mejillas sonrosadas de no más de veinticinco años, apuntó el foco de luz en su dirección y casi lo suelta de la impresión cuando vio las figuras de Carlos y Mijaíl recortadas en el túnel.

—¡Eh, vosotros dos! —gritó—. ¡Quietos ahí! ¡No os mováis!

—*Allahu akbar!* —aulló Mijaíl en su dirección antes de darse la vuelta y salir tan deprisa como le permitían las piernas hacia la negrura del fondo de la cripta, con Carlos pegado a los talones.

Aquel grito los confundiría un rato al menos. Si creían que

eran extremistas musulmanes, sin duda se lo pensarían dos veces antes de lanzarse a la carrera por las galerías y podrían ganar un valioso minuto para poner distancia entre ellos y sus perseguidores. O esa era la idea.

Sin embargo, el vigilante hizo algo insospechado. Levantó la pistola en su dirección y apretó el gatillo tres veces, en rápida sucesión. Un pesado moscardón de plomo zumbó cerca de la mejilla del ruso, mientras los otros dos mordían la pared levantando una nube de esquirlas.

—¡Están aquí! ¡Los veo! —gritó el tirador mientras bajaba la escalera a la carrera. Más figuras armadas se apelotonaban detrás de él.

—¡Rápido! —masculló el ruso—. ¡Tenemos que darnos prisa!

—¡Nos están disparando! —le replicó Carlos desencajado.

No me digas, no me había dado cuenta, pensó Mijaíl molesto mientras se arrastraban a toda la velocidad posible por las galerías. Carlos era un buen profesional, pero le faltaba el temple y la calidad excepcional de sus chicos.

Giraron un par de veces en las esquinas que habían marcado con tiza al pasar junto a ellas en el camino de ida. Aunque sus perseguidores estaban cerca, no conocían la ruta tan bien como ellos y eso les daba algo de ventaja. Con un poco de suerte, toda la atención de la vigilancia estaría concentrada en aquel boquete que había aparecido en el suelo de la catedral por arte de magia y las dos misteriosas figuras que huían por la vieja red de túneles. Y eso abría una ventana de oportunidad para el segundo equipo.

De repente, al doblar una esquina, vieron un par de oscilantes focos de luz que avanzaban en dirección contraria. Carlos y Mijaíl frenaron en seco confundidos. Un rumor de conversaciones apagadas llegó hasta sus oídos desde aquel grupo recién llegado.

—¡Son más guardias! —El pánico casi estrangulaba la voz

449

de Carlos—. ¡Han encontrado nuestra vía de entrada! ¡Nos rodean!

Una de las voces sonó más rotunda y poderosa dando una orden, y cuando el sonido de aquella garganta llegó a los oídos de Mijaíl, empalideció y, por primera vez, sintió miedo.

Conocía demasiado bien aquella voz, aunque llevaba décadas sin oírla.

—Es mucho peor —musitó, y algo en su tono hizo que los ojos de Carlos se dilatasen alarmados—. No son guardias de seguridad, ni la policía. Es Volkov.

Mijaíl cerró los ojos y tuvo que apoyarse en una de las paredes para mantener el equilibrio.

Si Volkov estaba allí, significaba que todo el plan se había ido al garete y que estaban al borde de un desastre.

Entonces comprendió, con esa claridad extrema que se tiene en ocasiones especiales, que había cometido un error. Uno monumental.

Estaban condenados.

Y, lo que era peor, Laura iba a morir por su culpa.

36

—¿Qué significa esto, Paolo? —preguntó Laura con voz cautelosa.

—¿Acaso no es evidente? —replicó el italiano sin perder la calma—. Significa que yo tengo una pistola y tú no. Y por eso, este patán mexicano y tú vais a morir y yo saldré de aquí libre por fin.

Laura sintió que se le secaba la boca y la cabeza empezaba a darle vueltas. De repente, la última pieza del puzle que faltaba por encajar había caído por fin en su sitio.

—Tú eres el traidor. —No lo preguntaba, lo afirmaba—. Tú eras el infiltrado de Volkov, no Omar.

Paolo hizo una mueca que era una pantomima de una expresión de asombro.

—Joder, pero qué lista eres —dijo con la voz cargada de ironía—. Date la vuelta, anda.

—No.

—Escucha, no quiero volarte la cara, pero lo haré si es necesario. Te ofrezco un tiro de gracia sin dolor. No seas tonta y acepta lo poco que te queda para morir con dignidad. Ya sabes cómo va esto.

—Dime al menos por qué.

—¿Por qué? —Paolo se recogió un mechón de pelo que se había descolgado sobre su frente—. Volkov me localizó hace años. Es un cabrón muy bueno en lo suyo, casi tanto como el viejo, pero tiene los recursos del SVR a su disposición, así que para él todo es más fácil. No tengo ni idea de cómo lo hizo. Supongo que la jodí en algún momento, no lo sé. El hecho es que me encontró y me ofreció un trato. Uno cojonudo.

—Nuestras vidas a cambio de la tuya.

—Eso es —asintió él con la misma tranquilidad que si estuviesen hablando de jardinería—. A Irina la encontró por su cuenta, pero después de su muerte Mijaíl se volvió demasiado paranoico y no había manera de localizar a nadie. Fingimos un atentado contra mi vida para despistar un poco al viejo y después fue muy sencillo incriminar a Omar.

—Pero tú querías a Claudia... y la vendiste en México. —Laura meneó la cabeza confundida—. ¡Dejaste que la mataran! Recuerdo tu cara cuando Mijaíl te dijo que había muerto... Cuando la abrazaste fuera de la basílica, ¿ya sabías que en unos minutos estaría muerta?

—No se puede hacer una tortilla sin romper huevos. —Paolo se encogió de hombros—. Era mi vida o la suya y, francamente, prefiero mi pellejo. Además, hacía años que ya no estábamos juntos. Me dejó ella a mí, por si no lo recuerdas.

—¿Por qué incriminar a Omar y no a mí?

Paolo negó con la cabeza y habló con una nota de amargura.

—Jamás se lo habría creído de ti. Siempre has sido la niña de sus ojos, su debilidad. Tiene tanta fe en ti que da grima. Tenía que ser el marica. —Se encogió de hombros—. Pero eso tanto da ahora. Vosotros morís y yo vivo. Es así de sencillo.

Laura le miró en silencio durante un segundo y de repente rompió a reír. Era una risa histérica, que no podía controlar.

—¿De *gue* coño te ríes?

—¿Realmente te crees que Volkov te va a perdonar la vida? —Su tono era mordaz—. Todos nosotros, incluso tú, somos cabos sueltos de un episodio de su pasado que quiere borrar a conciencia. Y si lo recuerdas bien, Volkov siempre ha tenido a gala dejar las cosas bien atadas. Irá a por ti, Paolo. Tarde o temprano, lo hará.

—Puede *sher*. —Su voz se había vuelto pastosa—. Pero *edzo esh* algo que tú no *vash* a ver. *Ahoda* date la vuelta...

El italiano se detuvo en medio de la frase, como si se hubiese quedado sin respiración. Sus ojos se dilataron por la sorpresa y se llevó la mano libre a la garganta mientras comenzaba a boquear. Le temblaban las manos y la pistola cayó sobre la moqueta con un ruido sordo un segundo antes de que él se desplomase de la silla, sacudido por calambres cada vez más fuertes que le arqueaban la espalda. Un chorro de bilis amarillenta se derramó por la comisura de sus labios mientras sus ojos giraban enloquecidos tratando de enfocar a Laura. Con una última contracción, entrechocó los dientes con tanta fuerza que se mordió la lengua y su cuerpo se relajó, sin vida.

Todo había sucedido en menos de un minuto, tan rápido que Laura aún no se lo creía. No entendía qué acababa de pasar.

Vargas dio un paso al frente y recogió la pistola caída en el suelo antes de que Laura se pudiese acercar al arma. Entonces la miró y ella lo entendió todo.

—Has sido tú —susurró conmocionada mientras señalaba la brillante petaca de acero del mexicano—. Le has envenenado.

—Antes has dicho algo que es muy cierto, Laura. —La voz del secretario de Ferreiro era firme, sin rastro del temor atribulado que había mostrado hasta entonces—. El señor Volkov es muy sistemático. No le gusta dejar cabos sueltos.

—Tú también trabajas para él —susurró ella—. Para Volkov.

—Hay un dicho en mi país —continuó Vargas como si no la hubiese oído—. Un buen caballo no puede tener más de un dueño. En mi caso llevo todo un año con tres jinetes: el señor Ferreiro, Mijaíl y el señor Volkov. Ha sido realmente difícil hacer esto.

—No tienes por qué hacerlo. —Laura empezó a incorporarse lentamente—. Puedes irte sin que nadie más resulte herido.

—Eh, eh, eh. Quieta ahí. —Vargas le apuntó con el arma—. Quédate sentada en el suelo.

Laura no tuvo más remedio que obedecer.

—Volkov estaba siguiendo la pista de Mijaíl gracias a Paolo —dedujo ella—. Por eso te localizó a ti también y adivinó que te estaba chantajeando.

—Y me ofreció una salida honrosa. —Vargas se encogió de hombros—. El doble de plata que el señor Tarasov y la posibilidad de una identidad nueva para empezar de cero donde yo quisiera.

—Volkov te traicionará a ti también. Te matará.

Vargas rio mientras negaba con la cabeza.

—No, a mí no, y lo sabes muy bien —dijo mientras recogía la petaca de la mesa con su mano libre, sin dejar de apuntar a Laura—. Yo no formo parte de vuestro pequeño drama personal. No tengo nada que ver con ese pasado que quiere borrar a cualquier precio.

—Pensaba que éramos amigos, Vargas. No hagas esto, por favor.

—Solo son negocios. —Esta vez Vargas tuvo la decencia de parecer algo avergonzado—. Yo me encargaba de ustedes, y Volkov, de Mijaíl.

—¿Volkov está aquí?

—Oh, claro. Le dije por dónde pensaba andar su viejo *carnal*. Ahora mismo, Mijaíl y su ayudante ya deben de estar muertos. Así que solo quedas tú. —Le tendió la petaca—. Bebe, por favor.

Laura exhaló aire, con el aspecto agotado de alguien que sabe que se queda sin alternativas.

—No pienso morir como él —señaló al cuerpo sin vida de Paolo—. Si quieres matarme, lo tendrás que hacer tú mismo, Vargas. Mancharte las manos de sangre, esta vez de verdad.

Una sombra de duda relampagueó en los ojos del secretario, pero fue muy fugaz. Amartilló la pistola con un gesto seco.

—Como quieras —dijo—. Lo siento, Laura. No es nada personal.

Justo en ese momento una explosión apagada retumbó dentro del edificio de la catedral. Los muebles de la habitación se balancearon levemente a causa de la vibración y por un instante la mirada de Vargas se desvió hacia el ordenador que traqueteaba sobre la mesa que tenía al lado.

Fue suficiente.

Laura cogió el pomo de la puerta que descansaba junto a sus rodillas y lo lanzó con fuerza hacia la cabeza de Vargas, pero este adivinó el movimiento en el último instante. En un gesto reflejo se echó hacia un lado y el pomo de bronce rozó la sien del secretario, en vez de impactar contra su frente.

Las posibilidades de Laura eran muy escasas. En un parpadeo comprendió que no podría llegar hasta Vargas antes de que este disparase, así que aprovechó aquel momento para meter el dedo en el hueco de la cerradura y soltar el pasador con un chasquido. La puerta se abrió y ella cruzó al otro lado rodando sobre sí misma, mientras dos estampidos apagados sonaban por detrás y las balas se clavaban en el lugar donde había estado un segundo antes.

Se puso en pie de un salto y echó a correr sin mirar atrás.

Mientras atravesaba el pasillo como una exhalación, iba dejando atrás puertas cerradas con llave, parecidas a la que acababa de cruzar. No podía detenerse a abrirlas y, lo peor de todo, se había desorientado y no sabía hacia dónde estaba yendo. Una bala se estrelló contra un plafón del techo, que se descolgó con una lluvia de yeso.

Vargas corría tras ella dispuesto a matarla.

La distancia con su perseguidor se estrechaba. Laura perdía un tiempo precioso tratando de orientarse en cada giro, de forma que Vargas estaba cada vez más cerca. En cualquier momento esperaba sentir el mordisco fatal de una bala atravesando su espalda y después de eso... mejor no pensarlo.

Se lanzó a la carrera hacia una puerta algo más grande y distinta del resto. Era una enorme hoja de madera con remaches de acero de aspecto antiquísimo y con una cerradura que debía de tener cientos de años de antigüedad. Laura empujó la puerta, pero rebotó contra esta y la hoja no se movió ni un centímetro. Por un breve momento de pánico pensó que estaba cerrada. Sería irónico que una de las mejores cerrajeras del mundo muriese a los pies de una cerradura que hasta el más torpe aprendiz podría abrir.

De golpe, la parte más analítica de su cerebro, que no había dejado de funcionar a toda velocidad, le gritó a voces que estaba tratando de abrirla en el sentido contrario. Laura puso la mano en el pesado tirador de hierro forjado y el portón empezó a girar sobre sus ejes con una lentitud agónica. Casi en el mismo instante, otra bala se estrelló a su lado con un crujido seco al enterrarse en las láminas de roble.

Salió tropezando de allí y entonces, a su pesar, se detuvo por un segundo. Ante sus ojos se abría la nave principal de la catedral, pero desde un ángulo extraño que no pudo identificar de entrada.

Estaba en la tribuna, la majestuosa galería elevada que corría a lo largo de los laterales del templo, sobre los arcos de medio punto que cubrían las capillas laterales. Siglos atrás, era allí donde se congregaban los fieles, y si había que creer a la tradición, también era allí donde dormían los primitivos peregrinos al llegar a Santiago.

Pero en aquel instante, la galería estaba totalmente desierta y era un larguísimo pasillo sin cobertura de ningún tipo, con una pared a un lado y un vertiginoso vacío de varias decenas de metros al otro que terminaba en el suelo de la nave principal. Oyó los pasos de Vargas que se acercaban y el miedo la espoleó de nuevo.

Laura continuó su huida corriendo hacia el ábside del templo. Con el rabillo del ojo vio que en medio del suelo de la planta inferior había aparecido un cráter humeante y los restos destrozados del mármol de una lápida estaban esparcidos por todo el templo. El aire olía a humo y cordita y se escuchaban unos disparos apagados que venían de algún lugar mucho más lejano. Vio cómo un grupo de policías nacionales con las armas desenfundadas corrían por el pasillo central de la catedral en dirección a una trampilla de acero abierta en el suelo, junto a la garita.

Un breve chispazo de optimismo le inundó el alma. Ese jaleo significaba que Mijaíl aún seguía con vida. Pero eso no mejoraba demasiado su situación.

Otro disparo zumbó a su espalda, pero se fue alto. Laura se estremeció, a la espera de la siguiente detonación apagada del arma con silenciador, pero Vargas, juicioso, había decidido ahorrar munición en vez de lanzar una rociada de plomo en mitad de la penumbra. Sabía que la tenía atrapada allí arriba y que tarde o temprano se le acabaría el terreno por el que correr. Entonces, cuando estuviese acorralada, sería su fin.

Ese momento llegó demasiado pronto. Laura alcanzó el cruce de la nave principal con el crucero y de repente tan solo tenía delante una barandilla de piedra que asomaba al vacío. Se fijó en que a su lado se levantaban los gigantescos tubos de acero y cobre del regio órgano catedralicio. Allí, a poca distancia de ella, sobre una tarima de madera, estaba un moderno teclado, que había sustituido al original en algún punto de la historia.

Y no había nada más. Podía correr hasta el final del crucero, pero eso era todo.

Entonces llegó Vargas. Sudaba profusamente y de la herida que tenía en la sien manaba un hilillo de sangre que le daba una apariencia espantosa. El hombrecillo jadeaba de tal manera que parecía que él solo iba a agotar todo el aire de la catedral a fuerza de dar bocanadas, pero la pistola no temblaba en su mano.

El mexicano levantó el arma y apuntó hacia ella. No habría discursos grandilocuentes, ni palabras de despedida, como en las películas. Laura vio la muerte bailando en la mirada del hombre y entendió que la chistera estaba vacía.

Una sombra enorme y oscura se materializó al lado del Vargas. Por un instante absurdo, Laura creyó que la parca en persona venía a reclamar su alma, pero aquella sombra sujetó al secretario por el cuello y lo zarandeó a un lado y a otro. Aquella fuerza salvaje tiró del brazo armado de Vargas hacia detrás hasta retorcerle el codo en un ángulo antinatural. Incluso desde donde estaba, Laura pudo oír el chasquido seco de la articulación al dislocarse y el aullido de dolor del secretario, que soltó la pistola.

Acto seguido la sombra hizo girar a Vargas sobre sí mismo y una salva de puñetazos furiosos comenzó a granizar sobre su cara. Cada vez que el puño bajaba, sonaba como el mazo de un carnicero golpeando un filete. La nariz del secretario se transformó en un surtidor rojo de sangre, y tras ella su boca y sus pómulos. Los aullidos de Vargas se convirtieron en un gorgoteo apagado primero y en un silencio ominoso al cabo de un instante, cuando su cuerpo se dejó de mover.

Se oyó un resoplido furioso, casi animal. La figura arrodillada al lado de Vargas se irguió y dio un par de pasos en dirección a Laura, que estaba paralizada por el horror.

Y cuando la tenue luz del foco del órgano iluminó al hombre, casi se desmayó del alivio.

—Es la segunda vez en menos de una semana que salgo corriendo detrás de alguien que intenta matarte —murmuró Zepeda enfadado mientras se restregaba la sangre de los nudillos en su pantalón—. Espero que no lo tomes como una costumbre o jamás seremos una pareja demasiado popular.

—¡Fernando! —Laura se lanzó con tanta fuerza a sus brazos que casi lo arrojó al suelo.

—¿Me puedes explicar qué está pasando? —dijo él mientras la estrechaba contra su pecho—. Si esta es la idea de Mijaíl de un plan discreto, no me quiero imaginar qué es para él un desastre.

—Pero ¿cómo...? —Ella le buscó los ojos incrédula, sin apartar la mirada de él—. ¿Qué haces aquí? Pensaba que...

—Te dije que esto era una locura y que iba a acabar mal. —Zepeda le pasó la mano por el cabello en un gesto íntimo—. Pero no pienso permitir que ese ruso loco te arrastre con él a la muerte. No quiero pasar el resto de mi vida sin ti, pensando que no hice nada para evitarlo.

Ella acercó sus labios a los de él y se fundieron en un beso largo y profundo, que sabía a lágrimas y sudor, pero también a felicidad.

—Te quiero, Fernando Zepeda —susurró en su oído—. Gracias por ser mi ángel de la guarda una vez más.

—Yo también te quiero, gachupina loca —dijo él—. Pero ahora tenemos que salir de aquí cuanto antes o vamos a acabar como él.

Laura miró el cuerpo caído de Vargas y se estremeció ante el episodio de violencia brutal y primitiva que acababa de ver.

—¿Está muerto?

—¿Él? No lo creo. No le he pegado tan fuerte. Va a necesitar que alguien le recomponga la cara después de esto, aunque supongo que ese es el menor de sus problemas.

—Era el infiltrado de Volkov —musitó Laura—. Además de trabajar para Mijaíl. Era un agente doble. Ha estado detrás de todas las cosas extrañas que nos sucedieron en el Camino.

—Y supongo que también se encargó de tu amigo Paolo, ¿verdad? —Zepeda había seguido el mismo camino a través del pasadizo—. Me lo crucé cuando venía hacia aquí.

—Es una historia muy larga —replicó ella—. Te lo explicaré luego, pero antes necesito saber algo: ¿cómo es que no estás dormido?

—¿Como los demás, dices? —Él le dedicó una sonrisa cansada—. Nunca bebo cuando estoy de servicio, deberías recordarlo. Además, me estaba fijando en ti durante el brindis y vi que no probabas ni una gota de tu copa. No hacía falta mucho más para adivinar lo que iba a pasar.

—Y no sabes cuánto me alegro de que seas así de listo.

—Volvamos al palacio arzobispal. —A su alrededor, las sirenas seguían aullando estridentes mientras el eco de los disparos sonaba cada vez más cercano—. Este sitio es un avispero.

—No podemos volver —negó ella con el ceño fruncido—. Al venir hacia aquí hemos hecho saltar todos los sensores de movimiento situados en la tribuna. Saben dónde estamos.

Como si fuese una coreografía ensayada, justo en ese momento oyeron unas voces al fondo del pasillo. Un grupo de agentes, salidos de la puerta que conectaba con el palacio arzobispal, estaba al otro extremo de la tribuna con su atención concentrada en el tiroteo que tenía lugar unos cuantos metros por debajo, aunque eso no tardaría en cambiar.

—Vale, ladrona de huesos. —Zepeda recogió la pistola del suelo y comprobó el cargador—. Tú eres la experta en estas situaciones. ¿Cuál es el plan?

Laura barrió el entorno con una rápida mirada. No había manera de llegar hasta la planta baja desde allí. Las columnas eran lisas y sin agarraderos, y hacia arriba las ventanas quedaban demasiado altas.

—Tenemos que seguir hacia delante —murmuró, más para sí que para su pareja—. Por ahí.

—¿Con eso? —Zepeda miró hacia lo que ella indicaba estupefacto—. ¡Nos vamos a matar!

Un cable de acero estaba enroscado en la base de una de las columnas de piedra de la tribuna. Desde allí, cruzaba todo el ancho del crucero hasta llegar al otro lado, cerca de la cabecera de la catedral. Aquel cable servía seguramente para colgar equipos de iluminación o cámaras en las festividades especiales del templo, pero en aquel instante estaba libre.

—No soportará el peso de los dos a la vez —Zepeda parecía inseguro.

—Por eso tenemos que cruzar cuanto antes. —Se acercó a la barandilla—. Iré yo primero. Si el cable cede, entrégate a las autoridades. Te será fácil explicar que no tienes nada que ver con todo esto.

—Ni hablar —él se negó en redondo—. Primero cruzaré yo. No te he salvado la vida para ver cómo acabas estampada contra el suelo.

Antes de darle tiempo a replicar, Zepeda había pasado sobre la barandilla y se colgaba del cable de acero, que de repente parecía muy frágil. Con los brazos y las piernas enroscados, fue avanzando muy despacio, con gestos pausados y tranquilos. Sin duda, no era la primera vez que hacía algo así y Laura agradeció en una plegaria silenciosa el buen hacer del instructor que había tenido Zepeda en el ejército.

Al llegar a la mitad del recorrido, el cable se curvó peligrosamente en el centro, así que la segunda mitad del trayecto fue cuesta arriba. Laura dio un respingo al oír cómo el cable lanzaba un tañido grave por la tensión del peso. Sin embargo, al cabo de un momento, Zepeda alcanzó el otro lado y cruzó hasta la seguridad de la parte superior de la tribuna.

«Tu turno», vocalizó en silencio sobre el vacío que los separaba.

No había tiempo que perder. Las luces del grupo de policías que estaban al fondo de la tribuna ya se acercaban para comprobar qué había hecho saltar todas las alarmas de aquella zona. El tiroteo de abajo les hacía moverse con mucha cautela, temerosos de caer en una emboscada, pero pronto estarían allí.

Laura se colgó del cable y enroscó las piernas de la misma forma que había hecho Zepeda. Mientras avanzaba palmo a palmo, fue consciente de lo expuesta que estaba allí colgada.

Si alguien la veía y decidía dispararle, sería como un pato de goma en un puesto de feria. Animada por tan oscuros pensamientos, redobló el esfuerzo. Sentía los brazos cansados, las piernas llenas de calambres por lo forzado de la postura y una gota de sudor se empeñaba en colarse en su ojo izquierdo.

Entonces sintió la vibración en el cable. Era como un punteo seco, un *stacatto* de pequeños golpes que reverberaban en sus manos. Un tañido agudo resonó bajo la bóveda, como si alguien estuviese tocando la guitarra más grande del mundo.

Y con un chasquido seco, el cable se partió y Laura se precipitó al vacío.

37

El ruido en las catacumbas era ensordecedor. Un disparo levantó una nube de polvo en la pared que estaba al lado de Mijaíl. El ruso agachó la cabeza de forma instintiva, pese a que servía de poco en un sitio tan estrecho como aquel. La ventaja de las catacumbas estribaba en que, al ser corredores tan angostos, sus perseguidores tendrían que avanzar a oscuras y en fila india en medio de aquel laberinto. La gran desventaja, como acababa de descubrir, era que un disparo a ciegas tenía muchas posibilidades de dar en el blanco.

—¡Por aquí! —Tiró de Carlos hacia un ramal que se abría a su izquierda.

Hacía ya un buen rato que vagaban por los túneles esquivando los grupos de perseguidores que correteaban por ellos y no tenía ni la menor idea de dónde estaban. De repente su cabeza golpeó con algo que sobresalía de la pared. Era uno de los dispositivos que habían plantado de camino. Comprobó el número de serie del detonador y mentalmente se ubicó en medio de la telaraña de galerías.

—Tenemos que seguir todo recto y dejar dos desvíos a nuestra derecha —trató de animar a su compañero—. Casi estamos.

Una ráfaga de balas restalló de pronto a su alrededor lanzando una lluvia de fragmentos sobre su rostro. Sintió un dolor rabioso en un hombro que le empujó de espaldas con la fuerza de una coz.

Carlos se detuvo en seco, como si hubiese tropezado con una pared. En el pecho del hombre habían aparecido dos flores rojas que se expandían con rapidez. Boqueó atónito, incapaz de creer que aquello le estuviese pasando a él, antes de desplomarse de espaldas con la incredulidad todavía pintada en la cara.

Mijaíl no perdió ni un segundo en contemplar el cadáver de Carlos y se escurrió en uno de los osarios que festoneaban aquella pared. Rodó con dificultad sobre sí mismo, notando el chasquido de huesos antiquísimos al partirse bajo su peso, y trató de hacerse lo más pequeño posible en aquel diminuto hueco.

El aire apestaba a pólvora y los oídos le pitaban con fuerza. Tenía la sensación de que el estampido ensordecedor del tiroteo le había reventado un tímpano. De pronto, cesó el fuego.

—¡Tarasov! —gritó una voz cautelosa en ruso—. ¿Sigues ahí, camarada?

—Volkov. —Mijaíl sonrió con amargura—. Qué alegría oír tu voz. Ha pasado mucho tiempo.

—Demasiado, sin duda —contestó él también a gritos—. Hubiese preferido reencontrarme contigo en algún sitio menos tétrico, pero te mueves por ambientes muy extraños. Es una pena que tengas que morir aquí.

Mijaíl podía notar cómo alguien se deslizaba por el túnel a oscuras en su dirección. Era apenas un leve susurro, pero el crujido de la gravilla debajo del calzado de aquella persona le había delatado. Sacó su pistola con silenciador del bolsillo y disparó dos veces a ciegas hacia el fondo del corredor.

Un gemido de dolor le hizo saber que había dado en el blanco, pero, al disparar, el leve destello de su arma había revelado su posición. Una nueva tormenta de plomo restalló contra la pared de roca que le resguardaba lanzando esquirlas en todas direcciones.

—Mijaíl, no hagas las cosas más difíciles. —La voz de Volkov volvió a resonar—. No merece la pena. Todos los tuyos han muerto. Acepta el final con dignidad y no mueras como una rata en un agujero.

Mijaíl no se dignó a responder. Sabía que Volkov estaba intentando distraerle para hacer que se delatase. En vez de eso repasó mentalmente todas sus opciones. Le bastaron dos segundos para llegar a la conclusión de que no eran demasiadas.

Otra ráfaga de disparos levantó astillas en la piedra, pero había algo diferente en esta última salva. Mijaíl tardó un rato en darse cuenta de que el fuego había venido del otro lado del túnel. Atraídos por el tiroteo, los guardias del templo habían llegado hasta aquel mismo corredor y lo tenían acorralado entre dos fuegos.

Los rusos replicaron a los tiradores, sin saber a quién se estaban enfrentando. En menos de un minuto se había desatado un infierno de disparos cruzados en la estrecha galería y Mijaíl se pegó a la pared del nicho aún más, intentando evitar exponerse a aquel río mortífero de plomo que discurría a solo unos centímetros de él.

Sus dedos tropezaron con el detonador que llevaba colgado de la cintura. Hizo un esfuerzo por recordar el número de serie del último explosivo con el que se había cruzado y tecleó a ciegas en el dispositivo, rezando por no equivocarse. Antes de apretar el botón, abrió la boca y se tapó el oído sano.

Una explosión ensordecedora sacudió el túnel, que de repente se vio iluminado por un fogonazo brillante que destacó hasta el más pequeño relieve de las rocas que lo rodeaban. Un viento huracanado cargado de polvo inundó el corredor y lo apretó contra la pared con la fuerza de un gigante, mientras todo temblaba a su alrededor y una lluvia de arenillas caía sobre su cabeza.

Al cabo de un segundo, el silencio se adueñó de nuevo de la galería, pero pronto se vio punteado de toses y gemidos de dolor. La nube de polvo era tan espesa que los focos de las linternas apenas podían horadar más allá de un metro, en medio de aquella sopa de partículas en suspensión.

Mijaíl gateó fuera de su refugio y caminó en dirección opuesta a Volkov y sus hombres. Las dos opciones eran espantosas, pero, de alguna manera, la de los agentes de la ley parecía algo menos mala. Avanzaba a ciegas tanteando con los pies y las manos antes de dar un paso. De pronto la puntera de su bota tropezó con algo blando. Era un cuerpo, inconsciente o sin vida, de uno de los guardias de la planta superior. A su lado, uno de sus compañeros permanecía atontado en el suelo, con sangre saliendo de sus tímpanos reventados y con el aspecto de estar conmocionado.

Mijaíl pasó sobre él y descubrió que el resto del corredor estaba libre. Los agentes de seguridad o bien se habían dividido en los ramales o aquellos dos se habían perdido del resto del grupo y habían tenido la mala suerte de acabar en medio de un tiroteo.

Fuera como fuese, volvía a tener una oportunidad.

La sangre le goteaba por el brazo y sentía un calor inhumano en el hombro, pero no podía pararse a comprobar la gravedad de aquella herida. En vez de eso se obligó a seguir avanzando paso a paso por el corredor. Al llegar a una esquina con una marca de tiza, sacó el detonador y tecleó un par de números. Dos explosiones resonaron en las galerías, en lugares distantes. Aquello aumentaría la confusión en las catacumbas y haría más difícil caminar entre las nubes de polvo. Cada segundo que ganase, cada metro que pusiese entre Volkov y él, era un imperio.

Aquel había sido el plan de fuga original, solo que ahora lo estaba haciendo en dirección contraria. En vez de encaminarse hacia la salida, no le quedaba más remedio que desandar sus pasos rumbo al interior de la catedral.

Era una locura.

La tos de Mijaíl era cada vez más profunda y cavernosa.

Aunque no podía verlo, sabía que el pañuelo que se llevaba a la boca tenía que estar cubierto de sangre. Se forzó a dar un paso detrás de otro, aunque hasta la última célula de su organismo le pedía que se dejase caer en el suelo para descansar. Entonces se dio cuenta de que estaba en un pasillo más limpio, con ataúdes de plomo a los lados.

El rectángulo de luz de la trampilla abierta destacaba al fondo del corredor, tentador.

Mijaíl dudó. Si había alguien allí arriba, podría llevarse un tiro en la cabeza nada más asomarse, pero la alternativa era darse la vuelta y lidiar con Volkov. Una frase de *Guerra y paz*, que había leído innumerables veces, vino a su cabeza en aquel momento, con ese fatalismo ruso tan característico: «En batallas precedentes no había pensado más que en la posibilidad del éxito; mas ahora imaginaba numerosas probabilidades desgraciadas y no podía por menos de esperarlas todas».

Claro que Tolstói jamás estuvo en una situación tan desesperada como la suya. No tenía otro remedio que mantenerse en movimiento.

Subió los escalones con cautela. El puesto de control estaba desierto, con todos sus ocupantes muertos, heridos o deambulando en las catacumbas que acababa de dejar atrás. El interior de la catedral retumbaba con el sonido de media docena de alarmas que entrecruzaban sus alaridos estridentes, pero nadie le impidió subir a la planta principal.

Se agachó detrás del mostrador cuando vio que un grupo de agentes de la Guardia Civil entraba en tromba por una de las puertas laterales. La caballería había llegado y aquel lugar no tardaría en convertirse en un avispero. En la tribuna superior sonaban voces de urgencia, señal de que también había agentes allí arriba.

Sintió en la boca el amargo sabor de la derrota. De pronto, captó un movimiento con el rabillo del ojo y, al girarse, se quedó boquiabierto.

Colgada de un cable, a más de veinte metros del suelo, Laura cruzaba sobre uno de los laterales de la catedral en dirección a la cabecera.

El alivio fue abrumador. Aún estaba viva.

Entonces el cable se rompió y Mijaíl sintió que él también se moría.

38

Cuando el cable se partió, Laura se aferró con desesperación al extremo que tenía entre las manos. La gravedad tiraba de ella hacia el suelo, que se acercaba a toda velocidad. Cerró los ojos anticipando el impacto brutal, pero entonces el cable se tensó de nuevo y el movimiento hacia abajo se transformó en un rápido desplazamiento lateral.

El tirón fue tan fuerte que el cable le resbaló entre las palmas desnudas, que ardieron en una llamarada de dolor, pero se las arregló para no soltarse. Se balanceaba a poco más de un metro del suelo, colgada del otro extremo, trazando una amplia parábola entre dos de las mastodónticas columnas de la catedral. Su alivio se convirtió en pánico al ver la pared a la que se acercaba con la inercia de un obús de artillería. Lanzó las piernas hacia delante para amortiguar el choque, pero el cable se giró en el último instante e impactó de lado contra el muro de piedra con tanta fuerza que salió despedido todo el aire de sus pulmones.

El puro instinto de supervivencia la mantuvo sujeta al acero mientras se balanceaba en dirección contraria. Al llegar al punto más bajo, Laura se soltó y rodó sobre sí misma sintiendo un pinchazo salvaje en un costado. Seguramente tenía alguna costilla rota.

Se quedó tumbada en el suelo jadeando mientras una constelación de lucecitas de colores danzaba en sus retinas. Estaba tan cansada que lo único que quería era cerrar los ojos y dormir. No le importaba nada lo que pudiese suceder a continuación. Una suave modorra la fue invadiendo de forma lenta. Un rincón de su mente le chillaba que estaba bajo el efecto del *shock*, pero no podía hacer nada para evitarlo. La negrura se abalanzaba sobre ella a pasos agigantados. Solo quería cerrar los ojos y dormir. Cerrar los ojos y...

La bofetada fue tan dolorosa que se le escapó un gemido de indignación. Levantar los párpados, que parecían pesar una tonelada, supuso un esfuerzo titánico, pero tuvo la recompensa de ver a Zepeda sobre ella con cara de preocupación. El mexicano se había deslizado desde el piso superior por el cable, que afortunadamente había partido por el otro lado, y la sujetaba por los hombros mientras le gritaba algo que no podía entender.

Laura estiró la mano hasta un costado de la mochila, pero sus dedos parecían obedecer órdenes emanadas en otra galaxia. Zepeda siguió su movimiento y adivinó lo que estaba buscando. Sacó la botella de agua y la derramó sobre la cara de Laura, que tosió y boqueó bajo el líquido frío.

—¿Estás bien? —preguntó él preocupado—. ¿Puedes ponerte en pie?

—Creo que me he roto una costilla —gimió ella un poco más despejada—. Y me arden las manos, pero sí, estoy bien.

—Es un milagro que estés viva. —Zepeda la ayudó a incorporarse pasando un brazo de ella sobre sus hombros—. Has tenido muchísima suerte de que el cable no se haya partido en el centro.

—Ya lo sé —asintió Laura mientras los temblores incontrolables del *shock* postraumático la invadían.

—Tenemos que buscar un refugio. —Zepeda miraba en todas direcciones—. Esto se está transformando en una locura.

—Vamos hacia el ábside de la catedral. Allí hay muchas

capillas y recovecos y el techo está más bajo con respecto al nivel de la calle. Quizá podamos salir por alguna ventana.

—No sé si será posible —dijo él lúgubre—. Mira.

El grupo de guardias civiles que había entrado se desplegaba en abanico por el pasillo central del templo y ya los habían visto. Unos cuantos les gritaban y se dirigían en su dirección. Pero en ese instante los hombres de Volkov empezaron a salir en tropel por la trampilla metálica situada junto al Pórtico de la Gloria y abrieron fuego.

En un instante la situación cambió por completo. Los agentes buscaron cobertura tras las columnas de la catedral y respondieron al fuego de los rusos, y el feroz tiroteo de las catacumbas se replicó en la nave central de la catedral, pero allí había espacio para desplegarse y hacer coberturas, a diferencia de los túneles.

Los guardias civiles los superaban en número, pero los rusos iban mejor armados y estaban entrenados para operaciones clandestinas de aquel tipo, así que la balanza estaba equilibrada, de momento.

Aprovechando la confusión, Laura y Zepeda se echaron a correr hacia el altar mayor. «Echarse a correr» era un bonito eufemismo. Él cargaba con casi todo el peso de ella, que trataba de mantener el paso con una mano apretando su costado. El aullido de las sirenas cesó. Alguien había tenido el buen juicio de desconectarlas o bien alguna bala perdida había alcanzado el control central, pero el silencio que provocó fue casi anticlimático, aunque enseguida arreció de nuevo el tiroteo.

Las luces de aquella zona estaban amortiguadas y por un segundo se sintieron a salvo. Acababan de dejar atrás el altar mayor cuando Laura se frenó en seco.

—¿Qué te pasa? ¿No puedes seguir?

—No es eso. Estamos tan cerca...

El rictus de preocupación de Zepeda dio paso a una expresión de asombro que habría sido cómica en otras circunstancias.

—No puedes estar hablando en serio. —Señaló sobre sus hombros—. Por si no te has dado cuenta, esto está lleno de gente que quiere matarnos.

—Y por eso puede que necesitemos algo con lo que negociar —replicó ella con la mirada encendida—. Quizá esa sea nuestra salida.

Fernando Zepeda guardó silencio durante un momento que a Laura le pareció interminable. Si se negaba a ayudarla, no podría sola. No en su estado.

—Está bien —suspiró al cabo—. Que sea lo que Dios quiera. Pero date prisa, por favor.

A un par de metros se abría una estrecha puerta, de poco más de un metro de ancho, que daba paso a un tramo de escaleras que descendían bajo el altar mayor. En tiempos normales, aquel sitio habría estado atestado de peregrinos haciendo cola para bajar a la cripta en la que reposaba la urna con los huesos del apóstol Santiago, pero en aquel instante estaba tentadoramente desierta.

Laura y Zepeda bajaron los escalones hasta alcanzar la sala de la cripta, un cuarto de apenas diez metros cuadrados. En una de las paredes había una puerta hecha de rejas de hierro forjado, cinco simples barrotes tras los que se adivinaba un pequeño pasillo, de poco más de dos metros, cubierto por azulejos negros y blancos dispuestos en un sencillo ajedrezado. Y al fondo, sobre un altar de mármol blanco, decorado con flores frescas, una urna de plata primorosamente labrada.

—Ahí están. —A Laura se le secó la boca de la emoción—. Los huesos del apóstol.

—¿Podrás abrir esta puerta? —Zepeda sacudió los barrotes, que emitieron un suave tintineo metálico.

—Esa cerradura debe de tener cinco siglos. —Laura se arrodilló con esfuerzo frente a ella y por un segundo dio la sensación de que estaba orando ante las reliquias—. Podría abrirla con un destornillador y un alambre.

Entre gestos de dolor, sacó su estuche de herramientas. Las manos le dolían una barbaridad y las palmas tenían un aspecto despellejado que prefería no contemplar, pero todavía podía mover los dedos bastante bien. Eso cambiaría en unas horas, cuando la inflamación hiciese acto de presencia, pero por ahora podría apañárselas.

Insertó una guía en la cerradura y con una herramienta de metal flexible tanteó en busca de los resortes que mantenían asegurado el cilindro. Tropezó con el primero en un instante y lo levantó con una leve presión de su muñeca. A continuación, fue a por el siguiente, que cedió de la misma forma. Giró la guía, y con un rechinar metálico la cerradura se abrió. Toda la operación le había llevado menos de dos minutos.

En algún lugar tendría que haber saltado una nueva alarma, pero la situación era tan confusa que tardarían en darse cuenta. Laura se puso en pie embargada por la emoción. Tan solo la separaban dos metros de aquella urna.

Cruzó el pasillo a cámara lenta y una vez junto al cofre de plata se detuvo indecisa. Había sido una odisea llegar hasta allí y ahora que estaba a su lado temía apoyar las manos sobre el metal de aquella caja, como si el rayo de un dios iracundo la pudiese fulminar en el mismo instante en que lo hiciese.

Tomó aire y empujó la tapa del arca. No hubo ningún rayo cegador, ni se transformó en estatua de sal. En vez de eso, la tapa se deslizó un par de centímetros. Empujando con más fuerza, la deslizó del todo hasta que cayó por la parte trasera con un sonido rotundo.

En el interior de la urna, forrado de terciopelo rojo, reposaban tres saquetas de raso negro, una al lado de la otra, atadas con un cordón dorado. Laura desató una de ellas al azar y miró en su interior. Un puñado de huesos amarillentos de aspecto milenario reposaba dentro de la bolsa, y veía la luz por primera vez en mucho tiempo.

—¿Tres bolsas? —Zepeda miraba alternativamente hacia el fondo del pasillo y al interior de la urna—. ¿Cuál es la buena?

—No lo sé, así que nos las llevamos todas —contestó Laura mientras metía las saquetas de raso en su mochila.

Así de sencillo. Así de fácil. Con ese simple gesto, Laura acababa de hacer lo que, en principio, parecía imposible.

Claro que aún les quedaba un pequeño detalle: salir de allí con vida.

Y no iban a ponérselo fácil.

Emergieron de la cripta intentando pasar desapercibidos por la escalera del lado contrario. Zepeda asomó la cabeza con cautela y le hizo una seña a Laura para que siguiese sus pasos. Al pasar al exterior descubrieron que el tiroteo entre los dos grupos se había reducido a un leve intercambio de disparos esporádicos. Los rusos estaban atrincherados al pie del Pórtico de la Gloria mientras los agentes de la Guardia Civil se limitaban a mantener la posición, sin duda esperando refuerzos.

Sabían que el tiempo jugaba a su favor y no querían correr riesgos innecesarios. Quizá pensaban que los del otro lado se estaban quedando sin munición o, mejor todavía, sin ánimos.

Y como si la mera manifestación de sus deseos pudiese convertirlos en realidad, justo en ese instante, por la puerta de la Azabachería entró en tropel un grupo de diez agentes de los Grupos Especiales Operativos de la Policía Nacional equipados con cascos, escudos y armamento pesado. En la cara de los agentes del interior se notaron expresiones de alivio. Aquello desequilibraba la balanza a su favor definitivamente.

Por eso cuando los recién llegados abrieron fuego contra ellos sin mediar palabra, muchos de los guardias civiles murieron con una sensación de estupor y sin entender qué sucedía.

—¿Qué está pasando aquí? —Zepeda se agachó con Laura

detrás de un confesionario adosado a la pared—. ¿Quiénes son esos?

—Volkov siempre tiene un plan de contingencia —dijo ella casi escupiendo las palabras—. Nunca deja cabos sueltos. No se ha traído solo a un puñado de operativos. Ha venido con todo un escuadrón de la muerte.

Los hombres de Volkov disfrazados de agentes del orden habían pillado por sorpresa a los guardias civiles atrincherados en la catedral y, por un momento, flanqueados por dos frentes, estuvieron a punto de derrumbarse. Sin embargo, el espacio abierto que había entre ambos grupos no permitía que ninguno tomase una ventaja definitiva. En el exterior, los sonidos de docenas de sirenas de vehículos policiales se solapaban. Era fácil de adivinar que las tornas se iban a volver en contra de los rusos muy pronto.

—Vale, si tienes alguna idea brillante, me encantaría oírla —dijo Zepeda deslizándose contra la pared. Parecía abrumado por la situación.

—Mijaíl —fue la escueta respuesta de Laura.

—Él no puede ayudarnos —meneó la cabeza—. Espero que haya tenido tiempo de salir de esos túneles antes de que lo matasen, pero no puede hacer nada más.

—No, digo que Mijaíl está ahí —Laura señaló hacia una puerta que se abría en la pared contraria—. Nos está haciendo señales.

El mexicano se incorporó un poco y miró en la dirección que ella le señalaba. Al otro lado del pasillo estaba Mijaíl con un aspecto incluso peor que el suyo gesticulando para llamar su atención.

—¿Te ves con fuerzas de cruzar este corredor? —Zepeda la sujetó del brazo mientras se levantaba. Solo eran unos diez metros, pero tendrían que apurar bastante.

—Tú marca el ritmo, que yo te sigo —replicó Laura con una sonrisa forzada. Dudaba que pudiese correr más de cinco metros y no digamos el doble, pero tenía que intentarlo. La alternativa era la cárcel o la muerte.

—Muy bien, allá vamos. Uno, dos, tres... ¡Ahora!

Cruzaron a la carrera por la nave lateral del transepto, mientras un montón de cabezas de ambos lados se giraban hacia ellos preguntándose de dónde demonios habían salido aquellos dos.

Casi arrollaron al pobre Mijaíl cuando llegaron a su lado. Los tres se derrumbaron en el suelo tratando de conseguir aire.

—¡Misha, estás vivo! —Laura se sorprendió a sí misma al descubrirse abrazando al ruso, y no menos al notar el ritmo febril de la respiración de su mentor—. Pensaba que...

—Sí, ya lo sé —dijo él mientras la miraba con lágrimas en los ojos—. Mi pequeño pajarito, siento tanto haberte metido en esto. No tengo palabras. Me equivoqué.

—Misha, he de decirte una cosa. —Laura midió sus palabras cuidadosamente—. Es sobre Paolo...

—Sí, ya lo sé. —Mijaíl se secó las lágrimas con el dorso de la mano—. He sido un estúpido, cariño. Lo sé.

—¿Y Carlos?

—Muerto, en las galerías.

Laura asintió, sin sentir ni pena ni remordimiento por la ausencia de su antigua pareja. Se lo había ganado a pulso.

—Veo que no has venido sola —Mijaíl señaló a Zepeda, que en aquel instante disparaba un par de veces a un grupo de rusos demasiado intrépidos que se acercaban hacia ellos, para obligarlos a agachar la cabeza.

—No te puedes ni imaginar lo contenta que me siento al tenerlo a mi lado —replicó ella.

Algo en el tono de su voz hizo que la expresión de Mijaíl se dulcificase de repente. Sus ojos chispearon y durante un parpadeo Laura sintió una oleada de amor puro y comprensión.

—A mí también me gusta mucho —le susurró él mientras

le daba un fuerte apretón en la mano—. No dejes que se aleje de ti.

—¿Alguien me puede decir qué vamos a hacer ahora? —Zepeda metió la cabeza a toda prisa cuando una serie de balas restallaron a su alrededor.

—Muy sencillo. —Mijaíl esbozó una sonrisa, interrumpida por un ataque de tos cavernosa—. Vamos a salir de aquí.

39

—¿Por dónde? —le urgió Laura—. No podemos llegar hasta las puertas.

—Estamos en la base de la torre Berenguela. Subiremos a lo alto por aquí —señaló las escaleras que se abrían a su espalda—. Y luego nos deslizaremos hasta el tejado y de allí, a la calle.

—No sé si te has dado cuenta, pero todo el edificio está rodeado —gruñó el mexicano.

—Pues habrá que hacer algo de espacio, ¿no?

—¿Y cómo pretendes hacerlo?

—Siempre tengo un plan alternativo de salida, por si las cosas fallan. Perdonad que este pobre viejo no os lo haya contado antes, pero tengo tendencia a ser un tanto desconfiado. —Mijaíl sacó de su bolsillo una caja rectangular con una antena plegada. La extendió y apretó un par de botones, que cambiaron una luz roja por otra verde.

—No ha pasado nada —dijo Zepeda girando la cabeza.

—Oh, sí que pasa —sonrió Mijaíl—. Con esta señal se acaban de abrir las espitas de una docena de botellas de acero inoxidable que dejé ocultas en los alrededores de la catedral durante los últimos días.

—¿Y qué tienen dentro esas botellas?

—Nada, tan solo un gas inerte a presión. —Mijaíl se mordió las mejillas, con la expresión satisfecha del mago que hace un buen truco—. Pero cargado hasta arriba de sulfuro de tetrametileno.

—Me perdí las clases de química.

—Es el compuesto químico odorizante que se le añade al gas natural, lo que le da ese olor tan distintivo que cualquiera puede reconocer. Se hace para detectar fugas de gas.

—¡Oh!

—Oh, sí —asintió Mijaíl—. Un montón de explosiones subterráneas y, de repente...

—Un terrible olor a gas que inunda toda esta zona del casco antiguo —adivinó Laura con un brillo de emoción en los ojos—. Pensarán que han reventado las conducciones.

—Eso es. —El ruso se puso en pie—. Y si siguen los protocolos de seguridad ciudadana, tendrán que empezar a evacuar a los vecinos cuanto antes.

—Y entre ellos a nosotros —musitó Zepeda estupefacto.

—Y entre ellos a nosotros —remachó ella—. Así que démonos prisa.

Subir los más de setenta metros de torre fue un desafío mucho mayor del que se habían imaginado. La escalera se retorcía en una espiral endiablada de pequeños escalones que pronto robaron el aliento de Mijaíl. Cada poco rato se tenían que detener para que tanto el ruso como Laura descansasen un momento. Zepeda no paraba de lanzar miradas nerviosas hacia la parte baja de la escalera, temiendo que en cualquier instante apareciesen por allí las figuras de sus perseguidores.

Por fin llegaron a una portilla de madera que Zepeda abrió de forma expeditiva con una patada. El viento fresco de la noche, mezclado con el suave rumor de la lluvia que ya caía con fuerza, les pareció el espectáculo más bonito que habían contemplado jamás. Pero incluso a aquella altura flotaba en el aire un penetrante olor a gas que hacía arder sus fosas nasales.

—No me lo puedo creer... ¡Está funcionando! —se asombró Laura mientras señalaba hacia las calles adyacentes.

Los alrededores del templo eran un pandemónium. Una mezcolanza de coches patrulla, furgonetas de la policía, ambulancias y camiones de bomberos inundaban la atmósfera con los resplandores fantasmagóricos de sus luces de colores. En las calles se apelotonaban agentes de la ley que se las veían y se las deseaban para mantener el cordón de seguridad alrededor del templo, al mismo tiempo que un aluvión de vecinos en pijama o ropa puesta a toda prisa salían apresuradamente de los portales de sus casas, azuzados por bomberos de cara angustiada ante la posibilidad de una deflagración masiva.

Mijaíl se apoyó contra el cuerpo central de la torre y se dejó resbalar hasta el suelo. Sobre su cabeza pendía la Berenguela, la imponente campana de diez toneladas que compartía nombre con la torre. Su piel había adquirido un tono parecido al del yeso y en medio de aquel desastre destacaban sus labios azulados. La herida del hombro aún sangraba y tenía mala pinta.

En el cielo, por encima de la gruesa capa de nubes bajas, se oía el tableteo sincopado de un par de helicópteros que daban vueltas sin cesar. Por suerte para ellos, el nubarrón del chubasco impedía que nadie pudiese verlos desde arriba. Laura abrió el bolsillo lateral de su mochila y extrajo una fina cuerda de kevlar y aramida, del grosor de un dedo meñique, capaz de soportar varias veces su peso. Con un movimiento hábil ató un extremo a uno de los soportes del cimborrio y la dejó caer por el costado de la torre hasta el tejado que estaba un poco más abajo.

—Te ayudaremos a bajar, Mijaíl —comenzó a decir—. No estás en condiciones de...

Se interrumpió al darse cuenta de que el ruso miraba hacia un punto por encima de su hombro con la expresión resignada del jugador de póquer que acaba de darse cuenta de que su farol ha sido descubierto.

—Hola otra vez, Guennadi, viejo zorro. —Su voz sonaba débil y cascada—. Por fin volvemos a vernos en persona.

Laura se giró muy despacio para encontrarse frente a un rostro conocido, una cara que la retrotrajo en el acto a su infancia.

Guennadi Volkov tenía treinta años más que la última vez que se habían visto en aquella terrible noche del fin del Nido, pero no había cambiado gran cosa. Su rostro estaba cubierto de nuevas arrugas y el pelo cortado a cepillo ahora era de un color gris uniforme, única pista del paso del tiempo. Los mismos ojillos pequeños y algo juntos, el mismo mohín sensual de labios carnosos y el mismo aire potencialmente peligroso en todos sus movimientos. Un corte en la sien había manchado de sangre el cuello de su camisa blanca, pero por lo demás estaba intacto.

A su lado se hallaba una de las mujeres más grandes que Laura había visto en su vida, con el pelo corto y una mandíbula cuadrada y prominente que parecía diseñada para masticar piedras. Los vigilaba con ojos entornados y sostenía un rifle compacto de aspecto letal que parecía de juguete entre sus manos. En el chaleco táctico que llevaba puesto había dos feos costurones allí donde habían impactado otras tantas balas que no habían podido atravesarlo. Sin embargo, una de sus perneras estaba empapada de un líquido oscuro que goteaba sobre el suelo de piedra de la torre. Algún disparo afortunado le había alcanzado por debajo de la cintura, pero ella no parecía inmutarse.

Aun así, Volkov y ella tenían toda la ventaja, con sus armas en la mano y apuntadas hacia el trío, mientras que ellos estaban ocupados con las cuerdas.

—Hola, Misha —dijo Volkov con una sonrisa seca mientras le arrebataba las armas de la cintura a Mijaíl y a Zepeda—. Hace mucho tiempo te auguré que esto iba a pasar. Sabes que me gusta cumplir mis promesas.

—Eres fiable y predecible como un buen reloj, las cosas como son. —Mijaíl tosió un esputo de sangre—. No puedo decir que me alegre de verte.

—Estás hecho un asco. —Volkov sacó un paquete de cigarrillos de su bolsillo y encendió uno—. ¿Fumas?

—No, gracias. Eso te acabará matando, ¿sabes? —Y rio de una forma maniaca que a Laura le puso los pelos de punta.

Volkov le miró estupefacto antes de unirse a sus risas.

—Tienes huevos, Tarasov —dijo antes de dar una calada—. Estás a punto de morir y todavía bromeas.

—Ya estoy casi muerto. —Mijaíl se encogió de hombros—. Toda esta violencia, todas esas muertes... eran innecesarias.

—Puede ser. —Volkov hizo un gesto que podía significar muchas cosas—. Pero me gusta ser concienzudo en lo que hago y necesito cerciorarme de que dejas de ser un problema. Como ella.

Volkov se giró hacia Laura y la miró sin pestañear, repitiendo de manera inconsciente el gesto que había visto Irina justo antes de morir. Zepeda dio un paso instintivo al frente, con un gruñido amenazador, y el ruso levantó la pistola cauteloso.

—Déjala ir —murmuró Mijaíl—. El problema lo tienes conmigo, no con ella. Permite que se vaya.

Volkov chasqueó la lengua en gesto reprobatorio.

—Sabes que no puedo hacerlo. Tu chica es parte del problema, como los demás. Es la última prueba de aquello que hicimos juntos hace tanto tiempo. Para obtener la absolución hay que borrar todo vestigio de pecado y ya soy demasiado mayor como para no poder dormir bien por las noches.

—Tengo pruebas de todo lo que hicimos, Guennadi. Tú y yo. Vídeos, fotos, testimonios. Si muero, se harán públicos. No valdrá de nada que la mates, tu carrera estará arruinada, y tu nombre, manchado para siempre.

Volkov le miró con una sonrisa divertida en los ojos.

—No tienes nada, Misha —replicó desgranando lentamente las palabras—. Aquella noche te marchaste con lo puesto. De haber tenido algo contra mí, lo habrías usado hace ya mucho tiempo. Son las amenazas vacuas de un hombre muerto.

—Hablando de muertos —fue el turno de Mijaíl de esbozar una sonrisa tétrica—, creo que tienes un problema.

Un sonido sordo se escuchó a la espalda de Volkov. El ruso se giró sin perderlos de vista, temiendo una trampa. La mujer enorme se había derrumbado en el suelo pálida como un papel, y el charco de sangre bajo sus pies crecía lentamente, deslizándose sobre el rugoso granito del suelo. Al final, la herida de bala se había cobrado su precio.

Volkov arqueó una ceja, pero no hizo ningún comentario. Tan solo apretó los labios y se giró de nuevo hacia ellos con un brillo de urgencia homicida en los ojos, al comprender que el tiempo se le terminaba.

—Déjame al menos morir de pie —le suplicó Mijaíl—. Eso al menos me lo debes.

El viejo ruso se incorporó a duras penas, dejando un rastro de sangre en la pared de la torre. Laura le observaba horrorizada e impotente. A tan corta distancia, Volkov los podría matar a todos antes de que diesen un paso.

—Mi pequeño pajarito, eres lo que más he querido en mi vida. —Una lágrima solitaria rodaba por la mejilla de Mijaíl y aquello fue demasiado para Laura. Jamás había visto llorar a aquel hombre y eso, más que nada, le indicaba que no había salida—. Y solo al final de mi vida he entendido algo muy importante. ¿Sabes qué es lo que debe hacer un pajarito como tú?

Laura negó con la cabeza, con los ojos arrasados por las lágrimas.

—Ser libre. —Mijaíl le dedicó una sonrisa maravillosa y triste que le rozó el alma—. Y volar, mi pequeña Laura. Volar.

Mijaíl Tarasov se movió tan rápido que más tarde ella se preguntaría mil veces de dónde había sacado aquella última reserva de fuerzas. El ruso se abalanzó con un rugido contra Volkov, que sorprendido por aquel movimiento inesperado retrocedió un paso. Le dio tiempo a disparar una sola vez antes de que Mijaíl chocase contra él y le envolviese en un abrazo de oso. El impulso les hizo chocar contra la barandilla de piedra del campanario y en ese preciso instante Volkov comprendió lo que estaba a punto de pasar.

—¡No! —gritó, pero ya era demasiado tarde.

La inercia del empujón lanzó a Guennadi Volkov y a Mijaíl Tarasov por encima del pretil de piedra del campanario. Con un alarido de furia, ambos cayeron dando vueltas en una zambullida mortal que acabó de manera brusca cuando se estrellaron con un sonido sordo contra el suelo de piedra de la plaza de la Quintana.

Y eso fue todo.

Se hizo un silencio aterrador. Laura se acercó al borde de la barandilla sintiendo que sus movimientos se desarrollaban a cámara lenta. No se podía creer lo que veía a través de las lágrimas. En el suelo de la plaza, los dos ancianos, los dos viejos rivales, yacían muertos unidos para siempre en un abrazo definitivo.

—¡No! —gritó—. ¡Misha! ¡Papá!

Sintió cómo Zepeda la sujetaba por los hombros para alejarla del borde. El mexicano la cogió entre sus brazos y la aseguró a la cuerda de descenso con el mismo mosquetón para ambos. Como en un sueño, percibió que la pasaba por encima del borde de aquella barandilla y descendían suavemente hasta la cubierta de tejas de la catedral y de allí, al cabo de unos metros, hasta un callejón que estaba justo tras la cabecera.

Zepeda la agarró de la mano y tiró de ella hacia un grupo de vecinos asustados y empapados por el chaparrón, que corrían rumbo a una de las rutas de evacuación. Pasaron por detrás de un apurado policía que ni siquiera les lanzó una mirada, pero cuando llegaron a la muchedumbre, el movimiento de la gente los separó.

Laura se sintió arrastrada por aquella marea humana dominada por el pánico y aquello, de alguna manera, le hizo reaccionar. Giró la cabeza buscando a Zepeda, pero no podía verlo por ninguna parte. Un grupo de policías corrían hacia ellos, quizá porque sospechaban algo de aquellas dos personas que acababan de integrarse en la masa.

—¡Fernando! —aulló desesperada—. ¡Fernando!

Finalmente, el grupo se disgregó al llegar a un cruce de calles un poco más arriba, y de repente se vio sola en medio de la noche santiaguesa, dolorida y empapada y sin saber qué hacer a continuación.

Echó a andar bajo la lluvia, alejándose de la zona vieja, mientras en la mochila a su espalda sentía el peso de los huesos de un hombre santo, muerto muchos siglos atrás.

Aunque su corazón pesaba mucho más por la muerte de otro hombre, quizá no tan bueno, pero que había dado su vida por ella.

EPÍLOGO
—

Lago Lemán (Suiza)
Tres meses más tarde

El viento suave que rizaba la superficie en calma del lago hacía revolotear los manteles de las mesas de la terraza de aquel restaurante. Laura se desperezó en la silla, con los ojos cerrados, mientras sentía la caricia del sol en la cara.

Estiró la mano y apuró el fondo de la taza de café. Recordó que Mijaíl siempre decía que el café tenía que ser como el infierno: negro, caliente y amargo. Ella lo prefería con una nube de leche y algo de azúcar. La vida ya era demasiado complicada como para no disfrutar de los pequeños placeres.

Cuando apoyó la taza, miró a su alrededor. Tan solo unas cuantas mesas más estaban ocupadas, en su mayoría por hombres de negocios que cerraban acuerdos millonarios sobre platos tan deliciosos como caros. A lo lejos, sobre la línea del horizonte, las velas de dos yates se sacudían con el viento tratando de hacer una virada.

Todo estaba en calma. Todo estaba en orden.

Una sombra se proyectó sobre ella, al tiempo que sentía una mano que se apoyaba en su hombro.

—Ya he pagado la cuenta. —Hablaba en francés, pero no podía evitar un suave deje cantarín del español mexicano—. Podemos irnos cuando quieras.

Laura giró la cabeza para mirar a Fernando Zepeda. Vestía un bonito traje color gris perla con una corbata roja que ella misma había escogido. Le sentaba bien y estaba guapo a rabiar. No pudo evitar que su pulso se acelerase un poco al contemplarlo.

—¿Estás seguro de esto? —preguntó ella—. Aún estás a tiempo de echarte atrás.

—No he estado tan seguro de nada en mi vida —contestó él mientras se agachaba para besarla.

Sus labios eran cálidos y sabían a una mezcla de dulce, tabaco y café. Le besó con ansia, en un momento maravilloso durante el cual ambos fueron las únicas personas del mundo.

—Pues entonces vámonos a casa —dijo mientras se ponía en pie y le obsequiaba con su mejor sonrisa—. Me muero de ganas.

Al caminar hacia el coche sintió un leve pinchazo en las costillas. Ya se habían curado, pero en los días húmedos aún notaba un dolor sordo que seguramente le acompañaría el resto de su vida, como un recordatorio de aquella noche en Santiago, al igual que las cicatrices de las palmas de sus manos.

En el *parking,* un atento empleado les acercó el coche. Era un Maserati Quattroporte de color gris humo, que a Zepeda le volvía loco. Se lo habían encontrado en el garaje de la casa, junto con todo lo demás.

Dos días después del robo, Laura había recibido un correo electrónico en una dirección que solo Mijaíl Tarasov conocía. El ruso había dejado programado el envío de aquel *email* antes de su muerte y recibirlo había sido para ella como tropezar con un fantasma. En el correo tan solo había una dirección de Suiza: la de una preciosa villa situada en un acantilado rocoso con vistas al lago. Por supuesto, no tenía ni idea de dónde podía estar la llave de la puerta, pero eso no suponía el menor problema para ella. Juraría que había podido oír la risa irónica del ruso desde el más allá cuando había reventado la cerradura para entrar en aquella mansión.

El coche zigzagueaba por la carretera llena de curvas que bordeaba el lago. Bajó la ventanilla y dejó que el aire cálido de final del verano le revolviese el cabello mientras sacaba una mano por la ventanilla y trazaba con ella arabescos en la corriente. En la radio, los Black Pumas cantaban «Colors» y Laura se sintió invadida por una paz beatífica.

Hacía años que no se sentía así. Quizá jamás había estado como en aquel momento.

Y había descubierto que le gustaba.

Veinte minutos más tarde, el Maserati cruzó una verja de acero negro y las ruedas hicieron crujir la gravilla del camino particular que llevaba hasta la casa. A ambos lados, un jardín cuidado, salpicado de árboles, envolvía en un manto verde la mansión y la alejaba de miradas indiscretas.

Muy propio de Mijaíl.

—Me voy a dar una ducha —dijo ella mientras dejaba caer el abrigo sobre uno de los sofás de cuero del salón—. ¿Me esperas en el dormitorio?

Zepeda le dedicó una sonrisa tan intensa que sintió que le temblaban las piernas.

—Allí estaré —prometió mientras la besaba—. No tardes.

Dejó que el chorro del agua caliente le abrasase la piel hasta que esta tomó un color sonrosado. Luego se secó con una toalla de algodón egipcio y se puso un albornoz esponjoso para salir de nuevo al salón.

Las puertas que daban a la terraza estaban entreabiertas y las cortinas se sacudían en giros perezosos. Laura fue hasta la cocina para servirse un vaso de agua. Al cruzar el pasillo, su mirada se detuvo por un instante en la enorme fotografía de ochenta por ochenta que colgaba de una de las paredes, entre cuadros expresionistas que valían una fortuna.

Era la foto de una niña de poco más de cuatro años, que miraba a la cámara con grandes ojos azules asustados y vestida con ropa gruesa, en un patio cubierto de nieve. La foto era una ampliación de otra mucho más pequeña, así que el granulado era atroz, pero si prestaba atención, podía adivinar sobre el manto blanco la sombra de quien había sacado la foto, recortada por el sol de invierno.

Una sombra familiar. Una sombra conocida.

La del hombre que había sido el dueño de aquella casa, decorada con gusto pero absolutamente impersonal, excepto por aquella vieja fotografía.

La de la única persona en el mundo que en verdad le importaba.

Mientras bebía el vaso de agua, pensó en todo lo que había encontrado en el ordenador de Mijaíl la primera vez que había cruzado aquella puerta. Docenas de años de recuerdos, de planes, de contactos, de recursos escondidos por medio mundo. Alwaleed. Todo lo que una vez había estado en la cabeza del ruso, volcado en aquel disco duro, su postrero regalo.

Ahora todo aquello era de ella. La última superviviente del Nido.

Apoyó el vaso en la encimera y regresó al pasillo, pero de repente, impulsada por una necesidad, giró sobre los talones y bajó las escaleras que llevaban al sótano. Tenía una puerta blindada, con una cerradura de combinación magnética de alta seguridad que ella misma había proyectado y que era imposible de abrir, salvo que se tuviese la combinación... o se fuese excepcionalmente bueno.

Pero nadie era mejor que ella. Ya no.

La puerta se abrió con un chasquido eléctrico y Laura entró en la estancia. Las luces se encendieron de forma automática y dejaron a la vista una serie de cajas de madera, dispuestas en fila a lo largo del suelo.

Caminó a lo largo de ellas, mirando su contenido con atención.

El Santo Sudario de Turín. Las reliquias de los Reyes Magos de Colonia. La ampolla de cristal que supuestamente contenía la sangre milagrosa de san Genaro. Las espinas de la corona de Cristo. Suficientes trozos de la Vera Cruz como para construir con ellos una casa en miniatura. Otras muchas reliquias veneradas por millones de fieles, que descansaban apretujadas en el sótano de aquella mansión.

Se detuvo un instante al llegar a la última caja. Dentro de ella había tres saquetas de raso alineadas como soldados en una parada.

Los huesos del apóstol Santiago.

Cada una de esas cajas tenía una etiqueta pegada con una dirección, la de sus legítimos propietarios. Al día siguiente, unos empleados de una empresa de transportes de confianza vendrían a por ellas, sin saber qué había en su interior. Las cajas se enviarían sin remitente, desde varios lugares de Europa, de forma anónima y simultánea. Nadie podría rastrear jamás aquel envío, pero se podía imaginar la conmoción que se produciría cuando todas aquellas reliquias volviesen a casa, sobre todo cuando leyesen la carta que acompañaba cada una de ellas. Una carta en la que se hacía saber que la devolución de aquellos bienes robados era por cortesía de Mijaíl Tarasov.

Misha pasaría a la historia, sí, pero no como él había temido. El mundo no le recordaría como la persona sin escrúpulos que le había entregado las reliquias de la cristiandad a un desalmado, sino como el noble y altruista héroe misterioso que se las había arrebatado a Alwaleed para devolverlas a su lugar. Y, de paso, pondrían al saudí en la diana.

Con un suspiro, salió del sótano y cerró la puerta tras ella.

Subió las escaleras hacia el dormitorio, al encuentro de Fernando. El corazón le latía salvajemente por la anticipación de lo que iba a suceder. Deseaba a aquel hombre más que a nada en el mundo y le hacía sentirse feliz. Viva.

Por primera vez en toda su vida, Laura era libre. No le debía nada a nadie. Su destino le pertenecía.

Aquella sensación vertiginosa la llenaba de felicidad. Y pensaba que, en algún lugar, Mijaíl sonreía satisfecho al verla.

Entró en el dormitorio. Fernando Zepeda estaba sentado a los pies de la cama. Se había quitado el traje y tan solo vestía un pantalón de deporte y una camiseta cómoda. Sintió cómo la miraba y un calor tórrido se irradió desde su vientre hacia cada milímetro de su cuerpo.

Una necesidad urgente se cruzó en su cabeza, pero la desechó de inmediato. Eso sería luego.

Antes tenían algo más importante que hacer.

Laura se dirigió al centro del dormitorio, donde había un objeto del tamaño de una lavadora cubierto por una manta. Tiró de un extremo y dejó a la vista una caja blindada Fichet de acero mate y aspecto robusto.

Acarició el dispositivo de apertura con delicadeza y se volvió hacia Zepeda, que la miraba expectante.

—Hay varias maneras de abrir una caja fuerte —le dijo ella—. ¿Sabes cuál es la más fácil?

—¿Conocer la combinación? —respondió él con una sonrisa traviesa.

Ella se la devolvió.

Era libre. Era feliz. Estaba con el hombre de su vida.

Pero aún tenía mucho que aprender.

—El problema es que la combinación suele estar guardada en un sitio al que no es fácil acceder. —Sintió cómo se le ensanchaba la sonrisa—. La clave que abre una cerradura...

AGRADECIMIENTOS

Durante seis felices años viví en Santiago de Compostela mientras estudiaba la carrera de Derecho, y aunque hace décadas que ya no resido allí, un pedazo de mi corazón pertenecerá siempre a esa maravillosa ciudad. En ocasiones, sobre todo en invierno, cuando el inhóspito y húmedo clima santiagués no daba tregua, aprovechaba la catedral como un improvisado atajo para atravesar de un lado a otro una parte del casco viejo sin empaparme con la lluvia. Por eso tuve claro, desde que empecé a escribir, que algún día contaría una historia ambientada en ese lugar.

Muchas veces me ha llamado la atención el grado de relajación y confianza en la seguridad de muchos templos, cargados de tesoros artísticos y culturales de valor incalculable. Y no me refiero solo a los cientos de pequeñas iglesias y ermitas rurales que salpican la España vacía y que son fruto a menudo del pillaje y el paso del tiempo, sino a los grandes centros de culto como las catedrales.

No quiero insinuar que llevarse algo de su interior sea pan comido, ni mucho menos. Pero, sin duda, en algunas ocasiones no cuentan con las mismas medidas de seguridad y control que hay en un gran museo, por ejemplo. Y esa inquietante idea ya me rondaba entonces por la cabeza.

Quizá fue allí cuando nació, sin que me diese cuenta, el germen de esta historia, que acabó cristalizando en mi cabeza

493

hace tres años, cuando estaba escribiendo *La Puerta*. Guardé esa historia en un cajón, como un avaro codicioso, hasta que tuve la oportunidad de escribirla más tarde y ahora tienes el fruto de ese trabajo en tus manos.

El Nido, naturalmente, no existe, pero sí hubo ciertas instalaciones similares en la Unión Soviética durante la Guerra Fría, en las que se adiestraba a hombres y mujeres jóvenes, procedentes de distintos países aliados y del Pacto de Varsovia, para que se infiltrasen en Occidente convertidos en células durmientes. Es mucho más lo que no sabemos sobre este tema que lo que se ha revelado, pero supone un campo apasionante. Las fuentes rusas no son abundantes ni están demasiado traducidas, pero hay unos cuantos libros fascinantes, como *Deception: Spies, Lies and How Russia Dupes the West* (Edward Lucas) o *Moscow Rules: Secret Police, Spies, Sleepers and Assassins* (Douglas Boyd). Algunas descripciones del Nido y de sus procedimientos están basadas en lo que allí se relata.

La autenticidad o no de muchas de las reliquias que se veneran en el mundo viene siendo objeto de un amplio y explosivo debate desde hace décadas. Creer o no en ellas es decisión tuya, lector. Lo que importa, en todo caso, es su valor como símbolo y lo que representan para millones de creyentes en todo el mundo, tanto a nivel espiritual como emocional. Por eso, estoy convencido de que si alguien, alguna vez, se hiciese con ellas, provocaría en la conciencia de Occidente una conmoción aún más grande que la que tuvo el 11-S.

No puedo decir demasiado del Camino. Es una experiencia que hay que vivir para entenderla, según afirman la mayoría de los que se han lanzado a esa aventura. En los últimos años, millones de personas de todo el mundo han convergido en Santiago por alguno de los distintos ramales del Camino, pero sobre todo por el Camino Francés, que parte de Roncesvalles. Confío en haber transmitido en estas páginas la sensación de aventura, descubrimiento personal y transformación que empapa a los que lo hacen. Y, por supuesto, aprovecho para invitaros a que vengáis a Galicia para descubrirlo, ya sea haciendo el Camino o de cualquier otra manera. Siempre seréis bienvenidos en esta verde tierra todos y cada uno de vosotros.

Como siempre, se me acumulan las personas a las que darles las gracias, llegados a este punto del libro. Y, como siempre, seguro que me dejaré algún nombre fuera, para mi inmensa vergüenza y oprobio. Quizá en las líneas que siguen no estén todos los que me han ayudado, pero *La ladrona de huesos* no habría sido posible sin las personas que aparecen a continuación.

A Xabi Puerta, gran guionista y mejor persona, que le dio vueltas y más vueltas al germen de esta historia cuando aún era un proyecto en mi cabeza que se llamaba *Siete días* y me ayudó a unir los puntos. Si hay tantos mexicanos en esta historia es por su culpa, que lo sepáis.

A Javier Sierra, enorme escritor, *homo quaerens* y sobre todo amigo, por contarme la historia del Vákner y ponerme, nunca mejor dicho, en el Camino correcto. Gracias, Javier.

A Román Rodríguez, que desde la Consellería de Cultura de la Xunta de Galicia me puso todas las facilidades para que se me abriesen las puertas necesarias a la hora de escribir esta historia. Espero poder devolverte el favor algún día.

Al padre Daniel Lorenzo, deán de la catedral de Santiago de Compostela, que con infinita paciencia y generosidad no solo me enseñó todos los recovecos del templo, incluyendo los pasillos, torres y corredores que normalmente nadie visita, sino que aguantó con estoicismo mi aluvión de preguntas. Gracias a él descubrí que, incluso hoy en día, de vez en cuando encuentran en el inmenso complejo catedralicio escaleras y pasadizos que no saben adónde llevan. En serio.

A toda la gente de O Sanatorio, en Pontevedra, pero sobre todo a Juan, su alma y espíritu, por proporcionarme un espacio tranquilo y energizante cada vez que necesitaba desconectar un rato y por darme conversación inteligente. Si no fuese por vosotros, habría sucumbido por el camino.

A Antonia Kerrigan y todo su maravilloso equipo, por seguir confiando en mí y por pelear a diario para que estas líneas se puedan leer en un montón de países e idiomas diferentes.

Una mención especial a mis editoras Raquel Gisbert y Puri Plaza, por su comprensión, confianza y por sus palabras de apoyo en los momentos difíciles. Este libro no podría haber existido sin vosotras dos y sin vuestro talento. Sois imprescindibles y lo sabéis. Y gracias por supuesto a Belén López, directora editorial de Planeta, que una vez más ha creído en mí. Gracias a las tres, de corazón. No sé qué haría sin vosotras.

A mi queridísima Maya Granero, que una vez más se adentró en la primera versión del manuscrito, como el explorador que se interna en una jungla desconocida, para ayudarme a transformar aquel primer borrador en un diamante pulido. Gracias por soportar mis llamadas, gracias por aguantar y responder mis dudas, gracias por ayudarme a hacer de *La ladrona de huesos* algo muchísimo mejor. No me faltes nunca.

Al formidable equipo humano de Planeta, una vez más: Marc Rocamora, Sergi Álvarez, Isabel Santos, Laura Franch, Lolita Torelló, Carmen Ramírez... y todos los que me dejo fuera, porque de lo contrario esto parecería una guía telefónica interminable. Si no fuese por vuestro talento, dedicación y trabajo, este libro no llegaría tan lejos. Y por encima, sois unas personas maravillosas, con una calidad humana excepcional. Nunca trabajar con un equipo fue tan fácil.

Gracias a la red comercial de Planeta, por pelear con entusiasmo para que este libro esté disponible desde el centro comercial más grande a la librería más pequeña y recóndita que uno se pueda imaginar. Y gracias, por supuesto, a todos los libreros, esos personajes románticos que siguen peleando a diario para que algo tan especial como las historias en papel sigan siendo parte de vuestras vidas. Gracias por vuestra confianza, por dejarme siempre uno de los mejores huecos en vuestras estanterías, por acogerme en las firmas de libros y por recomendarme con pasión. Sin vosotros, esto no funciona.

A Luis, por el café. Por los cafés, mejor dicho. Por los litros y litros de café, qué diablos. Y por aguantarme, claro, que un escritor en pleno proceso de creación puede ser muy intenso. Gracias, amigo mío.

A Laura Piñana, por servir de apagafuegos, por organizar un poco mi agenda y mis redes sociales y sobre todo por ser como es y por estar ahí, a mi lado, en la brecha.

A mi maravillosa pandilla de amigos, que ya saben que mientras escribo estoy más raro de lo normal y aun así me quieren y me cuidan. Gracias por mantenerme en el carril correcto y por hacerme reír todos los días. Sois increíbles.

A Juan Gómez-Jurado, siempre. No importa cuántos libros escriba, Juan siempre tendrá un hueco en los agradecimientos. No es solo un amigo, es uno de los responsables de que yo esté ahora aquí hablando contigo.

A mi familia, ancla y roca, piedra y sostén, por estar siempre ahí. Gracias. Os sigo necesitando, siempre.

Por supuesto a Lucía y a mis hijos Manel y Roi. Sois los que le dais sentido a todo lo que hago y conseguís que me levante cada mañana con una sonrisa en el corazón. Os quiero mucho más de lo que se puede expresar con palabras. Gracias por hacer de mi vida un sitio tan maravilloso e interesante. Os amo.

Y por último, gracias a vosotros, los lectores. Os he dejado para el final porque sois los más importantes, los que mantenéis este misil prodigioso en marcha y me hacéis volar cada vez más lejos y más alto. Gracias por vuestra confianza, por regalarme vuestro tiempo, por las horas robadas al sueño, por acompañarme en este Camino y por ser los mejores embajadores que nadie pudiera soñar. Cada vez que recomendáis este libro, cada vez que habláis de él con entusiasmo, hacéis esta inmensa bola más grande y mi deuda con vosotros aumenta.

Gracias, gracias y mil veces gracias. De corazón.

Nos vemos, muy pronto, en la próxima.

Manel
Instagram: @manel_loureiro
Twitter: @Manel_Loureiro

Otros títulos del autor en Booket:

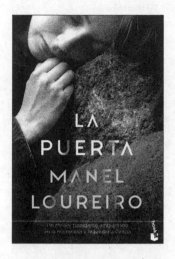

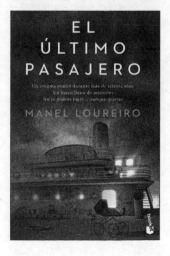

www.booket.com

www.planetadelibros.com